O Retorno do Nativo

O Retorno do Nativo

THOMAS HARDY

TRADUÇÃO
JORGE HENRIQUE BASTOS

INTRODUÇÃO
SANDRA SIRANGELO MAGGIO

SUMÁRIO

"Uma chama de amor e extinção": aspectos da vida e da
obra de Thomas Hardy — 11
Prefácio do autor — 21
Prefácio geral à edição Wessex, 1912 — 23

O RETORNO DO NATIVO

LIVRO I - AS TRÊS MULHERES

1. Uma fisionomia que o tempo quase não alterou — 35
2. A humanidade surge em cena, trazendo a inquietação — 41
3. Tradições da região — 49
4. A parada na estrada principal — 71
5. A perplexidade entre pessoas de bem — 77
6. Um vulto recortado no céu — 91
7. A rainha da noite — 105
8. Os que se encontram onde se supõe não haver ninguém — 113
9. O amor faz o homem astucioso valer-se de uma estratégia — 119
10. Uma tentativa desesperada de persuasão — 129
11. A desonestidade de uma mulher honesta — 139

LIVRO II - A CHEGADA

1. Notícias de quem vai chegar	151
2. As pessoas de Blooms-End organizam os preparativos	157
3. Como duas palavras geraram um grande sonho	163
4. Eustácia se lança em uma aventura	169
5. Ao luar	179
6. Os dois se encontram frente a frente	187
7. A beleza e a excentricidade se tornam aliadas	199
8. A obstinação se revela num coração amável	209

LIVRO III - FASCINAÇÃO

1. "Minha mente para mim é um reino inteiro"	221
2. O novo curso das coisas suscita decepções	227
3. O primeiro ato de um drama fora de moda	237
4. Uma hora de alegria e várias horas de tristeza	251
5. Palavras ríspidas são ditas e começa uma crise	259
6. Clym Yeobright vai embora e o rompimento é completo	267
7. A manhã e a tarde de um certo dia	275
8. Uma nova força acaba perturbando a corrente	289

LIVRO IV - A PORTA FECHADA

1. O encontro próximo ao charco	299
2. Mesmo experimentando o infortúnio, ele canta	307
3. Ela passeia para espantar a tristeza	319
4. O uso de uma forte coerção	331
5. Uma jornada através da várzea	339
6. Uma contingência e seu efeito sobre a visitante	345
7. O trágico encontro de dois velhos amigos	357
8. Eustácia ouve falar na sorte grande, mas só vê o mal	365

LIVRO V - A REVELAÇÃO

1. "Por que conceder a luz aos infelizes" 375
2. Uma luz triste ilumina subitamente uma inteligência ofuscada 383
3. Eustácia se veste em uma manhã negra 393
4. As atenções de alguém quase esquecido 401
5. Uma antiga proposta se repete de maneira impensada 407
6. Thomasin argumenta com o primo e ele escreve uma carta 415
7. A noite de 6 de novembro 423
8. Chuva, escuridão e pessoas vagando apreensivas 431
9. Visões e sons reúnem os caminhantes perdidos 441

LIVRO VI - ACONTECIMENTOS POSTERIORES

1. A inevitável marcha para a frente 455
2. Thomasin passeia num local verdejante, próximo da estrada romana 465
3. A conversa séria de Clym com a prima 469
4. A alegria se reafirma em Blooms-End, e Clym encontra a sua vocação 475

"UMA CHAMA DE AMOR E EXTINÇÃO": ASPECTOS DA VIDA E DA OBRA DE THOMAS HARDY

SANDRA SIRANGELO MAGGIO[*]

Um modo de apresentar Thomas Hardy ao leitor brasileiro seria dizer que ele e George Eliot são os dois romancistas ingleses que podem ser rotulados como naturalistas. Mas seria necessário esclarecer que o jeito inglês de fazer as coisas é sempre diferente da maneira continental europeia, ou da americana. Na tradição britânica, os movimentos literários mais se misturam do que seguem uns aos outros: eles se sobrepõem. Assim, sem prejuízo à classificação de naturalista, a obra de Hardy é também marcadamente romântica e realista. Mais relevante do que todos esses termos, contudo, é o uso que o autor faz da linguagem, sempre limpa, direta e elegante. Na construção das personagens e dos cenários, bem mostra que é herdeiro de Dickens, outro mestre em explorar os conflitos entre as esferas do pessoal e do social. Hardy diverge de seu mentor, todavia, na recusa em lidar com a fantasia e com o humor. Enquanto Dickens oscila entre o sentimental e o cômico, Hardy adota os tons mais escuros do pessimismo sempre evidente em seus textos.

Frequentemente lembrado como um precursor do movimento modernista, Hardy é um modelo seguido no início de carreira por

---

[*] Professora de literaturas de língua inglesa dos programas de graduação e pós-graduação em Letras da Universidade Federal do Rio Grande do Sul. Atua em atividades de ensino, pesquisa e extensão, tendo como foco principal de estudo a literatura dos períodos vitoriano e eduardiano.

Virginia Woolf, D. H. Lawrence e William Somerset Maugham. Mas é na literatura dos Estados Unidos que encontramos dois escritores com uma produção ainda mais próxima à de Hardy: William Faulkner, no tratamento das relações entre o indivíduo e o espaço, e Eugene O'Neill, pela aproximação com símbolos e elementos da mitologia clássica.

SOBRE O AUTOR

Thomas Hardy nasceu em 1840, no condado de Dorset, localizado no sudoeste da Inglaterra, abaixo do País de Gales, um lugar de clima ameno, com paisagens variadas, cuja costa deságua no Canal da Mancha. Ali o autor passou a maior parte dos oitenta e oito anos de uma vida que, além de ter sido longa, atravessou um período histórico em que ocorreram grandes mudanças éticas, estéticas, políticas, econômicas e sociais. A tranquilidade e a estabilidade da região de Dorset de certa forma protegeram Hardy da violência de tantas transformações. Isso foi importante, em se tratando de um artista como ele. Pessoas diferentes têm capacidades de resistência e de adaptação diferentes. No caso de Hardy, indivíduo de sensibilidade extremamente aguçada, foi providencial o fato de ter tido uma criação segura e corriqueira, pois os poucos contatos que teve com episódios de impacto foram suficientes para torná-lo um homem arredio e cético.

Aos dezesseis anos, presenciou o último enforcamento público ocorrido em Dorset.[1] Tratava-se de uma mulher chamada Martha Brown, condenada por haver matado o marido que a perseguira brandindo um machado, depois de tê-la espancado. Trinta e cinco anos depois, o episódio seria retomado no romance *Tess of the D'Urbervilles*. Setenta anos mais tarde, em sua autobiografia, Hardy

---

[1] As informações factuais apresentadas nesta Introdução se embasam na obra *Thomas Hardy*, escrita por Claire Tomalin (London: Penguin, 2007).

descreveria a execução de Martha Brown com detalhes, revelando que o que mais o abalava era o fato de reconhecer, chocado e envergonhado, o fascínio que sentira sendo parte da multidão presente ao enforcamento. Hardy estava confrontando e analisando o prazer vicário que esse tipo de experiência catártica exerce sobre cada um de nós.

Outro choque na vida relativamente tranquila do autor ocorreu quando Horatio Mosley Moule, seu amigo e tutor em estudos clássicos, cometeu suicídio, em decorrência de um estado agudo de depressão. Hardy homenageia Moule em seu primeiro romance, *A pair of blue eyes*, na personagem de Henry Knight, bem como em diversos poemas escritos na fase final de sua produção.

Thomas Hardy estudou arquitetura, seguindo os passos do pai e do avô, que eram construtores. Trabalhou por vários anos com edificação e restauração de prédios e igrejas. Do pai, herdou o interesse pela história local. Já a mãe lhe transmitiu o zelo pela literatura e pela arte. Ele começou a escrever no final da juventude, época em que mergulhou com afinco nas duas atividades, arquitetura e literatura. Aos poucos, foi-se tornando um autor respeitado e reconhecido. Ao perceber que conseguia manter-se com a venda dos livros, foi abandonando aos poucos a carreira de arquiteto até que se dedicou exclusivamente ao ofício de escritor.

Apesar de ele mesmo declarar, em sua autobiografia, que não gostava de ser tocado fisicamente, e de reconhecer que seu desenvolvimento na área da sexualidade foi lento e complicado, o escritor teve dois casamentos duradouros. Também nisso, Hardy é um homem de seu tempo. A moralidade rígida do período vitoriano prescrevia toda uma etiqueta sobre os silêncios do corpo e dos relacionamentos. Até os pianos de cauda deveriam ter as pernas cobertas com uma saia de pano, para não despertarem ideias libidinosas. Um casal de respeito devia manter relações na penumbra, na única posição tradicional considerada digna, a "*missionary position*", que os religiosos anglicanos ensinavam às populações nativas quando iam para as colônias em trabalho missionário. Qualquer desejo transgressor que acometesse um marido inglês vitoriano devia ser satisfeito com amantes, ou na periferia das cidades, com as prostitutas, nunca com a mãe de seus filhos.

Hardy conheceu a primeira esposa, Emma Gifford, em 1870, quando ambos tinham trinta anos de idade. Namoraram durante quatro anos e então casaram, vivendo juntos, nos moldes vitorianos, por trinta e oito anos, até que Emma veio a falecer em 1912. Não tiveram filhos. Tanto o tratamento dado à relação entre os sexos na obra de Hardy quanto os diários deixados por Emma atestam que não estamos falando sobre um casamento muito bem-sucedido. Ainda assim, permaneceram juntos por quase quatro décadas, unidos não apenas pela rotina ou pela força das convenções, mas também por uma afinidade intelectual profunda. Cada um a seu modo, tinham uma vida ativa, Hardy envolvido com arquitetura e literatura e Emma com seu ativismo social, que se estendia de costumeiras ações paroquiais a inusitadas passeatas e reuniões do movimento sufragista.

Hardy ficou desolado com a morte da esposa, da qual parece que nunca se recuperou. Revisitou a região de Plymouth, onde se haviam conhecido, e transformou Emma na musa dos poemas que escreveu até o fim da vida. Cumprido o intervalo de praxe de dois anos para uma viuvez respeitosa, desposou então sua assistente — amante de quase uma década — a professora e escritora Florence Emily Dugdale. Este segundo casamento ocorreu quando Hardy estava com setenta e quatro anos e Florence com trinta e cinco. Durou quatorze anos, até o falecimento do autor, tendo Florence sobrevivido ao esposo ainda por nove anos. Enquanto foi casado com Emma, Hardy manteve Florence como amante; em contrapartida, durante o período em que foi casado com Florence, continuou a escrever poemas apaixonados sobre sua vida com a falecida Emma.

Na velhice, Hardy era um homem muito famoso, um dos maiores escritores de sua época. Consciente disso, dedicou os últimos anos a revisar e organizar o legado que sabia que seria devassado por críticos e estudiosos após sua morte. Nessa fase, concentrou sua energia em duas frentes: os poemas dedicados a Emma e a produção de uma autobiografia, *The early life of Thomas Hardy*. À medida que escrevia a biografia, ia também destruindo cartas, diários e anotações, como que garantindo que tudo o que permanecesse tivesse antes sido submetido ao crivo de sua própria aprovação. Essa autobiografia foi legada a Florence, que a revisou, concluiu e publicou postumamente, em 1928, constando como autora da obra.

As duas casas em que Hardy passou a maior parte da vida estão hoje tombadas pelo patrimônio histórico. Na primeira, Thomas Hardy's Cottage, construída por seu avô, foram escritos os romances *Under greenwood tree* e *Far from the madding crowd*. A segunda, Max Gate, desenhada e construída por Hardy, é onde viveu com as esposas. Lá foram escritos *The mayor of Casterbridge*, *Tess of the d'Urbervilles*, *Jude the obscure*, a autobiografia e a maior parte dos poemas. Depois de morto, o coração de Hardy foi enterrado junto ao túmulo de Emma; o resto do corpo foi cremado e levado para o Recanto dos Poetas (*Poets' Corner*), na Abadia de Westminster, em Londres.

SOBRE A OBRA

Apesar de manter o estilo e as temáticas, Hardy se expressou através de diferentes gêneros literários. Sua obra compreende quinze romances, três coletâneas de poemas, quatro de contos, uma trilogia dramática em verso, uma peça de teatro, alguns textos avulsos e a autobiografia que consta sob autoria da segunda esposa. Os romances predominam no primeiro período de produção, e os poemas, na fase final. *O retorno do nativo*, publicado em 1878, é o sexto romance publicado, seguido por mais oito. Situa-se no período intermediário do autor como romancista, marcando o ponto em que a busca das questões existenciais passa a predominar sobre o desejo de ser bem recebido pela crítica ou pelos leitores. É o início da maturidade de Hardy, quando o estilo e o tom se resolvem, quando as marcas autorais ficam fortes e bem definidas. Ao mesmo tempo que sua maestria era aclamada, o ateísmo e o fatalismo que transparecem nos romances provocaram também muitas reações negativas. A polêmica e o mal-estar que se seguiram à publicação de *Jude the obscure*, em 1895, deixaram o autor tão desgostoso que ele decidiu parar de escrever romances, dedicando-se somente à poesia dali por diante.

Uma peculiaridade em Hardy é o fato de todas as suas obras se passarem em um mesmo universo geográfico ficcional, pequeno e bem definido, que se chama Wessex. Historicamente, esse nome remete a uma parte do reino dos saxões que, na Alta Idade Média, se estendia pelo sul da Inglaterra. Mas, no contraponto ficcional de Hardy, se trata de uma Wessex moderna, que coincide com os arredores de Higher Bockhampton, o vilarejo em Dorset no qual o autor viveu. Esse espaço ficcional é tão limitado e definido, e sua população tão pequena, que personagens de uma obra com frequência cruzam com, ou mencionam, personagens de alguma outra obra de Hardy. Inspirada nas aulas de grego que recebera do tutor Horatio Mosley Moule (o amigo de juventude que se suicidou), Wessex possibilita a Hardy contar com uma unidade de espaço que funciona nos moldes aristotélicos. Em um estudo sobre Hardy, Stewart Luke[2] declara que *O retorno do nativo* se estrutura sobre um modelo clássico trágico, no qual a ação e o espaço estão centrados em Egdon Heath; e acrescenta que a unidade de tempo se restringe a um ano e um dia. (LUKE: 1982, p. 7). Reduzidos os elementos de tempo, espaço e ação, o foco de atenção fica voltado para as personagens e a maneira como se relacionam. Temos assim, neste romance, figuras fortes, como Eustácia Vye, Clym Yeobright, Damon Wildeve ou Sra. Yeobright.[3] A construção de cada uma dessas personagens poderia ser comparada a uma pintura, ou a uma escultura. Observemos, como exemplo, a forma como Eustácia Vye é introduzida, no sexto capítulo do romance. Ela surge majestosa, uma silhueta em contraste com o céu da noite, iluminada pela tênue luz de uma fogueira que se estingue. Nesse capítulo, bem como no seguinte, Eustácia é

---

[2] LUKE, Stewart. "Woodlanders": In: *Notes on The return of the native*. London: York Notes, 1982.

[3] Em 1994 foi realizada uma produção da obra pela BBC, que concorreu aos prêmios Globo de Ouro e Emmy. As personagens acima elencadas foram interpretadas, respectivamente, por Catherine Zeta-Jones, Ray Stevenson, Clive Owen e Joan Plowright.

detalhadamente apresentada em sua forma física e espiritual, através de uma sequência de símbolos e metáforas ligados tanto à literatura grega clássica quanto ao folclore feérico celta britânico.

Ainda mais forte do que a representação das personagens é a configuração do espaço, desenvolvida durante os cinco capítulos de abertura, o primeiro dos quais se chama "Uma fisionomia que o tempo quase não alterou" ["A Face on Which Time Makes but Little Impression"]. Ou seja, a paisagem é comparada a um rosto indiferente, alheio ao desenrolar da trama, um ente para o qual as camadas do tempo e da história podem ser removidas sucessivamente, até chegarmos ao núcleo primitivo que define as relações da vida com a natureza. A imagem da fogueira, que observamos na cena em que Eustácia é apresentada, é uma marca da impassibilidade do local, Egdon Heath, perante o destino de seus habitantes. Uma fogueira se faz com madeira, ar e fogo, elementos primitivos. A do romance foi erguida para celebrar o Cinco de Novembro, uma espécie de Dia dos Bobos, aludindo a um episódio ocorrido no século XVII, a Conspiração da Pólvora, em que um grupo de descontentes tentou assassinar o rei Jaime Stuart durante uma sessão do Parlamento. O conluio foi desarticulado devido a uma delação. Vários envolvidos conseguiram escapar, mas oito foram aprisionados e condenados a serem afogados, esquartejados e enforcados. Entre eles estava Guy Fawkes, um soldado inglês católico que se tornou o símbolo do fracasso do complô. Com o tempo criou-se a tradição de montar uma fogueira, a cada 5 de novembro, na qual é queimado um boneco representando Guy Fawkes, enquanto são estourados fogos de artifício. A narrativa do romance deixa claro, no entanto, que, na perspectiva da natureza de Egdon Heath, trata-se apenas de mais uma fogueira em torno da qual um grupo de humanos se aglomera. Antes dessa fogueira, que é observada pela protagonista Eustácia Vye, houve incontáveis outras fogueiras armadas naquele mesmo local, nos Ritos de Maio que saudavam a chegada da primavera no período medieval, ou nas Festas da Colheita das tradições celtas primitivas. Também nesse aspecto a estrutura de *O retorno do nativo* se ajusta à da tragédia clássica: vista de dentro, a história apresenta cada personagem como um universo único, de importância suprema para o leitor envolvido. Por outro lado, mudando-se as proporções, para aquela natureza indiferente, um grupo de seres humanos em torno de uma fogueira à noite é tão insignificante como um bando de insetos vagando pelos campos de Egdon Heath.

A palavra *heath*, em inglês, significa um tipo de vegetação rasteira que cresce em solos ácidos não muito férteis, lembrando a paisagem dos pampas gaúchos, porém num terreno mais arenoso. Assemelha-se também aos chaparrais do norte do México e sudoeste dos Estados Unidos, ou às charnecas do norte da Inglaterra. A ideia é de uma extensão vasta e inóspita, pouco influenciada pela história ou pela presença humana. Essa escolha de cenário, por parte de um autor vitoriano, é expressiva, pois naquele período, e também na fase eduardiana subsequente, um tema recorrente era o da criação das cidades modernas, industrializadas, em detrimento da antiga sociedade rural, que perdia força, e cujos ideais iam sendo substituídos por uma nova ética, mais insensível e menos humana. Encontramos essa temática em obras de autores como William Goldsmith, William Blake, E. M. Forster e vários outros. Em *O retorno do nativo*, por se tratar de um território inóspito e infértil, Egdon Heath segue incólume à interferência humana sobre sua geografia. O mesmo acontece em *O morro dos ventos uivantes*, de Emily Brontë, outra grande obra vitoriana, com as charnecas (em inglês, "*the moors*") do norte de Yorkshire. A diferença entre os dois romances é que, em Brontë, Cathy e Heathcliff — cujo nome significa "o penhasco no *heath*" — são também elementos da natureza e parte do ambiente, a ponto de o fato de se integrarem a ele, através da morte, soar como uma vitória naquela narrativa. No romance de Hardy — calcado no conflito trágico entre a vontade do indivíduo e as necessidades do coletivo social — Clym anseia por voltar para Egdon Heath, enquanto Eustácia ambiciona deixar aquele lugar provinciano. Em *O retorno do nativo* temos dois focos de percepção diferentes, o das personagens, envolvidas em seus conflitos, procurando soluções para os sérios problemas que se apresentam, e a — até certo ponto reconfortante — indiferença da natureza de Egdon Heath, sempre alheia às mazelas dos indivíduos que ali habitam.

Encerra-se assim este breve comentário informativo sobre aspectos da vida e obra de Thomas Hardy, alguém que, como pessoa, teve uma vida como a de todos nós; e que, como autor, criou universos ficcionais inesquecíveis, como fizeram também outros grandes autores. Assim como ocorre no foco duplo de *O retorno do nativo*, as coisas têm o valor simbólico com que as investimos. A obra de Hardy pode ser avaliada a distância, pelo lado de fora, como faz esta introdução, ou em detalhe, por dentro, graças a esta nova tradução para o português feita por Jorge Henrique Bastos para a Editora Martin Claret. Com ela, podemos penetrar nos meandros do enredo, envolver-nos e nos posicionar quanto aos diferentes pontos de vista apresentados por Eustácia, Clym, Damon, Thomasin, pela Sra. Yeobright e outros, formando os nossos próprios juízos de valor como leitores enquanto viajamos pelo emocionante mundo de Hardy.

PREFÁCIO DO AUTOR

A data em que os eventos a serem narrados supostamente ocorreram pode ser fixada entre 1840 e 1850, quando o antigo balneário aqui denominado "Budmouth" ainda preservava um pouco de sua aura georgiana de encantamento e prestígio para atrair a alma romântica e imaginativa de um solitário habitante do interior.

Sob o nome genérico de "várzea de Egdon", que foi dado à cena sombria da história, estão reunidas ou tipificadas várzeas de vários nomes reais, no mínimo uma dezena delas; todas têm praticamente as mesmas características e aspecto, embora sua unidade original, ou sua unidade parcial, esteja relativamente desfigurada por faixas e fatias intrusas, vincadas pelo arado com vários graus de sucesso, ou transformadas em bosques.

É agradável imaginar que algum ponto no extenso trato cuja região sudoeste é aqui descrita possa ser a várzea daquele tradicional Rei de Wessex, Lear.

Julho, 1895.

PREFÁCIO GERAL À EDIÇÃO WESSEX, 1912

Ao aceder a uma proposta para a edição definitiva destes trabalhos em prosa e verso, tive a oportunidade de organizar os romances segundo o objetivo aproximado do autor, com cada livro encabeçando a concretização, a série e a data de sua composição. Muitas vezes, o objetivo foi menos intenso do que em outros momentos, quando o intento era maior, e por força das circunstâncias (entre as quais, a necessidade de publicar numa revista) que obrigaram a alteração, ínfima ou elevada, da ideia original.

Entretanto, alguns romances mais longos e muitos contos curtos, como se apresentam hoje, poderiam ter outra forma, se não tivessem ocorrido alguns imprevistos que obstruíram a conexão entre o escritor e o público. Suponho que teriam outra feição, se fossem escritos hoje.

Na classificação destas histórias — para a qual foi adotada a designação fictícia de "Romances de Wessex", e ainda se mantém — o primeiro conjunto foi denominado "Romances de caráter e ambiente", e reúne as histórias que mais se aproximam das obras sem influências. Há ainda uma ou duas que, seja qual for a qualidade de alguns dos episódios, podem reivindicar a verossimilhança no tratamento geral e nos pormenores.

O segundo conjunto foi designado "Romances e fábulas", uma definição suficientemente descritiva. O terceiro é composto pelos "Romances de formação" — e não obedece à provável cadeia de eventos. Depende, sobretudo, do mérito sobre os próprios incidentes.

Tais diferenças não são claramente perceptíveis nas páginas de cada volume. É inevitável que combinações e alterações ocorram em todo o conjunto.

Além do mais, como não foi possível modificar a disposição das histórias mais curtas para que os leitores se acostumassem, e o juízo atento se adequasse a certas negativas, algumas delas se localizam nas rubricas.

Conceberam-se romances cuja ação evolui através de cenas — limitadas como muitos deles fazem (porém não todos) — mas sem conseguirem ser tão inclusivos na exposição da natureza humana. Nestes romances, as cenas se passam em grandes regiões do país, os eventos acontecem em vilas e cidades, ou mesmo pelos quatro cantos do mundo. Não me preocupo em discutir este item, senão sugerir que essa concepção é falsa em relação às paixões mais elementares. Gostaria de afirmar que os limites geográficos do palco que se pisa aqui não forçaram absolutamente o escritor; ele os conduziu com prudência. Acredito que a magnífica herança helênica da literatura dramática encontrou espaço suficiente em grande parte da sua ação, ao longo do país, e em dezenas de locais aqui reunidos sob o antigo nome de Wessex. As sensações nacionalistas pulsavam em vários locais de Wessex, com tanta intensidade como nos palácios da Europa. De qualquer maneira, não havia muita natureza humana aí para o escopo literário de um homem. Eu estava dominado, até agora, pela ideia de que manteria tudo dentro das fronteiras, quando seria válido sobrepor-se a isso e introduzir características mais cosmopolitas à narrativa.

Dessa maneira, embora as pessoas na maioria dos romances (e em grande parte dos versos mais curtos) sejam habitantes de uma região limitada ao norte pelo Tâmisa, ao sul com o Canal da Mancha, a leste por uma linha traçada a partir de Hayling Island até a floresta de Windsor, e a oeste pela costa de Cornish, foram criadas para serem essencial e tipicamente de qualquer lugar.

Pensei que era escravo da vida, e louco pela vida do tempo.

Seres em cujos corações e mentes aquilo que é aparentemente local também é universal.

Mas seja qual for o resultado desse intento, o valor dos romances como características da humanidade possui pelo menos uma humilde qualidade adicional que pode justificar a lembrança do leitor, mesmo que isso venha a ser eventual e imprevisto. De acordo com o que se representa nas narrativas, alguns fatos, em Wessex, ocorriam da seguinte forma: os habitantes viviam de determinadas maneiras, assumindo certas profissões, mantendo vivas algumas tradições, tal como são reveladas nestas páginas. Ao pormenorizar tais pontos, lembrei muitas vezes das análises de Boswell sobre questões que lhe foram colocadas, as peregrinações que fora obrigado a fazer para legitimar alguns detalhes, embora não tenha granjeado elogios com o trabalho. No entanto, ao contrário das suas realizações, um erro teria provocado o descrédito, se os costumes e as capacidades obsoletas e antiquadas do país tivessem sido detalhados de forma incorreta, e ninguém descobriria tais lapsos até o fim dos tempos. Contudo, estabeleceram-se ditames para corrigir artifícios da memória e pelejar contra a tentativa de extrapolação, a fim de preservar o próprio júbilo sobre o registro genuíno de uma vida em extinção.

É lícito afirmar aqui, respondendo a pedidos de leitores interessados em paisagens pré-históricas, antiguidade, e, em especial, na arquitetura inglesa antiga, que tais descrições foram realizadas a partir do real, e tendo o real como base, mas tratadas de maneira imaginária. Muitas soluções foram alcançadas a partir de nomes já existentes, o Vale de Blackmoor ou Blakemore, Hambledon Hill, Bulbarrow, Nettlecombe Tout, Dogbury Hill, de High-Stoy, Bubb-Down Hill, a "Cozinha do diabo", Cross-in Hand, Long-Ash Lane, Benvill Lane, a Colina do Gigante, Crimmercrock Lane, e Stonehenge. Os rios Froom, ou Frome, e Stour são, naturalmente, bem conhecidos. A ideia era usar cidades e lugares que demarcam o entorno de Wessex tais como Bath, Plymouth, Start, Portland Bill, Southampton, etc., nomeados explicitamente. O esquema não foi muito elaborado, mas, seja qual for a importância, os nomes ainda permanecem.

No que diz respeito aos lugares descritos sob nomes fictícios ou antigos nas narrativas, parece correto descrevê-los — mantiveram-se nos poemas —, já que afirmaram na imprensa que se podiam reconhecer claramente os originais, tais como Shaftesbury em Shaston, Sturminster Newton em Stourcastle, Dorchester em Casterbridge, a planície de Salisbury em Grande Plano, Cranborne Chase em A Caçada, Beaminster é Emminster, Bere Regis torna-se Kingsbere, Woodbury Hill é Greenhill, Woolbridge é Wellbridge, Harfoot ou Harput Lane em Stagfoot Lane, Hazlebury em Nuttlebury, Bridport em Porto Bredy, Maiden Newton em Chalk Newton, uma fazenda perto de Nettlecomeb Tout em Flintcomb Ash, Sherborne é Sherton Abbas, a Abadia de Milton torna-se Middleton Abbey, Cerne Abbas em Abbot's Cernel, Evershot em Evershed, Taunton é Toneborough, Bournemouth é Sandbourne, Winchester em Wintoncester, Oxford é Christminster, lendo Aldbrickham, Newbury em Kennetbridge, Wantage em Alfredston, Basingstoke em Stoke Barehills, e assim por diante. Sujeitos às designações acima, dado que nenhum detalhe é garantido — que a imagem de cidades e povoados ficticiamente nomeados só foi sugerida por certos lugares reais, e segue de maneira arbitrária a partir de descrições arroladas —, não contradizem os caçadores interessados no real. Pelo menos fiquei satisfeito com as declarações, e o interesse pelas cenas.

(...)

Outubro, 1911, T. H.

O Retorno do Nativo

À melancolia
Eu dei bom-dia,
E pensei em deixá-la lá longe sozinha.
Mas sorrindo, sorrindo,
Seu amor é tão lindo,
E ela tão constante e tão boazinha!
Poderia enganá-la
E assim deixá-la,
Mas ela é tão constante e tão boazinha!

LIVRO I
AS TRÊS MULHERES

[1] UMA FISIONOMIA QUE O TEMPO QUASE NÃO ALTEROU

Num sábado de novembro, o crepúsculo assomava sobre a ampla extensão de campo aberto conhecida como várzea de Egdon, escurecendo-a mais a cada minuto. Acima, nuvens brancas cobriam o céu; dir-se-ia que era uma tenda e a várzea servia como chão.

No céu se alastrava um fulgor pálido, a serra era coberta por uma vegetação densa, e na linha do horizonte ambos se distinguiam nitidamente. Por causa desse contraste, a várzea parecia envolta numa noite que teria surgido antes da hora astronômica, a escuridão já se abrigara ali, embora o dia não tivesse acabado. Se um ceifador de tojo olhasse para o céu, pensaria em continuar a trabalhar; mas, ao baixar os olhos, decidiria concluir o feixe e voltar para casa. Os limites longínquos da terra e do firmamento pareciam separar não só duas naturezas díspares, mas também duas horas distintas. A superfície da várzea, por sua mera coloração, antecedia em meia hora o anoitecer; da mesma forma poderia retardar a aurora, tornar o meio-dia melancólico e intensificar a opacidade de uma meia-noite sem Lua, chegando a suscitar emoção e temor.

De fato, a dimensão extraordinária e assombrosa do ermo de Egdon iniciava naquele ponto exato de transição da obscuridade para as sombras noturnas. Ninguém poderia alardear que conhecia a várzea se não tivesse estado lá naquela hora. Quanto menos se enxergava a várzea, melhor se sentia a sua magia, estando seu completo efeito e explicação naquela hora e nas horas seguintes até a alvorada; nesse momento, e só nesse momento, a várzea se revelava em sua plenitude.

O local apresentava grande afinidade com a noite. Quando ela chegava, percebia-se a tendência efetiva das sombras e da paisagem de gravitarem juntas. A extensão lúgubre de relevos e depressões parecia elevar-se indo ao encontro das trevas noturnas com franca empatia, a várzea disseminando a escuridão assim que o céu a lançava sobre si. Dessa maneira, a obscuridade do ar e a da terra se encontravam em uma confraternização negra na direção da qual cada uma avançara meio caminho.

O lugar se impregnava agora de uma prontidão atenta. Enquanto tudo mergulhava no sono, dir-se-ia que a várzea aos poucos despertava e se punha a escutar. O seu vulto pujante parecia aguardar algo, todas as noites; mas ela aguardara assim, impassível, durante tantos séculos, atravessando as crises de tantas coisas, que só poderíamos conjeturar que ela aguardasse uma crise derradeira, o aniquilamento extremo.

Era um lugar que vinha à memória dos que o amavam com certo aspecto peculiar de afabilidade. As planícies floridas repletas de frutos dificilmente criam o mesmo efeito porque são sempre harmoniosas, sendo mais célebres no passado do que no presente. O crepúsculo se unia com a paisagem da várzea, gerando um espetáculo magnífico, sem austeridade, impressionante sem ser exibicionista, intenso e sugestivo, de uma majestade simples. As características que, com frequência, estampam na fachada de uma prisão mais nobreza do que a que encontramos na fachada de um palácio que tem o dobro de seu tamanho emprestavam a essa várzea uma sublimidade que está por completo ausente de muitas regiões reconhecidas por sua beleza convencional. As paisagens belas se harmonizam admiravelmente com a felicidade, mas, ah, quando não há felicidade... Os homens sofrem mais com a zombaria de um lugar demasiado alegre para seu espírito do que com a carga exercida pelos ambientes repletos de tristeza. A melancólica Egdon atraía um instinto mais sutil e incomum, uma emoção adquirida mais recentemente do que aquela que reage à espécie de beleza considerada encantadora e atraente.

De fato, deve-se inquirir se o reino peculiar de tal beleza ortodoxa não está agonizando. O novo vale de Tempe pode ser um sombrio deserto em Thule; as almas podem encontrar-se em harmonia cada vez mais íntima com as coisas extensas que exibem uma melancolia que era inconciliável com a juventude de nossa raça.

Devem estar abeirando-se os tempos — se já não chegaram — em que a grandeza frugal de um bosque, do mar ou de uma montanha serão os únicos espetáculos da natureza em total harmonia com o humor dos homens mais predispostos à meditação. Por fim, ao turista vulgar regiões como a Islândia podem tornar-se tão aprazíveis como são agora os vinhedos e os jardins de murta do sul da Europa, ou Heidelberg e Baden passem despercebidas quando ele for rápido, dos Alpes até as dunas arenosas de Scheveningen.

O mais rigoroso asceta se sentiria à vontade para deambular por Egdon; permitir a si mesmo influência como essa seria totalmente legítimo. A cor e a beleza, suavizadas a esse ponto, poderiam no mínimo ser oferecidas a qualquer um. Apenas nos dias mais luzidios do verão a várzea chegava ao nível da alegria. Em geral, ela atingia a intensidade mais pelo aspecto imponente que pelo lado magnífico, e esse tipo de intensidade era frequentemente atingido com as sombras, os temporais e os nevoeiros do inverno. Egdon então despertava para a reciprocidade; o temporal era o seu amante, o vento, seu companheiro. Por essa altura, transformava-se no abrigo de espectros insólitos; e se descobria que ela era o original, até aquele momento não reconhecido, daquelas regiões selvagens que sentimos envolver-nos quando, à meia-noite, sonhamos com catástrofes e fugas vertiginosas nas quais não voltamos a pensar após o sonho, até que as revivemos perante paisagens desse tipo.

Naquele momento, era um lugar perfeitamente conciliado com a natureza humana; não era horrível, nem abjeto nem feio; não era lugar comum, nem sem sentido ou sem graça; mas, como o homem, desprezada e resistente; e além disso sublime e repleta de mistério na sua obscura monotonia. Tal como ocorre com algumas pessoas que permaneceram muito tempo isoladas, dir-se-ia que podíamos ler a solidão na sua fisionomia. Apresentava um rosto solitário, sugerindo contingências trágicas.

Essa região obscura, antiga e abandonada consta no livro *Domesday*, registro da Inglaterra executado por Guilherme I. A sua natureza é registrada como um terreno árido — várzeas cobertas de tojo e sarça — de *Bruaria*. Em seguida aparecem o comprimento e a largura em léguas; e, embora haja alguma incerteza sobre a extensão exata dessa remota medida linear, parece, a partir desses valores, que desde aquela época (1086) Egdon pouco diminuiu. A *Turbaria Bruaria* — o direito de cortar a turfa da várzea — é mencionado em escrituras relacionadas a esse distrito. "Coberto de várzeas e charcos", assevera Leland a respeito dessa mesma soturna extensão de terra.

Ali estão registrados, no mínimo, fatos inteligíveis sobre a paisagem, provas abrangentes capazes de provocar uma satisfação autêntica. Egdon fora sempre o que continuava a ser então — uma região indomada e ismaelita. A civilização era sua inimiga, e, desde que a vegetação começara a crescer ali, o seu solo sempre tivera aquele tom amarronzado, um vestuário imutável e característico daquele tipo de paisagem. Aquele manto uniforme e respeitável encerrava um tipo de escárnio contra a vaidade humana em matéria de vestes. Alguém com uma roupa moderna no corte e na cor assume, na várzea, um ar um pouco anormal. Onde as vestes da terra parecem primitivas, para o homem se exige uma roupa mais simples e velha.

No vale central de Egdon, recostar-se num tronco de espinheiro entre a tarde e a noite, num momento como aquele, em que os olhos não abarcam nada além das encostas da várzea que preenchem completamente o campo da retina, sabendo que tudo lá embaixo ou à nossa volta se mantém assim desde os tempos pré-históricos, imutável como as estrelas no espaço, dava lastro ao espírito propenso a mudanças e perseguido pela incontornável novidade. Aquela região inviolada mostrava uma imutabilidade que o mar não pode reivindicar para si. Quem pode afirmar, a respeito de determinado mar, que ele é antigo? Destilado pelo Sol, atraído pela Lua, ele se renova num ano, dia ou hora. O mar se transforma, os campos mudam, os rios, as aldeias e as pessoas se alteram. Egdon perdura. Aquela área não era tão escarpada para ser destruída pelo vento nem tão plana para ser assolada por cheias ou depósitos. Com a exceção de uma estrada antiga e um túmulo ainda mais velho, a que vamos fazer referência em breve — ambos quase cristalizados em produtos naturais devido à sua longa permanência —, até mesmo certas irregularidades insignificantes do terreno não foram causadas por picaretas, arados ou enxadas, mas estavam ali como marcas da última alteração geológica.

 A estrada mencionada acima cruzava, de um ponto a outro, os terrenos mais baixos da várzea. Em alguns pontos do seu percurso ela se sobrepunha a um antigo caminho vicinal que era uma ramificação da grande estrada ocidental dos romanos — a Via Iceniana, ou Rua Ikenild, que ficava perto dali. Na tarde de que estamos falando, verificou-se que, apesar de a escuridão ter-se intensificado o suficiente para cobrir os traços menos evidentes da várzea, a superfície branca da estrada persistia distinta como sempre.

[2] A HUMANIDADE SURGE EM CENA, TRAZENDO A INQUIETAÇÃO

Um velho caminhava pela estrada. Sua cabeça era alva como uma montanha nevada, seus ombros, caídos e seu aspecto, de generalizada decadência. Usava um chapéu de lona encerada, uma capa antiga e sapatos de marinheiro. Percebiam-se nos botões do casaco âncoras gravadas; o velho empunhava uma bengala de castão de prata que usava como uma autêntica terceira perna, já que a apoiava no chão a cada pequeno trecho que caminhava. Era provável que, na juventude, tivesse sido um oficial da Marinha, de alguma patente.

À sua frente, a estrada penosa se alongava árida, vazia e branca. Era margeada pela várzea em ambos os lados, dividindo ao meio a vasta superfície escura como se fosse o risco que reparte uma cabeleira negra, diminuindo e se encurvando no ponto mais distante do horizonte. O velho estendia o olhar para a frente, vislumbrando o trajeto que ainda teria de percorrer. Por fim, divisou na distância um ponto tênue, que parecia ser um veículo. Percebeu que se deslocava no mesmo sentido que o seu. Aquele era o único átomo vivo que existia na paisagem, o que acentuava a solidão geral. Avançava devagar, e por essa razão o velho se aproximou perceptivelmente.

Ao se aproximar, distinguiu um veículo fechado comum, mas com uma cor estranha — um vermelho apagado. O condutor seguia ao lado e, assim como o veículo, era totalmente vermelho. Um tom semelhante cobria suas roupas e o boné, as botas, o rosto e as mãos. Ele não estava provisoriamente coberto pela tinta, e sim todo impregnado dela.

O velho entendia o que aquilo queria dizer. O dono do veículo era um vendedor de almagre; seu trabalho era abastecer os camponeses com tinta vermelha para marcar as ovelhas. Fazia parte de uma classe que estava desaparecendo em Wessex, e hoje ocupava, no mundo rural, o lugar que no século XVIII o pássaro dodô preenchera no mundo dos animais. É um traço de união interessante e quase extinto ligando as formas antiquadas de vida às que atualmente subsistem.

Aos poucos, o antigo oficial alcançou seu companheiro de viagem e lhe desejou boa-tarde. O vendedor de almagre virou a cabeça e respondeu com uma voz entristecida e um ar ocupado. Era jovem e, se o rosto não era bonito, ficava tão perto de ser que ninguém iria contestar a afirmação de que era realmente bonito em sua cor natural. O seu olhar, que tinha uma fulguração estranha através da tinta, era em si atraente, penetrante como o de uma ave de rapina e azul como a névoa outonal. Não tinha costeleta nem bigode, e isso possibilitava ver as curvas suaves da parte inferior do rosto. Os lábios eram finos, e, embora se mostrassem contraídos pelo pensamento, levantavam-se às vezes nos cantos ensaiando um sorriso. Apresentava-se vestido com um traje justo de belbutina, de excelente qualidade e pouco uso e bem escolhido para a ocasião, só que sem a cor original por causa da profissão do homem. O traje realçava a elegância de suas harmoniosas formas. Certo ar abastado se desprendia dele, o que levava a supor que não era por ser pobre que ocupava aquela posição. Um observador faria uma inquirição natural: por que razão alguém tão promissor ocultaria o seu exterior atraente assumindo uma ocupação tão bizarra?

Após responder ao cumprimento do velho, o homem não revelou disposição para iniciar um diálogo, mesmo que estivessem a caminhar um ao lado do outro, pois o caminhante mais idoso demonstrava querer companhia. Não se ouviam sons além do rumor do vento no manto de relvas trigueiras que os cercava, o chiar das rodas, os passos dos homens e o trote dos cavalos felpudos que puxavam o veículo. Os animais eram de pequeno porte, mas robustos, de uma raça entre Galloway e Exmoor, e reconhecidos ali como "filhos da várzea".

Enquanto avançavam, o vendedor de almagre saía, às vezes, do lado do companheiro, contornava o veículo e olhava para dentro através de uma janela pequena. Observava sempre com um ar apreensivo, e voltava para o seu lugar ao lado do velho, que fazia uma observação sobre as condições da terra ou algo similar; o vendedor de almagre respondia distraído e logo os dois caíam no silêncio. O silêncio não lhes causava nenhum constrangimento. Nesses locais ermos, os caminhantes após a saudação continuam próximos, mas sem falar qualquer coisa por muitos quilômetros. A proximidade já é em si uma conversa tácita que, ao contrário do que acontece nas cidades, pode acabar por qualquer motivo, e o fato de não acabar é em si mesma uma espécie de comunicação.

Era provável que os dois homens não retomassem a conversa, não fosse pelas visitas que o vendedor de almagre fazia ao veículo. Quando ele voltou da quinta inspeção o velho lhe perguntou:

— Tem algo lá dentro, além da carga?

— Tenho.

— Alguém precisando de ajuda?

— Sim, senhor.

Pouco depois se ouviu um grito fraco vindo do interior do veículo. O vendedor de almagre retrocedeu correndo, olhou para dentro e voltou de novo para a frente.

— É uma criança que está ali, meu rapaz?

— Não, senhor, é uma mulher.

— Diabos! E por que ela gritou?

— Está dormindo e, como não está acostumada a viajar, parece assustada. Deve estar sonhando.

— É jovem?

— Sim, é.

— Isso é algo que me interessaria quarenta anos atrás. Com certeza é a sua mulher?

— Minha mulher! — repetiu o outro, com um tom amargo. — Não sou do mesmo nível dela. E não há razão para que eu comente isso com o senhor.

— É verdade. Contudo, também não vejo razão para não comentar. Que mal posso causar a vocês?

O vendedor de almagre observou o rosto do velho.

— Muito bem, senhor. Não a conheci agora, embora preferisse não a ter conhecido nunca. Ela não é nada para mim, nem eu sou coisa alguma para ela. Tampouco ela estaria no meu carro se houvesse um melhor para transportá-la.

— Posso saber de onde?

— De Anglebury.

— Conheço a cidade. O que ela fazia lá?

— Nada que mereça ser comentado. Agora está muito cansada e se sentindo mal. Por essa razão está tão agitada. Adormeceu há cerca de uma hora e isso vai lhe fazer bem.

— Ela é bonita?

— É possível dizer que sim.

O outro caminhante virou o olhar com curiosidade para a janela, e, sem o desviar, disse:

— Posso vê-la um pouco?

— Não — afirmou o vendedor de almagre, bruscamente. — Está escuro para vê-la, além do mais não tenho permissão para isso. Graças a Deus, ela está dormindo, espero que não desperte antes de chegar em casa.

— Quem é? Alguém daqui?

— Desculpe, mas isso não interessa.

— Não será aquela moça de Blooms-End que está sendo tão comentada nos últimos tempos? Se for, eu a conheço e imagino o que ocorreu.

— Isso não interessa. Lamento dizer, senhor, mas logo teremos de nos separar. Meus cavalos estão esgotados, e ainda tenho muita caminhada pela frente. Vou deixar que descansem por uma hora nesta encosta.

O caminhante mais idoso balançou a cabeça, indiferente, e o vendedor de almagre desviou os cavalos para a borda da estrada, e falou: — Boa-noite.

O velho respondeu ao cumprimento e seguiu seu trajeto.

O vendedor de almagre divisou o vulto do outro se distanciar até se tornar um pequeno ponto engolido cada vez mais pelos véus densos da noite. Em seguida retirou uma ração de feno que estava atada sob o veículo, e atirou um pouco aos cavalos; com o resto fez uma almofada que dispôs no chão, logo ali ao lado. Sentou-se nela e se encostou na roda do carro. De lá de dentro chegava aos seus ouvidos um rumor de respiração baixa e suave. Ao que pareceu, aquilo o satisfez, e ele observou contemplativamente a cena, como se ponderando o próximo passo.

Fazer as coisas de maneira contemplativa, e lentamente, parecia ser um imperativo nos vales de Egdon naquela hora de transição, pois algo que derivava do próprio aspecto da várzea conferia-lhe um toque de incerteza demorada e hesitante. Era a qualidade do repouso inerente à cena. Que não era o repouso da verdadeira estagnação, mas o repouso aparente de uma incrível lentidão. Uma condição de vida saudável que é muito parecida com o torpor da morte é uma coisa notável por si mesma; exibir a inércia do deserto e ao mesmo tempo exercer poderes que são os da campina, ou até da floresta, despertava nas pessoas que pensavam nisso uma atenção em geral provocada pelo eufemismo ou a reserva.

Perante o olhar do vendedor de almagre se espraiava uma perspectiva feita por uma série de elevações que, a partir da estrada, se perdiam para trás, no coração da várzea. Ele percebia os fossos, colinas, encostas em sucessão. Isso tudo era rematado por um outeiro elevado, recortando a luz serena do céu. O olhar do caminhante peregrinou por tudo aquilo, detendo-se num objeto digno de nota que viu sobre o outeiro. Era um túmulo. Essa projeção saliente de terra, acima do nível natural, ocupava o ponto mais elevado e solitário da várzea. Apesar de, a partir do vale, ele parecer apenas uma verruga na sobrancelha de um Atlante, seu tamanho era considerável, formando o polo e o eixo do mundo da várzea.

Enquanto o homem repousava olhando o túmulo, observou que no topo, o ponto mais alto da paisagem em torno, havia algo ainda mais elevado. Do monte semiesférico surgia um espigão como a ponta de um elmo. O pensamento inicial de um forasteiro imaginativo julgaria que se tratava de um dos celtas que haviam construído o túmulo, já que tudo o que era moderno destoava da paisagem. Seria o último dos celtas, apreciando tudo aquilo, antes de tombar na noite eterna com os outros da sua raça.

A figura permanecia imóvel como o monte, que se erguia acima da planície. Acima da planície o túmulo, e sobre o túmulo, o vulto. Acima do vulto não havia nada que pudesse ser localizado, a não ser que fosse na abóbada celeste.

A figura citada proporcionava à massa escura dos outeiros um remate tão perfeito, tão suave e tão próprio que parecia ser a sua única justificativa. Sem ela, os outeiros seriam a cúpula sem a lamparina; com ela, as condições do conjunto arquitetural eram satisfatórias. A cena era curiosamente homogênea. O vale, o terreno montanhoso, o túmulo e o vulto no alto se fundiam numa unidade. Observar um ponto ou outro não era olhar o conjunto, era ter uma visão incompleta de algo.

Tanto o vulto era parte integrante de toda a estrutura imóvel que o vê-lo movimentar-se impressionaria o espírito como um fenômeno estranho. Sendo a imobilidade a principal característica daquele conjunto que a pessoa integrava, a violação de tal imobilidade causaria desconcerto.

E foi o que aconteceu. O vulto se moveu, caminhou um pouco e se virou. Como que assustado, desceu pelo lado direito do túmulo, resvalando como uma gota d'água numa pétala, desaparecendo em seguida. O movimento bastou para se concluir que era um vulto de mulher.

Observemos agora a razão do seu desaparecimento. Quando sumiu por um dos lados, alguém chegou pelo outro, distinguindo-se no espaço. Subiu no túmulo e dispôs no alto um fardo que transportava. Depois dessa, surgiram uma segunda, uma terceira, uma quarta e uma quinta pessoas, e então o túmulo todo estava repleto de gente. O que se concluía com aquela pantomima de vultos recortados no céu era isto: a mulher, que parecia não ter qualquer relação com os outros vultos, evitava-os e estava ali com objetivos distintos dos deles. A imaginação do observador se ligava preferencialmente àquela figura solitária e desaparecida da mulher, como algo de interesse maior, mais importante e suscetível de ter uma história digna de atenção do que os outros recém-chegados, que o observador considerava inconscientemente como intrusos. Mas eles protelavam e começavam a se instalar, enquanto a figura solitária que até agora era a rainha da solidão já não estaria disposta a regressar.

[3] TRADIÇÕES DA REGIÃO

Se um observador estivesse situado nas imediações do túmulo, teria reconhecido que aquelas pessoas eram rapazes e homens dos povoados vizinhos. Cada um deles subira até o túmulo carregando ao ombro uma longa vara de onde pendiam feixes de tojo. As varas tinham pontas aguçadas que facilitavam a colocação dos feixes, dois à frente, dois atrás. Eles vinham de um ponto da várzea que distava uns quinhentos metros à retaguarda e no qual o tojo crescia em abundância.

Devido a esse método de carregar os feixes, cada um deles ficava tão coberto de tojo que parecia um arbusto sobre pernas até que colocasse os fardos no solo. O grupo seguia em fila como um rebanho de ovelhas, os mais fortes seguiam na frente, e os mais fracos, atrás.

Empilharam a carga, e uma pirâmide de nove metros de circunferência coroou o túmulo, conhecido pelas redondezas como Rainbarrow. Alguns dos homens riscavam fósforos; uns procuravam os feixes mais secos; outros desfaziam os nós de espinheiro que atavam os feixes. Outros erguiam os olhos e sondavam a ampla extensão do terreno, quase totalmente afundada na sombra. Em qualquer hora diurna, nos vales da várzea, não se enxergava mais do que a sua face sombria, mas aquele ponto imperava sobre um horizonte extenso que ia além da várzea. Não se via agora nenhuma das suas características, mas o conjunto se fazia sentir como uma vaga extensão de algo remoto.

Enquanto os homens e rapazes faziam a pilha, houve uma mudança na densa camada de sombras que correspondia à paisagem longínqua.

Começaram a acender aos poucos, pelo campo em redor, sóis rubros e penachos de fogo. Eram as fogueiras de outras paróquias e povoados que participavam da comemoração. Algumas estavam afastadas e ficavam envolvidas em uma atmosfera densa, de modo que delas irradiavam feixes com raios cor de palha em forma de leque. Outras eram grandes e estavam mais próximas; irrompiam da sombra num tom escarlate fulgurante, criando o aspecto de feridas numa pele escura. Outras eram ainda como Mênades com rostos ébrios e cabeleiras revoltas. Coloriam o seio silencioso das nuvens sobre elas e acendiam suas efêmeras cavernas, que pareciam então transformar-se em caldeirões escaldantes. Era possível contar, nos limites da região, pelo menos umas trinta fogueiras da festa e, assim como conseguimos identificar as horas num relógio cujos números se tornaram invisíveis, os homens conseguiam identificar na paisagem, pelo ângulo e a direção, o local de cada fogueira.

A primeira chama alta de Rainbarrow se projetou no céu, atraindo todos os olhares que até aquele momento estavam fixos nas suas próprias fogueiras distantes. Um clarão vivo rajou a face interior do círculo humano — agora acrescido de outros participantes, tanto homens quanto mulheres —, cobrindo-a de dourado, chegando até a atingir a turfa escura com uma intensa luminosidade, que perdia força no ponto em que o túmulo sumia da vista. Esse clarão revelava o túmulo como parte de uma esfera tão perfeita como no dia em que fora construído, pois até o pequeno fosso de onde se retirara a terra continuava com o mesmo aspecto. Nunca um arado remexera aquele solo. Na aridez que a várzea ofertava ao lavrador havia muita fecundidade para o historiador. Nada se apagara, porque nada ali fora cultivado.

Era como se aqueles que produziam a fogueira estivessem em um radiante patamar superior do mundo, isolados e independentes dos obscuros tratos da terra que estavam num nível inferior. Lá embaixo a várzea era agora um abismo extenso, e não a continuação da plataforma onde eles estavam; pois os olhos das pessoas, acostumados ao clarão do fogo, não distinguiam as profundezas não atingidas por ele. Às vezes, é verdade, uma labareda mais possante lançava dos feixes dardos de luz que pareciam sinalizadores iluminando as encostas e atingindo um longínquo arbusto, charco ou superfície de areia branca, alumiando-os com as mesmas cores vivas até que tudo se confundia de novo na escuridão. Nesse momento, o fenômeno sombrio na parte inferior assemelhava-se ao Limbo, tal como o imaginara o ilustre florentino na sua visão, e o estrondoso rumor do vento nas concavidades parecia com as súplicas das "almas de grande valor" suspensas ali.

Era como se aqueles homens tivessem subitamente mergulhado em eras ancestrais e trazido de lá memórias que, anteriormente, haviam sido familiares àquele local. As cinzas da primitiva pira britânica que queimara naquele cume continuavam intactas e imperturbáveis no túmulo sob os pés deles. As chamas das piras funerárias muito tempo antes acesas ali haviam iluminado as planícies da mesma forma que agora aquelas chamas. Fogueiras em homenagem a Thor e Odin haviam também sido acendidas no mesmo solo, tendo sua época. De fato, sabe-se que fogueiras como as que divertiam agora os homens da várzea são muito mais descendentes em linha direta dos ritos druídicos e das cerimônias saxônicas, do que do sentimento popular causado pela Conspiração da Pólvora.[1]

Além disso, acender uma fogueira é um ato natural que persiste no homem quando chega o inverno, e a natureza toca o sino do recolhimento. É uma rebelião instintiva, prometeica contra o decreto de que a estação trará um tempo terrível, sombras frias, o desastre e a morte. Chega então o caos e os deuses acorrentados da terra repetem: "Faça-se a luz".

Na pele e nas vestes das pessoas se alternavam, como num embate entre si, clarões cintilantes e sombras fuliginosas, o que imprimia nas feições e nos perfis um traço intenso como o de Dürer. Entretanto, era difícil encontrar a expressão moral permanente de cada face, pois as ágeis chamas subiam, desciam e mergulhavam através do ar, e as

---

[1] Conspiração da Pólvora, também conhecida como Conspiração da Traição da Pólvora, foi o atentado ocorrido contra o rei James VI da Escócia, Jaime I da Inglaterra, em 1605, realizado por um grupo de católicos ingleses. (N. T.)

nesgas de sombra e as chispas de luz sobre as fisionomias do grupo mudavam sem parar de forma e posição. Tudo era variável: trêmulo como as folhas, efêmero como o relâmpago. Nos olhos, órbitas sombrias, profundas como as de um cadáver, transformavam-se em minas de resplandescência; um queixo protuberante em um rosto encovado brilhava de repente; rugas se acentuavam como desfiladeiros ou eram completamente apagadas com a mudança da luz. As narinas eram fossas negras, os tendões dos pescoços velhos eram molduras douradas; coisas sem brilho refulgiam; objetos luminosos, como a ponta da foice de ceifar o tojo, pareciam de vidro; os globos oculares faiscavam como lanternas diminutas. Os que a natureza compusera como estranhos tornavam-se grotescos; os grotescos se convertiam em sobrenaturais, pois tudo tendia para o extremo.

Tanto era assim que talvez o rosto de um velho que chegara ali por causa da fogueira não fosse apenas, como parecia, só queixo e nariz, mas sim uma fisionomia humana bastante apresentável. Ele permanecia em pé, aquecendo-se complacentemente ao lado da fogueira. Com um graveto ou uma estaca, lançava de volta para a fogueira os restos de combustível que haviam caído no chão. Olhava para o meio da pilha e, de vez em quando, media a altura das chamas ou seguia as faíscas que saltavam para depois se apagarem na escuridão. O espetáculo reluzente, unido ao calor penetrante, pareceu incutir-lhe uma alegria enorme que acabou em arrebatamento. Com uma bengala na mão, o velho deu início a um minueto individual, e um molho de chaves de cobre começou a brilhar e balançar sob o seu colete. Depois ele passou a cantar, sua voz era como um zumbido de abelha dentro de um cano:

O rei mandou juntar
Toda a nobreza que tinha
E falou: — Vou revelar
Vossa senhora, a rainha;
Vos levarei como igual
O senhor conde marechal.

Se ajoelhando diante do rei,
Repete o conde: — Grão favor
Este é, pois eu sei
Que a rainha, meu senhor,
(fidúcia de conde marechal)
É pura de todo mal.

A falta de fôlego o impediu de continuar a cantiga, a interrupção chamou a atenção de um homem forte de meia-idade, que mantinha a comissura dos lábios arcadas para baixo, feito um crescente, como se temesse expressar qualquer vestígio de alegria.

— Bela trova, Velho Cantle, mas é muito difícil para a garganta fatigada de um velho como o senhor — disse ele ao ancião hílare. — Bem que o senhor gostaria de ter dezoito anos, como na época em que cantava, não é?

— O quê? — indagou o Velho Cantle, parando de dançar.

— Estou perguntando se o senhor gostaria de voltar a ser jovem. Hoje em dia tem um buraco nos pulmões, ao que parece...

— Mas continuo com talento. Se não conseguisse fazer o que faço com pouco fôlego, com certeza não pareceria mais novo que os outros velhos, você não acha, Timothy?

— E o que se sabe de novo sobre o casal da estalagem da Mulher Tranquila? — perguntou o outro, apontando uma luz mortiça situada na direção da estrada, embora muito distante do ponto onde o vendedor de almagre estava descansando naquele instante. — Afinal, o que foi que aconteceu? O senhor, que é um homem esperto, deve saber.

— Mas um pouco brincalhão, não acha? Concordo. Mas o Mestre Cantle é isso ou nada. Contudo, é um pecado leve, vizinho Fairway, e que pode ser curado com a idade.

— Ouvi dizer que iam voltar esta noite para casa. A estas alturas, já devem ter voltado. E o que mais?

— Acho que devíamos ir dar-lhes os parabéns, o que acham?

— Acho que não.

— Não? Acho que devíamos fazer isso. Eu pelo menos preciso fazer isso, ou então deixaria de ser quem sou, aquele que aparece primeiro em todos os banquetes:

Você veste hábito de frade
Eu visto outro igual e
Teremos co'a rainha Leonor
Como o frade com seu irmão

— Na noite passada encontrei a tia da jovem noiva, a Sra. Yeobright, e ela me disse que Clym, o filho, deve chegar para o Natal. Ele me parece muito inteligente. Queria muito ter tudo o que está por baixo do cabelo daquele jovem! Bom, falei com ela à minha maneira, bem-humorado, e ela falou: "Um homem com aspecto tão respeitável, e falando como um idiota!". Foi o que me disse. Mas ela não tem importância para mim, diabos me levem se me importa! Por isso respondi: "Não me importo nada com o que a senhora diz!". Acabei com ela, não foi?

— Acho que ela é que acabou com o senhor... — disse Fairway.

— Não! — disse o Velho Cantle, alterando o semblante. — Não acho que foi tanto assim.

— Parece que Clym vem passar o Natal aqui, por causa do casamento; arrumar as coisas de outra maneira, já que a mãe ficou só em casa.

— Sim, isso mesmo. Mas, Timothy, ouça bem — disse o Velho Cantle, acentuando o ar sério. — Apesar de ser conhecido como brincalhão, sei ser sensato quando é preciso, e agora estou falando sério. Posso falar várias coisas sobre os noivos. Sim, saíram hoje de manhã, lá pelas seis, para tratar do assunto e até agora nada deles, mas creio que regressaram esta tarde, já casados. Não falei como um homem, Timothy, e não é verdade que a Sra. Yeobright está enganada sobre mim?

— Acho que sim. Não os vejo juntos desde o último outono, quando a tia dela proibiu que corressem os proclamas. Quanto tempo faz afinal que o conflito foi superado, você sabe, Humphrey?

— Sim, quando? — inquiriu Cantle, desembaraçado, voltando-se para Humphrey. — Eu é que pergunto...

— Quando a tia mudou de opinião, falando que ela podia se casar com o homem — respondeu Humphrey, sem tirar os olhos da fogueira. Ele era um jovem um pouco solene, que trazia consigo a foice e as luvas de couro dos ceifadores de tojo. Apresentava ainda, por causa da sua profissão, as pernas envolvidas em polainas abauladas e tesas, como as grevas metálicas dos filisteus.

— Acredito que foi por essa razão que partiram daqui para casar. Depois de criar aquele constrangimento e proibir os proclamas, a Sra. Yeobright ia fazer papel de boba se consentisse com a realização de um casamento com toda a pompa na mesma paróquia, como se ela não tivesse dito que era contra.

— Exato. Ia fazer papel de boba, e isso foi muito ruim para os noivos, embora eu esteja apenas supondo, claro... — falou enfático o Velho Cantle, ainda fazendo grande esforço para manter um ar sério.

— Bem, eu estava na igreja naquele dia — disse Fairway. — E foi muito curioso o que aconteceu.

— Se eu não fosse um simplório — disse Grandfer enfaticamente, não teria ido lá este ano, e agora que o inverno chegou não vou garantir que irei.

— E eu não ando por lá há três anos — disse Humphrey. — Porque tenho muito sono aos domingos e a igreja é muito longe... e, mesmo que você chegue lá, é mínima a chance que você tem de ser escolhido para o céu, enquanto tantos não são; então eu fico em casa e não vou.

— Pois eu — disse Fairway, com outra ênfase — não só estava lá por acaso, como me sentei no mesmo banco que a Sra. Yeobright. Embora achem exagero, enquanto a ouvia meu sangue ia gelando nas veias, pois eu estava bem ao seu lado.

O narrador olhou em volta os espectadores, que agora se aproximavam mais. Os lábios se comprimiram com mais força, enquanto ele descrevia de maneira sóbria e rigorosa.

— É coisa séria acontecer uma coisa dessas com a gente na igreja! — falou uma mulher que estava atrás.

— "Que fale agora, ou se cale para sempre", foram as palavras do pároco. Então, quase ao meu lado, uma mulher se levantou. "Que eu seja fulminado aqui mesmo se essa dama que se levantou não é a Sra. Yeobright", disse a mim mesmo. Sim, vizinhos, foi isso o que eu disse, apesar de estar no templo da oração. É contra meus princípios blasfemar perante tantas pessoas, e espero que as mulheres presentes não me façam caso. Mas o que eu disse eu disse, e seria uma mentira se eu não admitisse isso.

— Seria sim, vizinho Fairway.

— "Que eu seja condenado se não foi a Sra. Yeobright que se levantou", eu disse — reiterou o narrador, proferindo aquela expressão horrível com a mesma severidade austera na face, o que confirmava a necessidade e não o prazer que sentia com a repetição. — O que ouvi em seguida foi: "Proíbo que se leiam os impedimentos", dito por ela. "Falo com a senhora depois da cerimônia" — disse o pároco, humilde, transformado num homem comum. Sim! Não era mais santo do que eu ou vocês. Nossa, como ela estava pálida! Talvez vocês consigam se lembrar daquele monumento na igreja de Weatherbury. O soldado de pernas cruzadas, cujo braço foi arrancado pelas crianças. O rosto dele se parecia com o daquela mulher quando ela disse: "Proíbo que se leiam os impedimentos".

Várias pessoas tossiram, e algumas lançaram gravetos na fogueira, não porque isso fosse necessário, mas para terem tempo de refletir sobre a moral da história.

— Podem crer que, ao ouvir que os impedimentos estavam suspensos, fiquei tão satisfeita como se tivesse ganhado algum dinheiro — ouviu-se uma voz enérgica, a de Olly Dowden, uma mulher que vivia da fabricação de vassouras e espanadores. Era sua característica ser delicada tanto com os inimigos quanto com os amigos, e agradecida a todos por deixarem-na existir.

— E agora, a jovem acabou se casando com ele — disse Humphrey.

— Após esses fatos, a Sra. Yeobright mudou de ideia e mostrou-se muito amável! — falou Fairway, retomando a conversa com o semblante desprendido, para demonstrar que as suas palavras não eram um apêndice às de Humphrey, mas o resultado de reflexões independentes.

— Mesmo supondo que os noivos estivessem envergonhados, não sei por que razão não devessem se casar aqui mesmo — disse uma mulher robusta, cujo espartilho rangia como sapatos de couro toda vez que ela se mexia. — É de boa educação convidar os vizinhos para uma comemoração. E pode ser tanto em casamentos, como em dias santos. Não gosto das coisas feitas às escondidas.

— E olhem (vocês podem não acreditar), não me interessam casamentos festivos — falou Timothy Fairway, olhando ao redor. — Tampouco censuro Thomasin Yeobright e o vizinho Wildeve por fazerem tudo às escondidas, com franqueza. Um casamento em casa significa cinco ou seis danças em grupo por hora, o que não ajuda as pernas de um homem com mais de quarenta anos.

— É verdade. Quando se está na residência da pessoa que se casa, fica difícil se recusar a participar do baile. É preciso, para merecer o banquete...

— Temos de dançar no Natal, pois é a época certa do ano, e durante os casamentos porque é um período único da vida; ou nos batizados, quando se trata do primeiro ou segundo filho, é preciso participar pelo menos em uma ou duas danças. Sem falar nas cantigas que é necessário cantar. Gosto mais de um belo funeral do que de qualquer outra coisa. Há tanta comida boa e bebidas como noutros eventos... e até melhores. E falar do caráter do defunto não cansa as pernas nem nos faz mancar como a dança do marinheiro.

— Entre dez, nove pessoas achariam excessivo dançar numa ocasião dessas, não acham? — perguntou o Velho Cantle.

— É a única espécie de reunião em que um homem sério fica sossegado, mesmo após algumas rodadas de vinho.

— Não entendo como uma moça tão recatada e fina não se importe em se casar dessa maneira — falou Susan Nunsuch, a mulher robusta que preferia o primeiro assunto. — É pior do que o que fazem os mais pobres. Eu não deveria ter ligado para o homem, mesmo que falem que ele é bonito.

— Para lhe fazer justiça, é um jovem inteligente e estudado; quase tão inteligente quanto Clym Yeobright. Ele foi instruído para coisas melhores do que a gerência da Mulher Tranquila. É engenheiro, como bem sabemos, só que jogou a oportunidade fora, por isso assumiu a direção da taverna. Seus estudos não serviram para nada.

— É o que acontece muitas vezes — disse Olly, a fabricante de espanadores. — Contudo, tanta gente luta para estudar e acaba conseguindo! Gente que outrora não era capaz de desenhar um *a* nem sequer para se salvar da sepultura hoje é capaz de escrever o nome sem fazer a caneta tremer e sem borrão, estou dizendo, sem nem precisar de uma mesa para encostar o estômago e os cotovelos!

— É verdade. É incrível como o mundo progrediu — falou Humphrey.

— Antes de me tornar soldado nos Janotas da Região, como éramos chamados, no ano de 1804 — interveio animado o Velho Cantle — eu sabia tanto do mundo quanto o mais ignorante de vocês. E, hoje, não digo que não sirva para nada, hein?

— Você seria capaz de assinar o livro — disse Fairway — se tivesse idade para se unir outra vez a uma mulher, como Wildeve e Tamsin. Humph não seria capaz, porque segue o pai no que diz respeito aos estudos. Ah, Humph, recordo-me bem quando me casei, a assinatura do seu pai me encarando quando fui assinar meu nome. Ele e sua mãe se casaram imediatamente antes de nós, e lá estava a cruz do seu pai, os braços estendidos como um enorme espantalho. Era terrível aquela cruz negra! Era mesmo o retrato do seu pai. Que Deus me perdoe, pois não pude deixar de rir quando a vi, embora estivesse suando sempre, nervoso com o casamento, com a mulher que segurava meu braço e com Jack Changley e outros rapazes zombando de mim da janela da igreja. Mas no momento seguinte eu quase caí para trás, porque me veio à mente que se o seu pai e a sua mãe brigaram alguma vez antes de casados, depois brigaram umas vinte vezes..., portanto, fui ingênuo ao entrar na mesma dança... Nossa, que dia aquele!

— Wildeve tem muitos verões a mais do que Tamsin Yeobright. Ela é uma bela jovem! Uma jovem que tem uma casa não deve estar batendo bem ao perder a cabeça por um homem daqueles.

Quem falava era um ceifador de turfa que pouco antes se reunira ao grupo; ele trazia ao ombro uma curiosa enxada grande em formato de coração que era usada em seu tipo de trabalho e cujo gume afiado brilhava como um arco de prata à luz da fogueira.

— Cem donzelas lhe diriam sim, se ele as cortejasse! — disse a mulher robusta.

— Você já conheceu algum homem, vizinho, com quem nenhuma mulher se casaria?

— Eu não! — falou o ceifador de turfa.

— Nem eu! — disse outro.

— Tampouco eu! — repetiu o Velho Cantle.

— Pois bem, eu conheci um — disse Timothy Fairway, apoiando melhor uma das pernas. — Conheci alguém assim. Notem bem, só um — completou ele, pigarreando e limpando a garganta, para que todos ouvissem. — Sim, conheci um homem assim.

— E que espécie horrível de espantalho ele era, sr. Fairway? — perguntou o ceifador de turfa.

— Não era surdo nem mudo nem cego. O que ele era, não posso falar.

— É conhecido por aqui? — indagou Olly Dowden.

— Bem pouco — disse Timothy. — Não pensem que vou dizer o nome dele... Aticem a fogueira, rapaziada!

— Por que os dentes de Christian Cantle estão batendo? — disse um rapaz entre a fumaça e as chamas, do outro lado da fogueira. — Está com frio, Christian?

Ouviu-se então uma voz fraca e vacilante responder:

— Nada disso.

— Venha cá, Christian, e apareça. Não sabia que estava aqui — falou Fairway, olhando compassivamente para o local em que estava o rapaz.

Sendo assim chamado, um homem tímido, de cabelo ralo e pulsos e tornozelos ossudos, adiantou-se um pouco por vontade própria, e em seguida foi impelido pela vontade alheia a vir para a frente.

Era o filho mais novo do Velho Cantle.

— Por que está tremendo, Christian? — indagou carinhosamente o ceifador de turfa.

— Sou eu o homem?

— Qual homem?

— O homem com quem nenhuma mulher quer se casar.

— Nada disso! — disse Timothy Fairway, arregalando os olhos de tal modo a poder enquadrar a figura de Christian e de muitos outros, enquanto o Velho Cantle fitava o rapaz como se fosse uma galinha que houvesse chocado um pato.

— Sim, sou eu, e fico horrorizado — falou Christian. — Acham que isso me machuca? Falo sempre que não me importo, se for preciso até juro. No entanto, eu me importo, sim.

— Que eu seja fulminado se isso não é o maior susto que tive na vida! — disse o senhor Fairway. — Não estou me referindo a você. Tem mais um pela região? Qual é o motivo de confessar sua infelicidade, Christian?

— Tinha de ser assim, que culpa eu tenho? —E virou para ele os olhos redondos e melancólicos, contornados por linhas concêntricas como se fossem alvos.

— Tudo certo. Mas isso é triste, meu sangue gelou ao perceber que existem dois infelizes, quando eu pensava que só tinha um. É triste, Christian. E como você sabe que as mulheres não o querem?

— Porque já perguntei a várias.

— Com certeza eu não julgava que você tivesse a coragem de fazer isso. E o que disse a última? Nada que ao fim das contas não possa ser superado?

— "Saia da minha frente, seu vadio, desengonçado, tonto, maricas", foram algumas palavras que disse.

— Reconheço que "sai da minha frente seu vadio, desengonçado, tonto, maricas" é uma forma bem dura de dizer não. Mas, mesmo assim, é possível triunfar com tempo e paciência, sobretudo quando surgirem os primeiros fios grisalhos na cabeça da desaforada. Quantos anos você tem, Christian?

— Trinta e um, completados na última colheita das batatas, senhor Fairway.

— Não é nenhum rapaz. Mas ainda há esperança.

— Essa é a idade de batismo, que está nos livros da sacristia da igreja. A minha mãe me disse que nasci um pouco antes de ser batizado.

— Ah! ...

— Mas não lembra quando foi, de jeito nenhum! Só lembra que não tinha Lua.

— Nascer quando não há Lua é mau. Ei, vizinhos, isso é ruim para ele!

— Sim, é mau — disse o Velho Cantle, balançando a cabeça.

— A mãe soube que não tinha Lua porque perguntou a uma mulher que possuía um almanaque, como ela sempre fazia quando lhe nascia um rapaz, por causa do ditado: "Sem Lua, não se é homem", o que a fazia tremer quando nascia um. Acha que isso é sério, não ter Lua, senhor Fairway?

— Sim, "sem Lua, não se é homem". É uma das coisas mais verdadeiras que já disseram. O menino que nasceu na Lua nova não vai ser nada. Foi má sina, Christian, você ter posto o nariz aqui para fora logo num dia desses.

— Creio que devia estar uma Lua bem cheia quando o senhor nasceu — disse Christian a Fairway, com um olhar de admiração desanimada.

— De fato, não era nova! — respondeu Fairway, com um olhar desinteressado.

— Preferia não beber durante a festa da colheita a ter nascido durante a Lua nova — prosseguiu Christian, com um tom murmurado e monótono. — Dizem que sou uma sombra de homem, sem qualquer proveito para a minha família, creio que é isso.

— É... — disse o Velho Cantle, relativamente conformado — no entanto, a mãe dele chorava muito quando se tratava de um rapaz, preocupada que ele crescesse e se tornasse um soldado.

— Existem muitos como ele — asseverou Fairway. — Os carneiros castrados têm o mesmo direito de viver que os outros. Pobre homem!

— Então eu tenho de seguir vivendo deste jeito? Devo ter medo da noite, senhor Fairway?

— Você terá de se deitar sozinho a vida toda, e não são os casais que os fantasmas assombram, mas os que dormem sozinhos. Há pouco tempo, um apareceu por aí. Era bem esquisito.

— Pelo amor de Deus, não fale nisso! Fico arrepiado quando estou na cama e penso nisso. Mas você vai acabar falando de fantasmas, eu sei, Timothy, e vou ter pesadelos com eles. Era muito estranho? O que queria dizer com "fantasma esquisito", Timothy? Não diga mais nada...

— Por mim, não acredito muito em fantasmas. Mas quando me contaram, achei que tinha um ar sobrenatural. Foi um menino que viu.

— Como era? Não, não...

— Todo vermelho. A maioria dos espíritos é branca, mas esse parece que mergulhou em sangue.

Christian respirou fundo, sem dilatar o peito, e Humphrey perguntou onde fora visto.

— Não foi por aqui. De qualquer maneira, foi na várzea. Mas não devemos falar nisso.

— O que acham? — O que acham de cantarmos algo para os noivos, antes de irmos dormir, saudando o dia do casamento? Devemos nos mostrar exultantes quando as pessoas se casam, já que ficar triste não é algo que os separe. Não bebo, como sabem, mas, quando os mais jovens e as mulheres tiverem ido para casa, podemos passar pela Mulher Tranquila e fazer uma dança para os noivos. A jovem esposa é capaz de gostar. Gostaria de fazer isso, porque muitos foram os tragos que ela me serviu quando vivia com a tia em Blooms-End.

— Sim? Nós todos podemos ir — disse o Velho Cantle, virando-se com tanta destreza que suas moedas de cobre tilintaram caprichosamente. — Estou totalmente seco devido ao vento e não vi hoje a cor da bebida. Ouvi dizer que a nova cerveja na "Mulher" é de estalar os dentes. E mesmo que demoremos por lá, amanhã é domingo e podemos dormir todo o dia!

— Para a sua idade, Velho Cantle, o senhor leva tudo na brincadeira — disse a mulher robusta.

— Levo tudo pelo lado alegre; alegre demais para o gosto das mulheres. Vou cantar "Os marinheiros alegres" ou outra canção, quando um velho fracote se debulharia em lágrimas. Para os diabos; estou pronto para qualquer coisa:

O rei observou de revés
— Um olhar cheio de ameaça! —

(O conde estava a seus pés,
Antevendo luto e desgraça)
— Ah, não tivesse eu professado
E serias enforcado!

— Vamos — falou Fairway. — Vamos lhes fazer uma serenata, e que Deus seja louvado. O que adianta Clym, primo de Thomasin, vir para casa depois de tudo consumado? Deveria ter chegado antes se quisesse evitar tudo isso, e se casado ele mesmo com ela.

— Talvez esteja vindo para ficar um pouco com a mãe, que deve estar se sentindo muito só, ainda mais agora que a jovem foi embora.

— É estranho, mas eu nunca me sinto só, não, jamais — disse o Velho Cantle. — À noite, sou tão corajoso quanto um almirante.

A fogueira da festa começava a enfraquecer, o combustível não era de qualidade para mantê-la por um longo tempo. As outras fogueiras que se viam no horizonte também perdiam a intensidade. Uma observação atenta do brilho, cor e duração das fogueiras teria revelado a qualidade do material queimado e, por meio dessa informação, até certo ponto, o produto natural das paróquias onde flamejavam os fogos das festas. O brilho majestoso que caracterizava a maioria das fogueiras indicava uma região de várzea e tojo como a deles, que se estendia num só lado, por muitos quilômetros. As chamas que se extinguiam rapidamente noutros pontos da região denunciavam um combustível muito leve: palha, caules de feijoeiros e os restos das terras aráveis. Os mais duradouros — fixos e imutáveis como planetas — mostravam que o combustível usado era madeira, galhos de aveleira, feixes de espinheiro e grandes toros. Os fogos mencionados por último eram raros e, embora comparativamente menores em magnitude, agora começavam a superar os outros apenas pela duração longa. Estavam em pontos visíveis e distantes — cumes que tocavam os céus na linha do horizonte e se elevavam a partir de ricas regiões de matas e plantações das paróquias do Norte, onde o terreno era distinto e a várzea era diferente e estranha.

Contudo, havia um com essa última característica que estava mais próximo de todos e parecia uma lua entre aquela multidão luminosa.

Situava-se na direção contrária à da pequena janela da parte inferior do vale. Estava tão próximo que, mesmo com o tamanho tímido atual, suplantava os outros em brilho.

Aquela pupila atraía constantemente a atenção, quando a fogueira deles começou a abrandar e perder o brilho. Algumas fogueiras que foram acesas havia pouco estavam quase minguando, mas aquela não se alterava em nada.

— Certamente aquela fogueira está muito perto — falou Fairway. — É possível distinguir um vulto andando ao seu redor. Não há dúvida de que é uma fogueira pequena, mas forte.

— Sou capaz de atingi-la com uma pedra! — falou um rapaz.

— Eu também! — disse o Velho Cantle.

— Não, não são capazes, meus filhos. Aquela fogueira deve estar a pelo menos meio quilômetro de distância, embora pareça estar mais perto.

— Está na várzea, mas não é de tojo — falou o ceifador de turfa.

— Deve ser lenha rachada — disse Timothy Fairway. — Não tem nada que queime assim, a não ser madeira da boa, em Mistover, no alto da casa do velho capitão. Ele é um homem extravagante! Ter uma fogueira no pátio sem ninguém para desfrutá-la ou chegar perto! E que velho bobo ele deve ser para fazer uma fogueira quando não há crianças para agradar.

— O capitão Vye fez uma longa caminhada hoje e está cansado, de maneira que não deve ser ele! — disse o Velho Cantle.

— Ele não gastaria lenha boa como aquela — falou a mulher robusta.

— Então deve ser a neta — disse Fairway. — Embora um corpo jovem como aquele não precise de muito fogo...

— Tem um caráter estranho, vivendo sozinha ali e se sentindo feliz... — disse Susan.

— É uma jovem muito bem-apessoada — disse Humphrey, o ceifador de tojo —, principalmente quando usa um daqueles vestidos elegantes.

— É verdade — exclamou Fairway. — Bom, deixe a fogueira dela queimar. A nossa está quase acabando, pelo que vejo.

— Está muito escuro agora que o fogo apagou — disse Christian Cantle, olhando para trás com astúcia de lebre. — Não acham melhor irmos para casa, vizinhos? A várzea não é assombrada por espíritos, eu sei, mas é melhor ir embora.... Ah! O que foi isso?!

— Foi só o vento — falou o ceifador de turfa.

— Os dias 5 de novembro não deviam ser comemorados à noite, a não ser nas cidades. Em locais distantes como estes, devia ser durante o dia.

— Que besteira, Christian! Seja corajoso como um homem! Suzy, querida, vamos dançar, minha linda, antes que a escuridão não me permita ver como você é bonita, apesar dos muitos verões que já passaram depois que o seu marido, aquele filho da mãe, roubou você de mim!

Tais palavras foram dirigidas a Susan Nunsuch, e quase de imediato todos viram o volumoso vulto de uma matrona saracoteando na direção do espaço onde a fogueira estava acesa. Antes que Susan percebesse o intento do Sr. Fairway, ele passou um braço pela sua cintura e ergueu-a. Restava apenas um círculo de cinzas salpicadas de brasas e chispas vermelhas, já que tudo se queimara. Quando entraram na roda, ele rodopiou com ela, dando voltas e reviravoltas. Ela era uma mulher ruidosa; além do espartilho de barbatanas de baleia, ela se equilibrava em altos tamancos de madeira, fosse no verão ou no inverno, fizesse chuva ou fizesse sol, para não estragar as botas. Quando Fairway começou a pular com ela, a batida dos tamancos, o rangido do espartilho e os seus gritinhos criaram um concerto rumoroso.

— Vou acabar com você, seu impertinente! — disse Nunsuch, enquanto dançava com ele, impotente, batendo os pés entre as fagulhas, como se fossem baquetas de um tambor. — Meus tornozelos já estavam ardendo de tanto andar pelo tojo cheio de espinhos, e agora você quer piorar tudo com as chispas de fogo!

O capricho de Timothy Fairway contagiou todos os presentes. O ceifador de turfa agarrou a velha Olly Dowden e, com um pouco mais de delicadeza, também começou a girar com ela. Os rapazes não demoraram a seguir o exemplo dos mais velhos e enlaçaram as donzelas. O Velho Cantle dançava com a sua bengala como se fosse uma criatura de três pernas. Em poucos minutos assistia-se em Rainbarrow ao rodopio de vultos escuros numa confusão de fagulhas que saltavam entre os dançarinos, chegando a suas cinturas. Os ruídos mais altos eram os gritinhos das mulheres, a risada dos homens, o espartilho e os tamancos de Susan, os "ui, ui, ui" de Olly Dowden e o dedilhado do vento sobre o tojo que parecia uma espécie de melodia para o compasso diabólico que eles marcavam com os pés. Só Christian permanecia afastado, inquieto, agitando-se e murmurando:

— Não deviam fazer isso! As faíscas estão saltando! Estão provocando o Coisa-Ruim!

— O que foi isso? — perguntou um rapaz ao passar por ele.

— Onde? — falou Christian, aproximando-se dos outros rapidamente.

Os dançarinos diminuíram o ritmo.

— Foi atrás de você, aí embaixo, que ouvi um barulho, Christian.

— Isso mesmo, foi atrás de mim — falou Christian. — São Mateus, São Marcos, São Lucas e São João abençoem o meu leito; quatro anjos guardem...

— Cale a boca! O que foi? — falou Fairway.

— Ooooiii! — soou uma voz partindo da escuridão.

— Olá! — disse Fairway.

— Existe alguma trilha daqui para a casa da Sra. Yeobright, de Blooms-End? — chegou-lhes a mesma voz, enquanto uma figura alta, esguia e ainda indistinta se aproximava do túmulo.

— Não acham que devíamos correr logo, vizinhos? Está muito tarde... — disse Christian. — Não é fugir uns dos outros, mas corrermos juntos...

— Juntem um pouco de tojo e atiçem a fogueira, vamos ver quem é — disse Fairway.

Depois de acenderem a chama, averiguaram que era alguém, de traje apertado, e vermelho dos pés à cabeça. — Existe alguma trilha daqui até a casa da Sra. Yeobright? — repetiu ele.

— Você pode seguir por aquele caminho.

— Estou falando de um caminho onde passe um veículo com dois cavalos.

— Há, sim. Basta subir pelo vale aqui embaixo. O caminho não é bom, mas com uma lanterna os cavalos podem avançar com cuidado. Você subiu até aqui com seu carro, vendedor de almagre?

— Deixei-o lá embaixo, a oitocentos metros daqui. Me adiantei para verificar o caminho, pois já é noite e eu não vinha para estes lados há muito tempo.

— Pode seguir por aqui. — disse Fairway — Que impressão tive quando o vi! — acrescentou ao grupo, incluindo o vendedor de almagre. — Meu Deus! Que espantalho apavorante veio nos assustar? Não quero fazer desfeita a você, vendedor de almagre, que não é antipático, embora sua figura seja bem esquisita. Mas quero acrescentar que fiquei cheio de curiosidade; pensei que era o diabo ou o fantasma vermelho sobre o qual falou o garoto.

— Aconteceu o mesmo comigo — disse Susan Nunsuch — porque na noite passada sonhei com a cabeça de um morto.

— Não falem mais sobre isso — disse Christian. — Se tivesse um lenço na cabeça, seria o próprio diabo do quadro da Tentação.

— Bom, muito obrigado pela informação — falou o vendedor de almagre com um sorriso dissimulado. — Boa-noite a todos!

E sumiu da vista de todos, descendo pela lateral do túmulo.

— Acho que já vi esse jovem antes — disse Humphrey. — Mas onde, ou como, e qual o nome dele, eu não sei.

O vendedor de almagre acabara de sair de lá quando outra pessoa chegou até a fogueira parcialmente reavivada. Tratava-se da uma viúva estimada e conhecida na região, cujas maneiras só poderiam ser descritas pelo termo "refinadas". Seu rosto, emoldurado pela escuridão da várzea atrás dela, se destacava branco nítido como um camafeu.

Era uma senhora de meia idade, com as feições corretas, de um tipo que encontramos em pessoas que sobressaem pela perspicácia. Parecia, às vezes, considerar as coisas a partir de um monte Nebo a que não tinham acesso os que a rodeavam. Tinha um ar distante; a solidão que se alastrava na várzea se concentrara naquele rosto nascido ali. A expressão com que ela olhava para os habitantes da várzea revelava certa indiferença em relação à presença deles, ou ao que eles pudessem pensar sobre ela estar naquele ermo naquele horário, significando isso que de um modo ou outro eles não eram do nível dela. Isso se explicava porque, embora seu marido tivesse sido um pequeno agricultor, ela era a filha de um cura, que durante certa época almejara coisas melhores.

    As pessoas que detêm uma personalidade forte carregam, como os planetas, uma atmosfera junto de suas órbitas; e a senhora que entrava agora na cena podia impor, e verdadeiramente impunha, seu próprio tom a um grupo de pessoas. A sua atitude normal com o povo da várzea tinha aquela reticência que resulta da noção de ter um poder de comunicação superior. Mas o fato de se encontrar com pessoas e com a luz, após ter caminhado na escuridão, gerou na recém-chegada uma sociabilidade acima do costumeiro e que se demonstrou mais nas feições do que nas palavras.

    — Vejam, é a Sra. Yeobright — disse Fairway. — Sra. Yeobright, minutos atrás esteve aqui um homem perguntando pela senhora, um vendedor de almagre.

    — O que ele queria? — interrogou ela.

    — Não falou.

    — Talvez quisesse vender algo, o que ele queria eu não posso adivinhar.

    — Fico feliz por saber que seu filho Clym vem passar o Natal aqui, senhora — falou Sam, o ceifador de turfa. — Ele gostava muito destas fogueiras de festa!

    — Sim, acho que ele vem — acrescentou ela.

    — Deve ter-se tornado um belo rapaz — exclamou Fairway.

    — Está um homem! — redarguiu ela, calmamente.

    — À noite, a várzea é muito erma para uma senhora — falou Christian, quebrando o isolamento em que estivera até então. — Tome cuidado para não se perder, a várzea de Egdon é um lugar terrível para alguém se perder, e o vento está mais raivoso hoje do que jamais vi antes. Até os que conhecem Egdon já foram desorientados pelos duendes.

    — É você, Christian? — disse a Sra. Yeobright. — Por que se escondeu de mim?

— Com a pouca luminosidade, não vi que era a senhora; como sou medroso, me assustei um pouco. Foi isso. Se soubesse como fico deprimido, às vezes, mesmo a senhora ficaria temerosa de que eu me matasse.

— Você não puxou a seu pai — afirmou a Sra. Yeobright, olhando na direção da fogueira, onde o Velho Cantle, com certa falta de originalidade, dançava sozinho entre as fagulhas, como tinham feito os outros.

— Ei, velho, estamos com vergonha do senhor — disse Timothy Fairway. Um venerável patriarca como você; com setenta anos, no mínimo, e dançando sozinho dessa maneira!

— Ele é terrível, Sra. Yeobright — acrescentou Christian, com ar combalido. — Se pudesse, não moraria com ele nem uma semana, de tanta brincadeira que ele faz.

— Era melhor que ficasse tranquilo e cumprimentasse a senhora, você que é o mais velho de todos, Velho Cantle — disse a mulher dos espanadores.

— Com certeza que sim — emendou o folião, parando em seguida. — Minha memória é tão fraca, Sra. Yeobright, que me esqueço de que os outros me tomam como exemplo. Sou muito animado, a senhora pode pensar. Mas nem sempre. É um peso para um homem ser considerado um comandante e eu, às vezes, sinto esse peso.

— Desculpem-me por interromper a conversa, mas preciso ir embora — falou a Sra. Yeobright. — Eu estava passando pelo caminho de Anglebury na direção da casa nova da minha sobrinha, que chega esta noite com o marido. Como avistei a fogueira e ouvi a voz de Olly, vim até aqui para ver o que estava acontecendo. Gostaria que Olly fosse junto comigo, já que o caminho é o mesmo.

— Certamente, minha senhora, já estava mesmo para ir — disse Olly.

— Então há de encontrar o vendedor de almagre de que falei — disse Fairway. — Ele voltou para pegar seu carro. Disseram que a sua sobrinha e o marido voltariam direto para casa, após o casamento. Daqui a pouco vamos lá cumprimentá-los, e cantar algumas cantigas.

— Muito obrigada! — respondeu a Sra. Yeobright.

— Mas vamos seguir pelo atalho mais curto, no meio do tojo. Com essas saias compridas, a senhora não pode ir por lá, de maneira que não vamos impacientá-la pedindo que nos aguarde.

— Certo. Está pronta, Olly?

— Sim, senhora. Veja, uma luz está acesa na janela da sua sobrinha. Vai nos ajudar a seguir o caminho.

Ela apontou para a luz fraca no fundo do vale que Fairway já notara. Em seguida, as duas mulheres começaram a descer até o túmulo.

[4] A PARADA NA ESTRADA PRINCIPAL

Desceram cada vez mais, até um ponto em que pareciam avançar além do que queriam. As suas saias eram puxadas pelos tojos, os ombros batiam nos fetos secos e mortos, e ainda assim se mostravam hirtos como se estivessem vivos, pois o tempo frio não foi o suficiente para os derrubar. Uma empreitada infernal como aquela, e para duas mulheres desacompanhadas, poderia ser considerada imprudente. Mas aqueles recantos acidentados eram um ambiente familiar para Olly e a Sra. Yeobright; além do mais, a escuridão não transforma o rosto de um amigo em algo aterrorizante.

— Afinal, Tamsin se casou com ele — disse Olly, no ponto em que o declive, menos abrupto agora, não exigia atenção integral aos passos que deveriam dar.

A Sra. Yeobright respondeu com certa morosidade: — Sim, casou-se, finalmente.

— A senhora deve sentir muita falta. Ela era como uma filha...

— Sinto falta, sim.

Olly não percebia sua falta de tato em relação às observações inoportunas; entretanto sua simplicidade impedia que elas se tornassem ofensivas. Perguntas que, feitas por outras pessoas, causariam ressentimento, ela podia fazê-las. Isso forçou a Sra. Yeobright a recordar um tema melindroso.

— Caí das nuvens quando me falaram que a senhora tinha consentido, verdade! — prosseguiu a mulher dos espanadores.

— Você não ficou mais surpresa do que eu teria ficado se no ano passado, nesta mesma época, me tivessem dito que eu consentiria, Olly. Esse casamento tem muitos aspectos; eu não conseguiria enumerá-los todos, mesmo que quisesse.

— De minha parte, achei que ele não tinha posição para entrar na sua família. Gerente de estalagem, que importância tem isso? Dizem que é muito inteligente, sem dúvida. Parece que foi engenheiro, mas perdeu a posição por ser muito atirado. Por fim, pensei que era justo que ela casasse com quem quisesse. Coitada! Não resistiu aos próprios sentimentos, é a natureza. Podem falar o que quiserem dele, mas a verdade é que possui terrenos lavrados, a estalagem e cavalos. Quanto aos modos, é um cavalheiro. Além do mais, o que está feito não se pode desmanchar.

— Não se pode, mesmo — disse a Sra. Yeobright. — Ora, eis o caminho do carro. Agora podemos caminhar mais rápido.

O assunto do casamento não voltou a ser comentado. Não demoraram a chegar num caminho bifurcado e mal desenhado, e ali se separaram.

Olly pediu que a sra. Yeobright lembrasse ao senhor Wildeve que se esquecera de mandar a garrafa de vinho prometida ao marido dela, que estava doente. A mulher dos espanadores contornou para a esquerda, na direção da sua casa, por trás do contraforte da colina; a Sra. Yeobright foi pela direita, que mais adiante cruzava com a estrada, bem perto da estalagem da Mulher Tranquila, onde ela supunha que encontraria a sua sobrinha que se casara em Anglebury naquele mesmo dia.

Primeiro ela atingiu o "Terreno de Wildeve", como era chamado: um pedaço de terra da várzea que, após anos de trabalho incansável, se tornara um campo cultivado. O homem que descobrira que aquela terra era arável morreu de tanto trabalhar; aquele que o sucedeu na posse do terreno arruinou-se de tanto adubá-lo. Wildeve chegou como um Américo Vespúcio e recebeu as honras que eram devidas aos que tinham partido antes.

Quando a Sra. Yeobright se aproximou da estalagem e estava para entrar, viu, uns duzentos metros adiante, um cavalo e um furgão vindo em sua direção. Um homem andava ao lado do veículo segurando uma lamparina. Logo ela percebeu que se tratava do vendedor de almagre, que inquirira sobre ela. Em vez de entrar na taverna, passou por ela e seguiu na direção do furgão.

O veículo se aproximou, e o homem estava prestes a passar pela Sra. Yeobright sem notá-la, quando ela se virou e disse a ele:
— Acredito que esteja me procurando. Sou a Sra. Yeobright, de Blooms-End.

O vendedor se assustou, e colocou um dedo nos lábios. Deteve o carro e fez um sinal para que ela o acompanhasse a um ponto a alguns metros dali, o que ela fez, curiosa.

— Creio que a senhora não me conhece — disse ele.
— Não... — ela respondeu. — Ah, conheço, sim! É o jovem Venn. Seu pai tinha uma fábrica de laticínios por aqui, não é?
— Sim, tinha, minha senhora, e conhecia um pouco a sua sobrinha, a Srta. Tamsin. Tenho uma notícia desagradável para a senhora.
— Sobre ela? Não! Ela acabou de regressar para casa com o marido. Ficou combinado que voltariam esta tarde para a estalagem, que fica mais adiante.
— Ela não está lá.
— Como sabe?
— Porque está aqui, no meu carro! — acrescentou ele, lentamente.
— Qual é a nova confusão? — sussurrou a Sra. Yeobright, pondo a mão sobre os olhos.
— Não saberei lhe dizer muita coisa. O que sei é que seguia pela estrada esta manhã, a uns dois quilômetros de Anglebury, quando escutei alguém trotando feito uma corsa atrás de mim. Olhei ao redor e a vi, pálida de morte! "Oh! Diggory Venn", disse ela. "Achei que era mesmo você. Pode me ajudar? Estou muito aflita."
— Como ela sabia o seu nome de batismo? — perguntou a Sra. Yeobright, desconfiada.
— Eu a conheci quando era jovem, antes de me afastar e assumir esta profissão. Ela pediu para vir no meu carro e em seguida desmaiou. Ergui-a e a coloquei no carro, onde está até agora. Chorou muito, e falou bem pouco; tudo o que disse era que ia se casar esta manhã.

Ofereci-lhe algo para comer, mas ela não conseguiu. E finalmente adormeceu.

— Tenho de vê-la agora — falou a Sra. Yeobright, e correu na direção do carro.

O vendedor de almagre seguiu-a com a lamparina e a ajudou a subir. Ela distinguiu no escuro um sofá improvisado, em torno do qual estavam aparentemente todos os tecidos que ele possuía, para evitar que a ocupante do leito se sujasse nos produtos vermelhos da sua profissão. Jazia lá uma jovem coberta com uma capa, dormindo. A luz da lamparina iluminou seu semblante.

Revelou-se então o rosto de uma jovem no interior, terno, ingênuo e bonito, descansando num ninho de cabelos castanhos e ondulados. Era um rosto entre o bonito e o lindo. Embora seus olhos estivessem fechados, era fácil imaginar a luz que por certo cintilava neles como o ápice do luminoso conjunto ao seu redor. O rosto expressava esperança, mas parecia pairar sobre ele algo volátil, estranho, um véu de aflição e dor. Essa tristeza parecia ter-se instalado havia tão pouco tempo que não lhe subtraíra o frescor, e até aquele momento conferira dignidade à expressão que certamente prejudicaria mais tarde O rubro dos lábios não empalidecera ainda, e naquele instante parecia ainda mais intenso pela ausência da cor vizinha e mais transitória das faces. Os lábios, às vezes, murmuravam algo. Ela parecia perfeitamente pertencer a um madrigal: para enxergá-la eram necessárias a música e a harmonia.

Uma coisa pelo menos era óbvia: ela não fora criada para ser olhada daquela forma. O vendedor de almagre parecera consciente disso, e desviou o olhar com uma polidez que lhe caía bem, enquanto a Sra. Yeobright fitava a sobrinha. A jovem adormecida deve ter pensado o mesmo, pois abriu os olhos em seguida.

Os lábios então se entreabriram expressando antecipação, porém mais ainda dúvida; e seus vários pensamentos e frações de pensamentos manifestados nas alterações do seu rosto se revelaram à luz em seu mais perfeito detalhe. Manifestou-se uma vida translúcida e sincera, como se víssemos incidir no seu íntimo o fluxo da sua existência. Ela compreendeu a cena num instante.

— Sim, minha tia, sou eu — exclamou. — Sei que está chocada e não quer acreditar. Apesar disso, sou eu que voltei para casa desta maneira!

— Tamsin, Tamsin! — disse a Sra. Yeobright, debruçando-se sobre a jovem e beijando-a. — Oh, minha querida!

Thomasin estava quase para chorar, mas controlou-se subitamente e não articulou nenhum som. Suspirou fundo e se sentou.

— Não esperava encontrá-la dessa maneira, assim como a senhora não esperava me encontrar assim. — E continuou — Onde estou?

— Quase em casa, querida, em Egdon Bottom. Mas o que foi isso tudo?

— Já lhe explico. Estamos tão perto? Então prefiro descer e caminhar. Vamos para casa pelo atalho.

— Mas esse homem, que foi tão amável, talvez queira levar você até a minha casa — sugeriu a tia, dirigindo-se para o vendedor que se afastara da frente do carro quando a moça acordou, e estava agora na estrada.

— Nem precisa me perguntar, é claro que sim! — afirmou.

— Ele é de fato muito amável — segredou Thomasin. — Tia, conheço-o há tempos, e quando o encontrei hoje pensei que preferia seu carro a outro qualquer de um desconhecido. Mas agora posso ir a pé! Vendedor de almagre, pare, por favor.

O homem observou-a com terna relutância e parou os cavalos.

Tia e sobrinha desceram então do carro e a Sra. Yeobright disse ao dono:

— Reconheço-o agora. Por que não continuou com aquele bom negócio que o seu pai lhe deixou?

— Ora, deixei-o — respondeu ele, olhando para Thomasin, que corou um pouco. — Então não precisa mais de mim por hoje, senhora?

A Sra. Yeobright olhou ao redor para o céu escuro, as colinas, as fogueiras da festa se extinguindo e a janela iluminada da estalagem ali perto.

— Acho que não — replicou ela —, já que Thomasin quer ir a pé. Podemos ir rapidamente pela trilha e logo chegamos em casa, nós a conhecemos bem.

Após algumas palavras, se despediram, e o vendedor de almagre seguiu seu caminho, enquanto as mulheres ficaram paradas na beira da estrada. Quando o veículo e o seu condutor ficaram distantes o suficiente para que sua voz não pudesse ser ouvida, a Sra. Yeobright virou-se para a sobrinha:

— Agora, Thomasin — disse ela, muito severa —, o que significa esse espetáculo infame?

[5] A PERPLEXIDADE ENTRE PESSOAS DE BEM

Thomasin ficou totalmente perturbada pela mudança de tom da tia. — Quer dizer isso mesmo: não estou casada — respondeu. — Desculpe-me causar-lhe tanta humilhação, tia, sinto muito pelo aborrecimento, mas não pude evitar.

— A mim? Pense primeiro em si mesma.

— Não foi culpa de ninguém. Quando chegamos, o padre não quis nos casar porque havia uma pequena irregularidade nos documentos.

— Que irregularidade?

— Não sei. O senhor Wildeve pode explicar isso. Quando saí daqui, jamais imaginei que ia voltar assim.

Como estava escuro, Thomasin deixou que a emoção lhe escapasse pelo caminho silencioso das lágrimas, que puderam rolar pela sua face sem serem vistas.

— Já estava para dizer que foi benfeito, se não soubesse que você não merece isso — continuou a Sra. Yeobright, que tinha duas maneiras de atuar, uma cordial e outra ríspida, e oscilava entre uma e outra sem avisar. — Você deve recordar, Thomasin, que não fui eu quem criou essa trapalhada. Desde o início, quando você começou a alimentar sentimentos tolos por esse homem, eu a preveni de que ele não ia fazê-la feliz. Minha convicção era tão forte que fiz algo que nunca me imaginei capaz de fazer: fiquei de pé na igreja e me transformei no assunto de todas as conversas durante semanas. Contudo, agora que concordei, não aceito esse tipo de loucura sem um bom motivo. Depois disso tudo, você tem de se casar com ele.

— Não desejo outra coisa — disse Thomasin com um profundo suspiro. — Sei que foi errado me apaixonar por ele, mas não me faça sofrer falando assim, tia! Com certeza a senhora não queria que eu ficasse com ele, não é? E sua casa é a única para a qual posso voltar. Ele me disse que poderemos nos casar em dois ou três dias.

— Seria melhor se ele nunca a tivesse visto!

— Pois bem! Então vou ser a mulher mais desventurada do mundo e não vou mais querer vê-lo. Não vou me casar com ele!

— Agora é tarde para falar assim. Venha comigo. Vou até a estalagem ver se ele já chegou. É claro que vou tirar as coisas a limpo agora mesmo. Que o senhor Wildeve não pense que vai me pregar uma peça, a mim ou a alguém das minhas relações!

— Não foi nada disso. Os documentos estavam errados e não foi possível obter outros no mesmo dia. Ele vai lhe explicar tudo, se já tiver voltado.

— E por que ele não a acompanhou?

— Isso é minha culpa — soluçou novamente Thomasin. — Quando vi que não íamos nos casar, me recusei a voltar com ele. Eu me senti muito mal. Então avistei Diggory Venn e fiquei feliz por ele me ajudar. Não sei como explicar melhor, e a senhora pode se zangar comigo se quiser...

— Vamos ver — falou a Sra. Yeobright, e as duas seguiram para o lado da estalagem, conhecida como a Mulher Tranquila, cuja tabuleta mostrava uma mulher segurando a própria cabeça, e debaixo desse repulsivo desenho estava escrito o dueto tão conhecido dos frequentadores da estalagem:

Já que a mulher está tranquila
que homem nenhum faça desordem[1]

---

[1] A estalagem que realmente exibia essa placa e esses dizeres ficava a alguns quilômetros mais ao noroeste da cena descrita, e o estabelecimento tomado como base para a descrição não é mais uma estalagem, e seus entornos estão muito mudados. Mas outra estalagem, da qual algumas características estão incorporadas nessa descrição, o *Red Lion* em Winfrith, continua sendo um porto para os viajantes. (N. A.)

A fachada da casa apontava para a várzea e Rainbarrow, cujo vulto escuro parecia ameaçá-la. Sobre a porta havia uma placa de metal antiga, com uma inscrição inusitada: "Sr. Wildeve — engenheiro", uma relíquia inútil, mas querida, da época em que ele fora iniciado nessa profissão, num escritório de Budmouth, por pessoas que depositavam muitas esperanças nele, mas que ao final se decepcionaram. O jardim se situava na parte traseira da casa e, além dele, corria um riacho manso e profundo que era o limite da várzea naquela direção; para lá da água se estendiam os prados.

Mas naquela densa escuridão só se distinguiam perfis no céu e mais nada. Ouvia-se o rumor da água atrás da casa, os redemoinhos revoluteavam entre os juncos secos, que formavam uma paliçada ao longo das duas margens. Percebia-se a sua presença por um murmúrio semelhante ao de um grupo em humilde oração, quando se tocavam movidos pelo vento fraco.

A janela cuja candeia o grupo da fogueira avistara não possuía cortina, mas o peitoril era muito alto para que alguém pudesse ver, do lado de fora, o que ocorria lá dentro. Uma vasta sombra, na qual se delineavam partes de um vulto masculino, cobria metade do teto.

— Parece que ele está em casa — falou a Sra. Yeobright.

— Eu tenho de entrar também, tia? — inquiriu Thomasin, sussurrando. — Acho que não, seria errado...

— Mas é óbvio que você vai entrar; para enfrentá-lo, se ele quiser me enganar. Não vai demorar cinco minutos, depois voltamos para casa.

Entrando pela passagem aberta, ela bateu na porta da sala privada; abriu-a e olhou lá dentro

As costas e os ombros de um homem se interpuseram entre os olhos da Sra. Yeobright e a luz da lareira. Wildeve (era dele) virou-se imediatamente, levantou-se e foi ao encontro das visitantes.

Era bastante jovem e das duas características, forma e movimento, esta última era a que primeiro chamava a atenção nele. O atrativo dos movimentos era peculiar: a expressão pantomímica de um perfeito conquistador. Em seguida chamavam a atenção as qualidades mais materiais, entre elas uma profusa cabeleira que lhe pendia do alto da cabeça e conferia à fronte o perfil altivo de um velho escudo gótico, e um pescoço alvo e redondo como um cilindro. A parte inferior do seu corpo era de constituição esbelta. O seu conjunto revelava uma pessoa em quem os homens não viam nada digno de admiração, mas em quem as mulheres não encontravam nada que lhes desagradasse. Ele distinguiu a figura da jovem e disse:

— Então você chegou em casa... por que você me deixou daquele jeito, querida? — E se voltou para a Sra. Yeobright: — De nada adiantou argumentar com ela, quis voltar sozinha.

— Mas o que quer dizer tudo isso? — indagou num rompante a Sra. Yeobright.

— Queiram se sentar — falou Wildeve, e ofereceu cadeiras às mulheres. — Muito bem, foi um erro idiota como esses que às vezes acontecem. Os documentos não serviam para Anglebury. Foram emitidos para Budmouth, mas, como não li, não sabia desse pormenor.

— O senhor esteve em Anglebury?

— Não, estive em Budmouth até dois dias atrás, e pensava em levá-la para lá; mas, quando a vim buscar, escolhemos Anglebury, esquecendo que seria preciso outro documento. Já não havia tempo de chegar a Budmouth depois disso.

— Em meu juízo, o senhor é totalmente digno de reprovação — retorquiu a Sra. Yeobright.

— Foi apenas por minha causa que escolhemos Anglebury — intercedeu Thomasin. — Pedi para irmos para lá, onde não sou conhecida.

— Tenho perfeita consciência de que a culpa é minha, não é necessário me lembrar — falou Wildeve, com certa aspereza.

— Tais coisas não são inofensivas — disse a tia. — É uma afronta para mim e minha família; quando as pessoas souberem, vamos ter muito aborrecimento. Como ela amanhã vai encarar os amigos? É uma ofensa que dificilmente poderei perdoar. Pode até macular a honra dela.

— Que bobagem! — exclamou Wildeve.

Os grandes olhos de Thomasin alternavam de um rosto para o outro, durante a discussão. E por fim, ansiosa, perguntou:

— Minha tia, poderia me dar licença para falar com Damon a sós durante cinco minutos? Pode ser, Damon?

— Claro, querida — disse Wildeve —, se a sua tia permitir. — Ele a conduziu para um cômodo anexo, deixando a Sra. Yeobright junto à lareira. Assim que ficaram sós e com a porta fechada, Thomasin ergueu o rosto pálido e choroso:

— Isto está me matando, Damon! Não era minha intenção ir embora zangada com você de Anglebury esta manhã; estava amedrontada e não pensei no que falei. Não contei a minha tia nada do que sofri hoje. É duro dominar o rosto e a voz, ficar sorrindo como se fosse algo sem importância! Tento ter coragem para que ela não fique mais indignada com você. Eu sei, querido, que não foi culpa sua, pense minha tia o que pensar.

— Ela está sendo muito desagradável.

— É verdade — concordou Thomasin —, e julgo que também estou sendo agora... Damon, o que você pensa fazer a meu respeito?

— A seu respeito?

— Sim. As pessoas que não o apreciam me sussurram, às vezes, coisas que me fazem duvidar de você. Nós vamos casar, não é?

— Claro que sim. Só teremos de ir a Budmouth na segunda-feira, e casamos em seguida.

— Então vamos, Damon! O que você me leva a fazer! — exclamou ela, escondendo o rosto num lenço.

— Estou aqui lhe pedindo para se casar comigo, quando devia ser você a se ajoelhar na minha frente, namorada cruel, repetindo que, se eu não aceitasse, vocês ficaria com o coração despedaçado. Imaginei como seria lindo e doce, mas, afinal, que diferença!

— Na verdade, a vida real não é assim — respondeu ela. — Não me importo se o casamento não se realizar nunca — acrescentou, com recato. — Posso viver sem você. Penso na minha tia. Ela é tão orgulhosa e se preocupa tanto com o prestígio da família, que ficaria humilhada e desgostosa se ficassem sabendo dessa história antes do casamento. O meu primo Clym ficaria muito magoado também.

— No que será muito pouco ajuizado. Na verdade, vocês são muito insensatos.

Thomasin enrubesceu um pouco, mas não por amor. Fosse qual fosse o sentimento que a levou a corar, a verdade é que o rubor feneceu tão rapidamente como surgira, e ela acrescentou com humildade:

— Eu não seria nunca, se pudesse. Sei é que agora você tem finalmente minha tia nas suas mãos.

— E isso é justo para comigo — falou Wildeve. — Pense naquilo que passei para obter a permissão; o insulto que foi para mim, como homem, a proibição da leitura dos impedimentos; injúria dupla para um homem de sensibilidade, predisposto à depressão moral, como só Deus sabe que sou. Nunca me esquecerei disso. Um homem rude iria se deleitar com a possibilidade de se vingar da sua tia, não rematando esse assunto.

Ela o olhava apreensiva, os olhos magoados, enquanto ele pronunciava aquelas palavras, e seu aspecto mostrava que mais de uma pessoa, naquele quarto, lamentariam sua sensibilidade. Mas ao perceber que ela sofria, ele acrescentou com alguma perturbação:

— Isto é só palavreado. Não tenho o mínimo intuito de me esquivar do casamento, querida Tamsie, não aguentaria isso.

— Sei que não ia tolerar — falou a bela jovem, contente. — Você, que não suporta testemunhar o sofrimento de um inseto, nem um som irritante ou um cheiro incomodativo, não vai causar sofrimento a mim e à minha família.

— De maneira alguma, desde que possa evitá-lo.

— Me dê sua mão — exclamou — em sinal de garantia.

— Ah, por Deus... o que é isso? — perguntou ele subitamente.

Chegou-lhes aos ouvidos o som de várias vozes cantando na frente da casa. Distinguiam-se duas por sua particularidade: uma era potente, de baixo; a outra, um som frágil e sibilante de asmático. Thomasin reconheceu as vozes de Timothy Fairway e do Velho Cantle.

— O que é isto? Só espero que não tenham vindo nos ridicularizar pelo acontecido — disse ela, olhando assustada para Wildeve.

— Claro que não, é o pessoal da várzea que veio nos felicitar. É intolerável! E começou a andar de um lado para o outro, enquanto lá fora cantavam alegres:

Ele disse: — Luz da minha vida!
Queres ser minha mulher, querida?
Ela respondeu que sim. Vão para a igreja.
Will está alegre e sua cor é de cereja...
Quantos beijos o noivo lhe terá dado!
Nunca houve alguém tão apaixonado!

A Sra. Yeobright irrompeu na porta, vinda do outro cômodo.
— Thomasin! Thomasin! — exclamou ela, olhando indignada para Wildeve. — Que vergonha! Vamos escapar daqui!
Mas agora não podiam escapar pela passagem.
Começaram a bater com força na porta da frente. Wildeve, que fora à janela, regressou para dentro.
— Esperem! — falou num tom imperativo, segurando o braço da Sra. Yeobright. — Estamos cercados. Há uns cinquenta homens lá fora. Fique aqui com Thomasin até irem embora, para que pensem que tudo está normal. Vamos, querida, não fique nervosa. Depois disso tudo, deveremos nos casar, você sabe disso tanto quanto eu. Fiquem quietas e não falem muito, vou cuidar deles. Que idiotas e indiscretos!
Ele fez que a jovem se sentasse, saiu e abriu a porta. Logo surgiu o Velho Cantle na passagem, cantando em coro com os outros, que permaneciam na frente da casa. Entrou na sala, cumprimentou Wildeve com ar absorto, os lábios entreabertos e as feições excruciantemente contraídas pelo esforço de acompanhar o coro. Terminada a canção, falou alegremente — Parabéns aos pombinhos recém-casados, que Deus os abençoe!
— Muito obrigado — aquiesceu Wildeve com um ressentimento seco e o rosto tão soturno como uma tempestade.
No rastro do Velho Cantle veio agora todo o grupo, que incluía Fairway, Christian, Sam, o ceifador de turfa, Humphrey e mais

outros tantos. Todos sorriram para Wildeve e até para os móveis num ímpeto de camaradagem que abarcava tanto os objetos como o seu dono.

— Afinal, não conseguimos chegar antes da Sra. Yeobright — acentuou Fairway, divisando o chapéu dela através da divisória de vidro que separava a sala pública, por onde tinham entrado, do cômodo onde as mulheres estavam. — Nós viemos pela estrada principal, senhor Wildeve, e ela veio pelo atalho.

— E eu estou vendo a cabeça da jovem noiva! — disse o Velho Cantle, espreitando na direção de Thomasin, que estava ao lado da tia com ar abatido e acanhado. — Ainda não parece à vontade na nova vida! Bem, não lhe faltará tempo.

Wildeve não respondeu; e, provavelmente percebendo que quanto mais rápido os atendesse, mais depressa iriam embora, apanhou um jarro de pedra que logo entusiasmou a todos.

— Vejo que se trata de uma boa bebida! — observou o Velho Cantle, com o ar de alguém educado demais para demonstrar qualquer pressa em degustar o líquido.

— Sim — respondeu Wildeve —, é hidromel envelhecido. Espero que gostem.

— Claro que vamos gostar! — responderam os convivas, com o entusiasmo natural das situações em que palavras exigidas pela cortesia coincidem com as de um sentimento profundo. — Não existe bebida melhor sob a roda do Sol.

— Posso até jurar que não tem melhor — acrescentou o Velho Cantle. — A única coisa que se pode dizer contra o hidromel é que sobe um pouco à cabeça e provoca um efeito prolongado. Mas ainda bem que amanhã é domingo.

— Uma vez bebi hidromel e fiquei tão atrevido quanto um Soldado Valoroso! — relatou Christian.

— Logo vai ficar do mesmo jeito — acentuou, com deferência, Wildeve. — Desejam taças ou copos?

— Se não se importar, preferimos o jarro, e assim passamos uns para os outros; é melhor do que beber aos poucos.

— Ao diabo os copos que escorregam nas mãos! — disse o Velho Cantle. — Para que serve algo que nem podemos colocar nas brasas para esquentar, é o que pergunto, vizinhos.

— Tem razão, Velho! — observou Sam, e começou o rodízio do hidromel.

— O casamento é uma condição formidável, senhor Wildeve, e a mulher que o senhor tem é uma preciosidade, pode acreditar — afirmou Timothy Fairway, percebendo que era ele que deveria improvisar os elogios habituais. — Sim — acrescentou, voltando-se para o Velho Cantle e aumentando a voz para que o escutassem além da divisória de vidro —, o pai dela — continuou, fazendo um movimento com a cabeça na direção do outro quarto — foi uma das melhores pessoas que existiram. Estava sempre alerta para protestar contra qualquer ardil.

— Isso não é perigoso? — especulou Christian.

— E havia bem poucos na região que o enfrentassem — disse Sam. — E, quando havia alguma festividade, ele tocava o clarinete na banda e seguia na frente, como se nunca tivesse feito outra coisa na vida senão tocar clarinete. Depois, quando chegavam à porta da igreja, ele largava o clarinete, subia até o coro, segurava o violino e nheco nheco, tocava como se nunca tivesse tocado outro instrumento. As pessoas costumavam afirmar, aqueles que conheciam o músico extraordinário que era, "com certeza que não é o mesmo homem que vi tocar o clarinete com tanto talento".

— Lembro bem — falou o ceifador de tojo. — Era espantoso ver um homem tocando com tanta destreza, sem nunca confundir os dedos!

— E também tinha a igreja de Kingsbere — recomeçou Fairway, como alguém abrindo um novo veio na mesma mina de interesse.

Wildeve soltou o suspiro de alguém que está intoleravelmente entediado e olhou pela divisória de vidro para as cativas.

— Ele costumava ir lá aos domingos à tarde para visitar seu velho amigo Andrew Brown, que lá era o primeiro clarinete. Homem bom, mas desafinado, lembram-se?

— É verdade.

— O vizinho Yeobright, às vezes, tomava o lugar de Andrew para que ele pudesse tirar uma soneca, como faria naturalmente um bom amigo.

— Como faria um bom amigo — reiterou o Velho Cantle, enquanto os outros ouvintes concordavam, usando a maneira mais curta de balançar a cabeça. — Bastava Andrew adormecer e o primeiro acorde de Yeobright atravessar o clarinete de Andrew, e logo todas as pessoas da igreja sentiam que havia um artista ali. As cabeças se voltavam e diziam: "Sabia que era ele!". Num domingo, lembro bem, era dia de violino. Yeobright levou o dele. Tratava-se do Salmo 133, a "Lídia", e no momento do "De sua barba escorria sobre o manto como precioso unguento", o vizinho Yeobright, que já estava aquecido, enfureceu o arco nas cordas com tanto arrebatamento que quase partiu o violino em dois. O eco ressoava nas janelas como uma trovoada. O velho cura, Gibbons, levantou as mãos com tal naturalidade como se não estivesse com as vestes sagradas, e sim com roupas normais, falando com seus botões: "Oh! Que bom seria ter um homem assim na minha paróquia!". Só que em Kingsbere não havia ninguém com as qualidades de Yeobright.

— Não aconteceu nada de grave quando as janelas tremeram? — interrogou Christian.

Não houve resposta de ninguém; a descrição da façanha atirou-os num enlevo de admiração. Assim como aconteceu com Farinelli cantando perante princesas, com o célebre discurso de Sheridan no Westminster Hall e outros exemplos similares, a auspiciosa circunstância de ele estar para sempre perdido para o mundo investia a façanha do falecido senhor Yeobright naquela tarde memorável de uma glória cumulativa que a crítica comparativa (se fosse possível tal coisa), diminuiria de maneira considerável.

— Era a última pessoa que esperávamos que morreria na flor da idade — falou Humphrey.

— Havia alguns meses que não estava bem. Nesse tempo, as mulheres costumavam apostar corridas para ganhar camisas e tecidos na feira de Greenhill, e aquela que hoje é minha mulher, e que era uma jovem de pernas compridas que não tinha parada, quase alta demais para conseguir marido, também correu com as outras moças, pois ela corria muito bem antes de se casar e ficar tão pesada. Quando voltou para casa perguntei-lhe (estávamos começando o namoro): "O que você ganhou, benzinho?". "Ganhei, ganhei... ora, ganhei um tecido", disse, ruborizada. "Com certeza é um saiote", pensei. E era. Oh, quando penso no que agora ela pode me dizer sem qualquer vestígio de rubor na face, parece mentira que não quisesse me falar sobre algo tão insignificante..., mas ela continuou falando, e foi isso o que me fez contar a história. "O que importa a roupa que ganhei, se branca ou estampada, para ser vista ou não" (como ela naquele tempo era recatada)! "Preferia tê-la perdido a ver o que vi. O coitado do senhor Yeobright passou mal quando chegou à feira e teve de regressar para casa." Aquela foi a última vez que saiu da paróquia.

— Começou a ficar mais debilitado, depois soubemos que falecera.

— Sabem se ele sofreu muito na hora da morte? — perguntou Christian.

— Não, pelo contrário, não teve sofrimento algum! Tampouco sofrimento da alma. Deus o distinguiu com a felicidade.

— E as outras pessoas, o senhor acha que elas vão sofrer muito nessa hora, senhor Fairway?

— Isso depende do medo que sentirem.

— Não tenho medo, graças a Deus — falou Christian, diligentemente. — Fico alegre por saber que não tenho, e assim não sofrerei. Pelo menos, acho que não tenho ou, se tiver, não tenho culpa, por isso não mereço sofrer. Quem me dera não ter medo algum!

Houve um silêncio solene e Timothy, observando a janela, que estava aberta e sem cortina, disse: — Mas que bela fogueira de festa, aquela perto da casa do capitão Vye! Está acesa sempre com a mesma intensidade, palavra de honra!

Os olhares se dirigiram para a janela e ninguém notou que Wildeve dissimulava um olhar revelador. Na distância, acima do sombrio vale da várzea, à direita de Rainbarrow, avistava-se a luz minúscula, mas firme e inabalável como antes.

— Foi acesa antes da nossa — continuou Fairway — todas da região já se apagaram, menos aquela.

— Isso pode querer dizer algo — sussurrou Christian.

— Como assim? — perguntou Wildeve.

Christian ficou atrapalhado demais para responder. Timothy então o ajudou:

— Ele quer dizer, senhor, que a jovem solitária de olhos negros, que muitos afirmam que é bruxa (jamais chamei assim uma jovem tão bonita), está sempre aprontando alguma coisa; portanto talvez seja ela...

— Bem que eu gostaria de ser seu marido, se ela me aceitasse. Teria o maior prazer de receber o mau olhado daqueles olhos negros e ardentes — disse o Velho Cantle num tom desafiador.

— Não fale assim, pai — implorou Christian.

— O diabo me assombre se aquele que se casar com a moça não tiver um retrato singular na sua grande sala principal — disse Fairway, com a voz líquida, depondo o jarro depois de um grande trago de hidromel.

— E uma companheira tão enigmática como a estrela do Norte — falou Sam, pegando o jarro e tomando o pouco que restava de hidromel.

— Acho que está na hora de irmos embora — falou Humphrey, constatando que o jarro estava vazio.

— E não cantamos outra cantiga? — perguntou o Velho Cantle. — Estou cheio de melodias como um passarinho.

— Obrigado, Mestre Cantle — disse Wildeve. — Mas não queremos mais incomodá-lo. Fica para algum outro dia, quando eu organizar uma festa.

— Diabos me levem se não vou aprender umas dez cantigas novas para esse dia, ou não aprendo uma linha! — falou o Velho Cantle.

— Eu não o desapontarei, fazendo-me de rogado, senhor Wildeve.

— Certamente acredito — reiterou o dono da casa.

Todos se despediram, desejando vida longa e felicidades ao recém-casado, com várias reiterações que tomavam algum tempo. Wildeve acompanhou-os até a porta, para além da qual os esperava a imensidão escura da várzea: uma magnitude de sombra que imperava desde o ponto onde estavam até o zênite, onde uma forma definida se tornava visível na cabeceira turva de Rainbarrow. Envoltos na escuridão densa, eles seguiram numa fila liderada por Sam, o ceifador de turfa, seguindo para as suas casas através do mato.

Quando cessou o barulho das polainas deles no tojo, Wildeve retornou ao cômodo onde ficara Thomasin com a tia. Elas tinham desaparecido.

Só conseguiriam sair da casa pela janela da parte traseira que, de fato, estava aberta.

Wildeve sorriu para si mesmo, refletiu um pouco e voltou devagar para o quarto da frente. O seu olhar se deteve sobre uma garrafa de vinho no console da lareira. — Ah, a velha Dowden! — murmurou ele caminhando para a porta da cozinha; então gritou:

— Tem alguém aí para levar algo à senhora Dowden?

Não houve resposta. Estava tudo vazio; o rapaz que trabalhava para ele já se deitara. Wildeve voltou, pôs o chapéu, pegou a garrafa e saiu, e fechou a porta porque não havia ninguém hospedado na estalagem. Quando chegou à estrada, avistou novamente a fogueira no alto de Mistover.

— Ainda está à espera, minha dama? — murmurou.

Mas em vez de seguir imediatamente para aquela direção, afastou-se da montanha à sua esquerda, seguiu aos trancos por um caminho repleto de sulcos de carroças, até uma casa que, como as outras da várzea, àquela hora, apenas se percebia por um clarão pálido que partia da janela.

A casa pertencia a Olly Dowden, que fabricava espanadores. Wildeve entrou.

A sala inferior estava às escuras; ele tateou e tocou numa mesa, onde colocou a garrafa. Minutos depois já se embrenhava pela várzea. Parou e ficou olhando para a fogueira a nordeste, que não queria morrer; estava muito acima dele, mas não era tão alta quanto Rainbarrow.

Já nos falaram o que ocorre quando uma mulher hesita, e o epigrama não se restringe às mulheres, contanto que uma mulher esteja envolvida no caso, sobretudo se for bonita.

Wildeve ficou parado por um bom tempo, suspirou fundo, perplexo, e depois falou resignado para si mesmo:

— Sim, por Deus, tenho de ir vê-la!

Em vez de regressar para casa, seguiu rápido por uma trilha sob Rainbarrow na direção do que, sem dúvida, era um sinal luminoso.

[6] UM VULTO RECORTADO NO CÉU

Quando as pessoas de Egdon abandonaram o lugar da fogueira à sua habitual solidão, um vulto de mulher bem agasalhada chegou próximo ao túmulo, vindo da várzea onde queimava a pequena fogueira. Se o vendedor de almagre tivesse prestado atenção, poderia tê-la reconhecido como a mulher que antes aparecera lá em cima de maneira tão singular, e que havia sumido quando se aproximaram os estranhos. Ela subiu novamente ao ponto que antes visitara, onde as brasas do fogo quase extinto ardiam como olhos vivos no crepúsculo do dia. Permaneceu ali imóvel, e ao seu redor se ampliava a vasta atmosfera noturna, cuja escuridão imperfeita contrastava com as trevas totais da parte interior da várzea, assim como o pecado venial se opõe ao pecado mortal.

Que ela era alta e esbelta, que seus movimentos eram os de uma dama, era tudo o que se podia constatar, já que trazia o corpo coberto num xale dobrado na diagonal, à moda antiga, e a cabeça envolvida num lenço, proteção nada supérflua naquela hora e naquele lugar. Ela estava de costas para o vento que soprava do noroeste; mas não era possível saber se ela evitava aquela direção devido às lufadas frias do vento que chicoteavam o local, ou por lhe interessar o sudeste.

Também era obscuro por que ela se mantinha tão imóvel como se fosse o eixo daquele círculo da várzea. Sua extraordinária fixidez, sua patente solidão, sua impassibilidade ante a noite denotavam, entre outras coisas, uma ausência total de temor. Um terreno que conservava ainda as características sinistras que faziam César querer libertar-se de suas trevas antes do equinócio de outono, um gênero de paisagem e de clima que leva os viajantes do Sul a descrever nossa ilha como a Ciméria de Homero não agradariam às mulheres.

Com razão se suporia que ela estava ouvindo o vento aumentando à medida que a noite avançava e monopolizando a atenção. Na verdade, o vento parecia moldado para tal paisagem, assim como a paisagem se esculpia para aquele momento. Algo em seu tom era bem característico; o que se ouvia ali não havia em qualquer parte. As rajadas incontáveis incidiam umas sobre as outras pelo lado noroeste, e, quando uma delas passava, o som produzido dividia-se em três. Notas de tenor, barítono e baixo ingressavam na composição. O tom mais grave da harmonia era produzido pelo ricochetear do vento nos fossos e elevações. Em seguida, ouvia-se a sibilação de barítono de um azevinho. Abaixo daqueles na força, mas acima deles no tom, uma voz enfraquecida se esforçava num timbre rouco; era o som singular do local, a que já nos referimos. Mais suave e menos imediatamente perceptível do que os outros dois, era muito mais impressionante que eles. Residia nele o que podemos chamar de peculiaridade linguística da várzea; não sendo audível em qualquer outra parte que não fosse a várzea, ele poderia conferir alguma razão à tensão da mulher, que permanecia inalterada.

Através do sopro desses lamentosos ventos de novembro, aquela nota se assemelhava muito a antigas canções que permanecem na garganta nonagenária. Era um cicio fraco, seco, análogo ao do papel, e roçava tão distintamente os ouvidos que, por essa razão, as pessoas habituadas a ele detectavam, como se o tocassem, as peculiaridades materiais que lhe davam origem. Era o produto de causas vegetais infinitesimais, e estas não se constituíam por troncos, folhas, frutos, filamentos, espinhos, líquens nem musgos.

Eram as flores mumificadas do verão passado, originalmente tenras e purpúreas, depois desbotadas pelas chuvas de São Miguel, e então ressecadas pelos sóis de outubro até se tornarem peles mortas. O som individual produzido por uma era tão baixo que a combinação de cem mal conseguia modificar o silêncio, e o conjunto de todas elas que chegava de toda a escarpa aos ouvidos da mulher não passava de uma recitação arrastada e intermitente. Contudo, era quase o único som, entre tantos que soavam naquela noite, que tinha a capacidade de levar o ouvinte a pensar na sua origem. Era possível perceber interiormente a infinidade daquelas multidões combinadas, e compreender que cada uma das minúsculas flores era atingida, atravessada e perscrutada tão profundamente pelo vento como se fosse numa cratera.

"O espírito as animava." Um dos significados dessa frase se fazia evidente a quem escutava, e a tendência fetichista de um ouvinte emotivo poderia alcançar uma condição mais elevada. Não eram, no final das contas, as antigas flores do terreno da esquerda que falavam, nem as do terreno da direita nem as do barranco fronteiriço. Era uma entidade única se exprimindo através de cada uma, todas ao mesmo tempo.

Subitamente, sobre o túmulo, misturou-se a toda aquela selvagem retórica noturna um som que se moldava tanto com o restante que não se percebia seu início e seu fim. Os montes escarpados, os arbustos e as flores do matagal quebraram o silêncio; a mulher fez o mesmo, e o som que emitiu não foi mais do que outra frase da mesma voz da natureza. Lançado aos ventos, com eles se harmonizou e se evadiu para o espaço.

O que ela emitiu foi um longo suspiro causado por algo que tinha em mente e que a levara até ali. Havia naquele suspiro um abandono espasmódico como se, permitindo-se emitir aquele som, a mente da mulher tivesse autorizado aquilo que não podia subjugar. Um ponto era óbvio: ela vinha vivendo num estado de repressão e não de langor ou de estagnação.

No vale distante, o fulgor mortiço da janela da estalagem se mantinha, e um pouco depois ficou provado que a janela, ou o que havia lá dentro, interessava mais à mulher do que as suas próprias ações ou a paisagem mais próxima que a cercava. Ela levantou a mão esquerda, que segurava um telescópio fechado. Estendeu-o depressa como se estivesse habituada a fazer aquela operação, levou-o até o olho e apontou na direção da luz que brilhava na estalagem.

O lenço que envolvia sua cabeça estava um pouco puxado para trás, e o rosto, levemente erguido. Um perfil se desenhou contra as nuvens pesadas e monocrômicas que a rodeavam; e era como se as sombras dos rostos de Safo e da senhora Siddons tivessem saído de seus túmulos, convergindo para formar uma imagem que, não sendo similar às delas, sugeria ambas. Porém, aquilo tudo era um aspecto superficial. Em relação ao caráter, um rosto permite algumas ilações a partir dos seus traços, mas só se revela totalmente no jogo das expressões. Tanto é assim que aquilo que se chama jogo fisionômico contribui muito mais para o entendimento do homem e da mulher do que movimentos fundamentais de todo o resto do corpo. Dessa maneira, a noite não revelava muito daquele cujo vulto circunscrevia, já que não era possível observar as partes móveis do rosto.

Depois a mulher desistiu da função observadora, guardou o telescópio e recuou para perto das brasas quase extintas. Elas já não emitiam clarão considerável, senão quando uma rajada de vento mais forte atiçava a sua superfície e criava uma claridade vacilante que vinha e se ia como o rubor de uma jovem. Ela se inclinou sobre o círculo silencioso, escolheu uma das brasas que ainda estava viva e a levou para o local onde estivera antes.

Depositou a brasa no solo, e ao mesmo tempo a assoprou, até que a relva se iluminou levemente, mostrando um objeto que revelou ser uma ampulheta, embora ela estivesse usando um relógio. Ela assoprou tempo suficiente para que a luz produzida a fizesse perceber que a areia escorrera toda para baixo da ampulheta.

— Ah! — disse ela, pouco surpresa.

A luz alimentada pela sua respiração tinha sido muito hesitante, e tudo o que revelou foi uma breve cintilação de seus traços. O que se revelara eram dois lábios admiráveis e uma só face, já que a cabeça se mantinha nas sombras. Ela tirou a vara esbraseada, apanhou a ampulheta e começou a caminhar com o telescópio sob o braço.

Ao longo dos morros se estendia uma vereda indefinida por onde a dama seguiu. Os que conheciam a vereda classificavam-na como caminho; e, enquanto a um forasteiro, mesmo durante o dia, ela teria passado despercebida, os frequentadores usuais da várzea a encontravam, mesmo que fosse meia-noite. O segredo para prosseguir naquele caminho rudimentar, quando não havia luz satisfatória nem para caminhar em uma estrada principal, estava em desenvolver nos pés o sentido do tato, o qual se obtinha em anos divagando por lugares pouco explorados. Ao caminhante acostumado com locais similares, a diferença entre o impacto sobre relvas muito jovens e sobre troncos arruinados, em uma trilha quase inexplorada, é perceptível mesmo através da bota ou do sapato mais tosco.

A figura solitária que percorria a vereda não percebeu a música que o vento ainda executava nas flores mortas da várzea. Tampouco virou a cabeça para olhar o grupo de animais escuros mais adiante, que saíram em debandada ao vê-la contornar o fosso onde estavam alimentando-se. Eram vários pôneis selvagens, conhecidos como "filhos da várzea". Pastavam livres pelas ondulações de Egdon, mas em grupos pequenos demais para diminuir a solidão.

Até aquele momento, a viandante não atentara em nada. Um fato banal pôs em evidência a sua abstração. Um espinheiro se prendeu à sua saia, e a impediu de progredir. Em vez de retirá-lo para continuar, cedeu ao puxão e permaneceu passivamente imóvel. Quando ela começou a se libertar, fez isso dando voltas, de modo que o espinheiro se desprendeu à força. Estava entregue ao devaneio, e o desalento a dominava.

Ela avançava em direção à pequena fogueira acesa que chamara a atenção das pessoas em Rainbarrow, e no vale atraíra Wildeve. Um pálido brilho começou a iluminar o seu rosto, e logo o fogo se revelou aceso, não no terreno plano, mas num ponto proeminente da terra, na confluência de dois barrancos que faziam as vezes de cerca. Na parte exterior existia um fosso, seco a não ser sob a fogueira, onde havia um grande charco cujas margens estavam cheias de urze e juncos. Na poça plácida do charco a fogueira aparecia de cabeça para baixo.

Os barrancos que se encontravam na parte de trás não possuíam cerca viva ou vedação além de moitas de tojo erguendo-se com seus caules ao longo da parte elevada, como cabeças empaladas acima das muralhas de uma cidade. Um mastro branco, engalanado com vergas e dispositivos náuticos, podia ser avistado erguendo-se contra as nuvens escuras toda vez que as chamas se animavam com brilho bastante para o alcançarem. No conjunto, o lugar apresentava a aparência de uma fortificação sobre a qual tivesse sido aceso um fogo de sinalização.

Não se entrevia ninguém, mas alguma coisa esbranquiçada se movia de quando em quando sobre o barranco, e desaparecia novamente. Tratava-se de uma pequena mão humana no movimento de lançar pedaços de madeira no fogo, mas, pelo que se podia ver, a mão, como aquela que atormentou Belshazar, estava ali sozinha. Às vezes, uma brasa caía no barranco e tombava com um chiado no charco.

Num lado do charco, degraus rústicos de terra possibilitavam que se subisse no barranco; e foi o que fez a mulher. Na parte interior havia um terreno abandonado, embora tivesse vestígios de ter sido cultivado; mas a urze e o feno estavam readquirindo a supremacia de outrora. Mais para a frente percebiam-se, de maneira imprecisa, uma casa de linhas irregulares, um jardim, anexos e um conjunto de abetos ao fundo.

A jovem (porque sua juventude se revelava na forma como subira no barranco) andou pelo cume, em vez de procurar o terreno baixo, e se aproximou do ponto onde a fogueira ardia. Um dos motivos da duração do fogo se esclareceu: a fogueira era composta por pedaços maciços de madeira rachada e serrada, troncos nodosos de espinheiros antigos que cresciam pelas encostas dos outeiros em duplas ou trios. No canto interior do barranco jazia uma pilha deles para queimar, e desse canto o rosto erguido de um menino encontrou seus olhos. Ele arremessava no fogo, de vez em quando, uma tora de madeira, função que devia ter-lhe ocupado parte considerável da noite, porque em seu rosto se discerniam sinais de cansaço.

— Fico feliz por ter voltado, Srta. Eustácia — falou, suspirando aliviado. — Não gosto de ficar sozinho.

— Tolice, fui passear um pouco, demorei só uns vinte minutos.

— Pareceu mais tempo — murmurou o menino, entristecido. — E já foi passear várias vezes!

— Pensei que você ia gostar de uma fogueira. Não está agradecido por eu ter-lhe proporcionado esta?

— Sim, mas não tem ninguém para brincar comigo...

— Creio que não veio ninguém aqui enquanto estive fora.

— Ninguém senão o seu avô, que veio aqui para fora para procurá-la. Eu disse que a senhorita tinha ido até a colina para apreciar as outras fogueiras.

— Bom menino.

— Acho que está vindo aí novamente...

Na claridade mais remota que o fogo projetava na direção da casa, despontou um senhor. Era o mesmo que, durante a tarde, alcançara o vendedor de almagre na estrada. Observou pensativo o cume do barranco, onde estava a mulher, e revelou atrás dos lábios entreabertos, brilhantes como porcelana, os dentes ainda bem conservados.

— Quando você vem para dentro, Eustácia? — perguntou. — Está quase na hora de dormir. Cheguei há duas horas e estou cansado. Sinceramente, é uma bobagem você ficar brincando tanto tempo na fogueira, gastando tanta lenha! As minhas raízes de espinheiro, o melhor combustível que eu guardava para o Natal; você já queimou quase tudo!

— Prometi ao Johnny uma fogueira de festa e ele não quer apagá-la ainda — disse Eustácia, de uma forma que mostrou que ali ela era rainha absoluta. — Meu avô, vá se deitar. Não demoro muito. Você gosta da fogueira, não é mesmo, Johnny?

O menino a encarou com ar indeciso e murmurou:

— Acho que não quero continuar.

O avô já se retirara, não tendo ouvido a resposta do garoto. Assim que o senhor encanecido desapareceu, Eustácia disse para o garoto, com tom aborrecido: — Como você se atreve a me contradizer, seu ingrato? Nunca mais você vai ter uma fogueira se não mantiver esta agora. Vamos, diga que você gosta de fazer uns mimos para mim, não negue!

O menino, repreendido, disse: — Sim, eu gosto, senhorita! — E continuou negligentemente atiçando o fogo.

— Fique um pouco mais, e eu lhe dou uma boa gorjeta — disse Eustácia, num tom mais ameno. — De dois em dois, ou de três em três minutos coloque madeira no fogo, mas não muita de uma vez só. Vou andar pela colina, mas volto de quando em quando. Se você ouvir uma rã saltando no charco, como se alguém atirasse uma pedra, corra e me avise, porque é sinal de chuva.

— Certo, Eustácia.
— Srta. Vye, mocinho.
— Srta. Vyeustácia.
— Está bem assim, agora ponha mais um pedaço de lenha.

O pequeno escravo continuou a alimentar o fogo como antes. Parecia um simples autômato com movimentos galvanizados, falando e agindo só pela vontade caprichosa de Eustácia. Poderia ser comparado à estátua de bronze que se conta que Alberto Magno teria animado, fazendo-a falar, mover-se e servir como criado.

Antes de continuar o passeio, a jovem se manteve imóvel por alguns instantes no barranco, à escuta. Era um local tão ermo como Rainbarrow, embora estivesse num nível mais baixo e fosse protegido do vento e do mau tempo por alguns abetos situados ao norte. O barranco, que incluía a habitação e a protegia do estado selvagem da parte externa, era formado por torrões grossos e quadrados, retirados do fosso exterior e sobrepostos com uma ligeira inclinação, o que constituía uma defesa nada desprezível onde não existe a possibilidade de crescerem sebes, devido ao mato e ao vento, e onde os materiais próprios para a construção de muros são impossíveis de obter. Fora isso, o local era bastante aberto, a partir dele se avistava a extensão do vale que chegava até o rio que passava atrás da casa de Wildeve. Mais acima e à direita, e mais próximo do que a estalagem da Mulher Tranquila, o perfil escuro de Rainbarrow obstruía o céu.

Após observar atentamente as escarpas selvagens e os desfiladeiros ocos, Eustácia deixou escapar um gesto de impaciência. Ensaiava alguns desabafos petulantes de vez em quando, mas havia suspiros entre suas palavras, e repentinos silêncios entre seus suspiros. Depois de descer do seu ponto, continuou a andar na direção de Rainbarrow, mas não chegou a fazer todo o caminho. Reapareceu duas vezes, num intervalo de minutos, e repetindo sempre:

— Nenhum ruído no charco, menino?

— Não, Srta. Eustácia – respondeu a criança.

— Bom — acrescentou ela, enfim — não vai demorar muito para que entre; vou lhe dar então a gorjeta e você pode ir para casa.

— Obrigado, Srta. Eustácia — falou o foguista, cansado, respirando um pouco mais livre. Eustácia se afastou ainda uma vez da fogueira, mas agora não seguiu na direção de Rainbarrow. Contornou o barranco e foi até a cancela à frente da casa, onde ficou parada contemplando o cenário.

A cinquenta metros se erguia o ângulo para onde convergiam os dois lados do barranco em que se situava a fogueira; no barranco percebia-se o perfil do menino, que continuava atirando madeira no fogo. Ela o observou distraidamente por uns momentos, enquanto ele se aproximava mais uma vez das chamas. O vento soprava a fumaça, o cabelo do menino e a ponta da sua roupa, todos na mesma direção; em seguida cessou, a roupa e o cabelo repousaram e a fumaça subiu na direção do céu.

Enquanto Eustácia olhava à distância, o menino se moveu, desceu pelo barranco e correu em direção à cancela.

— O que foi? — perguntou Eustácia.

— Acho que uma rã saltou no charco. Eu ouvi, sim!

— Então vai chover, é melhor você ir para casa. Você não vai ficar com medo, não é? — ela falava rápido, como se o seu coração tivesse saltado para a garganta por causa do que o menino lhe dissera.

— Não tenho medo, ganharei minha gorjeta.

— É verdade, aqui está. Agora corra o mais rápido que puder — por aí, não, pelo jardim. E olhe, ninguém teve uma fogueira como a sua.

O menino, que, com certeza, estava feliz com a recompensa, enveredou pela escuridão todo alegre. Assim que ele se foi, Eustácia deixou o telescópio e a ampulheta no portão e caminhou na direção do ângulo do barranco abaixo da fogueira.

Aguardou ali, protegida pelo barranco. Pouco depois se ouviu um ruído no charco. Se o menino estivesse lá, teria dito que outra rã acabara de saltar na água, mas para a maioria das pessoas o som lembraria a queda de um seixo na água. Eustácia seguiu para o barranco.

— Quem é? — perguntou ela, suspendendo a respiração.

Subitamente, o vulto indistinto de um homem se configurou contra o céu que descia até o vale, além da outra margem do charco. Ele deu a volta e subiu no barranco aproximando-se dela, que riu baixinho. Era a terceira manifestação de seus sentimentos que a jovem expressara aquela noite. A primeira, em Rainbarrow, exprimira ansiedade; a segunda, na colina, impaciência, e a última, agora, era de uma alegria exultante. Deixou seus olhos repousarem nele, sem falar nada, como se observasse algo maravilhoso que tivesse feito surgir do caos.

— Estou aqui! — falou o homem, que era Wildeve. — Por que você não me deixa em paz, não me dá descanso? Vi a sua fogueira a noite toda. — Tais palavras não foram pronunciadas sem emoção, mas mantinham um tom médio, como num equilíbrio cauteloso entre dois extremos iminentes.

Perante tais maneiras repressoras e inesperadas do seu apaixonado, a jovem se reprimiu também. — Claro que você viu a fogueira — respondeu ela num tom calmo, langoroso, artificial. — Por que não teria eu uma fogueira no 5 de novembro, como todos da várzea?

— Eu sabia que era para mim.

— Sabia como? Não nos falamos desde que você... você a escolheu e passou a andar com ela, e me abandonou por completo, como se eu nunca tivesse sido irremediavelmente sua de corpo e alma.

— Eustácia! Como eu poderia esquecer que no outono passado, neste mesmo dia do mês e neste mesmo local, você acendeu uma fogueira igual a esta como um sinal para que eu viesse encontrá-la? Por que razão haveria uma fogueira perto da casa do capitão Vye senão com esse intuito?

— Sim, sim, admito — exclamou ela baixinho, e com um fervor entorpecido nos modos e no tom que lhe era peculiar. — Não comece a falar dessa maneira, Damon. Assim vou falar coisas que não quero. Eu tinha renunciado a você e estava resolvida a não pensar em nosso relacionamento, quando fiquei sabendo da notícia. Então preparei a fogueira, porque imaginei que você tinha sido fiel a mim.

— Que notícia é essa que a fez pensar assim? — interrogou, surpreso, Wildeve.

— Que você não se casou com ela — murmurou a jovem, exultante. — Então tive a certeza de que foi por você gostar mais de mim e não ter coragem de fazê-lo... Damon, você foi cruel quando se afastou de mim, eu disse que não o perdoaria. Não acredito que irei perdoá-lo totalmente, nem sequer agora; é demais para uma mulher com certa dignidade perdoar tudo.

— Se soubesse que seu chamado era para me repreender, não teria vindo.

— Mas não me importo e o perdoo, já que não se casou com ela e voltou para mim.

— Quem lhe contou que eu não tinha me casado com ela?

— O meu avô. Ele fez uma longa caminhada hoje e ao voltar para casa topou com alguém que lhe falou sobre um casamento fracassado; imaginou que seria o seu, e concluí que era isso mesmo.

— Alguém mais sabe sobre isso?

— Suponho que não. Damon, agora você entende por que acendi a fogueira? Você não imaginava que eu faria isso se calculasse que você tinha se tornado marido daquela mulher, não é? Insultaria a minha dignidade se você pensasse dessa maneira.

Wildeve permaneceu silencioso, era óbvio que pensara daquela maneira.

— Você achou mesmo que eu supunha que você estava casado? — perguntou ela novamente, enérgica. — Então você foi desonesto; é intolerável reconhecer que pensa tão mal sobre a minha pessoa! Você não é digno de mim, e eu sei disso, mas mesmo assim eu o amo. Não tem importância, vou relevar. Devo suportar sua péssima opinião sobre mim da melhor maneira possível... é verdade, não é — prosseguiu ela, com certa ansiedade mal disfarçada por ele não se manifestar —, que você não teve coragem de me abandonar e ainda me ama mais que tudo?

— É claro, senão por que viria? — respondeu ele, melindrado. — Não que a fidelidade seja grande mérito em mim após suas palavras bondosas sobre minha indignidade que, se fossem ditas por alguém, deveria ter sido por mim mesmo. Mas elas vêm de você e com tanta má vontade e severidade! Não obstante, possuo a maldição de ser exaltado e viver sob tal influência, aceitando a censura de uma mulher. Foi o que me rebaixou de engenheiro para dono de estalagem; que grau mais inferior me estará reservado, é o que me pergunto — completou ele, e olhou para ela, abatido.

Ela aproveitou a oportunidade, e jogou o xale para trás, de modo que a chama iluminou o seu rosto e o colo, e falou sorrindo: — Você viu algo melhor do que isto em suas viagens?

Eustácia não era alguém que se colocasse em tal posição sem ter fundamento para isso. Ele respondeu baixinho:

— Não.

— Nem sequer acima dos ombros de Thomasin?

— Thomasin é uma jovem inocente e gentil.

— Isso não vem ao caso — exclamou ela, com ardor apaixonado. — Vamos deixá-la fora disso, agora temos de pensar em nós dois. — Após olhá-lo demoradamente, ela retomou a conversa com a velha e tranquila cordialidade. — Será que devo continuar a lhe dizer languidamente coisas que uma mulher deve ocultar, e admitir que não tenho palavras para exprimir como fiquei desolada por acreditar no que acreditei até duas horas atrás, que você tinha me abandonado?

— Sinto muito ter provocado esse sofrimento.

— Mas talvez não tenha sido totalmente por sua causa que eu estava triste — acrescentou ela, com malícia. — É de minha natureza sentir-me assim. Está no meu sangue.

— É hipocondria.

— A culpa é dessa várzea bravia. Eu estava bastante feliz em Budmouth, oh, o tempo, os dias de Budmouth! Mas Egdon vai ser mais alegre agora.

— Espero que sim — falou Wildeve, meditativo. — Você sabe qual será o efeito dessa sua nova chamada, querida? Irei me encontrar com você, como antes, em Rainbarrow.

— Certamente.

— Contudo, devo lhe dizer que, quando caminhava para cá, pretendia lhe dizer adeus e não voltar a vê-la.

— Não lhe agradeço por isso — disse ela, distanciando-se enquanto a indignação a dominava como um calor subterrâneo. — Você pode ir até Rainbarrow se desejar, mas não vai voltar a me ver; e pode me chamar, mas não ouvirei; e pode me tentar, mas não serei mais sua.

— Você já falou isso outras vezes, meu amor; mas naturezas como a sua não aderem facilmente ao que afirmam. O que também se aplica a naturezas como a minha.

— Essa é a recompensa que obtenho por todo o meu sofrimento — sussurrou ela num tom amargo. — Por que tentei chamá-lo novamente? Um combate estranho às vezes toma conta do meu espírito. Quando readquiro a tranquilidade depois dos seus insultos, eu me pergunto o seguinte: "No fim das contas, estarei abraçando o nada? Você é um camaleão, e está agora com sua pior cor. Vá embora, se não quer que eu o odeie.

Ele olhou absorto na direção de Rainbarrow durante um intervalo que permitiria contar até vinte, e então falou com indiferença:

— Sim, vou para casa. Você planeja falar comigo novamente?

— Sim, se você admitir que o casamento não se realizou porque você me ama mais que a ela.

— Não sei se será boa política — falou Wildeve, sorrindo. — Você perceberia muito claramente até onde chega o seu poder.

— Mas me diga!

— Você sabe muito bem.

— Onde ela está agora?

— Não sei. Tenciono não falar com você sobre ela. Não me casei ainda; obedeci ao seu chamado. Isso é suficiente.

— Acendi a fogueira simplesmente porque estava entediada e pensei que obteria alguma emoção chamando-o aqui e triunfando sobre você, como a bruxa de Êndor chamou Samuel. Decidi que você viria e você veio! Mostrei minha força. Dois quilômetros e meio até aqui, dois quilômetros e meio na volta; são cinco quilômetros na escuridão por minha causa. Não demonstrei meu poder?

Ele balançou a cabeça: — Conheço você muito bem, minha Eustácia; conheço você até demais. Não existe em você nada que eu não conheça; esse seu peito ardente não pregaria uma peça em mim de forma tão insensível, nem que fosse para salvar a própria vida. Vi uma mulher ao entardecer, em Rainbarrow, observando minha casa. Creio que atraí você antes de você me atrair.

As brasas reavivadas de uma paixão antiga ardiam nitidamente em Wildeve agora; e ele se inclinou para a frente como se fosse encostar o seu rosto no dela.

— Não! — falou a jovem rispidamente, afastando-se para o outro lado da fogueira quase extinta.

— Pelo menos posso beijar sua mão?

— Não, não pode.

— E segurá-la?

— Não.

— Então boa-noite, não me importo com uma coisa nem outra. Adeus, adeus.

Ela não respondeu, e, com uma vênia de professor de dança, ele desapareceu, como viera, pelo lado oposto do charco.

Eustácia suspirou, não era um suspiro fraco de donzela, mas um suspiro que a abalou como um calafrio. Toda vez que um relâmpago de razão caía como uma luz elétrica sobre seu amado, como às vezes acontecia, e lhe revelava as imperfeições dele, ela tremia assim. Mas era apenas por um segundo, e ela continuava amando-o. Ela sabia que ele brincava, mas continuava amando-o. Espalhou as brasas meio consumidas, entrou em casa imediatamente e subiu ao quarto sem o auxílio de nenhuma luz. Entre um e outro farfalhar que denotavam que ela se despia no escuro, com frequência havia suspiros profundos; e o mesmo tipo de tremor às vezes a agitava quando, dez minutos depois, ela já estava deitada dormindo.

[7] A RAINHA DA NOITE

Eustácia Vye era a matéria-prima de uma divindade. No Olimpo, ter-se-ia saído bem, com pouquíssima preparação. Ela era dona das paixões e dos instintos que fazem uma deusa-modelo, ou seja, aqueles que não servem muito para uma mulher-modelo. Se fosse possível à Terra e à humanidade ficarem totalmente sob seu controle por algum tempo, se ela tivesse manuseado a roca, o fuso e a tesoura, poucos sentiriam a mudança de comando. Teria havido a mesma diferença de sorte; a acumulação de benefícios aqui e de agravos ali, a mesma generosidade em face da justiça, os dilemas perenes, a mesma alteração astuciosa das carícias e dos golpes que suportamos agora.

Sua compleição era maciça, e um pouco pesada; nem corada nem lívida, e macia ao toque como uma nuvem. Ver a sua cabeleira era ver que o inverno inteiro não detinha trevas para sequer lhe fazer sombra; fechava-se sobre sua fronte como a noite extinguindo a claridade do oeste.

Os seus nervos pareciam vibrar também nas tranças; o seu mau humor acabava quando elas eram acariciadas. Quando alguém a penteava, ela imediatamente ficava paralisada, assumindo o ar de uma esfinge. Se, ao passar pelos barrancos de Egdon, as suas bastas melenas se prendiam, como às vezes acontecia, em tufos espinhosos do *Ulex europaeus*, que funcionavam como uma escova de cabelo, ela voltava e passava rente a eles mais uma vez.

Tinha olhos pagãos, repletos de enigmas noturnos. A luz que vinha a eles, para depois deixá-los e depois visitá-los de novo, era um pouco atenuada pelas pálpebras e pestanas pesadas, sendo que a pálpebra inferior era muito mais cheia do que normalmente acontece com as mulheres inglesas. Isso lhe permitia entregar-se a devaneios sem demonstrá-lo; seria possível acreditar que era capaz de dormir sem fechar os olhos. Se imaginássemos que as almas dos homens e das mulheres são essências visíveis, provavelmente a de Eustácia teria a cor de uma chama. Os lampejos que dela ascendiam aos olhos escuros causavam essa mesma impressão.

    A boca parecia feita menos para falar que para tremular, e menos para tremular do que para beijar. Podíamos acrescentar: menos para beijar do que para se crispar presunçosamente. De perfil, a linha de encontro dos lábios delineava com exatidão quase geométrica a curva muito conhecida na arte do desenho como ogiva. A existência de uma curva tão flexível como essa na austera Egdon tornava-se um fenômeno extraordinário. Percebia-se de imediato que aquela boca não viera de Sleswig, com uma facção de piratas saxônicos, cujos lábios se unem como as duas camadas de um bolo. Alguém imaginaria que tais curvas de lábios estivessem espreitando no subsolo do sul, como fragmentos de mármores esquecidos. As linhas dos seus lábios eram tão delicadas que, mesmo sendo eles carnudos, os cantos da boca se revelavam nítidos como ponta de lança. A limpidez das linhas nos cantos da boca só mudava quando ela tinha algum ataque depressivo, uma das fases sombrias da paixão que ela conhecia demasiado bem para a sua idade.

    A sua presença invocava a memória de coisas como rosas Bourbon, rubis, noites tropicais; o seu humor sugeria os comedores de lótus e a marcha de Athalie; os seus gestos, as marés cheias e vazantes; a sua voz, a viola. Sob uma luz fraca, com pequenas alterações no penteado, a sua feição geral poderia ser comparada com a de qualquer uma das deidades femininas superiores. A lua nova atrás de sua cabeça, um elmo antigo coroando-a, um diadema de acidentais gotas de orvalho em sua fronte seriam acessórios para evocar Ártemis, Atena ou Hera, respectivamente, com a proximidade exata do modelo antigo como a que se contemplava nas telas consagradas.

Mas o ar imperioso, o amor, a ira e o arrebatamento se haviam revelado inúteis na degradante Egdon. Ali seu poder era limitado, e a consciência dessa limitação influenciara o seu desenvolvimento. Egdon era o seu Hades, e desde que chegara ali havia absorvido grande parte da melancolia daquele lugar, embora se conservasse interior e eternamente inconciliável com ele. O seu aspecto se harmonizava com a rebeldia latente, e o sombrio esplendor de sua beleza era a genuína exteriorização do vigor triste e reprimido de sua alma. Havia em sua fronte uma nobreza verdadeiramente tartárea, e não artificiosa ou com vestígios de constrangimento, pois crescera dentro dela ao longo dos anos.

Na parte mais alta da cabeça exibia uma fita de veludo negro que lhe continha a exuberância da cabeleira escura, de tal maneira que acrescentava muito àquela espécie de majestade, por lhe sombrear de forma irregular a fronte. "Nada torna mais belo um rosto do que uma fita estreita sobre a testa", asseverou Richter. Algumas jovens das redondezas usavam fitas coloridas com a mesma finalidade, e ostentavam adornos de metal em vários pontos da cabeça, mas se alguém indicasse a Eustácia Vye fitas coloridas e adornos de metal, ela ria e seguia seu caminho.

Por que uma mulher assim vivia na várzea de Egdon? Sua terra natal era Budmouth, estância balneária da moda àquela época. Era filha de um mestre de banda que vivera lá, grego de Corfu e músico talentoso, que conheceu a futura esposa numa excursão dela com o seu pai capitão, homem de boa família. O casamento não agradou ao pai porque os bolsos do mestre eram leves como a sua profissão. Mas o músico tentou de tudo: adotou o nome da mulher, estabeleceu residência na Inglaterra, afligiu-se para dar à filha uma educação cujas despesas eram bancadas pelo avô; venceu como chefe da banda local até o falecimento da esposa, época em que não progrediu mais; e começou a beber, acabando por falecer também. A jovem foi criada pelo avô, que, depois de ter fraturado três costelas num naufrágio, vivia naquele poleiro arejado de Egdon, local que o conquistara porque a casa lhe saíra quase de graça, e dali se podia avistar uma pincelada azul do horizonte, entre as colinas, que se acreditava ser o

Canal da Inglaterra. Ela não gostou da mudança, sentiu-se exilada, mas não houve remédio senão viver lá.

Por essa razão, na mente de Eustácia se sobrepunham estranhas misturas de ideias, do passado e do presente. Não havia meio termo em sua perspectiva: recordações românticas de tardes ensolaradas numa praça, bandas musicais, oficiais e galanteadores em redor se erguiam como letras douradas no quadro escuro de Egdon. Observavam-se nela os excêntricos efeitos da combinação desconcertada do brilho da estância balneária com a solenidade da várzea. Sem atentar para nada da vida humana agora, Eustácia amplificava na imaginação tudo o que vira no passado.

De onde se originava a sua dignidade? De uma veia latente da linhagem de Alcino, pela origem feácia do seu pai? Dos Fiszalan ou dos De Vere, por seu avô materno ter tido um primo nobre? Talvez fosse um dom divino, a feliz convergência de leis naturais. Como vivia só, foi-lhe negada entre outras coisas a possibilidade de aprender a ter falta de dignidade. O isolamento da várzea torna a banalidade quase impossível. Para ela, era tão difícil ser vulgar como era para os potros, os morcegos e as cobras da várzea. Uma vida limitada em Budmouth a teria aviltado sobremaneira.

A única forma de aparentar ser rainha sem possuir um torrão nem corações para neles reinar é ostentar a aparência de quem perdeu tais coisas, e Eustácia alcançou isso de maneira admirável. Na casa simples do capitão, sonhava com mansões que jamais tinha visto. Talvez fosse assim devido ao fato de frequentar um palácio muito maior que qualquer deles: os outeiros descampados. Assim como o verão na atmosfera ao seu redor, ela personificava a frase: "uma solidão povoada"; tinha a aparência indiferente, vazia e plácida, mas na verdade era pulsante e rica em pensamentos.

Ser amada loucamente, eis o seu maior desejo. O amor era para ela o único lenitivo para afastar a solidão que tragava a sua existência. E ela parecia desejar ainda mais a abstração chamada amor apaixonado do que qualquer namorado real.

Às vezes tinha um ar de pesada reprovação, que se dirigia menos contra os seres humanos do que contra as criaturas que imaginava, sendo a principal delas o destino, através de cuja interferência ela vagamente imaginava que o amor só acontecia na fugaz juventude; que qualquer amor que ela viesse a conquistar desapareceria com a mesma velocidade da areia correndo numa ampulheta. Refletia sobre o destino com um crescente senso de crueldade, o que tendia a provocar nela ações impensadas e pouco convencionais, no intuito de roubar um ano, uma semana ou até uma hora de paixão de onde pudesse obtê-la. Devido à falta desse amor ela cantara sem estar alegre, possuíra sem ter interesse pelo objeto possuído, sobressaíra sem triunfar. Em Egdon, os beijos mais frios e medíocres tinham preços exorbitantes, e onde existiria uma boca digna da sua?

A fidelidade amorosa em nome da fidelidade em si tinha para ela menos atrativos do que para a maioria das mulheres; entretanto possuía muitos atrativos aquela fidelidade que se baseia na veemência do amor. Preferia a chama do amor, ainda que se extinguisse rápido, à luz baça de uma lamparina que perdurasse anos. Intuitivamente, ela sabia aquilo que a maior parte das mulheres aprende pela experiência; ela andara mentalmente em volta do amor; contara suas torres, examinara seus palácios e concluíra que o amor era apenas um prazer doloroso. Apesar disso, desejava-o como alguém que, no deserto, sente-se grato por um pouco de água salobra.

Rezava com frequência, não nas situações convencionais, mas como os fiéis autênticos, quando o coração lho exigia. A sua prece era sempre espontânea, e muitas vezes era assim: "Livrai meu coração desta terrível melancolia e solidão, trazei-me um grande amor de qualquer lugar, ou então morrerei".

Os seus grandes heróis eram Guilherme, o Conquistador; Strafford e Napoleão Bonaparte, tal como figuravam na *História para mulheres*, adotada no estabelecimento onde fora educada. Se fosse mãe, batizaria os seus filhos com nomes como Saul ou Sísera, em detrimento de Jacó ou Davi, os quais não apreciava. Na escola se postava ao lado dos filisteus em muitas batalhas, e interrogava a si mesma se Pôncio Pilatos fora tão bonito quanto sincero e imparcial.

Portanto, era uma jovem de espírito avançado, considerando-se que vivia entre os mais retrógrados dos pensadores, muito original.

Seus instintos em relação à não conformidade social eram a raiz disso. Em matéria de lazer, a sua disposição se comparava à dos cavalos que, quando soltos para pastar, se divertem vendo os da sua espécie trabalhando na estrada. Só estimava o descanso se pudesse desfrutá-lo enquanto os outros trabalhavam. Por isso, execrava os domingos, quando todos descansavam, e afirmava comumente que seriam a causa da sua morte. Ver os homens da várzea com ares dominicais, com as mãos nos bolsos, as botas recém-untadas e com os cadarços desamarrados (sinal inconfundível de que era domingo) passeando desocupados entre a turfa e os tojos que haviam ceifado durante a semana, e chutando-os negligentemente como se ignorassem a sua utilidade, tudo isso lhe era opressivo. Para aliviar o tédio daquele dia inconveniente, habituara-se a revistar os armários que continham mapas antigos e ninharias de seu avô, cantarolando, cantando simultâneas baladas que o povo entoa nas noites de sábado. Às vezes, num sábado, cantava um salmo, e sempre num dia da semana que lia a Bíblia, para não ter a sensação de que cumpria um dever.

Essas percepções de vida eram até certo ponto os efeitos naturais da sua situação sobre a sua natureza. Viver numa várzea sem se entranhar no seu significado é o mesmo que se casar com um estrangeiro sem aprender o seu idioma. Eustácia não entendia as belezas sutis da várzea, só apreendia seus eflúvios. Um ambiente que teria transformado uma mulher jovial numa poetisa, uma sofredora em devota, uma piedosa em salmista e até uma leviana em pessoa sensata, acabou por transformar uma mulher rebelde em criatura melancólica.

Eustácia havia superado a visão de um casamento magnífico; entretanto, ainda que as suas emoções estivessem em pleno vigor, não lhe interessava uma união mais mesquinha. Por isso a encontramos num estranho estado de isolamento. Ter perdido o conceito divino de que se pode fazer o que se quer e não ter adquirido um doméstico entusiasmo por fazer o que se pode, manifesta uma grandeza de índole que não pode fazer ser criticada de forma abstrata, porque denota um espírito que, mesmo desapontado, não se acomoda. Mas que, mesmo sendo afeito à filosofia, tende a ser perigoso para a comunidade. Num mundo em que casar-se é o esperado, e em que a comunidade gira em torno da união material e espiritual, essa grandeza de índole oferece os mesmos perigos.

Vemos, assim, a nossa Eustácia (às vezes, ela não é de todo desagradável) chegando naquele ponto em que se crê que nada vale a pena, e preenchendo as horas ociosas da sua existência em idealizar Wildeve na falta de matéria melhor. Essa era a única razão da influência dele, e Eustácia sabia disso. Por vezes, o seu orgulho se rebelava contra aquela paixão, e ela chegava mesmo a querer libertar-se Mas só havia uma circunstância capaz de o eclipsar: o surgimento de alguém mais interessante.

Em relação ao restante, ela padecia de depressão e fazia lentas caminhadas para aliviá-la, levando consigo o telescópio do avô e a ampulheta da avó, esta última pelo prazer peculiar que sentia observando a representação material da fuga do tempo. Era raro que ela planejasse; porém, quando o fazia, seus planos manifestavam mais a estratégia abrangente de um general, do que as pequenas artes ditas femininas, embora ela fosse capaz de proferir oráculos de ambiguidade délfica quando não queria ser direta. No céu, ela provavelmente vai sentar-se entre Heloísas e Cleópatras.

[8] OS QUE SE ENCONTRAM ONDE SE SUPÕE NÃO HAVER NINGUÉM

Assim que se afastou da fogueira, o triste menino segurou com força a moeda na palma da mão, como se para fortalecer sua coragem, e começou a correr. Na verdade, não havia perigo em deixar um menino ir só para casa naquele lado da várzea de Egdon. Ele morava a apenas quatrocentos metros, já que o chalé do seu pai mais um outro, alguns metros à frente, faziam parte do lugarejo do alto de Mistover Knap: a terceira casa, e a única outra, era a do capitão Vye e de Eustácia, que ficava isolada dos chalés e era a mais solitária das casas dessas escarpas pobremente povoadas.

O menino correu até perder o fôlego e, adquirindo mais coragem, começou a caminhar devagar, cantando com uma voz trêmula uma cantiga que falava de um jovem marinheiro, uma jovem bonita e muito ouro guardado. Em meio à cantoria ele parou: de uma reentrância abaixo da colina à sua frente, subiam uma luz e uma nuvem de poeira, juntamente com o som de pancadas.

Apenas visões e barulhos desconhecidos amedrontavam o menino. A voz abafada da várzea não o alarmava. Os ramos de espinheiro que se erguiam em seu caminho eram menos satisfatórios, pois sibilavam de maneira triste e tinham um medonho hábito de, quando escurecia, assumir a forma de homens desvairados pulando, enormes gigantes e aleijados horrorosos. Naquela noite, as luzes não eram raras, mas a sua natureza era distinta da que ele avistava à sua frente. Impelido mais pela cautela do que pelo temor, o menino voltou para trás em vez de atravessar a claridade, com a intenção de solicitar a Eustácia Vye que permitisse que a criada o acompanhasse até sua casa.

Após escalar o topo do vale mais uma vez, o menino enxergou a fogueira acesa, embora menos intensa do que antes. Em vez do vulto solitário de Eustácia, divisou dois vultos, dos quais o segundo era de um homem. O menino foi contornando o barranco para investigar se seria correto interromper uma pessoa tão distinta como Eustácia e só por causa de um fato prosaico.

Depois de ouvir a conversa sob o barranco por alguns minutos, ele se virou num gesto perplexo e cheio de dúvida e começou a se retirar tão silenciosamente quanto chegara. Que ele não julgou, de maneira geral, que era aconselhável interromper a conversa de Eustácia com Wildeve sem estar pronto para suportar o peso do descontentamento dela, era óbvio.

Aquela era uma posição entre Cila e Caribdes para o menino. Quando achou que já não poderia ser descoberto, ele estancou de novo, e finalmente decidiu enfrentar o fenômeno da caverna como um mal menor. Dando um longo suspiro, passou mais uma vez pela encosta e continuou pelo caminho que já percorrera.

A luz se extinguira, a poeira que antes subia havia desaparecido, ele esperava que para sempre. Palmilhou resoluto sempre para a frente, e não viu nada que o surpreendesse, até se encontrar a alguns metros da caverna. Escutou então um ruído e parou. Foi uma interrupção rápida, porque logo ele reconheceu que o ruído vinha de dois animais que pastavam. — São dois filhos da várzea — falou alto. — Jamais os tinha visto por aqui.

Os animais obstruíam o caminho, mas isso não preocupou o menino, que desde criança brincara entre os cavalos. Ao se aproximar um pouco, ele notou que os animais não fugiam e ambos tinham pesos atados aos pés para evitar a fuga; aquilo queria dizer que eram domesticados. Agora ele conseguia ver que o interior da caverna, situado na vertente da colina, tinha uma entrada plana. Na parte mais interna, destacava-se o perfil quadrado de um veículo fechado, com a parte traseira virada para ele. Do seu interior saía uma luminosidade que projetava uma sombra na superfície vertical do cascalho, do outro lado da caverna.

O menino intuiu tratar-se de um carro de ciganos, e seu temor desses andarilhos atingiu aquele nível brando que provoca trepidações, mas não sofrimento. Apenas uns centímetros de lama impediam que ele e sua família fossem, eles mesmos, ciganos. Contornou a caverna de uma distância razoável, subiu a encosta e avançou para o topo, com a intenção de espiar pela porta aberta do carro e ver a origem da sombra.

O jovem se espantou com o espetáculo. Ao lado de um pequeno fogareiro, no interior do carro, havia um homem sentado, vermelho dos pés à cabeça. Era o amigo de Thomasin. Estava cerzindo uma meia como ele. Além disso, enquanto cerzia, estava fumando, e o cabo e o fornilho do cachimbo também eram vermelhos.

Naquele instante, um dos filhos da várzea que pastava lá fora no escuro agitou a peia que tinha presa no pé. Atraído pelo ruído, o vendedor de almagre depôs a meia, acendeu uma lamparina que tinha pendurada e saiu do carro. Quando ia colocar a vela dentro da lamparina, ergueu-a até a altura do rosto. O clarão iluminou-lhe os olhos e o marfim dos dentes que contrastavam com o vermelho dominante, o que, para o jovem, compôs uma feição assustadora. O menino sabia bem demais a que covil chegara. Sabia que pessoas mais horríveis do que os ciganos trilhavam por Egdon, e o vendedor de almagre era uma dessas.

— Quem dera que fosse um cigano! — segredou ele.

O homem acabara de vistoriar os cavalos. Com receio de ser descoberto, o menino, com gestos nervosos, tornou isso possível. Montes maciços de urze e turfa pendiam do alto do fosso, e escondiam o verdadeiro limite do terreno. O jovem seguiu para além da terra firme, a urze cedeu e ele se precipitou pelo declive de areia cinzenta até os pés do homem. A figura vermelha virou a lamparina e a fez incidir sobre o jovem no chão.

— Quem é você?
— Johnny Nunsuch, senhor.
— O que estava fazendo aqui?
— Não sei.
— A me vigiar, suponho!

— Sim, senhor.
— E por que estava me vigiando?
— Porque eu vinha da fogueira da Srta. Vye.
— Você se machucou?
— Não.
— Está machucado sim, sua mão está sangrando. Venha para baixo da tenda, que vou cuidar disso.
— Preciso procurar o meu dinheiro, por favor.
— Como você o conseguiu?
— Foi a Srta. Vye que me deu para ficar atiçando a fogueira.

A moeda foi encontrada. O homem se dirigiu para o carro, o menino seguia atrás, quase com receio de respirar. O homem sacou uma tira de pano de uma sacola onde guardava material de costura, rasgou um pedaço que, como todo o resto, era vermelho, e começou a fazer um curativo no ferimento.

— Estou meio tonto, posso me sentar, moço? — disse o menino.
— Claro, amiguinho. Esse machucado é suficiente para você se sentir assim. Sente-se nessa trouxa.

Quando o homem acabou de tratar o machucado, o menino falou: — Acho que vou para casa agora, senhor.
— Você está com medo de mim. Sabe quem eu sou?

O menino olhou o homem vermelho de cima a baixo, desconfiado, e disse:
— Sei, sim, senhor.
— Então quem sou eu?
— O vendedor de almagre.
— Sim, isso. Embora existam muitos outros. Vocês, jovens, pensam que existe só um cuco, uma raposa, um gigante, um diabo e um vendedor de almagre. Porém existem muitos de nós.
— É mesmo? O senhor não vai me carregar num saco, não é? Dizem que o vendedor de almagre faz isso muitas vezes.
— Que besteira! Tudo o que fazemos é vender tinta. Está vendo aqueles sacos na parte traseira do carro? Não estão cheios de crianças, têm apenas corante vermelho.
— O senhor nasceu vendedor de almagre?

— Não, escolhi essa profissão. Se a deixasse ficava tão branco como você, isto é, ficava branco aos poucos. Talvez em seis meses, logo no início não, porque a tinta já se entranhou na pele e não sai com os primeiros banhos. Bom, creio que você não vai mais ter medo do vendedor de almagre, certo?

— Não, nunca mais. O Willy Orchard disse que viu um fantasma vermelho noutro dia. Seria o senhor?

— Sim, estive aqui outro dia.

— Era o senhor que estava fazendo a nuvem poeirenta que vi antes?

— Sim. Estava sacudindo alguns sacos. E você fez uma fogueira e tanto lá em cima, hein? Eu vi o clarão. Por que a Srta. Vye queria uma fogueira tanto assim, a ponto de lhe pagar seis *pence*?

— Não sei, mas eu estava cansado e ela me mandou esperar e continuar a atiçar a fogueira, enquanto passeava pelos lados de Rainbarrow.

— E você ficou lá quanto tempo?

— Até uma rã pular no charco.

O vendedor de almagre parou com a conversa fiada.

— Uma rã? As rãs não saltam no charco nesta altura do ano.

— Pulam sim! Eu ouvi uma!

— Tem certeza?

— Tenho. Ela disse que eu ia ouvir. Dizem que ela é muito esperta e misteriosa. Ela deve enfeitiçar as rãs para elas pularem.

— E depois?

— Depois desci para cá, mas como fiquei com medo, voltei para trás; não quis falar com ela por causa do cavalheiro e voltei para cá de novo.

— Um cavalheiro? Ah! E o que ela disse a ele, meu jovem?

— Falou que achava que ele não tinha se casado com outra mulher porque gostava da antiga namorada, coisas assim.

— E o que o cavalheiro falou para ela?

— Falou que gostava mais dela e que ia voltar a encontrá-la de noite, embaixo de Rainbarrow.

— Ah! — exclamou o vendedor de almagre, dando tapa na lateral do carro, fazendo tremular todo o tecido. — Esse é o segredo da história!

O menino pulou de pé.

— Não se assuste, meu jovem — disse o vendedor todo avermelhado, tornando-se imediatamente afável. — Esqueci que você estava aí. É apenas uma maneira estranha que os vendedores de almagre têm de perder o tino por um instante; mas eles não fazem mal a ninguém. O que a jovem respondeu depois?

— Não lembro. Senhor Vendedor de Almagre, posso ir embora agora para casa, por favor?

— Mas é claro. Vou acompanhar você um pouco.

Ele acompanhou o garoto do fosso até o caminho que ia dar no casebre da sua mãe. Após o vulto pequeno desaparecer no escuro, o vendedor retornou, sentou-se de novo perto da fogueira e continuou a costurar.

[9] O AMOR FAZ O HOMEM ASTUCIOSO VALER-SE DE UMA ESTRATÉGIA

Agora raramente se veem vendedores de almagre à moda antiga. Desde a abertura das ferrovias, os camponeses do Wessex conseguiram dispensar os mefistofélicos visitantes, obtendo de outra maneira pigmento vivo que os criadores usam em grande escala quando preparam os carneiros para as feiras. Mesmo aqueles que ainda persistem estão perdendo a poesia que caracterizava a sua existência, quando a profissão exigia viagens periódicas ao fosso de onde se tirava o material, acampamentos regulares de mês em mês, exceto no inverno, peregrinações por propriedades que eram às centenas e, apesar dessa vida nômade, a preservação daquela respeitabilidade que a ostentação de um bolso bem recheado afiança sempre.

O almagre impregna seus matizes intensos em todos os objetos com que entra em contato e marca de forma inconfundível, como a marca de Caim, qualquer pessoa que com ele se ocupe durante meia hora.

Quando uma criança via pela primeira vez um vendedor de almagre, isso marcava a sua vida. A figura cor de sangue era a sublimação dos sonhos opressivos que sobressaltavam o espírito infantil, desde que começara a desenvolver assim sua imaginação.

— Olha que o vendedor de almagre vem te buscar! — foi a ameaça comum das mães do Wessex por gerações. Ele chegou a ser suplantado com sucesso, por algum tempo, no início do século XIX, por Bonaparte. No transcurso do tempo, este último personagem tornou-se antiquado e ineficaz, e a frase de outrora recuperou o antigo prestígio. Hoje em dia, o vendedor de almagre acompanhou Bonaparte para a terra dos espectros estéreis, e no seu lugar há outras invenções modernas.

O vendedor de almagre vivia como um cigano, mas os menosprezava. Ele prosperava tanto quanto os vendedores ambulantes de cestos e capachos, mas não era como eles. Nascera e se criara num meio mais decente que o dos pastores, que, em sua errância, cruzavam com ele e mal o cumprimentavam. A sua mercadoria era mais valiosa que a dos mascates, mas eles não tinham essa opinião, e passavam pelo vendedor de almagre sempre olhando para a frente. A sua cor tornava-o tão anormal que os administradores de carrosséis itinerantes e os que trabalhavam com figuras de cera eram fidalgos em comparação com ele. Mas o vendedor de almagre os considerava má companhia e mantinha distância. Entre todos esses ambulantes e homens da estrada o vendedor de almagre sempre estava; mas não era um deles. A sua ocupação tendia a isolá-lo, e era assim que o viam sempre.

Algumas vezes se sugeria que os vendedores de almagre seriam criminosos, por cujos crimes outros homens teriam sofrido injustamente, e que eles, após fugirem da justiça, não conseguiram libertar-se da consciência, passando a se dedicar a esse comércio como castigo perpétuo. Não fosse assim, qual o motivo de escolher tal profissão? Neste caso, a pergunta tinha um propósito adequado. O vendedor de almagre que entrara em Egdon naquele dia era um exemplo do agradável sendo desperdiçado para formar o alicerce do estranho, quando uma fundação feia teria servido do mesmo jeito. O único item repulsivo naquele vendedor de almagre era sua cor. Livre dela, ele seria um tipo de aldeão simpático e rústico como tantos outros. O observador sagaz pensaria, o que em parte era verdade, que ele abandonara a condição social à qual pertencera por falta de interesse nela. Além disso, depois de um bom exame, seria possível arriscar o palpite de que a base do seu caráter era a bondade e uma sagacidade tão extrema quanto é possível sem que caia na trapaça.

Enquanto ele cosia a meia, seu rosto se tornou rígido com a intensidade da reflexão. Em seguida, expressões mais amenas se desenharam e depois ressurgiu a tristeza terna que o acometera na estrada, no percurso daquela tarde. De repente a agulha ficou imóvel. Ele pôs de lado a meia, levantou-se de onde estava e pegou uma algibeira que estava pendurada no canto do carro. Dentro dela havia, entre outros objetos, um pacote pardo que, a julgar pelas dobras muito bem vincadas, parecia ter sido cuidadosamente aberto e fechado várias vezes. Ele se sentou em um banquinho de três pés, daqueles que se usam em ordenhas, o único assento do carro. Observou o embrulho à luz da vela, tirou do interior um envelope antigo e o abriu. A letra original fora escrita num papel branco, que tinha agora um tom rosado devido às circunstâncias; as hastes das letras eram como rebentos de uma cerca de inverno se destacando num poente rubro. A carta era datada de cerca de dois anos antes e estava assinada por Thomasin Yeobright. Dizia o seguinte:

"Prezado Diggory Venn:
A pergunta que me fez quando me alcançou em meu regresso de Pond-Close para casa me surpreendeu de tal forma que temo não tê-lo feito compreender o meu pensamento. É óbvio que, se minha tia não tivesse se aproximado, eu teria tido tempo para lhe explicar tudo. Mas não houve possibilidade de fazê-lo. Desde esse momento fiquei extremamente ansiosa; como deve saber, não pretendo fazê-lo sofrer. Contudo, receio fazê-lo agora, já que irei negar coisas que as minhas palavras podem lhe ter feito crer. Não posso, Diggory, me casar com você, nem admitir que me chame de namorada. Na verdade, eu jamais poderia. Espero que não se entristeça com o que vou dizer, e estou sofrendo muito. Fico muito triste quando penso que talvez você sofra, porque gosto muito de você, que está no meu espírito logo ao lado do meu primo Clym. Existem tantas razões que não permitem que nos casemos, que dificilmente eu conseguiria listá-las nesta carta. Nunca imaginei que você me fosse propor coisa semelhante, porque nunca o vi como namorado. Não me julgue porque ri após ouvir suas palavras; você se enganou pensando que ri de você por pensar que você é louco. Eu ri porque a ideia me pareceu muito estranha, não ri de você. O principal motivo por que não permitirei que me corteje é que não sinto o que uma mulher que pretende ser uma esposa deve sentir. Não é por ter em mente outra pessoa, como talvez você esteja imaginando. Não alimento as esperanças de ninguém e jamais alimentei. Outro

motivo é a minha tia. Estou certa de que ela não o aceitaria, mesmo que eu o aceitasse. Ela gosta de você, mas tem outras pretensões para mim; em vez de um queijeiro e lavrador, deseja que eu me case com um homem de profissão liberal. Espero que não me queira mal por dizer as coisas com tanta sinceridade, mas sinto que você seria capaz de me procurar novamente, e acho que não devíamos nos ver mais. Sempre terei você como uma pessoa honesta e desejo mesmo o seu bem. Esta carta segue pela criada de Jane Orchard.

Continuo sendo, Diggory, sua amiga dedicada.

Thomasin Yeobright

Ao senhor Venn, lavrador e queijeiro".

Desde que chegara a carta, numa certa manhã de outono, o vendedor de almagre e Thomasin não se haviam encontrado até aquele dia. Nesse ínterim, ele se distanciara ainda mais da posição social da jovem, assumindo a profissão de vendedor de almagre, embora estivesse em muito boa posição. Na verdade, considerando que as suas despesas eram apenas uma quarta parte do seu rendimento, ele podia ser considerado um homem próspero.

Os pretendentes recusados estão propensos à perambulação como abelhas sem colmeia, e a profissão a que Venn cinicamente se dedicara estava em certos aspectos de acordo com o seu temperamento. Mas pela simples imposição dos sentimentos de antigamente, muitas vezes a sua errância o encaminhava para a região de Egdon, embora ele nunca tivesse ido importunar quem o cativara. Estar no território de Thomasin, próximo dela, mesmo que invisível, era o único prazer que lhe restara.

Depois aconteceu o imprevisto daquele dia, e o vendedor de almagre, que ainda gostava dela, incitou-se com aquele serviço casual que lhe prestou, dedicando-se ativamente em sua causa, em vez de, como havia feito até aquele momento, ater-se a suspirar, mantendo-se distante. Após o que ocorrera, tornou-se impossível não hesitar sobre a probidade de intenções de Wildeve. Mas a esperança da jovem aparentemente se centralizava naquele homem e, afastando as suas mágoas, Venn decidiu ajudá-la a ser feliz da forma que escolhera. Era bastante incômodo que aquela fosse, de todas, a forma mais dolorosa para ele, mas o amor do vendedor de almagre era generoso.

O seu primeiro passo ativo em favor dos interesses de Thomasin foi tomado às sete da noite do dia seguinte, e determinado pelas notícias que o menino triste lhe revelara. Que Eustácia era o pretexto da indiferença de Wildeve em relação ao casamento foi o que logo concluiu Venn, ao saber do encontro secreto do casal. Não lhe ocorrera que o sinal de amor enviado por Eustácia a Wildeve fosse o terno efeito da notícia que o avô lhe trouxera. O seu instinto foi o de vê-la como conspiradora e não como antigo obstáculo à felicidade de Thomasin.

Durante o dia ele estivera extremamente inquieto, ávido por saber como estava Thomasin, mas não se animou a se insinuar numa casa onde era estranho, ainda mais numa circunstância tão desagradável como aquela. Consumira seu tempo deslocando os potros e a carga para outro ponto da várzea, a leste de onde ficara anteriormente, escolhendo um local protegido da chuva e do vento, o que parecia indicar que sua permanência ali deveria ser comparativamente mais longa. Depois disso, foi a pé pelo caminho por onde viera. Como já estava escuro, virou à esquerda até penetrar num azevinheiro, na orla de um fosso a menos de vinte metros de Rainbarrow.

Ficou aguardando um encontro ali, mas esperou em vão. Ninguém, senão ele mesmo, chegou perto do local naquela noite.

Mas o trabalho perdido não o desestimulou. Já se transformara num Tântalo e parecia considerar certa dose de decepção como o prelúdio natural das realizações; sem esse prefácio, haveria motivo para suspeitar do êxito das referidas realizações.

Na mesma hora da noite seguinte, estava novamente no mesmo lugar, mas Eustácia e Wildeve, os namorados clandestinos que aguardava, não compareceram.

Repetiu isso por quatro noites, sempre com o mesmo resultado. Na noite seguinte, sendo o dia da semana em que se haviam encontrado, ele viu uma figura feminina caminhando no cume, e o perfil de um rapaz que subia pelo vale. Encontraram-se no pequeno fosso que circundava o túmulo, e era a escavação original que o povo britânico da antiguidade construíra.

O vendedor de almagre, corroído pela suspeição de que Thomasin estava sendo ludibriada, assumiu imediatamente uma posição estratégica. Saiu da mata e avançou arrastando-se. Ao se aproximar o suficiente sem correr o risco de ser descoberto, constatou que não conseguiria ouvir o diálogo do casal, porque o vento soprava noutra direção.

Como acontecia em vários pontos da várzea, havia perto dele áreas de turfas dispostas ali e voltadas de cima para baixo, enquanto Timothy Fairway não as cortava antes da chegada do inverno. Ele puxou dois feixes de turfas até lhe cobrirem a cabeça, os ombros, as costas e as pernas. Mesmo que fosse dia, o vendedor estaria invisível; as turfas e a urze que o cobriram pareciam continuar crescendo na terra. Ele continuou arrastando-se, e as turfas sobre suas costas o acompanhavam. Mesmo que se tivesse aproximado sem estar oculto, era possível que não se destacasse no escuro; aproximando-se assim, ele parecia mover-se subterraneamente. Dessa maneira chegou bem próximo do lugar onde estava o casal.

— Quer me sondar sobre o assunto? — a pergunta lhe chegou aos ouvidos com o timbre fino e intenso de Eustácia Vye. — Sondar? É uma infâmia você falar assim! Não aceito tal coisa! — E ela começou a chorar. — Eu o amei e lhe mostrei, com grande dor minha, que o amava, e você não tem pejo de vir me falar desse modo frio, que talvez fosse melhor se casar com Thomasin. Claro que é melhor. Case-se com ela, então. Ela está mais próxima da sua condição social que eu.

— Sim, sim, está muito bem — falou Wildeve, com um tom categórico. — Temos de encarar as coisas como elas são. Seja qual for a censura que eu mereça por tê-la provocado, a situação de Thomasin é, hoje, muito pior do que a sua. Estou dizendo simplesmente que estou enfrentando um mau bocado.

— Nem venha me falar! Você sabe que isso apenas me humilha, Damon. Você não agiu corretamente e baixou no meu conceito. Não soube valorizar a minha cortesia, a cortesia de uma dama de amar você, uma dama que costumava pensar em coisas muito mais ambiciosas. Mas a culpa é de Thomasin, ela o tirou de mim, então merece sofrer como está sofrendo. Onde ela está agora? Não que me importe com isso, não me interessa sequer onde estou. Se eu morresse ela ficaria feliz! Onde ela está?

— Thomasin está na casa da tia, encerrada num quarto e longe da vista de todos! — disse ele, com alguma indiferença.

— Você não parece se importar muito com ela, mesmo agora — disse Eustácia, com um júbilo repentino. — Se se importasse, não falaria sobre ela com tanta frieza. Também fala sobre mim com ela nesse desapego? Estou certa que sim! Por que se afastou de mim? Acho que nunca vou perdoá-lo, a não ser com uma condição: sempre que me deixar, que você volte de novo arrependido de tê-lo feito.

— Não quero deixá-la nunca.

— Não lhe sou grata por isso. Eu odiaria se tudo fosse sempre igual. Na verdade, acho que gosto que você me abandone de vez em quando. O amor é muito melancólico quando aquele que ama é íntegro. É uma vergonha confessar isso, mas é verdade — completou ela, permitindo-se um risinho. — Só de pensar nisso fico deprimida. Não me ofereça um amor pacato, senão, adeus.

— Quem me dera Tamsie não fosse tão excessivamente boa — disse Wildeve — para que eu fosse fiel a você sem prejudicar uma pessoa honesta. Eu é que sou o pecador, não valho o dedo mínimo de nenhuma de vocês.

— Mesmo que seja por um sentimento de justiça, você não precisa se sacrificar por ela — replicou Eustácia, depressa. — Se você não a ama, a coisa mais caridosa a fazer no longo prazo é deixá-la como está. Assim é sempre melhor. Olhe, acho que eu disse coisas inadequadas para uma mulher. Quando você me deixa, fico enfurecida comigo mesma por causa das coisas que lhe disse.

Wildeve caminhou um pouco entre as urzes sem falar. O intervalo foi preenchido pelo murmúrio de um espinheiro podado que estava um pouco a barlavento. A brisa passava por seus galhos duros como por um véu. Era como se a noite entoasse cânticos fúnebres com os dentes cerrados.

Ela continuou, um pouco triste — Depois da última vez que nos encontramos, ocorreu-me algumas vezes que não foi por me amar que você não se casou com ela. Me diga, Damon, vou tentar suportar esse teste. Não tive nada a ver com o assunto?

— Está tão interessada em saber?

— Sim, preciso saber. Vi que me apressei em acreditar na minha influência.

— Bem, o motivo imediato foi este: os documentos não serviam para o lugar, e, antes que eu pudesse providenciar outros, ela fugiu. Até esse ponto você não teve nada a ver com o caso. Mas após o ocorrido, a tia dela tem falado comigo num tom que muito me desagrada.

— Sim... não tenho nada a ver com o caso... nada. Afinal, você está só brincando comigo. Céus, do que eu, Eustácia Vye, posso ser feita para tê-lo em tão alta conta?!

— Que tolice! Não seja tão impetuosa... Eustácia, como nós vagamos por estes arbustos no ano passado, quando os dias quentes refrescaram e as sombras das colinas nos tornaram quase invisíveis!

Ela se fechou num silêncio taciturno, enfim disse: — Sim, e como eu costumava rir porque você ousava erguer os olhos para mim! Mas você me fez sofrer muito depois disso.

— Sim, você foi bem cruel comigo, até eu me convencer de que encontrei uma dama mais bela que você. Foi uma ótima descoberta para mim, Eustácia.

— Está mesmo convencido de que achou mulher mais bela?

— Às vezes acho que sim; outras vezes não! Os pratos da balança estão tão bem equilibrados que até uma pena os faz oscilar.

— Na verdade, para você é indiferente que nos encontremos ou não? — perguntou ela, com vagar.

— Importo-me um pouco, mas não muito a ponto de perder o sono — respondeu o jovem, lânguido. — Não, tudo isso passou. Descobri que existem duas flores onde pensava haver apenas uma. É provável que haja três ou quatro, ou qualquer número de flores tão boas como a primeira... curioso, este meu destino. Quem diria que isso iria me acontecer?

Ela o interrompeu com um ímpeto contido, que poderia ser provocado tanto pelo amor como pela ira: — Você me ama agora?

— Quem sabe?

— Vamos, me diga, quero saber!

— Gosto e não gosto — exclamou ele, com malícia. — Quero dizer, minha opinião varia. Algumas vezes você é muito grandiosa; outras, demasiado indolente. Outras ainda, muito melancólica, e outras, sombria demais, depois não sei como definir, a não ser pelo fato de que, minha querida, para mim você já não significa o mundo inteiro como antes. Mas é agradável encontrá-la e conviver com você. Arrisco dizer que você é sempre afável... ou quase!

Eustácia, ainda calada, deu-lhe as costas e exclamou, com uma voz entrecortada e altiva: — Saí para passear, e escolhi este caminho.

— Muito bem, posso fazer coisas piores do que segui-la.

— Você sabe muito bem que não consegue fazer algo diferente, apesar das suas relutâncias e variações — contrapôs ela, provocadora. — Diga o que disser; tente quanto quiser, afaste-se de mim o máximo que puder; você nunca me esquecerá. Vai me amar sempre. Faria qualquer coisa para se casar comigo.

— Talvez fizesse — anuiu Wildeve. — Às vezes tenho pensamentos estranhos, Eustácia... estão surgindo agora mesmo. Você odeia a várzea como antes, eu sei.

— Sim, odeio — asseverou ela, convicta. — É a minha cruz, minha vergonha, e será a minha morte.

— Eu também detesto este lugar — assegurou ele. — Agora o vento está soprando melancólico ao nosso redor!

Ela não respondeu. De fato, o tom do vento era intenso e majestoso. A mistura de sons penetrava os sentidos e era possível, pela audição, recriar os contornos das redondezas. Pinturas acústicas se desenhavam na paisagem escura, podiam predizer onde começavam e acabavam as urzes, onde crescia o tojo, alto e eriçado, e em que parte fora ceifado; em que direção se situavam os abetos e qual a distância da cova em que brotava o azevinho, porque tais particularidades possuíam suas vozes, assim como formas e cores.

— Mas que solidão esta, meu Deus! — continuou Wildeve. — O que são barrancos pitorescos e nevoeiros para nós, que não vemos senão isso? Por que continuar aqui? Você seria capaz de ir comigo para a América? Tenho família em Wisconsin.

— Isso exige consideração.

— Parece incrível que alguém viva bem aqui, a não ser que seja um pássaro selvagem ou um pintor de paisagens. Então?

— Preciso de tempo — respondeu ela, num tom brando, e segurou a mão dele. — A América fica tão distante! Acompanha-me um pouco?

Ao proferir essas últimas palavras, ela se afastou da base do túmulo e Wildeve a seguiu, e o vendedor de almagre não ouviu mais nada Livrou-se das turfas e se levantou. Os dois vultos negros foram engolidos pela escuridão, desaparecendo na linha do horizonte. Eram como duas antenas que a morosa várzea tivesse estendido de sua cabeça, como um molusco, e que agora se recolhiam. A caminhada do vendedor de almagre pelo vale, até o local onde deixara o carro, não foi lépida como se esperaria de uma figura esbelta de vinte e quatro anos. Ele tinha o espírito tão conturbado a ponto de sentir dor. A brisa que soprava em seus lábios, durante a caminhada, parecia delinear expressões de ameaça. Ele entrou no carro, onde o fogareiro estava aceso. Sem acender a vela, sentou-se no banquinho e começou a refletir no que tinha visto e ouvido e que concernia àquela que continuava a ser sua amada. Proferiu um som que não era nem suspiro nem soluço, mas que expunha a agitação do seu espírito, mais do que aquelas duas reações.

— Minha Tamsie — murmurou com fervor. — O que fazer? Sim, hei de falar com Eustácia Vye.

[10] UMA TENTATIVA DESESPERADA DE PERSUASÃO

Na manhã seguinte, quando, vista a partir de qualquer ponto da várzea, a altura do Sol era insignificante em comparação com a altitude de Rainbarrow, e quando as pequenas colinas menos elevadas assumiam o aspecto de um arquipélago num nevoeiro do mar Egeu, o vendedor de almagre irrompeu do interior do espinheiro que escolhera como posto de combate, e subiu as ladeiras na direção de Mistover.

Embora aquelas colinas desgrenhadas parecessem ermas, vários olhos amendoados e penetrantes estavam sempre alertas para convergir sobre qualquer viandante, mesmo numa manhã invernosa como aquela. Ali se aninhavam e se escondiam espécies emplumadas que, encontradas noutros locais, causariam admiração. Uma abetarda frequentava o lugar e, alguns anos atrás, umas vinte e cinco poderiam ser vistas em Egdon simultaneamente. Os tartaranhões erguiam os olhos, nas imediações da propriedade de Wildeve. Um corredor de cor creme costumava visitar a colina; era uma espécie tão rara que nunca se avistara mais de uma dezena desses pássaros na Inglaterra. Contudo, um bárbaro não descansou enquanto não ceifou a vida do gazeteiro africano. Após esse fato, os corredores não arriscaram mais visitar Egdon.

Qualquer viandante passando por ali, e que observasse tais visitantes, como Venn agora os observava, pensaria estar em comunicação direta com regiões ignoradas pelo homem. Ali, diante dele, estava um pato selvagem, que acabara de chegar da terra do vento norte, transportando consigo uma vasta sabedoria setentrional. Catástrofes glaciais, nevascas furiosas, efeitos soberbos de auroras, a estrela polar no seu zênite, o explorador Franklin sob os pés; a categoria dos seus lugares comuns era extraordinária. Mas a ave, como muitos outros filósofos, parecia pensar, enquanto olhava o vendedor de almagre, que um instante de realidade confortável vale uma década de memórias.

Venn passou pelos animais, seguindo na direção da casa da bela solitária que vivia entre eles e os desprezava. Era domingo; mas como ir à igreja era algo excepcional em Egdon, a não ser para um casamento ou funeral, isso não tinha importância. Ele tomara a ousada decisão de instar a Srta. Vye a lhe conceder uma entrevista, para atacar a sua posição de adversária de Thomasin, pela doçura ou pela violência, demonstrando com isso a falta de galanteio característica de certa espécie de homens astuciosos, que vai desde os bobos até os reis. O grande Frederico combatendo a bela arquiduquesa, Napoleão recusando as condições da bela rainha da Prússia não estavam mais cegos para a diferença dos sexos do que, à sua maneira, o vendedor de almagre arquitetando o afastamento de Eustácia.

Visitar a casa do capitão Vye era mais ou menos uma proeza para os habitantes de categoria inferior. Embora eventualmente loquaz, ele tinha um humor desigual, e ninguém podia antever qual seria o seu procedimento. Eustácia era recatada e vivia para si mesma, se assim podemos falar. À exceção da filha de um dos habitantes dos casebres, empregada deles, e de um rapaz que trabalhava no jardim e no estábulo, raramente alguém ia naquela casa, a não ser os donos. Além dos Yeobright, eram eles as pessoas refinadas da região e, mesmo que não fossem ricos, não tinham a necessidade de se mostrar amáveis para qualquer pessoa, ave ou quadrúpede que interessasse os vizinhos mais pobres.

Quando o vendedor de almagre entrou no jardim, o velho estava observando pelo binóculo a mancha de mar azul na paisagem distante. As âncoras dos botões do seu terno brilhavam ao sol. Reconheceu Venn, seu companheiro da estrada, mas não fez nenhuma observação sobre isso; disse apenas:

— O vendedor de almagre por aqui? Vai um copo de conhaque?

Venn recusou, dizendo que era muito cedo, e explicou que queria falar com a Srta. Vye. O capitão fitou-o do boné ao colete, do colete às polainas, demorando alguns instantes; e finalmente mandou-o entrar.

A Srta. Vye não podia atender ninguém naquele momento, e o vendedor de almagre esperou no banco perto da janela da cozinha, com as mãos segurando o boné pendente, apoiadas sobre os joelhos afastados.

— Suponho que a jovem ainda não se levantou? — perguntou à criada.

— Está se arrumando. Não se visitam senhoras a esta hora.

— Então vou aguardar lá fora — falou Venn. — Se ela puder me receber, pode me chamar e entro novamente.

O vendedor de almagre saiu da casa e ficou aguardando na colina ao lado. Esperou um bom tempo, sem que o chamassem. Começou a pensar que o seu plano fora malogrado, quando notou o vulto de Eustácia vindo lentamente em sua direção. Uma sensação de novidade em receber aquela figura singular fora suficiente para fazê-la ir até lá.

Pareceu adivinhar, após olhar para Diggory Venn, que ele viera com alguma missão estranha, e que não era insignificante como julgara, porque com a sua aproximação ele não estremeceu constrangido, não agitou os pés ou fez qualquer um dos movimentos que escapam aos tolos mais rústicos, quando uma mulher fora do comum se aproxima. Venn perguntou-lhe se podiam falar em particular, e ela respondeu: — Sim, me acompanhe. — E começou a caminhar.

Antes de terem avançado muito, o perspicaz vendedor de almagre percebeu que teria procedido de forma mais ponderada se não se mostrasse tão pouco impressionável, e resolveu reparar o erro assim que fosse possível.

— Tomei a liberdade de vir aqui informar-lhe algumas coisas que soube sobre aquele homem.

— Que homem?

Ele apontou na direção sudeste, onde ficava a Mulher Tranquila.

Eustácia virou-se para ele — Está se referindo ao senhor Wildeve?

— Sim. Por causa dele aconteceram muitos problemas numa família, e vim aqui para que a senhorita soubesse de tudo, porque acho que tem poder bastante para solucioná-los.

— Eu? E que problemas são esses?

— Isso é segredo. É que ele pode recusar-se a se casar com Thomasin Yeobright no final das contas.

Embora estivesse fascinada com tais palavras, Eustácia portou-se com comedimento, como era adequado para seu papel naquela peça. Respondeu em seguida com alguma frieza: — Não quero saber de nada, e não pense que irei me intrometer nisso.

— Mas, me permite que diga algo?

— Não posso. Não me interessa o casamento, e mesmo que tivesse algum interesse, não poderia obrigar o senhor Wildeve a fazer o que quer que fosse.

— Sendo a única dama de Egdon, acredito que poderia — disse Venn, de forma indireta e sutil. — As coisas estão neste pé: o senhor Wildeve se casaria de imediato com Thomasin e tudo ficaria bem, se não houvesse outra mulher. Essa mulher é alguém que ele conheceu e com quem se encontra de vez em quando, segundo creio. Ele não se casará com ela e, também, por sua causa, é provável que não venha a se unir à mulher que tanto o ama. Ora, se a senhorita, que tem tanta influência sobre os homens, insistisse com ele para que tratasse com carinho e honestidade a sua jovem vizinha Thomasin, e para que deixasse a outra mulher, talvez ele o fizesse e evitasse assim muitos desgostos à noiva.

— Ah, minha vida! — exclamou Eustácia com um riso que abriu seus lábios de maneira que o sol iluminou a sua boca como a uma tulipa, emprestando-lhe um fogo rubro. — Na verdade, acredita muito em minha influência sobre os homens, vendedor de almagre. Se possuísse tal poder, como pensa, eu o usaria a favor de qualquer pessoa que fosse boa para mim, o que não é o caso, que eu saiba, de Thomasin Yeobright.

— Será possível que a senhorita realmente não saiba quanto ela a considera?

— Nunca soube disso. Apesar de vivermos perto uma da outra, nunca entrei na casa da tia dela.

O desprezo que se estampava nos modos de Eustácia mostrou a Venn que até aquele momento seu artifício fora um fracasso. Ele suspirou e sentiu que era necessário revelar seu segundo argumento.

— Bom, deixemos isso de lado. Mas está em seu poder, Srta. Vye, fazer um grande bem a outra mulher.

Ela balançou a cabeça.

— A sua formosura é lei para o Sr. Wildeve. Lei para todos os que a vislumbram. Eles comentam: "Aquela jovem tão bela que vem ali... como ela se chama? Que linda! Muito mais bonita do que Thomasin Yeobright" — reiterou o vendedor de almagre, repetindo para si mesmo: "Deus me perdoe por estar mentindo!". Ela de fato era mais bonita, mas o vendedor estava longe de ter essa opinião. A sua beleza apresentava certa melancolia, e os olhos de Venn não estavam acostumados a isso. Com o seu vestido de inverno, parecia agora um besouro-tigre, que, observado em situações normais, tem uma cor neutra e modesta. Mas, quando exposto à luz, cintila com esplendor exuberante.

Mesmo consciente de que comprometia a sua dignidade, Eustácia não deixou de responder: — Muitas mulheres são mais belas do que Thomasin; logo, isso não tem importância.

O vendedor de almagre recebeu o golpe e continuou — Srta. Vye! Ele é um homem que repara bastante nas mulheres; a senhorita poderia prendê-lo a si como uma trepadeira, era só querer!

— O que ela não consegue convivendo com ele, eu, que vivo distante, com certeza não conseguirei.

O vendedor de almagre deu uma volta e a encarou. — Srta. Vye! — exclamou.

— Por que fala isso como se duvidasse de mim? — indagou ela, com a respiração acelerada. — Que audácia falar nesse tom! — afirmou, com um sorriso dissimulado de altivez. — O que tem na cabeça para me falar assim?

— Srta. Vye, por que fingiria que não sabe quem é esse homem? Creio que sei a razão. Ele é inferior, o que lhe causa vergonha.

— Está enganado, o que quer dizer?

O vendedor de almagre resolveu usar a última cartada — Presenciei o encontro desta noite, em Rainbarrow, e ouvi tudo — disse ele. — A jovem que está entre Wildeve e Thomasin é a senhorita.

O descerrar da cortina foi desconcertante, e a mortificação da mulher de Candaules[1] se estampou no rosto de Eustácia. Chegara o momento em que seus lábios tremeriam contra a sua vontade, e sua respiração fugiria do seu controle.

— Não estou bem — disse ela apressadamente. — Não é que eu... só não estou disposta para continuar ouvindo você. Deixe-me, por favor.

— Preciso falar, Srta. Vye, mesmo que isso a faça sofrer. O que aconselho é isto: aconteça o que acontecer, seja ela ou a senhorita digna de recriminação, o caso dela é certamente pior do que o seu. Deixar o Sr. Wildeve será uma vantagem para a senhorita, pois como irá casar com ele? Ela, por outro lado, não conseguirá sair dessa situação facilmente; todos irão falar dela se ele a deixar. Portanto, rogo que o deixe; não porque ela tenha mais direitos, mas porque a situação da senhorita é mais crítica.

— Não quero! Não quero! Ninguém nunca foi tratado assim! Não me deixarei vencer por uma mulher inferior como ela. Para você fica muito bem fazer isso, vir aqui interceder por ela, mas não foi a própria Thomasin que causou todo o problema? Não tenho o direito de favorecer quem eu quiser, sem pedir a permissão de meia dúzia de aldeões? Ela se interpôs entre mim e a minha inclinação e, agora que está sendo justamente castigada, foi lhe pedir para interceder a seu favor?

— Na verdade — falou, sincero, Venn —, ela nem sequer sabe disso. Eu é que quis pedir que a senhorita o deixe. Será melhor para ambas. As pessoas vão comentar quando ficarem sabendo que uma dama se encontra às escondidas com um homem que enganou outra mulher.

---

[1] Referência à pintura "A imprudência de Candaules", do pintor inglês William Etty. O quadro retrata a cena em que Candaules convida seu guarda Gyges aos aposentos de sua esposa, para vê-la se despir em segredo, com o intuito de provar sua beleza. (N. E.)

— Não fui eu que a prejudiquei, ele era meu antes de ela aparecer. Ele voltou porque... porque gosta mais de mim — disse ela, com raiva. — Mas estou perdendo o respeito por mim mesma, falando com você. A que ponto cheguei!

— Eu sei guardar segredo — falou Venn, com suavidade. — Não precisa ter receio. Sou o único que sabe desses encontros. Preciso lhe dizer só mais uma coisa, depois vou embora. Eu a ouvi falando para ele que odiava viver aqui, que para a senhorita a várzea de Egdon era uma prisão.

— Sim, eu disse isso. Sei que este lugar tem sua beleza característica. Mas, para mim, não passa de uma masmorra. O homem de quem está falando, mesmo vivendo aqui, não me salva desse sentimento. Eu não teria me afeiçoado a ele se houvesse por aqui alguém mais distinto.

O vendedor de almagre renovou a esperança após essas palavras, sua terceira tentativa parecia auspiciosa. — Como agora fomos sinceros um com o outro, senhorita — disse ele —, vou lhe dizer qual é a minha proposta. Desde que passei a trabalhar nesta profissão, viajei bastante.

Ela espreitou ao redor, pousando o olhar no vale nublado.

— E nessas viagens cheguei até Budmouth. Ora, Budmouth é um lugar maravilhoso... o mar salgado e luminoso que penetra na terra em arco... milhares de pessoas elegantes passeando para todo lado, bandas de música tocando, oficiais do exército e da marinha entre as pessoas... e, entre cada dez pessoas, nove estão apaixonadas.

— Eu sei — respondeu ela, com desdém. — Conheço Budmouth mais do que você! Foi lá que eu nasci. Meu pai veio do exterior para ser um músico militar ali. Oh, minha Budmouth. Quem me dera estar lá agora!

O vendedor de almagre ficou surpreso ao ver como um fogo lento podia arder tão intensamente dependendo da situação. — Se estivesse lá, senhorita, em uma semana não pensaria em Wildeve mais do que pensa nos filhos da várzea que vemos por aí. E eu posso conseguir sua ida para lá.

— Como? — interrogou Eustácia com muita curiosidade nos olhos sombrios.

— Há vinte e cinco anos, o meu tio é o homem de confiança de uma viúva rica que possui uma bela casa de frente para o mar. A senhora está idosa e manca, precisa de uma jovem acompanhante que leia e cante para ela, mas não achou ainda ninguém, mesmo tendo publicado anúncios e experimentado algumas moças. Se a conhecesse, ficaria imediatamente encantada. E o meu tio poderia facilitar as coisas.

— Então talvez eu tivesse de trabalhar?

— Mas não é trabalho de verdade. Teria apenas de ler e coisas assim. Só começaria no Ano Novo...

— Eu sabia que seria preciso trabalhar — disse ela, reassumindo o ar aborrecido.

— Admito que haveria um esforço insignificante no sentido de entreter uma senhora; mas, embora as pessoas desocupadas possam chamar isso de trabalho, as que labutam chamariam de brincadeira. Pense na sociedade e na vida que teria, na alegria e na pessoa distinta com quem poderia se casar. O meu tio está procurando uma jovem de confiança do interior, pois a viúva não quer jovens da cidade.

— Ora!... seria eu me aborrecer para ela se divertir... não quero. Ah, se eu pudesse viver numa cidade movimentada, como vive uma dama...Daria metade desta vida sem graça para ir para onde quisesse e fazer o que bem me apetecesse. Sim, eu daria, com certeza.

— Ajude a tornar Thomasin feliz, senhorita, e terá essa oportunidade — insistiu o vendedor.

— Oportunidade... e isso não é oportunidade! — reiterou ela, orgulhosa. — O que um homem como você pode me oferecer, de verdade? Vou me retirar. Não tenho mais nada para falar. Os seus cavalos não precisam comer? Não vai remendar os sacos de almagre? Não tem de procurar compradores para a sua mercadoria, para estar aqui ainda espairecendo dessa maneira?

Venn não disse mais nada. Com as mãos atrás das costas, se distanciou para que ela não visse a decepção e o desespero desenhados no seu rosto. A lucidez e a força que ele encontrara naquela jovem haviam semeado nele a insegurança desde o primeiro instante em que teve contato com ela. Sua juventude e situação o tinham levado a esperar uma simplicidade com a qual contava para a concretização do seu plano. Mas um sistema de persuasão que teria conquistado jovens do campo sem personalidade conseguira apenas repelir Eustácia. Em geral, a palavra Budmouth, em Egdon, era sinônimo de fascínio. Aquele porto real e balneário, espelhando-se com fidelidade na imaginação das pessoas da várzea, teria a capacidade de combinar, de maneira sedutora e indescritível, como um local que unia a eficiência da construção de Cartago ao luxo de Tarento e à salubridade e beleza de Bayas. Eustácia tinha uma ideia menos extravagante do local, mas não queria sacrificar a sua independência para viver lá.

Após Diggory desaparecer por completo, Eustácia subiu no barranco e mirou o vale selvagem e pitoresco na direção do Sol, que estava na mesma direção da casa de Wildeve. O nevoeiro já se dissipara o bastante para se avistarem as copas das árvores e os arbustos que cingiam a casa e causavam a impressão de furarem uma teia de aranha enorme e branca, que os ocultava da luz do dia. Não havia dúvida de que sua mente estava inclinada para lá; indefinidamente, fantasiosamente, enlaçando-se e desenlaçando-se de Wildeve, como único objeto em seu horizonte, sobre o qual iriam materializar-se seus sonhos. O homem que para ela começara como simples diversão, e nunca teria passado de um capricho se não fosse por sua habilidade em abandoná-la nos momentos certos, tornara-se de novo o seu único desejo. A cessação do seu amor fizera reviver o de Eustácia. O sentimento que Eustácia negligentemente oferecera a Wildeve fora transformado em uma enchente por Thomasin. Ela costumava provocar Wildeve, mas isso fora antes de outra prestar atenção nele. Há ocasiões em que uma gota de ironia numa situação de indiferença consegue tornar sedutor o conjunto.

— Nunca desistirei dele, nunca! — jurou ela num ímpeto.

A insinuação do vendedor de almagre, de que as pessoas iriam falar mal dela, não causava nenhum terror permanente em Eustácia, que desprezava essa contingência como uma deusa despreza a ausência de vestes. Essa inclinação não provinha de nenhuma falta de vergonha inata, mas por ela viver muito afastada do mundo, a ponto de não se preocupar com a opinião pública. Zenóbia, no deserto, não se incomodaria com o que falassem dela em Roma. No que concernia à ética social, Eustácia se situava no estado selvagem, embora em matéria de sentimento fosse sempre epicurista. Penetrara nos recessos secretos da paixão, mas não transpusera ainda o limiar das convenções.

[11] A DESONESTIDADE DE UMA MULHER HONESTA

O vendedor de almagre deixara Eustácia muito desanimado em relação à futura felicidade de Thomasin, mas foi despertado para o fato de haver ainda um caminho a explorar quando viu, ao ir buscar seu carro, o vulto da Sra. Yeobright se movendo lentamente na direção da Mulher Tranquila. Seguiu até ela e quase percebeu em sua expressão apreensiva que a ida dela até a casa de Wildeve tinha o mesmo objetivo de sua ida à casa de Eustácia.

Ela não encobriu o fato. — Então — disse Venn —, melhor deixar as coisas como estão, Sra. Yeobright.

— De certa forma eu concordo com você — respondeu ela —, mas não resta nada a fazer a não ser pressioná-lo.

— Gostaria de lhe dizer algo — falou Venn, firme. — O senhor Wildeve não é o único que deseja se casar com Thomasin. Por que não dar uma chance ao outro? Sra. Yeobright, eu teria o maior prazer em me casar com a sua sobrinha, e assim o teria feito em qualquer momento nos últimos dois anos. Pronto, desabafei; nunca disse isso a alguém, a não ser a ela.

A Sra. Yeobright não era de demonstrar seus sentimentos, mas seus olhos involuntariamente fitaram a figura incomum, embora benfeita, do rapaz.

— As aparências não são tudo — garantiu o vendedor de almagre, percebendo o olhar dela. — Muitos não valem tanto como eu no que toca a dinheiro, e creio que não esteja muito pior de meios do que Wildeve. Não existe ninguém mais pobre do que aquele que fracassou em sua profissão. Se não gosta da minha cor vermelha, saiba que não sou vermelho de nascença. Assumi esta profissão por teimosia, e sou capaz de experimentar outra no momento devido.

— Agradeço-lhe o seu interesse pela minha sobrinha, mas receio que existem certas objeções. Além do mais, ela gosta desse homem.

— É verdade, se não fosse assim, nem eu faria o que fiz por ela.

— Não fosse isso, não haveria problema algum, e você não me veria indo à casa dele agora. O que Thomasin lhe respondeu, quando revelou a ela os seus sentimentos?

— Escreveu-me dizendo que a senhora se oporia à nossa união, entre outras coisas.

— Em certa medida ela estava certa. Não me leve a mal; apenas digo a verdade. Você foi bom para ela, e não esqueceremos isso. Mas como ela não desejava ser sua esposa, isso resolve a questão sem que o meu desejo esteja em causa.

— Sim, mas há uma diferença entre o passado e o presente, minha senhora. Ela agora está infeliz, e pensei que, se a senhora falasse a ela sobre mim e ficasse do meu lado, quem sabe houvesse a probabilidade de ela me aceitar, o que a libertaria do jogo de esconde-esconde com Wildeve, que não se decide se quer se casar ou não com ela.

A Sra. Yeobright balançou a cabeça. — Thomasin acha, e eu também acho, que ela tem de se casar com Wildeve, se quiser aparecer perante os outros sem macular o seu nome. Se os dois se casarem logo, todos vão acreditar que um contratempo, de fato, impediu o casamento. Se não for assim, ela ficará com a reputação denegrida ou cairá no ridículo. Resumindo: se houver alguma possibilidade disso, os dois devem se casar agora.

— Pensei assim, também, até meia hora atrás. Mas, ao fim das contas, por que ela iria se prejudicar por ter ido com ele até Anglebury? Todos os que conhecem a pureza dela sentirão que esse pensamento é injusto. Estive empenhado nesta manhã em facilitar o casamento dela com Wildeve, sim, eu mesmo, senhora, por acreditar que era esse o meu dever, já que ela está tão ligada a ele. Pergunto agora se estava certo. Entretanto, não consegui nada, por isso estou me oferecendo.

A Sra. Yeobright não pareceu inclinada a continuar com aquele assunto. — Preciso continuar, não vejo outra coisa a fazer.

E prosseguiu. Mas embora aquela conversa não a tivesse demovido do seu propósito de conversar com Wildeve, fez uma diferença considerável em seu modo de conduzir a conversa. A Sra. Yeobright deu graças pela arma que o vendedor de almagre lhe colocara nas mãos.

Wildeve estava em casa quando ela chegou na estalagem. Ele a recebeu na sala, em silêncio, e fechou a porta. A Sra. Yeobright falou:

— Considerei ser meu dever vir até aqui. Recebi uma nova proposta que muito me surpreendeu. Thomasin há de ficar surpresa, também, e eu decidi que pelo menos devia mencioná-la a você.

— Sim, o que é? — inquiriu ele, polidamente.

— Trata-se, é claro, do futuro dela. Creio que não sabe que outro homem mostrou interesse em se casar com Thomasin. Conquanto eu não o tenha encorajado, não posso, em sã consciência, negar-lhe uma oportunidade. Não quero ser indelicada com você, mas preciso ser imparcial para com eles.

— De quem se trata? — perguntou, surpreso, Wildeve.

— Alguém que gosta dela há muito mais tempo do que ela gosta de você. Pediu-a em namoro há dois anos, e ela recusou.

— E depois?

— Ele a reencontrou recentemente, e rogou-me licença para revelar suas intenções a ela. Talvez ela não o recuse uma segunda vez...

— Como ele se chama?

A Sra. Yeobright rejeitou dizê-lo: — Trata-se de um homem com quem Thomasin simpatiza — acrescentou ela —, alguém cuja firmeza, pelo menos, ela respeita. Parece-me que o que ela recusou tempos atrás lhe agradaria atualmente. Ela está muito perturbada com sua constrangedora situação.

— Ela nunca me falou sobre esse apaixonado antigo.

— Nem as mulheres mais cândidas são tolas a ponto de colocar todas as cartas na mesa.

— Bom, se ela quer assim, que se case com ele, então.

— Isso é fácil de falar, mas creio que você não está enxergando as complicações. Ele está mais empenhado nisso do que ela e, antes de a encorajar a aceitá-lo, preciso ter certeza de que você não irá interferir prejudicando o plano que vou promover, na crença de que essa é a melhor saída. Suponhamos que, quando estiverem noivos, e tudo já estiver combinado para o casamento, você se interponha entre eles e se mostre interessado nela mais uma vez. Talvez você não consiga o seu intento, mas é capaz de causar muita tristeza.

— Certamente eu não faria coisa parecida — assegurou Wildeve. — Mas eles não estão noivos ainda. Como sabe que Thomasin o aceitará?

— Eis uma pergunta que já fiz a mim mesma, com toda a cautela. Levando-se tudo em conta, há probabilidade de que ela o aceite desta vez. Eu me gabo de ter alguma influência sobre ela. Thomasin é maleável, e posso insistir na recomendação.

— Além de acentuar o seu desprezo por mim ao mesmo tempo...

— Sim, pode ter certeza de que você não receberá elogios meus — disse ela, secamente. — E se isto lhe parecer um estratagema, recorde-se de que a situação dela é muito delicada, e que ela foi tratada de modo grosseiro. Também deve me ajudar a concretizar esse casamento o desejo que ela tem de se esquivar da humilhação da sua situação atual; o orgulho feminino nesses casos pode levar muito longe. Será preciso algum trabalho para convencê-la, mas estou disposta a isso, contanto que você concorde com o único imperativo, ou seja, declarar com veemência que ela não deve ter esperança de se casar com você. Isso vai provocá-la e ela aceitará o outro.

— Não posso fazer uma declaração dessas agora, Sra. Yeobright, assim, tão de repente...!

— E aí o meu plano fica protelado por sua causa! É extremamente desagradável ver você se recusar a ajudar a minha família, mesmo numa coisa tão insignificante como dizer que não quer nada conosco!

Wildeve tinha um ar meditativo e constrangido. — Devo confessar que não estava preparado para isso — disse ele. — Claro que vou abrir mão dela, se assim a senhora deseja. Mas sempre pensei que iria me casar com ela.

— Já ouvimos isso muitas vezes.

— Não vamos discutir, Sra. Yeobright. Preciso de um tempo. Não pretendo me interpor entre ela e qualquer outra oportunidade melhor que ela possa ter; só gostaria que a senhora me tivesse avisado mais cedo. Eu lhe escrevo, ou vou até sua casa amanhã ou depois. Basta isso?

— Sim — respondeu —, desde que prometa que não falará com Thomasin sem o meu consentimento.

— Sim, prometo.

O encontro terminou. A Sra. Yeobright voltou para sua casa.

Sem dúvida, o mais importante resultado da sua estratégia simples daquele dia se deu, como muitas vezes acontece, numa área muito diferente do que ela previra quando a planejou. O efeito que surtiu daí foi que Wildeve, na mesma noite dirigiu-se à casa de Eustácia em Mistover.

Naquela hora, a solitária habitação estava toda fechada devido ao frio e à escuridão exterior. O sinal secreto que ambos tinham combinado era o seguinte: ele pegava um pouco de cascalho, colocava-o na abertura da parte de cima da veneziana externa da janela, de maneira que o cascalho caísse no espaço entre a veneziana e o vidro, com um ruído parecido ao de um rato. Esse processo cuidadoso de atrair a atenção de Eustácia era para evitar suspeitas por parte do seu avô.

Palavras suaves — "Já vou, espere um pouco" — ditas por Eustácia, partindo do interior, deram-lhe a entender que ela estava só.

Ele aguardou do modo costumeiro: caminhando pelo pátio e esperando perto do charco, já que nunca era convidado a entrar por aquela dama complacente, mas orgulhosa. Ela não dava sinais de que logo iria ao encontro dele, e Wildeve começou a se impacientar. Após vinte minutos ela apareceu e avançou como se tivesse saído apenas para tomar ar.

— Você não me faria esperar tanto se soubesse do que se trata — disse ele, num tom amargurado. — Mesmo assim, vale a pena esperar você.

— O que aconteceu? — perguntou Eustácia. — Não sabia que você estava enfrentando problemas. Da minha parte, também ando bem triste.

— Não estou com problemas — disse ele. — É que o caso atingiu um ponto em que é necessário decidir-me.

— Decidir, como? — inquiriu ela, revelando um interesse atento.

— Como pôde se esquecer tão rápido daquilo que lhe propus na outra noite? Ora, tirá-la deste lugar e levá-la comigo para o estrangeiro.

— Não me esqueci. Mas o que o fez vir assim subitamente para repetir o pedido, quando tinha prometido vir no próximo sábado? Julguei que teria mais tempo para refletir.

— Sim, mas a situação se alterou.

— Explique.

— Não quero, pois posso fazê-la sofrer.

— Mas tenho de saber a razão de tanta pressa.

— É apenas o meu entusiasmo, querida. Tudo está bem agora.

— Então por que está tão agitado?

— Nem percebi. Tudo está em seu lugar A Sra. Yeobright..., mas não temos nada a ver com ela.

— Ah, logo vi que ela estava envolvida nisso! Vamos, não gosto de rodeios.

— Não, ela não tem nada com isso. Apenas disse que quer que eu renuncie a Thomasin porque há outro homem interessado em se casar com ela. Agora que não precisa de mim, a mulher está me tratando com superioridade. — Sem perceber, Wildeve acabou demonstrando como estava contrariado.

Eustácia ficou calada um longo tempo. — Você está na situação desconfortável de um funcionário cujos serviços não são mais necessários! — disse ela, mudando de tom.

— Parece que sim, mas não falei ainda com Thomasin.

— Isso o irrita, não negue, Damon. Está indignado com essa falta de consideração vinda de onde você menos esperava.

— E então?

— Então você veio ver se o aceito, porque não pode tê-la. De fato, é uma situação completamente diferente. Sou uma tábua de salvação?

— Por favor, recorde que fiz a mesma proposta no outro dia.

Eustácia penetrou mais uma vez num silêncio perplexo. Que sentimento estranho era aquele que começara a se manifestar dentro dela? Seria realmente possível que o seu interesse por Wildeve tivesse sido apenas o resultado do antagonismo, de modo que a glória e o sonho abandonaram o rapaz assim que ela ouviu que ele já não era cobiçado pela sua rival? Ela estava, finalmente, segura da dedicação dele. Thomasin não o queria mais. Que vitória humilhante! Ela julgara que Wildeve a amava acima de tudo; e, no entanto, ousaria ela murmurar uma crítica tão pérfida num tom tão suave? Que valor tinha um homem que uma mulher inferior a ela não apreciava? O sentimento que se manifesta mais ou menos em todos os seres animados, de não desejar aquilo que os outros não desejam, era uma paixão abrasadora no coração sutilíssimo e epicurista de Eustácia. A sua superioridade social em relação a ele, que até aquele momento pouco a tinha afetado, tornou-se desagradavelmente evidente e, pela primeira vez, ela sentiu que se rebaixara ao amá-lo.

— Então, querida, aceita? — perguntou Wildeve.

— Se fôssemos para Londres ou até para Budmouth, em vez da América... — disse ela, sem entusiasmo. — Mas vou pensar. É algo muito sério para se decidir sem pensar. Quem me dera odiar menos a várzea, ou ter mais amor por você...

— Sua sinceridade, às vezes, machuca. Um mês atrás você me amava o bastante para me acompanhar a qualquer parte.

— E você amava Thomasin.

— Sim, talvez fosse esse o motivo — replicou Wildeve, quase num tom de desprezo. — Mas agora não a odeio.

— Exato. Só que agora você não pode mais se casar com ela.

— Vamos, deixe de provocações, Eustácia, ou vamos acabar brigando. Se você não concordar em ir comigo, e depressa, eu vou sozinho.

— Ou então vai tentar se aproximar de Thomasin mais uma vez. Damon, como parece estranho que você, podendo se casar com ela ou comigo, tenha vindo primeiro falar comigo, só porque sou mais fácil! Sim, é verdade. Tempos atrás, eu teria ficado revoltada contra um homem assim, teria perdido a calma, mas agora tudo isso é passado.

— Você vem comigo, querida? Vamos às escondidas para Bristol, nos casamos e deixamos para trás este lixo de lugar que é a Inglaterra! Diga que sim...

— Quero sair daqui seja de que maneira for — disse ela, cansada —, mas não gosto da ideia de ir com você. Preciso de mais tempo para decidir.

— Já lhe dei tempo suficiente — falou Wildeve. — Bem, dou-lhe mais uma semana.

— Um pouco mais de tempo, para eu tomar uma decisão segura. Tenho de considerar várias coisas. Imagine Thomasin ansiosa para ficar livre de você! Não posso esquecer.

— Deixe isso para lá. Fora a próxima segunda-feira, na seguinte, estarei aqui nesta mesma hora.

— Melhor em Rainbarrow — disse ela. — Aqui é muito perto de casa... meu avô pode nos ver.

— Obrigado, querida. Estarei em Rainbarrow, na segunda-feira da outra semana. Adeus!

— Adeus. Não, não me toque. Até que eu me decida, basta um aperto de mão.

Eustácia ficou observando o vulto de Wildeve desaparecer. Pôs a mão na testa, respirou fundo e, então, os seus lábios carnudos e líricos se abriram num impulso rotineiro, um bocejo. Ficou imediatamente irritada por ter revelado, ainda que para si mesma, o possível aniquilamento da sua paixão por ele. Ela não seria capaz de admitir de imediato que havia superestimado Wildeve, pois perceber a mediocridade dele agora era admitir sua própria loucura até aquele momento. E reconhecer que estaria disposta a aceitá-lo só para que Thomasin não o tivesse foi algo que, no início, a envergonhou.

Com efeito, o resultado da diplomacia da Sra. Yeobright fora notável, embora não do modo como ela antecipara. Havia influenciado Wildeve consideravelmente, mas o efeito sobre Eustácia fora ainda mais forte. O seu apaixonado já não era para ela um homem interessante, que muitas mulheres disputavam e que só ela conquistara lutando contra todas. Agora ela o considerava supérfluo.

Ela entrou em casa naquele estado peculiar de tristeza que não é exatamente pesar, e que se manifesta especialmente no despertar da razão nos últimos dias de um amor fugaz e mal avaliado. Ter a consciência de que o fim do sonho está próximo, mas que ainda não chegou por completo, é um dos estados mais cansativos e ao mesmo tempo mais interessantes entre o início e o fim de uma paixão.

O avô dela regressara e estava entretido despejando galões de rum que tinham acabado de chegar, passando o líquido para garrafas quadradas dispostas no armário de mesmo formato. Sempre que o seu estoque caseiro esgotava, ele ia até a Mulher Tranquila, onde, de costas para a lareira, com um copo na mão, contava aos circunstantes histórias extraordinárias sobre como vivera sete anos sob a linha de flutuação do seu navio e outros prodígios marítimos; os ouvintes, que estavam por demais ansiosos por um convite para degustar uma cerveja, não duvidavam da veracidade da narrativa.

Ele estivera lá naquela tarde. — Suponho que já esteja a par das novidades de Egdon, Eustácia — disse ele, sem tirar os olhos das garrafas. — Os homens estavam falando sobre isso na "Mulher", como se fosse um assunto de importância nacional.

— Não fiquei sabendo de nada.

— O jovem Clym Yeobright, como o chamam, vai chegar na próxima semana, vem passar o Natal com a mãe. Creio que deve ter-se tornado um belo rapaz. Não se lembra dele?

— Nunca o vi na vida.

— Ah, é verdade! Ele foi embora antes de você vir para cá. Lembro que era um rapaz promissor.

— Onde ele viveu todos esses anos?

— Acho que em Paris — aquele antro de pompa e vaidade.

LIVRO II
A CHEGADA

[1] NOTÍCIAS DE QUEM VAI CHEGAR

Nos dias mais belos dessa época do ano, e até antes, algumas atividades efêmeras tendiam a perturbar, de seu modo insignificante, a serenidade suntuosa da imensidão de Egdon. Tais operações, comparadas com as de uma cidade, um povoado ou até uma propriedade, tinham o aspecto de um fermento de estagnação apenas, um tremor num corpo entorpecido. Mas ali, distantes das comparações, limitadas aos cerros inabaláveis em meio aos quais um simples passeio podia assumir a novidade de um desfile, e onde qualquer homem poderia imaginar-se um Adão sem a menor dificuldade, essas atividades magnetizavam a atenção das aves ao redor e de todos os répteis ainda despertos e punha os coelhos curiosos e à espreita, vigiando a partir dos outeiros localizados a distâncias seguras.

As atividades se referiam a juntar e empilhar os feixes de tojo que Humphrey ceifara, nos últimos dias de bom tempo, para o uso do capitão. A pilha estava na extremidade da habitação; os homens ocupados em fazê-la eram Humphrey e Sam, sob a vigilância do velho.

Era uma tarde calma e luminosa, por volta das três horas, mas como o solstício de inverno tinha chegado furtivamente, a posição baixa do Sol provocava a sensação de ser mais tarde do que na verdade era, já que nada estimulava os habitantes a dar-se conta de que deveriam desconsiderar sua experiência de observação do céu no verão. No curso de vários dias e semanas, o nascer do Sol avançara de nordeste para sudeste; o pôr do Sol recuara de noroeste para sudoeste, mas Egdon nem sequer percebeu a mudança.

Eustácia estava na sala de jantar da casa, que mais parecia uma cozinha, pois o chão era de pedra e o canto da chaminé era descoberto. O ar estava calmo e, enquanto permanecia ali, ela ouviu, vindo direto pela chaminé, o som de vozes conversando. Aproximou-se do canto e pôs-se à escuta, olhando para cima, através do vão velho e irregular, repleto de reentrâncias cavernosas, pelo qual a fumaça se evolava em ascensão para o quadrado de céu no alto, por onde entrava a luz do dia com um brilho pálido sobre os fiapos da fuligem que ornavam o tubo da chaminé como as algas ornam a fenda de uma rocha.

Ela se lembrou de que a pilha de tojo não ficava distante da chaminé, e percebeu que as vozes eram dos trabalhadores.

O avô entrou na conversa: — Aquele moço não deveria ter saído de casa. A ocupação do pai lhe teria sido mais adequada, e o filho deveria tê-lo seguido. Não acredito nessas novas mudanças nas famílias. O meu pai era marinheiro, eu fui, e se eu tivesse tido um filho, ele também seria.

— Ele vive em Paris — falou Humphrey. — Me disseram que foi lá que cortaram a cabeça do rei. Minha pobre mãe contava essa história: "Hummy, eu era mocinha nessa época, e estava engomando as toucas da minha mãe certa tarde, quando o padre entrou e disse: Cortaram a cabeça do rei, Jane, e o que vem em seguida só Deus sabe!".

— Muitos de nós logo ficamos sabendo tão bem como ele — continuou o capitão, rindo à socapa. — Por essa razão, vivi sete anos da minha adolescência debaixo de água, naquela amaldiçoada enfermaria do *Triumph*, vendo homens que eram trazidos com braços e pernas decepados por causa dos ataques de canhões. Então o moço mudou-se para Paris. Administrador de um negociante de diamantes ou qualquer coisa assim, não é?

— Sim, senhor, isso mesmo. Trabalha numa loja muito brilhante, pelo que falou a mãe dele; parece o palácio de um rei em questão de diamantes.

— Ainda me lembro quando saiu daqui — falou Sam.

— Foi ótimo para ele — disse Humphrey. — É melhor vender diamantes do que ficar por aqui sem ter o que fazer.

— Deve ser necessário uma bolsa cheia de moedas para comandar um estabelecimento desses...

— Uma boa quantia, com certeza, meu rapaz — acrescentou o capitão. — Sim, é possível gastar muito dinheiro mesmo sem ser bêbado ou glutão.

— Dizem que Clym Yeobright se tornou um homem estudioso, com estranhas noções sobre as coisas. Deve ter sido porque foi cedo para a escola, mesmo a escola não tendo sido grande coisa.

— Ah, sim? Noções estranhas? — perguntou o velho. — Hoje em dia é muito comum esse hábito de mandar para a escola. Isso só prejudica. Não há portão nem porta de fazendeiro que não tenha nomes feios escritos a giz por jovens pulhas; as mulheres quase precisam desviar de tanta vergonha. Se nunca lhes tivessem ensinado a escrever, pelo menos não poderiam rabiscar essas poucas-vergonhas! Os pais eram analfabetos e a região só ganhava com isso.

— Bem me parece, capitão, que a Srta. Eustácia tem muita coisa na cabeça que vem nos livros; mais do que qualquer um daqui.

— Pois é, talvez se a Srta. Eustácia tivesse também menos bobagens românticas na cabeça, seria melhor para ela — afirmou ele taxativamente, e se afastou em seguida.

— Devo dizer, Sam — ressaltou Humphrey, depois de o capitão desaparecer — que ela e Clym Yeobright fariam um belo casal de pombinhos, hein? Tenho certeza de que fariam. Ambos pensam nas mesmas coisas finas e leem livros e pensam em coisas inteligentes; não haveria melhor par nem sob encomenda. Clym é de boa família, como ela. O pai dele era lavrador, é verdade, mas a mãe foi uma dama, como bem sabemos. Não há nada que mais me agradaria do que vê-los juntos.

— Seriam bem elegantes, de braço dado, com suas melhores roupas, se ele ainda for bonito como era.

— É verdade, Humphrey. Tenho muita vontade de ver o jovem, após tantos anos. Se soubesse quando ele virá, sairia ao seu encontro uns três ou quatro quilômetros, para o ajudar a transportar alguma coisa, embora acredite que já não é o mesmo rapaz. Contam que fala francês tão rápido como uma jovem come amoras; se assim for, pode ter certeza de que nós que ficamos aqui não passaremos de uns broncos para ele.

— Ele vem de vapor até Budmouth, não é?

— Sim, mas como vem de Budmouth para cá, não sei.

— É um grande problema o da prima dele, Thomasin. Fico pensando como um homem refinado como Clym queira vir para casa e se envolver com isso. Nós caímos das nuvens quando soubemos que eles afinal não tinham se casado, depois de termos cantado para eles como se fossem marido e mulher! Eu ficaria doido se uma parenta minha fosse iludida dessa forma por um homem! Isso rebaixa a condição de uma família!

— É verdade. Pobre jovem, está sofrendo com isso. Até a sua saúde se alterou, segundo me disseram. Não sai de casa. Nunca mais foi vista caminhando por aí, saltando pelo tojo, com o rosto corado como uma rosa, como era costume.

— Ouvi dizer que agora não se casaria com Wildeve se ele pedisse sua mão.

— É mesmo? Isso é novidade para mim.

Enquanto os cortadores de tojo continuavam naquela conversa fiada, o rosto de Eustácia foi inclinando-se aos poucos para a lareira em um devaneio profundo; ela batia inconscientemente a ponta do pé na turfa seca que queimava ali perto.

O tema daquele diálogo tinha sido formidavelmente interessante para ela. Um homem jovem e culto estava dirigindo-se para aquela solitária várzea vindo de, entre todos os lugares que contrastavam com Egdon, nada menos que Paris. Era como um homem enviado do céu. O mais singular ainda era que os aldeões a tivessem unido, em seus pensamentos, àquele homem, como se fossem nascidos um para o outro.

Os cinco minutos em que ela entreouvira a conversa forneceram a Eustácia visões em número suficiente para lhe preencher a tarde vazia. As mudanças dão-se assim, às vezes, quando nos vemos em momentos de vacuidade mental. Naquela manhã, ela jamais poderia ter imaginado que o seu descolorido mundo interior se transformaria, antes de anoitecer, em algo tão vivo como a água observada ao microscópio, e que isso ocorreria sem o surgimento de um só visitante.

LIVRO II · A CHEGADA

As palavras de Sam e Humphrey, sobre a simetria entre ela e o desconhecido, criaram em seu espírito o efeito do prelúdio do bardo invadindo o Castelo da Indolência, no qual despertaram miríades de formas aprisionadas onde antes havia a imobilidade do vácuo.[1]

Submersa nessas divagações, não viu o tempo passar. Quando retomou a consciência das coisas externas, já começara a anoitecer. A pilha do tojo estava composta; os homens haviam voltado para as suas casas. Eustácia foi para cima, pensando em passear naquela sua hora habitual, e resolveu ir até Blooms-End, local onde o jovem Yeobright nascera e era então residência da sua mãe. Não tinha um motivo especial para passear em outro lugar, e por que não poderia ir por aquele lado? A cena de um devaneio é suficiente para uma peregrinação quando se tem 19 anos. Apreciar a paliçada diante da casa dos Yeobright era um fato que se revestia de dignidade inerente a uma operação necessária. Era estranho que um passeio tão sem importância assumisse o aspecto de uma missão extraordinária.

Ela colocou o chapéu e desceu a colina, seguindo para o lado de Blooms-End, onde caminhou devagar ao longo do vale por mais de dois quilômetros. Chegou a um local onde o fundo verde do pequeno vale começava a se alargar e os arbustos de tojo recuavam das duas margens do caminho, reduzindo-se a um ou outro arbusto isolado em vista da fertilidade crescente do solo. Para além do tapete irregular de relva via-se uma fileira de estacas brancas que, naquela latitude, delimitavam a fronteira da várzea. Distinguiam-se na paisagem sombria que limitavam como uma renda branca sobre o veludo. Atrás dessa paliçada branca, divisava-se um pequeno jardim, e, por trás deste, uma casa antiga e atípica, com telhado de colmo, defronte da várzea, e da qual se avistava todo o vale. Era para aquele lugar obscuro e remoto que estava prestes a retornar um homem que passara os anos mais recentes da sua vida na capital da França, o centro e o vórtice do mundo requintado.

---

[1] O autor se refere ao poema alegórico "The castle of indolence", do poeta escocês James Thomson (1748), em cujo segundo canto todos os que foram atraídos para esse castelo são despertados do torpor pelo poeta (bardo) Filomelo, que acompanha o cavaleiro libertador representando a Arte e o Esforço. (N.T.)

[2] AS PESSOAS DE BLOOMS-END ORGANIZAM OS PREPARATIVOS

Naquela tarde inteira, o aguardado retorno do objeto das ruminações de Eustácia suscitou um alvoroço de preparativos em Blooms-End. Thomasin fora persuadida pela tia, e por um impulso instintivo de lealdade para com seu primo Clym, a se ocupar por causa dele com uma alegria que nela era rara naqueles dias, os mais tristes da sua vida. No mesmo instante em que Eustácia escutava os homens falando sobre a chegada de Clym, Thomasin subia até o sótão, acima do depósito de lenha da tia, onde se estocavam as maçãs, para escolher as melhores e maiores para os dias de festa.

A luz incidia no sótão por uma abertura semicircular, por onde os pombos entravam para seus ninhos, situados no ponto elevado da propriedade. Penetrando pelo buraco, o sol brilhava e manchava de amarelo radiante o vulto da jovem, que estava ajoelhada e enfiando os braços nus nas samambaias macias e marrons, as quais, devido à sua abundância, eram usadas em Egdon para preservar produtos de toda espécie. Os pombos voavam sobre a sua cabeça ignorando-a completamente, e o rosto da tia era parcialmente visível acima do soalho do sótão, iluminado por vários raios dispersos. A Sra. Yeobright tinha subido até a metade de uma escada e estava agora olhando para um ponto até o qual não se aventurava a subir.

— Thomasin, agora as maçãs amarelas, Tamsin. Ela costumava apreciá-las quase tanto quanto as vermelhas.

Thomasin se virou para outro canto, onde frutas mais doces a saudaram com o seu aroma maduro. Antes de pegá-las, ela parou um momento.

— Querido Clym! Fico pensando, com que aparência está agora? — perguntou para si mesma, olhando absorta pelo buraco do pombal, por onde o sol incidia direto sobre seus cabelos castanhos e sobre os tecidos transparentes, de modo que parecia cintilar através dela.

— Se você tivesse sentido por ele outro tipo de afeto — falou a Sra. Yeobright, da escada —, esse reencontro poderia ser bem alegre.

— Adianta falar do que não tem remédio, tia?

— Adianta, sim — disse a tia, um pouco alterada. — Ajuda a encher o ar com a infelicidade passada, para que outras jovens tenham cuidado e evitem coisa parecida.

Thomasin inclinou o rosto na direção das maçãs.

— Sou um exemplo para as outras, como os ladrões, os bêbados e os jogadores — disse a moça, em voz baixa. — Que categoria a que eu pertenço! E será que pertenço mesmo? É um absurdo! No fim das contas, tia, por que é que todos me fazem lembrar disso, pela forma como se comportam comigo? Por que não me julgam pelos meus atos? Ora, olhe para mim, ajoelhada apanhando maçãs. Porventura tenho a aparência de uma mulher perdida? Quem dera todas as mulheres honestas fossem como eu! — acrescentou ela, com veemência.

— As pessoas de fora não veem você com os mesmos olhos que eu — falou a Sra. Yeobright —, avaliam com base em informações erradas. Sim, senhora, foi uma coisa estúpida, e mesmo eu tenho parte da culpa nisso.

— Como um ato impensado pode acontecer tão depressa! — rebateu a jovem. Seus lábios tremiam e as lágrimas se acumulavam tanto que os olhos não enxergavam as maçãs entre as samambaias, enquanto ela as procurava com afinco para disfarçar sua fraqueza.

— Quando você acabar de escolher as maçãs — continuou a tia, descendo da escada — desça também para colhermos azevinho. Não há ninguém na várzea nesta tarde, por isso não precisa recear que a vejam. Vamos arranjar algumas baguinhas, ou Clym não vai apreciar nossos preparativos.

LIVRO II · A CHEGADA

Thomasin desceu após ter escolhido as maçãs, e as duas passaram pela paliçada branca e seguiram até a várzea que ficava mais além. Os cerros descampados eram ventilados e a atmosfera distante mostrava-se em planos distintos de luminosidade independentes no tom, como acontece em dias belos de inverno; os raios que varriam os planos mais próximos da paisagem alastravam-se entre os outros mais afastados; uma camada de luz cor de açafrão se sobrepunha a outra azul forte, e por trás desta juntaram-se perspectivas remotas, envoltas num cinza frio.

Chegaram no local dos azevinhos. Eles cresciam num fosso cônico, de maneira que os galhos das árvores estavam quase no nível do solo. Thomasin trepou na bifurcação de um dos arbustos, como fizera em circunstâncias mais felizes em muitas situações semelhantes, e, com uma machadinha que trouxera, começou a cortar os ramos carregados de bagas.

— Cuidado para não arranhar o rosto — disse a tia, que estava na beira do fosso olhando a jovem se equilibrar entre o verde brilhante e a massa escarlate da árvore. — Você vai comigo ao encontro de Clym no final da tarde?

— Eu bem que gostaria, ou vai parecer que me esqueci dele — falou Thomasin, jogando um galho. — Não que isso tenha muita importância; pertenço a um homem, não posso mudar isso. E é com esse homem que devo me casar, pela minha dignidade.

— Receio que... — começou a Sra. Yeobright.

— Ah! A senhora deve estar pensando: aquela garota de personalidade fraca...onde irá arranjar um homem para casar? Mas me permita lhe dizer algo, tia: o senhor Wildeve é tão crápula quanto eu sou indigna. Só tem um feitio desfavorável; se as pessoas não gostam dele de forma espontânea, ele não tenta se tornar afável.

— Thomasin — disse a Sra. Yeobright calmamente, fitando a sobrinha — você pensa que me engana defendendo Wildeve?

— De que está falando?

— Há muito tempo suspeito que seu amor mudou desde que soube que ele não é o santo que você pensava, e que você representa uma farsa para mim.

— Ele quis se casar comigo, e eu quero me casar com ele.

— Quero lhe perguntar uma coisa: você aceitaria agora ser sua esposa se não houvesse acontecido o que a obriga a se prender a ele?

Thomasin fitou o arbusto, parecendo muito perturbada: — Tia! — disse ela, de repente. — Creio que tenho o direito de não responder a isso.

— Sim, você tem.

— Pode pensar o que quiser. Jamais lhe dei razão, nem em atos nem com palavras, para pensar que eu tivesse mudado de opinião sobre ele, e nunca darei. E vou me casar com ele.

— Bom, então espere que ele renove o pedido. Acho que vai fazer isso, agora que sabe... algo que eu lhe disse. Não discuto que o mais digno que você tem a fazer é se casar com ele. Apesar de toda a minha oposição no passado, agora concordo com você, pode ter certeza. É a única saída para essa sua situação falsa e humilhante.

— O que foi que a senhora lhe disse?

— Que ele estava atrapalhando o caminho de outro apaixonado seu.

— Tia — perguntou Thomasin, com um olhar assustado —, o que está dizendo?

— Não se assuste, era o meu dever. Por enquanto não posso falar mais nada sobre o assunto, só quando estiver resolvido. Então conto tudo e por que o fiz.

Thomasin teve de se contentar com a resposta.

— E a senhora poderia, por enquanto, não falar a Clym sobre o meu pretenso casamento?

— Já dei a minha palavra. Mas não vai adiantar nada, ele logo irá saber o que aconteceu. Basta olhar o seu rosto para ver que há alguma coisa errada.

Thomasin virou-se e olhou para a tia do alto da árvore. — Agora, ouça-me com atenção — disse ela, impondo na voz suave um tom firme, gerado por uma força que não era física. — Não diga nada a ele; se ele achar que não sou digna de ser sua prima, que ache. Mas como ele já me estimou em outros tempos, não precisamos que ele sofra sabendo do meu problema tão depressa. A história está circulando de boca em boca, eu sei, mas os difamadores não se atreverão a lhe falar alguma coisa logo nos primeiros dias. A minha proximidade em relação a ele é o que evitará que a notícia lhe chegue logo aos ouvidos. Se não conseguir me livrar dos risinhos maldosos em uma ou duas semanas, então eu mesma lhe conto tudo.

A determinação com que Thomasin falou impediu outras objeções. A tia disse apenas: — Muito bem. Ele devia ter sido avisado na época em que o casamento estava para se realizar. Não perdoará o sigilo.

— Vai perdoar, sim, quando souber que fiz isso para preservá-lo e porque não esperava que retornasse tão cedo. A senhora não deve permitir que eu estrague sua festa de Natal. Cancelar tudo agora só iria piorar as coisas.

— É claro que não. Não quero me dar por vencida perante toda Egdon, nem ser o joguete de um homem como Wildeve. Acho que já arranjamos bastantes bagas, é melhor levá-las para casa. Depois de adornarmos a casa com elas e pendurarmos o arranjo, temos de ir esperá-lo.

Thomasin desceu da árvore, agitou o cabelo e o vestido para retirar as bagas soltas que haviam caído sobre ela, em seguida desceu o outeiro com a tia. Cada uma levava metade dos ramos colhidos. Eram cerca de quatro horas. A luz começava a se retirar dos vales. Quando o poente se avermelhou, as duas mulheres saíram de novo e penetraram na várzea, seguindo noutra direção, e se dirigiram a um ponto distante da estrada, por onde o homem que esperavam iria regressar.

[3] COMO DUAS PALAVRAS GERARAM UM GRANDE SONHO

Eustácia ficou na várzea, olhando fixamente a casa e a propriedade da Sra. Yeobright. Não se percebia luz, som nem movimento ali. A tarde estava gelada, e o local, escuro e ermo. Ela concluiu que o convidado ainda não chegara; após passear por ali uns dez ou quinze minutos, voltou para a sua casa.

Não se afastara muito quando ouviu ruídos que anunciavam a aproximação de pessoas que vinham conversando pelo mesmo caminho. Logo suas cabeças se delinearam contra o céu. Caminhavam devagar; e, embora estivesse muito escuro para perceber alguma coisa do caráter delas a partir do seu aspecto, sua postura demonstrou que não se tratava de trabalhadores da várzea. Eustácia se afastou um pouco do caminho para que passassem. Eram duas mulheres e um homem, e as vozes femininas eram da Sra. Yeobright e Thomasin.

Passaram por ela e, nesse momento, deram a impressão de ter avistado seu vulto escuro. Chegou aos ouvidos de Eustácia uma voz masculina: — Boa-noite!

Ela murmurou uma resposta, deslizou para a frente e voltou-se. Não podia acreditar que a sorte, sem que ela pedisse nada, tinha trazido à sua presença a alma da casa que ela fora inspecionar, o homem sem o qual a sua inspeção nunca teria sido concebida.

Ela forçou os olhos para vê-los, mas não conseguiu. Concentrou-se tanto que foi como se os ouvidos estivessem a exercer, em conjunto, as funções de ouvir e ver. Essa extensão das nossas capacidades pode muito bem acontecer em momentos como esse. O surdo Dr. Kitto estava possivelmente sob a influência de um estado similar quando descreveu o seu corpo como tendo-se tornado, devido a um esforço gigantesco, tão sensível às vibrações que ele adquirira a virtude de perceber por meio do corpo como se fosse pelos ouvidos.

Ela conseguia seguir cada palavra que eles pronunciavam. Não falavam coisas secretas. Seguiam distraídos na conversa animada e simples de parentes que ficam muito tempo afastados fisicamente, mas não na alma. Contudo, não era às palavras que Eustácia prestava atenção; poucos minutos depois ela nem se lembraria delas. Era à voz que alternava com as das duas mulheres e que pronunciava cerca de um décimo do que se dizia; a voz que lhe desejara boa-noite. Algumas vezes a voz dizia "sim", outras, "não"; às vezes perguntava sobre algum velho habitante do povoado. Num momento impressionou Eustácia, ao enaltecer o ar acolhedor e a afabilidade que se inscreviam nas faces das colinas que os envolviam.

As três vozes foram ficando distantes e remotas, acabando por se perder completamente. Esse tanto lhe fora concedido; todo o resto lhe fora negado. Nenhum acontecimento poderia ter sido tão emocionante como aquele. Durante toda a tarde, ela estivera perdida em pensamentos, imaginando o fascínio que envolveria um homem que acabara de chegar da bela Paris, repleto da sua atmosfera e acostumado com os seus encantos. E esse homem a cumprimentara.

Com o desaparecimento dos vultos, as frases prolixas das mulheres se desvaneceram da memória dela, mas o som da outra voz continuava a ressoar. Porventura a voz do filho da Sra. Yeobright possuía algo surpreendente em matéria de som (pois se tratava afinal de Clym)? Não, a voz do rapaz era apenas abrangente. O homem que articulara aquele "Boa-noite!" era capaz de proporcionar todas as emoções. A imaginação de Eustácia contribuía com todo o restante, a não ser pela solução deste enigma: Quais poderiam ser os gostos desse homem para encontrar ares acolhedores e afabilidade naquelas colinas desgrenhadas?

Em momentos assim, passam pela cabeça sobrecarregada de uma mulher milhares de ideias que se mostram no rosto, provocando nele transformações que, mesmo verdadeiras, parecem insignificantes.

Os traços de Eustácia denunciaram uma sequência rítmica de alterações. No início ela resplandeceu; ao relembrar a falsidade da imaginação, assumiu um ar fatigado; depois se entusiasmou; então se incendiou, para em seguida esfriar mais uma vez. Foi uma sucessão de expressões provocada por um ciclo de visões.

Eustácia entrou em casa. Estava entusiasmada. Perto da lareira, o avô se entretinha varrendo as cinzas e expondo a superfície esbraseada das turfas, de maneira que sua claridade acobreada iluminava a chaminé com os tons de uma fornalha.

— Por que razão não nos relacionamos com os Yeobrights? — inquiriu ela, avançando para a lareira com as mãos estendidas. — Gostaria de me relacionar com eles. Parecem distintos.

— Não tenho a mínima ideia — disse o capitão. — Eu gostava bastante do velho, embora ele fosse ríspido como uma lixa. Mas tenho certeza de que você, mesmo que pudesse, não gostaria de ir lá.

— Por quê?

— Ia achá-los muito rudes para o seu gosto. Eles se sentam na cozinha, bebem hidromel e licor de baga de sabugueiro, e colocam areia no chão para o conservar limpo. São costumes corretos, mas você não ia apreciar.

— Eu julgava que a Sra. Yeobright tivesse os modos de uma dama. Não é filha de um cura?

— É, mas foi forçada a viver como vivia o marido, e acho que com o tempo se acostumou bem a isso. Ah! Lembro que uma vez a ofendi acidentalmente, e nunca mais nos falamos.

Para a mente de Eustácia, a noite fora cheia de acontecimentos, que ela jamais esqueceu. Ela teve um sonho, e poucos seres humanos, desde Nabucodonosor até o mascate de Swaffham, tiveram sonhos mais extraordinários. Nunca antes uma jovem na situação de Eustácia tivera um sonho tão delirantemente complexo, perturbador e excitante. Tinha tantas ramificações como o labirinto de Creta, tantas cintilações como as auroras boreais, tantas cores quanto um jardim ornamental em junho e tanta gente como uma coroação. Para a rainha Sherazade, esse sonho não estaria muito longe do comum; para uma jovem recém-chegada das cortes da Europa, seria apenas interessante. Mas nas circunstâncias da vida de Eustácia, era tão maravilhoso quanto um sonho podia ser.

Contudo, revelando-se aos poucos entre as cenas sempre renovadas, surgiu um episódio menos esdrúxulo, em que a várzea aparecia confusamente por trás do brilho geral da ação. Eustácia bailava ao som de uma música magnífica, o seu par era um homem de armadura prateada que, com a viseira abaixada, a acompanhara pelas fantásticas transformações anteriores. A dança se desenrolava num labirinto de êxtase. Do elmo fulgente partia um sussurrar doce que a conduzia ao paraíso. Subitamente, o par rodou para fora do grupo de dançarinos; mergulhou num charco da várzea e ressurgiu sob uma abóbada iridescente e aureolada por muitos arcos-íris. "Tem de ser aqui", disse a voz ao seu lado, e, erguendo os olhos e corando, ela viu o cavaleiro levantando o elmo para beijá-la. Nesse momento ouviu-se um estrondo e o vulto caiu em pedaços feito um castelo de cartas.

Ela gritou — Oh, se ao menos tivesse visto seu rosto!

Eustácia acordou. O estrondo fora o da janela no andar inferior, que a criada estava abrindo para que entrasse a escassa luz do dia, que aumentava até chegar à intensidade permitida pela Natureza naquela doentia época do ano.

— Oh, se ao menos eu tivesse visto seu rosto! — repetiu. — Só poderia ser o Sr. Yeobright!

Quando ficou mais calma, Eustácia intuiu que muitas partes daquele sonho tinham sido insinuadas pelas imagens e fantasias do dia anterior. Mas esse fato não diminuía o interesse do sonho, que residia no excelente combustível oferecido para um novo e abrasador entusiasmo. Ela se encontrava naquele ponto que oscila entre a indiferença e o amor, no estágio classificado como "ter uma queda por alguém". Isso acontece uma única vez na história das paixões mais sublimes, e é um período em que essas paixões ficam à mercê da vontade mais débil.

Essa mulher ardorosa estava, naquele momento, meio apaixonada por uma visão. A natureza fantástica da sua paixão, que diminuía seu intelecto, aumentava sua sensibilidade. Se ela tivesse um pouco mais de autodomínio, teria atenuado essa emoção, reprimindo-a pelo efeito do raciocínio. Se tivesse um pouco menos de orgulho, teria seguido para o lado da propriedade de Yeobright, em Blooms-End, até conseguir vê-lo, mesmo que para concretizar isso fosse levada a sacrificar o seu melindre de donzela. Mas Eustácia não fez nenhuma dessas coisas. Procedeu como uma jovem correta que sofresse aquelas influências teria procedido: foi duas ou três vezes ao dia perambular pelas colinas de Egdon, mantendo-se sempre com os olhos vigilantes.

Na primeira ocasião ele não cruzou o caminho dela.

Ela foi passear uma segunda vez, foi a única a passar por lá.

Baixara um nevoeiro denso quando ela foi pela terceira vez; observou em volta, mas sem muita esperança. Mesmo que ele estivesse por ali a uma distância de vinte metros, seria impossível vê-lo.

Na quarta tentativa feita para encontrá-lo, caiu um temporal e ela voltou para casa.

Na quinta investida ela saiu à tarde; estava um tempo agradável e ela se demorou bastante, chegando até o cume do vale onde se assentava Blooms-End. Vislumbrou a paliçada branca a cerca de oitocentos metros de distância. Foi quase com mágoa no coração que ela chegou em casa, sentindo vergonha pela sua fraqueza. Decidiu não mais procurar o homem de Paris.

Porém, a providência não é nada se não for caprichosa, e, assim que Eustácia tomou essa decisão, despontou a oportunidade que, enquanto ela a buscava, lhe fora totalmente negada.

[4] EUSTÁCIA SE LANÇA EM UMA AVENTURA

Na tarde desse último dia de expectativa, 23 de dezembro, Eustácia estava sozinha em casa. Estivera na última hora lamentando-se devido a um boato que tinha ouvido recentemente: de que a visita de Yeobright à sua mãe seria de curta duração e acabaria na semana seguinte. "Certamente", disse ela para si mesma, "um homem ativo, envolvido em negócios numa grande cidade agitada, não conseguiria tolerar uma estadia longa na várzea de Egdon". Que ela se encontrasse pessoalmente com o dono daquela voz que roubara a sua atenção no limite de férias tão curtas era pouco plausível, a não ser que ela penetrasse em seu ambiente doméstico como um pintarroxo, o que era muito difícil e pouco aconselhável.

O recurso habitual das jovens e dos homens do interior, nessas circunstâncias, é ir até a igreja. Num povoado vulgar ou numa cidade pequena, todos podem calcular que no dia de Natal, ou no domingo seguinte, qualquer nativo do lugar que tenha vindo para a ocasião e que não perdeu, com a idade ou o tédio, o desejo de ver e ser visto, vai aparecer num banco ou outro, radiante com sua roupa nova mais bonita, expondo a esperança e a consciência do seu valor. Dessa forma, a aglomeração dos fiéis na manhã de Natal é, de certa maneira, uma coleção de Madame Tussaud das celebridades que nasceram no local. Ali, a jovem abandonada que se resguardou em casa todo o ano adentra furtivamente para observar o comportamento de seu namorado que retornou ao lugar. Enquanto o examina olhando por cima do livro de orações, ela pondera que talvez o coração dele pulse com uma fidelidade renovada depois que as novidades tiverem perdido seu encanto. E ali uma moradora recente da região, como Eustácia, poderia fazer a análise crítica de um habitante daquela terra que dali partira antes de ela entrar em cena, ponderando se valeria a pena cultivar na sua ausência a amizade dos familiares dele, para poder conhecê-lo quando retornasse.

Mas tais planos delicados não eram exequíveis com os habitantes dispersos da várzea de Egdon. Eles eram paroquianos no nome, mas não pertenciam a nenhuma paróquia. As pessoas que vinham para aquelas casas esparsas e isoladas, com a finalidade de passar o Natal com os amigos, permaneciam ao lado da chaminé desses amigos bebendo hidromel e outras bebidas reconfortantes até irem embora definitivamente. Com chuva, neve e gelo, e lama por toda a sua volta, eles não se dispunham a ir marchar penosamente três ou quatro quilômetros para se sentarem com os pés enlameados e as roupas molhadas até o pescoço entre aqueles que, embora em alguma medida fossem seus vizinhos, moravam perto da igreja e haviam entrado nela secos e limpos. Eustácia sabia que as chances de Clym ir à igreja durante aqueles poucos dias eram de um contra dez e que seria trabalho vão conduzir potro ou carroça por uma estrada ruim na esperança de o encontrar lá.

Tudo aconteceu num fim de tarde, e ela estava sentada perto da lareira da sala de jantar, onde eles preferiam ficar naquela época do ano, em detrimento da sala de visitas; a sala de jantar tinha uma grande lareira construída para queimar turfa, o combustível preferido pelo capitão no inverno. Os únicos objetos que se viam da casa eram os que estavam no peitoril da janela, recortados contra céu baixo; o objeto do meio era uma antiga ampulheta, os outros dois, um par de urnas britânicas retiradas de um túmulo próximo e que serviam como vasos para dois cactos de folhas afiadas. Alguém chamou na porta de entrada. A empregada tinha saído, o avô também. Quem quer que fosse, após esperar um pouco, entrou e bateu na porta da sala.

— Quem é? — perguntou Eustácia.

— Com licença, capitão Vye, por favor...

Eustácia se levantou e se dirigiu à porta. — Não admito que entre assim, com tanto descaramento. Você deveria aguardar.

— O capitão falou que eu poderia entrar sem alvoroço — respondeu a voz agradável de um menino.

— Ah, sim? — perguntou Eustácia, um pouco mais calma. — O que deseja, Charley?

— Poderia me fazer um favor? O seu avô consentiu em nos emprestar o depósito de lenha para ensaiarmos os nossos papéis hoje à noite, às sete horas.

— Então você será um dos mascarados este ano?

— Serei, sim. O capitão permitia que os antigos mascarados ensaiassem aqui.

— Eu sei. Sim, podem usar o depósito, se quiserem — falou Eustácia, lentamente.

A escolha do depósito de lenha do capitão Vye como local do ensaio fora imposta pelo fato de a casa se encontrar praticamente no centro da várzea. O depósito de lenha era espaçoso como um celeiro e adequado para esse fim. Os jovens que formavam o grupo moravam em locais espalhados pela região e, reunindo-se naquele ponto, as distâncias a serem percorridas por todos era praticamente a mesma.

Pelos mascarados e suas encenações Eustácia nutria o maior desprezo. Os próprios mascarados não tinham a mesma opinião sobre sua arte, embora também não fossem tão entusiastas. A característica mais notável que distingue um passatempo tradicional de uma mera reencenação é a seguinte: enquanto a reencenação é ânimo e fervor, a sobrevivência da tradição é realizada com uma apatia e falta de interesse que levam uma pessoa a se perguntar por que algo executado de forma tão mecânica deve ser mantido. Como Balaão e outros profetas relutantes, os atores são incitados por uma compulsão interior a dizer e desempenhar, quer o desejem ou não, a parte que lhes foi distribuída. Essa forma despercebida de atuação é o verdadeiro sinal que permite, nestes nossos tempos de mudanças, distinguir um fóssil de uma falsificação espúria.

A peça que ia ser representada era a conhecida obra sobre São Jorge. Os que estavam nos bastidores auxiliavam nos preparativos, inclusive as mulheres de cada família. Sem a colaboração das irmãs e namoradas, os figurinos teriam ficado um desastre. Por outro lado, essa ajuda não deixava de ter suas inconveniências. Nunca se conseguia que as jovens, ao desenharem e decorarem as armaduras, respeitassem a tradição. Insistiam em costurar alamares, laços de seda e veludo em qualquer ponto que fosse, ao seu bel-prazer. O gorjal, a braceira, a couraça, a manopla, a manga, todos eram, aos olhos dessas mulheres, espaços praticáveis onde se podiam cerzir retalhos coloridos.

Era possível que Joe, contendor do lado da Cristandade, tivesse uma namorada, e que Jim, que combatia no lado dos muçulmanos, tivesse também a sua. Durante a preparação do figurino, poderia chegar ao conhecimento da namorada de Joe que a de Jim estava costurando retalhos de seda brilhante na barra da roupa do seu namorado, além das fitas da viseira, cujas barras, sendo invariavelmente compostas por tiras coloridas com treze milímetros de largura que pendiam na frente do rosto, eram, na maioria, desse material. A namorada de Joe pregava em seguida na bainha do seu amado os mesmos retalhos de seda brilhantes e fazia mais: adornava as ombreiras com molhos de fita. A de Jim, para não ficar atrás, pregava laços e rosetas por todo lado.

O resultado era o seguinte: no fim, o Soldado Valoroso, do exército cristão, não se diferenciava, por nenhuma particularidade da indumentária, do Cavaleiro Turco e, o que era pior, num exame superficial, o próprio São Jorge se arriscava a ser confundido com o seu inimigo mortal — o Sarraceno. Os próprios mascarados, embora lamentassem interiormente a confusão, não ousavam ofender aquelas de cuja ajuda tanto se beneficiavam, permitindo que as inovações prosseguissem.

Essa padronização tinha ainda um limite. O Barbeiro, ou médico, mantinha as suas características inalteradas, as roupas mais escuras, o chapéu especial e o frasco de remédio sob o braço eram inconfundíveis. O mesmo se diria sobre a figura do Papai Noel, com o seu cajado enorme, papel confiado a um senhor de idade que acompanhava o grupo como protetor de todos nas longas jornadas noturnas pelos locais, e como o portador da bolsa de dinheiro.

Na hora do ensaio, sete da noite, eles chegaram e, em pouco tempo, Eustácia ouvia as vozes no depósito de lenha. Para espantar minimamente a sua permanente consciência do tédio da existência humana, ela foi até um barracão que ficava ao lado do depósito de lenha. Havia um buraco pequeno e irregular numa parede de barro, aberto para os pombos e através do qual se podia ver o que acontecia no interior do depósito. Uma luz partia de lá, e Eustácia subiu num banco para ver a cena.

Numa prancha transversal do depósito de lenha, viam-se três lamparinas fracas, iluminando sete ou oito rapazes que andavam de um lado para outro, arengando e se atrapalhando na tentativa de aperfeiçoar sua atuação na peça. Humphrey e Sam, cortadores de tojo e turfa, assistiam; Timothy Fairway, encostado na parede, atuava como ponto para os rapazes, intercalando às falas observações e anedotas dos dias melhores em que, em vez desses rapazes, eram ele e outros os mascarados eleitos de Egdon.

— Vão fazer o melhor que puderem — disse ele. — Não que se representasse assim na minha época. Harry, do Sarraceno, devia se aprumar mais, e John não precisava gritar tanto. Fora isso, não está ruim. As roupas já estão prontas?

— Só na segunda-feira.

— A primeira apresentação é na segunda à noite, não é?

— É, sim, senhor. Na casa da Sra. Yeobright.

— Na casa da senhora Yeobright? Por que cargas d'água ela vai querer ver vocês? Sempre pensei que uma mulher de meia-idade não tivesse paciência para mascaradas.

— Ela vai dar uma festa, porque é o primeiro Natal que Clym passa aqui depois de tanto tempo.

— É verdade, a festa dela! Eu também vou, já nem me lembrava, palavra de honra.

O semblante de Eustácia se consternou. Ia haver uma festa na casa dos Yeobrights; ela, naturalmente, não tinha nada a ver com isso. Em geral ela se mantinha distante das festas locais, sempre considerando que estavam abaixo da sua esfera. Mas, se pudesse ir, seria a oportunidade para ver o homem cuja influência a invadia como um sol de verão! Intensificar essa influência era algo que ela desejava; livrar-se dela talvez significasse recuperar a serenidade. Mas mantê-la como estava era um suplício de Tântalo.

O grupo de homens se arrumava para deixar a propriedade. Eustácia retornou para a lareira. Mergulhou em seus pensamentos, mas não por muito tempo. Em poucos minutos, o jovem chamado Charley, que pedira autorização para utilizarem o depósito de lenha, voltou à cozinha com a chave. Eustácia ouviu-o e, abrindo a porta, disse:

— Venha cá, Charley.

O rapaz se surpreendeu. Entrou na sala, um pouco corado, pois, como muitos outros, sentia-se constrangido perante a beleza da jovem.

Ela indicou uma cadeira ao lado do fogo para ele sentar e também se aproximou do canto da chaminé. Percebia-se no seu rosto que o motivo que a levara a chamar o rapaz ali, qualquer que fosse ele, logo seria revelado.

— Qual é o seu papel, Charley? O Cavaleiro Turco, não é? — perguntou a bela jovem, olhando para ele através da fumaça.

— Sim, o Cavaleiro Turco — retrucou ele, meio tímido.

— É grande o seu papel?

— Umas nove falas.

— Pode declamá-las para mim? Gostaria de ouvir.

O jovem sorriu, olhando para a turfa incandescente, e começou:

Sou o cavaleiro da Turquia
Que sabe lutar com galhardia.

E declamou as falas, até a catástrofe final da derrota nas mãos de São Jorge. Eustácia já ouvira, ocasionalmente, a recitação daquele papel. Após o rapaz terminar, repetiu as mesmas palavras sem dificuldade nem desarmonia, até o fim. Era a mesma coisa, mas que diferença! Assemelhava-se na forma, mas tinha a brandura e a perfeição de um Rafael imitando Perugino, que, embora repetisse fielmente o tema original, se distanciava totalmente da arte original. Charley arregalou os olhos, espantado. — Como a senhorita é inteligente! Levei três semanas para decorar o papel.

— Eu tinha ouvido antes — observou ela, serena. — Me diga: você faria qualquer coisa para me agradar?

— Tudo o que pudesse, senhorita.

— Você permitiria que eu representasse no seu lugar só uma noite?

— Oh, mas com roupa de mulher não pode!

— Consigo roupas masculinas, pelo menos tudo o que for preciso, além da roupa e da máscara. Quanto você quer para me emprestar suas coisas, e deixar-me ficar no seu lugar uma ou duas horas na segunda-feira à noite, e principalmente não falar a ninguém que sou eu? É claro que você teria de arranjar uma desculpa por não atuar nessa noite; você poderia falar que alguém, digamos, um primo da Srta. Vye, representará por você. Os outros mascarados nunca falaram comigo na vida, então tudo seria muito seguro. E, se não fosse, eu não me importaria. Agora, me diga quanto preciso lhe dar por isso? Meia coroa?

O jovem balançou a cabeça negativamente.

— Cinco xelins?

Ele tornou a balançar a cabeça. — Não quero dinheiro — disse, esfregando com a mão a ponta de ferro do suporte de lenha.

— O que quer então, Charley? — perguntou Eustácia, num tom desapontado.

— A senhorita sabe o que me proibiu na Festa do Mastro de Maio — murmurou o rapaz, sem olhar para ela, sempre esfregando o ferro do suporte de lenha.

— Sim — disse Eustácia, num tom um pouco mais presunçoso. — Queria me dar a mão na roda, se bem me lembro.

— Meia hora disso, e eu aceito.

Eustácia olhou firme para o jovem. Ele tinha menos três anos do que ela, mas não parecia estar atrasado para a idade. — Meia hora de quê? — perguntou ela, embora adivinhasse qual era a resposta.

— Segurando a sua mão na minha.

Ela permanecia calada. — Deixe por quinze minutos — falou por fim.

— Sim, Srta. Eustácia, pode ser, se eu puder beijar sua mão também. Quinze minutos, e eu juro que farei tudo o que puder para deixá-la tomar meu lugar sem que ninguém perceba nada. Não acha que podem reconhecer a sua voz?

— É provável, mas, colocando um seixo na boca, consigo disfarçar. Muito bem, permito que você segure minha mão, assim que trouxer as roupas, a espada e o bastão. Agora não o quero mais aqui.

Charley foi embora e Eustácia sentiu crescer seu interesse pela vida. Havia algo a fazer. Tinha alguém com quem se encontrar, e um modo encantadoramente aventureiro de fazê-lo.

— Ah — disse para si mesma —, a falta de uma razão para viver. Esse é o meu problema!

A maneira de ser de Eustácia era um pouco vagarosa porque as suas paixões eram mais densas do que animadas. Mas, quando se entusiasmava, ela ficava de um modo que ostentava então o aspecto de uma pessoa viva por natureza.

Sobre o perigo de ser reconhecida, estava de certa forma indiferente. Os atores não iriam identificá-la. Em relação aos convidados, ela não tinha tanta certeza. Todavia, ser descoberta não seria nenhum desastre. O fato em si poderia ser descoberto, mas não o motivo real. Iriam pensar que se tratava de um capricho momentâneo duma jovem cujos hábitos já eram considerados extravagantes. Que ela estava fazendo por um motivo sério e não por mera brincadeira permaneceria, de qualquer forma, em segredo.

Na tarde seguinte, Eustácia estava na hora marcada no depósito de lenha, aguardando o crepúsculo que traria Charley com as roupas que ela solicitara. Como o avô não saíra naquela noite, ela não poderia receber o seu aliado em casa.

Ele surgiu no cume escuro da várzea com as coisas que Eustácia pediu. Estava ofegante.

— Aqui estão as coisas — disse ele, e colocou-as na soleira da porta. — E agora, Srta. Eustácia?

— O pagamento? Será agora mesmo. Cumpro sempre a palavra.

Ela se encostou no batente da porta e lhe deu a mão. Charley segurou-a nas suas com uma ternura indescritível, só se comparando com a de uma criança segurando um pardal cativo.

— Ah, está de luvas! — disse ele, com tom de protesto.

— É que eu estava fora de casa.

— Mas... senhorita...

— Certo, não é justo — concordou ela, tirando a luva e lhe estendendo a mão descoberta.

Ficaram assim por vários minutos, calados, ambos olhando para a paisagem cada vez mais escura, cada um entregue aos seus pensamentos.

— Acho que não vou usar todo o tempo — falou Charley num tom devoto, após ter passado seis ou sete minutos acarinhando a mão dela. — Posso deixar os minutos que faltam para outra vez?

— Como quiser — disse ela, sem emoção alguma. — Mas isso deve acabar numa semana. Preciso que me faça ainda uma coisa: aguarde enquanto vou experimentar a roupa, para você ver se represento bem o papel. Mas primeiro vou dar uma olhada lá dentro.

Ausentou-se por alguns momentos no interior da casa. O avô dormia tranquilamente na cadeira. — E agora — disse, ao voltar — vá uns instantes para o jardim. Quando estiver pronta eu o chamo.

Charley assim fez. Pouco depois ouviu um assobio, e voltou para a porta do depósito de lenha.

— A senhorita assobiou, Srta. Vye?

— Sim, entre — disse Eustácia, que estava nos fundos. — Não posso acender a luz antes que você feche a porta, senão alguém pode ver. Tampe com o seu chapéu o buraco que dá para a lavanderia, se conseguir encontrá-lo pelo tato.

Charley assim fez, e ela acendeu a luz, revelando-se vestida com a roupa de homem toda colorida, e armada dos pés à cabeça. Talvez ela tenha ficado um pouco tímida sob o olhar insistente de Charley, mas se no rosto deixava transparecer certo embaraço por estar trajada com vestes masculinas, isso não se podia observar devido às fitas que cobriam o rosto mascarado, imitando a viseira de grades de um elmo medieval.

— Serve-me bem — falou ela, baixando o olhar para as calças brancas. — Só a túnica (não sei que nome vocês dão para isto) é que está comprida nas mangas. Posso erguer a bainha das calças. Agora, preste atenção.

Eustácia começou a declamar, acentuando as frases de ameaça à maneira convencional dos mascarados e pavoneando-se de um lado para o outro, batendo com a espada no bastão ou na lança. Charley temperou sua admiração com as mais gentis críticas, pois ainda guardava na mão o toque da mão de Eustácia.

— Agora, vamos ver que desculpa você vai dar aos outros. Onde vocês vão se encontrar antes de seguirem para a casa da Srta. Yeobright?

— Estávamos pensando em nos encontrar aqui, se a senhorita não se importar; lá pelas oito, assim chegamos lá às nove.

— Certo. É evidente que você não pode aparecer. Eu me apresento, um pouco atrasada, já vestida, e lhes informo que você não pôde. Pensei que o melhor plano será eu mandar você a algum lugar para não haver problema. Os nossos dois cortadores de tojo e urze costumam desaparecer nas campinas, e amanhã à noite você pode ir ver se eles estão lá. Eu trato do resto, e agora você pode ir embora.

— Certo, senhorita. Posso gastar mais um minuto daqueles que me concedeu?

Eustácia lhe estendeu a mão.

— Um minuto — disse ela, e contou até passarem sete ou oito minutos. Então se afastou alguns passos e recobrou a compostura antiga. Findo o contrato, ela ergueu entre ambos um obstáculo tão impenetrável como uma muralha.

— Ora, gastei o tempo todo, e não queria que fosse assim! — disse Charley, com um suspiro.

— Foi bem medido — disse ela, e se afastou.

— Foi, sim, senhorita. Bem, acabou-se, vou para casa.

[5] AO LUAR

Na noite seguinte os mascarados estavam reunidos no mesmo local, aguardando a chegada do Cavaleiro Turco.
— São oito e vinte no relógio da estalagem Mulher Tranquila, e Charley ainda não chegou.
— Oito e dez, pelo de Blooms-End.
— Faltam dez minutos para as oito no do Velho Cantle.
— E são oito e cinco no do capitão.
Em Egdon não havia uma hora certa. A qualquer momento, a hora era um conjunto de preceitos incertos, declarados por propriedades diferentes, alguns saídos do mesmo tronco, mas divididos mais tarde pelo efeito da separação; outros eram desconexos desde o início. O oeste de Egdon confiava na hora de Blooms-End; o leste, na hora da estalagem da Mulher Tranquila. O relógio do Velho Cantle tinha, em anos anteriores, conquistado muitos adeptos, mas, desde que envelhecera, os fiéis começaram a sentir suas certezas abaladas. Como os mascarados vinham de várias regiões, cada um julgava, de acordo com seu dogma, sobre ser cedo ou tarde. Por essa razão, esperaram um pouco mais.
Eustácia vigiava o grupo pelo buraco na parede do barracão ao lado e, percebendo que aquele era o momento certo de aparecer, entrou no depósito pelo barracão, puxando de forma arrojada a maçaneta da porta. O avô estava seguro na Mulher Tranquila.
— Aqui está Charley! Você chegou tarde, Charley!

— Não é o Charley — disse o Cavaleiro Turco através da viseira.
— É um primo de Eustácia Vye que está no lugar de Charley. Ele teve de ir procurar os cortadores de urze e tojo que foram para os campos; como não vai poder voltar aqui esta noite, aceitei ficar no seu lugar. Conheço o papel tão bem como ele.

O seu talhe garboso e as maneiras distintas persuadiram os mascarados de que a troca tinha sido para melhor, se o novo Cavaleiro Turco fosse realmente bom em seu papel.

— Não me importo, mas você me parece muito novo — disse o São Jorge.

A voz de Eustácia tinha soado mais juvenil e aflautada que a de Charley.

— Conheço o papel do princípio ao fim, podem acreditar — falou Eustácia, decidida. Como a desenvoltura era a única coisa necessária para lograr êxito nessa campanha, ela a empregou ao máximo. — Vamos lá, rapazes, façam um teste! Desafio qualquer um a achar um erro meu.

Ensaiaram rápido a peça, e os outros atores ficaram admirados com o novo Cavaleiro. Apagaram as velas às oito e trinta, e começaram a atravessar a várzea na direção da casa da Sra. Yeobright, em Blooms-End.

Havia uma leve geada naquela noite, e a Lua, embora só estivesse na fase crescente, emitia um fulgor vivo e sedutor sobre os vultos fantásticos do bando de mascarados, cujas plumas e laços soavam na marcha como folhas do outono. Não seguiram por Rainbarrow, mas desceram por um vale que ficava um pouco a leste. O fundo do vale estava repleto de verdura numa extensão aproximada de dez metros, e as facetas brilhantes da geada sobre o mato se deslocavam com as sombras deles. Pela esquerda e pela direita, os maciços de urze e tojo estavam negros como sempre; uma simples meia-lua não tinha poder suficiente para pratear perfis tão escuros como os das plantas.

Meia hora de caminho e conversa conduziu-os ao ponto de chegada em que a faixa de relva se alargava, prolongando-se até a casa. Ao ver o local, Eustácia ficou contente por ter encarado a aventura, embora durante a excursão tivesse alimentado algumas dúvidas. Viera até ali para ver o homem que talvez tivesse o poder de libertá-la de uma opressão mortal. Quem era Wildeve? Um homem interessante, mas inadequado. Era provável que naquela noite Eustácia encontrasse um herói digno dela.

Ao se aproximarem, os mascarados perceberam que na casa havia música e dança animada. Às vezes, uma prolongada nota grave de serpentão, o principal instrumento de sopro usado naquela época, avançava mais na direção da várzea do que os sons mais agudos e fracos dos outros instrumentos, e atingia isolada os seus ouvidos. Em seguida, da mesma direção, chegava o som do passo de um bailarino, mais forte que o usual. Quando se aproximaram mais, aqueles sons fragmentados se reuniram e os mascarados perceberam que se tratava dos principais acordes da melodia intitulada "O capricho de Nancy".

Ele estava lá com certeza, estaria dançando com alguém? Talvez alguma desconhecida, com posição inferior à sua, estivesse nesse momento selando o seu destino com artifícios sutis. Dançar com um homem é fazer convergir nele, por alguns instantes, a excitação que ficará acesa durante um ano inteiro. Passar ao namoro sem conhecimento precedente, passar ao casamento sem namoro é um salto de estágios permitido apenas àqueles que trilham esse caminho real. Ela poderia avaliar o estado verdadeiro do coração dele observando com atenção todos os presentes.

A jovem audaciosa seguiu na companhia dos mascarados, que atravessaram o portão da paliçada branca e pararam diante do vestíbulo aberto. A casa apresentava pesadas coberturas de palha que pendiam entre as janelas de cima, a fachada sobre a qual brincavam os raios da Lua era branca, mas agora um espinheiro lhe escurecia a maior parte.

Na hora ficou evidente que o baile estava acontecendo logo após a porta, não havendo compartimento intermediário. Ouvia-se, contra as próprias almofadas da porta, o roçar das saias e dos braços; às vezes o bater dos ombros. Embora morasse a apenas dois quilômetros daquele local, Eustácia nunca tinha entrado naquela casa antiga e original. Entre o capitão Vye e os Yeobrights nunca houvera muita proximidade, o primeiro tendo aparecido como um desconhecido e comprado a casa, que tinha estado desabitada por muito tempo, no alto de Mistover. Isso se deu pouco antes da morte do marido da Sra. Yeobright. Esse fato, somado à partida de Clym, interrompeu as relações entre eles quase por completo.

— Não há nenhum saguão depois da porta? — perguntou Eustácia, quando já estavam no vestíbulo.

— Não — disse o rapaz que fazia o Sarraceno. — A porta se abre direto para a sala de visitas, onde está acontecendo a festa.

— Por isso não podemos abrir a porta sem interromper o baile.

— É isso mesmo, temos de ficar aqui até que façam uma pausa, pois eles sempre trancam as portas dos fundos depois que escurece.

— Não vai demorar muito! — disse o Papai Noel.

Mas os acontecimentos não confirmaram isso. Mal os instrumentos encerravam uma música, recomeçavam outra com tanto fervor e sentimento como se fosse a primeira. Naquele instante tocava uma música que parecia não ter princípio, meio ou fim. Entre todas as músicas do baile, que incendiavam a imaginação de um violinista inspirado, aquela era, talvez, a que melhor sugeria a ideia de infindável — a célebre "Sonho do Diabo". O movimento frenético dos bailarinos, que era incitado pela fúria frenética das notas, podia ser mais ou menos adivinhado pelos que estavam do lado de fora, à luz da Lua, por causa das batidas frequentes de calcanhares e pontas de pés que soavam na porta, sempre que a dança atingia mais velocidade.

Os mascarados se mostraram curiosos nos primeiros cinco minutos de espera. Mas esses cinco minutos se prolongaram para dez, os dez para quinze, mas não se ouviam sinais de pausa no animado "Sonho"! Os encontrões na porta, as gargalhadas e o bater dos pés continuavam fortes como nunca, mas o prazer daqueles que estavam lá fora esfriou consideravelmente.

— Por que a Sra. Yeobright promove festas desse gênero? — perguntou Eustácia, um pouco surpresa com aquela alegria espalhafatosa.

— Essa não é das melhores. A Sra. Yeobright convidou os vizinhos mais humildes e os trabalhadores, sem distinção, só para lhes oferecer uma boa ceia e outras coisas mais. O filho e ela é que servem as pessoas.

— Entendo — disse Eustácia.

— Parece que é a última dança. — falou o São Jorge, com o ouvido apoiado à porta almofadada — Um rapaz e uma jovem encostaram-se à parede, e ele falou para ela: "Que pena, minha querida! Desta vez acabou".

— Graças a Deus! — exclamou o Cavaleiro Turco, batendo com os pés e desencostando da parede o bastão que cada um dos mascarados tinha. Como as botas dela eram mais finas que as dos rapazes, a geada umedeceu seus pés, que estavam frios agora.

— Acho que ainda faltam mais uns dez minutos — disse o Soldado Valoroso, espreitando pelo buraco da fechadura, enquanto a melodia passava de uma música para outra, sem interrupção. — O Velho Cantle está no canto à espera da sua vez.

— Não vai demorar, é a roda de seis! — disse o Físico.

— Por que não entramos, com dança ou sem? Eles pediram que nós viéssemos! — falou o Sarraceno.

— De jeito nenhum — disse Eustácia, com autoridade, enquanto andava enérgica da porta para o portão e de volta para se aquecer. — Invadiríamos a sala bem no meio da dança, e isso não seria polido.

— Ele se acha melhor que nós só porque teve um pouco mais de estudo — disse o Físico.

— Vá para o diabo! — disse Eustácia.

Três dos quatro rapazes começaram a cochichar e um deles virou-se para ela.

— Pode nos dizer uma coisa? — perguntou ele com certa delicadeza. — É a Srta. Vye? Achamos que é.

— Podem pensar o que quiserem — respondeu ela, lentamente. — Mas rapazes virtuosos não denunciam moças.

— Não vamos falar nada. Palavra de honra.

— Obrigada! — respondeu ela.

Nesse momento, as rabecas terminaram com um guincho áspero e o serpentão emitiu a última nota, que quase fez levantar o teto. Da tranquilidade relativa do interior, os mascarados depreenderam que os dançarinos voltavam para os seus lugares; o Papai Noel avançou, levantou a tranca da porta e enfiou a cabeça para dentro.

— Olhem os mascarados! — gritaram vários convidados simultaneamente. — Abram espaço para os mascarados!

O Papai Noel entrou então, brandindo o grande cajado, abrindo assim uma roda enorme para servir de palco aos atores, e ao mesmo tempo anunciando à assistência em versos espirituosos que havia chegado, quer fosse bem-vindo ou não, finalizando o palavreado assim:

Aqui, aqui, brava rapaziada:
Aqui estamos afinal!
Vimos recitar o auto de São Jorge
Nesta festa de Natal.

Os convidados se ajeitaram num dos cantos da sala. O rabequista consertava uma corda e o músico do serpentão limpava o bocal. A peça teve início. Primeiro entrou o Soldado Valoroso, servo de São Jorge:

Eu sou o Soldado Valoroso
E me chamo Ceifador

e assim por diante. A fala acabou com um repto aos infiéis, e no final deste Eustácia entrou como Cavaleiro Turco. Tal como os outros que ainda não estavam em cena, ela ficara na parte de fora, ao luar que escorria sob o pórtico. Sem nenhum esforço ou timidez aparente, ela entrou declamando:

Eis aqui o Cavaleiro da Turquia
Que sabe lutar com galhardia.
Este homem vou capturar com muito brio
Se o seu sangue é quente vou fazê-lo frio.

Durante a declamação Eustácia se manteve com a cabeça ereta, falando com toda a rudeza de que foi capaz, convicta de que não seria descoberta. Mas sua concentração no papel para que não a descobrissem, a novidade da situação, o brilho das luzes e o efeito de confusão que causava a viseira de fitas que lhe escondia o rosto a impossibilitaram totalmente de discernir os espectadores. Divisou só alguns rostos por trás de uma mesa em que ardiam velas.

Enquanto isso, Jim Harks, no papel de Soldado Valoroso, avançou com um olhar enfurecido para o Turco dizendo:

Pois se és o Cavaleiro da Turquia
Ver eu quero dessa espada toda a valentia!

E começaram a lutar, resultando do combate a morte do Soldado Valoroso com uma estocada absurdamente inadequada de Eustácia. Jim, entusiasmado com a autêntica arte histriônica, tombou no chão de pedra como um tronco e com força capaz de lhe deslocar o ombro. Após o Cavaleiro Turco anunciar, com voz já bastante fraca, que iria lutar com São Jorge e todos os seus soldados, entrou São Jorge em pessoa, majestoso, e com o já conhecido floreio da espada:

Aqui está São Jorge, homem de ação
Com a espada viva e a lança na mão,
Que matou o Dragão — esse maldito! —
Granjeando Sabra, a princesa do Egito!
Quem é o mortal que me resiste
Quando me encontra assim, de espada em riste?

Era o rapaz que primeiro reconhecera Eustácia e, quando ela lhe respondeu com o tom desafiador exigido e imediatamente iniciou o combate, o jovem teve o máximo cuidado ao manejar a espada. Depois de ferido, o Cavaleiro caiu de joelhos, segundo as indicações cênicas. Então, entrou o Físico; reanimou o Cavaleiro, dando-lhe para beber algo de um frasco que trazia, e o combate recomeçou. O Turco aos poucos foi perdendo força, até que, já vencido, resistiu ainda a morrer nesse drama idolatrado como continua a ser atualmante feito.

Nessa queda gradual estava uma das razões por que Eustácia imaginara que o papel do Cavaleiro Turco, embora não sendo o menor, era o que mais lhe convinha. Uma queda em cheio, que era como morriam os outros combatentes da peça, não era apropriada nem muito elegante para uma moça. Mas morrer como o Turco, resistindo até o fim, era fácil. Eustácia estava agora entre os mortos, embora não estivesse na terra, porque dera um jeito de cair e se manter recostada no relógio, conseguindo manter a cabeça erguida.

A peça continuava com São Jorge, o Sarraceno, o Físico e o Papai Noel. Como Eustácia já não tinha mais falas, pela primeira vez ela teve a oportunidade de observar o que se passava ao seu redor, e procurar a pessoa que a levara até ali.

[6] OS DOIS SE ENCONTRAM FRENTE A FRENTE

A sala fora preparada para o baile, tendo a grande mesa de carvalho sido colocada ao fundo, transformando-se numa espécie de parapeito da lareira. Em cada cabeceira da mesa, por trás dela e no canto da lareira se encontravam agrupados os convidados, muitos deles corados e ofegantes. Entre eles, Eustácia conseguiu reconhecer algumas pessoas abastadas que viviam fora da várzea. Como imaginara, Thomasin não estava presente, e Eustácia se lembrou de ter visto, quando ainda estava lá fora, uma luz brilhar numa das janelas superiores, provavelmente a janela do quarto de Thomasin. Num assento perto da lareira, projetavam-se para a frente um nariz, queixo, mãos, joelhos e ponta dos pés, que Eustácia constatou serem do Velho Cantle, que, como jardineiro eventual da Sra. Yeobright, também fora convidado. A fumaça subia de um Etna de turfa na frente dele, enleava-se nos ganchos da grua, batia na caixa de sal e se perdia entre as mantas de toucinho.

Logo, a outra parte da sala lhe chamou a atenção. No lado oposto ao da chaminé via-se um escabelo, acessório essencial para uma lareira tão aberta como aquela, em que só uma brisa forte consegue dispersar a fumaça. O escabelo aludido é, para antigas lareiras em forma de gruta, o que uma fileira de árvores a leste é para as propriedades rurais descobertas, e o que uma parede do lado norte é para um jardim. Fora do escabelo a luz das velas tremula, os cachos de cabelo balançam, as jovens tremem de frio e os velhos espirram. No banco é o Paraíso. Nenhuma corrente de ar move a atmosfera. As costas das pessoas sentadas estão tão aquecidas como seus rostos, e canções e velhas histórias são colhidas dos ocupantes pelo agradável calor, como frutos de um meloeiro em uma estaca.

Contudo, Eustácia não estava preocupada com quem estava sentado. Um rosto se destacava com grande distinção contra a madeira escura da parte superior do escabelo, e se realçava nitidamente. Seu dono, que se apoiava na extremidade externa do escabelo, era Clemente Yeobright ou Clym, como era conhecido ali. Ela sabia que não poderia ser outra pessoa. O espetáculo se constituía a uma área de trinta centímetros ao estilo mais intenso de Rembrandt. Um estranho poder na aparência daquele homem residia no fato de que, mesmo estando toda a sua figura bem visível, só o rosto atraía a atenção de quem o observasse.

Alguém mais idoso, ao observá-lo, seria capaz de dizer que se tratava de um jovem, mas uma moça decerto não teria a mesma opinião. Na verdade, era um desses semblantes que revelam não uma vida longa, mas muita experiência. A vida de homens como Jared, Mahalabel e outros antediluvianos pode de fato ser medida pelo número de anos. Mas a de um homem atual deve ser mensurada pela intensidade do que viveu.

O rosto era bem modelado, poder-se-ia dizer mesmo perfeito. Mas a mente estava começando a usá-lo como uma mera lousa sobre a qual se imprimiam suas idiossincrasias à medida que se manifestavam. A beleza que ainda havia nele em pouco tempo seria arrasada pelo seu parasita, o pensamento, que poderia muito bem se alimentar de um exterior mais comum, em que não houvesse nada para arruinar. Se o céu tivesse resguardado Yeobright do hábito extenuante da meditação, as pessoas diriam: "Belo homem!". Se o seu espírito se revelasse sob feições mais severas, afirmariam: "Eis um homem pensativo". Mas um ardor interno consumia uma simetria externa, e os dois elementos tornavam aquele um rosto singular.

Por essa razão as pessoas que começavam por contemplá-lo acabavam examinando-o com grande atenção. A sua fisionomia mostrava-se carregada de significados legíveis. Sem estar consumido por hábitos meditativos, ele revelava certas marcas que derivavam de uma percepção do mundo à sua volta, como as que não são infrequentes em homens ao final dos quatro ou cinco anos de esforço que se seguem ao encerramento da plácida fase dos estudos. Aquele homem já mostrava que o pensamento é uma doença da carne, e provava de maneira indireta que a beleza física ideal é incompatível com o desenvolvimento das emoções e com o conhecimento integral da complexidade das coisas. A lucidez mental se sustenta da seiva da vida, mesmo que já exista uma necessidade dela; e o lamentável espetáculo de duas demandas impostas a um único suprimento já começava a se manifestar nele.

Diante de certos homens, o filósofo lamenta que pensadores sejam constituídos de matéria perecível; o artista lastima que a matéria perecível tenha de pensar. Lastimar dessa maneira, cada um de sua perspectiva, a interdependência mutuamente destrutiva do espírito e da carne, seria um ato instintivo naqueles que observassem Yeobright com intenções críticas.

Quanto ao seu olhar, uma alegria natural lutando com a depressão exterior, sem obter sucesso. Seus olhos indiciavam alheamento, mas revelavam algo mais. Como em geral acontece com naturezas brilhantes, a divindade que permanece ignominiosamente acorrentada a uma efêmera carcaça humana irradiava de dentro dele.

O efeito produzido em Eustácia foi palpável. O grau prodigioso de excitação que ela atingira anteriormente podia, de fato, levá-la a ser influenciada pelo homem mais vulgar. Ela ficava perturbada na presença de Yeobright.

O restante da peça foi encenado. Cortou-se a cabeça do Sarraceno e São Jorge foi vencedor. Ninguém comentou, assim como não se comenta o fato de os cogumelos surgirem no outono e as campainhas brancas surgirem na primavera. Apreciaram a peça com a mesma apatia dos atores. Era um divertimento necessário, algo natural em todos os Natais, não havia nada a dizer.

Entoaram o cântico de lamento que se segue à peça e durante o qual todos os mortos se erguem de maneira silenciosa e aterrorizante, como fantasmas dos soldados de Napoleão no poema de Zedlitz. Em seguida a porta se abriu, e Fairway despontou no limiar junto com

Christian e outra pessoa. Tinham permanecido lá fora à espera do fim da peça, assim como os atores haviam aguardado o final do baile.

— Entrem, entrem — convidou a Sra. Yeobright, enquanto Clym avançou para os receber. — Por que é que chegaram tão tarde? O Velho Cantle já está aqui há muito tempo e nós pensávamos que viriam juntos, já que vivem próximos!

— Eu podia ter chegado mais cedo — falou Fairway, olhando a viga mestra do teto, buscando um prego onde pendurar o chapéu; mas, percebendo que o prego habitual estava ocupado por um arranjo de Natal e todos os outros estavam carregados com azevinhos, ele se livrou do chapéu equilibrando-o delicadamente entre a caixa das velas e a parte superior do relógio. — Podia ter vindo mais cedo, sim, senhora — recomeçou com ar mais composto —, mas sei o que são festas, e como o espaço é pequeno na casa das pessoas. Por isso achei que não devia vir enquanto não estivessem todos acomodados.

— Eu pensei a mesma coisa, Sra. Yeobright — disse Christian, sério —, mas o pai estava tão entusiasmado que não quis saber de delicadeza e saiu de casa quase antes de escurecer. Eu ainda lhe disse que para um velho não era conveniente chegar tão cedo, mas foram palavras ao vento.

— Ora, e eu ia me atrasar e perder metade da festa? Quando tem festas assim, fico leve como uma pluma! — tagarelou o Velho Cantle, do seu lugar ao lado da chaminé.

Enquanto isso, Fairway lançava um olhar crítico sobre Clym Yeobright. — Talvez não acreditem — disse ele para os outros —, mas eu não teria reconhecido esse cavalheiro se o encontrasse fora da sua várzea, ele está muito diferente.

— Você também mudou, e creio que foi para melhor, Timothy — disse Yeobright, olhando o corpo robusto de Fairway.

— Oh, Sr. Yeobright, olhe para mim também. Também mudei para melhor, não é mesmo? — interrogou o Velho Cantle, levantando-se e se colocando a cerca de meio metro do olhar de Clym, para facilitar a minúcia do seu julgamento.

— Então vamos examiná-lo, sim, senhor — disse Fairway, segurando a lamparina e iluminou com ela o rosto do velho; o objeto do seu exame emanava radiantes e simpáticos sorrisos, dando-se ares juvenis.

— Não mudou muito, não — falou Clym.

— Se houver alguma diferença, é esta: o Velho Cantle está mais jovem — emendou Fairway, de maneira definitiva.

— E não é mérito meu, nem tenho orgulho disso — afirmou o velho faceiro. — Mas não consigo me curar de minhas extravagâncias, das quais me confesso culpado. Sim, o Velho Cantle foi sempre assim, todos sabem. Mas comparado com o Sr. Clym, não sou nada.

— Nenhum de nós — disse Humphrey, num tom de admiração sincera, que não era para ser ouvido pelos outros.

— De fato, não tem ninguém aqui que possa ser comparado com ele, não ficando nem em segundo lugar nem em terceiro, se eu não tivesse sido soldado nos Janotas da Região, como éramos chamados, por causa da nossa elegância — falou o Velho Cantle. — Mesmo assim, todos nós somos apenas uns rudes perto dele. Mas no quarto ano disseram que não havia ninguém mais belo em todo o Wessex do Sul do que eu, quando olhei as vitrines das lojas ao passar todo arrumado com o resto da companhia, no dia em que saímos de Budmouth, achando que Boney[1] havia desembarcado perto da ponte. Lá estava eu, ereto como um choupo novo, com a carabina no ombro, o pedernal, a baioneta, as grevas, e o cabo do mosquete colado às queixadas e o meu equipamento brilhando feito o sete-estrelo! Ah, vizinhos, a figura que eu fazia nos tempos de soldado! Precisavam me ver no ano quatro!

— O senhor Clym puxou pelo lado da mãe, benza-o Deus — disse Timothy. — Conheci os irmãos dela. Nunca foram feitos caixões tão grande em toda a região do Wessex, e dizem que os joelhos do pobre George tiveram de ir um pouco encolhidos.

— Caixões, onde? — perguntou Christian, aproximando-se. — Apareceu algum fantasma por aí, Sr. Fairway?

— Não, não! Não deixe sua mente iludir seus ouvidos, Christian. Seja homem! — censurou Timothy.

---

[1] Apelido de Napoleão Bonaparte. (N. T.)

— Eu vou ser — disse Christian. — Mas agora estou pensando na minha sombra na noite passada; tinha o formato de um caixão. O que significa a sombra lembrar um caixão, vizinhos? Não é caso para ter medo, é?

— Medo? Não! — falou o Velho Cantle. — Juro que nunca tive medo de nada, a não ser do Boney. Senão, não teria sido soldado. Sim, é uma pena que não me tenham visto naquele ano!

A essa altura, os mascarados se preparavam para ir embora, mas a Sra. Yeobright interrompeu-os, convidando-os para cear. Em nome de todos, o Papai Noel acedeu prontamente ao convite.

Eustácia ficou animada com a oportunidade de ficar mais um pouco. Lá fora, a noite fria e branca de geada era duplamente glacial. Mas permanecer mais tempo ali também tinha suas dificuldades. A Sra. Yeobright, com a falta de espaço na sala, colocou um banco para os mascarados, ao lado da porta da despensa que dava para a sala. Todos se sentaram ali em fileira, com a porta aberta, de modo que estavam praticamente todos no mesmo cômodo. A Sra. Yeobright segredou nesse momento algumas palavras ao filho, que atravessou a sala em direção à despensa, batendo com a cabeça no arranjo, e trouxe para os mascarados carne com pão, bolos, tortas, hidromel e licor de baga de sabugueiro; ele e sua mãe serviram a todos, para que a empregada pudesse sentar-se também com os convivas. Os mascarados tiraram os elmos e começaram a comer e beber.

— Certamente quer alguma coisa — disse Clym ao Cavaleiro Turco, colocando-se à frente do guerreiro com a bandeja na mão. Ela recusou e manteve a cabeça coberta, divisando-se apenas o brilho de seus olhos por entre as fitas que cobriam o seu rosto.

— Não quero nada, obrigado. — respondeu.

— Ele ainda é muito novo — disse o Sarraceno, desculpando-a — o senhor deve perdoá-lo. Não pertence ao nosso grupo, veio conosco porque o outro faltou.

— Mas precisa tomar algo — insistiu Clym. — Tome um pouco de hidromel ou de licor de baga de sabugueiro.

— Sim, é melhor beber — disse o Sarraceno. — Vai espantar o frio quando voltarmos para casa.

Embora Eustácia não pudesse comer sem descobrir a cara, era fácil beber sob a fantasia. Aceitou o licor, e o copo desapareceu entre as fitas.

Em alguns pontos desse diálogo, Eustácia questionou a segurança da sua situação, mas o fato lhe provocou uma alegria temerosa. Uma série de gentilezas dirigidas a ela, mas na verdade não para ela, para uma pessoa imaginária, pelo primeiro homem que ela se sentira inclinada a venerar, complicou suas emoções de forma incalculável. Amou-o em parte por ele ser especial naquele meio, em parte porque decidira amá-lo, e principalmente porque sentia, agora que se entediara de Wildeve, uma necessidade extrema de amar alguém. Acreditando que devia amá-lo ainda que fosse contra a sua vontade, ela sofria a mesma influência que dominara o segundo Lorde Lyttleton e outras pessoas que, tendo sonhado que iriam morrer num dia determinado, acabaram provocando esse fato pela força de uma imaginação doentia. Permitam que uma jovem admita a possibilidade de se apaixonar por alguém numa certa hora e em certo lugar, e isso certamente vai realizar-se.

Teria alguma coisa naquele momento insinuado a Clym qual era o sexo da criatura encoberta por aquele disfarce fantástico, qual era o âmbito do seu raio de ação para sentir e fazer sentir e em que medida ela ultrapassava a condição dos seus companheiros? Quando a Rainha do Amor apareceu disfarçada para Eneias, estava envolta num perfume sobrenatural que logo denunciou sua qualidade. Se alguma vez uma emanação enigmática foi projetada pelas emoções de uma mulher mortal sobre o objeto que as causava, com certeza foi algo assim que sinalizou naquele momento a Yeobright a presença de Eustácia. Ele a olhou pensativo, depois pareceu entrar num devaneio, como se esquecesse o que estava observando. Por fim, encerrou-se a situação momentânea, ele seguiu adiante e Eustácia engoliu a bebida sem saber o que bebia. O homem por quem ela decidira apaixonar-se entrou na sala menor e se dirigiu para o canto mais afastado.

Os mascarados estavam, como já foi dito, sentados num banco cuja ponta chegava até a porta da despensa, porque não havia espaço na sala externa. Eustácia, em parte por timidez, escolhera um lugar central, o que lhe permitia ver não só o interior da despensa, mas também a sala onde estavam os convidados. Quando Clym passou dirigindo-se para a despensa, os olhos dela o seguiram na sombra que reinava ali. No canto mais distante havia uma porta que, justo quando ele ia abri-la, pelo lado de dentro, outra pessoa a abriu, dissipando as sombras da despensa.

Tratava-se de Thomasin, que, com uma vela na mão, surgia ansiosa, pálida e curiosa. Yeobright mostrou-se feliz em vê-la e apertou a sua mão. — Você fez bem, Tamsie — disse ele, cordialmente, como se tivesse voltado a si ao contemplá-la. — Você decidiu descer. Fico feliz por isso.

— Psss! Não, não! — disse ela. — Vim apenas falar com você.

— Por que não fica conosco?

— Não posso. Prefiro não ficar. Não estou me sentindo bem, e vamos ter muito tempo para ficarmos juntos, já que você vai passar aqui umas longas férias.

— Mas é que é mais agradável com você. Está mesmo doente?

— Um pouco, primo. É aqui o mal — falou colocando a mão sobre o coração.

— Ah, talvez minha mãe devesse ter convidado mais alguém esta noite...

— Não, Clym! Desci apenas para lhe perguntar... — Ele então a seguiu entrando na sala privada, e a porta se fechou. Eustácia e o mascarado que estava sentado com ela, as duas únicas testemunhas do que sucedera, não viram nem ouviram mais nada.

Eustácia sentiu um calor subir-lhe à cabeça. Adivinhou logo que Clym, tendo chegado havia apenas dois ou três dias, não tinha ainda ficado sabendo da dolorosa situação de Thomasin em relação a Wildeve; e vendo-a morando ali exatamente como antes de ele deixar a casa, com certeza não suspeitava de nada. Eustácia foi imediatamente invadida por um ciúme feroz de Thomasin. Embora Thomasin ainda pudesse cultivar sentimentos ternos por outro homem, quanto tempo eles durariam, estando ela ali fechada com aquele seu primo tão interessante e viajado? Não havia como saber que tipo de afeição poderia, sem demora, brotar entre ambos, já que estavam constantemente juntos e não havia nada ali para distraí-los. O amor infantil de Clym por ela podia ter-se atenuado, mas poderia facilmente ser reavivado.

Eustácia estava exasperada com suas próprias maquinações. Que desperdício de si mesma estar ali vestida daquela maneira, enquanto a outra brilhava! Se tivesse sabido antecipadamente do resultado efetivo do encontro, moveria céus e terra para estar ali de modo natural. O efeito do seu rosto fora totalmente perdido, o encanto das suas emoções estava agora completamente dissimulado, o fascínio de seus modos sedutores, aniquilado; só lhe restara a voz. Ela avaliava o valor trágico da condenação de Eco: "Aqui ninguém tem consideração por mim" — disse ela. Esquecera-se de que, estando ali como um rapaz entre rapazes, seria naturalmente tratada como um deles. A situação a tornou tão suscetível que ela se sentiu incapaz de pensar que a desconsideração fora involuntária, embora tudo se explicasse por si, e ela própria, Eustácia, tivesse criado a situação.

As mulheres fizeram grandes conquistas valendo-se de vestes artísticas. Sem mencionarmos exemplos extremos daquelas que, como certa belíssima intérprete de Polly Peachum no início do século passado, e outra de Lydia Languish no princípio deste século, que conquistaram não apenas o amor, mas também coroas ducais, inúmeras mulheres obtiveram a satisfação inicial de conquistar o amor quase sempre que quisessem. Entretanto, ao Cavaleiro Turco tal possibilidade fora negada, por causa das fitas ondulantes que Eustácia não ousava afastar.

Clym Yeobright voltou para a sala sem a prima. Quando estava a cerca de um metro de distância de Eustácia, ele estacou, como se mais uma vez fosse dominado por um pensamento. Estava olhando fixamente para ela. Eustácia olhou para o outro lado, desconcertada, interrogando-se quanto tempo duraria aquele purgatório. Após hesitar alguns instantes, ele passou adiante.

Cortejar sua própria frustração no amor é um instinto comum em algumas mulheres arrebatadas. Sensações controversos de amor, vergonha, receio reduziam-na a um estado de extrema ansiedade. A sua vontade imediata era fugir. Os outros mascarados não demonstravam ter pressa de ir embora; e, cochichando para o rapaz ao seu lado que preferia esperar do lado de fora, Eustácia seguiu para a porta do modo mais discreto que pôde. Abriu-a e saiu.

A paisagem serena e solitária a acalmou. Andou na direção da paliçada, encostou-se nela, e olhou a Lua. Ficou algum tempo assim, até que a porta se abriu novamente. Na expectativa de que fosse o restante do grupo, Eustácia voltou-se; mas não... Clym Yeobright saíra da casa tão sutilmente quanto ela, fechando a porta atrás de si.

Ele avançou e parou ao lado dela. — Tenho uma estranha impressão — disse ele — e gostaria de lhe fazer uma pergunta. — É mulher ou estou enganado?

— Sou mulher.

Os olhos dele a esquadrinharam. — Então agora também as moças se disfarçam de mascarados? Antes não era assim.

— Agora também não o fazem.

— E por que fez isso?

— Para me divertir e me libertar da tristeza — respondeu ela, baixinho.

— O que a deixa triste?

— A vida.

— Essa é uma causa de depressão que muitos têm de suportar.

— É verdade!

Um longo silêncio. — E encontrou emoção? — perguntou finalmente Clym.

— Talvez neste momento.

— Então está aborrecida por ter sido descoberta?

— Sim, embora soubesse que poderia acontecer.

— Eu a teria convidado com prazer para nossa festa se soubesse que desejava vir. Nós nos conhecemos antes?

— Nunca.

— Não quer voltar para dentro e ficar o tempo que desejar?

— Não, não quero que mais ninguém me reconheça.

— Bom, de minha parte não precisa se preocupar.

Após refletir um pouco, acrescentou com brandura: — Não vou aborrecê-la mais. Foi um encontro excepcional, e não me arrisco a lhe perguntar a razão por que descubro uma mulher educada representando um papel desses.

Ela não lhe deu o motivo que ele parecia esperar. Clym despediu-se e depois contornou a casa até a parte dos fundos, onde ficou andando de um lado para o outro por um tempo, antes de entrar.

Eustácia, inflamada por um fogo íntimo, não teve paciência para esperar os companheiros depois daquilo. Jogou as fitas para trás do rosto, abriu o portão e seguiu pela várzea. Não andava com pressa. Seu avô, naquela hora, estava dormindo. Como Eustácia tinha o costume de passear pelos cerros nas noites enluaradas, ele não se dava conta de suas idas e vindas e, divertindo-se ao seu modo, permitia que ela fizesse o mesmo. Um assunto mais importante do que chegar em casa agora ocupava a mente de Eustácia. Se Clym Yeobright tivesse a mínima curiosidade, com certeza descobriria o nome dela. E depois? No início, ela exultou com o desfecho da aventura, embora em alguns momentos entre uma exultação e outra ficasse envergonhada e cheia de pudor. Então pensou algo que a fez gelar: de que valera a sua façanha? Continuava a ser totalmente alheia para a família Yeobright. O fantasioso halo em que envolvera aquele homem poderia causar a sua infelicidade. Como pudera apaixonar-se por um desconhecido? E, para encher o seu cálice de amargura, havia o fato de que Thomasin convivia com ele todos os dias numa proximidade inflamável; pois ela ficara sabendo algo que contrariou suas expectativas: ele permaneceria em casa um tempo considerável.

Ela chegou ao portão de Mistover, mas antes de abri-lo virou-se e olhou mais uma vez para a várzea. Rainbarrow se erguia acima dos outeiros, e acima de Rainbarrow estava a Lua. O ar estava carregado de silêncio e frio. A cena lembrou a Eustácia uma circunstância que ela esquecera por completo, até aquele momento. Prometera a Wildeve se encontrar com ele junto ao túmulo naquela mesma noite, para responder à sua proposta de fuga.

Ela mesma tinha indicado a noite e o horário. Ele provavelmente tinha ido até lá, esperado no frio e muito desapontado.

— Muito bem, assim é melhor, ele não sofreu — disse ela, serena. Wildeve se transformara num sol sem raios, como se fosse observado através de um vidro enfumaçado, e ela conseguia falar esse tipo de assunto com a maior facilidade.

Ficou pensando profundamente, e vinham ao seu espírito os modos cativantes com que Thomasin tratava o primo.

— Oh, se ela tivesse casado com Damon antes disso tudo! E teria casado se não fosse eu! Ah, se eu soubesse! Ah, se eu soubesse!

Eustácia mais uma vez levantou os olhos profundos e tenebrosos para a Lua e, dando um daqueles seus suspiros dramáticos que pareciam um estremecimento, entrou na escuridão da casa. Despiu as roupas no alpendre, enrolou tudo e seguiu para o seu quarto.

[7] A BELEZA E A EXCENTRICIDADE SE TORNAM ALIADAS

A indiferença usual do velho capitão em relação ao comportamento da neta deixava-a livre como um passarinho para fazer o que quisesse. Mas, por acaso, na manhã seguinte, ele lhe perguntou por que tinha ficado fora até tarde.

— Eu estava apenas procurando um pouco de aventura, meu avô — respondeu ela olhando pela janela num estado latente de marasmo que revelava tanta força oculta sempre que o gatilho era puxado.

— Procurando um pouco de aventura... é caso para dizer que você é um dos soldados que conheci aos 21 anos.

— Este lugar é tão solitário...

— Melhor assim. Se eu morasse numa cidade, teria de ficar o tempo todo tomando conta de você. Eu tinha certeza de que você já estaria em casa quando voltei da "Mulher".

— Não vou esconder o que fiz. Queria me aventurar, então fui com os mascarados. E fiz o papel do Cavaleiro Turco.

— Não acredito! Ah! Ah! Meu Deus, não esperava isso de você, Eustácia, nunca!

— Foi a primeira vez que atuei, e certamente será a última. Pronto, já lhe disse o que fiz. Agora não esqueça que é um segredo.

— Claro. Mas, Eustácia, você fez mesmo isso? Sim, senhor! Como algo assim teria me divertido quarenta anos atrás! Mas veja bem: não volte a fazer isso, minha filha. Você pode passear por aí de noite ou de dia como quiser, desde que não me cause problemas; e nada de andar de calças.

— Não precisa se preocupar, vovô.

A conversa acabou nesse ponto. A educação moral de Eustácia nunca excedia em matéria de severidade um diálogo desse tipo, que, se desse frutos em termos de boas obras, esse não seria um resultado caro em vista do que custara. Mas o pensamento dela logo a afastou de si mesma e, plena de um desvelo apaixonado e indescritível por alguém que nem sabia o seu nome, ela penetrou no matagal ao seu redor, tão incapacitada para o repouso como o judeu Ashverus. Estava a cerca de meio quilômetro de casa quando viu uma vermelhidão sinistra subindo de um barranco um pouco à frente, embaçada e pálida como uma chama ao sol, e concluiu que ela significava Diggory Venn.

Se os fazendeiros que quisessem adquirir um fornecimento de almagre perguntassem, naquele último mês, onde estava Venn, as pessoas responderiam: "na várzea de Egdon". A resposta era a mesma todos os dias. Ora, como Egdon era muito mais habitada por filhos da várzea e ceifadores de tojo do que por carneiros e pastores, e como os montes em que a maior parte destes últimos se localizava, alguns mais ao norte e outros mais a oeste de Egdon, a razão que o levava a acampar ali era tão desconhecida como a do povo de Israel no deserto de Zim. O lugar era central e propenso ao interesse eventual. Mas a venda de almagre não era o objetivo principal de Diggory ao prolongar sua estada na várzea, ainda mais num período tão adiantado do ano, quando os principais viajantes da sua classe costumavam permanecer em seus abrigos de inverno.

Eustácia olhou para o homem solitário. Wildeve lhe dissera no último encontro deles que a Sra. Yeobright havia lançado Venn como alguém disposto e inclusive ansioso para ser o noivo de Thomasin. A figura do rapaz era impecável, o rosto, jovem e bem esboçado, os olhos, luminosos, a inteligência, penetrante, e sua posição poderia ser elevada quando ele quisesse. Apesar de tais possibilidades, não era provável que Thomasin aceitasse aquele nômade ismaelita quando tinha ao seu alcance um primo como Yeobright, ao mesmo tempo que Wildeve não lhe era absolutamente indiferente. Eustácia não demorou a adivinhar que a pobre Sra. Yeobright, na aflição pelo futuro da sobrinha, só mencionara aquele admirador com o afã de estimular o ardor do outro. Eustácia agora estava do lado dos Yeobrights, e entrou no espírito do desejo da tia de Thomasin.

— Bom-dia, senhorita — disse o vendedor de almagre, retirando o boné de pele de lebre, aparentemente sem nenhum ressentimento por causa do último encontro.

— Bom-dia, vendedor de almagre — disse ela, sem se preocupar em levantar os olhos escuros para ele. — Eu não sabia que estava tão perto. Seu veículo está aqui também?

Venn ergueu o braço na direção de uma concavidade onde espinheiros de troncos purpúreos tinham crescido e atingido proporções tão grandes que quase formavam um vale. Os espinheiros, apesar de hostis ao tato, compõem um abrigo acolhedor no início do inverno, sendo os últimos dos arbustos decíduos a perder as folhas. A cobertura e a chaminé do carro apareciam por trás do labirinto do espinheiro.

— Você fica por aqui? — indagou ela com mais interesse.

— Sim, tenho negócios por aqui.

— Que não são só a venda de almagre?

— Não têm nada a ver com isso.

— Então deve ser por causa da Srta. Yeobright.

A face dela parecia rogar por uma trégua, por isso ele respondeu sincero: — Sim, senhorita, é por causa dela.

— Por ter proposto casamento a ela?

Venn ficou ainda mais avermelhado — Não zombe de mim, Srta. Vye — disse ele.

— Não é verdade?

— Claro que não.

Ela assim ficou convencida de que o vendedor de almagre não passava de um último recurso para a Sra. Yeobright, o qual nem sequer havia sido informado da sua promoção àquele humilde posto.

— Foi só uma ideia que me ocorreu — respondeu ela, calma, e estava prestes a seguir seu caminho sem dizer mais nada quando, ao olhar para a direita, reparou num vulto dolorosamente conhecido serpenteando por uma das trilhas que subiam ao topo onde ela estava. Por causa da sinuosidade da trilha, o vulto estava agora de costas para eles. Ela olhou depressa ao redor; havia apenas um modo de escapar daquele homem. Virando-se para Venn, ela disse: — Não se importa que eu descanse um pouco no seu carro? Os barrancos estão muito molhados para me sentar.

— É claro, vou lhe arrumar um lugar.

Ela o seguiu por trás do abrigo de espinheiros até o carro, no qual Venn subiu, dispondo o banquinho de três pés ao lado da porta.

— É o melhor que tenho — disse ele, descendo em direção à trilha, onde continuou a fumar seu cachimbo e andar de um lado para o outro.

Eustácia saltou para dentro do veículo e se sentou no banco, que ficava oculto para quem estava do lado de fora. Ouviu logo o som de outros pés além dos do vendedor de almagre, um "bom-dia" não muito cordial sendo pronunciado por dois homens ao se cruzarem e, em seguida, o gradual abrandamento dos passos de um deles seguindo o caminho. Eustácia esticou o pescoço até vislumbrar umas costas e uns ombros que se afastavam; sentiu uma forte pontada de tristeza, sem entender por quê. Era o sentimento mortificante que, se o coração que mudou encerra alguma bondade, acompanha a súbita contemplação de alguém antes amado, mas que deixou de sê-lo.

Quando Eustácia desceu para continuar o seu caminho, o vendedor de almagre se aproximou. — Foi o Sr. Wildeve que passou, senhorita — disse ele lentamente, expressando no rosto que esperava vê-la aborrecida por ter ficado ali sentada sem ser vista.

— Eu sei, vi-o subindo a colina — respondeu ela. — Por que me diz isso? — Era uma pergunta ousada, considerando-se que o vendedor de almagre sabia sobre o seu amor de outrora. Mas seu jeito reservado reprimiam as opiniões daqueles que ela tratava com distanciamento.

— Fico feliz por a senhorita poder fazer tal pergunta — disse o vendedor de almagre com atrevida sinceridade. — Agora que estou pensando no caso, vejo que está de acordo com o que eu vi a noite passada.

— Ah, o que foi? — Eustácia queria ir embora, mas também queria saber.

— O senhor Wildeve esteve muito tempo em Rainbarrow à espera de alguém que não apareceu.

— Parece que também você esperou.

— Sim, espero sempre. Fiquei feliz em vê-lo frustrado. Certamente irá lá de novo esta noite.

— Para ficar mais uma vez desapontado. Na verdade, vendedor de almagre, é que esse alguém, longe de querer impedir o casamento de Thomasin com o Sr. Wildeve, gostaria muito de contribuir com ele.

Venn ficou absolutamente atônito com a declaração, embora não o tenha demonstrado. Esse tipo de demonstração pode ser feito diante de declarações que estão a pouca distância do que se esperava, mas em geral é suspenso em casos complicados, em que há muita distância entre o que se declara e o que se espera.

— É mesmo, senhorita? — perguntou ele.

— Como sabe que o Sr. Wildeve estará outra vez em Rainbarrow esta noite? — interrogou ela.

— Ouvi-o falar para si mesmo que faria isso. Está numa exasperação bastante razoável.

Eustácia refletiu por um momento no que sentia e sussurrou, levantando os olhos negros e profundos para ele: — Gostaria de saber o que fazer. Não quero ser rude com ele, mas não desejo voltar a vê-lo, e ainda tenho coisas que quero lhe devolver.

— Se quiser enviá-las por meu intermédio, senhorita, junto com um bilhete explicando que decidiu não vê-lo mais, eu posso entregar tudo mantendo o maior segredo sobre o assunto. Seria a forma mais direta de a senhorita comunicar seus sentimentos.

— Muito bem — acentuou Eustácia. — Venha até minha casa, e lhe entrego as coisas.

Ela seguiu o caminho, e como o atalho era uma linha divisória muito estreita entre as margens da desgrenhada várzea, o vendedor de almagre seguiu exatamente atrás dela. Eustácia observou de longe que o capitão estava no barranco, varrendo o horizonte com seu telescópio, por isso pediu a Venn que aguardasse onde estava, e entrou em casa.

Retornou dez minutos depois com um pacote e um bilhete, que colocou nas mãos dele, dizendo: — Qual o seu interesse em levar isso com tanta prontidão?

— Ainda me pergunta!?

— Acredito que presume, desse modo, prestar um serviço a Thomasin. Ainda está tão interessado em favorecer esse casamento?

Venn mostrou-se um pouco comovido. — Claro que preferia me casar com ela — disse, em voz baixa. — Mas o que sinto é que ela não pode ser feliz sem ele. Assim, cumpro o meu dever de homem, ajudando-a a alcançar seu objetivo.

Eustácia olhou curiosa para aquele homem singular que falava daquela maneira. Que estranha espécie de amor, integralmente destituído daquela qualidade de egocentrismo que é com frequência o principal elemento da paixão e, às vezes, o único! O desinteresse do vendedor de almagre merecia tanto respeito que excedia o respeito, tornando-se quase incompreensível. Eustácia o considerou quase absurdo.

— Estamos finalmente então os dois de acordo! — disse ela.

— Sim — retrucou, melancólico, Venn. — Mas eu ficaria mais calmo se me dissesse por que razão está tão preocupada com ela. É algo estranho e inesperado!

Eustácia ficou embaraçada. — Não posso lhe dizer — respondeu ela, com frieza.

Venn não disse mais nada. Colocou a carta no bolso, fez uma vênia a Eustácia e foi-se embora.

Rainbarrow já voltara a se fundir com a noite quando Wildeve subiu a longa trilha da encosta. Quando ele atingiu o topo, um vulto apareceu logo atrás dele. Era o mensageiro de Eustácia. Ele tocou no ombro de Wildeve. O agitado estalajadeiro e ex-engenheiro se assustou, como o demônio ao contato da lança de Ituriel.

— O encontro é sempre às oito horas, neste lugar — disse Venn. — E aqui estamos nós três.

— Nós três? — perguntou Wildeve, e olhou de relance ao redor.

— Sim, o senhor, eu e ela. Isto é ela! — E estendeu a carta e o pacote.

Wildeve os pegou, surpreso. — Não estou compreendendo o que isto significa — disse ele. — Como veio parar aqui? Algo está errado, com certeza.

— Tudo vai ficar claro quando ler a carta. Luz, para começar...

O vendedor de almagre acendeu com um fósforo uma vela de sebo do tamanho de três centímetros que trouxera, e protegeu-a com o boné.

— Quem é você? — questionou Wildeve, distinguindo na claridade da vela alguém com um tom avermelhado ao seu lado. — É o vendedor de almagre que vi de manhã no outeiro, é o homem que...

— Por favor, leia a carta.

— Se fosse da parte da outra, eu não me admirava! — falou Wildeve, enquanto abria a carta e começava a ler. Seu rosto ficou sério.

"Ao senhor Wildeve

Após considerar por algum tempo, decidi de uma vez por todas que não devemos mais falar um com o outro. Quanto mais penso no assunto, mais tenho a certeza de que é preciso acabar o nosso relacionamento. Se tivesse sido leal nestes dois anos, agora teria fundamento para me acusar de ser cruel, mas considerando com frieza o que tolerei no período em que me abandonou, e como suportei o seu cortejo de outra, sem que uma só vez interviesse no assunto, acredito que me dará razão por ter sondado os meus sentimentos, agora que voltou para mim. Que tais sentimentos já não sejam o que foram em relação ao senhor pode ser, talvez, fraqueza minha, mas afinal é algo pelo que dificilmente poderá me censurar se se lembrar como me deixou por Thomasin.

Estou devolvendo os presentes que me ofereceu no início de nossa amizade; seguem pelo portador desta carta. Na verdade, eu deveria ter remetido tudo assim que soube do seu compromisso com ela.

Eustácia."

Quando Wildeve chegou à assinatura, a inquietação com que lera a primeira parte da carta intensificou-se até se transformar em mortificação.

— Fui feito duplamente de bobo! — resmungou ele, irritado. — Sabe o que está escrito nesta carta?

O vendedor de almagre trauteou uma canção.

— Não quer responder? — interrogou Wildeve, nervoso.

— *Larai, larai lá...* — cantou o vendedor.

Wildeve ficou olhando o chão em volta dos pés de Venn, depois permitiu que seus olhos fossem subindo pelo vulto de Diggory, iluminado pela vela, até chegar ao seu rosto. — Ah! Ah! Muito bem, acho que é benfeito para mim, me lembrar de como brinquei com as duas — disse para si mesmo e para Venn. — Mas das coisas esquisitas que vi, a mais esquisita de todas é o fato de você ir contra seu próprio interesse trazendo esta carta para mim.

— Interesse?

— Claro, era do seu interesse não fazer nada que me levasse a cortejar novamente Thomasin, agora que ela aceitou seu pedido ou coisa que o valha. A Sra. Yeobright disse que você vai se casar com ela. Então não é verdade?

— Meu Deus! Já ouvi isso antes, mas não acreditei. Quando ela falou isso?

Wildeve começou a cantarolar, como o vendedor tinha feito.

— Não acredito nisso! — exclamou Venn.

— *Larai, larai lá* — emendou Wildeve.

— Como é fácil imitar! — disse Venn, com rancor. — Vou tirar isso a limpo agora mesmo.

Diggory se afastou, pisando fortemente, enquanto Wildeve o fitava com um desprezo irônico, como se Venn não fosse mais do que um filho da várzea. Quando o vulto do vendedor de almagre desapareceu, Wildeve desceu também, penetrando na profundidade tenebrosa do vale.

Perder as duas mulheres, logo ele que fora cobiçado pelas duas, era uma ironia maior do que ele conseguia aturar. Para sair decentemente da situação, teria de recorrer a Thomasin e, após estar casado, o remorso de Eustácia, pensava ele, iria instalar-se no coração dela por um longo e amargo período. Não causava surpresa que Wildeve, ignorando que havia um novo homem na cena, pensasse que Eustácia representava um papel. Para acreditar que a carta não era fruto de um instante de despeito; para inferir que Eustácia realmente o estava abandonando, ele precisaria ter o conhecimento prévio da transformação ocorrida nela, causada por esse novo homem. Quem adivinharia que fora a avidez por uma nova paixão que a tornara pródiga; que, por lhe desejar o primo, ela procedia generosamente com a jovem; que, em sua ânsia de se apropriar, ela cedia?

Plenamente decidido a se casar o quanto antes e atormentar o coração da orgulhosa jovem, Wildeve continuou no seu caminho.

Enquanto isso, Diggory Venn voltara ao seu veículo, onde estava parado olhando pensativamente para o fogareiro. Um novo horizonte se abria para ele. Mas independentemente de serem auspiciosas as ideias da Sra. Yeobright sobre a possibilidade de ele ser o pretendente à mão da sua sobrinha, havia uma condição obrigatória para ele ter a afeição de Thomasin: abdicar do seu modo atual de vida, quase selvagem. Nisso ele não via dificuldade.

Ele não podia esperar até o dia seguinte para ver Thomasin e detalhar o seu plano. Começou logo a fazer a toalete, tirou de um caixote um terno e em vinte minutos surgiu com outro aspecto perante a lamparina do carro, e já não parecia o vendedor de almagre... se não fosse pelo rosto. A tinta vermelha não era removida num dia. Fechou a porta do carro com o cadeado e se pôs a caminho de Blooms-End.

Ele atingira a paliçada branca e colocara a mão no portão quando a porta da casa se abriu e fechou rapidamente. Um vulto feminino se esgueirara para dentro. Ao mesmo tempo, um homem, que aparentemente estivera com a mulher na entrada, saiu da casa e veio avançando, até que ficou cara a cara com Venn. Era Wildeve novamente.

— Que homem ágil! Andou bem rápido — disse Diggory, com sarcasmo.

— E você devagar, como há de ver — disse Wildeve. — E pode fazer o caminho de volta — continuou, com voz baixa. — Pedi-a em casamento e fui aceito. Boa-noite, vendedor de almagre! — completou Wildeve, e depois se afastou.

Venn ficou desiludido, mesmo que não tivesse cultivado muita esperança. Apoiou-se na paliçada por uns quinze minutos, tomado pela indecisão. Depois seguiu pela trilha do jardim, bateu à porta e perguntou pela Sra. Yeobright.

Em vez de mandá-lo entrar, ela veio até a porta. Os dois conversaram em voz baixa cerca de dez minutos ou mais. Por fim, a Sra. Yeobright se retirou, e Venn voltou sobre os próprios passos até a várzea. Quando atingiu de novo seu veículo, acendeu a lamparina, e com um ar apático começou a tirar a sua melhor roupa, até que, ao fim de alguns instantes, reapareceu como o consumado e irremediável vendedor de almagre que sempre fora.

[8] A OBSTINAÇÃO SE REVELA NUM CORAÇÃO AMÁVEL

Naquela tarde o interior de Blooms-End, embora calmo e confortável, permanecera em silêncio. Clym Yeobright estava ausente. Desde a festa do Natal, ele partira para fazer uma visita de alguns dias a um amigo que morava a uns 15 quilômetros dali.

O vulto impreciso que Venn tinha visto separando-se de Wildeve na entrada e logo ingressando na casa era o de Thomasin. Quando ela entrou, deixou cair a capa em que se embrulhara negligentemente e avançou para a parte iluminada da sala onde a Sra. Yeobright estava à sua mesa de trabalho, que fora arrastada para perto do escabelo, de forma que parte dela se projetava para dentro do canto da chaminé.

— Não gosto que saia sozinha depois de anoitecer, Thomasin — acentuou a tia, calma, sem levantar os olhos do trabalho.

— Eu só estava do lado de fora.

— Para quê? — perguntou a Sra. Yeobright, impressionada com uma mudança no tom de voz de Thomasin, o que a fez observar atentamente a sobrinha. O rosto da jovem estava mais ruborizado do que habitualmente, mais do que nos tempos mais felizes, e os olhos luziam.

— Foi ele que me procurou! — explicou ela.

— Bem me pareceu.

— Quer que o casamento seja o mais rápido possível.

— É mesmo? Está tão ansioso assim? — indagou a Sra. Yeobright, fitando a sobrinha fixamente. — E por que o senhor Wildeve não entrou?

— Não quis. Disse que a senhora não gosta dele. Quer que o casamento seja depois de amanhã, o mais íntimo possível, e que se realize na paróquia dele, não na nossa.

— E o que você disse a ele?

— Disse que sim — respondeu, firme, Thomasin. — Agora sou uma mulher prática. Não acredito nos corações, de jeito nenhum. Eu me casaria com ele em qualquer circunstância desde... desde a carta de Clym.

Havia uma carta no cesto de trabalho da Sra. Yeobright e, após ouvir Thomasin, a tia voltou a abri-la e a leu pela décima vez naquele dia:

"O que quer dizer essa história absurda que estão falando por aí sobre Thomasin e o senhor Wildeve? Eu qualificaria esse escândalo de humilhante se houvesse a possibilidade mínima de o caso ser verdadeiro. Como pôde ter surgido algo tão grosseiro e falso? Diz-se que é necessário se ausentar para ter notícias de casa, e parece que comigo aconteceu assim. É evidente que nego o caso em toda parte, mas é muito vergonhoso, e fico me perguntando como esses comentários tiveram origem. É demasiado ridículo que uma jovem como Thomasin possa mortificar-nos com algo assim: ser rejeitada no dia do seu casamento. O que foi que ela fez?".

— Sim — disse, entristecida, a Sra. Yeobright, largando a carta. — Se você acredita que deve se casar com ele, case-se então. Se ele deseja uma cerimônia discreta, que assim seja. Não posso fazer mais nada. Tudo está em suas mãos. A minha participação em sua felicidade acabou no momento em que você deixou esta casa para ir com ele até Anglebury — continuou ela, com certa amargura: — Chego até a me perguntar por que você me consulta agora sobre o assunto. Se tivesse casado com ele sem me dizer nada, não me zangaria, pois, minha querida, você não tem alternativa.

— Não fale assim que me desanima.

— Você tem razão, não falo mais nada.

— Não estou intercedendo por ele, tia. A natureza humana é fraca, e não sou cega para insistir que ele é perfeito. Já pensei assim, agora não penso mais. Mas sei o que devo fazer, e a senhora sabe que eu sei. Espero que aconteça o melhor.

— Eu também, e espero que continuemos pensando assim — disse a Sra. Yeobright levantando-se e beijando-a — Então o casamento será, se realmente se realizar, na manhã em que Clym irá voltar para casa?

— Sim. Decidi que tudo deve estar concluído antes do retorno dele. Após isso, a senhora poderá encará-lo de frente, e eu também. Os nossos segredos não terão mais importância.

A Sra. Yeobright aquiesceu e disse: — Quer que eu sirva de testemunha? Estou decidida a fazê-lo, depois de ter proibido que corressem os proclamas; creio que é o mínimo que devo fazer.

— Não me parece que ele queira convidá-la — disse Thomasin, desgostosa mas decidida. — Suponho que não ficaríamos à vontade. É melhor que estejam lá só estranhos e ninguém da minha família. Prefiro assim. Não quero fazer nada que possa manchar a sua reputação, e sinto que não ficaria bem se a senhora estivesse presente, depois de tudo o que aconteceu. Sou apenas a sua sobrinha, não vejo necessidade de se incomodar por minha causa.

— Muito bem, ele nos derrotou — disse a tia. — Realmente parece que ele andou brincando com você dessa forma para se vingar por eu tê-lo humilhado como humilhei, me opondo a ele no início.

— Oh, não, tia — murmurou Thomasin.

Não falaram mais no assunto. Em seguida, Diggory Venn bateu na porta e a Sra. Yeobright, ao voltar da conversa com ele na entrada da casa, comentou num tom casual: — Outro apaixonado veio pedir você em casamento.

— Como assim?

— Sim, foi aquele moço esquisito, Venn.

— Pediu permissão para me fazer a corte?

— Pediu; e eu lhe disse que tinha chegado tarde.

Thomasin olhou calada a chama do candeeiro. — Pobre Diggory! — disse ela. — Em seguida, distraiu-se com outras coisas.

O dia seguinte foi passado com ocupações mecânicas dos preparativos, estando as duas mulheres ansiosas por mergulhar neles para se furtarem do aspecto emocional da questão. Algumas peças de roupa e outros artigos de enxoval foram escolhidos para Thomasin, fazendo-se frequentes observações sobre pormenores domésticos, no intuito de dissipar qualquer presságio secreto sobre o seu futuro como mulher de Wildeve.

Chegou o dia do casamento. O combinado com Wildeve era que ele a encontraria na igreja, para evitar qualquer curiosidade inconveniente que poderia incomodá-los, caso os dois fossem vistos caminhando juntos na estrada principal.

A tia e a sobrinha estavam no quarto onde esta se vestia de noiva. O sol batia nos cabelos de Thomasin, que ela costumava usar numa trança. O formato da trança se modificava de acordo com o calendário; conforme a importância do dia, mais numerosas eram as pontas. Nos dias comuns de trabalho, ela a fazia com três pontas; nos domingos, com quatro; nas festas de maio, nas quermesses e festejos similares, com cinco. Anos antes, a moça afirmara que, quando se casasse, faria uma de sete. Naquele dia, ela estava exibindo uma trança de sete pontas.

— Estive pensando em usar o vestido de seda azul — disse ela. — Afinal, é o dia do meu casamento, embora ele não seja muito alegre. Quero dizer — emendou ela para corrigir qualquer má interpretação — não é triste em si, mas por ser precedido de tantas decepções e tantos aborrecimentos.

A Sra. Yeobright respirou de maneira que lembrava um suspiro. — Quase desejo que Clym estivesse conosco — disse ela —. É claro que você escolheu este dia porque ele não estará aqui.

— Em parte. Senti que procedi mal com ele não lhe contando nada do que aconteceu; mas, como fiz isso para não lhe causar descontentamento, julguei que seria melhor levar o plano até o fim e contar depois, quando as coisas estivessem menos turbulentas.

— Você é uma jovem prática — disse, sorrindo, a Sra. Yeobright. — Desejo que você e ele... não, não vou desejar nada. Olhe, são nove horas — interrompeu ela, ouvindo um zumbido seguido do badalo no andar térreo.

— Falei a Damon que sairia às nove — disse Thomasin, deixando apressada o quarto.

A tia foi atrás dela. Quando Thomasin seguia pelo caminho que levava da porta ao portão, a Sra. Yeobright olhou contrariada para ela e disse: — É uma vergonha deixá-la ir sozinha.

— Tem de ser assim! — falou Thomasin.

— De qualquer forma — acrescentou a tia, com uma jovialidade forçada — vou visitá-la esta tarde e levarei o bolo comigo. Se, nessa altura, Clym tiver regressado, talvez vá comigo também. Quero mostrar ao senhor Wildeve que não tenho rancor. Esqueçamos o passado. Bem: Deus a abençoe! Olhe, eu não acredito nas superstições antigas, mesmo assim tenho de fazer isso. — E atirou um chinelo na direção da jovem que já se afastava. Ela se virou, riu e seguiu em frente.

Avançou mais um pouco e olhou para trás. — Me chamou, tia? — perguntou com a voz trêmula. — Adeus!

Movida por um sentimento que não conseguia controlar, ao ver o rosto em lágrimas e abatido da tia, correu para trás enquanto a Sra. Yeobright avançava, e se abraçaram. — Oh, Tamsie — disse a tia, chorando. — É tão difícil vê-la partir!

— Eu... eu estou... — começou Thomasin, comovida também. Mas, dominando o seu pesar, disse adeus outra vez, e seguiu seu caminho.

A Sra. Yeobright viu uma figura pequena seguindo entre os arbustos espinhosos do tojo, e diminuindo aos poucos, vale acima; uma mancha azul se deslocando num vasto campo marrom: solitária, sem defesa exceto a força de sua própria esperança.

Todavia, o pior disso tudo não se descortinava na paisagem; o pior era o homem. O horário escolhido por Wildeve e Thomasin para a cerimônia fora aquele para evitarem um encontro embaraçoso com o seu primo Clym, que regressaria naquela manhã. Reconhecer uma verdade parcial do que lhe fora dito seria desolador enquanto se mantivesse a posição degradante que resultara do fato. Só após a segunda e bem-sucedida ida ao altar ela poderia erguer a cabeça e comprovar que o fracasso da primeira tentativa fora um mero acidente.

Não se passara ainda meia hora que Thomasin saíra de Blooms-End, quando Yeobright, vindo do lado oposto da estrada, entrou na casa.

— Comi cedo — falou para a mãe, depois de cumprimentá-la. — Poderia comer mais alguma coisa agora.

Sentaram-se para que ele fizesse a refeição, e ele continuou falando com uma voz baixa e ansiosa, aparentemente imaginando que Thomasin não descera ainda.

— Que história é essa que me contaram sobre Thomasin e Wildeve?

— É verdadeira em muitos pontos — falou calmamente a Sra. Yeobright. — Mas espero que agora esteja tudo resolvido — completou, olhando para o relógio.

— Verdadeira?

— Thomasin foi encontrá-lo hoje.

Clym empurrou o prato no qual comia. — Então existe algum tipo de escândalo, e isso está angustiando Thomasin. Foi o que a deixou doente?

— Sim, mas não foi um escândalo, e sim uma desgraça. Já lhe conto tudo, Clym. Você não deve se zangar, mas deve ouvir, e vai ver que o que fizemos foi o melhor.

Ela então lhe contou as circunstâncias. Tudo o que ele soubera, antes de regressar de Paris, foi que havia certo encanto de Thomasin por Wildeve, que sua mãe no início reprovara. Depois, tendo ouvido os argumentos de Thomasin, ela se tornara aos poucos mais favorável. Por isso, quando ela deu início ao relato completo do caso, ele se surpreendeu e ficou extremamente perturbado.

— E ela decidiu que o casamento deveria ser realizado antes de você retornar — disse a Sra. Yeobright — para não correr o risco de encontrá-lo e ficar envergonhada. — Essa é a razão de ela ter ido encontrar Wildeve: resolveram se casar esta manhã.

— Não consigo entender essa história — disse Yeobright, levantando-se. — Não parece comportamento dela. Entendo agora por que a senhora não me escreveu depois do infeliz retorno dela. Mas quando o casamento estava para acontecer da primeira vez, por que não me avisou?

— Porque estava irritada com ela. Parecia-me obstinada; e quando vi que você não significava nada para ela, prometi a mim mesma que ela não seria nada para você também. Senti que, afinal, ela era apenas a minha sobrinha. Consenti que se casasse, mas lhe disse que eu não daria atenção a isso e que também não iria aborrecer você com essa história.

— Fez mal, não ia me aborrecer, mãe.

— Achei que isso ia atrapalhar seus negócios, transtornar alguma coisa, ou perturbar de alguma forma seus projetos. Por isso não quis lhe dizer nada. É claro que, se tivessem casado naquela época, dentro das normas, eu o avisaria imediatamente.

— Thomasin se casando agora, e nós aqui sentados!

— É verdade, a não ser que ocorra novo incidente como na primeira vez. E é possível acontecer, visto que se trata do mesmo homem...

— Sim, e acho que vai acontecer. Foi certo deixá-la ir? E se Wildeve for um mau caráter?

— Nesse caso, ele não vai comparecer e ela voltará para casa outra vez.

— A senhora devia ter considerado melhor o caso.

— É inútil você dizer isso — respondeu a mãe, com o olhar triste e inquieto. — Você não tem ideia dos momentos difíceis que passamos durante todas essas semanas, Clym. Não sabe como é humilhante para uma mulher qualquer situação desse tipo. Não imagina as noites em claro que passamos nesta casa e as palavras quase amargas que trocamos desde aquele 5 de novembro. Deus queira que eu não volte a passar sete semanas assim! Thomasin nem se atrevia a sair de casa, e eu me envergonhava de encarar qualquer pessoa. E agora você me recrimina por tê-la deixado fazer a única coisa que pode consertar toda a situação.

— Não! — respondeu ele, devagar. — De modo geral, não a recrimino. Mas pense como tudo isso parece repentino para mim. Estava aqui sem saber de nada, de repente me dizem que Thomasin partiu para se casar. Sim, acho que foi o melhor a fazer. A senhora sabia — continuou Clym, depois de um ou dois minutos, parecendo repentinamente interessado em sua própria vida pregressa — que tempos atrás eu via Thomasin como minha namorada? Isso mesmo. Como os jovens são insensatos! E quando voltei e a vi agora, ela me pareceu muito mais afetuosa do que antes, e me lembrei daqueles tempos, sobretudo na noite da festa, quando ela não se sentia muito bem. E fizemos a festa mesmo assim... será que não foi impiedoso com ela?

— Não fez diferença. Eu tinha planejado fazer a festa, e não adiantava ficarmos mais tristes que o necessário. Ficarmos em casa fechados contando para você os dilemas de Thomasin seria uma forma mesquinha de lhe darmos as boas-vindas.

Clym ficou refletindo. — De certo modo, fico desejando que a senhora não tivesse feito aquela festa, e por outros motivos. Mas isso vou lhe contar daqui a um ou dois dias. Agora é preciso pensar em Thomasin.

Os dois ficaram em silêncio.

— Vou lhe dizer uma coisa — repetiu Clym num tom revelador de que algum sentimento ainda dormitava nele. — Não foi muito amável para com Thomasin deixá-la se casar desse jeito, sem nenhum de nós lá para alegrá-la e cuidar um pouco dela. Ela não se desgraçou, nem fez nada para merecer isso. Já é ruim o bastante que o casamento seja realizado às pressas e de forma muito simples. E ainda por cima o fato de não estarmos presentes! Palavra de honra, é quase uma vergonha. Vou até lá.

— A esta hora já acabou — falou a mãe, suspirando —, a não ser que tenha havido algum atraso ou ele ...

— Mesmo assim irei a tempo de os ver sair. Não gostei que a senhora tenha escondido isso tudo de mim. Para ser sincero, até torcia para que ele não aparecesse!

— Para lhe manchar a reputação?!

— Besteira! Isso não arruinaria a reputação de Thomasin.

Ele pegou o chapéu e saiu da casa rapidamente. A Sra. Yeobright ficou parada, com um ar infeliz, imersa em seus pensamentos. Mas não ficou só por muito tempo. Minutos depois, Clym voltou na companhia de Diggory Venn.

— Já não havia tempo para chegar até lá. — disse Clym.

— Ela se casou? — perguntou a Sra. Yeobright, voltando para o vendedor de almagre um rosto que transparecia uma estranha batalha de sentimentos contraditórios.

Venn inclinou-se. — Já, sim, senhora.

— Como isso me soa estranho! — murmurou Clym.
— E ele não a desapontou desta vez? — perguntou a Sra. Yeobright.
— Não. E agora o nome dela não está mais manchado. Vim depressa para informá-la, já que percebi que não estava presente.
— Por que o senhor estava lá? Como sabia de tudo? — inquiriu ela.
— Eu estava por ali fazia algum tempo, quando os vi entrar — disse o vendedor de almagre. — Wildeve chegou exatamente na hora. Não esperava isso dele.

Venn não quis revelar, como poderia ter feito, que não fora por coincidência que se encontrava naquela região. Desde que Wildeve havia recuperado seu direito à mão de Thomasin, Venn, com a meticulosidade que caracterizava sua personalidade, havia determinado que iria acompanhar a conclusão da história.

— Quem estava lá? — perguntou a Sra. Yeobright
— Quase ninguém. Fiquei a distância, e ela não me viu. — O vendedor de almagre tinha a voz rouca e olhava para o jardim.
— Quem serviu de testemunha?
— A Srta. Vye.
— Mas que surpresa! A Srta. Vye, suponho que isso deva ser considerado uma honra!
— Quem é a Srta. Vye? — perguntou Clym.
— A neta do capitão Vye, de Mistover Knap.
— Uma moça presunçosa de Budmouth — disse a Sra. Yeobright. — Alguém que não tem a minha simpatia. As pessoas dizem que é uma bruxa, o que é um absurdo, é claro.

O vendedor de almagre guardou para si mesmo a sua relação com aquela bela personagem, bem como o fato de Eustácia ter estado lá porque ele fora buscá-la, como lhe prometera previamente, assim que soubesse a data do casamento. Ele continuou a narração:

— Eu estava sentado junto ao muro do pátio da igreja quando os dois apareceram, cada um chegando de um lado; e a Srta. Vye estava andando por ali, olhando as sepulturas. Assim que os dois entraram, segui na direção da porta, sentindo que gostaria de assistir à cerimônia, já que a conhecia tão bem. Tirei as botas porque elas faziam muito barulho e subi até o coro. Vi então que o pároco e o sacristão já estavam lá.

— Como foi que a Srta. Vye acabou participando da cerimônia, se estava apenas passeando por ali?

— Porque não havia mais ninguém. Ela tinha entrado na igreja pouco antes de mim, mas não tinha ido para o coro. O pároco olhou ao redor antes de começar, e, como ela era a única pessoa próxima, ele fez um sinal e ela se aproximou do altar. Quando chegou o momento de assinar o livro, ela levantou o véu, assinou e Thomasin lhe agradeceu a amabilidade.

O vendedor de almagre descreveu o caso com ar pensativo, pois permanecia em sua mente o momento em que Wildeve mudara de cor, quando Eustácia ergueu o véu espesso que a impedia de ser reconhecida, e olhou para ele serenamente.

— Então vim embora — continuou Diggory, triste —, porque a história dela como Thomasin Yeobright tinha acabado.

— Eu quis ir — disse, arrependida, a Sra. Yeobright — mas ela falou que não precisava...

— Enfim, não tem importância — disse o vendedor de almagre. — O assunto está finalmente encerrado como já devia estar desde o princípio, e que Deus a faça feliz. Agora, bom-dia.

Colocou o boné na cabeça e saiu.

Desde o instante em que deixara a casa da Sra. Yeobright, o vendedor de almagre não voltou a ser visto em Egdon ou nas redondezas durante vários meses. Desapareceu completamente. Na manhã seguinte, o local dos espinheiros onde seu carro ficava surgiu vazio como antes e quase nem um sinal restou para demonstrar que ele estivera ali, senão palha, e nas turfas um pouco de almagre que a primeira chuva lavou.

O relato que Diggory fizera sobre o casamento era exato até certo ponto. Houvera a omissão involuntária de um importante detalhe que lhe havia escapado porque ele estava distante, no fundo da igreja. Enquanto Thomasin assinava trêmula o seu nome, Wildeve encarou Eustácia com um olhar que queria dizer: "Agora a castiguei". Ela respondeu em voz baixa, e ele não imaginava a medida de sua sinceridade: "Está enganado, tenho o maior prazer em testemunhar que hoje ela se tornou sua mulher".

LIVRO III
FASCINAÇÃO

[1] "MINHA MENTE PARA MIM É UM REINO INTEIRO"

Na face de Clym Yeobright se prenunciava vagamente a fisionomia típica do futuro. Se houvesse um período clássico nas artes no futuro, o seu Fídias iria reproduzir rostos semelhantes. A concepção de vida como algo a suportar, que substitui o deleite pela vida, tão intenso nas civilizações ancestrais, deverá no fim das contas entrar tão profundamente na constituição das raças avançadas que sua expressão fisionômica será aceita como novo ponto de partida para a arte. As pessoas já sentem que um homem que vive sem conturbar uma linha da sua aparência ou sem imprimir em qualquer parte do seu físico a marca das apreensões mentais encontra-se muito afastado das percepções modernas para ser de fato um tipo de pessoa moderna. Os homens fisicamente belos, glória da raça quando ela era jovem, são agora um anacronismo; e poderemos mesmo perguntar se não virão tempos em que as mulheres fisicamente belas serão também um anacronismo.

A verdade se apoia no seguinte: séculos de desilusões modificaram constantemente a concepção helênica da vida ou qualquer nome que se queira dar-lhe. Aquilo de que os gregos apenas suspeitavam nós sabemos bem; o que o senhor Ésquilo imaginou, nossas crianças de colo já sentem. Aquele antigo desfrute da vida torna-se cada vez mais impossível, à medida que descobrimos as deformações das leis naturais e que observamos o dilema em que o homem se encontra sob o governo dessas leis.

As linhas fisionômicas que irão compor os ideais baseados nessa nova concepção serão possivelmente similares às de Clym Yeobright. O observador era seduzido pelo seu rosto, como se se tratasse não de um quadro, mas de uma página; não pelo que era, mas pelo que registrava. As suas feições eram atraentes à luz dos símbolos, da mesma forma como os sons vulgares se tornam interessantes no conjunto da linguagem e as formas intrinsecamente simples se tornam interessantes na escrita.

Ele fora um jovem que prometia alguma coisa. Para além disso, só havia caos. Tanto era possível que triunfasse de maneira original, como era admissível que se arruinasse de maneira original. O que era indiscutivelmente certo era que ele não ficaria limitado às circunstâncias em que nascera.

Por essa razão, quando algum proprietário da região mencionava o seu nome, o interlocutor dizia: "Ah, Clym Yeobright, o que ele anda fazendo agora?". Quando a pergunta instintiva sobre alguém é: "O que ele anda fazendo?", a expectativa é de que a pessoa em causa não se encontre fazendo algo ordinário, como a maior parte de nós. Existe a vaga sensação de que essa pessoa está apossando-se de um terreno original, seja isso bom ou mau. Espera-se com fervor que esteja realizando uma obra positiva. Mas a convicção secreta nos diz que está envolvido numa enorme trapalhada. Alguns respeitáveis comerciantes, clientes habituais da Mulher Tranquila, quando passavam com suas carruagens tinham predileção pelo assunto. Embora não fossem de Egdon, dificilmente se recusavam a comentar sobre Clym, enquanto entornavam suas canecas de barro, olhando pela janela a vastidão da várzea. Clym estava tão identificado com a várzea desde a infância, que era difícil alguém não pensar nele quando a contemplava. Por isso, o assunto sempre vinha à baila; se estivesse construindo sua notoriedade e poupando dinheiro, melhor para ele, se estivesse fazendo figura triste pelo mundo, ótimo para uma narrativa.

O fato era que, antes de Yeobright deixar sua casa, a sua fama já se disseminara de maneira extravagante. O jesuíta espanhol Baltasar Gracián asseverou que: "É mau que a nossa fama exceda as nossas possibilidades". Aos seis anos ele criou uma adivinha com base na Bíblia: "Qual o primeiro homem a usar calças?",[1] e os aplausos soaram para além da várzea. Aos sete pintou a batalha de Waterloo com pólen de lírio-tigre e suco de groselha preta, na falta de aquarela. Dessa forma, com doze anos era conhecido como artista e sábio, pelo menos num raio de cinco quilômetros. Alguém cuja fama se espalha por três ou quatro mil metros, demandando para isso o mesmo tempo que nas mesmas circunstâncias a dos outros precisa para ultrapassar seiscentos ou oitocentos metros, tem necessariamente alguma coisa especial dentro de si. É provável que a fama de Clym, como a de Homero, devesse algo às contingências da sua situação. De qualquer maneira, afamado ele era.

Cresceu e foi favorecido na vida. A sorte zelosa que fez Clive começar como empregado de escritório, Gay, como comerciante de tecidos, Keats, como cirurgião e milhares de outros em milhares de outras formas delirantes, expatriou o rapaz da indômita e ascética várzea para lhe oferecer uma profissão a que se ligavam os símbolos da vaidade e da indulgência.

Não é necessário especificar as minudências dessa escolha de profissão para ele. Quando seu pai morreu, um cavalheiro das redondezas gentilmente se ofereceu para dar ao rapaz uma oportunidade, o que se traduziu em levá-lo para Budmouth. Clym não queria ir para lá, mas esse era o único ponto de partida possível. De lá seguiu para Londres, e de Londres, logo depois, para Paris, onde ficou até aquele momento.

Como todos esperavam algo de Yeobright, fazia poucos dias que ele estava em casa e uma grande curiosidade já se espalhara pela várzea sobre as razões por que prolongava tanto sua estadia. O tempo normal do feriado já acabara, mas ele não ia embora. Na manhã do domingo após o casamento de Thomasin, uma discussão

---

[1] Trocadilho intraduzível, mas que pode ser explicado da seguinte forma: existe uma Bíblia intitulada "Breeches Bible"; a palavra "breeches" significa, também, "calças", e é usada nessa Bíblia para designar as folhas de parreira que Adão e Eva usaram após o pecado original. (N.T.)

sobre o assunto se desenvolvia na frente da casa de Fairway, onde fora improvisada uma barbearia. Ali os cortes de cabelo sempre eram realizados nessa hora e nesse dia, e em seguida vinha o grande banho de domingo às 12 horas, após o que todos vestiam suas roupas domingueiras. Na várzea de Egdon, o domingo não começava propriamente antes da hora de jantar, e era ainda assim um dia meio maltratado.

Os cortes de cabelo dominicais eram realizados por Fairway. A vítima sentava em mangas de camisa no tronco de cortar lenha, na frente da casa, enquanto os vizinhos tagarelavam em volta, observando ociosos as madeixas subirem com o vento após as tesouradas, e desaparecerem no ar. Tanto no inverno como no verão, a cena era a mesma, a não ser quando ventava mais do que o habitual, então colocavam o banco uns metros para o canto, levando-o para a lateral da casa. Reclamar do frio por estar ao ar livre, sem chapéu e sem casaco, enquanto Fairway contava histórias verdadeiras entre uma tesourada e outra, equivaleria a deixar de ser homem. Tergiversar, fazer exclamações ou retrair o músculo da face por causa dos ligeiros cortes abaixo das orelhas, ou um arranhão no pescoço feito pelo pente, qualquer dessas atitudes seria considerada uma infração das boas maneiras, já que Fairway fazia tudo de graça. Um sangramento na cabeça nas tardes de domingo era justificado do seguinte modo: "Sabe, cortei o cabelo".

A conversa sobre Yeobright começara por terem visto o jovem mancebo perambulando ao longe, calmo, na várzea em frente.

— Um homem que estivesse bem noutro lado, não se demorava aqui duas ou três semanas sem uma razão — disse Fairway. — Está com alguma ideia na cabeça, podem acreditar.

— Mas aqui ele não pode dirigir uma loja de diamantes! — disse Sam.

— Não entendo por que trouxe dois baús tão pesados para casa, se não veio para ficar muito tempo, e o que existe para ele fazer, só Deus sabe.

Antes que tivessem aventado muitas hipóteses Yeobright se aproximou e, vendo o grupo a cortar os cabelos, desviou-se para ir ao seu encontro. Depois de avançar e observar atentamente as feições, ele disse sem preâmbulos: — Olá, meus caros, deixem-me adivinhar sobre o que estavam falando.

— Sim, tente adivinhar! — disse Sam.

— Era sobre mim.

— Eis uma coisa que não pensaria dizer se o senhor não adivinhasse — disse Fairway, com sinceridade —, mas já que falou sobre o assunto, Sr. Yeobright, admito que estávamos falando sobre o senhor. Discutíamos a razão por que ainda se encontra por aqui folgando, quando tem o nome célebre no comércio das pedras. Essa é a verdade.

— Pois vou lhes revelar tudo — respondeu Clym Yeobright, com um inesperado ar de seriedade. — Não estou descontente por ter a oportunidade de o fazer. Retornei para casa porque, considerando todas as coisas, aqui posso ser um pouco menos inútil do que em qualquer outra parte. Mas descobri isso há pouco tempo. Quando saí daqui a primeira vez, julguei que não valia a pena perder tempo com este lugar. Achava que a nossa maneira de viver era desprezível. Untar as botas em vez de engraxá-las, tirar o pó do casaco batendo nele com um pau em vez de usar uma escova. Tinha coisa mais ridícula do que isso?

— É isso mesmo!

— Não, está errado, não é isso, não.

— Perdoe, pensávamos que era isso o que queria dizer.

— Bem, à medida que minhas ideias iam mudando, meu modo de vida foi ficando muito deprimente. Entendi que insistia em ser como pessoas que não tinham nada a ver comigo. Lutava para deixar um gênero de vida por outro que não era melhor do que o primeiro. Era apenas diferente.

— Verdade, é muito diferente — disse Fairway.

— Sim, Paris deve ser uma bela terra — disse Humphrey. — Grandes vitrines de lojas, trombetas e tambores, e nós aqui andando ao ar livre, quer chova ou faça sol...

— Mas vocês não estão me entendendo — insistiu Clym. — Tudo isso era muito deprimente. Mas não tão deprimente como algo que percebi em seguida: a minha profissão era a mais fútil, a mais presunçosa e a mais efeminada que um homem pode ter. Isso me fez tomar uma decisão: decidi abandonar tudo e tentar algo mais racional entre as pessoas que eu conhecia melhor, e às quais podia ser mais útil. Retornei para casa e este é o meu plano: vou abrir uma escola o mais perto possível de Egdon, para que possa vir até aqui caminhando e manter uma escola noturna na casa da minha mãe. Mas preciso estudar um pouco no início, para adquirir a qualificação necessária. Bom, vizinhos, preciso ir embora.

    E Clym retomou o seu caminho pela várzea.

    — Nunca nesta vida ele vai realizar esse plano — disse Fairway. — Daqui a algumas semanas vai ver as coisas de outra maneira.

    — Tem um bom coração — disse outro. — Mas, de minha parte, acho melhor que se preocupe com a sua vida.

[2] O NOVO CURSO DAS COISAS SUSCITA DECEPÇÕES

Clym Yeobright amava o seu semelhante. Tinha certeza de que a necessidade da maioria dos homens era aquela espécie de instrução que traz sabedoria e não riqueza. Desejava elevar a classe à custa dos indivíduos, e não os indivíduos à custa da classe. Mais: estava disposto a ser de imediato a primeira unidade sacrificada.

Ao se deixar a vida bucólica pela intelectual, as fases intermediárias são, em geral, duas pelo menos, e frequentemente muitas mais. Uma dessas fases é o progresso social. É difícil imaginar a placidez bucólica transformando-se rapidamente em objetivos intelectuais, sem admitir os fins sociais como a fase de transição. A particularidade de Yeobright era esta: enquanto se dedicava aos pensamentos elevados, mantinha-se preso a um modo de vida simples, ou antes, a uma vida tosca e ordinária em muitos aspectos, além do convívio fraternal com os aldeões.

Era um João Batista que havia adotado o enobrecimento e não o arrependimento como seu lema. Mentalmente estava em um futuro provinciano, ou seja, estava em muitos aspectos lado a lado com os principais pensadores urbanos da sua época. Grande parte do seu desenvolvimento devia-o à vida de estudos em Paris, onde conhecera os sistemas éticos populares daquela época.

Como decorrência dessa sua posição relativamente avançada, Yeobright poderia ser classificado como um homem infeliz. O mundo rural ainda não estava amadurecido para ele. Um homem deve estar apenas em parte à frente do seu tempo; situar-se por completo na vanguarda em termos de aspirações é letal para a fama. Se o aguerrido filho de Filipe tivesse um intelecto avançado a ponto de cultivar a civilização sem derramamento de sangue, teria sido duplamente o semideus que parecia ser, mas ninguém teria ouvido falar de Alexandre.

No empenho da glória, a prontidão deve residir principalmente na habilidade de manobrar as coisas. Propagandistas de sucesso obtiveram êxito porque a doutrina que formularam era aquela que seus ouvintes sentiram por algum tempo sem saber dar-lhe forma. Um homem que defenda o esforço estético e deprecie o esforço social provavelmente só será compreendido por aqueles que perderam o interesse pelo esforço social. Falar às pessoas do campo sobre obter cultura sem passar antes pelo conforto pode estar certo, mas é uma tentativa de perturbar uma sequência a que a humanidade está há muito acostumada. Clym Yeobright, dizendo aos ascetas de Egdon que poderiam ascender ao entendimento sereno das coisas sem passar pelo processo de enriquecimento, era equivalente a alguém afirmando aos antigos caldeus que para se elevar da terra ao puro empíreo não era necessário atravessar o éter intermediário.

Seria a mente de Yeobright equilibrada? Não. Uma mente equilibrada é aquela que não tende a inclinações peculiares, que certamente não arrasta o seu detentor a se isolar como um louco, a ser torturado como herético ou crucificado como um blasfemo. Por outro lado, também não o levará a ser aplaudido como um profeta, reverenciado como um sacerdote ou exaltado como um rei. Os seus dons usuais são: a felicidade e a mediocridade. A mente equilibrada produz a poesia de Rogers, as pinturas do Ocidente, a arte de governar do Norte, o direcionamento espiritual de Tomline. Possibilita aos seus detentores encontrar o caminho da riqueza, terminar bem, sair com dignidade de cena, morrer confortavelmente em seus leitos e obter um jazigo decente que, em muitos casos, eles mereceram. Jamais teria permitido que Yeobright fizesse algo tão ridículo como abandonar seus negócios pessoais para ajudar o seu semelhante.

Ele voltava para casa sem se preocupar em seguir pelos caminhos. Se havia alguém que conhecia a várzea, esse alguém era Clym. Ele estava impregnado de suas cenas, sua substância e seus cheiros. Seria lícito dizer que era um produto da várzea. Abrira os olhos pela primeira vez ali; as suas primeiras memórias estavam vinculadas àquela paisagem, o seu julgamento sobre a vida fora afetado por ela, os seus brinquedos tinham sido facas e pontas de setas de pederneira que achava lá, admirando-se que pedras "crescessem" com formas tão estranhas; as suas flores, as campainhas vermelhas e as flores amarelas do tojo; o seu reino animal, as cobras, os pôneis selvagens; a sua sociedade, as pessoas que frequentavam aquele lugar. Juntem-se todos os ódios que Eustácia sentia pela várzea, traduzam-se esses ódios em amores e o resultado será o coração de Clym. Enquanto caminhava por aqueles horizontes amplos, observava tudo e se sentia feliz.

Para muitos, aquela várzea de Egdon era um lugar que se havia subtraído de seu século muitas gerações atrás, para se introduzir como um rústico objeto no tempo atual. Era algo arcaico, que ninguém se interessava em estudar. Como não seria assim, num tempo de campos quadrados, cercas entrelaçadas com plantas vivas e prados irrigados num plano tão retangular que, nos dias límpidos, pareciam grelhas de prata? O lavrador que, durante um passeio a cavalo, se encantasse com pastos semeados, e olhasse com solicitude para o trigo despontando da terra, e suspirasse de tristeza ao ver os nabos roídos pelos insetos, não concederia a essa longínqua região montanhosa da várzea mais do que um simples cenho franzido. Mas quanto a Yeobright, quando em seu caminho avistava a várzea do alto, não podia evitar um contentamento bárbaro ao constatar que, em algumas tentativas de tornar a várzea produtiva, os terrenos cultivados, após se manterem por um ano ou dois, tinham recuado em desespero, porque os fetos e os maciços de tojo tinham obstinadamente reconquistado o lugar.

Ele desceu pelo vale e logo chegou à sua casa em Blooms-End. A mãe estava tirando as folhas secas das plantas da janela. Ergueu os olhos para ele como se não entendesse o significado da longa estadia do filho com ela; seu rosto ostentara essa expressão por vários dias. Ele conseguia perceber que a curiosidade demonstrada pelo grupo da barbearia improvisada aumentava em sua mãe, transformando-se em preocupação. Mas ela não perguntara nada com os lábios, nem quando a chegada da sua bagagem sugeriu que ele não iria embora tão cedo. O silêncio dela parecia suplicar por uma explicação com mais veemência do que qualquer palavra.

— Não vou mais voltar para Paris, mãe — disse ele. — Pelo menos no emprego que tinha. Abandonei o negócio.

A Sra. Yeobright virou-se dolorosamente surpresa. — Logo vi, por causa das malas, que havia alguma coisa. Só estranho que não me tivesse dito antes.

— Já deveria ter dito. Mas não sabia se a senhora ia ficar feliz com os meus planos. E ainda não tinha tudo nítido dentro de mim. Vou me dedicar a uma carreira totalmente diferente.

— Fico aturdida, Clym. Como você pode pretender se sair melhor do que tem-se saído?

— Facilmente. Mas não da forma como a senhora está pensando, penso mesmo que achará pior. Mas tenho aversão ao meu ofício. Quero fazer algo de valor antes de morrer. Vou ser professor: ensinar aos pobres e ignorantes aquilo que mais ninguém ensinará.

— Depois de todo o esforço para encontrar seu caminho, e quando bastava continuar em frente em direção à riqueza, para ganhar, você resolve ser um pobre professor de adultos. As suas fantasias podem arruiná-lo, Clym.

A Sra. Yeobright falava calmamente, mas o vigor da comoção por trás de suas palavras era por demais evidente para quem a conhecia como o filho. Ele não respondeu. Era possível ler em seu rosto o desespero das pessoas incompreendidas, devido ao fato de o seu rival estar, por temperamento, longe de uma lógica que, mesmo em condições favoráveis, é quase sempre um veículo muito rude para a sutileza do argumento.

Não se falou mais no assunto até o final do jantar. Sua mãe então começou, como se não tivesse havido nenhum intervalo desde a manhã. — Fico perturbada, Clym, com o fato de você ter vindo para casa com pensamentos desse tipo. Eu não tinha a mínima ideia de que você tinha a intenção de retroceder no mundo por vontade própria. Claro, eu supunha que você iria avançar sempre, como fazem os outros homens, todos os que merecem ser chamados assim, quando são colocados no caminho da prosperidade.

— Tenho de fazer isso — disse Clym, num tom perturbado. — Mãe, odeio aquele negócio feito de aparências. Falando em homens que merecem ser chamados assim: a senhora acredita que um homem que mereça esse nome possa perder seu tempo de maneira tão efeminada, quando vê meio mundo se arruinar pela ausência de alguém que se dedique a lhes ensinar a como afrontar a miséria em que nasceram? Levanto-me todas as manhãs e vejo a humanidade inteira gemendo e trabalhando arduamente, como diz São Paulo, enquanto negocio brilhantes caríssimos com mulheres ricas e nobres libertinos, curvando-me às vaidades mais mesquinhas, eu que sou saudável e tenho força para fazer o que quiser. Sofri o ano inteiro com isso, e enfim cheguei à conclusão de que não quero continuar naquela vida.

— Por que você não pode fazer como os outros?

— Não sei. Só sei que os outros gostam de coisas que não me interessam, e é em parte por isso que vou fazer o que decidi fazer. Em primeiro lugar, meu corpo não é exigente. Não gosto de requinte, as coisas finas não funcionam comigo. Preciso transformar esse defeito em vantagem; como posso passar sem aquilo que os outros desejam, posso gastar o dinheiro que isso custa em outras coisas.

Ora, tendo Yeobright herdado alguns desses instintos da mulher que estava à sua frente, era inevitável que despertasse nela certa reciprocidade, mesmo que não fosse pelos argumentos, ao menos pelo sentimento, por mais que ela o dissimulasse para o bem dele.

— Se você quisesse, podia ser um homem rico; bastava perseverar. Gerente daquela grande joalheria, o que mais um homem pode desejar? Um cargo de confiança e respeito! Creio que você há de ser como seu pai, está ficando cansado de ser próspero.

— Não — respondeu o filho. — Não estou aborrecido com isso, mas sim com o que a senhora quer dizer com isso. O que a senhora entende por "ser próspero"?

A Sra. Yeobright era uma mulher que pensava muito para se satisfazer com definições prontas e, como o "que é a sabedoria?" do

Sócrates de Platão e o "que é a verdade?" de Pôncio Pilatos, a pergunta veemente de Clym não teve resposta.

O silêncio se quebrou com o ranger do portão do jardim. Bateram à porta, que foi logo aberta. Christian Cantle apareceu na sala com sua roupa domingueira. Em Egdon, era costume ir falando o que se ia contar, antes de se entrar numa casa, para que, quando o visitante e o visitado se encontrassem frente a frente, já estivessem imersos na narrativa. Por isso, enquanto a tranca da porta caía em seu lugar, Christian falou: — Pensar que eu, que só saio de casa vez ou outra, estive lá esta manhã!

— São notícias que está trazendo, Christian? — perguntou a Sra. Yeobright.

— Sim, e sobre uma bruxa, e me perdoe a hora em que venho, porque disse para mim mesmo: tenho de lhes contar isso, mesmo que estejam na hora do jantar. Juro que tremia como uma folha ao vento, acham que pode acontecer algo comigo?

— Mas por quê?

— Esta manhã, na igreja, estavam todos de pé quando o pároco disse "Oremos". Bom, pensei eu, uma pessoa pode estar tanto ajoelhada ou em pé, e me ajoelhei e os outros ficaram como o homem pediu. Não havia passado nem um minuto quando se ouviu um grito terrível, bem agudo, por toda a igreja, como se estivessem tirando sangue de alguém. Todos se espantaram e descobriram que Susan Nunsuch tinha picado a Srta. Vye com uma agulha de fazer meia, coisa que ela jurou que ia fazer logo que encontrasse a jovem na igreja, onde ela vai raramente. Estava esperando a oportunidade havia semanas, para tirar o sangue dela e acabar com o feitiço que atormenta há tanto tempo os filhos de Susan. Entrou atrás dela na igreja, sentou ao seu lado e quando viu uma oportunidade, furou o braço de Eustácia com a agulha.

— Deus do céu, que horror! — exclamou a Sra. Yeobright.

— A Sue enterrou a agulha com tanta força que Eustácia desmaiou; como fiquei com medo que houvesse mais confusão, me escondi atrás da viola de gamba e não vi mais nada. Mas eles a carregaram para fora, pelo que falaram, e quando procuraram Sue, ela já tinha desaparecido. Que grito a moça deu, coitada! O pároco, de sobrepeliz, erguia as mãos dizendo: "Sentem-se, amigos, sentem-se!". Mas nada de ninguém sentar. E o que a senhora acha que descobri? O pároco usa um terno por baixo da sobrepeliz. Vi a manga preta quando ele levantou o braço.

— Que maldade! — disse Yeobright.

— Sem dúvida — emendou a mãe.

— A justiça deveria cuidar disso — falou Christian. — Lá vem o Humphrey, acho.

Humphrey entrou: — Já souberam da novidade? Pelo jeito, sim. É estranho: quando alguém de Egdon vai à igreja, tem sempre alguma confusão. A última vez que algum de nós esteve lá foi no outono. Foi Fairway, e no dia em que a Sra. Yeobright proibiu os proclamas.

— E essa jovem tão cruelmente tratada conseguiu voltar caminhando para casa? — perguntou Clym.

— Parece que melhorou e voltou bem. E, agora que falei tudo, devo ir para casa.

— Eu também — disse Humphrey. — Agora é que vamos ver se há razão no que falam dela.

Após irem embora pela várzea, Clym perguntou calmamente à mãe: — A senhora acha que me tornei professor muito depressa?

— É certo, sim, que haja professores e missionários e outras pessoas assim — respondeu ela. — Mas também é verdade que eu deveria tentar desviá-lo dessa vida para algo mais nobre, e você não deveria retroceder, permanecendo como se nem tivesse tentado.

Nesse mesmo dia, à tarde, apareceu Sam, o ceifador de turfa. — Venho pedir algo emprestado, Sra. Yeobright. Acho que já soube o que aconteceu com a "bela" do outeiro?

— Sim, pelo menos meia dúzia de pessoas vieram nos contar o que se passou.

— "Bela"? — inquiriu Clym.

— Sim, é bastante bonita, retorquiu Sam. — Deus do céu! Todos concordam que é uma das coisas mais esquisitas uma mulher dessas viver naquele lugar!

— É morena ou loura?

— Devo dizer que apesar de tê-la visto muitas vezes, não me lembro.

— É mais morena do que Tamsin! — emendou a Sra. Yeobright.

— É uma mulher que aparentemente não quer saber de nada, como se diz.

— Então é melancólica? — perguntou Clym.

— Anda por aí sozinha e não se mistura com outras pessoas.

— Ela é uma jovem inclinada a aventuras?

— Que eu saiba, não.

— Não se junta com os rapazes em suas brincadeiras, para obter alguma diversão?

— Não.

— Nem nas mascaradas?

— Não, ela tem gostos diferentes. Acho que os pensamentos dela estão sempre distantes, entre fidalgos e fidalgas que nunca irá conhecer, em palácios que jamais verá.

A Sra. Yeobright reparou que Clym parecia interessado, então disse a Sam, um pouco apreensiva: — Você vê mais coisas na Srta. Vye do que a maioria de nós. Na minha opinião, ela é muito indolente para despertar algum encanto. Jamais ouvi dizer que tivesse algum préstimo para si mesma ou para alguém. Boas moças não são tratadas como bruxas, nem mesmo em Egdon.

— Que absurdo... isso não prova nada, de uma forma ou de outra! — retorquiu Clym.

— Bem, é que não entendo nada dessas sutilezas — disse Sam, distanciando-se do assunto que poderia tornar-se desagradável —, só o tempo dirá o que ela é. O motivo que me trouxe aqui foi pedir emprestada a corda mais comprida e forte que tiverem. O balde do capitão caiu no poço, estão precisando de água; como os rapazes estão todos em casa hoje, acho que conseguimos tirá-lo. Já temos três cordas, mas não chegam ainda ao fundo.

A Sra. Yeobright aconselhou-o a levar todas as cordas que encontrasse no celeiro, e Sam foi procurar. Ao passar pela porta, Clym acompanhou-o até o portão.

— Será que a jovem bruxa pretende ficar muito tempo em Mistover? — perguntou ele.

— Acho que sim.

— Que maldade e que vergonha ela ser maltratada dessa maneira! Ela deve ter sofrido muito, mais na alma do que no corpo.

— Foi uma brincadeira sem graça nenhuma, e logo com uma jovem tão bonita! O senhor deveria ir conhecê-la, já que é um homem que veio de longe e com mais coisas para falar do que muitos de nós.

— Acha que ela gostaria de ensinar crianças? — perguntou Clym.

Sam balançou a cabeça. — Acho que ela não tem jeito nenhum para a coisa.

— Foi só algo que me passou pela cabeça. É evidente que precisaria falar com ela sobre o assunto. E isso não seria nada fácil, já que as nossas famílias mal se conhecem.

— Vou lhe dizer como poderá vê-la, Sr. Yeobright — disse Sam. — Vamos pescar o balde hoje à tarde, pelas seis horas, e o senhor pode nos ajudar. Vão estar lá umas cinco ou seis pessoas, o poço é fundo e mais uma pessoa poderá ser necessária, se o senhor não se importar de ir nessa ocasião. Ela estará lá, com certeza.

— Vou pensar nisso — falou Yeobright.

E se separaram. Ele pensou bastante, mas em casa não se falou em Eustácia novamente. Continuava a ser para ele um dilema se a mártir romântica da superstição e o mascarado melancólico com quem conversara sob a Lua cheia eram a mesma pessoa.

[3] O PRIMEIRO ATO DE UM DRAMA FORA DE MODA

A tarde estava agradável, por isso Clym Yeobright passeou pela várzea com a mãe aproximadamente uma hora. Chegaram ao monte elevado que dividia o vale de Blooms-End do outro vale contíguo, pararam e observaram em volta. Num lado, no limite inferior da várzea, avistava-se a estalagem da Mulher Tranquila, e ao longe, no sentido oposto, Mistover Knap.

— Pensa em visitar Thomasin? — perguntou ele.

— Sim, mas você não precisa vir, desta vez — respondeu-lhe a mãe.

— Neste caso, nos separamos aqui, mãe. Vou até Mistover.

A Sra. Yeobright voltou-se para ele com ar interrogativo.

— Vou ajudar os rapazes a retirar o balde do poço do capitão — prosseguiu ele. — Como é fundo, devo ajudar em algo. E queria ver a tal Srta. Vye, não tanto por causa da sua beleza, mas por outra razão.

— Você precisa mesmo ir? — perguntou a mãe.

— Pensei em fazer isso.

E se separaram. — Não posso fazer nada — sussurrou, melancólica, a mãe de Clym enquanto ele se afastava. — Fatalmente irão se conhecer. Sam deveria ter levado a notícia a outras casas e não à minha.

A figura de Clym que se afastava foi ficando cada vez menor, à medida que subia e descia pelas pequenas elevações do caminho. — Ele tem um coração delicado — falou para si mesma a Sra. Yeobright, que o acompanhava com o olhar. — Não fosse isso, não haveria problema. Como ele caminha!

Ele estava, de fato, andando por sobre o tojo com passo resoluto, ereto como um poste, como se a sua vida dependesse disso. A mãe suspirou e, desistindo da visita a Thomasin, voltou pelo caminho por onde viera. A névoa da tarde começava a transformar os vales em quadros nebulosos, mas os pontos mais altos ainda eram vincados pelos raios derradeiros do sol de inverno, que brilhava sobre Clym enquanto ele avançava, observado por todos os coelhos e tordos das redondezas e com uma longa sombra que avançava diante dele.

Ao se abeirar do barranco coberto de tojo e do fosso que entrincheirava a casa do capitão, ouviu vozes que indicavam que a manobra já começara. Estacou na entrada lateral, e observou. Seis homens fortes estavam enfileirados a partir da borda do poço, segurando uma corda que passava pela roldana e mergulhava nas profundezas lá embaixo. Fairway, com uma corda menor em volta do corpo amarrada a um dos postes para precaver algum acidente, debruçava-se na abertura e com a mão direita segurava a corda vertical que descia no poço.

— Agora todos calados — gritou Fairway.

O burburinho parou, e Fairway fez um movimento circular com a corda como se batesse massa. Após um minuto ouviu-se algo no fundo do poço; o movimento helicoidal que ele imprimira à corda atingira o gancho no fundo.

— Podem içar! — exclamou Fairway, e os homens começaram a enrolar a corda na roldana.

— Creio que pegamos alguma coisa — falou um dos homens.

— Então, puxem com calma — falou Fairway.

Puxaram mais e mais a corda, até que começaram a ouvir pingos regulares dentro do poço, cujo ruído foi aumentando à medida que o balde se aproximava da borda, e de repente já tinham puxado cinquenta metros de corda.

Então Fairway acendeu um candeeiro, atou-o a outra corda e começou a fazê-lo descer ao lado da primeira. Clym se aproximou e olhou para o fundo do poço. Estranhas e úmidas folhas, que nada sabiam das estações do ano, bem como musgos de natureza estranha se revelaram nas paredes do poço à medida que o candeeiro descia, até que seus raios incidiram sobre uma massa indistinta de corda e balde pendurada no ar escuro e úmido.

— Conseguimos pegá-lo pela borda de um dos arcos. Puxem com calma, pelo amor de Deus! — falou Fairway.

Puxaram com cuidado até que o balde molhado apareceu a uns dois metros da borda do poço, como um amigo morto regressando novamente à Terra. Três ou quatro mãos se esticaram, e então a corda foi tensionada com força, a roldana produziu um zunido, os dois homens da frente caíram para trás, e ouviram-se as batidas de alguma coisa caindo, raspando na parede do poço, e lá do fundo soou um trovejante estrondo. O balde se soltara mais uma vez.

— Diabos levem esse balde! — resmungou Fairway.

— Lá se foi mais uma vez — falou Sam.

— Estou duro como um chifre de carneiro, depois de tanto tempo curvado — falou Fairway, levantando-se e estirando o corpo até que as articulações estalaram.

— Descanse uns minutos, Timothy — disse Clym Yeobright. — Vou substituí-lo.

Desceram novamente o gancho, cujo impacto forte na água distante soou para eles como um beijo. Então Yeobright se ajoelhou e, curvando-se na borda do poço, começou a puxar o gancho com um movimento circular, como Fairway fizera antes.

— Amarrem uma corda em volta dele, é perigoso! — exclamou uma voz meiga e ansiosa que vinha de cima.

Todos se viraram. A voz pertencia a uma mulher que observava o grupo de uma janela superior, cujas vidraças refletiam a luz rubra do poente. Seus lábios estavam entreabertos, e ela parecia ter-se esquecido naquele instante onde estava.

Amarraram então uma corda na cintura de Clym, e continuaram. Na tentativa seguinte não sentiram peso algum, descobriram que haviam apenas fisgado um emaranhado de corda que se soltara do balde e que eles lançaram ao chão. Humphrey assumiu o lugar de Clym, e desceram novamente o gancho.

Clym se sentou com ar reflexivo sobre o amontoado de cordas recuperadas. Da identidade da voz feminina que ouvira com a do mascarado melancólico, não lhe restava a menor dúvida. "Que zelo da parte dela!", pensou ele.

Eustácia, que ruborizara ao ver o efeito causado no grupo por sua exclamação, já não estava na janela, embora Clym a buscasse ansioso. Enquanto esteve assim, os outros homens conseguiram recuperar o balde sem nenhum percalço. Um deles foi perguntar ao capitão para saber que ordens ele queria dar sobre o conserto do sarilho. O capitão não estava em casa, e Eustácia surgiu à porta e saiu. Assumira agora um ar calmo e digno, distinto da intensidade e do ardor denunciados nas palavras diligentes pela segurança de Clym.

— Será possível tirar água esta noite? — perguntou.

— Ainda não, senhorita; o fundo do balde está furado. Não podemos fazer nada, por isso vamos embora. Voltamos amanhã.

— Continuamos sem água então! — falou ela enquanto se afastava.

— Posso mandar-lhe um pouco de Blooms-End — disse Clym, aproximando-se e retirando o chapéu enquanto os homens se afastavam.

Yeobright e Eustácia se entreolharam por um instante, como se recordassem os momentos fugazes de certa cena sob o luar. A troca de olhares alterou a fixidez serena das feições dela para uma expressão refinada e cordial, era como um meio-dia berrante que em poucos segundos se elevasse à excelência do pôr do Sol.

— Eu agradeço, talvez não seja preciso! — respondeu.

— Mas se a senhorita não tem água...

— É que eu não chamo água a isso que temos aí — falou corada e levantando as pálpebras com longas pestanas, como se levantá-las exigisse alguma consideração. — Embora o meu avô diga que é água da boa. Vou lhe mostrar o que quero dizer.

Ela se afastou alguns metros, e Clym seguiu-a. Quando chegou ao canto onde estavam os degraus escavados que davam acesso ao barranco que fazia a fronteira da propriedade, a moça saltou com uma leveza que parecia estranha após sua caminhada vagarosa na direção do poço. Incidentalmente isso mostrou que a sua aparente languidez não era proveniente de uma falta de força.

Clym subiu atrás dela e reparou num rastro circular de uma fogueira no alto do barranco. — Cinzas? — perguntou ele.

— Sim — respondeu Eustácia. — Fizemos uma fogueira aqui na festa do dia 5 de novembro, e esses são os restos dela.

Naquele local tinha ardido a fogueira que ela acendera para atrair Wildeve.

— Esta é a única água que temos — continuou ela, jogando uma pedra no charco que ficava do lado externo do barranco, que parecia um olho sem pupila. A pedra caiu e afundou, mas nenhum Wildeve surgiu no outro lado como em uma ocasião anterior. — O meu avô conta que viveu no mar mais de vinte anos, com água duas vezes pior que esta — continuou ela —, e acha que esta é bastante boa, no caso de uma urgência como agora.

— De fato, nesta época do ano não existem impurezas nessas águas. Choveu sobre elas há pouco tempo.

Ela balançou a cabeça. — Eu me esforço para viver num local tão solitário, mas não consigo beber água de um charco — disse ela.

Clym mirou o poço que agora estava deserto, já que os homens tinham ido embora. — A água da nascente fica muito distante daqui — acrescentou ele após uma pausa. — Como a senhorita não gosta da água do charco, vou lhe arranjar outra — disse ele voltando ao poço. — Creio que consigo, se amarrar este balde.

— Mas como não importunei os homens para conseguir água, não posso aceitar que o senhor se incomode.

— O trabalho não me molesta.

Ele amarrou o balde com bastante força ao longo rolo de corda, passou-o por sobre a roldana e o fez descer, deixando a corda correr pelas suas mãos. Mas antes que ela tivesse descido muito, ele susteve a corda.

— Primeiro é preciso atar a extremidade da corda, ou perdemos tudo — disse ele a Eustácia, que se aproximara. — Pode segurar aqui, enquanto faço isso, ou quer que eu chame sua criada?

— Eu consigo segurar — falou Eustácia, e ele colocou a corda nas mãos dela, indo então procurar a extremidade.

— Posso deixá-la deslizar? — perguntou ela.

— Aconselho que não a deixe escorregar muito, ou ficará mais pesada — disse Clym.

Mas Eustácia já tinha começado a soltar a corda. Enquanto ele dava o nó, ela gritou: — Não consigo segurar!

Clym correu para o lado dela e só conseguiu deter a corda enrolando a parte solta no poste vertical, quando então ela parou com um tranco. — Machucou-se?

— Sim — respondeu ela.

— Muito?

— Acho que não. — Ela abriu as mãos. Uma delas estava sangrando; a corda lhe esfolara a palma. Eustácia enrolou um lenço na mão.

— Devia ter soltado — disse Yeobright. — Por que não o fez?

— O senhor disse para segurar... é a segunda vez que me machuco hoje...

— Ah, sim, ouvi falar sobre o caso. Sinto vergonha por minha terra natal. O ferimento foi grave, Srta. Vye?

Havia tanta solidariedade no tom de Clym que Eustácia puxou levemente a manga e mostrou o braço alvo. Uma mancha vermelha se destacava na pele macia como um rubi num mármore de Paros.

— Olhe, foi aqui — disse ela, e apontou com o dedo.

— Foi uma covardia daquela mulher. O capitão Vye não vai mandar puni-la?

— Ele saiu para resolver justamente esse assunto. Eu não sabia que tinha a reputação de bruxa.

— E a senhorita desmaiou? — indagou Clym, observando o ponto rubro como se desejasse beijá-lo para que melhorasse.

— Sim, eu me assustei. Não ia à igreja há muito tempo, e agora tão cedo não volto lá. Talvez não volte nunca. Não conseguirei encará-los depois disso tudo. O senhor não acha que foi terrivelmente humilhante? Depois do acontecido, fiquei por horas desejando morrer, mas agora já não me importo.

— Voltei justamente para retirar essas teias de aranha. A senhorita gostaria de me ajudar, dando aulas para as classes mais adiantadas? Poderíamos ajudar no desenvolvimento dessas pessoas.

— Não sinto muita vontade de fazer isso. Não tenho muito amor pelos meus semelhantes, às vezes até os odeio.

— Entretanto acredito que, se conhecesse o meu plano, talvez fosse capaz de se interessar. Não adianta odiar as pessoas. Se odeia alguma coisa, então deve odiar o que as produziu.

— Está falando da Natureza? Eu já a odeio. Mas gostaria de ouvir qual é o seu plano a qualquer hora.

A situação agora estava resolvida, e a próxima coisa natural a fazer era os dois se separarem. Clym sabia muito bem disso, e Eustácia fez um gesto indicando que acabara. Mas ele a olhava como se houvesse algo mais a lhe dizer. Se não tivesse vivido em Paris, talvez jamais falasse.

— Nós já nos encontramos antes —falou ele, olhando-a com mais interesse do que o necessário.

— Acho que não — respondeu Eustácia, com o olhar contido, parado.

— Mas eu posso imaginar o que quiser.

— Sim, pode.

— A senhorita está muito solitária aqui.

— Não suporto a várzea a não ser na estação de luz. A várzea é uma cruel torturadora para mim.

— Como consegue dizer isso? — perguntou ele. — A várzea é para mim um estímulo de alegria, força e serenidade. Prefiro viver aqui a viver em qualquer outra parte do mundo.

— Ela é ótima para os artistas, mas eu nunca aprenderia a desenhar.

— E ali existe uma pedra druídica muito interessante — disse ele, atirando um seixo na direção que havia indicado. — Não costuma visitá-la?

— Eu nem sabia da existência de tal pedra druídica interessante. Mas sei que há *boulevards* de Paris.

Yeobright olhou meditativo para o chão. — Isso significa muita coisa — disse ele.

— Sim, muita coisa. — falou Eustácia.

— Ainda recordo quando tinha o mesmo anseio pelo burburinho dos grandes centros. Bastam cinco anos numa grande cidade para se curar.

— Se eu fosse agraciada com uma cura dessas...! Agora, senhor Yeobright, tenho de ir para casa fazer um curativo na mão.

Os dois se separaram e Eustácia desapareceu na sombra que se adensava. Parecia cheia de ideias. O seu passado não tinha interesse, sua vida começara agora. Clym só percebeu algum tempo depois a extensão do efeito causado por aquele encontro. Em seu regresso, o que sentia de forma mais evidente era que seu plano tinha sido de certa forma glorificado. Uma bela mulher se envolvera nele.

Depois de chegar em casa, ele subiu para o cômodo que pretendia transformar em escritório e se ocupou desencaixotando livros e arrumando-os em prateleiras. De uma outra caixa, retirou um candeeiro e uma lata de óleo. Montou o candeeiro, arrumou sua mesa e disse: — Agora posso começar.

Levantou-se cedo na manhã seguinte. Leu por duas horas antes do desjejum, à luz do lampião. Leu a manhã toda e a tarde toda. Quando o sol estava no poente, ele começou a sentir um cansaço nos olhos, e recostou-se na cadeira.

De seu quarto se viam a fachada da propriedade e o vale mais além. Os raios mais baixos do Sol de inverno projetavam a sombra da casa sobre a paliçada, através da grama que margeava a várzea até o vale, onde os perfis das chaminés e da copa das árvores se projetavam como as pontas escuras de um garfo. Como estivera sentado trabalhando o dia todo, ele decidiu dar um passeio pelos cerros e saiu em seguida na direção de Mistover.

Uma hora e meia mais tarde ele apareceu de novo no portão do jardim. As janelas da casa estavam cerradas e Christian Cantle, depois de ter distribuído adubo pelo jardim o dia todo, voltara para sua casa. Clym, ao entrar, observou que a mãe, após esperá-lo um longo tempo, já terminara sua refeição.

— Onde estava, Clym? — ela perguntou logo. — Por que não avisou que ia sair a estas horas?

— Fui dar um passeio pela várzea.

— Vai encontrar Eustácia Vye se for até lá.

Clym parou um instante. — Sim, encontrei-a esta tarde — disse ele, como se estivesse dizendo aquilo apenas pela necessidade de preservar a honestidade.

— Ficaria admirada se não fosse assim.
— Não foi nada combinado.
— Não, encontros assim nunca são combinados.
— Mas a senhora não está zangada, está?
— Não ouso dizer que não estou. Zangada, eu? Não, mas quando penso na natureza usual da força que arrasta os homens promissores e os faz desapontar o mundo, fico incomodada.

— A senhora merece crédito por esse sentimento. Contudo, posso garantir que não há motivo para preocupar-se comigo.

— Quando penso em você e nas suas novas excentricidades — falou taxativa a Sra. Yeobright — não fico tão calma como há um ano, como é natural. É inconcebível que um homem habituado com as mulheres belíssimas de Paris e outros lugares se permita impressionar-se, de maneira tão simples, por uma jovem da várzea. Você deveria ter ido passear por outro lado.

— Fiquei estudando o dia inteiro.

— Certo — acrescentou ela, com alguma esperança. — Estive pensando que você pode fazer uma carreira como professor e se reerguer dessa forma, já que está convicto de que odeia a profissão que tinha.

Yeobright não queria contradizer aquela ideia, embora seu plano estivesse muito longe daquele que concebe a educação dos jovens como simples canal para a ascensão social. Ele não ansiava por nada desse gênero. Havia chegado aquela fase da vida de um jovem em que se torna evidente pela primeira vez como é desoladora a situação humana geral; e a percepção disso refreia sua ambição por um tempo. Na França, não é raro os jovens se suicidarem nessa fase. Na Inglaterra, faz-se melhor ou pior, de acordo com o caso.

O amor entre ele e sua mãe estava agora estranhamente invisível. Sobre o amor podemos asseverar que quanto menos mundano menos expansivo. Em sua forma absolutamente indestrutível, chega a atingir uma profundidade em que a mais ínfima exibição é dolorosa. Era o que acontecia com aquelas duas criaturas. Se alguém ouvisse as suas conversas, seria capaz de dizer: "Como são frios um com o outro!".

As teorias e os desejos de Clym no sentido de devotar seu futuro ao ensino haviam impressionado a Sra. Yeobright. Na realidade, como poderia ser de outra maneira, se ele fazia parte dela, se suas conversas eram como que urdidas entre a mão direita e a esquerda do mesmo corpo? Ele havia desistido de persuadi-la por meio de argumentos. Por essa razão, ficou impressionado ao verificar que ela acabara por acolher as suas decisões graças a um magnetismo que era superior às palavras, assim como estas são superiores aos gritos.

Percebeu estranhamente que seria mais fácil convencê-la (ela que era sua melhor amiga) de que a pobreza relativa era na essência o que ele mais admirava, do que reconciliar seus sentimentos com o ato de persuadi-la. De todos os pontos de vista sensatos, sua mãe estava tão indubitavelmente correta que ele sentia certo desconforto em perceber que poderia demovê-la.

A Sra. Yeobright possuía uma intuição singular sobre a vida, considerando-se que nunca a conhecera profundamente. Existem pessoas que, não possuindo ideias claras sobre as coisas que criticam, têm ideias nítidas sobre a relação entre essas coisas. Blacklock, poeta cego de nascença, descrevia objetos com perfeição. O professor Sanderson, cego também, fazia magníficas prédicas acerca da cor, e ensinava a outros a teoria de ideias que outros possuíam, mas ele não. Na esfera social, essas pessoas com dotes especiais são em sua maioria mulheres; elas podem imaginar um mundo que nunca viram e adivinhar as forças das quais apenas ouviram falar. Isso se chama intuição.

O que era o grande mundo para a Sra. Yeobright? Um turbilhão cujas tendências eram apreensíveis, mas não suas essências. As comunidades eram vistas por ela de certa distância; ela as via como nós vemos as multidões que povoam as telas de Sallaert, Van Alsloot, e outros da mesma escola: grandes grupos de pessoas acotovelando-se, ziguezagueando, peregrinando em procissão rumo a direções definidas, mas cujos rostos são indiscerníveis por causa da própria abrangência da visão.

Qualquer um poderia observar que a sua vida, até onde se desenrolara, era muito completa do lado reflexivo. A filosofia de sua natureza e a sua limitação pelas circunstâncias estavam praticamente estampadas em seus movimentos. Tinham um fundamento de majestade, embora estivessem longe de ser majestosos; e tinham uma base de convicção, mas não eram convictos. Tal como o seu passo elástico se modificara com o tempo, tornando-se menos vivo, assim também o seu orgulho natural de viver havia sido sufocado em seu auge pelas necessidades.

O próximo toque que contribuiria para moldar o destino de Clym aconteceu alguns dias depois. Um túmulo fora escavado na várzea, e Clym Yeobright acompanhara as operações, deixando os estudos por várias horas. À tarde, Christian voltou de uma jornada para os mesmos lados, e a Sra. Yeobright fez-lhe algumas perguntas.

— Foi aberto um buraco e encontraram objetos como vasos de flores de cabeça para baixo, Sra. Yeobright; e dentro desses vasos havia ossos verdadeiros, ossos de gente. Levaram-nos para a casa de alguém; eu que não dormia onde estivessem esses ossos. Já ouvi falar de mortos que vêm buscar os seus ossos. O Sr. Clym Yeobright conseguiu um vaso com ossos, e estava trazendo para casa (ossos autênticos de esqueleto), mas parece que ele mudou de ideia. A senhora pode ficar sossegada, sabendo que ele deu o vaso e tudo. Ótimo para a senhora, tendo em conta o vento que sopra de noite.

— Deu o vaso para alguém?

— Sim, deu para a Srta. Vye, que, assim parece, tem uma predileção canibal por esses trastes de cemitério.

— A Srta. Vye estava lá também?

— Acho que sim.

Quando Clym chegou em casa, o que aconteceu pouco depois, a mãe lhe disse em tom singular: — A urna que você pretendia me oferecer, você acabou dando a outra pessoa.

Clym não respondeu, o ressentimento dela era grande demais para que fosse admitido.

As primeiras semanas do ano se passaram. Clym Yeobright certamente estudou em casa, mas também saiu bastante, e a direção dos seus passeios era sempre um ponto numa linha reta entre Mistover e Rainbarrow.

O mês de março despontou, e a várzea revelou os primeiros sinais débeis do despertar da letargia hibernal. Esse despertar tinha uma dissimulação quase felina. O charco do lado externo do barranco na propriedade de Eustácia, que parecia desolado e morto para um observador ruidoso e em movimento, expunha aos poucos muita agitação se observado em silêncio por algum tempo. A nova estação trazia para a vida um tímido mundo animal. Pequenos girinos e salamandras aquáticas começavam a borbulhar através da água, mexendo-se velozes debaixo dela; os sapos pareciam imitar sons de jovens patos e avançavam aos dois ou três para a margem; abelhas voavam por todo lado na luz que se adensava, e seu zumbido ia e voltava como o som de um gongo.

Num desses finais de tarde, Yeobright desceu para o vale de Blooms-End, vindo da margem daquele mesmo charco, onde estivera com outra pessoa por tempo suficiente, e em silêncio suficiente para poder ouvir todo esse burburinho de ressurreição na natureza; mas não tinha ouvido nada disso. Descia rápido, avançando com o passo firme. Antes de entrar na propriedade da mãe, parou para tomar fôlego. A luz que incidiu sobre ele vindo da janela revelou-o com faces coradas e um brilho nos olhos. O que se ocultava era algo que parecia flutuar em seus lábios, como um selo ali colocado. A presença constante dessa marca era tão verdadeira que ele não se atreveu a entrar em casa, porque lhe pareceu que a mãe diria: "Que mancha vermelha é essa brilhando na sua boca?".

Mas entrou em seguida. O chá estava servido. Sentou-se em frente à sua mãe. Ela não disse muitas palavras; quanto a ele, algo que acabara de acontecer e palavras que haviam sido trocadas no outeiro o impediam de começar uma conversa superficial. O ar soturno da mãe revelava certo mau agouro, mas ele não parecia afligir-se com isso. Já sabia o motivo por que a mãe quase não falava, mas não tinha condições de eliminar a causa da atitude dela em relação a ele. Essas reuniões quase mudas haviam-se tornado frequentes. Enfim, Clym arriscou um prólogo destinado a tocar no âmago da questão:

— Faz cinco dias que sentamos às refeições sem quase trocar uma palavra. De que adianta isso, mãe?

— De nada — respondeu ela, num tom magoado. — Mas razão não me falta.

— Não dirá isso quando souber de tudo. Estou querendo falar a respeito, e fico feliz por entrar no assunto. Claro que o motivo é Eustácia Vye. Muito bem: confesso que estive com ela ultimamente, e várias vezes.

— Sim, sei onde isso vai acabar. Isso me angustia, Clym. Você está desperdiçando a sua vida aqui; tudo por causa dela. Se não fosse essa mulher, você não teria construído esses planos de ensinar.

Clym olhou para a mãe com ar sério. — A senhora sabe muito bem que não é assim! — respondeu ele.

— Sim, sei bem que você já tinha decidido se transformar em professor antes de tê-la conhecido, mas todo o plano teria ficado apenas nas intenções. O plano é muito bonito quando você fala sobre ele, mas será ridículo quando tentar colocá-lo em prática. Eu tinha certeza de que, após um mês ou dois, você entenderia a loucura de uma renúncia dessas, e a esta hora já teria regressado para Paris para assumir uma ou outra ocupação. Entendo suas objeções ao negócio de diamantes; eu mesma achava que um homem como você não tinha nascido para aquilo, mesmo com a possibilidade de tornar-se um milionário. Mas, agora que vejo como está iludido com essa jovem, duvido que não se iluda com outras coisas.

— Iludido com ela, em que sentido?

— É uma preguiçosa descontente. Mas isso não é tudo. Mesmo admitindo que ela seja uma mulher boa como qualquer outra (e certamente não é) por que você quer se unir a alguém agora?

— Bom, existem motivos de ordem prática — falou Clym, mas quase não concluiu o que ia dizer, percebendo de antemão o peso esmagador do argumento que se poderia deparar com a sua declaração. — Se abrir uma escola, uma mulher com estudo será uma auxiliar valiosa.

— O quê? Está realmente pensando em se casar com ela?

— Neste momento, seria prematuro assegurar categoricamente. Mas pense como seria conveniente se o fizesse. Ela...

— Não pense que ela tem dinheiro; ela não tem um centavo.

— Mas tem uma excelente formação, e seria ótima diretora de um internato. Admito que alterei um pouco os meus planos, pensando na senhora, e isso pode deixá-la contente. Já não penso em transmitir minha educação elementar às classes mais baixas. Quero fazer algo melhor. Penso em criar uma escola particular para os filhos dos proprietários e, sem interromper as atividades da escola, posso me organizar de maneira a fazer os exames. Desse modo, e com ajuda de uma esposa como ela...

— Clym!

— Espero, com o tempo, ser o diretor de uma das melhores escolas da região.

Yeobright pronunciara a palavra "ela" com um ardor que, estando ele conversando com a própria mãe, soou absurdamente indiscreto. Seria praticamente impossível para um coração de mãe, em qualquer situação, deixar de se encolerizar com a revelação involuntária e inoportuna do amor por outra mulher.

— Você está cego, Clym — disse a mãe, num tom acalorado. — Foi um dia horrível aquele em que a viu pela primeira vez. O seu plano não passa de um castelo no ar, projetado para justificar a loucura que tomou conta de você e para aplacar a sua consciência em relação à situação irracional em que se encontra.

— Não é verdade, mãe! — retorquiu ele, com firmeza.

— Você é capaz de dizer que estou falando mentira, quando tudo o que desejo é poupá-lo de um desgosto? Tenha a santa paciência, Clym! E tudo por causa daquela mulher... uma descarada!

Clym ficou rubro como uma brasa, e se levantou. Pôs a mão nos ombros da mãe e falou num tom oscilante entre a súplica e a ordem: — Não admito que a senhora fale assim. Posso ser levado a lhe responder de um modo que ambos lamentaremos no futuro.

A mãe ia dizer alguma outra verdade veemente, mas olhou para ele e viu no seu rosto alguma coisa que a levou a desistir de falar. Clym andou de um lado para outro da sala algumas vezes, em seguida saiu de casa. Eram onze horas quando entrou, embora não tivesse ido além dos limites do jardim. A mãe já estava deitada. A mesa estava iluminada, e o jantar estava servido. Sem comer nada, ele trancou as portas e foi para seu quarto.

[4] UMA HORA DE ALEGRIA E VÁRIAS HORAS DE TRISTEZA

O dia seguinte em Blooms-End foi bastante melancólico. Yeobright ficou no escritório, debruçado sobre os livros abertos, mas o trabalho dessas horas não rendeu muito. Decidido a não mostrar nenhum indício de mau humor na conduta com sua mãe, ele falara com ela de forma fortuita sobre certas coisas, e fingira não perceber as respostas lacônicas. Com o mesmo desígnio de manter um simulacro de conversa, disse a ela lá pelas sete da noite: — Hoje à noite haverá um eclipse da Lua. Vou observá-lo.

Vestiu o sobretudo e saiu.

A Lua, que estava baixa, ainda não estava visível da fachada da casa, e Yeobright subiu para além do vale até poder contemplar a luz plena. Mesmo assim, continuou caminhando até chegar a Rainbarrow.

Meia hora depois estava no topo. No céu, a claridade lunar se derramava em todas as direções, alastrando seus raios pela várzea, mas sem iluminá-la muito, exceto nos caminhos e nas correntes de água que exibiam os seixos e a areia de quartzo cintilante, que formavam faixas claras sobre a escuridão generalizada. Após ficar em pé por algum tempo, abaixou-se para tocar a urze, que estava seca. Deitou-se sobre o túmulo com o rosto virado para a Lua, que se refletia em miniatura em cada um dos seus olhos.

Subira ali várias vezes, sem esclarecer os seus objetivos à mãe; mas aquela era a primeira vez que se mostrara ostensivamente sincero sobre a sua intenção, embora, na verdade, a tivesse ocultado. Era uma situação moral que, três meses antes, ele nem teria imaginado que aconteceria com ele. Retornando para trabalhar naquele local isolado, havia esperado escapar do aborrecimento das imposições sociais. Mas elas existiam também ali. Almejava mais do que nunca se encontrar num mundo em que a ambição pessoal não fosse a única forma de progresso, como talvez pudesse ter sido o caso, num momento ou noutro, no globo de prata que flutuava brilhante sobre ele. Os seus olhos percorreram todos os cantos daquele país longínquo, passando pela Baía do Arco-Íris, pelo sombrio Mar das Crises, pelo Oceano das Tormentas, pelo Lago dos Sonhos, pelas vastas Planícies Muradas e pelo fantástico Círculo Montanhoso, até que praticamente sentiu-se viajando com seu corpo por essas paisagens bravias, pisando em suas colinas ocas, cruzando seus desertos, descendo por seus vales e até as profundezas de seus mares ancestrais, ou subindo às bordas de suas crateras.

Enquanto observava a paisagem distante, uma mancha escura começou a se propagar na extremidade mais baixa; o eclipse começara. Aquilo assinalava um momento predeterminado, porque o remoto fenômeno celeste fora colocado a serviço de interesses sublunares como um sinal para os namorados. A mente de Clym adejou de volta para a Terra quando ele viu aquilo; ele se levantou, sacudiu o corpo e ficou à escuta. Decorreram uns dez minutos, e a sombra começou a se espalhar sobre a Lua. Ele ouviu o ruído de algo roçando do seu lado esquerdo; um vulto envolvido em uma capa e com o rosto levantado surgiu na base do túmulo. Clym desceu. Em instantes, o vulto estava em seus braços e os seus lábios nos dela.

— Minha Eustácia!

— Clym, meu querido!

Tudo acontecera em menos de três meses.

Ficaram assim longo tempo, sem dizer nada, porque não existia linguagem capaz de atingir o nível de suas emoções; as palavras eram como instrumentos enferrujados de uma época bárbara e extinta, e que ocasionalmente se podiam tolerar.

— Estava estranhando a demora! — falou Clym, depois de diminuir a força do abraço.

— Você disse dez minutos após a primeira marca de sombra na borda da Lua, e é como está agora.

— Bem, vamos só pensar no fato de estarmos aqui.

Ficaram calados, de mãos dadas, e a sombra do disco da Lua aumentou.

Então, dando-se as mãos, ficaram mais uma vez em silêncio, e a sombra sobre o disco da Lua ficou um pouco maior. — Pareceu-lhe muito tempo desde que nos vimos pela última vez? — perguntou ela.

— Pareceu-me triste.

— E não muito tempo? Isso é porque você tem ocupações e fica cego para minha ausência. Para mim, que não faço nada, foi como se estivesse vivendo embaixo de água estagnada.

— Eu preferiria aguentar o tédio, meu bem, a ter o tempo encurtado pelas coisas que encurtaram o meu.

— O que você quer dizer com isso? Você esteve pensando que não devia gostar de mim?

— Como pode um homem desejar isso e continuar gostando? Não, Eustácia.

— Os homens conseguem; as mulheres, não.

— Bem, independentemente do que eu possa ter pensado, uma coisa é certa: amo você acima de qualquer coisa e de toda sensatez. Amo até as raias da opressão, logo eu que nunca senti mais do que um capricho passageiro por qualquer mulher. Deixe-me admirar bem o seu rosto banhado pela luz da Lua, e explorar todas as linhas e curvas. Quase nada distingue o seu rosto de outros que vi muitas vezes antes de conhecer você, apesar disso, que diferença! A diferença entre tudo e coisa alguma. Deixe-me tocar mais uma vez na sua boca, aqui, aqui. Os seus olhos parecem sombrios, Eustácia.

— Não, meu olhar é assim mesmo. Creio que meus olhos são assim por eu sentir algumas vezes uma agonizante pena de mim mesma por ter nascido.

— Mas agora você sente isso?

— Não. Mas sei que não nos amaremos para sempre como agora. Não há nada que possa garantir a permanência do amor. Ele vai se desvanecer como um espírito, e aí sinto vontade de chorar.

— Não tem motivo.

— Ah, você não sabe! Viu muito mais coisas do que eu, esteve em várias cidades, e entre pessoas de quem só ouvi falar, e já viveu muitos anos. Contudo, sou mais velha do que você nesse aspecto, pois já gostei de outro homem e agora gosto de você.

— Pelo amor de Deus, não fale assim, Eustácia!

— Mas não creio que seja eu quem irá enjoar primeiro. Suspeito que tudo acabe assim: a sua mãe descobre que estamos nos encontrando, e vai influenciar você contra mim.

— Isso nunca vai acontecer. Ela já sabe dos nossos encontros.

— E ela fala mal de mim?

— Isso eu não lhe digo.

— Então vá embora! Faça a vontade dela. Vou ser sua perdição. É uma loucura da sua parte se encontrar comigo deste jeito. Me beije e vá embora para sempre. Para sempre, entendeu? Para sempre!

— Não vou.

— É sua única chance. O amor para muitos homens é uma maldição.

— Você está desesperada; é cheia de fantasias e voluntariosa; e está enganada. Tenho outro motivo para encontrá-la hoje, além de estar apaixonado. Muito embora eu, diferentemente de você, acredite que nosso amor pode ser eterno. Mas concordo com você que nossa forma atual de vida não pode continuar assim.

— Oh, é a sua mãe! É, é sim, eu sabia.

— Não interessa o que é. Pode acreditar, só não posso me permitir perdê-la. Tenho de manter você sempre ao meu lado. Nesta noite mesma, não quero vê-la se afastar. Só há um remédio para essa aflição, meu amor: você tem de se casar comigo.

Ela estremeceu, depois tentou falar algo com calma: — Os cínicos afirmam que isso cura a sofreguidão matando o amor.

— Mas você precisa me responder. Posso ir pedir a sua mão um dia desses? Não quero dizer imediatamente...

— Eu preciso pensar — murmurou Eustácia. — Agora, me fale de Paris. Tem algum lugar igual na Terra?

— É uma cidade belíssima. Então, quer se casar comigo?

— Não pertenço a mais ninguém neste mundo. Está satisfeito?

— Sim, por enquanto.

— Me fale agora das Tulherias e do Louvre — continuou ela, evasiva.

— Odeio falar de Paris! Bem, lembro-me de uma sala repleta de sol no Louvre que seria um local perfeito para você morar — a Galeria de Apolo. As janelas estão viradas para o oriente; e de manhã, nos dias ensolarados, tudo resplandece! Os raios de luz se projetam e saltam de incrustações douradas para cofres maravilhosamente marchetados; dos cofres para taças de ouro e prata; das taças para joias e pedras preciosas, destas para os esmaltes, e formam uma genuína teia de luz que deslumbra completamente os olhos. Mas, falando do casamento...

— E Versalhes? A Galeria do Rei é uma sala majestosa, não é?

— É, mas de que adianta falar nessas salas grandiosas? Aliás, o *Petit Trianon* seria um lugar perfeitamente adequado para vivermos lá; você poderia passear pelos jardins sob a Lua, pensando estar num bosque da Inglaterra; foi feito à maneira inglesa.

— Só pensar nisso me aborrece.

— Então você poderia ficar no prado diante do *Grand Palais*. Ali você se sentiria num romance histórico.

Ele continuou, já que tudo era novidade para ela, a descrever *Fontainebleau*, *Saint Cloud*, o *Bois* entre outros lugares visitados pelos parisienses. Até que ela disse:

— Quando você visitava esses lugares?

— Aos domingos.

— Ah, sim. Não gosto dos domingos ingleses. Como eu me adaptaria aos costumes de lá. Clym, querido, você vai voltar para lá, não é?

Clym balançou a cabeça e olhou o eclipse.

— Se você voltar para lá, então eu hei de... ser alguma coisa — disse ela num tom terno, agasalhando a cabeça no peito dele. — Se sua resposta for positiva, faço agora mesmo a promessa, sem demorar um minuto.

— É fantástico que você e a minha mãe estejam de acordo nesse ponto! — disse ele. — Prometi que não iria voltar, Eustácia. Não é do local que não gosto, é da profissão que tinha.

— Mas você pode trabalhar em outra área.

— Não, além do mais isso atrapalharia meus planos. Não adianta teimar. Você quer se casar comigo?

— Não sei dizer.

— Ora, esqueça Paris, é igual a outras terras. Promete, meu amor?

— Tenho a certeza cabal de que você não há de concretizar o seu plano de ensino, então tudo será como eu quero. Por isso, prometo ser sua para sempre.

Clym aproximou o rosto dela do seu com um leve toque da mão e a beijou.

— Mas veja bem que você não sabe o que está levando — disse ela. — Às vezes acho que Eustácia Vye não foi feita para ser uma esposa prendada. Bem, deixe estar. Olhe como o nosso tempo está passando, passando!

E apontou para a Lua quase em eclipse total.

— Você está muito melancólica.

— Não, apenas tenho medo de pensar noutra coisa além do presente. Este nós conhecemos. Estamos juntos agora, não sabemos por quanto tempo, o desconhecido preenche sempre a minha imaginação de expectativas terríveis, até quando tenho esperança de encontrar a felicidade... Clym, a luz da Lua em eclipse brilha no seu rosto com uma cor estranha e incógnita, expondo os seus contornos como se fossem gravados em ouro. Isso significa que você deveria estar fazendo coisas melhores do que isto.

— Você é ambiciosa, Eustácia. Não, não é exatamente ambiciosa. Você aprecia coisas luxuosas. Eu deveria ter o mesmo gênio para fazê-la feliz. No entanto, eu, pelo contrário, seria capaz de viver e morrer aqui ou num eremitério, desde que tivesse um ofício honesto.

Transparecia no tom de sua voz uma falta de confiança em sua posição como namorado diligente, uma dúvida sobre estar procedendo de maneira honesta com ela, cujos gostos só em questões muito raras combinavam com os dele. Ela entendeu o que ele queria dizer e segredou-lhe, numa voz repleta de certeza zelosa:

— Não se iluda sobre mim, Clym; embora adorasse viver em Paris, eu o amo pelo que é, apenas. Casar-me com você e ir para Paris seria para mim o céu, mas eu preferiria viver com você num eremitério a não lhe pertencer. Ainda assim é uma benesse para mim, uma grande benesse. Eis a minha confissão mais sincera.

— Agora você falou como uma mulher. Preciso ir, mas vou acompanhá-la até sua casa.

— Mas você já precisa ir embora? Sim, estou vendo que a areia já escorreu quase por completo e o eclipse aumenta. Não vá ainda! Fique até se completar uma hora, depois não insisto mais. Poderá ir para casa e dormir bem, enquanto fico suspirando. Você costuma sonhar comigo?

— Não me recordo de ter tido um sonho nítido com você.

— Eu vejo o seu rosto em todas as cenas dos meus sonhos, e ouço a sua voz em qualquer sonho. Queria que não fosse assim. O que eu sinto é demais! Dizem que um amor assim não dura muito. Mas tem de perdurar! Porém, lembro-me de uma vez que vi um oficial hussardo descendo a cavalo por uma rua em Budmouth, e embora ele fosse totalmente desconhecido e nunca tivesse falado comigo, eu o amei a ponto de pensar que podia morrer apaixonada, mas não morri, e depois deixei de pensar nele. Que horror seria se chegasse um tempo em que eu pudesse deixar de amar você, Clym!

— Por favor, não diga coisas inconsequentes. Quando virmos esse tempo se aproximar, nós diremos: "Sobrevivi à minha fé e ao meu propósito", e morreremos. Olhe, a hora passou, temos de ir embora.

Seguiram de mãos dadas pelo caminho de Mistover. Quando se aproximaram da casa, ele falou:

— É tarde para falar com o seu avô. Acha que ele criará empecilhos?

— Vou falar com ele. Sou tão independente que nem lembrava que tínhamos de lhe perguntar.

Separaram-se então, depois de prolongarem o momento, e Clym desceu na direção de Blooms-End.

À medida que ele se afastava da atmosfera encantada de sua olímpica namorada, o seu rosto se cobriu com uma nova espécie de tristeza. Uma percepção do dilema em que o seu amor o colocara regressou com toda a intensidade. Apesar da aparente disposição da parte de Eustácia de aguardar, durante um período pouco auspicioso de noivado, até que ele pudesse estabelecer-se no novo trabalho, ele não deixava de perceber, em certos momentos, que ela o amava mais como o visitante de um mundo alegre ao qual ela pertencia do que como um homem com objetivos totalmente opostos ao seu recente passado que tanto a interessava. Aquilo significava que, embora ela não impusesse como condição o retorno à capital francesa, era isso o que ela secretamente desejava se se casassem; e esse fato lhe roubava muitas horas que, em outras condições, seriam muito agradáveis. A isso se somava o abismo cada vez maior que se abria entre ele e a mãe. Toda vez que qualquer episódio banal enfatizava o desapontamento que ele estava causando a ela, Clym saía em demorados e melancólicos passeios, ou permanecia acordado grande parte da noite, tudo por causa da inquietação que o reconhecimento daquele fato lhe suscitava. Se a Sra. Yeobright pudesse pelo menos se convencer de como o propósito dele era inabalável e digno, de como ele fora tão pouco influenciado por Eustácia, ela poderia considerá-lo de maneira diferente.

Assim, à medida que a sua visão se habituou à inicialmente ofuscante aura que o amor e a beleza tinham acendido nele, Clym Yeobright percebeu em que apuro estava. Às vezes, desejava nunca ter conhecido Eustácia, repelindo em seguida esse desejo perverso. Três fontes antagônicas deveriam ser mantidas em atividade: a confiança que a mãe tinha nele, o seu plano de se tornar professor e a felicidade de Eustácia. A sua natureza impetuosa não suportava desistir de nenhum desses itens, embora dois deles fossem o que ele podia ter esperança de preservar. Apesar de o seu amor ser tão puro como o de Petrarca por Laura, ele transformara em algema aquilo que antes fora só um obstáculo. Uma posição que não era muito simples quando o seu coração ainda era livre tornara-se extraordinariamente complicada com o acréscimo de Eustácia. Precisamente quando a mãe começava a aceitar o projeto, ele surgira com outro mais amargo que o primeiro, e a combinação dos dois era demais para ela tolerar.

[5] PALAVRAS RÍSPIDAS SÃO DITAS E COMEÇA UMA CRISE

Quando Yeobright não estava com Eustácia, dedicava-se aos livros como um escravo, e, quando não estudava, ia encontrá-la. Os encontros ocorriam em sigilo total.

Uma tarde, sua mãe voltou de uma visita a Thomasin. Ele compreendeu que acontecera algo, ao ver as transformações no semblante dela.

— Disseram-me algo que ainda não compreendi — falou ela, entristecida. — O capitão falou na Mulher Tranquila que você e Eustácia vão se casar.

— Vamos — disse Yeobright —, mas ainda pode faltar muito tempo.

— Eu mal poderia pensar que NÃO faltasse ainda muito tempo. Vai levá-la para Paris, com certeza — disse ela, com um desespero abatido.

— Não vou voltar para Paris.

— Então o que pretende com uma esposa?

— Dirigir um colégio em Budmouth, como já lhe havia dito.

— Isso é extraordinário! Esta terra está repleta de professores. Você não possui qualificações especiais. Que possibilidades você acha que terá?

— Não há possibilidades de enriquecer. Mas com o meu sistema de ensino, que é tão inovador como verdadeiro, hei de proporcionar muitos benefícios aos meus semelhantes.

— Sonhos! Sonhos! Se houvesse algum sistema para inventar, já teria sido descoberto numa universidade há muito tempo!

— Nunca, mãe. Não conseguiriam descobri-lo porque os professores não entram em contato com a classe que precisa desse sistema, ou seja, com aqueles que nunca tiveram uma educação prévia. O meu projeto pretende incutir altos conhecimentos em cérebros vazios, sem primeiro abarrotá-los com aquilo que será preciso retirar de lá antes de dar início ao estudo real.

— Eu poderia ter acreditado em você, se tivesse ficado longe de compromissos, mas essa mulher... se fosse uma boa moça, já seria ruim, mas sendo...

— Ela é uma boa moça.

— Isso é o que você pensa. Filha de um maestro de banda de Corfu! O que tem sido a vida dela? Nem o sobrenome é genuíno.

— É a neta do capitão Vye, e o pai usou apenas o nome da mãe; ela é uma dama por instinto.

— É chamado de capitão, mas qualquer um pode ser capitão.

— Ele esteve na Marinha Real.

— Sim, é claro que navegou pelo mar numa banheira qualquer. Por que não cuida da neta? Uma dama não andaria pela várzea a qualquer hora do dia ou da noite como ela faz. Mas isso não é tudo. Houve qualquer coisa esquisita entre ela e o marido de Thomasin. Tenho tanta certeza disso como de que estou aqui.

— Eustácia me contou. Ele a cortejou um ano atrás, mas não houve mal nenhum nisso. Gosto ainda mais dela por isso.

— Clym — falou a mãe, com firmeza. — Infelizmente não tenho provas contra ela, mas, se ela for uma boa esposa, então jamais houve alguma que fosse má.

— A senhora pode crer que está quase me exasperando — disse Clym, com veemência. — E pensar que ainda hoje esperava promover um encontro entre vocês. Mas a senhora não me dá trégua, fica contrariando todos os meus desejos.

— Abomino a ideia de ver um filho meu fazendo um péssimo casamento. Gostaria de nunca ter vivido para ver isso! É demais para mim... mais do que eu nem sequer imaginei! — Ela virou-se para a janela. Sua respiração estava acelerada, seus lábios estavam pálidos, abertos e trêmulos.

— Mãe, não importa o que fizer, será sempre estimada por mim, disso a senhora sabe. Mas tem uma coisa que tenho o direito de dizer: é que, na minha idade, tenho certeza do que é melhor para mim.

A Sra. Yeobright ficou em silêncio e abalada por um momento, sentindo-se inábil em acrescentar algo. Em seguida respondeu: — Melhor? É melhor para você prejudicar seus projetos por uma mulher voluptuosa e indolente como essa? Não vê que, pelo simples fato de tê-la escolhido, você mostra que não sabe o que quer? Você abre mão de suas ideias... dedica a sua alma para agradar a uma mulher...

— É verdade, e essa mulher é a minha mãe.

— Como ousa me tratar com tanta insolência!? — exclamou a mãe, virando-se para ele com os olhos cheios de lágrimas. — Filho desnaturado, eu não esperava isso de você, Clym!

— É bem provável — disse Clym, num tom amargurado. — A senhora não sabia até que ponto ia me magoar, e, portanto, ignorava até que ponto eu poderia lhe retribuir isso.

— Ainda me responde assim; você só pensa nela, está subjugado por ela.

— É a prova de que ela é digna. Nunca defendi o que é mau até agora. Não penso só nela. Penso na senhora e em mim, e em tudo o que é bom. Quando uma mulher não gosta de outra não tem a mínima compaixão.

— Oh, Clym, por favor, não coloque como culpa minha o que é fruto da sua loucura contumaz. Se você queria se relacionar com uma mulher desprezível, por que veio fazê-lo em nossa terra? Por que não o fez em Paris? Lá essas coisas estão na moda. Você voltou apenas para me atormentar... eu, uma mulher só, e para encurtar os meus dias! Quem me dera que você oferecesse a sua presença a quem dá o seu amor!

Clym falou num tom áspero: — A senhora é minha mãe. Não falo mais nada além disso, peço-lhe desculpa por ter considerado esta casa como minha. Não a incomodarei mais. Vou embora.

E saiu com lágrimas nos olhos.

Era uma tarde ensolarada, no início do verão, e as concavidades úmidas da várzea tinham passado do seu estágio marrom para o verde. Yeobright seguiu para a margem do depósito de água situado entre Mistover e Rainbarrow.

Nesse momento já se acalmara e apreciava a paisagem. Nos vales menores, entre os montículos que davam variedade ao contorno do vale, os fetos novos cresciam exuberantes na direção de sua altura final de um metro e meio. Yeobright desceu por um pequeno caminho, deitou-se num ponto onde surgia uma trilha em meio às pequenas concavidades, e aguardou. Fora àquele local que havia prometido a Eustácia levar sua mãe, naquela tarde, para que se conhecessem e se tornassem amigas. O seu plano falhara por completo.

Estava num leito intensamente verde. Em seu redor, a vegetação dos fetos, mesmo que abundante, era muito uniforme; tratava-se de um bosque de folhagem como que aparada com máquina, um mundo de triângulos verdes com recortes em forma de serra sem nenhuma flor. O ar estava abafado, mas vaporoso, e nada cindia o silêncio. Os únicos seres vivos eram lagartos, gafanhotos e formigas que estavam ali. A cena parecia de um mundo antigo do período carbonífero, em que a variedade das plantas era pouca e da espécie dos fetos; não havia botões nem flores ou coisa alguma, a não ser a extensão monótona de folhagem em que não se ouvia uma ave trinando.

Clym estava deitado assim havia algum tempo, com seus pensamentos sombrios, quando viu um chapéu de seda branca se aproximando pelo lado esquerdo, e logo percebeu que o chapéu protegia a cabeça da sua amada. O seu coração despertou da apatia para o entusiasmo; ele se levantou e disse em voz alta: "Sabia que ela viria".

Ela sumiu entre as reentrâncias por alguns momentos, depois seu vulto emergiu do matagal.

— Só você aqui? — perguntou ela, com ar de desapontamento, que logo se desfez por um rubor crescente e o riso sutil e meio culpado. — Onde está a Sra. Yeobright?

— Não veio! — respondeu ele, num tom contido.

— Seria melhor eu ter sabido antes que você viria sozinho — disse ela, séria — e que poderíamos ter um tempo livre assim tão agradável. O prazer que não se conhece antecipadamente se dissipa pela metade; ao ser antecipada, a alegria se duplica. Em nenhum momento hoje pensei que o teria só para mim esta tarde, e o instante atual de alguma coisa passa tão depressa!

— Isso é verdade?

— Pobre Clym! — continuou ela, olhando com ternura o rosto dele. — Você está triste; aconteceu algo em sua casa. Não tem importância, vamos pensar apenas no presente.

— Mas, querida, o que vamos fazer?

— Continuaremos como até hoje, vivendo os nossos encontros sem saber do dia de amanhã. Você está sempre pensando nisso, eu sei. Mas não deve pensar; está bem, meu querido Clym?

— Você é como as outras mulheres, que se satisfazem quase sempre com uma posição casual que lhes possa ser adequada, enquanto os homens criam um mundo à sua vontade. Ouça, Eustácia, temos de falar sobre um assunto que não pode mais ser adiado. O seu sentimento sobre a sabedoria do *carpe diem* não me impressiona hoje. Nosso modo de vida atual precisa ter logo um fim.

— É por causa da sua mãe!

— Sim, não a quero menos ao dizer isso, mas é justo que você saiba.

— Sempre temi pela minha felicidade — disse ela, quase não mexendo os lábios. — Tem sido muito intensa e devoradora.

— Ainda há esperança. Tenho quarenta anos de trabalho pela frente, por que você deveria se desesperar? Estou apenas numa situação incômoda. Eu gostaria que as pessoas não pensassem tão prontamente que sem uniformidade não há progresso.

— Ah, sua mente já pende para o lado filosófico. Bom, tais entraves tristes e desanimadores são bem-vindos até certo ponto, pois nos possibilitam olhar com indiferença as sátiras cruéis às quais o Destino gosta de se entregar. Já ouvi falar de pessoas que, ao alcançarem a felicidade, morrem de ansiedade por temerem não ter tempo suficiente para desfrutá-la. Eu mesma tenho me encontrado nesse estado esquisito, mas espero ser poupada. Vamos caminhar.

Clym segurou sua mão, que já estava propositalmente sem a luva. Tinham essa predileção: caminhar de mãos dadas e sem luvas. Seguiram pelo caminho dos fetos. Compunham um gracioso quadro do amor em sua glória plena, caminhando assim pelo vale naquela tarde que já ia adiantada, com o Sol se inclinando à direita deles e projetando numa grande extensão do tojo e do feno suas sombras esguias, espectrais e altas como choupos. Eustácia avançava com a cabeça um pouco reclinada para trás, com um certo ar de triunfo alegre e voluptuoso preenchendo seus olhos, por ter arrebatado com seus próprios meios um homem que era o seu complemento perfeito em cultura, beleza e juventude. Quanto a ele, a palidez que trouxera de Paris e as marcas rudimentares do tempo eram agora menos perceptíveis em seu rosto do que quando regressara, tendo o vigor saudável e enérgico que o caracterizava já recuperado em parte suas proporções originais. Seguiram em frente até atingir a parte inferior da várzea, onde ela se tornava pantanosa, coberta de charcos.

— Nós nos separamos aqui, Clym — disse Eustácia.

Permaneceram imóveis, e se prepararam para a despedida. Tudo era harmonia ao redor deles. O Sol, pousado na linha do horizonte, derramava-se sobre a terra por entre nuvens acobreadas e lilases que se espalhavam planas sob um céu de um verde brando e mortiço. Os objetos escuros da terra, expostos à luz solar, estavam envolvidos por uma neblina purpúrea, contra a qual grupos de insetos brilhavam como faíscas numa fogueira, voando e adejando por ali.

— Oh, me separar de você é tão doloroso! — murmurou Eustácia num momento súbito de angústia. — Sua mãe deverá influenciá-lo demais; não serei julgada com justiça, e hão de espalhar por aí que não sou íntegra; e me denegrindo ainda mais acrescentarão a história da bruxa.

— Não são capazes disso. Ninguém ousaria falar de você e de mim de forma desrespeitosa.

— Quem me dera nunca perdê-lo; que você nunca fosse capaz de me deixar!

Clym ficou em silêncio, comovido. Estava vivendo um momento apaixonado, por isso resolveu cortar o nó.

— Querida, nos casaremos o mais depressa possível — disse, apertando-a nos braços.

— Oh, Clym!

— Você aceita?

— Sim, se puder ser.

— Mas é claro, já que somos ambos maiores. E eu não trabalhei estes anos todos sem poupar algum dinheiro. Se você aceitar viver num pequeno chalé num ponto qualquer da várzea, até que eu consiga uma casa para nossa escola em Budmouth, iremos gastar pouco.

— Por quanto tempo viveremos no pequeno chalé, Clym?

— Uns seis meses. Após esse período, terei concluído os meus estudos... sim. Vamos tratar disso e acabamos com esse sofrimento. É óbvio que teremos de viver isolados e a vida de casados só será exposta quando tivermos uma casa em Budmouth, para onde já enviei carta sobre o assunto. O seu avô permitirá?

— Penso que sim, contanto que esse primeiro período não se estenda por mais de seis meses.

— Asseguro-lhe que será assim, desde que não aconteça nenhum transtorno.

— Se não houver nenhum transtorno... — repetiu ela, devagar.

— O que não é provável. Querida, escolha o dia exato.

Combinaram a data, seria dentro de quinze dias. Com isso terminaram a conversa e Eustácia o deixou. Clym ficou observando-a caminhar sob o sol. Os raios luminosos a envolviam à medida que se afastava, enquanto o som do roçar do seu vestido contra a relva ia sumindo. Ao observar a paisagem, ele se sentiu como que oprimido pela planície erma, ainda que tivesse consciência da beleza daquele verde imaculado do princípio do verão que era exibido naquele momento pelas folhas mais tenras. Havia algo naquela opressiva horizontalidade que lhe lembrava muito a arena da vida; ela lhe dava uma sensação de mera igualdade, em relação a todos os seres vivos sob o sol, de que não era superior a nenhum deles.

Eustácia já não era uma deusa, mas a mulher que ia ser sua, um ser por quem teria de lutar, alguém que ele deveria sustentar e ajudar e por quem seria difamado. Agora, que estava mais calmo, achou que seria preferível um casamento menos apressado; mas as cartas já estavam na mesa, e ele estava determinado a se manter no jogo. Se Eustácia seria mais uma na lista dos que amam com ardor demasiado para amarem bem e longamente, o evento vindouro com certeza seria uma forma de provar.

[6] CLYM YEOBRIGHT VAI EMBORA E O ROMPIMENTO É COMPLETO

Durante toda aquela noite partiram do quarto de Yeobright e chegaram aos ouvidos da mãe que estava na parte de baixo ruídos contínuos que denunciavam que ele se preparava ativamente para partir.

Na manhã seguinte saiu de casa e atravessou mais uma vez a várzea. Tinha à sua frente um longo dia de caminhada, cujo propósito era conseguir uma moradia para onde pudesse levar Eustácia após o casamento. Um chalé desse tipo, pequeno, isolado e com janelas vedadas ele tinha por acaso visto um mês antes cerca de três quilômetros além do povoado de East Egdon, e a nove quilômetros de distância da sua casa; para lá ele se dirigia.

O tempo estava muito alterado em relação à tarde do dia anterior. O pôr do Sol amarelo e vaporoso que envolvera Eustácia depois da despedida fora um prenúncio de mudança. Era um daqueles não raros dias de um junho inglês que são úmidos e tempestuosos como os de novembro. As frias nuvens se acumulavam muito depressa numa massa, como se fossem desenhadas num plano inclinado e movediço. Vapores de outros continentes eram trazidos pela ventania, que se enovelava em torno de Clym conforme ele andava.

Enfim ele chegou à orla de uma plantação de abetos e faias que, no ano do seu nascimento, tinha sido isolada do terreno da várzea com cercas. Ali as árvores, carregadas com folhas novas e úmidas, estavam sofrendo agora mais danos do que sofriam durante os fortes ventos do inverno, quando os ramos estão especialmente desimpedidos para lutar com a tempestade. As faias novas, carregadas de umidade, estavam sofrendo amputações, contusões, mutilações e severos ferimentos, dos quais a seiva poderia escorrer ainda por muitos dias, e que deixariam cicatrizes visíveis até o dia em que as árvores fossem queimadas. Cada galho era arrastado desde a raiz, onde se movia como um osso em sua cavidade, e a cada investida dos ventos os galhos soltavam sons convulsivos, como se sentissem dor. Num matagal adjacente, um tentilhão se esforçava para cantar, mas o vento soprou em suas penas até deixá-las completamente eriçadas e enredou-se em sua cauda, obrigando-o a desistir do canto.

Apesar disso, alguns metros à esquerda de Yeobright, na várzea descampada, com que ineficiência rugia a tempestade. Os ventos que amputavam as árvores apenas faziam ondular o tojo e a urze como uma carícia. Egdon era feita para momentos como aquele.

Yeobright chegou na casa por volta do meio-dia. Ela era quase tão solitária como a do avô de Eustácia, mas o fato de ficar perto de uma várzea era disfarçado por um cinturão de abetos que quase isolava a propriedade. Ele caminhou adiante por cerca de dois quilômetros até o povoado onde morava o proprietário e, voltando com ele até a casa, finalizou as negociações após o homem assumir o compromisso de arrumar ao menos um quarto para ser ocupado no dia seguinte. O intuito de Clym era morar ali sozinho até o seu casamento com Eustácia.

Depois ele encetou o caminho de volta, embaixo de uma chuva fina que tinha mudado toda a paisagem. Os fetos onde se deitara confortavelmente na véspera estavam completamente encharcados, molhando suas pernas à medida que ele avançava; e os pelos dos coelhos que saltavam diante dele estavam empelotados e com mechas escuras por causa da chuva.

Clym chegou em casa bastante molhado e exausto após mais de quinze quilômetros de caminhada. Não se poderia dizer que fora um começo promissor, mas ele escolhera esse rumo e não demonstraria hesitação. Durante a noite e a manhã seguintes ele concluiu os preparativos da mudança. Ficar em casa um minuto a mais do que o necessário, após ter tomado sua decisão, seria, ele achava, provocar mais desgosto em sua mãe por um gesto, palavra ou olhar.

Ele havia alugado uma carroça e despachado as suas coisas às duas horas daquele dia. O próximo passo era providenciar alguns móveis, que, depois de serem temporariamente usados no chalé, poderiam servir na casa de Budmouth, juntamente com outros de melhor qualidade. Em Anglebury havia uma feira grande para esse fim, alguns quilômetros além da residência onde viveriam, e ali ele resolveu passar a noite seguinte.

Faltava despedir-se da sua mãe. Quando desceu, ela estava sentada ao lado da janela, como era seu costume.

— Mãe, vou embora — disse, estendendo a mão.

— Já imaginava, considerando as arrumações e encaixotamentos — respondeu a Sra. Yeobright, com uma voz da qual penosamente retirara qualquer partícula de emoção.

— Nos separamos como amigos?

— Decerto, Clym.

— Vou me casar no dia 25.

— Já presumia que iria se casar.

— Depois... depois s senhora deve ir nos visitar. Poderá me entender melhor, e a situação não será tão sofrida como agora.

— Não acho provável que eu vá visitá-los.

— Então não será culpa minha nem de Eustácia, mãe. Adeus!

Beijou o seu rosto e seguiu mergulhado em sofrimento, que demorou horas para atenuar a um nível controlável. A situação atingira um ponto em que não se poderia fazer mais nada sem derrubar uma barreira, o que não era possível.

Assim que Yeobright deixou a casa da sua mãe, o semblante dela abandonou o ar severo e assumiu uma expressão francamente desesperada. Depois de um tempo ela começou a chorar e as lágrimas lhe trouxeram algum alívio. O resto do dia ela passou andando de um lado para outro no jardim, num estado que parecia quase de estupefação. A noite chegou, e com ela veio algum descanso, ainda que mínimo. No dia seguinte, fez várias coisas para diminuir seu abatimento e a melancolia; arrumou o quarto do filho, caso nalgum dia imaginário ele pudesse voltar. Tratou de suas flores com superficialidade, pois elas já não tinham encanto.

Foi um grande alívio quando, no início da tarde, Thomasin lhe fez uma visita inesperada. Não era o primeiro encontro entre as duas desde o casamento dela, e tendo os erros passados sido de certa forma retificados, elas podiam cumprimentar-se com prazer e sem constrangimento.

O raio oblíquo do Sol que a seguia através da porta deixava a jovem esposa muito bem, iluminando-a como ela iluminava a várzea. Os seus movimentos e o seu olhar faziam lembrar as aves que viviam à volta da casa dela. Todos os símiles e alegorias relacionados a ela se iniciavam e terminavam com as aves. Havia em seus movimentos tanta variedade como no voo das aves. Quando meditava, era como um falcão que se mantém no ar com um movimento invisível das asas. Quando se exaltava, o seu corpo leve ia ao encontro das árvores e margens como uma garça. Quando sentia medo, ela se esgueirava rápida e silenciosa como um alcião. Quando estava serena, resvalava como uma andorinha. Era dessa forma que se movia agora.

— Você está com um ar muito alegre, palavra de honra, Tamsie. — disse a Sra. Yeobright, com um sorriso abatido. — Como está Damon?

— Ótimo.

— Ele é bom para você, Thomasin? — e a Sra. Yeobright olhou-a atentamente.

— Muito bom.

— Está falando sério?

— Claro, tia. Se fosse mau eu lhe diria. — E acrescentou hesitante e um pouco corada: — Ele... não sei se devo me queixar com a senhora, não sei bem o que fazer. Preciso de dinheiro, entende, tia? Para comprar umas coisinhas para mim, mas ele não me dá nada. Não gosto de lhe pedir, e ele não me dá, talvez porque não saiba. Devo lhe dizer alguma coisa, tia?

— É óbvio que deve. Você nunca mencionou o assunto com ele?

— Eu tinha algum dinheiro meu — falou Thomasin, meio evasiva — e não precisei até há pouco tempo. Falei sobre isso com ele a semana passada, mas acho que ele esqueceu.

— Você tem de fazê-lo lembrar. Você sabe que eu tenho uma caixinha cheia de guinéus que o seu tio me entregou para dividir entre você e Clym quando eu quisesse. Creio que chegou o momento. Podem ser convertidos em soberanos a qualquer momento.

— Creio que eu gostaria de receber a minha parte; isto é, se a senhora não se importar...

— Você vai receber, se for preciso. Convém primeiro que você fale abertamente com o seu marido que precisa de dinheiro, para ver o que ele vai fazer.

— Certo, vou fazer isso. Tia, ouvi falar de Clym. Sei que a senhora se aflige por ele. Por isso vim vê-la.

A Sra. Yeobright virou-se e tentou esconder as emoções. Mas cedeu e falou chorando: — Oh, Thomasin, você acha que ele tem raiva de mim? Como ele foi capaz de me magoar dessa maneira, eu que vivi só para ele todos estes anos?

— Raiva? Não — disse Thomasin, tentando consolá-la. — É só que ele a ama muito. Aceite as coisas com serenidade. Ele não está procedendo tão mal. Cheguei à conclusão de que esse não é o pior casamento que ele poderia fazer. Pelo lado materno, a família da Srta. Vye é boa, e o pai era um viandante romântico, um tipo de Ulisses grego.

— Não adianta, Thomasin, não adianta. Sua intenção é boa, mas não vou obrigar você a gastar argumentos. Repassei tudo o que poderíamos ter dito sobre o assunto, várias vezes. Clym e eu não nos separamos zangados, foi muito pior. Não é uma raiva acirrada que iria dilacerar meu coração; é a oposição firme e a insistência que ele demonstrou em trilhar o caminho errado... Oh, Thomasin, ele era tão bom quando criança, tão afetuoso e doce!

— Era, sim, eu sei.

— Nunca pensei que alguém do meu sangue pudesse me tratar dessa maneira. Falou como se eu o contradissesse só para fazê-lo sofrer! Como se eu lhe desejasse algum mal!

— Existem mulheres no mundo bem piores do que Eustácia Vye.

— Mas também há melhores, esse é o mal. Foi ela, Thomasin, que levou o seu marido a fazer o que fez. Tenho certeza!

— Não — disse Thomasin, apressadamente. — Foi antes de me conhecer que ele se relacionou com ela, e tudo não passou de um namoro efêmero.

— Então está bem, vamos dizer que foi assim. Não vale a pena pensar nisso agora. Os filhos têm o direito de ser cegos, como bem entenderem. Por que será que uma mulher consegue ver de longe o que um homem não consegue enxergar de perto? Que Clym faça o que quiser; ele já não significa nada para mim. E isto é a maternidade! Devotar a alguém seus melhores anos e o seu amor, e depois ser menosprezada!

— A senhora é intransigente. Lembre-se de quantas mães existem cujos filhos as envergonham em público devido a verdadeiros crimes, antes de se magoar tanto com um caso como esse.

— Não venha me passar sermão, Thomasin, não estou aqui para isso. É o excesso acima do que esperamos que define a força do golpe, e essa força não pode ser maior no caso delas do que no meu. Elas talvez já previssem o pior.... Algo não está certo comigo, Thomasin — acrescentou ela, com um sorriso melancólico. — Certas viúvas defendem-se das mágoas causadas pelos filhos concentrando o seu amor noutro marido e começando uma vida nova. Mas sempre fui uma mulher pobre, fraca, de uma única ideia. Não tive nem os meios nem o ânimo para isso. Exatamente como eu fiquei, abandonada e entorpecida após o espírito do meu marido me deixar, permaneci até hoje, nunca tendo tentado consertar a situação. Eu era relativamente jovem naquela época, poderia ter formado uma nova família, e com ela me consolar após a frustração com este filho.

— Foi mais nobre da sua parte ter agido assim.

— Quanto mais digno se é, menos sábio.

— Melhor esquecer isso e se consolar, tia. Regressarei aqui em breve, virei todos os dias.

Durante uma semana, Thomasin cumpriu a promessa. Esforçava-se para abordar o casamento com casualidade; trouxe notícias sobre os preparativos e contou que havia sido convidada para o evento. Na semana seguinte, sentiu-se bastante indisposta e não compareceu. A questão dos guinéus não se resolvera ainda. Thomasin receava falar de novo com o marido sobre o assunto, e a Sra. Yeobright insistia nesse ponto.

No dia anterior a esse, Wildeve estava na porta da Mulher Tranquila. Além da trilha que subia através da várzea até Rainbarrow e Mistover, havia um atalho que se separava da estrada principal um pouco abaixo da estalagem e subia até Mistover por uma ladeira sinuosa e suave. Essa ladeira era o único caminho para a casa do capitão que permitia a circulação de veículos. Uma carroça pequena da cidade mais próxima vinha descendo por ela, e o rapaz que a conduzia estacionou diante da estalagem para beber algo.

— Veio de Mistover? — inquiriu Wildeve.

— Sim, estão recebendo coisas finas lá, vai ter um casamento.

E o cocheiro meteu a cara na caneca.

Wildeve não tivera nenhum conhecimento sobre o fato, e uma expressão repentina de mágoa invadiu o seu rosto. Ele recuou um momento na direção do corredor para esconder a perturbação. Depois voltou para perto do jovem.

— Está falando da Srta. Vye — disse ele. — Ela vai se casar assim tão depressa?

— Pelo desejo de Deus e de um rapaz determinado, creio eu.

— Não está falando do Sr. Yeobright?

— Sim, ele andou passeando com ela durante toda a primavera.

— Entendo. Ela deve estar muito apaixonada por ele.

— Sim, está doida por ele, pelo menos é o que diz a empregada da casa. E aquele moço, o Charley, que trata dos cavalos, está arrasado. O tonto se apaixonou por ela.

— E ela está animada, alegre? Claro... se casar assim tão de repente!

— Não foi de repente.

— Não, não foi.

Wildeve entrou para a sala vazia com uma dor estranha no coração. Apoiou o cotovelo no console da lareira, e descansou o rosto na mão. Quando Thomasin chegou, ele não lhe disse nada sobre o que ficara sabendo. O desejo antigo por Eustácia se reavivou em sua alma, sobretudo porque ele soubera que outro homem ia possuí-la.

Ansiar pelo que era difícil, ficar entediado com o que está a seu dispor; desejar o que está longe, não se interessar pelo que está próximo. Essas eram as características naturais de Wildeve. Era a mais genuína marca do homem sentimental. Embora o sentimento febril dele não tivesse sido elaborado para atingir um verdadeiro patamar romântico, era de uma espécie típica. Poder-se-ia chamá-lo de o Rousseau de Egdon.

[7] A MANHÃ E A TARDE DE UM CERTO DIA

A manhã do casamento chegou. Aparentemente, ninguém supunha que Blooms-End se interessava por Mistover naquele dia. Em redor da casa da mãe de Clym, pairava uma quietude solene, e no interior não havia agitação. A Sra. Yeobright, que se recusara a participar da cerimônia, estava sentada à mesa do almoço na sala antiga que dava direto para a entrada, fixando o olhar na direção da porta entreaberta. Aquele era o local onde, seis meses antes, acontecera a alegre festa de Natal, à qual Eustácia viera secretamente como uma desconhecida. A única coisa que entrou lá foi um pardal, que, não vendo qualquer agitação que o assustasse, se aventurou impetuosamente pelo recinto, tentou sair pela janela e começou a esvoaçar entre os vasos de flores. O fato despertou a atenção da senhora solitária. Ela se levantou, libertou o pássaro e seguiu até a porta. Esperava Thomasin, que na noite anterior lhe escrevera, dizendo-lhe que necessitava de dinheiro e que ia visitá-la no dia seguinte.

Mas os pensamentos da Sra. Yeobright não estavam ocupados com Thomasin naquele instante em que contemplava o vale da várzea, vibrante de borboletas e gafanhotos cujos ruídos formavam um coro ciciado. Uma peça doméstica, cujos preparativos aconteciam a dois ou três quilômetros dali, não estava menos presente aos seus olhos do que se estivesse sendo encenada diante dela. Ela tentou afastar a visão e andou pelo jardim, mas seus olhos de quando em quando se dirigiam para onde ficava a paróquia a que pertencia Mistover, e a sua imaginação acesa cruzava os montes que a separavam da igreja.

A manhã estava chegando ao fim. Soaram as badaladas das onze horas. Será que o casamento estava realizando-se? Devia ser assim. Continuou a fantasiar a cena na igreja, onde ele estaria entrando com a noiva. Imaginou um grupo de crianças ao lado do portão, enquanto a carruagem avançava e na qual, de acordo com Thomasin, eles iriam fazer o pequeno percurso. Depois viu-os entrar, seguir até o coro da igreja e ajoelhar, em seguida o início da cerimônia.

Ela cobriu o rosto com as mãos. — Isso é um erro! — lamentou. — E um dia ele vai descobrir e se lembrar de mim!

Enquanto permanecia assim, invadida pelos pressentimentos, no interior da casa o relógio tocou as doze badaladas. Em seguida, sons distantes chegaram aos seus ouvidos do outro lado das colinas. A brisa soprava daquela direção, transportando os sons de sinos distantes que soavam num repique animado: um, dois, três, quatro, cinco. Os sineiros de Egdon anunciavam as núpcias de Eustácia e do seu filho.

— Está tudo acabado — murmurou ela. — Ótimo, ótimo! A minha vida também acabará depressa. Para que vou continuar a inflamar meu rosto? Chorar por algo, por tudo. Isto é a vida, e mesmo assim dizemos: a vida é para se divertir!

À tarde, Wildeve apareceu por lá. Desde o casamento de Thomasin, a Sra. Yeobright lhe dedicava aquele tipo de amizade austera que surge em todos os casos de parentesco não desejado. A visão do que deveria ter sido é colocada de lado pela fadiga, e o fatigado esforço humano tenta encarar o fato consumado da melhor maneira.

Wildeve, é preciso fazer justiça, vinha procedendo com muita polidez com a tia da sua esposa, e foi sem surpresa que a Sra. Yeobright o viu entrar.

— Thomasin não pôde vir segundo prometeu — respondeu ele à pergunta da tia, que estava ansiosa, por saber que a sobrinha estava precisando muito de dinheiro. — O capitão esteve pessoalmente ontem à noite em casa, instou-a a ir hoje ao casamento. Daí que ela resolveu aceitar, para não ser indelicada. Foram buscá-la na carruagem, e devem trazê-la de volta.

— Então o casamento está consumado — falou a Sra. Yeobright. — Já estão em sua casa nova?

— Não sei, não tive notícias de Mistover desde a ida de Thomasin.
— Você não foi com ela? — Perguntou a Sra. Yeobright, como se devesse haver boas razões para isso.
— Não foi possível — e Wildeve corou levemente. — Não podíamos os dois deixar a estalagem. Foi um dia trabalhoso por causa da feira de Anglebury. Presumo que tenha algo para Thomasin. Se quiser, posso levar.
A Sra. Yeobright hesitou, e pensou se Wildeve sabia do que se tratava.
— Ela lhe falou alguma coisa? — perguntou.
— Não disse tudo. Falou apenas sobre algo que tinha combinado de pegar com a senhora.
— Não será preciso que o leve. Quando ela vier, eu o entrego.
— Não será tão rápido. No estado de saúde atual, ela não pode andar como antigamente. — Acrescentou com tom irônico:
— Do que se trata que não pode confiar em mim para levar?
— Nada pelo que valha a pena se preocupar.
— Creio que duvida da minha honestidade — falou ele, sorrindo e já ruborizando como costumava ficar quando se sentia afrontado.
— Não pense isso — falou friamente a Sra. Yeobright. — É só que eu, como muita gente, creio que existem certas coisas que devem ser feitas por algumas pessoas e não por outras.
— Como achar melhor — retrucou, lacônico, Wildeve. — Não adianta discutir. Penso que chegou a hora de voltar para casa, já que a estalagem não pode ficar muito tempo só com o rapaz e a empregada.
Ele tomou seu caminho, após se despedir de uma forma que não se diria tão cordial como fora o cumprimento na chegada. A Sra. Yeobright o conhecia por dentro e por fora, por isso não se incomodava com os modos bons ou maus dele.
Após Wildeve ir embora, a Sra. Yeobright ficou pensando em como deveria proceder em relação aos guinéus que não quis entregar a Wildeve. Não era plausível que Thomasin tivesse pedido que ele os buscasse, já que a necessidade dela fora provocada pela dificuldade em conseguir dinheiro com ele. Mas, por outro lado, Thomasin estava mesmo precisando, e poderia não conseguir vir a

Blooms-End pelo menos por uma semana. Enviar o dinheiro para a estalagem não seria muito diplomático, pois Wildeve com certeza estaria presente ou ficaria sabendo; e se, como a tia desconfiava, ele não a tratava de maneira amável, como ela merecia, seria bem capaz de lhe tirar todo o dinheiro. Mas precisamente naquela tarde Thomasin estava em Mistover, e qualquer coisa poderia ser-lhe enviada sem que o marido ficasse sabendo. Considerando tudo, era conveniente aproveitar a ocasião.

O seu filho também estava lá, e estava casado. Não havia momento mais oportuno que esse para lhe entregar a sua parte também. E a oportunidade que teria de lhe enviar esse presente, de provar quão distante estava de guardar algum ressentimento, alegrou o coração da triste mãe.

Ela subiu a escada e retirou de uma gaveta trancada uma caixa, despejando todos os guinéus grandes e sem uso, guardados há tantos anos. Eram cem ao todo, e ela os separou em dois montes iguais, de 50 guinéus cada. Depositou cada parte num saco grosso, desceu até o jardim e chamou Christian Cantle, que perambulava por ali à espera de uma refeição, coisa que não estava no contrato. A Sra. Yeobright entregou-lhe os sacos de dinheiro, e deu-lhe indicações para se dirigir até Mistover, aconselhando que de maneira alguma os entregasse a outras mãos, senão a Thomasin e ao seu filho Clym. Por via das dúvidas, achou melhor dizer a Christian o que havia nos sacos, para que assim ele tivesse consciência da importância dos volumes. Christian guardou-os, comprometeu-se a ter o maior cuidado, e seguiu para Mistover.

— Não é necessário se apressar — falou a Sra. Yeobright. — É melhor não chegar antes do lusco-fusco, para ninguém reparar em você. E volte para jantar, se não ficar muito tarde.

Eram quase nove horas quando Christian iniciou a subida do vale em direção de Mistover. Como era época do verão, em que os dias são mais longos, só agora as primeiras sombras noturnas começavam a escurecer a paisagem. Nesse ponto do caminho, ele escutou vozes, e viu que elas vinham de um grupo de homens e mulheres que estavam atravessando um fosso, dos quais ele conseguia avistar apenas as cabeças.

Parou e se lembrou do dinheiro que levava. Ainda era cedo para mesmo Christian ter um receio verdadeiro de ladrões. Contudo, ele tomou uma precaução que adotava desde a adolescência, quando levava mais que dois ou três xelins (cautela similar à do possuidor do diamante Pitt) e tinha temores semelhantes. Descalçou as botas, desfez os nós dos sacos e despejou o conteúdo de um deles na bota direita, o do outro na bota esquerda, espalhando as moedas no fundo de maneira uniforme. Seus calçados não se limitavam ao tamanho dos seus pés; eram dois largos cofres. Voltou a calçar as botas, amarrou-as bem, e continuou sua trilha levando menos peso na cabeça do que nos pés...

O atalho por onde ele estava indo confluía com aquele em que o grupo agitado avançava. Ao se aproximar, Christian notou que eram várias pessoas conhecidas de Egdon, e Fairway, de Blooms-End, seguia com elas.

— Christian, você também vai?! — indagou Fairway assim que o reconheceu. — Você não tem namorada nem mulher para quem possa dar um corte de tecido, com certeza.

— O que quer dizer? — interrogou Christian.

— Trata-se de um sorteio, naquele que vamos todos os anos. Vai conosco?

— Não sei o que é isso, algo parecido com um jogo de porrete ou algum outro esporte sangrento? Não pretendo ir, obrigado, Fairway, me desculpe.

— Christian não sabe como é divertido. E ele ia gostar de ver — falou uma mulher de seios fartos. — Não há nenhum perigo, Christian. Todos dão um xelim, e alguém ganha o corte de tecido para oferecer à mulher ou à namorada, se tiver.

— Bom, como não tenho sorte, não ganho nada com isso. Mas queria observar a diversão, isso se não houver nada de magia negra, e se for possível ver sem gastar nada nem se meter em alguma briga.

— Pode acreditar que não tem nenhuma algazarra — falou Timothy. — É verdade, Christian, se quiser vir, cuidaremos para que não lhe aconteça nada de mal.

— Não tem nada impróprio, tem? Sabem, vizinhos, se tiver, eu estaria dando mau exemplo ao meu pai, que já tem a moral um tanto leviana..., mas um corte de tecido por um xelim, sem bruxaria, vale a pena ver e não me atraso nem meia hora. Vou, sim, se depois vocês me acompanharem um pouco pelo caminho de Mistover, caso a noite já tiver caído e ninguém for para o mesmo lado.

Dois ou três garantiram ir com ele, e Christian deixou seu caminho e seguiu pela direita com os outros, na direção da Mulher Tranquila.

Quando penetraram no salão da estalagem, já estavam lá uns dez homens das redondezas, e o contingente então dobrou. A maioria estava sentada ao redor da sala em bancos divididos por braços de madeira, semelhantes aos dos toscos coros das catedrais. Estavam entalhadas neles as iniciais de muitos beberrões ilustres de antigamente, que haviam passado entre eles seus dias e suas noites, e agora jaziam como cinza alcoólica no cemitério mais próximo. Na ampla mesa em frente aos fregueses, entre os copos, havia um embrulho em que se via um tecido leve (o corte de vestido, como eles diziam) que seria sorteado. Wildeve estava virado de costas para a lareira, fumando um charuto; o organizador do sorteio, um mascate de um povoado distante, começava a perorar sobre o valor da mercadoria para um vestido de verão.

— Bom, senhores — continuou ele, enquanto os que chegavam se aproximavam da mesa —, cinco já entraram, faltam mais quatro para completar o número. Julgo, pelo semblante daqueles cavalheiros que acabaram de entrar, que eles são astutos o bastante para aproveitarem o ensejo de embelezar as suas senhoras com uma despesa ínfima.

Fairway, Sam e mais um colocaram um xelim na mesa, e o homem se voltou para Christian.

— Não, senhor — falou Christian, e se afastou com um ar desconfiado. — Sou um simples rapaz que está aqui só para olhar, me dê licença. Não sei direito como o senhor faz isso. Se eu tivesse certeza de que iria ganhar, colocava um xelim aí, doutra maneira não.

— Com quase toda certeza — falou o mascate. — Na verdade, olhando para seu rosto agora, mesmo sem afirmar que ganharia com certeza, afirmo que nunca, em toda a minha vida, vi alguém com tal aspecto de ganhador.

— De qualquer maneira, você terá tanta possibilidade de ganhar como nós — falou Sam.

— Inclusive, você tem a sorte extra de ter sido o último a chegar — acrescentou outro.

— Nasci coberto com o véu, e não corro o risco de me afogar;[1] assim acho que também não perderei dinheiro — emendou Christian, quase cedendo.

Por fim ele colocou seu xelim na mesa. O jogo começou. Os dados passaram de mão em mão. Quando chegou a vez de Christian, ele pegou o copo com a mão trêmula, chacoalhou-a meio receoso e tirou a trinca. Três dos outros jogadores só tinham tirado pares inferiores e o restante apenas pontos.

— Eu avisei que o cavalheiro tinha cara de vencedor — acentuou o mascate, em tom leve. — Pode levar, que é seu.

— Ah! Ah! Ah! — exclamou Fairway. — Diabos me carreguem se não é a partida mais esquisita que já houve!

— Meu? — indagou Christian, com uma expressão vazia nos olhos redondos. — Não tenho namorada, nem esposa nem viúva. Tenho medo de que que vão rir de mim se eu ficar com isso, Senhor Mascate. Não pensava nisso quando, por curiosidade, vim com vocês! O que vou fazer com uma roupa de mulher no MEU quarto sem perder a decência?

— Guardá-la, com certeza — falou Fairway —, mesmo que seja só para lhe dar sorte. Talvez ela atraia alguma jovem que sua pobre carcaça não teve capacidade de impressionar com as mãos vazias.

— Com certeza, deve guardá-la — disse Wildeve, que havia observado com indiferença a cena a distância.

Então tiraram as coisas da mesa e os homens começaram a beber.

— Está certo! — disse Christian, como se fosse para si mesmo. — Pensar que nasci com tanta sorte e que nunca tinha dado por isso

---

[1] Segundo uma tradição popular inglesa, o bebê que nasce envolto na bolsa amniótica não morrerá afogado. (N.T.)

até hoje! São esquisitos esses dados, governantes poderosos de todos nós, mas comandados por mim. Depois disso, com certeza não preciso ter medo de nada — acrescentou ele, segurando na mão cada dado, um por vez. — Sim, senhor — confidenciou ele a Wildeve, que estava do seu lado esquerdo —, se pudesse usar este poder que tenho de multiplicar o dinheiro, seria bem capaz de favorecer uma nova parenta sua, tendo em conta o que trago dela comigo. — disse ele, batendo com uma das botas cheias de dinheiro no chão.

— O que quer dizer com isso? — perguntou Wildeve.

— É um segredo. Agora preciso ir embora.

E olhou intrigado para Fairway.

— Aonde você vai? — perguntou Wildeve.

— Até Mistover. Tenho de ir lá encontrar com a Sra. Thomasin, só isso.

— Também vou até lá buscar a Sra. Wildeve. Podemos seguir juntos.

Wildeve mergulhou em seus pensamentos e uma luz de entendimento se acendeu em seus olhos. Era o dinheiro para a sua mulher que a Sra. Yeobright não lhe quisera entregar. "Mas confiou naquele indivíduo", falou para si mesmo. "Por que é que aquilo que pertence à mulher não pode pertencer ao marido também?"

Ele chamou o ajudante da estalagem para lhe trazer o chapéu e disse: — Já estou pronto, Christian.

— Senhor Wildeve — falou Christian, tímido, quando se virou para deixar a sala —, não se importa de me emprestar aquelas coisas magníficas que carregam minha sorte nelas? Para eu praticar um pouco mais...

Ele fitou com ânsia os dados e a caixa que estavam na prateleira no console da lareira.

— Com toda a certeza — falou Wildeve, indiferente. — Foram feitos com um canivete por um rapaz, e não têm valor.

Christian voltou atrás e, às escondidas, colocou-os no bolso.

Wildeve abriu a porta e olhou para fora. A noite estava morna e o céu, repleto de nuvens. — Meu Deus, está bem escuro! Mas creio que acharemos o caminho.

— Se nos perdermos pelo caminho, podemos ter alguma dificuldade — disse Christian. — A lamparina é a única segurança que teremos.

— Vamos arranjar uma, então!

Arranjaram a lamparina e a acenderam. Christian pegou seu tecido e os dois começaram a subir a colina.

Na estalagem, os homens se envolveram em conversas, até que seus olhares foram atraídos para o canto da lareira, que era largo e, além de sua própria reentrância, tinha, como em muitas outras casas de Egdon, um banco recuado, de modo que uma pessoa podia sentar-se lá sem ser notada, desde que não houvesse fogueira para iluminá-la, como acontecia durante todo o verão. No recesso da lareira só se via um objeto à luz das velas: um cachimbo de argila, de cor avermelhada. O objeto atraíra a atenção deles porque uma voz por trás dele fora ouvida pedindo fogo.

— Juro que me assustei bastante quando o homem falou — disse Fairway, e aproximou uma vela. — Olhem, é o vendedor de almagre! Você está quieto como um rato, meu rapaz!

— Sim, não tinha nada para dizer — observou Venn. Levantou-se minutos depois, e desejou boa-noite a todos.

Enquanto isso, Wildeve e Christian haviam mergulhado na várzea.

Era uma noite estagnada, morna e pesada e nevoenta, cheia dos perfumes densos da vegetação nova que o sol não secara e entre os quais predominava o cheiro dos fetos. A lamparina, balançando na mão de Christian, roçava as frondes penugentas ao passar, perturbando as mariposas e outros insetos alados que vinham pousar em suas abas.

— Então você está levando o dinheiro à Sra. Wildeve — falou o companheiro de Christian, depois de um silêncio. — Não acha muito estranho que não tivesse sido entregue a mim?

— São marido e mulher, dois num só, acho que daria na mesma. Mas as ordens rígidas que tenho são para entregar o dinheiro só na mão da Sra. Wildeve; e é como devo fazer as coisas.

— Certamente — disse Wildeve.

Qualquer um que conhecesse as circunstâncias perceberia que Wildeve ficara mortificado ao saber que o material transportado era dinheiro e não, como ele havia suposto quando estava em Blooms-End, uma futilidade sem importância que só interessaria às duas mulheres. A recusa da Sra. Yeobright implicava que, para ela, a honra de Wildeve não era suficientemente ilibada para fazer dele um portador mais adequado do dinheiro da esposa.

— Está muito calor esta noite, Christian! — falou Wildeve, arquejando, quando se aproximaram de Rainbarrow. — Vamos sentar um pouco, pelo amor de Deus!

Wildeve se atirou no meio dos fetos macios e Christian, colocando a lamparina e o embrulho no chão, se agachou e ficou de cócoras, os joelhos quase tocando no queixo. Meteu a mão nos bolsos e começou a mexê-la.

— O que você está chacoalhando aí dentro? — perguntou Wildeve.

— Só os dados, senhor — falou Christian, retirando rapidamente a mão. Que máquinas mágicas são estas coisinhas, Sr. Wildeve! É um jogo do qual nunca me cansaria. O senhor se importa se eu os tirar do bolso para olhá-los alguns minutos e ver como são? Não quis fazer isso na frente do pessoal, fiquei com temor de que achassem mal-educado. — Christian tirou-os e observou-os na palma da mão à luz da lamparina. — Que essas coisinhas possam conter tanta sorte, tanto feitiço, tanto perigo, tanto poder ultrapassa tudo o que já vi e ouvi! — continuou o rapaz, com um olhar deslumbrado sobre os dados, que, como era comum no campo, eram feitos de madeira com os pontos negros queimados com arame em cada face.

— Valem muito, embora sejam tão pequenas. É isso o que quer dizer?

— Isso mesmo. O senhor acha que são o brinquedo do diabo, Sr. Wildeve? Se assim for, não é de bom augúrio ser um homem de sorte.

— Você tem de ganhar algum dinheiro, agora que tem os dados. Qualquer mulher estaria disposta a se casar com você. Esta é a sua oportunidade, Christian, e aconselho que não a deixe passar. Certos homens nasceram para ter sorte, outros não. Sou desta última classe.

— Conheceu alguém que nasceu com sorte, além de mim?

— É claro que sim. Uma vez ouvi falar de um italiano que se sentou a uma mesa com apenas um luís, que é uma moeda estrangeira. Jogou por vinte e quatro horas e arrebatou dez mil libras limpando a banca contra a qual jogou. Outro homem perdeu mil libras, e no dia seguinte foi ao corretor de fundos para vender ações e pagar suas dívidas. O homem a quem devia dinheiro o acompanhou numa carruagem alugada; para passarem o tempo, começaram a jogar a moeda ao ar, para ver quem pagaria a corrida. O homem arruinado ganhou e o outro arriscou-se a continuar o jogo, e jogaram todo o caminho. Quando o cocheiro chegou, falaram para que ele voltasse a casa, as mil libras tinham sido ganhas pelo homem que ia vender as ações.

— Ah! Ah! Sensacional! — exclamou Christian. — Continue, continue!

— Em Londres, houve um homem que era empregado de um cassino, em White. Começou apostando meia coroa, depois mais, e mais até que enriqueceu muito. Conseguiu ser nomeado para a Índia, onde chegou a governador de Madras. Sua filha se casou com um membro do parlamento e o bispo de Carlisle foi o padrinho de um dos seus filhos.

— Fantástico! Fantástico!

— Na América, um rapaz jogou até perder o último dólar. Apostou o relógio, o cordão e perdeu tudo como antes. Apostou o guarda-chuva e voltou a perder; jogou o chapéu e perdeu outra vez; apostou o paletó e ficou em mangas de camisa. Perdeu novamente. Tirou as calças, e alguém que estava lá observando emprestou-lhe uma bagatela por sua coragem. E então ganhou com esse dinheiro, recuperou o casaco, o chapéu, o guarda-chuva, o relógio, o dinheiro; e quando saiu estava cheio de dinheiro.

— Ah, isso é muito bom, fico até sem ar! Sr. Wildeve, acho que vou jogar mais um xelim com o senhor, já que sou desse gênero. Não vai ter mal algum, e o senhor pode perder.

— Muito bem — falou Wildeve, enquanto se levantava — e procurou com a lamparina uma pedra chata que dispôs entre ele e Christian, e se sentou. A lamparina estava aberta para iluminar melhor, e seus raios estavam dirigidos para a pedra. Christian pôs um xelim, e Wildeve outro, e lançaram os dados. Christian ganhou. Dobraram a parada, e Christian ganhou de novo.

— Vamos apostar quatro — falou Wildeve. — Quadruplicaram, e a parada foi de Wildeve. — Esses pequenos acidentes às vezes acontecem, é claro, até com homem mais sortudo — observou ele.

— Já não tenho mais dinheiro — disse Christian, agitado. — Mas se continuasse ganhava tudo de novo. Quem me dera se isto fosse meu! — exclamou ele, e bateu com a bota no chão, de maneira que os guinéus tilintaram.

— Você colocou o dinheiro da Sra. Wildeve aí dentro?

— Sim, é mais seguro. Tem algum mal em eu jogar com o dinheiro de uma senhora casada e, se eu ganhar, ficar só com o que ganhei e devolver a ela tudo o que é dela, mas, se o outro homem ganhar, o dinheiro ir para o seu legítimo dono?

— De maneira alguma.

Desde que partira, Wildeve vinha refletindo sobre o pouco apreço que as pessoas amigas de sua mulher tinham por ele, e isso o magoava realmente. À medida que o tempo passava, mais ele ia ficando motivado a se vingar, sem saber qual seria o momento certo para fazê-lo. A vingança seria ensinar à Sra. Yeobright o que ele considerava ser uma lição. Em outras palavras, ele pretendia mostrar-lhe que o marido da sobrinha era o guardião adequado do dinheiro dela.

— Tudo bem, vamos lá — falou Christian, e desatou o nó da bota. — Vou sonhar com isso todas as noites, eu acho; mas sempre vou jurar que não fico arrepiado quando penso nisso.

Ele pôs a mão na bota e tirou de lá um dos preciosos guinéus da pobre Thomasin; a moeda estava quente a ponto de lhe queimar os dedos. Wildeve já tinha colocado um soberano sobre a pedra. Recomeçaram então a jogar. Wildeve ganhou a primeira parada e Christian apostou mais uma, e dessa vez ganhou. O jogo oscilava, mas a vantagem era de Wildeve. Os dois ficaram tão compenetrados no jogo que não viam mais nada a não ser os pequenos objetos sob os seus olhos: a pedra chata, a lamparina aberta, os dados e as folhas dos fetos iluminadas eram todo o mundo para eles.

No final, Christian perdeu rapidamente e, para o seu horror, os cinquenta guinéus de Thomasin tinham passado para o adversário.

— Eu não ligo! Eu não ligo — gemeu ele. E desatou o nó da bota esquerda para pegar os outros 50 guinéus. — O diabo vai me jogar às chamas com seu tridente por causa do que estou fazendo esta noite, com toda a certeza! Mas eu ainda posso ganhar, e vou arranjar uma mulher para ficar do meu lado à noite e não terei mais medo. Aqui tem mais, cavalheiro! E colocou outro guinéu na pedra e agitou o copo dos dados mais uma vez.

O tempo passou. Wildeve se entusiasmou tanto como Christian. Quando começara o jogo, sua ideia era apenas pregar uma peça na Sra. Yeobright. Ganhar dinheiro, de forma leal ou não, e entregá-lo com ar de desprezo a Thomasin perante a tia, era esse o seu plano. Mas os homens se desviam de suas intenções, mesmo antes de as concretizarem, e era extremamente incerto, na altura do vigésimo guinéu, que Wildeve tivesse alguma consciência de qualquer intenção que não fosse ganhar em proveito próprio. Além do mais já não estava jogando pelo dinheiro da mulher, mas pelo de Clym Yeobright, embora Christian não o tivesse informado sobre esse fato, senão depois.

Era perto das onze horas quando Christian, quase emitindo um grunhido, dispôs o derradeiro guinéu brilhante de Clym sobre a pedra. Em pouco mais de trinta segundos a moeda se reuniu às suas companheiras.

Christian se virou e caiu sobre os fetos numa comoção arrependida. — O que vai ser de mim? — sussurrou ele. — O que vou fazer? O céu terá piedade desta alma atroz?

— O que você vai fazer? Continuar vivendo como sempre fez.

— Não posso viver da mesma maneira, vou morrer, o senhor é....

— Um homem mais esperto do que os outros.

— Sim, um verdadeiro espertalhão.

— E você é um pobre coitado, que não tem modos...

— Não me interessa, o senhor é que não tem modos. Ficou com um dinheiro que não é seu! Metade desses guinéus é do Sr. Clym.

— Como assim?

— Eu tinha de dar 50 guinéus a ele, foi o que a Sra. Yeobright disse.
— Ah, é mesmo? Teria sido muito mais polido da parte dela entregá-los à sua esposa Eustácia. Mas agora eles são meus.

Christian calçou as botas e, bufando a ponto de poder ser ouvido a certa distância, levantou-se e sumiu dali meio cambaleante. Wildeve se ocupava de apagar a lamparina para voltar para casa, pois considerou que era tarde para ir até Mistover encontrar sua mulher, que seria trazida na carruagem do capitão. Enquanto fechava a portinhola da lamparina, um vulto saiu de trás do arbusto e se aproximou da claridade. Era o vendedor de almagre.

[8] UMA NOVA FORÇA ACABA PERTURBANDO A CORRENTE

Wildeve olhou-o, sério. Venn o encarou friamente, sem dizer nada; sentou-se determinado no lugar de Christian, pôs a mão no bolso, tirou um soberano e o colocou sobre a pedra.

— Estava nos espiando atrás daquele arbusto? — perguntou Wildeve.

O vendedor anuiu com a cabeça. — Faça sua aposta — disse ele. — Ou não tem coragem bastante para continuar?

Ora, o jogo é um tipo de passatempo que mais facilmente se começa com os bolsos cheios do que se abandona nas mesmas condições. Embora Wildeve pudesse, se estivesse mais calmo, ter prudentemente declinado do convite, o ânimo do seu êxito recente tinha-o colocado fora de si. Pôs um guinéu na pedra diante do soberano de Venn.

— A minha aposta é um guinéu! — falou ele.

— Um guinéu que não é seu — redarguiu Venn, com sarcasmo.

— É meu — contrapôs Wildeve, com soberba. — O que é de minha mulher, é meu.

— Certo, então vamos começar.

Agitou a caixa e tirou um 8, um 10 e um 9, que somavam 27.

Isso entusiasmou Wildeve, que pegou a caixa; os seus três lances totalizaram 45.

Outro soberano do vendedor de almagre foi depositado sobre a pedra contra o que Wildeve deixara ali. O estalajadeiro conseguiu 51 pontos, mas nenhum par. O vendedor de almagre ficou sério, e conseguiu o lance máximo, a trinca de 1, recolhendo a parada.

— Aqui tem mais uma — falou Wildeve, com desdém. — Eu dobro a aposta.

Colocou na pedra dois guinéus de Thomasin, e o vendedor de almagre, suas duas libras. Venn ganhou mais uma vez. Apostaram mais vezes, e os jogadores continuaram como antes.

Wildeve era nervoso e irritável, o jogo começava a desequilibrar suas emoções. Ele se contorcia, fungava, remexia-se no lugar e as batidas do seu coração eram quase audíveis. Venn se conservava impassível com os lábios cerrados, os olhos reduzidos a dois pequenos pontos cintilantes, quase não respirava. Parecia um árabe ou um autômato, poderia ser uma estátua de barro vermelho, não fosse o gesto do seu braço ao chacoalhar a caixa com os dados.

O jogo se manteve na indecisão, ora pendendo para um, ora para outro, sem nenhuma grande vantagem para um dos lados. Continuou assim cerca de vinte minutos. A claridade da lamparina atraíra os insetos da várzea, mariposas e outros seres alados noturnos, que voavam em torno da chama ou se chocavam contra o rosto dos dois contendores.

Os homens não davam muita atenção aos bichos, seus olhos estavam concentrados na pedra que, para eles, era uma arena vasta e tão importante como um campo de batalha. A essa altura o jogo se alterou. O vendedor de almagre começou a ganhar todas as paradas. Até que atingiu 60 guinéus; 50 de Thomasin e 10 de Clym estavam sob sua posse. Wildeve se mostrava imprudente, exasperado e irrequieto.

— Ganhou de novo o paletó — falou Venn, em tom jocoso.

Mais um lance e o dinheiro teve o mesmo fim.

— Agora ganhou o chapéu — repetiu Venn.

— Oh, oh! — falava Wildeve.

— Ganhou de novo o relógio, ganhou outra vez o dinheiro, quando saiu, estava cheio de dinheiro — acrescentava Venn, palavra por palavra, a cada vez que uma aposta era ganha.

— Vamos jogar mais cinco. — gritou Wildeve lançando o dinheiro com violência. — E mais três lances para decidir.

O autômato vermelho em frente a ele ficou calado, acenou positivamente e repetiu o exemplo. Wildeve agitou o copo e conseguiu um par de seis e cinco pontos. Bateu palmas. — Desta vez eu ganhei!

— Somos dois jogando e até agora só um lançou os dados — falou o vendedor de almagre, segurando calmamente a caixa. Os seus olhares convergiram tão intensos para a pedra, que os raios visuais pareciam visíveis como feixes de sol entre um nevoeiro.

Venn levantou a caixa e constatou que tirara três lances de seis. Wildeve se enfureceu. Enquanto o vendedor de almagre recolhia o dinheiro, o outro agarrou os dados e jogou-os com caixa e tudo para a escuridão, gritando uma imprecação medonha. Depois se levantou e começou a bater os pés e a andar de um lado para o outro feito um desvairado.

— Então acabou?

— Não, não! — gritou Wildeve. — Quero mais uma chance.

— Mas, homem de Deus, o que fez com os dados?

— Joguei fora... foi só irritação passageira. Que bobo eu sou! Vamos procurá-los, temos de achar.

Wildeve agarrou a lamparina e começou a procurar ansioso por entre o tojo e os fetos. — Não acho que vai encontrá-los aí — falou Venn, atrás dele. — Por que fez uma besteira dessas? Olhe a caixa! Os dados devem estar perto.

Wildeve apontou a luz para o local onde Venn achara a caixa e vasculhou pela relva. Em alguns minutos encontraram um dado. Procuraram mais algum tempo, e não viram mais nada.

— Não tem problema! Vamos jogar só com um.

— Aceito! — disse Venn.

Sentaram-se e recomeçaram com apostas só de um guinéu, e o jogo prosseguiu agitado, mas a sorte certamente se afeiçoara ao vendedor de almagre naquela noite. Ele foi ganhando consistentemente, arrebatando as paradas até conseguir mais quatorze moedas de ouro. Setenta e nove dos cem guinéus eram dele, e Wildeve possuía apenas vinte e um. O semblante dos dois contendores era peculiar. Sem considerar seus movimentos, percebia-se em seus olhos um diorama completo das oscilações do jogo. Em cada pupila se refletia a chama da lamparina, e era possível discernir nelas as disposições da esperança e do abandono, até mesmo no caso do vendedor de almagre, embora seus músculos não revelassem nada. Wildeve jogava com a temeridade do desespero.

— O que é isso? — interrogou de repente, tendo ouvido farfalhar; e ambos ergueram simultaneamente os olhos.

Estavam cercados por formas escuras com pelo com cerca de um metro e meio de altura, distantes alguns metros da claridade. Observando por alguns momentos, perceberam que eram os filhos da várzea, com os focinhos virados para os jogadores, os quais eles observavam atentamente.

— Arre! — berrou Wildeve, e a manada, com quarenta ou cinquenta animais, galopou para longe. O jogo foi retomado.

Dez minutos se passaram. Então enorme mariposa apareceu, rodopiou duas vezes em torno da lamparina, voou direto para a chama e a apagou com a força do golpe. Wildeve acabara de jogar, mas não chegara a levantar a caixa para ver o resultado, o que agora era impossível.

— Diabos! — gritou ele. — O que vamos fazer agora? Talvez tenha sido seis... tem fósforos?

— Nenhum! — disse Venn.

— Christian tinha... onde ele está? Christian!

Mas não houve resposta, senão um lamento melancólico das garças que se aninhavam na parte inferior do vale. Os dois olhavam ao redor, sem se levantarem. Quando os olhos começaram a se acostumar com a escuridão, distinguiram pontos fracos de luz esverdeada entre a relva e os fetos. Tais luzes pulverizavam-se na vertente da colina como estrelas de pequena grandeza.

— Olhe, são vaga-lumes! — disse Wildeve. Espere um pouco, vamos continuar a jogar.

Venn ficou parado, e seu companheiro andou de um lado para o outro até que conseguiu agrupar treze vaga-lumes, todos os que conseguiu arranjar em quatro ou cinco minutos, sobre uma folha larga que apanhou com esse propósito. O vendedor de almagre deixou escapar uma risada quando viu o adversário voltar com os insetos. — Está decidido a continuar? — perguntou num tom seco.

— Sempre — respondeu Wildeve, exaltado. Em seguida tirou os vaga-lumes da folha, arrumou-os em círculo na pedra com a mão trêmula, separando um espaço no meio para a caixa dos dados, sobre a qual as treze luzes lançavam um brilho mortiço e fosforescente. O jogo foi mais uma vez retomado. Estavam na estação do ano em que os vaga-lumes brilham com mais intensidade, e a luz que eles emitiam era mais que suficiente para aquela finalidade, já que é possível nessas noites ler uma carta à luz de dois ou três deles.

O aspecto antagônico entre aqueles homens e o ambiente que os rodeava era enorme. Entre a vegetação macia e fresca, do fosso onde estavam, e a solidão abismada intercalavam-se o tilintar dos guinéus, o agitar dos dados e os berros arrojados dos jogadores.

Wildeve levantou o copo assim que obteve a luminosidade necessária e o dado solitário revelou que o jogo permanecia contra ele.

— Não quero jogar mais, você deve ter adulterado os dados! — gritou.

— Como, se eles eram seus? — perguntou o vendedor de almagre.

— Vamos modificar o jogo: o menor ponto é o que ganha a aposta... talvez assim acabe o azar. Não quer?

— Quero, pode continuar — falou Venn.

— Oh, aqui estão eles de novo! Diabos os carreguem! — clamou Wildeve, olhando para o alto. Os filhos da várzea tinham regressado e estavam olhando novamente, de cabeça erguida, como se perguntassem o que a espécie humana e a luz teriam a fazer naquele lugar ermo numa hora tão imprópria.

— Esses animais são uma praga me olhando dessa maneira! — continuou ele, e atirou uma pedra que os fez debandar, e o jogo continuou como antes.

Restavam dez guinéus a Wildeve, cada jogador apostou cinco. Wildeve tirou três pontos; Venn tirou dois e recolheu as moedas. O estalajadeiro pegou o dado e o mordeu tomado de pura raiva, como se pudesse destroçá-lo. — Não vou desistir... eis meus últimos cinco — gritou ele, atirando o dinheiro.

— Malditos vaga-lumes! Vão se apagar, é melhor picá-los com um espinho.

Ele empurrou os vaga-lumes com um graveto, e os girou, até que o lado brilhante de suas caudas ficou para cima.

— Agora temos luz que chegue. Pode lançar o dado — disse Venn.

Wildeve emborcou a caixa no centro luminoso e espreitou apreensivo. Tirou um 1. — Muito bem! Eu disse que a sorte ia virar, e ela virou!

Venn não disse nada, mas sua mão tremia ligeiramente. Lançou o dado e também tirou um 1.

— Maldição! — exclamou Wildeve.

O dado bateu na pedra mais uma vez. Outro 1. Venn assumiu uma expressão soturna. Jogou o dado e ele se partiu em dois pedaços com os lados da fratura para cima.

— Não tirei nada — disse ele.

— Benfeito para mim, quebrei o dado com os dentes. Eis o seu dinheiro. Uma face vazia é menos do que um.

— Não quero.

— Pode levar, já disse que é seu! — E Wildeve atirou a parada no peito do vendedor de almagre. Venn pegou-a, levantou-se e deixou o fosso onde Wildeve permaneceu estupefato.

Quando voltou a si, ele se levantou também e, com a lamparina apagada na mão, seguiu para a estrada principal. Chegando lá parou. O silêncio da noite tomava conta de toda a várzea, exceto numa direção: Mistover. Dali ele ouviu os ruídos de rodas no solo e de repente distinguiu as luzes de uma carruagem que descia a colina. Wildeve se escondeu sob um arbusto e aguardou.

O veículo se aproximou e passou diante dele. Era uma carruagem de aluguel, e por trás do cocheiro estavam duas pessoas que ele conhecia bem: Eustácia e Yeobright, ele com o braço enlaçando a cintura dela. Contornaram a curva da estrada, seguindo para a casa provisória que Clym alugara e mobiliara, distante treze quilômetros a leste.

Wildeve se esqueceu da perda do dinheiro ao ver seu amor perdido, cuja importância aumentava a seus olhos numa progressão geométrica, a cada novo incidente o fazia lembrar-se da irremediável separação. Envolvido pela tristeza refinada que era capaz de sentir, seguiu pelo lado oposto, na direção da estalagem.

No mesmo instante em que Wildeve começou a palmilhar a estrada, também Venn entrara nela, cem metros mais à frente, e ao ouvir o mesmo ruído, esperou que a carruagem se aproximasse. Quando viu quem seguia dentro, ficou desapontado. Refletiu alguns momentos enquanto a carruagem passava, depois atravessou a estrada e seguiu por um atalho entre tojo e urze, atingindo um ponto onde a estrada principal fazia uma curva e subia uma colina. Agora ele estava mais uma vez diante da carruagem, que de repente diminuiu bem a velocidade. Venn se adiantou e apareceu diante dos viajantes.

Eustácia estremeceu quando a luz o iluminou, e o braço de Clym abandonou involuntariamente a cintura da noiva. Ele inquiriu então:
— Tudo bem, Diggory? Está passeando sozinho?
— Sim. Peço desculpa por fazê-lo parar, mas estava à espera da Sra. Wildeve, tenho algo para lhe entregar da parte da Sra. Yeobright. Sabe me dizer se ela já foi para casa?
— Não, mas não demora muito. Provavelmente a encontre na curva da estrada.

Venn ensaiou uma vênia de despedida e regressou ao ponto anterior, onde a estrada para Mistover se juntava à principal. Ficou ali cerca de meia hora, até que um par de luzes desceu a colina. Era a carruagem estranha e fora de moda do capitão, na qual vinha Thomasin, conduzida por Charley.

O vendedor de almagre surgiu quando iam dobrar a curva. — Peço desculpas por fazê-la parar, Sra. Wildeve — disse ele. — Mas tenho algo para lhe entregar da parte da Sra. Yeobright.

Estendeu-lhe então um embrulho pequeno que eram os cem guinéus que ele tinha acabado de ganhar, enrolados num papel.

Thomasin recobrou-se da surpresa e segurou o embrulho. — É só isso, minha senhora, boa-noite! — disse ele, e depois se eclipsou.

Assim, na aflição de reparar as coisas, Venn depositara nas mãos de Thomasin não só os cinquenta guinéus que eram de sua propriedade, mas também os cinquenta destinados ao seu primo Clym. O erro fora provocado pelas palavras de Wildeve no início do jogo, quando negou indignado que o dinheiro não era seu. O vendedor de almagre não percebera que, com o passar do tempo, o jogo prosseguia com dinheiro de outra pessoa; foi um erro que mais tarde ajudaria a causar mais adversidade do que a perda de três vezes aquela quantia poderia provocar.

    A noite já ia avançada, e Venn se embrenhou ainda mais na várzea, chegando até o barranco onde estava o seu carro, um local que não ficava a mais de duzentos metros de onde o jogo ocorrera. Entrou em sua casa móvel, acendeu o candeeiro e, antes de fechar a porta para descansar, refletiu sobre os acontecimentos das últimas horas. Enquanto meditava, a aurora começou a despontar na direção nordeste do céu, que estava repleto de um brilho suave típico do verão, já que as nuvens tinham-se dissipado, embora fosse só uma ou duas horas. Venn, totalmente fatigado, fechou a porta e se deitou para dormir.

LIVRO IV
A PORTA FECHADA

[1] O ENCONTRO PRÓXIMO AO CHARCO

O Sol de junho flamejou sobre Egdon calcinando a urze, que do carmesim passou para o escarlate. Era a única estação do ano, e a única época da estação, em que a várzea ficava esplendorosa. Esse período de floração representava a segunda fase, ou fase do meio-dia num ciclo de alterações superficiais, as únicas possíveis ali; era período que se seguia ao da verdura e dos fetos jovens e que representava a manhã, e antecedia o período pardo, em que as flores da urze e os fetos se adornavam com tons avermelhados do entardecer, que, por seu turno, era destronado pelos matizes escuros da época do inverno, que representavam a noite.

Clym e Eustácia, em seu pequeno chalé em Alderworth, para além de East Egdon, levavam a vida numa monotonia que achavam deliciosa. A várzea e as mudanças do tempo estavam, naquela fase, bloqueadas aos olhos deles. Os dois estavam enclausurados numa espécie de névoa luminosa, que escondia deles todos os ambientes de cores menos harmoniosas e concedia a todas as coisas um aspecto radiante. Quando chovia, ficavam encantados, visto que tinham uma razão para ficar juntos em casa o dia inteiro; quando o tempo estava bom, também ficavam encantados porque podiam passear e se sentar juntos nas colinas. Eram como estrelas duplas que gravitam uma em torno da outra, e que parecem ser só uma a distância. O total isolamento em que viviam aumentava os pensamentos mútuos; mas seria possível pensar que tinha a desvantagem de consumir com velocidade assustadora a afeição recíproca. Yeobright não temia por si, mas a recordação de uma conversa antiga de Eustácia sobre a fugacidade do amor, que aparentemente jazia esquecida, induzia-o, às vezes, a se perguntar algo, e ele estremecia com a ideia de que a qualidade da finitude não era estranha ao Éden.

Após três ou quatro semanas, Clym retomou os estudos com afinco. Para recompensar o tempo perdido, estudou de forma incansável, pois queria assumir a nova profissão o mais rápido possível.

Ora, o sonho de Eustácia sempre fora o de, uma vez casada com Clym, conseguir induzi-lo a voltar para Paris. Ele se havia eximido cuidadosamente de prometer qualquer coisa nesse sentido; mas conseguiria resistir à persuasão e aos argumentos dela? Eustácia tinha tal convicção na possibilidade de ser bem-sucedida que dissera ao seu avô que Paris, e não Budmouth, seria com toda a certeza sua residência futura. As suas esperanças estavam todas atreladas a esse sonho. Nos dias calmos que passavam desde o casamento, quando Clym fitava atentamente os lábios, os olhos e as linhas do rosto da mulher, ela meditava constantemente sobre o assunto, até quando lhe retribuía os olhares; e agora a visão dos livros, que indicavam um futuro que antagonizava com seu sonho, a atingia com um golpe positivamente doloroso. Ela ansiava pelo tempo em que, como a dona de uma bela residência, mesmo que pequena, perto de um *boulevard* parisiense, passaria os seus dias pelo menos nas adjacências de um mundo elegante, colhendo os bafejos dispersos dos prazeres citadinos para os quais acreditava ter nascido. No entanto, Yeobright estava igualmente propenso para a direção oposta, como se o casamento o tivesse feito aferrar-se ainda mais aos seus sonhos de jovem filantropo do que abandoná-los.

A ansiedade atingira um grau intenso; mas havia algo nos modos decididos de Clym que a fazia hesitar diante da ideia de sondá-lo sobre o assunto. Entretanto, nessa fase da sua vivência conjugal, ocorreu um fato que a ajudou. Aconteceu numa tarde, cerca de seis semanas após o casamento, e foi motivada pelo destino errado que Venn inconscientemente dera aos cinquenta guinéus reservados a Clym.

Um dia ou dois após o recebimento do dinheiro, Thomasin enviou à tia um bilhete para agradecer-lhe. Ficara surpresa com a soma alta, e como a tia não especificara nenhum valor, atribuiu isso à generosidade do tio falecido. A Sra. Yeobright a proibira de dizer qualquer coisa ao marido; Wildeve, como era natural, tampouco comentara com a esposa qualquer particularidade da cena à meia-noite na várzea. Da mesma forma, o pavor de Christian o fizera ficar calado em relação à parcela de responsabilidade que tivera na história; alimentando a esperança de que o dinheiro tivesse chegado corretamente ao seu destino, ele simplesmente afirmou que isso havia acontecido, sem entrar em pormenores.

Por essa razão, uma ou duas semanas depois, a Sra. Yeobright ficou surpresa com o silêncio do filho sobre o presente que lhe enviara. Acrescentando mais tristeza à sua perplexidade, surgiu-lhe a suposição de ter sido o ressentimento o motivo do silêncio. Não queria acreditar em tal hipótese, mas por que ele não se manifestara? Perguntou a Christian, e as respostas equivocadas dele a teriam levado a crer que havia algo errado, se a metade da história não tivesse sido corroborada pelo bilhete de Thomasin.

A Sra. Yeobright estava imersa nessas dúvidas quando, numa manhã, soube que a mulher do seu filho visitava o avô, em Mistover. Decidiu subir a colina para encontrar Eustácia e averiguar com sua nora se os guinéus da família, que para a Sra. Yeobright correspondiam ao que para as viúvas mais ricas representariam as joias de família, tinham-se ou não extraviado.

Christian, ao ver que ela iria a Mistover, ficou bastante apreensivo. No momento em que ela ia partir, ele sentiu que não seria capaz de continuar hesitando, e confessou sobre o jogo em que se metera, falando a verdade até onde sabia: que os guinéus tinham sido embolsados pelo Sr. Wildeve.

— Como? E vai ficar com eles? — exclamou a Sra. Yeobright.

— Espero e confio que não — gaguejou Christian. — O Sr. Wildeve é honesto e vai fazer aquilo que deve ser feito. Ele falou que a senhora devia ter dado a parte do Sr. Clym a Eustácia, e é possível que ele mesmo tenha feito isso.

Assim que refletiu com mais vagar, a Sra. Yeobright percebeu que havia grande probabilidade de aquilo ter acontecido, porque não podia acreditar que Wildeve fosse usurpar um dinheiro que pertencia a seu filho. A atitude intermediária de entregá-lo a Eustácia era o tipo de coisa que agradaria à fantasia de Wildeve. Mas isso não diminuiu a cólera da mãe. O fato de Wildeve ter-se apoderado dos guinéus no fim das contas, e ter alterado a forma de entregá-los, colocando a parte de Clym nas mãos da nora, porque ela fora sua namorada, e talvez ainda fosse, causava na Sra. Yeobright uma sensação tão irritante quanto a pior que já tolerara na vida.

Demitiu de imediato o malfadado Christian, devido à sua conduta, mas se sentindo desamparada e impossibilitada de ficar sem a sua ajuda, depois lhe disse que poderia ficar um pouco mais. Saiu em seguida, às pressas, para encontrar Eustácia, impelida por um sentimento muito menos promissor em relação à nora do que o que tinha alimentado uma hora antes, quando pensou em ir vê-la. Naquela hora, pretendia indagar em tom amável se não houvera algum extravio acidental; agora estava decidida a lhe perguntar, sem rodeios, se Wildeve tinha entregado a ela o dinheiro que era destinado a Clym como uma dádiva sagrada.

Partiu às duas horas. O encontro com Eustácia foi antecipado pelo surgimento da jovem perto do charco e do barranco que determinavam os limites da propriedade do avô, onde ela estava observando o cenário e, talvez, recordando as cenas românticas de que ele fora testemunha em tempos passados. Quando a Sra. Yeobright se aproximou, Eustácia observou-a com o olhar sereno de uma desconhecida.

A sogra falou primeiro: — Vim lhe fazer uma visita — disse ela.

— Deveras? — redarguiu Eustácia, surpresa, já que a Sra. Yeobright se havia recusado a assistir ao casamento, para humilhação da jovem. — Nem imaginava que viria.

— Vim só para falar de um assunto — afirmou a visitante, mais fria do que no início. — Peço desculpa por perguntar isto: você recebeu algum presente do marido de Thomasin?

— Presente?

— Quero dizer, dinheiro.

— O quê? Eu?

— Sim, pergunto se ele lhe deu algo em segredo, embora não pretendesse levar o assunto para esse lado.

— Dinheiro do senhor Wildeve? Não, jamais! O que a senhora está querendo dizer com isso?

Eustácia ficou muito nervosa no mesmo instante, porque sua própria consciência da antiga relação entre ela e Wildeve a levara a concluir que a Sra. Yeobright também conhecia o fato, e talvez estivesse ali para acusá-la de ter recebido dele presentes desonrosos.

— Estou lhe fazendo apenas uma pergunta — repetiu a Sra. Yeobright, com ênfase no tom sincero. — Tenho estado...

— Deveria ter melhor opinião sobre mim. Eu temia que desde o início a senhora estivesse contra a minha pessoa! — exclamou Eustácia.

— Não, estava apenas a favor de Clym — replicou a Sra. Yeobright, num tom enfático demais. — É o instinto de qualquer um cuidar dos seus.

— Como a senhora pode sugerir que ele preferia se defender de mim? — gritou Eustácia, com lágrimas irascíveis nos olhos. — Não o prejudiquei casando-me com ele. Qual foi o pecado que perpetrei para a senhora pensar tão mal de mim? A senhora não tinha o direito de falar contra a minha pessoa, já que nunca a desrespeitei.

— Fiz o que era correto nas circunstâncias — falou a Sra. Yeobright, num tom mais brando. — Era preferível não ter tocado nesse assunto, mas você me obriga a isso. Não tenho vergonha de falar toda a verdade. Eu estava plenamente convencida de que ele não deveria se casar com você, por isso tentei dissuadi-lo de todas as maneiras. Contudo, como é um fato consumado, não vou reclamar mais. Estou pronta para aceitá-la.

— Ah, sim? É muito bom enxergar as coisas desse ponto de vista tão pragmático — sussurrou Eustácia, com paixão contida. — Mas por que razão pensa que existe algo entre mim e o senhor Wildeve? Eu tenho alma como a senhora. Fiquei magoada, qualquer mulher ficaria em minhas condições. Foi uma benevolência minha casar com Clym, e não uma manobra, pode acreditar. Por isso não aceito que me tratem como uma intrigante que se deve aturar porque se insinuou na família.

— Oh! — bradou a Sra. Yeobright, mal contendo a cólera. — Não sabia que a linhagem do meu filho não fosse tão boa como a dos Vye, talvez melhor. É engraçado vê-la falar em benevolência.

— Pois foi benevolência, apesar de tudo — disse Eustácia, com veemência — Se naquela altura soubesse o que sei hoje, que estaria vivendo nesta várzea agreste passado um mês do casamento... pensaria duas vezes antes de aceitar o pedido.

— Melhor não falar isso, pode soar falso. Não creio que ele tenha dito nenhuma mentira, ele nunca faria isso; independentemente do que tenha ocorrido do outro lado.

— Isto é ultrajante! — respondeu a jovem, com voz rouca, o rosto ruborizado e os olhos chispando. — Como ousa falar dessa maneira comigo? Insisto em repetir que, se soubesse que minha vida de casada seria como está sendo agora, teria dito NÃO. Não lamento, nunca lhe falei algo sobre o assunto, mas é verdade. Portanto, espero que, no futuro, a senhora se cale sobre minha revelação sincera. Prejudicando-me agora, prejudicará a si mesma.

— Prejudicá-la? Pressupõe que sou alguém de má índole?

— Prejudicou-me antes do meu casamento, além de criar essa suspeição sobre eu dar atenção secreta a outro homem por dinheiro.

— Não pude evitar esse pensamento. Mas jamais falei sobre você fora da minha casa.

— Mas falou com Clym, e foi a pior coisa que poderia ter feito.

— Cumpri com o meu dever.

— E eu cumprirei com o meu.

— Parte do qual possivelmente será colocar Clym contra sua mãe. É sempre assim. Mas por que eu não sofreria como tantas antes de mim?

— Compreendo-a — falou Eustácia, ofegante de tanta comoção. — Julga-me capaz de tudo o que é mau. O que haverá de pior do que uma esposa que encoraja os avanços de outro homem e envenena o marido contra a mãe? É este o caráter que me atribuem. Por que não vem tirá-lo de mim?

A Sra. Yeobright rebateu o ardor com o mesmo fogo:

— Não precisa se exasperar comigo. Não faz bem à sua beleza e não sou merecedora do agravo que a senhora, por minha causa, pode infligir a ela. Acredite. Sou apenas uma pobre velha que perdeu o seu filho.

— Se me tivesse dedicado alguma consideração, ainda o teria — disse Eustácia, enquanto lágrimas quentes caíam de seus olhos. — A senhora praticou uma loucura, promoveu uma cisão irreparável.

— Não provoquei coisa alguma. O seu atrevimento é insuportável!

— A senhora assim pediu. Levantou suspeitas contra mim, me fazendo falar do meu marido de uma forma que não deveria. Certamente irá falar com ele sobre isso causando mais problemas entre nós. Por que não vai embora? É uma inimiga para mim!

— Vou assim que lhe falar algo. Se alguém disser que vim aqui lhe fazer perguntas sem fundamento, esse alguém estará mentindo. Se alguém afirmar que tentei impedir o casamento de vocês por estratagemas desonestos, essa pessoa não estará falando a verdade. Vivo tempos muito amargos. Deus foi injusto comigo, consentindo que a senhora me insultasse! É provável que a felicidade do meu filho não esteja deste lado do túmulo, pois é um louco quem ignora os conselhos maternos. Você, Eustácia, está na beira de um abismo sem o saber. Revele ao meu filho metade do gênio que me mostrou aqui (e talvez isso não demore muito) e verá que, embora ele seja manso como uma criança com você agora, pode se transformar em algo duro como ferro.

A mãe, emocionada, se afastou, e Eustácia, ofegante, quedou-se olhando o charco.

[2] MESMO EXPERIMENTANDO O INFORTÚNIO, ELE CANTA

Esse encontro embaraçoso resultou no seguinte: Eustácia, em vez de passar a tarde com o avô, voltou depressa para casa, onde chegou três horas mais cedo do que esperava. Tinha as faces afogueadas, e nos olhos os vestígios do alvoroço recente. Yeobright olhou-a atônito. Nunca a tinha visto num estado similar. Ela passou por ele, e já ia subindo, quando Clym, apreensivo, seguiu logo atrás dela.

— O que aconteceu, Eustácia? — interrogou ele.

Ela estava sobre o tapete da lareira do quarto, olhando o chão, as mãos entrelaçadas à frente, com o chapéu ainda na cabeça. Não respondeu de imediato; falou só um pouco depois, em voz baixa:

— Falei com a sua mãe, e nunca mais volto a falar com ela! — Desabou sobre Clym um peso enorme. Naquela mesma manhã, em que Eustácia combinara de visitar o avô, Clym a tinha aconselhado a ir até Blooms-End e perguntar sobre a sogra, ou usar outras formas para se reaproximar. Ela tinha partido animada, deixando-o cheio de esperanças.

— O que aconteceu? — interrogou ele.

— Não consigo falar... nem me lembrar... encontrei a sua mãe, e nunca mais quero vê-la.

— Por quê?

— Que sei eu do Sr. Wildeve? Não admito que alguém pense mal de mim. Oh, que humilhação perguntarem se eu recebera dinheiro dele, ou se o encorajara, qualquer coisa parecida... não sei bem o quê!

— Como ela poderia lhe perguntar uma coisa desse gênero?

— Ela perguntou.

— Ela deve ter tido algum motivo. O que mais ela perguntou?

— Não lembro mais o que disse, só sei que falamos palavras que jamais poderão ser perdoadas.

— Deve ter sido algum equívoco. De quem é a culpa por ela não ter-se exprimido mais claramente?

— Prefiro não dizer; pode ter sido culpa das circunstâncias, que no mínimo foram desagradáveis. Oh, Clym! ... não posso deixar de dizer isso... você me colocou numa posição desagradável. Mas precisa melhorar a situação; diga que sim... porque agora odeio ainda mais isto tudo! Vamos para Paris, e você reassume seu emprego lá, Clym! Não me importo de viver humildemente, no início, desde que seja em Paris, e não na várzea de Egdon.

— Mas abandonei totalmente essa ideia — falou Clym, surpreso. — Nunca lhe dei esperanças de que isso pudesse acontecer.

— Reconheço isso, mas há ideias que não se podem anular no espírito, e essa é uma delas. Será que não posso ter uma voz nesse assunto, ainda mais agora que sou sua mulher, e partilho seu destino?

— Bom, há coisas que estão além do terreno das discussões; e eu pensava que esse assunto era uma dessas coisas, e por um acordo mútuo.

— Clym, o que você fala me deixa infeliz — disse ela num tom grave, abaixando o olhar e afastando-se dali.

Essa indicação de uma insuspeitada fonte de esperança no peito de Eustácia desconcertou seu marido. Era a primeira vez que ele verificava como uma mulher pode mover-se de forma indireta na direção do seu desejo. Embora devotasse a Eustácia um amor enorme, a sua decisão era inalterável. As observações da mulher causaram nele o seguinte efeito: dedicou-se ainda mais aos livros, a fim de logo poder apelar para resultados mais substanciais se fosse preciso argumentar contra os caprichos dela.

No dia seguinte o mistério dos guinéus foi resolvido. Thomasin visitou-os rapidamente, e entregou pessoalmente a parte de Clym. Eustácia não estava presente.

— Era sobre isso que minha mãe falava! — exclamou Clym. — Thomasin, você soube que elas tiveram uma discussão feia?

Thomasin revelava agora maior reserva para com o primo, resultado do casamento, que propaga em várias direções um pouco da reserva que anula em uma delas. — A sua mãe me contou — disse ela, serenamente. — Ela veio até minha casa depois de ter-se encontrado com Eustácia.

— A pior coisa que eu temia aconteceu. Minha mãe estava perturbada quando chegou à sua casa?

— Sim, estava.

— Muito?

— Bastante.

Clym apoiou o cotovelo no portão do jardim e cobriu os olhos com a mão.

— Não se preocupe, Clym; elas ainda podem ser amigas.

Ele balançou a cabeça. — Duas pessoas do gênero delas, de naturezas inflamáveis, jamais. Bom, seja o que tiver de ser.

— Em todo caso, nem tudo foi desagradável, os guinéus foram encontrados.

— Eu preferia tê-los perdido duas vezes a que acontecesse isso.

Em meio a esses eventos dissonantes, Clym sentia que uma coisa era indispensável: era preciso mostrar mais progressos nos planos escolares. Com esse objetivo ele passou a ler até de madrugada durante noites seguidas.

Numa manhã, após ter feito mais esforço do que o comum, ele despertou com uma sensação esquisita nos olhos. O Sol brilhava direto através das folhas da janela, e quando olhou pela primeira vez naquela direção, uma dor intensa o obrigou a fechar os olhos depressa. A cada nova tentativa de olhar à sua volta, a mesma sensibilidade mórbida se manifestava, e lágrimas como que esfolavam seu rosto. Foi preciso atar uma bandagem em torno da testa enquanto se vestia, e ele a manteve o resto do dia. Eustácia ficou completamente alarmada. Como ele não melhorou, chamaram um médico de Anglebury.

Ele chegou no final da tarde e diagnosticou uma inflamação aguda causada pelos estudos noturnos de Clym, que ele continuara apesar de uma gripe que antes apanhara e que havia enfraquecido seus olhos.

Roído pela impaciência ante a interrupção de uma tarefa que tanto ansiava por apressar, Clym se transformou em um inválido. Foi trancado num quarto do qual toda a luz fora excluída, e a sua condição teria sido uma calamidade completa, se Eustácia não lesse para ele à luz de uma lâmpada velada. Ele esperava que o pior logo passasse. Contudo, na terceira visita do médico, ficou sabendo, para o seu desalento, que, embora ao fim de um mês pudesse aventurar-se a sair de casa com os olhos protegidos, qualquer ideia de seguir com seu trabalho, ou de ler qualquer tipo de letra, teria de ser abandonada por um longo tempo.

Uma semana chegou ao fim, e outra, e nada parecia aliviar a melancolia do casal. Terríveis pensamentos ocorriam a Eustácia, mas ela cuidadosamente evitava expressá-los ao marido. Supondo-se que ele ficasse cego, ou, de qualquer forma, nunca recuperasse a visão o bastante para poder assumir uma ocupação consentânea com a maneira de ver dela e a tirar daquela casa solitária entre montanhas? Aquele sonho da bela Paris provavelmente não se materializaria se ocorresse esse infortúnio. À medida que os dias passavam, e ele não apresentava melhoras, mais e mais o espírito dela era dominado pela negra melancolia. Ela então saía para o jardim e chorava em desespero.

Yeobright pensava, às vezes, em mandar chamar a mãe; depois, achava que não deveria. Se soubesse do seu estado, ela ficaria ainda mais infeliz; e o isolamento do casal era tão grande que seria difícil que a notícia chegasse aos ouvidos dela a não ser que lhe enviassem um mensageiro especial. Esforçando-se para aceitar a situação tão filosoficamente quanto possível, ele aguardou até que a terceira semana chegasse; então, pela primeira vez após a doença, encarou o ar livre. O médico fez uma visita nesse período, e Clym interpelou-o para que lhe desse uma opinião categórica. Descobriu com surpresa que a data em que retomaria seus trabalhos era tão incerta como antes, já que seus olhos estavam naquela fase delicada que, embora lhe concedessem autonomia suficiente para se locomover sozinho, não lhe permitiam que os forçasse sobre qualquer objeto definido sem que incorresse no risco de produzir a oftalmia em sua forma mais aguda.

Clym se mostrou muito circunspecto com o que acabara de saber, mas não ficou desesperado. Foi possuído por uma perseverança serena, até um certo otimismo. Não ficaria cego, o que era o suficiente. Ver o mundo através de óculos escuros por um período indefinido não era bom, mas Clym era um genuíno estoico em face das vicissitudes que lhe afligiam só a posição social; e, se não fosse por Eustácia, qualquer estilo de vida, mesmo que humilde, o satisfazia, desde que se inserisse no seu projeto de ensino. Administrar uma escola noturna era uma forma. Por isso, o seu problema não se apoderou do seu espírito como noutras condições poderia ter acontecido.

Caminhava ele pelo lado oeste, sob a luz cálida do Sol, na região de Egdon que ele conhecia melhor e que ficava perto da sua antiga casa. Num dos vales adiante, entreviu o brilho de ferro aguçado e, avançando, notou vagamente que esse brilho partia da ferramenta de um homem que cortava tojo. O trabalhador reconheceu Clym; Clym percebeu, pela voz do indivíduo, que se tratava de Humphrey, que por sua vez lamentou o estado de Clym e acrescentou:

— Se o seu trabalho fosse simples como o meu, poderia continuar nas funções.

— Sim, poderia — retorquiu Clym, pensativo. — Quanto ganha cortando esses feixes?

— Meia coroa por cem, e nestes dias mais longos consigo me manter com o salário.

Por todo o caminho de volta a Alderworth, Clym se envolveu em reflexões que não eram desagradáveis. Chegando em casa, Eustácia saudou-o da janela e ele foi em sua direção.

— Querida — disse ele —, estou muito feliz. Se a minha mãe se reconciliasse conosco, creio que estaria tudo completo.

— Presumo que isso não venha a acontecer — disse ela, olhando para a distância com seus belos olhos tempestuosos. — Como você PODE dizer que "está feliz", se nada mudou?

— A alegria vem de eu ter finalmente descoberto algo para fazer e nos manter neste período triste.
— Sim?
— Vou ser cortador de tojo e turfa.
— Não pode ser, Clym! — disse Eustácia, e a leve esperança que anteriormente se expressara no seu rosto se dissipou, deixando-a ainda pior do que antes.
— Vou, sim! Não é uma besteira ficar gastando nosso pouco dinheiro, quando podemos evitar isso com um trabalho honesto? O exercício ao ar livre vai me fazer bem, e quem sabe se daqui a alguns meses já não estarei apto a continuar os estudos?
— Mas o meu avô se ofereceu para nos ajudar, se precisarmos.
— Não é preciso. Se eu cortar tojo, as coisas vão correr bem.
— Assim como os escravos, os israelitas no Egito e outras criaturas iguais!

Uma lágrima amarga, que ele não percebeu, rolou pelo rosto de Eustácia. A casualidade no tom de Clym vinha provar que ele não tinha nenhuma angústia em adotar uma solução que para ela era um horror.

No dia seguinte, Clym foi até a casa de Humphrey tomar emprestadas as polainas, luvas, a pedra de amolar e a foice, até que pudesse comprar seu próprio equipamento. Em seguida partiu com seu novo colega de trabalho e velho conhecido e, escolhendo um local em que o tojo crescia com mais exuberância, deu o primeiro golpe na nova ocupação que assumira. A sua visão, assim como as asas de Rasselas, embora insuficiente para o fim mais nobre, era o bastante para aquela função rude, e ele descobriu que trabalharia com facilidade assim que tivesse mais prática, calejando as mãos.

Acordava todos os dias ao nascer do Sol, colocava as polainas e seguia ao encontro de Humphrey. Trabalhava desde as quatro da manhã até o meio-dia, quando o calor chegava no auge; descansava então em sua casa cerca de duas horas, e saía novamente para continuar até as nove, quando o Sol se punha.

Aquele homem que viera de Paris surgia agora dissimulado com as vestes de couro e os óculos que era obrigado a usar, e um amigo íntimo poderia passar por ele sem o reconhecer. Ele era um ponto marrom entre a extensão do tojo verde-azeitona, e mais nada. Embora ficasse frequentemente deprimido nas horas de folga por causa da oposição de Eustácia e do afastamento da sua mãe, quando estava trabalhando sua disposição de espírito era alegre e tranquila.

 O seu cotidiano era de uma espécie microscópica, já que o seu mundo se restringia a um circuito de poucos metros em volta de si mesmo. Os seus companheiros eram seres rastejantes e alados, que pareciam aceitá-lo em seu bando. As abelhas zumbiam em seus ouvidos com ar de intimidade e trabalhavam em grande número ao seu lado e nas flores de tojo que quase se quebravam sob o seu peso. As estranhas borboletas cor de âmbar que nasciam em Egdon, e que não se viam noutras partes, estremeciam com o sopro dos seus lábios, pousavam em seu dorso curvado e brincavam com a ponta da sua foice brilhante, conforme ele a brandia para cima e para baixo. Enxames de gafanhotos cor de esmeralda saltavam sobre seus pés, caíam de cabeça, de costas ou de lado, como acrobatas atrapalhados, conforme a sorte, ou se metiam em brincadeiras barulhentas debaixo da sombra dos fetos, com outros gafanhotos silenciosos e de cor triste. Moscas grandes zumbiam num estado completamente selvagem em seu redor, sem saberem que ele era um homem. Dentro e fora das moitas de fetos as cobras se esgueiravam rutilantes com seus matizes azuis e amarelos, já que na estação anterior haviam mudado de pele. Bandos de filhotes de coelhos saíam das tocas para apanhar sol sobre os outeiros, e os quentes raios lhes transpassavam a pele delicada das orelhas, dando-lhes uma transparência vermelha na qual até as veias se distinguiam. Nenhum desses seres o temia.

 O aspecto monótono da sua função o acalmava e era em si mesmo um prazer. A imposta limitação de esforço servia como justificativa para atividades rústicas por parte de um homem sem ambições, cuja consciência dificilmente o deixaria permanecer em tal obscuridade se suas possibilidades não se encontrassem reduzidas. Por isso, Clym cantava para si mesmo, às vezes, quando procuravam espinheiros para atar os feixes, habituara-se a divertir o colega com esboços da vida de Paris, e assim o tempo passava.

Numa dessas tardes de calor, Eustácia passeava sozinha perto do local de trabalho de Clym. Ele cortava o tojo muito compenetrado, fileiras de feixes ao lado dele testemunhavam o trabalho daquele dia. Ele não percebeu a aproximação de Eustácia, mas ela estava muito perto dele, e ouviu-o cantarolando uma canção. Ela ficou contrariada no início, vendo aquele pobre homem atormentado, ganhando dinheiro com o suor do próprio rosto, e comoveu-se até às lágrimas. Mas ouvi-lo cantar sem sequer se revoltar contra uma função que, mesmo sendo satisfatória para ele, era humilhante para ela, uma esposa distinta, foi o que a feriu profundamente. Sem saber da sua presença, ele continuava cantando:

O amanhecer
Devolve aos bosques todo o seu adorno;
Quando ele raia, a flora se embeleza;
O pássaro decanta-lhe o retorno,
E glorifica toda a natureza
O amanhecer.

O amanhecer
Causa, por vezes, lacerantes dores,
Que a noite dura apenas um instante
Para aquele pastor louco de amores
Que força a deixar logo sua amante
O amanhecer.

Ficara dolorosamente óbvio para Eustácia que ele não se preocupava muito com o seu rebaixamento social. Por isso, a bela e altiva mulher inclinou a cabeça e chorou desesperadamente, pensando no efeito avassalador que gerava à sua vida a disposição entusiasmada e a situação do marido. Depois avançou:

— Eu teria preferido morrer a fazer isso! — berrou ela com veemência. — E você consegue cantar! Vou voltar a viver com o meu avô!

— Eustácia! Não a vi, mas notei que algo estava se mexendo — disse ele, com brandura. Aproximou-se dela, tirou a enorme luva de couro e pegou a sua mão. — Por que está falando dessa forma tão estranha? É só uma canção antiga que eu apreciava na época em que vivia em Paris, e que agora se aplica apenas à minha vida com você. Terá todo o seu amor morrido, então, porque meu aspecto não é mais o de um homem elegante?

— Querido, não faça perguntas impróprias ou posso deixar de amá-lo.

— Acha possível que eu esteja correndo esse risco?

— Você só segue as suas ideias e não cede às minhas, quando desejo que abandone esse trabalho indigno. Há algo que lhe desagrada em mim que o faz de maneira tão contrária aos meus desejos? Sou sua mulher, e você não me ouve? Sim, olhe que sou sua mulher.

— Sei o que significa esse tom.

— Qual tom?

— O tom em que você disse: "Olhe que sou sua mulher" quer dizer "sua mulher, infelizmente!".

— É muito duro de sua parte querer me provocar com essa observação. Uma mulher pode raciocinar, embora não deixe de ter coração, e se eu quis dizer "infelizmente" não foi por um sentimento abominável; foi até bastante natural. Está vendo que, de qualquer maneira, eu não tento dizer inverdades? Você se lembra de que, antes do casamento, eu o avisei que não tinha as qualidades de uma boa esposa?

— Você está zombando de mim. Nesse ponto pelo menos a única atitude nobre seria ficar calada, pois você ainda é a rainha do meu coração, embora eu possa já não ser mais o rei do seu.

— Você é meu marido. Isso não o contenta?

— Não, a não ser que você seja minha mulher sem ficar se lamentando disso.

— Não posso lhe responder. Eu me recordo de ter-lhe dito que eu seria uma questão complicada em suas mãos.

— Sim, estou vendo.

— Você viu rápido demais. Ninguém realmente apaixonado veria uma coisa assim. Você é muito severo comigo, Clym... não gosto de ouvi-lo falar assim.

— Muito bem, eu me casei com você apesar disso. Não me arrependo do que fiz. Como você está fria esta tarde! E eu que achava que não havia um coração mais quente do que o seu!

— Sim, acho que estamos esfriando... vejo tão bem quanto você — disse ela, suspirando melancolicamente. — Nós nos amávamos como loucos há dois meses! Você não se cansava de me contemplar, nem eu me cansava de contemplá-lo. Quem diria que agora os meus olhos não seriam tão brilhantes para os seus, nem os seus lábios tão doces para os meus? Dois meses... será possível? Sim, é a pura verdade!

— Querida, você suspira como se lamentasse que já não seja mais assim, e esse é um sinal de esperança.

— Não estou suspirando por isso. Existem outras coisas pelas quais eu ou qualquer mulher pode suspirar.

— Suspira porque suas possibilidades na vida se arruinaram quando você se casou precipitadamente com um homem cheio de azar?

— Por que me obriga a dizer coisas amargas, Clym? Mereço tanta piedade quanto você. Mais. Acho que mereço mais. Você consegue até cantar! Seria muito estranho se me surpreendessem cantando sob uma nuvem tão sombria quanto estas. Meu amor, pode acreditar que eu seria capaz de chorar tanto que deixaria confusa e perplexa uma mente flexível como a sua. Mesmo que não se importasse com seu infortúnio, você devia renunciar a cantar, pelo menos por pena de mim. Meu Deus! Se eu fosse um homem no seu lugar, estaria praguejando e não cantando.

Clym segurou o seu braço. — Não pense, minha jovem sem experiência, que não sou capaz de me revoltar, como Prometeu, contra os deuses e contra o destino, exatamente como você. Já experimentei mais fumaça e fumos desse tipo do que você jamais sonhou ver. Mas quanto mais vejo a vida, mais constato que não há nada particularmente grande nas esferas elevadas, e logo nada existe de particularmente mesquinho nesta atividade de cortar tojo. Se sinto que as maiores bênçãos que nos foram oferecidas não têm grande valor, como admitir que seja uma enorme privação me ver sem elas? E por isso canto para passar o tempo. Será que você perdeu

LIVRO IV · A PORTA FECHADA

toda a ternura por mim, a ponto de me negar alguns momentos de felicidade?

— Ainda tenho alguma ternura por você.

— As suas palavras já não têm o mesmo sabor. Assim morre o amor com a boa sorte!

— Não posso ouvir isso, Clym... esta conversa vai terminar de modo amargo — disse ela, com a voz entrecortada. Vou para casa.

[3] ELA PASSEIA PARA ESPANTAR A TRISTEZA

Dias depois, antes do final de agosto, Eustácia e Clym Yeobright estavam jantando cedo, como era hábito.

A disposição de Eustácia nos últimos tempos era de apatia. Os seus belos olhos deixavam transparecer uma expressão de desamparo que, merecendo ela ou não, criaria comoção no peito de qualquer pessoa que a tivesse conhecido no período de maior intensidade do seu amor por Clym. Os sentimentos de marido e mulher variavam na razão contrária das respectivas situações. Clym, o homem que enfrentava sérias dificuldades, estava bem-disposto e até procurava consolá-la, ela que em toda a vida não tivera nenhuma dor física.

— Vamos, alegre-se, querida, vamos ficar bem de novo. Algum dia eu talvez consiga enxergar tão bem quanto antes. Prometo solenemente que, assim que tiver a possibilidade de fazer algo adequado, abandonarei de imediato o corte do tojo. Tenho certeza de que você não quer que eu fique o dia inteiro em casa sem fazer nada...

— Sim, mas é alarmante... cortador de tojo! Logo você, um homem que viveu no estrangeiro, que fala francês e alemão e que possui qualidades para fazer coisas muito mais elevadas!

— Presumo que quando você me viu pela primeira vez e ouviu falar de mim, apareci diante de você com uma aura dourada... um homem que conhecia coisas fantásticas e que vivera cenas magníficas... resumindo: um herói admirável, aprazível e intrigante.

— Claro! — disse ela, soluçando.

— Mas agora sou um miserável envergando uma roupa de couro marrom.

— Não zombe de mim. Mas vamos parar com isto. Não quero continuar deprimida. Vou passear esta tarde, isto é, se você não se opuser. Vai ter um piquenique, uma quermesse em East Egdon e planejo ir.

— Dançar?

— Por que não, se você canta...?

— Bom, como quiser. Devo ir buscá-la?

— Se sair cedo do trabalho, mas não precisa se preocupar, conheço o caminho e não tenho medo da várzea.

— Você tem tanto amor pela diversão a ponto de fazer todo o caminho até uma festa num povoado para procurá-la?

— Você não quer que eu vá sozinha! Tem ciúmes, Clym?

— Não, mas poderia acompanhá-la se você quisesse, porém, da forma como as coisas estão, talvez já esteja cansada de mim. De certa forma, eu preferia que você não tivesse vontade de ir. Sim, talvez tenha ciúmes, e quem teria mais motivos para ter ciúmes do que eu... um homem quase cego, por causa de uma mulher como você?

— Não pense assim. Deixe-me ir e não estrague a minha boa disposição.

— Preferia perder toda a minha, querida esposa. Vá e faça o que quiser. Quem a pode proibir de satisfazer um capricho? Você ainda tem, eu acredito, todo o meu coração; e como você me suporta, a mim, que na verdade sou um enorme peso para você, devo lhe agradecer. Vá sozinha e brilhe. Quanto a mim, eu me apego ao meu destino. Nesse tipo de reunião, as pessoas certamente iriam me evitar. A minha foice e as minhas luvas são como a matraca de São Lázaro, o leproso, alertando as pessoas para que se afastem de um espetáculo triste.

— Beijou-a, colocou as polainas e saiu.

Eustácia ficou com a cabeça entre as mãos e balbuciou para si mesma: — Duas vidas desperdiçadas, a dele e a minha...! E eu reduzida a isto! Será que vou enlouquecer?

Começou a pensar num modo de mudar aquela situação, mas não encontrou nenhum. Pensou no que as pessoas de Budmouth diriam, quando soubessem do que acontecera. "Olhem a garota que acreditava não haver ninguém digno dela!". Para Eustácia, as circunstâncias representavam tamanha zombaria em relação a suas esperanças que a morte aparecia como a única saída para a libertação, se a sátira do céu fosse além do que já tinha ido.

De repente ela se levantou e falou: — Mas vou me livrar desta amargura! Sim, vou me livrar dela! Ninguém vai saber do meu sofrimento. Vou me mostrar bem feliz, jocosamente viva e ainda vou rir e fazer graça com isso! E começo com este baile ao ar livre.

Subiu para o quarto e se arrumou com zelo minucioso. A um observador, sua beleza teria feito seus sentimentos parecerem quase razoáveis. O canto sombrio, para o qual tanto o acaso quanto a imprudência haviam impelido aquela mulher, poderia levar até mesmo um simpatizante moderado a sentir que ela possuía razões convincentes para indagar ao Poder Supremo com qual direito uma criatura tão perfeita tinha sido colocada em situações suscetíveis de transformar os seus encantos numa maldição, em vez de bênção.

Eram cinco da tarde quando ela saiu de casa pronta para caminhar. Havia na sua imagem material suficiente para vinte novas conquistas. A tristeza rebelde, que era mais que aparente nela quando ainda em casa e sem chapéu, estava agora oculta e abrandada por seu traje de passeio, que sempre tinha certa nebulosidade, livre dos contornos rudes fosse onde fosse, de maneira que seu rosto surgia da sua moldura como se de uma nuvem sem linhas demarcatórias visíveis entre a carne e as roupas. O calor do dia ainda não amainara, e ela avançava pelas encostas ensolaradas caminhando devagar, pois tinha muito tempo para aquele passeio fútil. Fetos altos a entrincheiravam na folhagem sempre que o caminho dela passava entre eles, que agora formavam florestas em miniatura, embora no ano seguinte nem um só daqueles caules voltaria a rebentar.

O local escolhido para a festa da aldeia era um daqueles oásis com aparência de prado que ocasionalmente, mas não sempre, surgiam nos platôs do distrito da várzea. Os arbustos de tojo e fetos terminavam abruptamente nas suas bordas e a relva surgia intacta. Uma pista verde para uso do gado circundava o local, sem, entretanto, ultrapassar a folhagem de fetos, e por esse caminho Eustácia seguiu, de maneira a observar o grupo antes de se aproximar. As notas fortes da banda de East Egdon a orientaram sem erro, e agora ela avistava os músicos sentados numa carroça azul com rodas vermelhas tão meticulosamente limpa que parecia nova, e adornada com varas em arco decoradas com folhas e flores. Diante dos músicos estava a pista principal do baile com quinze ou vinte casais, rodeados por outros grupos menores de indivíduos inferiores, cujos giros nem sempre acompanhavam o compasso.

Os rapazes exibiam rosetas azuis e brancas, tinham o rosto corado e dançavam com as jovens que, com a agitação e o exercício, mostravam-se mais rosadas do que os seus inúmeros laços. Belas com cachos longos, belas com cachos curtos, belas com fitas no cabelo, belas com tranças giravam ali, e alguém que observasse estranharia que lá estivesse reunido um grupo tão encantador de jovens com estatura, idade e aparência semelhantes, quando não havia mais que dois ou três povoados onde escolhê-las. Um velho muito feliz, ao fundo, bailava sozinho, de olhos fechados e alheio a tudo. Pouco adiante, debaixo de um tronco de espinheiro desbastado, ardia uma fogueira sobre a qual três chaleiras estavam penduradas em fila. Ali perto havia uma mesa onde algumas senhoras preparavam chá. Eustácia procurou entre elas a mulher do negociante de gado que lhe falara da festa e lhe prometera proporcionar-lhe uma recepção cortês.

A ausência imprevista da única moradora local que Eustácia conhecia acabou sabotando o seu plano de passar uma tarde alegre e despreocupada. Reunir-se ao grupo mostrava-se complicado, não obstante o fato de que, se ela avançasse, várias senhoras iriam ao seu encontro para lhe oferecer uma xícara de chá, dedicando-lhe a atenção que merecia uma desconhecida cheia de graça e com conhecimento superior ao delas. Após observar o grupo por duas danças, Eustácia decidiu seguir até uma pequena casa onde poderia obter algo para refrescar-se e depois voltar para casa, quando houvesse sombra.

Foi o que ela fez. Quando retrocedeu para a quermesse, por onde era obrigada a passar no caminho de regresso para Alderworth, o Sol estava começando a declinar. O ar estava agora tão parado que ela podia ouvir a banda a distância, e os músicos pareciam estar tocando com mais ânimo, se isso era possível, do que na sua chegada. Quanto Eustácia atingiu a colina, o Sol tinha desaparecido quase por completo. Contudo, isso não preocupava Eustácia ou os dançarinos, porque uma Lua cheia e amarela estava nascendo, embora seus raios ainda não superassem os do poente. A festa prosseguia, e outras pessoas estranhas tinham chegado e formado um círculo em volta do baile, de maneira que Eustácia poderia ficar entre eles sem correr o perigo de ser reconhecida.

Toda a emoção sensual do povoado, que estivera espalhada em todas as direções durante todo um ano, se condensava ali por uma hora. Os quarenta corações daqueles pares ondulantes pulsavam como não tinham feito desde quando, doze meses antes, eles se haviam reunido numa festa semelhante. Por um tempo, o paganismo renascia em seus corações, o orgulho de viver era pleno e eles não adoravam mais ninguém a não ser eles mesmos.

Quantos daqueles abraços arrebatados, mas fugazes, se destinavam a tornar-se perenes era provavelmente uma pergunta que faziam os casais que se entregavam a esses abraços, assim como Eustácia, que os observava. Ela começou a sentir inveja daquelas piruetas, a ansiar pela esperança e felicidade que a fascinação da dança parecia engendrar dentro deles. Sendo ela própria uma amante apaixonada da dança, uma das expectativas de Eustácia em relação a Paris era a chance que a cidade lhe proporcionaria de se entregar ao seu divertimento favorito. Mas infelizmente essa esperança estava totalmente morta.

Enquanto ela contemplava distraída os pares que giravam e flutuavam sob o luar, ela ouviu subitamente o seu nome sussurrado por cima do seu ombro. Voltou-se surpresa, vendo ao seu lado alguém cuja presença a fez ruborizar até as têmporas.

Tratava-se de Wildeve. Até esse momento, ele não a via desde a manhã do próprio casamento, quando ela deambulava pela igreja, e o surpreendeu ao levantar o véu para assinar o registro como testemunha. Mas por que motivo ao vê-lo sentira um fluxo repentino de sangue, ela não sabia responder.

Antes que ela pudesse dizer algo, ele sussurrou: — Ainda gosta de dançar como antes?

— Acho que sim! — respondeu ela, baixinho.

— Gostaria de dançar comigo?

— Seria uma grande variação para mim, mas não vai parecer estranho?

— Que há de estranho em dois parentes dançarem?

— Ah... sim, parentes. Acho que nada.

— Mesmo assim, se não quiser ser reconhecida, basta colocar o véu, embora com esta luz não haja risco. Tem muita gente desconhecida.

Ela seguiu seu conselho, e esse ato era a confissão tácita de que aceitou o convite.

Wildeve deu a ela o braço e a conduziu pelo lado de fora do círculo para o final da fileira dos dançarinos, na qual se integraram. Em dois minutos faziam parte do grupo e avançavam para a ponta.

Enquanto avançavam até a metade da fila, Eustácia desejou mais de uma vez não ter concordado com o pedido dele; do meio até a ponta ela sentiu que, tendo saído em busca de prazer, estava apenas fazendo algo natural para obtê-lo. Lançados nos contínuos giros e redemoinhos que a sua posição como primeiro par lhes proporcionava, a pulsação de Eustácia começou a ficar acelerada demais para que ela pudesse entregar-se a longas ruminações desse tipo.

Através da extensão de vinte e cinco casais, eles traçaram seu caminho estonteante, e uma nova energia tomou conta dela. A luz pálida da noite emprestava um fascínio àquela experiência. Há um certo grau e tom de luz que tende a perturbar o equilíbrio dos sentidos, perigosamente originando as disposições mais ternas; acrescentado ao movimento, ele acaba regendo as emoções em profusão. Em proporção inversa, a razão torna-se então sonolenta e embotada. Era essa a luz que pairava sobre eles, emanada do disco da Lua.

Todas as jovens que dançavam sentiam os mesmos sintomas, mas Eustácia os sentia ainda mais. A relva sob os pés estava pisoteada, e o solo duro e calcado de terra, visto obliquamente sob o luar, cintilava como uma mesa polida. O ar parecia paralisado, a bandeira sobre a carroça dos músicos pendia do mastro, e dos músicos apareciam só os perfis delineados contra o céu, a não ser quando as bocas do trombone, do oficleide e do cornetim brilhavam como olhos grandes que rompiam da sombra. Os belos vestidos das jovens tinham perdido suas cores diurnas mais sutis, e agora apareciam com um tom mais ou menos nevoento de branco. Eustácia flutuava em giros nos braços de Wildeve; seu rosto era o de uma estátua em êxtase. A sua alma abandonara e esquecera suas feições, que agora pareciam vazias e serenas como sempre ficam quando os sentimentos ultrapassam o que o rosto é capaz de expressar.

Ela estava tão perto de Wildeve! Era terrível pensar nisso. Ela podia sentir a respiração dele, e ele com certeza também sentia a dela. Como o tratara mal! E agora estavam dançando. O encanto da dança a surpreendeu. Uma linha distinta dividia nitidamente, como um obstáculo palpável, a sua experiência nesse labirinto de gestos e a sua experiência fora dele. Começar a dançar tinha sido para ela como uma mudança de atmosfera: lá fora estivera mergulhada em um frio ártico, ali dentro experimentava sensações tropicais. Havia ingressado no baile, depois dos momentos perturbados da sua vida recente, como alguém que entra num quarto iluminado depois de andar à noite por uma floresta. Wildeve por si só teria sido apenas motivo de agitação; Wildeve adicionado à dança, e ao luar, e ao segredo, passou a ser um deleite. Se a personalidade dele contribuía para a maior parte desse doce e complexo sentimento ou se a dança e a paisagem desempenhavam maior importância era uma questão tão sutil que mesmo para Eustácia ficava obscura.

As pessoas começaram a se interrogar: quem são eles? Mas não houve questionamentos inconvenientes. Se Eustácia se tivesse misturado às outras jovens em seus passeios frequentes, talvez fosse diferente: naquela situação específica, ela não foi incomodada por uma investigação excessiva, porque todos se haviam imbuído da maior polidez para a ocasião. Tal como o planeta Mercúrio cingido pelo fulgor do Sol poente, o seu brilho constante passava despercebido no esplendor efêmero das circunstâncias.

Quanto a Wildeve, os seus sentimentos eram fáceis de adivinhar. Os entraves eram como um sol que amadurecia o seu amor, e naquele momento ele estava num delírio de incomum tristeza. Abraçá-la como sua por cinco minutos, ela que, o resto do ano, pertencia a outro, era algo que ele, muito mais do que os outros homens, sabia valorizar. Desde muito tempo voltara a suspirar por Eustácia. Na verdade, pode-se afirmar que o fato de ter assinado o registro do casamento com Thomasin tinha sido um sinal para o seu coração regressar ao abrigo inicial, e que a complicação suplementar do casamento de Eustácia fora o acréscimo que faltava para tornar aquele retorno obrigatório.

    Assim, por diferentes motivos, o que para os outros não passava de um movimento divertido, para eles dois era uma cavalgada sobre um furacão. A dança chegara como uma ofensiva irresistível contra qualquer senso de ordem social que houvesse em suas mentes, para conduzi-los de volta a caminhos antigos que, hoje, eram duplamente irregulares. Bailaram três danças em sequência; então, esgotada pelo ritmo incessante, Eustácia se virou para abandonar o círculo onde já permanecera demasiado tempo. Wildeve conduziu-a até um montículo relvado a alguns metros dali, onde ela se sentou, seu parceiro permanecendo em pé ao seu lado. Desde que começaram a dança, não tinham trocado nenhuma palavra.

— A dança e a caminhada a cansaram? — perguntou ele com ternura.

— Nem tanto.

— Curioso que fosse aqui que nos encontrássemos, já que não nos vemos há muito tempo.

— Acho que não nos encontramos porque não quisemos.

— É, mas você começou isso... quebrando uma promessa.

— Não adianta falar sobre isso agora. Criamos outros laços, tanto eu como você.

— Lamento saber que o seu marido está doente.

— Não está doente... apenas incapacitado.

— Foi o que eu quis dizer. Acredite que sinto muito pelo seu sofrimento. O destino a tratou com crueldade.

Ela se calou por instantes. — Já lhe falaram que ele decidiu trabalhar como cortador de tojo? — perguntou ela, com uma voz profundamente melancólica.

— Ouvi falar — respondeu Wildeve, hesitante. — Mas quase não pude acreditar.

— É verdade. Como me vê sendo a mulher de um cortador de tojo?

— Creio que é a mesma, Eustácia. Nada a pode diminuir. Você dignifica a profissão do seu marido.

— Quem me dera pensar assim.

— Existe alguma chance de o Sr. Yeobright se curar?

— Ele acredita que sim, mas eu duvido.

— Fiquei surpreso ao saber que ele alugara uma casa. Pensei, como todos, que fosse levá-la para Paris logo depois do casamento. "Que futuro fascinante ela tem à sua frente!", eu cheguei a pensar. Suponho que irão para lá, depois que ele ficar melhor da vista, não?

Notando que ela não respondia, ele a observou mais de perto. Estava quase chorando. Imagens de um futuro que não vivenciaria, a consciência renascida do seu amargo desengano, a condição ridícula em que a colocavam os comentários dissimulados dos vizinhos, tudo isso agora enfatizado pelas palavras de Wildeve foi excessivo para a tranquilidade da orgulhosa Eustácia.

Wildeve mal pôde conter seus exaltados sentimentos quando viu a perturbação silenciosa dela. Disfarçou como se não tivesse percebido, e ela recobrou a quietude.

— Não cogita voltar sozinha para casa? — perguntou ele.

— Ah, sim! — disse Eustácia. —Quem poderia me fazer mal na várzea, eu que não tenho nada?

— Desviando um pouco, posso fazer do meu caminho o mesmo que o seu. Terei prazer em acompanhá-la até Throope Corner. — Percebendo que Eustácia hesitava, acrescentou: — Talvez não considere sensato ser vista comigo, seguindo pelo mesmo caminho, após os acontecimentos do verão passado.

— Não, na verdade não penso assim — disse ela num tom altivo. — Ando com quem quero, falem o que quiserem falar os moradores mesquinhos de Egdon.

— Está pronta? Então, vamos. O caminho mais perto é na direção da mata de azevinho, naquela sombra escura que se vê ali embaixo.

Eustácia se levantou e seguiu ao lado dele na direção assinalada, abrindo o caminho entre a urze e os fetos úmidos, com o acompanhamento do alvoroço dos dançarinos que continuavam bailando. A Lua agora estava prateada, mas a várzea resistia a essa claridade, e o que se apresentava era um notável espetáculo do terreno escuro e sem irradiação jazendo sob uma atmosfera carregada de luz alvíssima, do zênite aos extremos. Quem estivesse próximo de Eustácia e Wildeve veria que os seus rostos pareciam, emergindo daquela superfície, duas pérolas numa mesa de ébano.

Por conta disso, não se notavam as irregularidades do caminho, e Wildeve às vezes tropeçava, enquanto Eustácia se via obrigada a fazer algumas graciosas manobras de equilíbrio sempre que um pequeno tufo de urze ou uma raiz de tojo surgia por entre a relva do atalho estreito, atrapalhando os seus pés. Quando isso acontecia, uma mão invariavelmente se estendia para ajudá-la a recuperar o equilíbrio, segurando-a firme até que alcançasse o terreno plano, momento em que a mão se retirava novamente para uma distância respeitosa.

Fizeram grande parte do caminho em silêncio. Estavam chegando a Throope Corner, onde, cerca de cem metros mais à frente, abria-se um atalho para a casa de Eustácia. Aos poucos eles foram distinguindo um par de vultos humanos, aparentemente do sexo masculino, vindo na direção deles.

Quando chegaram mais perto, Eustácia quebrou o silêncio, falando: —Um daqueles é o meu marido. Prometeu vir me buscar.

— O outro é o meu maior inimigo! — disse Wildeve. — Creio que é Diggory Venn.

— É ele mesmo. Que encontro embaraçoso — disse ela —, mas a minha sorte é assim... Ele sabe demais sobre mim, mas precisaria saber mais para se convencer de que aquilo que sabe agora não significa nada. Muito bem, que seja como deve ser, você deve me entregar a eles.

— Acho melhor pensar duas vezes antes de decidir fazer isso. Ele não esqueceu nenhuma palavra dos nossos encontros em Rainbarrow, e está com seu marido. Nenhum dos dois, vendo-nos juntos, irá acreditar que nos encontramos e dançamos por acaso na quermesse.

— Certo — sussurrou ela, entristecida. — Deixe-me antes que eles cheguem até aqui.

Wildeve despediu-se com um tom terno e penetrou entre os fetos e o tojo. Eustácia seguiu vagarosamente. Dois ou três minutos depois se encontrou com os homens.

— A minha caminhada se encerra aqui, vendedor de almagre — disse Yeobright, assim que a percebeu. — Volto com esta senhora. Boa-noite.

— Boa-noite, Sr. Yeobright — disse Venn —, espero vê-lo melhor em breve.

O luar iluminava diretamente o rosto de Venn enquanto ele falava, revelando todas as suas linhas a Eustácia. Ele a olhava de maneira suspeita. Que o olhar aguçado de Venn tivesse discernido o que a frágil visão de Clym não pudera alcançar (um homem se afastando de Eustácia) era uma hipótese dentro dos limites do provável.

Se Eustácia pudesse ter seguido o vendedor de almagre, rapidamente teria encontrado uma flagrante confirmação de suas suspeitas. Assim que Clym deu o braço à esposa e a levou dali, o vendedor de almagre desviou da trilha que levava a East Egdon, por onde ele seguira só para acompanhar Clym em sua caminhada, já que seu carro estava mais uma vez nas imediações. Dando largas passadas, ele atravessou a parte da várzea que não tinha uma trilha aberta, mais ou menos na direção que Wildeve seguira. Apenas um homem habituado a excursões noturnas seria capaz, numa hora dessas, de descer aquelas rampas acidentadas com a mesma rapidez de Venn sem cair em um fosso ou torcer a perna após enfiar o pé em alguma toca de coelho. Mas Venn avançava sem percalços, quase correndo na direção da estalagem da Mulher Tranquila. Em meia hora ele chegou, com a certeza de que ninguém que houvesse estado próximo de Throope Corner quando ele partira poderia ter chegado ali antes dele.

A solitária estalagem ainda não estava fechada, mas não havia ninguém lá; o movimento principal era de viajantes que passavam por ali, e naquela hora eles já tinham seguido viagem. Venn entrou no salão, pediu uma caneca de cerveja e perguntou à empregada, num tom indiferente, se o Sr. Wildeve estava em casa.

Thomasin se encontrava no cômodo interior e ouviu a voz de Venn. Quando havia fregueses era raro que ela aparecesse, devido a seu desapreço pelo negócio. Ao perceber que não havia mais alguém, ela veio olhar.

— Ele ainda não chegou, Diggory — falou educadamente. — Eu o aguardava mais cedo. Foi até East Egdon comprar um cavalo.

— Ele estava usando um chapéu leve, de aba larga?

— Sim.

— Então foi ele que eu vi em Throope Corner, acompanhando alguém até sua casa — disse secamente Venn. — Uma beldade de rosto alvo com uma cabeleira negra como a noite. Com certeza ele não deve demorar muito — completou, levantando-se e olhando por um momento o rosto puro e doce de Thomasin, sobre o qual se espalhara uma sombra triste, desde que ele a vira pela última vez. E atreveu-se a acrescentar: — O Sr. Wildeve parece estar se ausentando muito ultimamente.

— Sim, sai — disse Thomasin, num tom que se pretendia alegre. — Os maridos dão suas escapadas, você sabe. Quem me dera que você me mostrasse algum plano secreto que me ajudasse a mantê-lo em casa à noite, a meu bel-prazer.

— Vou ver se descubro algum — retrucou Venn, naquele mesmo tom leve que não tinha leveza nenhuma. Depois fez uma mesura de um jeito todo seu, e se preparou para sair. Thomasin lhe estendeu a mão, sem um suspiro, mas com motivos para muitos, e o vendedor de almagre saiu.

Quando Wildeve chegou, quinze minutos depois, Thomasin disse simplesmente, da maneira humilde que lhe era agora habitual: — E o cavalo, Damon?

— Ah! Não comprei. O homem queria muito dinheiro.

— Alguém o viu em Throope Corner, na companhia de uma beldade de rosto alvo e cabeleira negra como a noite.

— Ah! Quem lhe disse isso? — e olhou firme nos olhos dela.

— Venn, o vendedor de almagre.

A feição de Wildeve ficou curiosamente carregada. — Foi um engano... com certeza era outra pessoa — falou devagar e com irritação, pois compreendeu que os movimentos estratégicos de Venn tinham recomeçado.

[4] O USO DE UMA FORTE COERÇÃO

Aquelas palavras de Thomasin, que pareciam mínimas, mas queriam dizer muito, permaneceram nos ouvidos de Diggory Venn: "Me ajude a mantê-lo em casa à noite".

Nessa ocasião Venn chegara em Egdon apenas para atravessar até o outro lado; não tinha tido mais contato com a família de Clym Yeobright, e tinha um negócio próprio a resolver. Mas de repente ele começou a se sentir atraído para o velho trilho das manobras em favor de Thomasin.

Sentado no seu carro, refletia sobre as coisas. Após ouvir e ver as palavras e o jeito de Thomasin, compreendeu que Wildeve a estava negligenciando. E por quem ele a estaria negligenciando se não fosse por Eustácia? No entanto, era difícil acreditar que as coisas haviam chegado ao ponto de Eustácia o encorajar de maneira sistemática. Venn decidiu fazer um reconhecimento cuidadoso do caminho ermo que cruzava o vale e que ia da casa de Wildeve até a de Clym, em Alderworth.

Nessa altura, como já foi comentado, Wildeve mantinha-se inocente de qualquer intriga premeditada e, a não ser pelo baile ao ar livre, ele não se encontrara com Eustácia nem uma vez após o seu casamento. Contudo, que o espírito da intriga pulsava dentro dele se revelara num romântico costume novo, o hábito de sair após o anoitecer, passear pelos lados de Alderworth, contemplando a Lua, as estrelas e a casa de Eustácia, e em seguida retornar para sua casa.

Consequentemente, quando fazia o reconhecimento na noite após a quermesse, o vendedor de almagre o viu subir a pequena trilha, parar diante do portão do jardim de Clym, suspirar e ir embora. Com efeito, tornava-se bem evidente que a intriga de Wildeve era mais ideal do que real. Venn retirou-se antes dele, desceu o vale até um local em que o caminho se reduzia a um mero fosso no meio da urze; ficou estranhamente ajoelhado ali alguns minutos e depois foi embora. Quando Wildeve chegou nesse ponto, o seu pé bateu em alguma coisa e ele caiu para a frente.

Assim que recuperou o fôlego, Wildeve sentou-se e tentou ouvir algo. Não se ouvia nenhum som na escuridão, a não ser a leve agitação da brisa estival. Ele tateou procurando o obstáculo que o derrubara, e descobriu que haviam atado uma corda entre os dois lados do atalho, o que certamente provocaria um tombo. Wildeve puxou a corda e seguiu razoavelmente rápido o seu caminho. Quando chegou em casa, viu que a corda apresentava uma cor avermelhada. Era exatamente o que ele esperava.

Embora suas fraquezas não fossem especialmente relacionadas ao medo físico, essa espécie de punhalada pelas costas de alguém que ele conhecia bastante transtornava o espírito de Wildeve. Mas nem assim alterou as suas manobras. Uma ou duas noites depois, ele seguiu mais uma vez pela colina até Alderworth, tendo o cuidado de não caminhar por nenhum atalho. A sensação de estar sendo vigiado, a ideia de que subterfúgios estavam sendo empregados para afastá-lo de seus gostos pouco idôneos tornavam mais picante a sua excursão inteiramente sentimental, contanto que o perigo não lhe causasse medo. Ele acreditava que Venn e a Sra. Yeobright tinham-se aliado, e sentiu que havia uma legitimidade em pelejar contra essa aliança.

Naquela noite a várzea parecia totalmente deserta; e Wildeve, após olhar um pouco o jardim de Eustácia com um charuto na boca, sentiu-se tentado a avançar até a janela, movido pela atração que o embuste sentimental desempenhava nele. A janela não estava totalmente fechada, a veneziana estando apenas parcialmente descida. Era possível ver o quarto, e Eustácia estava lá sozinha. Wildeve fitou-a um instante, em seguida retirou-se para a várzea e sacudiu o feno, de onde voaram mariposas alarmadas. Apanhou uma, voltou até a janela e soltou-a perto da abertura; o inseto se dirigiu para a vela que estava em cima da mesa de Eustácia, voou ao redor dela duas ou três vezes e foi em direção à chama.

Eustácia se assustou. Aquele era o sinal bem conhecido de outros tempos, quando Wildeve costumava ir em segredo a Mistover para cortejá-la. Percebeu logo que ele estava lá fora, mas, antes de poder pensar no que fazer, o marido entrou, vindo do andar de cima. O rosto de Eustácia enrubesceu por causa da inesperada colisão de incidentes, assumindo um ânimo que muitas vezes lhe faltava.

— Você está muito corada, querida! — falou Clym, depois de se aproximar dela. — Sua aparência não seria pior se você se mostrasse sempre assim.

— Estou com calor — disse Eustácia. — Acho que vou passear um pouco.

— Quer que eu a acompanhe?

— Não, só vou até o portão.

Ela se levantou, mas antes que tivesse tempo de sair da sala, ouviram-se fortes batidas na porta da frente.

— Eu vou ver — disse Eustácia, num tom apressado que não lhe era habitual, olhando ansiosa pela janela por onde a mariposa entrara, mas não viu nada.

— Melhor você não sair a esta hora da noite — ele falou. Clym postou-se à sua frente, e Eustácia aguardou, com seu jeito indolente dissimulando o ardor e a agitação que ferviam em seu peito.

Ela ficou ouvindo, e Clym abriu a porta. Ninguém falou nada do lado de fora. Ele fechou a porta e voltou dizendo: — Não tinha ninguém, o que pode ter sido isso?

Ficou perturbado o resto da noite porque não encontrava explicação para o ocorrido e Eustácia não falou nada; o fato adicional que ela conhecia acrescentava ainda mais mistério ao caso.

No entanto, na parte de fora ocorrera um pequeno drama que, naquela noite, evitou qualquer comprometimento de Eustácia. Enquanto Wildeve montava o artifício da mariposa, alguém foi por trás dele até o portão. Esse homem, que trazia uma espingarda, observou a operação do outro perto da janela, aproximou-se da casa, bateu na porta e depois sumiu pela lateral e pulou por cima da cerca.

— Que o diabo o carregue! — disse Wildeve. — Ele estava me espiando de novo.

Como o sinal se tornara inútil por causa das batidas na porta, Wildeve se afastou, saiu pelo portão e desceu depressa pelo atalho, sem pensar em nada senão em sair dali sem ser visto. No meio do caminho, o atalho se aproximava de um emaranhado de azevinhos raquíticos que, na escuridão total, parecia a pupila de um olho negro. Quando chegou nesse ponto, alguns disparos feriram o seu ouvido, e alguns tiros atingiram a folhagem perto dele.

Não havia dúvida de que era ele o alvo dos tiros da espingarda; e ele correu para a moita de azevinhos e bateu furiosamente nos galhos com a bengala; mas não havia ninguém ali. Esse ataque fora mais sério do que o anterior, e Wildeve levou algum tempo para recuperar a calma. Começara ali um novo e muito desconfortável princípio de ameaça, cujo fim era causar-lhe algum malefício físico. Wildeve havia considerado a primeira tentativa de Venn como uma brincadeira de mau gosto que o vendedor de almagre empreendera na ausência de algo melhor. Mas agora aquilo ultrapassava a linha de demarcação que divide o aborrecimento do perigo.

Se Wildeve soubesse como Venn fazia aquilo com seriedade, teria ficado ainda mais alarmado. O vendedor de almagre se enfurecera ao ver Wildeve rondando a casa de Clym, e estava decidido a qualquer coisa, menos matá-lo, para demover o jovem estalajadeiro de seus ímpetos recalcitrantes. A duvidosa legitimidade dessa rude coerção não incomodava a consciência de Venn. Poucos ficam perturbados num caso como esse, o que algumas vezes não é de se lastimar. Do *impeachment* de Strafford ao processo sumário dispensado pelo fazendeiro Lynch aos canalhas da Virgínia derivaram inúmeros triunfos da justiça, que são arremedos da justiça.

Cerca de um quilômetro abaixo da casa isolada de Clym situava-se um povoado onde vivia um dos dois policiais que mantinham a paz na paróquia de Alderworth, e Wildeve foi direto até o chalé do policial. Praticamente a primeira coisa que ele viu quando abriram a porta foi o cassetete do policial pendurado em um gancho, como se garantindo que ali estavam os meios para Wildeve atingir seus fins. Quando ele perguntou sobre o policial, a mulher informou que não estava. Ele falou que iria esperar.

Os minutos foram passando, e o policial não chegava. Wildeve sentiu seu estado de grande indignação e outro de inquieta insatisfação consigo mesmo, com a cena, com a mulher do policial e com toda a situação. Ergueu-se e foi embora. Em termos gerais, a experiência daquela noite produzira um efeito de esfriar, para não dizer congelar, a sua ternura mal dirigida, e Wildeve não estava disposto a subir mais uma vez até Alderworth depois do anoitecer, na esperança de colher um olhar ao acaso de Eustácia.

Até esse momento, o vendedor de almagre obtivera um razoável sucesso nos seus rudes planos de atenuar a disposição de Wildeve para excursionar durante a noite. Ele conseguira frustrar o possível encontro de Eustácia com o seu antigo apaixonado naquela mesma noite. Só não previra a possibilidade de a sua ação ter mais o efeito de modificar o impulso de Wildeve, do que de suprimi-lo por completo. O jogo dos guinéus não o ajudara a ser bem acolhido na casa de Clym. Mas visitar a mulher do seu parente era algo natural, e ele estava decidido a ver Eustácia. Era preciso optar por uma hora menos incômoda do que dez horas da noite. "Já que é perigoso ir de noite", disse ele, "irei de dia".

Enquanto isso, Venn deixara a várzea para visitar a Sra. Yeobright, com quem mantinha relações amigáveis, desde que ela soubera do papel providencial que o vendedor de almagre desempenhara na restituição dos guinéus da família. Ela se surpreendeu com a visita tardia, mas não se recusou a recebê-lo.

Ele narrou com pormenores a provação de Clym e o estado em que estava vivendo. Referiu-se depois a Thomasin, e falou por alto sobre sua aparente tristeza. — Acredite, minha senhora, não poderia fazer algo melhor do que frequentar a casa de ambos, sem cerimônia, mesmo que a princípio a recepção não fosse boa.

— Eles dois me desobedeceram quando decidiram se casar. Portanto, não tenho interesse em suas casas. O desgosto é culpa deles.

A Sra. Yeobright tentava falar com severidade, mas o relato do estado de seu filho a tinha comovido mais do que ela demonstrava.

— As suas visitas poderiam fazer que Wildeve se portasse mais corretamente do que vem fazendo, e talvez impediriam desgostos na várzea.

— O que quer dizer?

— Esta noite vi alguma coisa lá em cima que não me agradou de forma nenhuma. Quem dera que as casas do seu filho e de Wildeve estivessem distantes duzentos quilômetros, em vez dos oito ou nove.

— Então havia um relacionamento entre ele e a mulher de Clym quando ele enganou Thomasin?

— Esperemos que não haja agora.

— E provavelmente a nossa esperança será vã. Oh, Clym! Oh, Thomasin!

— O mal não está feito ainda. Na verdade, consegui persuadi-lo a cuidar da própria vida.

— Como?

— Não foi por meio de palavras, mas com um método meu chamado "sistema silencioso".

— Deus queira que dê resultado.

— Dará, se a senhora me ajudar, visitando o seu filho e fazendo as pazes com ele. Assim, a senhora terá uma chance de ver com os próprios olhos.

— Bom, já que as coisas estão nesse ponto — disse, com tristeza, a Sra. Yeobright... — Confesso-lhe que já tinha pensado em ir lá. Eu me sentiria mais feliz se estivéssemos reconciliados. O casamento não se pode mudar. Minha vida pode acabar a qualquer momento, e eu gostaria de morrer em paz. É meu filho único, e como os filhos são feitos dessa matéria, não me arrependo de não ter tido mais um. Sobre Thomasin, nunca esperei muito dela, não me desapontou. Eu a perdoei há muito tempo, e vou perdoá-lo também. Irei até lá.

No mesmo momento dessa conversa do vendedor de almagre com a Sra. Yeobright em Blooms-End, outro diálogo sobre o mesmo assunto ocorria em Alderworth.

Clym passara o dia inteiro como se sua mente estivesse ocupada demais com seus próprios assuntos para que ele pudesse interessar-se com as coisas exteriores, e suas palavras revelavam agora o que enchia o seu pensamento. Foi logo depois das pancadas na porta que ele falou sobre o assunto.

— Desde que saí de casa hoje, Eustácia, estive pensando que algo deve ser feito para transpor esse terrível abismo entre mim e minha mãe, que muito me preocupa.

— E você propõe o quê? — questionou de maneira abstrata Eustácia, que se sentia incapaz de se livrar da agitação provocada pela iniciativa recente de Wildeve.

— Parece que você tem pouco interesse na minha proposta — falou Clym, com veemência.

— Está enganado — disse ela, revivendo com a censura dele. — Estou só pensando.

— Em quê?

— Em parte naquela mariposa cujos restos estão sendo queimados no pavio da vela — respondeu, lentamente. — Mas você sabe muito bem que tenho sempre interesse no que fala.

— Muito bem, querida. Acho que tenho de ir visitá-la — disse Clym. E continuou, com um tom de afeição — É algo que não me sinto orgulhoso demais para fazer, e foi só o receio de irritá-la que me manteve distante tanto tempo; mas preciso fazer algo. Eu não posso permitir que isso continue.

— De que você pode se culpar?

— Ela está ficando velha, vive sozinha e eu sou seu único filho.

— Ela tem a Thomasin.

— Thomasin não é filha dela; e, mesmo que fosse, não seria desculpa. Mas isso não vem ao caso. Resolvi ir encontrá-la, e lhe pergunto se você está disposta a dar tudo de si para me ajudar, ou seja, esquecer o que aconteceu; e se ela se mostrar disposta a uma reconciliação, se você fará sua parte, recebendo-a em nossa casa ou aceitando a acolhida dela?

No início Eustácia contraiu os lábios como se preferisse qualquer coisa no mundo a fazer o que ele sugeria. Mas as linhas do seu rosto se suavizaram quando ela pensou melhor, porém não tanto quanto poderiam ter-se suavizado, e ela disse: — Não vou colocar obstáculos em seu caminho; mas depois do que aconteceu creio que esperar que eu tome a iniciativa da reconciliação é pedir demais.

— Você nunca me disse o que se passou realmente.

— Não pude fazê-lo naquela altura, nem posso fazê-lo agora. Às vezes, em cinco minutos se semeiam mais ressentimentos do que se podem dissipar em toda uma vida. Este pode ser um caso desses.

Ficou calada por instantes, e acrescentou: — Se você não tivesse retornado para a sua terra de origem, teria sido muito bom para você! Foi algo que mudou o destino de...

— Três pessoas.

"Cinco!", pensou Eustácia. Mas guardou o pensamento para si mesma.

[5] UMA JORNADA ATRAVÉS DA VÁRZEA

Quinta-feira, dia 31 de agosto, fazia parte de uma série de dias nos quais as casas confortáveis se tornavam sufocantes, em que as correntes de ar fresco eram um regalo, em que as fendas apareciam em jardins argilosos e eram chamadas de "terremotos" por crianças apreensivas; em que se encontravam aros soltos nas rodas das carretas e carroças, e em que os insetos de ferrões infestavam o ar, a terra e cada gota de água.

No jardim da Sra. Yeobright, as plantas de folhas largas do tipo mais tenro já estavam murchas às dez da manhã; o ruibarbo estava inclinado às onze e mesmo as folhas duras das couves amoleciam ao meio-dia.

Foi por volta das onze desse dia que a Sra. Yeobright partiu pela várzea na direção da casa do seu filho, com o intuito de fazer o possível para se reconciliar com Clym e Eustácia, conforme prometera ao vendedor de almagre. Ela esperava já ter avançado antes que o calor do dia estivesse no auge, mas depois de partir percebeu que não conseguiria. O sol grassava em toda a várzea; até as flores purpúreas da urze estavam escuras com os raios cruéis dos dias anteriores. Os vales estavam quentes como um forno, e a areia de quartzo das correntes de água do inverno, que formavam trilhas no verão, haviam sofrido uma espécie de incineração desde que a seca começara.

Em tempo frio ou ameno, a Sra. Yeobright não teria visto nada inoportuno em ir até Alderworth a pé, mas com a atual vaga de calor a caminhada se transformava numa tarefa árdua para uma senhora que já havia passado da meia idade; e no final de cinco quilômetros ela já estava arrependida de não ter contratado Fairway para trazê-la pelo menos numa parte do caminho. Contudo, no ponto em que chegara tornava-se indiferente chegar à casa de Clym, ou voltar para a sua. Continuou então no caminho, enquanto o ar ao seu redor pulsava silencioso, reprimindo a terra com certo langor. Observou o céu, viu que o matiz cor de safira que o zênite apresenta na primavera e no início do verão tinha sido substituído por uma cor violeta metálica.

Às vezes ela passava por locais onde mundos independentes de libélulas voavam numa orgia alucinada, algumas no ar, outras no solo e na folhagem ardente, outras ainda na água morna repleta de filamentos do charco quase seco. Todos os tanques de água menos fundos haviam minguado, transformando-se em poças lamacentas entre as quais podiam-se ver as formas carunchosas de inúmeros seres obscuros mexendo-se e chafurdando com prazer. Como era uma mulher que não gostava de filosofar, sentava-se para descansar, às vezes, com a sombrinha aberta e pensando na felicidade deles, já que certa esperança em relação ao resultado da sua visita relaxava sua mente e, entre pensamentos interessantes, a deixava livre para se deter em qualquer assunto infinitesimal que imantasse o seu olhar.

A Sra. Yeobright nunca estivera na casa do filho, por isso não conhecia a localização exata. Experimentou um atalho e depois outro e percebeu que eles a levavam pelo caminho errado. Voltando sobre seus passos, ela chegou a um terreno mais plano e aberto onde viu a certa distância um homem trabalhando. Seguiu até ele, e pediu informações sobre o caminho.

O trabalhador apontou o local e acrescentou:

— A senhora está vendo aquele cortador de tojo seguindo por aquela trilha ali mais à frente?

A Sra. Yeobright fixou a vista, e confirmou que o via.

— Muito bem, basta segui-lo que não vai errar. Ele está indo para o mesmo lugar.

Ela foi atrás do vulto indicado. Ele tinha uma cor meio ferruginosa, não se destacando da paisagem ao seu redor mais que uma lagarta verde se distingue da folha que a alimenta. O passo dele era mais rápido do que o da Sra. Yeobright, mas ela conseguiu manter uma distância regular porque o cortador de tojo parava sempre que encontrava um arbusto de espinheiros, onde permanecia um pouco. Quando por sua vez ela chegava a cada um desses pontos, encontrava meia dúzia de ramos longos e flexíveis, que ele cortara da moita na sua passagem, colocando-os ao lado do caminho. Com certeza eram para amarrar os feixes de tojo que pretendia juntar quando retornasse.

A figura silenciosa que se ocupava nisso não parecia mais importante do que um inseto. Tinha o ar de um simples parasita da várzea, corroendo a sua superfície na labuta diária como uma traça rói uma roupa, concentrado no trabalho, sem atentar para nada a não ser os fetos, o tojo, a urze, os líquens e o musgo.

O cortador de tojo estava tão absorto nesse labor que nem sequer uma vez virou a cabeça para trás; a sua figura de polainas e luvas de couro se transformou para ela num mero sinal móvel que lhe indicava o caminho. Mas, de repente, algo chamou a atenção dela para a sua individualidade, quando ela observou algumas particularidades no seu jeito de andar. A ela parecia já ter visto aquele passo em algum lugar, e o passo lhe revelou o homem assim como o passo de Ahimaaz na distante planície o revelou ao sentinela do rei. — Aquele andar é exatamente como o do meu marido — ela disse, e de súbito lhe ocorreu a ideia de que o cortador de tojo era o seu filho.

Ela não conseguia nem sequer conceber aquela estranha realidade. Disseram-lhe que Clym tinha por hábito segar tojo, mas ela havia suposto que ele se ocupava nisso só de vez em quando, como um passatempo útil. Mas agora verificava que ele era um cortador de tojo e nada mais, trajando as roupas da profissão e, a julgar por seus gestos, tendo os pensamentos típicos do ofício. Esquematizando meia dúzia de projetos apressados para livrar Clym e Eustácia daquele modo de vida, ela prosseguiu ofegante em sua caminhada, e o viu entrar em casa.

Ao lado da casa de Clym havia um montículo em cujo topo vários abetos se lançavam, altos, para o céu; a distância, suas copas pareciam uma mancha escura no ar sobre o cimo do montículo. Quando atingiu esse ponto, a Sra. Yeobright se sentiu aflitivamente agitada, exausta e indisposta. Ela subiu no montículo e se sentou sob sua sombra para se refazer da caminhada e para pensar em como se aproximar de Eustácia, para não exaltar uma mulher sob cuja aparência indolente se escondiam paixões mais enérgicas e ativas do que as suas próprias.

As árvores sob as quais se sentou estavam singularmente maltratadas, eram rústicas e bravias, e por alguns instantes a Sra. Yeobright abandonou o pensamento em seu próprio estado desolador e fatigado para observar as árvores. Não havia um só galho das nove árvores que compunham o conjunto que não estivesse quebrado e torcido pelo tempo voraz que as mantinha à sua mercê, toda vez que prevalecia. Alguns estavam queimados, secos e rachados como se atingidos por raios, e manchas negras como se fossem de fogo marcavam seus troncos, enquanto o chão estava coberto de agulhas e pinhas derrubadas pelas tempestades dos anos passados. O local era chamado de "Urros do diabo", e apenas seria preciso ir lá numa noite de março ou novembro para saber o motivo de tal denominação. Naquela tarde quente, em que não se percebia o vento soprar, as árvores mantinham um lamento contínuo que dificilmente alguém acreditaria ser provocado pela brisa.

Ali ela permaneceu por vinte minutos ou mais, antes de decidir bater à porta, pois o cansaço físico reduzira a sua coragem a zero. Para qualquer outra pessoa que não fosse mãe, parecia um pouco humilhante que fosse ela, a mais velha das mulheres, a tomar a iniciativa da reaproximação. Mas a Sra. Yeobright refletira sobre isso tudo e agora só pensava na maneira mais correta de fazer que Eustácia encarasse sua visita como algo sensato e não abjeto.

Da posição elevada onde estava, a cansada senhora vislumbrava o telhado da casa lá embaixo, o jardim e todo o terreno da pequena habitação. Então, quando estava levantando-se, ela viu um segundo homem se aproximar do portão. Os seus modos eram estranhos, hesitantes, diferentes de uma pessoa que vem por um convite ou para tratar de algum negócio. Ele examinou a casa com interesse, depois deu a volta e observou o extremo exterior do jardim como faria qualquer um, se porventura aquele local fosse a casa onde nascera

— LIVRO IV·A PORTA FECHADA —

Shakespeare, a prisão de Maria Stuart ou o castelo de Hougomont. Após ter dado a volta e mais uma vez parar diante do portão, ele entrou. A Sra. Yeobright ficou contrariada com aquilo, pois esperava encontrar o seu filho e a mulher a sós; mas pensou um pouco e entendeu que a presença de um conhecido poderia mitigar o embaraço da sua primeira visita ali, limitando a conversa a assuntos de ordem geral até que ela se sentisse à vontade. Ela desceu do montículo e se aproximou do portão, olhando dentro do jardim calcinado.

Ali jazia um gato adormecido no cascalho descoberto do caminho, como se as camas, os tapetes e os capachos fossem insuportáveis. As folhas da malva-branca pendiam como sombrinhas meio fechadas; a seiva quase fervia nos caules; a folhagem lisa brilhava como espelhos metálicos. Uma macieira da espécie São João, a única que medrava no jardim por causa da aridez do solo, crescia ao lado do portão; por entre as maçãs caídas, vespas giravam ébrias pelo néctar ou se enfiavam pelos pequenos buracos que haviam aberto antes em cada fruto, entorpecidas por sua doçura. Dispostos ao lado da porta viam-se a foice de cortar tojo de Clym e o último punhado de ramos que ela o vira apanhar; com certeza haviam sido simplesmente jogados ali, quando ele entrava na casa.

[6] UMA CONTINGÊNCIA E SEU EFEITO SOBRE A VISITANTE

Como já foi comentado, Wildeve decidira visitar Eustácia abertamente, durante o dia, nos termos de uma relação entre parentes, já que o vendedor de almagre o tinha vigiado e atrapalhado os seus passeios noturnos até a casa dela. O feitiço lançado por Eustácia sobre ele na noite do baile ao luar tornara impossível para um homem sem grandes convicções puritanas se afastar por completo. Ele calculava simplesmente fazer-lhes uma visita corriqueira, conversar um pouco e depois se retirar. Todos os sinais externos seriam convencionais; mas haveria o importante fato que o iria alegrar: ver Eustácia. Queria também que Clym estivesse presente, já que era possível que ela ficasse melindrada com uma situação que talvez comprometesse sua dignidade de esposa, fosse qual fosse seu sentimento em relação ao marido. Muitas mulheres são assim.

Wildeve, então, foi até lá, e o momento da sua chegada coincidiu com o momento em que a Sra. Yeobright havia parado no montículo para descansar. Após olhar ao redor, ele bateu na porta. Houve um pequeno intervalo, depois a chave deu a volta na fechadura, a porta se abriu, e a própria Eustácia surgiu perante Wildeve.

Ninguém poderia ter imaginado pela aparência dela que estava diante dele a mulher com quem ele dançara apaixonadamente na semana anterior, a não ser que lhe fosse possível penetrar sob a superfície e sondar a profundidade real daquela corrente serena.

— Espero que tenha chegado em casa sem problema — disse Wildeve.

— Sim, cheguei — respondeu ela, de forma casual.

— No dia seguinte não ficou cansada? Temi que pudesse ter ficado.

— Bastante. Não precisa falar baixo... ninguém vai ouvir. A minha empregada saiu para fazer uma coisa no vilarejo.

— Então Clym não está em casa?

— Está, sim.

— Pensei que tivesse fechado a porta por estar só ou ter receio de vagabundos.

— Não. Aqui está o meu marido.

Estavam conversando à entrada. Fechando a porta da frente e virando a chave como antes, ela abriu a porta do cômodo contíguo e convidou-o a entrar. Wildeve assim fez; parecia que o recinto estava vazio, mas após dar alguns passos ele se assustou. Clym dormia sobre o tapete em frente à lareira. Ao lado dele estavam as polainas, as luvas de couro e o colete de mangas que eram seu uniforme de trabalho.

— Pode entrar, não vai incomodá-lo — disse ela, que vinha atrás dele. — Fecho a porta para evitar que ele seja molestado por algum visitante casual enquanto dorme, caso eu esteja no jardim ou lá em cima.

— E por que dorme ali? — interrogou Wildeve, num tom baixo.

— Está muito cansado. Saiu às quatro e meia da manhã e ficou trabalhando até agora. Ele corta tojo, porque é a única coisa que pode fazer sem forçar os olhos.

O contraste entre a aparência do homem dormindo e a de Wildeve ficava dolorosamente perceptível para Eustácia naquele momento, já que Wildeve estava impecavelmente vestido com um terno novo de verão, e um chapéu leve. Ela continuou:

— Não imagina como era diferente quando o vi pela primeira vez, embora tenha sido há tão pouco tempo! As suas mãos eram alvas e macias como as minhas, mas, agora, olhe para elas! Estão grossas e escuras! A sua pele é branca por natureza; a cor enferrujada que agora tem, e que é a mesma das roupas de couro, é por causa da queimadura do sol.

— Mas por que ele faz isso? — perguntou Wildeve.

— Porque não quer ficar sem fazer nada, embora o que ganha não acrescente muito às nossas economias. Entretanto, ele diz que quando as pessoas vivem das suas economias, é necessário diminuir as despesas, ganhando dinheiro de alguma forma.

— O seu destino não foi muito bondoso com você, Eustácia Yeobright.

— Não tenho nada a agradecer.

— Nem ele, a não ser pelo único grande dom que lhe foi proporcionado...

— Qual?

Wildeve olhou-a bem nos olhos.

Eustácia ficou corada pela primeira vez naquele dia. — Eu sou um dom questionável — disse ela, lentamente. — Presumi que estivesse se referindo ao dom do contentamento, que ele possui e eu não.

— Entendo o contentamento nesses casos... embora fique intrigado com o fato de que a situação exterior possa lhe agradar.

— Isso é porque não o conhece. É um entusiasta do saber e tem indiferença em relação às coisas exteriores. Lembra muitas vezes o apóstolo Paulo.

— Fico feliz em saber que o seu caráter é tão superior.

— Mas o pior é que mesmo São Paulo, sendo um bom homem na Bíblia, não funcionaria na vida real.

As suas vozes tinham instintivamente baixado de tom, embora no início eles não tivessem tomado cuidado para não acordar Clym. — Bem, se isso significa que o seu casamento é uma desgraça, você sabe bem de quem é a culpa — falou Wildeve.

— O casamento, em si, não é uma desgraça — respondeu ela, com uma ponta de petulância. — Foi apenas o incidente que ocorreu depois que causou a minha ruína. É verdade que me deram cardos por figos, eu diria assim, mas como eu poderia adivinhar o que o tempo traria?

— Às vezes me convenço, Eustácia, de que você está sendo julgada. Você me pertencia, sabe disso, e eu não pensava perdê-la.

— Não, a culpa não foi minha. Você não poderia ter duas mulheres; e recorde que, antes que eu soubesse, você já tinha voltado suas atenções para outra mulher. Foi uma leviandade cruel da sua parte. Jamais pensei em jogar um jogo desse tipo, senão depois de você tê-lo começado.

— Não tinha importância para mim — retorquiu Wildeve. — Era um simples interlúdio. Os homens, às vezes, se entregam a certos caprichos passageiros por outras pessoas, enquanto mantêm o amor permanente que depois volta a ser tal como era no início. Devido à sua revolta contra mim, fui levado a ir além do que poderia, e quando você ainda representava o mesmo papel tantalizante, acabei por ir mais longe ainda e me casei com ela.

Ele então se virou de novo para o vulto adormecido de Clym, e balbuciou: — Creio que ele não saiba mensurar a sua felicidade... deve se sentir mais feliz do que eu, pelo menos numa coisa. Saberá o que é descer no mundo e ser assolado por uma catástrofe pessoal. Mas provavelmente ignora o que é perder a mulher amada.

— Ele não é ingrato por tê-la conseguido — falou Eustácia — e nesse item é um bom homem. Muitas mulheres seriam capazes de ir longe por um marido como ele. Mas será que sou irracional quando desejo o que chamam de vida, música, poesia, paixão, guerra e todas as pulsações e vibrações que circulam nas artérias do mundo? Esse era o meu sonho de juventude, mas não o obtive. Contudo, julguei ver o caminho para consegui-lo no meu querido Clym.

— E casou-se com ele apenas por essa razão?

— Está enganado. Casei-me porque o amava, mas não vou mentir, parte desse amor se deu por ver nele a promessa da vida que sonhei.

— Você reassumiu seu antigo tom de melancolia.

— Mas não ficarei deprimida — bradou ela de um modo perverso. — Tomei novas iniciativas, como ir àquele baile, e pretendo continuar com isso. Clym canta com alegria, por que não hei de conseguir também?

Wildeve encarou-a, pensativo. — É mais fácil dizer que cantará do que realmente fazê-lo; se pudesse, até a ajudaria nessa empreitada. Mas como a vida não significa nada para mim, já que algo para mim agora é impossível, irá me perdoar que não a encoraje.

— Damon, por que está falando assim? — perguntou ela, levantando o olhar sombrio para ele.

―――― LIVRO IV·A PORTA FECHADA ――――

— Eis uma coisa que não vou lhe dizer com franqueza, e, se quisesse dizer por meio de enigmas, talvez você não se desse ao trabalho de interpretar.

Eustácia ficou em silêncio por um momento, depois falou: — Hoje, temos um relacionamento curioso. Você modera as palavras de forma pouco comum. Você quer dizer, Damon, que ainda me ama. Isso me deixa triste, já que o casamento não me tornou totalmente feliz a ponto de eu menosprezá-lo pela informação, como seria o meu dever. Tenciona aguardar até que o meu marido desperte?

— Estava pensando conversar um pouco com ele, mas não será preciso. Eustácia, se a ultrajei ao não esquecê-la, você tem todo o direito de dizer, mas não me despreze.

Ela ficou em silêncio. Contemplaram Clym, enquanto ele dormia um sono profundo que resulta do trabalho físico executado em circunstâncias que não provocam um medo nervoso.

— Meu Deus! Como invejo um sono tão sereno! — falou Wildeve. — Não durmo assim desde menino... há muitos anos.

Enquanto o observavam, ouviu-se um barulho no portão e a seguir batidas na porta. Eustácia foi até a janela e olhou para fora.

A sua expressão mudou; primeiro ficou vermelha, depois o tom corado foi esmorecendo até quase desparecer dos lábios.

— Preciso ir embora? — perguntou Wildeve, levantando-se.

— Não sei dizer.

— Quem é?

— A Sra. Yeobright. Oh, o que ela me disse naquele dia! Não entendo essa visita... qual será a intenção dela? E ela suspeita de nosso passado.

— Estou em suas mãos. Se achar que ela não deve me ver, vou para o quarto contíguo.

— Sim, vá.

Wildeve se retirou imediatamente, mas antes que tivesse ficado meio minuto no quarto contíguo, Eustácia veio chamá-lo.

— Não — disse ela — não pode ser assim. Se ela entrar deve vê-lo, e que pense se quiser que fiz algo de mal! Mas, como vou abrir a porta, se ela não gosta de mim... se nem deseja me ver... mas sim seu filho. Não vou abrir a porta para ela!

A Sra. Yeobright voltou a bater com mais força.

— O barulho vai com certeza despertá-lo — falou Eustácia —, então ele que abra a porta. Ah! ouça...

Eles ouviram Clym se mexendo no outro quarto, como se perturbado pelas batidas, e ele pronunciou a palavra "mãe".

— Sim, ele acordou, e vai até a porta — suspirou, aliviada. — Venha por aqui. Ela não gosta de mim, e não pode ver você. Preciso agir assim, não por estar fazendo algo errado, mas porque os outros gostam de falar.

Ela o conduziu até a porta de trás, que estava aberta e conduzia a uma passagem que dava para o jardim: — Só uma coisa, Damon — ela falou, enquanto ele saía. — Esta foi a sua primeira visita aqui, e será a última. Fomos amantes apaixonados tempos atrás, mas agora acabou. Adeus.

— Adeus. — disse Wildeve. — Consegui tudo o que queria quando vim até aqui, e dou-me por satisfeito.

— O que era?

— Poder vê-la. Pela minha honra eterna, não vim por nada mais.

Wildeve fez o gesto de enviar um beijo à bela jovem, e atravessou o jardim. Ela o viu descer o atalho, passar pela escada da cerca e avançar por entre os fetos que roçavam seus quadris à medida que ele avançava, até desaparecer entre os arbustos. Ela retrocedeu devagar e dirigiu sua atenção ao interior da casa.

Mas era possível que a sua presença não fosse desejada por Clym e sua mãe naquele primeiro instante do reencontro, ou ainda que fosse inútil. De todo modo, ela não tinha pressa de rever a Sra. Yeobright. Decidiu aguardar que Clym a procurasse, e foi para o jardim. Ficou ali passeando alguns minutos, até que, vendo que não davam pela sua ausência, refez os passos através da casa até a parte da frente, onde procurou ouvir as vozes da sala. Sem escutar nada, abriu a porta e entrou. Para seu assombro, viu que Clym estava no mesmo lugar em que ela e Wildeve o haviam deixado, sem que seu sono tivesse aparentemente sido interrompido. As pancadas na porta o tinham agitado, levando-o a murmurar alguma coisa, mas não o acordaram. Eustácia foi até a porta, e mesmo relutante em abrir para uma mulher que falara com ela de maneira tão brusca, abriu-a e olhou para fora. Não havia ninguém. Ao lado do raspador jazia a foice de cortar tojo, de Clym, e o monte de ramos para atar os feixes, que ele trouxera para casa. Diante dela via-se a entrada vazia, o portão do jardim ligeiramente aberto, e mais para a frente o vale de urze púrpura se agitando silencioso sob a luz do Sol. A Sra. Yeobright desaparecera.

* * *

A mãe de Clym seguia nesse momento por um atalho que Eustácia não conseguia avistar, porque era ocultado por uma saliência da colina. Andara rápido e decididamente desde o portão do jardim até ali, como uma mulher que se mostrasse ansiosa por sair daquele lugar, na mesma intensidade em que antes desejara entrar nele. Tinha os olhos fixos no chão; dentro dela duas imagens tinham ficado gravadas: a da lâmina de Clym e os ramos de espinheiro ao lado da porta, e a do rosto de uma mulher na janela. Os seus lábios tremiam, tornando-se estranhamente delgados, enquanto ela murmurava: — Isso é demais; como Clym tem a coragem de fazer tal coisa? Está em casa, e permite que ela não me abra a porta!

Na ânsia de sair do campo de visão da casa, ela se afastara do atalho que levava direto até sua residência, e, olhando em torno para retomá-lo, encontrou um garoto colhendo mirtilos. O garoto era Johnny Nunsuch, que fizera a fogueira para Eustácia na noite da festa. Com a tendência que um corpo menor tem de gravitar em torno de um maior, ele começou a caminhar à volta da Sra. Yeobright, assim que a viu surgir, e seguiu ao lado dela, sem ter consciência do seu ato.

A Sra. Yeobright falou com ele como se estivesse imersa num sono mesmérico: — Temos de andar muito, meu filho, até chegarmos em casa, não vai ser antes do anoitecer.

— Eu chego — falou o jovem companheiro. — Vou brincar de bola de gude antes do jantar, e nós jantamos às seis, quando o meu pai chega em casa. O seu pai também vai para casa às seis?

— Não, não vai nunca, nem o meu filho nem ninguém.

— Por que a senhora está tão triste? Viu algum monstro?

— Vi coisa pior... o rosto de uma mulher me olhando por uma janela.

— Isso é mau?

— Sim, é. Não é bom ver uma viandante fatigada e não a deixar entrar.

— Uma vez fui apanhar lagartos no grande charco de Throope, vi a mim mesmo e dei um pulo para trás.

— Se pelo menos tivessem mostrado vontade de me encontrar, já que tentei a reconciliação, tudo poderia ter ido bem! Mas não tem jeito! Não quiseram me receber! Ela deve tê-lo colocado contra mim. Podem existir corpos belos sem um coração dentro? Acho que sim. Não faria isso nem com o gato do vizinho num dia quente como este!

— O que a senhora está dizendo?

— Nunca mais! Nunca mais! Nem que eles me mandem buscar.

— A senhora deve ser muito esquisita para falar dessa maneira!

— Não, não sou — disse ela, retomando a consciência da tagarelice do garoto. — A maioria das pessoas que crescem e têm filho falam coisas como eu. Quando você crescer, sua mãe vai falar como eu falo.

— Tomara que não, porque não é bom falar tanta besteira.

— Sim, menino, são besteiras. Acho que sim. Não está com calor?

— Sim, mas não como a senhora.

— Como sabe disso?

— A sua cara está branca e suada, e a cabeça, meio caída.

— Ah, é que estou exausta por dentro.

— Mas por que cada vez que a senhora dá um passo faz assim? — e o garoto imitava o passo claudicante dos inválidos.

— Porque levo um peso maior do que consigo carregar.

O garoto ficou pensando, silencioso. Seguiram com passos vacilantes, um ao lado do outro, por mais de quinze minutos, até que a Sra. Yeobright lhe disse, já bastante fraca: — Preciso sentar aqui para descansar.

Quando ela já estava sentada, ele a observou longamente e disse:

— Engraçado, a senhora respira como o cordeiro quando a gente o põe para andar até ele não poder mais. A senhora sempre respira assim?

— Nem sempre. — A voz dela agora estava tão baixa que quase não passava de um murmúrio.

— Vai dormir aqui, não vai? Até já fechou os olhos...

— Não, não vou dormir até que... um dia, e então tenho a esperança de que dormirei um sono longo, muito longo.... Olhe, você pode me dizer se o charco de Rimsmoor está seco este verão?

— O charco de Rimsmoor está, mas o lago de Oker não, ele é fundo e nunca seca... fica ali em cima.

— A água é limpa?

— É assim, assim, a não ser quando os filhos da várzea entram lá.

— Então, leve isto, vá o mais rápido que conseguir e mergulhe na água mais limpa que encontrar. Estou muito cansada.

Tirou da pequena bolsa que trazia na mão uma xícara antiga de porcelana, sem asa, e que fazia parte de um jogo de meia dúzia do mesmo formato que ela guardava desde jovem, e que levara de presente para Clym e Eustácia.

O garoto foi, e voltou depressa com a água. A Sra. Yeobright tentou beber, mas a água estava tão morna que a enjoou, e ela a jogou fora. Em seguida ficou ali de olhos fechados.

O garoto esperou, brincou em redor dela, pegou várias borboletas marrons que abundavam ali, depois disse: — Eu prefiro andar a ficar parado. A senhora vai começar a andar logo?

— Não sei.

— Eu queria ir embora — repetiu ele, com receio de ter de fazer algo mais. — Por favor, ainda precisa de mim?

A Sra. Yeobright não respondeu.

— O que vou dizer a minha mãe? — repetiu o garoto.

— Pode dizer a ela que encontrou uma mulher com o coração destroçado e abandonada pelo filho.

Pouco antes de ir embora, o menino olhou o rosto dela com apreensão, como se sentisse que não era certo deixá-la daquela maneira. Fitou seu semblante com um ar absorto de alguém que analisasse um manuscrito antigo sem compreender a chave dos seus caracteres. Ele não era tão jovem a ponto de não ter nenhum senso da necessidade da compaixão, e não era adulto a ponto de estar livre do horror que na infância se experimenta com a desventura de pessoas mais velhas até então consideradas inexpugnáveis. Se a Sra. Yeobright estava em condição de causar problemas ou de sofrer com eles, se ela e a sua amargura deviam provocar a piedade ou o temor, era algo que estava muito longe do seu entendimento. Baixou o olhar e começou a caminhar sem dizer nada. Não percorrera ainda oitocentos metros e já tinha esquecido tudo, a não ser que ela era uma mulher que sentara para descansar.

O desgaste físico e emocional da Sra. Yeobright quase a havia prostrado, mas ela ainda continuou arrastando-se em trechos curtos, com longos intervalos entre eles. O Sol tinha avançado agora para sudoeste, incidindo direto no rosto dela como um incendiário atroz, com um archote na mão, esperando para consumi-la. Com a partida do garoto, todo o movimento da paisagem desaparecera, embora as notas intermitentes dos gafanhotos machos que abundavam por aqueles maciços de tojos fossem o bastante para mostrar que, em meio à prostração da espécie animal maior, um mundo minúsculo de insetos estava ativo e em pleno vigor.

Em duas horas ela chegou até uma encosta que ficava a cerca de três quartos da distância total de Alderworth à sua casa; nesse ponto uma mancha de tomilhos selvagens cobria o atalho, e ela se sentou sobre esse tapete perfumado. À sua frente, uma colônia de formigas havia construído uma via que atravessava o caminho, onde se exauria uma afluência sem fim de insetos carregados. Observá-las era como olhar a rua de uma cidade do alto de uma torre. Ela recordou que aquele turbilhão de formigas estava ali naquele mesmo lugar havia muito tempo. Sem dúvida as mais antigas eram as ancestrais das que caminhavam ali agora. A Sra. Yeobright recostou-se para poder descansar melhor, e a suave porção oriental de céu foi tão alentadora para seus olhos como o tomilho macio era para a sua cabeça. Enquanto ela observava a cena, uma garça apareceu naquele ponto do céu e voou na direção do Sol. Vinha ainda pingando água de algum charco dos vales, e, à medida que voava, as pontas e os revestimentos de suas asas, suas pernas e seu peito eram de tal forma atingidos pelos raios flamejantes do Sol que ela parecia feita de prata polida. Lá em cima no zênite onde ela pairava parecia um lugar aberto e feliz, distante de qualquer contato com o globo terrestre ao qual a Sra. Yeobright se sentia acorrentada, e ela sentiu vontade de se levantar incólume dessa superfície e voar como a garça.

Contudo, como mãe, era inevitável que ela abandonasse tais cogitações sobre a sua situação. Se o rumo do seu próximo pensamento fosse desenhado por uma faixa no ar, ficaria evidente uma direção contrária à da garça, pois ela iria para o leste, descendo no telhado da casa de Clym.

[7] O TRÁGICO ENCONTRO DE DOIS VELHOS AMIGOS

Ele, nesse meio tempo, sentou-se e olhou à sua volta. Eustácia estava bem perto dele numa cadeira, e embora tivesse nas mãos um livro, não tinha colocado os olhos nele já fazia um bom tempo.

— Sim, senhor! — falou Clym, esfregando os olhos com as mãos. — Que sono pesado eu tive! Sonhei também com algo aflitivo que não vou esquecer.

— Parecia mesmo que estava sonhando — disse ela.

— Estava; o sonho era com a minha mãe. Sonhei que tinha levado você à casa dela para se reconciliarem, mas, quando chegamos lá, não conseguimos entrar, embora ela estivesse gritando, pedindo socorro. Sonhos são sonhos. Que horas são?

— Duas e meia.

— Tão tarde assim? Não tencionava demorar tanto. Depois de comer alguma coisa, já vão ser três.

— Ana ainda não retornou do povoado, e resolvi deixar você dormir até ela chegar.

Clym foi até a janela e olhou para fora. De repente falou, meio pensativo: — As semanas estão passando e a minha mãe não aparece. Pensei que teria notícias dela há muito mais tempo.

Pelos olhos sombrios de Eustácia cruzavam velozes a apreensão, o temor, o arrependimento e a determinação. Ela estava diante de uma dificuldade gigantesca e decidiu libertar-se dela abandonando a decisão para outra altura.

— Com certeza preciso ir em breve a Blooms-End — falou ele —, e acredito que o melhor será ir sozinho.

Pegou as polainas e as luvas, mas largou-as em seguida jogando-as no chão, e acrescentou: — Como o jantar hoje vai ser tarde, não vou para a várzea, fico trabalhando no jardim até tarde. Quando a temperatura estiver mais amena, sigo até Blooms-End. Tenho a convicção de que se eu der o primeiro passo, minha mãe estará disposta a esquecer tudo. Voltarei tarde para casa, porque com certeza não poderei completar a distância de ida e volta em menos de hora e meia cada uma. Mas acho que por uma noite você não vai se importar, não é, querida? Está pensando em quê? Está tão absorta...

— Não posso dizer — respondeu ela, triste. — Não queria viver aqui, Clym. O mundo parece todo errado neste lugar.

— Bem, nós o fazemos assim. Gostaria de saber se Thomasin tem ido nos últimos tempos a Blooms-End. Tomara que sim, ou provavelmente não, já que ela deve dar à luz dentro de um mês, segundo creio. Eu deveria ter pensado nisso há mais tempo. Na verdade, minha pobre mãe deve estar se sentindo muito só.

— Não quero que você vá esta noite.

— Por que não?

— Podem falar qualquer coisa que irá me prejudicar terrivelmente.

— Minha mãe não é vingativa — falou Clym, levemente corado.

— Mas eu queria que você não fosse — repetiu Eustácia num tom baixo. — Se você concordar em não ir hoje, eu lhe prometo que irei lá amanhã. Reconcilio-me com ela e depois você vai me buscar.

— Mas por que você quer fazer isso nesse momento específico, quando antes se recusava sempre que eu propunha?

— Não posso lhe explicar mais claramente; só posso dizer que preferia primeiro falar com ela a sós, antes de você ir lá — respondeu ela com um movimento irrequieto da cabeça, e olhou para ele com uma ansiedade mais frequentemente observável nas pessoas de temperamento irritável do que naquelas com temperamento como o de Eustácia.

— Mas é muito estranho que precisamente agora, que decidi ir sozinho, você queira fazer o que lhe propus antes. Se esperar que você faça isso amanhã, vou perder outro dia, e devo dizer que não conseguirei dormir outra noite se não for até lá. Pretendo resolver tudo, e vou fazer isso hoje. Depois você vai visitá-la, é o mesmo.

— Pelo menos posso ir com você agora?

— Você não conseguiria ir e voltar sem ter de descansar mais do que eu. Esta noite não, Eustácia.

— Faça como quiser — retorquiu ela com modos calmos de quem, mesmo querendo afastar consequências calamitosas com esforço moderado, permite que o curso dos acontecimentos siga o acaso, em vez de lutar desesperadamente para conseguir impor a ele uma direção.

Clym foi então para o jardim. Um desalento reflexivo dominou Eustácia durante o resto da tarde; o marido atribuiu o desalento dela ao calor.

Ao fim da tarde, ele iniciou a jornada. Embora o calor ainda fosse intenso, os dias já se tinham tornado mais curtos. Ele não perfizera ainda dois quilômetros de caminhada e os tons purpúreos, marrons e verdes da várzea se fundiram num manto uniforme, sem brilho e gradação, interrompido apenas por algumas pinceladas brancas, nos pontos em que pequenos amontoados de areia de quartzo indicavam a entrada da toca de um coelho, ou onde as pederneiras brancas de uma trilha se estendiam como um fio sobre as encostas. Em quase todos os espinheiros solitários e mirrados que cresciam em vários pontos, um noitibó revelava a sua presença noturna fazendo um som monótono como o de um moinho a girar, chiando até onde sua respiração aguentasse, paralisando o ruído em seguida, para depois bater as asas, voar em torno do arbusto, pousar mais uma vez, ficar como que escutando e voltar a chiar. Cada passo de Clym despertava mariposas brancas, que se erguiam o bastante para apanharem nas asas poeirentas a luz suave do poente, que nesse momento brilhava através de depressões e trechos planos do solo sem cair neles nem os iluminar diretamente.

Clym caminhava por entre essa paisagem calma motivado pela esperança de que tudo ficaria resolvido. Quando perfizera quase cinco quilômetros, chegou a um ponto em que percebeu um perfume suave pairando em seu caminho, e ele parou por um instante para aspirar aquele aroma familiar. Era o local onde, quatro horas antes, sua mãe se sentara fatigada para descansar sobre os tomilhos selvagens. Enquanto ele estava ali parado, chegou-lhe aos ouvidos um ruído que era uma mistura de respiração e soluço. Olhou para a direção de onde partia o ruído, mas não viu nada senão o perfil da pequena colina recortado contra o céu numa linha ininterrupta. Ele deu alguns passos nessa direção, e então percebeu o vulto de alguém deitado próximo a seus pés.

Entre as diferentes possibilidades sobre a identidade da pessoa que estava ali, nem um só momento Clym imaginou que poderia ser alguém da sua família. Sabia-se que, às vezes, nessa época do ano, os cortadores de tojo tinham por hábito dormir fora de casa, para evitar uma longa caminhada de ida e volta. Clym lembrou do lamento, olhou mais de perto, e percebeu que o vulto era feminino. A angústia o invadiu como um ar frio de uma caverna. Não teve a certeza de que a mulher fosse a sua mãe senão quando chegou mais perto e viu o seu rosto pálido e de olhos fechados.

Sentiu a respiração deixar seu corpo, e o grito de aflição que estava prestes a soltar morreu nos seus lábios. Nesse ínfimo hiato de tempo que decorreu antes de ele se conscientizar de que era preciso fazer algo, toda a noção de tempo e espaço o abandonou, e ele e a sua mãe pareciam ter voltado à época em que ele era criança e andava com ela por ali em horas como aquela. Despertou finalmente, debruçou-se um pouco mais e percebeu que ela estava respirando, e que a respiração, embora fraca, era regular, a não ser quando era perturbada por algum soluço.

— O que é isso, mãe! Está muito doente, não está morrendo? — gritou ele, e encostou seus lábios no rosto dela. — Sou eu, Clym, por que está aqui? O que isso tudo quer dizer?

Naquele instante, Clym não percebeu que o seu amor por Eustácia cavara um abismo entre as suas vidas e, para ele, o presente estabelecia um contínuo com aquele tempo de outrora que era o dele e o de sua mãe, antes da separação.

Ela mexeu os lábios, parecia estar reconhecendo-o, mas não conseguiu falar; então ele pensou na melhor maneira de transportá-la, pois era preciso tirá-la daquele lugar antes que o orvalho começasse a cair. Ele era forte e a mãe, magra. Segurou-a, levantando-a e perguntou: — Não estou machucando-a?

Ela balançou a cabeça e ele a levantou. Então, ele avançou com sua carga num passo lento. O ar estava agora completamente fresco, mas quando ele passava por um ponto onde havia areia sem vegetação, propagava-se da superfície, atingindo o seu rosto, o calor que o solo concentrara durante o dia. No início de sua incumbência, Clym não pensara na distância que teria de percorrer até Blooms-End, e, embora tivesse descansado naquela tarde, logo sentiu o peso daquele fardo. Prosseguia assim, tal como um Eneias carregando o pai. Os morcegos giravam sobre a sua cabeça, os noitibós voavam perto do seu rosto e nem um ser humano havia para ouvir a sua voz!

Quando estava a menos de um quilômetro de casa, sua mãe demonstrou algum desconforto por ser transportada daquela maneira, como se os braços dele a incomodassem. Ele a apoiou um pouco sobre seus joelhos, olhando ao redor. O ponto em que se situava naquele momento, embora distante de qualquer estrada, não estava a mais de um quilômetro e meio das casas de Blooms-End onde moravam Fairway, Sam, Humphrey e Cantle; além do mais, a uma distância de cinquenta metros, havia uma cabana feita de terra e coberta de turfas, que estava completamente fora de uso. O perfil simples da cabana solitária já estava visível e para lá ele seguiu com passos determinados. Quando chegou, dispôs cuidadosamente a mãe junto à entrada, e saiu para cortar com a sua lâmina uma braçada do feno mais seco. Espalhou-o pela cabana, que era totalmente aberta de um lado, colocou a mãe sobre ele e em seguida saiu em disparada para a casa de Fairway.

Pouco mais de quinze minutos se passaram, intercalados apenas pela respiração entrecortada da enferma, quando vultos móveis começaram a surgir na linha entre a várzea e o céu. Em poucos instantes, Clym surgia com Fairway, Humphrey e Susan Nunsuch; Olly Dowden, que por acaso estava na casa de Fairway, Christian e o Velho Cantle vinham atrás. Traziam um candeeiro e fósforos, água, uma almofada e outras coisas de que se lembraram naquele momento. Sam foi encarregado de pegar aguardente, um rapaz trouxe o cavalo de Fairway, no qual foi buscar o médico mais próximo, com instruções para, no caminho, passar na casa de Wildeve e dizer a Thomasin que a sua tia não estava bem.

Sam logo voltou com a aguardente, que foi administrada à luz da lamparina; em seguida a Sra. Yeobright ficou consciente o bastante para indicar por sinais que algo estava errado com seu pé. Olly Dowden finalmente entendeu o que ela queria dizer, e examinou o pé indicado. Parecia inchado e vermelho. No momento em que o examinavam, o vermelhão se transformou num tom mais pálido, no meio do qual surgiu um ponto escarlate, menor do que uma ervilha, e que se descobriu ser uma gota de sangue que sobressaía da carne macia do tornozelo formando um meio círculo.

— Já sei o que é! — bradou Sam. — Ela foi picada por uma víbora.

— Isso mesmo! — disse imediatamente Clym. — Quando era criança, creio que vi algo assim. Minha pobre mãe!

— O meu pai também foi picado — disse Sam. — É preciso friccionar o local com banha de outras cobras, e a maneira de conseguir isso é fritando as danadas. Foi isso que fizeram com ele.

— É um remédio antigo — disse Clym, meio perplexo — não tenho certeza se funciona. Mas não há nada a fazer até o médico chegar.

— É cura certa! — enfatizou Olly Dowden. — Usei quando tratava dos doentes.

— Então teremos de rezar para que o dia nasça e possamos apanhar uma — disse Clym, com ar sombrio.

— Vou ver o que podemos fazer — disse Sam.

Pegou um galho de aveleira que usava como bengala, afiou a ponta e inseriu nela um pequeno pedregulho; depois, com o candeeiro na mão, foi para a várzea. A essa altura Clym havia acendido uma pequena fogueira e pedido a Susan Nunsuch que fosse atrás de uma frigideira. Antes de ela chegar, Sam retornou com três cobras, uma ainda se enroscando na vara onde outras duas estavam mortas.

— Só consegui arranjar uma viva, como podem ver — disse Sam. — Estas duas matei-as hoje, quando trabalhava; mas como elas não morrem até que o sol se ponha não podem estar muito passadas.

LIVRO IV·A PORTA FECHADA

A cobra parecia olhar para o grupo com um fulgor sinistro nos olhos negros, e o belo desenho marrom e preto da sua pele parecia ficar mais vivo. A Sra. Yeobright olhou o animal, que também a fitou. A mãe de Clym estremeceu e virou o rosto.

— Olhem só — murmurou Christian Cantle. — Não parece que aquilo que levou a velha serpente do jardim de Deus a oferecer a maçã à mulher nua ainda vive nas serpentes? Vejam o olho, parece um gênero aterrorizante de groselha preta. Deus queira que não nos provoque mau olhado. Existem pessoas na várzea que foram enfeitiçadas por elas! Nunca mais na minha vida volto a matar uma cobra.

— Está certo ter medo dessas criaturas — falou o Velho Cantle — se as pessoas não conseguem parar de ter. Eis uma coisa que me protegeria de grandes perigos no meu tempo.

— Parece que ouvi algo do lado de fora da cabana — falou Christian. — Era melhor que as coisas ocorressem de dia, porque então um homem poderia mostrar a sua coragem, e dificilmente pediria misericórdia para qualquer velha montada numa vassoura que aparecesse, se ele fosse corajoso e capaz de sair correndo para que ela não o agarrasse.

— Até um ignorante como eu poderia fazer algo melhor — disse Sam.

— Os desastres acontecem quando a gente menos espera. Em todo o caso, vizinhos, se a Sra. Yeobright morrer, acham que podem nos prender pelo assassinato de uma mulher?

— Não, não poderiam fazer isso — disse Sam —, a não ser que provassem que éramos ladrões..., mas ela vai ficar boa.

— Ora, se eu fosse picado por dez cobras, não perderia nem um dia de trabalho — falou o Velho Cantle. — Eu sou assim quando sou posto à prova, mas talvez seja natural nos homens treinados para a guerra. Sim, enfrentei maus bocados; mas nada me aconteceu de mal depois que me juntei aos Janotas da Região — disse ele, balançando a cabeça e sorrindo diante de uma imagem mental de si mesmo usando uniforme. — Fui sempre o primeiro nos momentos mais difíceis.

— Suponho que isso acontecia porque era costume colocar sempre o mais tolo na frente — disse Fairway, perto da fogueira, ao lado da qual se ajoelhara para assoprar.

— Você acredita mesmo nisso, Timothy? — perguntou o Velho Cantle, avançando para o lado de Fairway com um ar abatido. — Então um homem pode considerar que é um excelente colega e ter-se enganado sobre si mesmo?

— Não interessa isso agora, velho. Mexa esse esqueleto e arranje mais gravetos. Não faz sentido nenhum um velho ficar tagarelando assim quando temos alguém lutando entre a vida e a morte.

— Sim — disse o Velho Cantle, com uma convicção melancólica. — Esta noite é bem triste para os que fizeram grandes coisas na sua época; se eu alguma vez tivesse sido o mestre do oboé ou do violino, não teria vontade de tocar agora uma ária.

Susan chegou então com a frigideira; a cobra viva foi morta e as cabeças das três foram cortadas. O resto foi cortado em partes que foram abertas e colocadas na frigideira, que começou a chiar e se agitar no fogo. Em pouco tempo, começou a exsudar das carcaças um rio grosso de óleo. Clym mergulhou então a ponta de um lenço no líquido e untou o ferimento.

[8] EUSTÁCIA OUVE FALAR NA SORTE GRANDE, MAS SÓ VÊ O MAL

Enquanto isso Eustácia, deixada a sós no chalé de Alderworth, sentia-se arrasada com o rumo que as coisas tinham tomado. As consequências que poderiam resultar se Clym ficasse sabendo que ela não abrira a porta à sua mãe naquele dia seriam provavelmente desagradáveis, e essa era uma qualidade que ela odiava nas coisas tanto quanto o terror.

Passar a noite sozinha era enfadonho para ela em qualquer ocasião, e naquela noite era ainda mais tedioso do que o habitual devido aos sobressaltos das últimas horas. As duas visitas a tinham deixado agitada. Não lhe causava nenhuma apreensão extrema a possibilidade de ser vista a uma luz negativa na conversa entre Clym e sua mãe, mas se sentia abatida, e as suas maneiras sonolentas foram animadas a ponto de ela desejar ter aberto a porta. Claro, ela havia suposto que Clym estava acordado, e a desculpa seria admissível até certo ponto, mas nada poderia desculpá-la por ter-se recusado a atender à primeira batida. Mas em vez de se recriminar pela situação, ela lançava a culpa sobre as costas de um hipotético e incomensurável Senhor do Mundo que lhe criara toda aquela situação e governava sua vida.

Nessa época do ano, era mais agradável passear à noite do que de dia, e, quando fazia mais de uma hora que Clym partira, ela decidiu subitamente ir até Blooms-End, na esperança de encontrá-lo no caminho de volta. Quando chegou ao portão do jardim, ouviu um barulho de rodas se aproximando, olhou ao redor e viu o avô chegando em sua carruagem.

— Não vou demorar nem um minuto, obrigado — disse ele, respondendo ao cumprimento dela. — Vou até East Egdon, mas passei para lhe contar a novidade. Você já está sabendo da sorte do senhor Wildeve?

— Não — falou Eustácia, com uma voz inexpressiva.

— Pois ele herdou uma fortuna de onze mil libras... morreu um tio dele no Canadá, logo depois que lhe informaram da morte de toda a sua família no naufrágio do *Cassiopeia*. Wildeve vai ficar com tudo, sem ter a mínima expectativa disso.

Eustácia ficou paralisada um momento. — Quando ele soube disso? — perguntou ela.

— Acho que ficou sabendo de manhã cedo, já que eu soube pelas 10 horas, quando Charley voltou. Isso é o que eu chamo de rapaz de sorte! Que tola você foi, Eustácia!

— Por quê? — disse ela, erguendo os olhos aparentemente serenos.

— Ora, em não ter ficado com ele... quando ele foi seu!

— Sem dúvida, foi meu!

— Eu não sabia que vocês tiveram alguma coisa até pouco tempo atrás, e teria sido contra se soubesse, mas já que vocês namoraram, por que razão não ficou com ele?

Eustácia não respondeu, mas tinha a expressão de que poderia falar muito sobre o assunto, se quisesse.

— E como está o pobre peticego do seu marido? — inquiriu o velho. — Não é má pessoa, dentro das possibilidades.

— Está bem.

— A prima teve muita sorte... como ela se chama? Caramba! Era você quem deveria ter embarcado nesse navio, minha jovem! Mas tenho de ir embora. Você precisa de alguma coisa? O que é meu é seu, você sabe disso.

— Muito obrigada, meu avô. Não preciso de nada por enquanto — respondeu, fria. — Clym está cortando tojo, mas faz isso como um passatempo útil, porque não tem o que fazer.

— Mas recebe pelo passatempo, não é? Três xelins pelo cento, de acordo com o que me disseram.

— O Clym tem dinheiro — respondeu ela, ruborizando — mas gosta de ganhar mais algum.

— Muito bem, boa-noite.

E o capitão prosseguiu em seu passeio.

Após a partida do avô, Eustácia foi caminhando de maneira mecânica; mas os seus pensamentos não eram mais sobre Clym e a sogra. Wildeve, a despeito de suas lamúrias contra a sorte, fora agarrado pelo destino e colocado mais uma vez ao sol. Onze mil libras! Do ponto de vista de toda Egdon, ele agora era um homem rico. Para Eustácia, também era uma soma apreciável, o bastante para realizar aqueles seus desejos que Clym, com suas ideias austeras, condenara como sendo frívolos e supérfluos. Embora não fosse ávida por dinheiro, ela amava o que ele proporcionava, e o complemento que ela agora imaginava em torno de Wildeve aumentava consideravelmente o seu interesse. Recordou como ele chegara bem-vestido de manhã, devia provavelmente estar usando uma roupa nova, sem se preocupar com os estragos causados pelas sarças e os espinhos. Eustácia pensou na maneira como ele procedera com ela.

— Ah, compreendo, compreendo! — falou. — Ele queria muito que eu pertencesse a ele agora, para me dar tudo o que eu desejasse!

Recordando os detalhes dos olhares e palavras de Wildeve, que no momento praticamente não haviam sido considerados, ela agora chegava à conclusão de que eles tinham sido ditos em grande medida por esse novo acontecimento. "Se ele tivesse más intenções, teria revelado a sua sorte em tons exultantes. Em vez disso, não falou nada, respeitando a minha infelicidade, apenas dando a entender que ainda me amava como alguém superior a ele.

O silêncio de Wildeve naquele dia sobre o que acontecera era exatamente o tipo de conduta calculada para causar impressão numa mulher como Eustácia. Aqueles toques sutis de elegância eram, na verdade, um dos pontos fortes do seu êxito junto ao sexo oposto. A sua peculiaridade era que, enquanto algumas vezes ele se mostrava veemente, repressor e rancoroso, noutras tratava as mulheres com uma amabilidade tão graciosa que as fazia encarar o abandono anterior como se não fosse descortesia, a injúria como se não fosse insulto, a interferência como uma atenção delicada, e a ruína da sua honra como excesso de cavalheirismo. Esse homem, cuja admiração Eustácia ignorara naquele mesmo dia, cujos bons votos ela nem sequer se dera ao trabalho de aceitar, esse homem que ela fizera sair da sua casa pela porta dos fundos era o possuidor de onze mil libras; alguém preparado para uma carreira liberal e que já fora engenheiro civil.

Eustácia estava tão envolvida nessas elucubrações sobre a sorte de Wildeve que até esqueceu que a de Clym estava muito mais ligada ao seu destino, e, em vez de continuar no caminho para encontrar o marido, ela se sentou numa pedra. Foi despertada do seu devaneio por uma voz que chegou por trás, e virando a cabeça viu bem ao seu lado o antigo namorado e afortunado herdeiro de considerável quantia.

Ela permaneceu sentada, embora a flutuação do seu olhar levasse qualquer homem que a conhecesse bem como Wildeve a concluir que ela estivera pensando nele.

— Como veio parar aqui — perguntou ela com seu tom límpido e grave. — Julguei que já estivesse em casa.

— Fui até o povoado depois que saí do seu jardim, e estou retornando agora. É só isso. Vai para que lado, posso saber?

Ela indicou a direção de Blooms-End. — Vou encontrar com o meu marido. Acredito que me meti em apuros após a sua visita.

— Como é possível?

— Porque não abri a porta para a Sra. Yeobright.

— Espero que minha visita não a tenha prejudicado.

— A culpa não foi sua — disse ela, brandamente.

Nesse momento ela se havia levantado e os dois involuntariamente começaram a andar um ao lado do outro, calados, por dois ou três minutos. Depois Eustácia quebrou o silêncio, falando: — Suponho que merece os parabéns.

— Por quê? Ah, sim, pelas onze mil libras, está querendo dizer.... Bem, como não consegui outra coisa, é necessário me contentar com isso.

— Parece que não tem muito interesse na herança. Por que não me falou hoje, quando esteve na minha casa? — perguntou ela, com um tom de quem fora negligenciada. — Acabei sabendo por acaso.

— Pensei em lhe dizer — respondeu Wildeve. — Mas, bom... vou lhe falar com sinceridade. Achei que era melhor não falar quando vi, Eustácia, que a sua estrela não brilhava. O espetáculo de um homem extenuado pelo trabalho duro, dormindo, como estava o seu marido, me fez sentir que alardear a minha fortuna seria totalmente inadequado. Contudo, ao vê-la do lado dele, não pude deixar de pensar que, sob determinados aspectos, ele era mais rico do que eu.

Diante dessas palavras Eustácia disse, com uma malícia langorosa:
— Trocaria com ele a sua fortuna por mim?

— Eu com certeza faria isso — afirmou Wildeve.

— O que acha de mudarmos de assunto, já que estamos fantasiando coisas inconcebíveis e absurdas?

— Muito bem. Vou lhe contar os meus planos futuros, se estiver disposta a ouvi-los. Irei colocar na poupança nove mil, guardar mil como dinheiro vivo, e com o restante hei de viajar ao longo de um ano.

— Viajar? Que ideia maravilhosa! Onde pretende ir?

— Daqui para Paris, onde ficarei o inverno e a primavera. Em seguida, viajo para Itália, Grécia, Egito e Palestina, antes de chegar o calor. No verão, tenciono estar na América e depois, com nada muito definido ainda, vou à Austrália e à Índia. A essa altura, já estarei cansado de tantas viagens. Então retornarei provavelmente por Paris, e ficarei por lá até que o dinheiro permita.

— Voltará a Paris — balbuciou ela, com uma voz que era quase um suspiro. Ela nunca falara a Wildeve sobre o desejo de Paris que as descrições de Clym fizeram brotar nela. E ele estava involuntariamente ali em condição de concretizá-los. — Você tem uma ideia muito elevada sobre Paris? — acrescentou ela.

— Na minha opinião, é o local mais belo do mundo.

— Na minha também! E Thomasin irá acompanhá-lo?

— Sim, se ela quiser. Mas é capaz de querer ficar em casa.

— Você irá viajar, enquanto eu ficarei aqui.

— Acredito que sim. Mas sabemos de quem é a culpa.

— Não estou culpando você — disse ela, vivamente.

— Pensei que estivesse. Se porventura você alguma vez quiser me culpar, recorde-se daquela noite em Rainbarrow, quando prometeu se encontrar comigo e não foi. Enviou-me uma carta, e ao lê-la meu coração se partiu como espero que nunca o seu se parta. Esse é um ponto de divergência. Fiz então algo precipitado..., mas ela é uma boa moça, por isso não falarei mais nada.

— Sei que a culpa foi minha dessa vez — disse Eustácia. — Mas nem sempre foi assim. No entanto, minha desgraça é ser muito impetuosa nos meus sentimentos. Oh, Damon, não volte a me repreender... não consigo tolerar isso.

Continuaram caminhando silenciosos por uma distância de três ou quatro quilômetros, e então Eustácia falou subitamente — Não se afastou do seu caminho, senhor Wildeve?

— O meu caminho hoje é para qualquer lado. Sigo com você até o outeiro de onde se pode avistar Blooms-End, já que está tarde para seguir sozinha.

— Não precisa se incomodar. Estou aqui porque quero. Acho que é melhor não me acompanhar mais. Se alguém souber, há de criticar.

— Muito bem. Deixo-a aqui — disse ele segurando a mão dela e beijando-a repentinamente, pela primeira vez desde que se casara. — Que luz é aquela na colina? — acrescentou, como que para dissimular o afago.

Ela observou e distinguiu a luz ondulante de uma fogueira no lado aberto de uma cabana diante deles, que normalmente estava sempre vazia, mas agora parecia habitada.

— Já que chegou até aqui — disse Eustácia —, pode me acompanhar até que eu passe por aquela cabana? Pensei que encontraria Clym por aqui, mas, como ele não aparece, vou me apressar e chegar em Blooms-End antes que ele parta de lá.

Avançaram na direção da cabana de turfa; ao se aproximarem, avistaram à luz da fogueira e de um candeeiro o vulto de uma mulher recostada num leito de feno, e um grupo de homens e mulheres da várzea em torno dela. Eustácia não reconheceu a Sra. Yeobright na figura reclinada, nem Clym como um dos espectadores, senão depois de se aproximar um pouco mais. Então ela apertou o braço de Wildeve, fazendo-o entender que precisava se retirar para o lado escuro da cabana.

— É o meu marido e sua mãe — sussurrou ela num tom agitado. — O que será isso? Você poderia chegar mais perto e ver o que aconteceu?

Wildeve a deixou e seguiu até a parede traseira da cabana. De repente, Eustácia percebeu que ele a chamava por meio de acenos, e ela foi ao seu encontro.

— Parece que é sério — disse Wildeve.

Do local em que estavam, conseguiam ouvir tudo o que acontecia lá dentro.

— Não consigo imaginar aonde ela poderia estar indo — Clym falava a alguém. — Caminhou bastante, com toda a certeza, mas, mesmo quando conseguiu falar agora há pouco, ela não quis dizer. O que acha do estado dela, pode falar com franqueza?

— É muito preocupante, foi a resposta grave de uma voz que Eustácia reconheceu como a do único médico da região. — Sofreu bastante com a picada da cobra, mas foi o cansaço que a venceu. Tenho a impressão de que fez uma caminhada demasiado longa.

— Eu costumava lhe dizer para não andar muito com este tempo — falou Clym, angustiado. — Acredita que fizemos bem em usar a banha de cobra?

— É um remédio bem antigo — o velho remédio dos caçadores de víboras, creio eu — retrucou o médico. — Mead, Hoffman e presumo que o abade Fontana aludem a ela como um unguento infalível. É óbvio que era a única coisa que podiam ter feito, embora possamos cogitar se outros óleos também não seriam eficazes.

— Venham aqui, venham aqui! — murmurou uma voz feminina. Então ouviram Clym e o médico correrem.

— O que foi isso?

— Foi Thomasin quem falou — disse Wildeve. — Devem ter ido buscá-la. Não sei se eu deveria entrar... talvez não seja bom.

O silêncio reinou por longo tempo no grupo, e enfim foi quebrado pela voz angustiada de Clym: — Doutor, o que está acontecendo?

O médico não respondeu prontamente; depois de um tempo, ele disse: — Ela está afundando rapidamente. O coração já estava afetado antes. O esforço físico foi o golpe de misericórdia.

Ouviu-se o pranto de mulheres; depois silêncio; em seguida exclamações abafadas, depois um som estranho de estertor, e a quietude dolorosa.

— Está tudo acabado — disse o médico.

No fundo da cabana, as pessoas diziam:

— A Sra. Yeobright morreu.

Quase no mesmo instante, o casal viu o vulto de um garoto vestido à moda antiga entrar pelo lado direito da cabana. Susan Nunsuch — tratava-se do filho dela — foi ao seu encontro e fez um sinal para que ele voltasse.

— Tenho algo para dizer para a senhora, mãe — ele gritou com uma voz esganiçada. — Essa mulher que está aí dormindo caminhou comigo hoje, e ela me disse para eu dizer que a tinha visto e que ela era uma mulher com o coração destroçado e abandonada pelo filho, e depois vim para casa.

Um soluço confuso que parecia ser de um homem se ouviu lá dentro, e Eustácia suspirou, abatida.

— É Clym, preciso ir ao encontro dele, mas... e a coragem? Não, é melhor irmos embora!

Após se retirarem das proximidades da cabana, ela falou, com a voz rouca:

— Sou a culpada disso tudo. Vai acontecer algo de ruim comigo.

— Afinal de contas, ela não chegou a entrar na casa? — indagou Wildeve.

— Não, aí que reside todo o mal. Oh! O que eu vou fazer? Não vou me intrometer com eles; regresso logo para casa. Adeus, Damon! Não posso falar mais agora!

Os dois se separaram; e, quando chegou à colina seguinte, Eustácia olhou para trás. Uma procissão triste partia, à luz de um candeeiro, da cabana na direção de Blooms-End. Já não se via Wildeve.

LIVRO V
A REVELAÇÃO

[1] "POR QUE CONCEDER A LUZ AOS INFELIZES"

Numa noite, três semanas após o funeral da Sra. Yeobright, quando a face prateada da Lua despejava raios diretamente no chão da casa de Clym em Alderworth, surgiu uma mulher do interior da casa. Ela se debruçou no portão do jardim como se quisesse descansar um pouco. Os toques pálidos da Lua que tornam até as bruxas mais belas incutiam naquele rosto, que já era belo, um ar sublime. Estava ali pouco tempo, quando um homem surgiu na estrada e lhe perguntou com certa hesitação:

— Minha senhora, poderia fazer o favor de me dizer como ele está esta noite?

— Melhor, mas ainda está bem doente, Humphrey — retorquiu Eustácia.

— Ainda está com o juízo transtornado?

— Não, agora está lúcido.

— Ele ainda delira com a mãe, o coitado? — continuou Humphrey.

— Sim, Humphrey, mas com menos exasperação — disse ela, num tom baixo.

— Foi uma desgraça, minha senhora, o menino Johnny vir falar para ele aquelas palavras da mãe, e logo quando ela estava à beira da morte. Aquilo de ela ter o coração despedaçado e de ter sido abandonada pelo filho é de desestruturar qualquer um.

Eustácia não respondeu, senão com uma pausa breve da respiração, como se estivesse disposta a falar, mas não fosse possível fazê-lo. Humphrey declinando do convite para entrar, foi embora.

Eustácia se virou, entrou em casa e subiu para o quarto da frente, onde ardia uma luz velada. Clym estava na cama, pálido, exausto, completamente desperto, mexendo-se de um lado para o outro, com os olhos iluminados por um brilho abrasador como se fossem queimados pelo fogo das pupilas.

— É você, Eustácia? — perguntou ele, no momento em que ela se sentava.

— Sim, Clym. Estava lá embaixo no portão. A Lua está brilhando com formosura e nem uma folha se agita.

— Brilhando, hein? O que é a luz para alguém como eu? Que brilhe, que tudo possa acontecer, mas que eu não veja outro dia! Não sei para onde olhar, meus pensamentos me atravessam como espadas. Se alguém desejar se imortalizar pintando um quadro da desgraça, basta vir aqui!

— Por que você fala essas coisas?

— Não consigo afastar a sensação de que fiz tudo para matá-la.

— Não, Clym.

— Sim, fiz. Não adianta me desculpar! Meu comportamento foi abominável. Não me reaproximei dela, e ela não pôde me perdoar. Agora morreu! Se pelo menos tivesse me reconciliado com ela antes, se tivéssemos voltado a ser amigos e ela morresse depois, não custaria tanto suportar. Mas eu não me aproximei da casa dela, e por isso ela nunca veio à minha, não soube como seria recebida, é isso o que me atormenta. Ela não soube que eu ia à casa dela naquela mesma noite, pois já tinha pouca sensibilidade para me entender. Se pelo menos tivesse vindo me ver! Quem dera tivesse acontecido assim! Mas não era para ser.

Eustácia soltou um daqueles suspiros que a agitavam como um vento pestífero. Ela ainda tinha revelado a verdade. Mas Yeobright estava por demais absorto nas divagações provocadas por seu estado de remorso para prestar atenção a ela. Durante sua enfermidade, falara continuamente daquela maneira. O desespero se associara ao seu desgosto inicial por causa da revelação infeliz do garoto que ouvira as palavras derradeiras da Sra. Yeobright; palavras muito amargas que ela pronunciara devido a um mal-entendido. Então sua tristeza o dominou, e ele passou a desejar a morte como um camponês anseia por uma sombra. Era o espetáculo lamentável de um homem posicionado exatamente no foco da infelicidade. Vivia lastimando a sua caminhada tardia até a casa da mãe como um erro irreparável, e insistia que devia ter sido terrivelmente influenciado por um demônio cruel a não pensar logo no seu dever de visitá-la, já que ela não aparecia. Ele costumava pedir que Eustácia concordasse com sua autocondenação, mas quando ela, inflamada no seu interior por um segredo que não ousava revelar, declarava que não podia opinar, ele então dizia: "Isso é porque você não conheceu o temperamento da minha mãe. Ela estava sempre preparada a perdoar quando lhe pediam; mas para ela eu devo ter parecido um filho obstinado, e isso a tornou inflexível. Não, ela não era inflexível; era orgulhosa e reservada, nada além disso.... Sim, entendo por que ela ficou contra mim por tanto tempo. Estava à minha espera. Imagino que deve ter repetido para si mesma umas cem vezes: "Que recompensa ele me dá por todos os sacrifícios que fiz por ele!". Quando decidi visitá-la, já era tarde demais. Pensar nisso é quase insuportável.

Outras vezes, seu estado era de um remorso extremo, que não era aliviado por uma única lágrima de puro sofrimento; e então ele estremecia na cama, tomado mais por esses pensamentos do que por seus males físicos. — Se pelo menos tivesse a certeza de que ela não morreu persuadida de que eu estava ressentido — disse ele uma vez quando estava nesse estado — seria melhor para mim do que a esperança de alcançar o céu. Mas não é possível.

— Você se entrega demais a esse desespero exaustivo — disse Eustácia. — Muitos filhos ficaram sem suas mães.

— Isso não diminui a dor da minha perda. Porém, não é tanto a perda, mas as circunstâncias em que ela ocorreu. Pequei contra ela, por isso não há luz para mim.

— Acredito que ela também pecou em relação a você.

— Não pecou. Eu é que cometi o erro. Que todo o peso desabe sobre minha cabeça.

— Acho que você deveria pensar duas vezes antes de falar isso — respondeu Eustácia. — Os solteiros podem, sem dúvida, se amaldiçoar quanto quiserem, mas os casados incluem dois na perdição que invocam.

— Estou muito entristecido para atentar a essas sutilezas — disse o desditoso homem. — Ouço dia e noite uma voz gritando: "Você ajudou a matar sua mãe". Mas odiando a mim mesmo eu posso estar, admito, sendo injusto com você, minha pobre mulher. Me perdoe, Eustácia, já não sei o que estou fazendo.

Eustácia procurava sempre evitar ver o marido num estado daqueles, o que para ela era tão terrível como a cena do julgamento de Judas Iscariotes. Trazia-lhe à mente o espectro de uma mulher esgotada, batendo na porta que ela não abria, e Eustácia se encolhia diante dessa visão. Entretanto, para Clym era melhor falar às claras sobre o seu intenso remorso, porque em silêncio ele sofria muito mais, E ele às vezes ficava um tempo tão longo num estado de tensão meditativa, consumido por seus corrosivos pensamentos, que se tornava imperativamente necessário fazê-lo exprimir-se em voz alta, de modo que sua tristeza pudesse consumir-se nesse esforço.

Eustácia não se recolhera muito tempo após contemplar a Lua, quando ouviu alguns passos leves vindo na direção da sua casa. A empregada anunciou Thomasin.

— Ah, Thomasin! Muito obrigado pela sua visita esta noite — falou Clym, ao vê-la entrar no quarto. — Olha, estou aqui, como você está vendo. Sou um espetáculo tão miserável, que até me custa ser visto por um amigo, mesmo por você.

— Você não deve me evitar, querido Clym — disse Thomasin com sinceridade, naquela sua doce voz que atingia um doente como uma brisa fresca que entra em uma cova escura. — Nada em você pode me chocar ou me afastar. Estive aqui outras vezes, mas você não se lembra.

— Me lembro, sim. Não estou delirante, Thomasin, nunca estive. E não acredite se lhe disserem que sim. Só me sinto deplorável com o que fiz, e isso junto com a debilidade é que me faz parecer louco. A minha razão não foi alterada. Você acha que eu conseguiria lembrar as circunstâncias da morte da minha mãe se não estivesse lúcido? Não tenho essa sorte... Dois meses e meio, Thomasin, o último período da sua vida, a minha mãe viveu sozinha, atormentada e triste por minha causa. Mesmo assim, não a visitei, embora ela estivesse a apenas dez quilômetros daqui. Dois meses e meio, setenta e cinco dias o Sol se ergueu e se pôs para ela naquele abandono que nem sequer um cão merecia! Pessoas humildes que não eram nada para ela teriam cuidado dela e a visitariam se soubessem da sua enfermidade e da sua solidão. Eu, que deveria ser tudo para ela, me afastei como alguém abjeto. Se Deus for justo, que me mate agora! Ele quase me cegou, mas isso não é o bastante. Se ao menos me golpeasse com mais sofrimento, eu acreditaria Nele para sempre.

— Psss! Por favor, Clym, não fale isso! — suplicou Thomasin, tomada de um terror que a fez chorar e soluçar. Eustácia, no outro lado do quarto, embora demonstrasse tranquilidade no rosto lívido, contorcia-se na cadeira. Clym prosseguiu sem dar atenção à prima:

— Mas não mereço sequer mais mostras de reprovação do céu. Você acredita, Thomasin, que ela me entendeu, que não morreu sob a terrível e falsa noção de que eu não a perdoaria, noção essa que nem sei onde ela adquiriu? Se pelo menos você pudesse me garantir isso! Você acha que sim, Eustácia? Fale comigo.

— Acredito que posso garantir que, no fim, ela percebeu o próprio erro — respondeu Thomasin. A pálida Eustácia não falou nada.

— Mas por que não veio à minha casa? Eu a teria recebido e demonstrado como a amava, apesar de tudo. Mas ela nunca veio; e eu não fui procurá-la e ela morreu na várzea como um animal escorraçado a pontapés, sem ninguém para ajudá-la enquanto era tempo. Se você a tivesse visto, Thomasin, como eu a vi, uma mulher moribunda caída no chão, no escuro, gemendo, acreditando que estava completamente abandonada por todos, isso encheria seu coração de angústia; comoveria até um animal. E aquela pobre mulher era a minha mãe! Não admira que tenha dito ao garoto: "Você viu uma mulher com o coração destroçado". Em que estado deveria estar para dizer aquilo! Quem provocou tudo isso senão eu? É terrível pensar nisso, eu só desejava ser mais castigado ainda do que já estou sendo. Por quanto tempo fiquei fora de mim, como dizem eles?

— Creio que uma semana.

— Depois me acalmei?
— Sim, por quatro dias.
— E agora perdi a calma.
— Mas tente se acalmar, por favor, e vai ficar bom logo. Se pudesse tirar essa impressão do seu espírito...
— Sim, sim — retrucou ele, impaciente. — Mas não quero ficar bom. Para quê? Seria melhor morrer, e com certeza seria melhor para Eustácia. Ela está aí?
— Sim.
— Não seria melhor para você, Eustácia, se eu morresse?
— Não faça uma pergunta dessas, querido Clym!
— Bom, é apenas uma suposição obscura, pois infelizmente tenho de viver. Acho que estou melhorando. Thomasin, quanto tempo você ainda vai ficar na estalagem, agora que o seu marido herdou aquela fortuna?
— Mais um mês ou dois, enquanto durar meu estado. Não podemos sair antes. Acho que mais um mês ou mais.
— Sim, é claro. Ah, Thomasin, mais um mês e você estará livre das suas preocupações e ainda receberá algo para consolá-la; eu nunca mais vou me livrar dos meus dilemas e não terei consolo!
— Clym, você está sendo muito injusto consigo mesmo. Pode acreditar, minha tia pensava em você com carinho. Eu sei que se ela não tivesse falecido, vocês teriam feito as pazes com ela.
— Mas não veio me visitar, embora antes de me casar eu lhe tenha perguntado se viria aqui. Se tivesse vindo ou se eu fosse lá, ela não iria morrer dizendo: "Sou uma mulher com o coração destroçado, abandonada pelo próprio filho". Minha porta esteve sempre aberta para ela; ela seria muito bem recebida. Mas nunca veio constatar isso.
— É melhor você não falar mais nada agora, Clym — disse Eustácia do outro quarto, pois aquilo já estava ficando insuportável.
— Em vez disso, deixe-me falar um pouco, enquanto ainda me resta um pouco de tempo — disse Thomasin, com candura. — Pense bem, Clym, na sua forma unilateral de encarar o fato. Quando ela falou aquilo para o garoto, você ainda não a tinha encontrado nem a havia carregado nos braços; e ela pode ter falado aquilo num momento

de amargura. Era do feitio dela falar coisas de maneira precipitada. Algumas vezes ela falava comigo desse jeito. Conquanto não tivesse vindo aqui ainda, tenho a convicção de que ela estava pensando em vir. Você acha que uma mãe ficaria dois ou três meses sem pensar em perdoar? Ela me perdoou, por que não iria perdoar você?

— Você tentou reconquistá-la; eu não fiz nada. Eu, que queria ensinar às pessoas os mais altos segredos da felicidade, não consegui ficar longe desse infortúnio enorme que até os ignorantes sabem evitar.

— Como chegou aqui hoje, Thomasin? — interrogou Eustácia.

— Damon me deixou no fim do atalho. Ele seguiu para o povoado, onde foi tratar de negócios, e deve estar chegando para me apanhar, não deve demorar.

Pouco depois, ouviu-se o barulho das rodas. Wildeve tinha chegado e esperava na parte de fora, no seu trole.

— Mande avisá-lo que desço daqui a pouco. — disse Thomasin.

— Pode deixar que eu vou pessoalmente — disse Eustácia.

Ela desceu. Wildeve apeara e estava diante do cavalo quando Eustácia abriu a porta. Não se virou de imediato, pensando que era Thomasin. Depois olhou, estremeceu de leve e disse: — Então?

— Não lhe disse nada ainda — respondeu ela, sussurrando.

— Então não diga nada até ele ficar bom.... Seria fatal. Você também está doente.

— Estou desolada... Oh, Damon! — disse ela, começando a chorar — não consigo lhe dizer como estou infeliz! Não sei como aguento uma coisa assim! Nem posso falar com ninguém sobre minha amargura, a ninguém senão a você

— Pobre coitada! — falou Wildeve, manifestamente comovido com a angústia dela, e finalmente a levou um pouco à frente para poder segurar-lhe a mão. — É difícil, quando não se fez nada para merecer isso, estar envolvida numa teia como essa. Você não foi feita para essas cenas tristes. Sou eu o maior culpado. Se pelo menos pudesse salvá-la de tudo isso!

— Mas, Damon, por favor, me diga o que devo fazer. Ficar ao lado dele a todo instante, ouvindo-o se condenar por ser responsável pela morte da mãe, sendo que eu é que sou culpada (se algum ser humano é culpado disso) me atirando num desespero impiedoso. Não sei o que fazer. Devo lhe revelar ou não? Eis o que estou constantemente me perguntando. Quero lhe dizer, mas tenho medo. Se ele descobrir a verdade, vai me matar certamente, porque mais nada estará na proporção dos seus sentimentos atuais. "Tenha cuidado com a ira de um homem paciente", eis o que escuto diariamente enquanto o observo.

— Bem, aguarde que ele melhore e confie na sorte. Quando eu lhe avisar, você deve contar apenas uma parte... para o próprio bem dele.

— Qual parte devo esconder?

Wildeve fez uma pausa: — Que eu estava em sua casa naquele dia — disse ele, em voz baixa.

— Sim, é preciso ocultar isso, em vista do que foi sussurrado. Os atos precipitados são mais fáceis do que as palavras apropriadas para desculpá-los!

— Se ele morresse... — murmurou Wildeve.

— Não pense nisso! Eu não compraria a esperança do perdão com um desejo tão covarde, mesmo que o odiasse. Agora vou voltar para perto dele. Thomasin pediu para avisar que descerá em alguns minutos. Adeus.

Ela retornou e Thomasin surgiu em seguida. Quando ela estava no trole, junto ao marido, e o cavalo estava dando a volta para partir, Wildeve volveu o olhar para as janelas do quarto, divisando numa delas um rosto macilento e trágico vendo-o partir. Era Eustácia.

[2] UMA LUZ TRISTE ILUMINA SUBITAMENTE UMA INTELIGÊNCIA OFUSCADA

A dor de Clym começou a abrandar, desgastando-se em si mesma. As suas forças retornaram, e, um mês após a visita de Thomasin, ele já podia ser visto passeando pelo jardim. Resistência e desespero, serenidade e melancolia, os tons da saúde e a lividez da morte se mesclavam em seu rosto de maneira sobrenatural. Agora ele permanecia insolitamente calado sobre o passado que se relacionava com a sua mãe; e embora Eustácia soubesse que ele não deixara de pensar no caso, ela estava muito contente em fugir do assunto para que voltasse a falar de novo sobre ele. Quando sua mente estava mais frágil, o coração fizera que falasse; agora, que sua razão tinha melhorado, ele mergulhara na taciturnidade.

Numa tarde em que se encontrava no jardim, arrancando distraído com a bengala uma erva daninha, um vulto ossudo dobrou a esquina e veio ao seu encontro.

— É você, Christian? — perguntou Clym — estou satisfeito por encontrá-lo. Logo vou precisar que você vá até Blooms-End, para me ajudar a arrumar a casa. Ela está fechada como a deixei?

— Sim, Sr. Clym.

— Você colheu as batatas e as outras raízes?

— Sim, senhor, e sem nenhuma chuva, graças a Deus. Vim lhe dizer outra coisa diferente de tudo o que aconteceu na sua família. O senhor rico da "Mulher", que antes era chamado de estalajadeiro, me mandou dizer que a Sra. Wildeve está bem e que teve uma menina, nascida exatamente à uma da tarde ou uns minutos mais ou menos, e que esse acréscimo da família é que os tem mantido lá desde que receberam o dinheiro.

— E ela está bem, pelo que você está dizendo?

— Sim, senhor. Só o Sr. Wildeve é que está contrariado porque não foi um menino; é o que falam na cozinha, mas eu não devia ter reparado nisso.

— Christian, preste atenção.

— Sim, Sr. Yeobright, claro.

— Você viu minha mãe na véspera do seu falecimento?

— Não, não vi.

O semblante de Yeobright demonstrou algum desapontamento.

— Mas eu a vi na manhã do mesmo dia em que morreu.

O olhar de Clym brilhou. — Isso ainda é melhor do que eu queria — disse ele.

— Sei que foi no mesmo dia porque ela me disse: "Vou visitá-lo, Christian, por isso não preciso de hortaliças para o jantar".

— Visitar quem?

— Visitar o senhor, estava saindo para a sua casa.

Clym fitou Christian totalmente surpreso. — Por que nunca mencionou isso? — inquiriu ele. — Tem certeza de que ela estava vindo para a minha casa?

— Tenho, sim. Não falei nada porque não o vi nos últimos tempos. Como ela não chegou aqui, tudo ficou em nada, e eu não tinha nada para falar.

— E eu que estava intrigado sem saber por que ela andava pela várzea num dia tão quente! Ela lhe disse, Christian, por que estava vindo aqui? É algo que eu preciso muito saber.

— Sim, Sr. Clym. Ela não falou para mim, mas parece que disse a outras pessoas.

— Você conhece alguém a quem ela tenha falado?

— Conheço um homem, mas espero que não fale no meu nome, pois o vejo em locais estranhos, principalmente nos sonhos. No verão passado, numa noite, ficou olhando para mim com ar feroz, como a "Fome e a Espada", me senti tão inferior que nem consegui pentear por dois dias o pouco cabelo que tenho. Ele estava parado no caminho que vai até Mistover e a sua mãe apareceu muito pálida...

— Quando foi isso?
— No verão passado, no meu sonho.
— Aaahh! Mas quem é o homem?
— Diggory, o vendedor de almagre. Ele a visitou, conversou com ela na véspera de ela sair para visitar o senhor. Eu não tinha voltado para casa quando ele chegou.
— Preciso falar com Venn, se eu tivesse conhecimento disso mais cedo... — disse Clym, ansioso. — Estranho que ele não tenha vindo falar comigo.
— Ele partiu de Egdon no dia seguinte. Por isso era natural que não soubesse do seu interesse em falar com ele.
— Christian — falou Clym —, quero que você vá procurar Venn. Tenho de resolver outras coisas, senão eu mesmo iria. Encontre-o rápido e diga que preciso falar com ele.
— Consigo encontrar qualquer pessoa durante o dia — disse Christian, encarando à sua volta a claridade decrescente — mas à noite, não há ninguém mais desastrado do que eu, Sr. Yeobright.
— Procure-o na várzea quando puder, desde que o traga logo. Pode ser amanhã, se você puder.

Christian foi-se embora. Amanheceu e nada de Venn. À tarde, Christian apareceu com o ar cansado. Havia procurado Venn o dia inteiro, mas não tivera notícia dele.

— Procure saber o mais que puder amanhã sem se prejudicar no trabalho — disse Clym. — Não volte aqui antes de encontrá-lo.

No dia seguinte, Clym seguiu para sua antiga casa de Blooms-End, que, juntamente com o jardim, agora lhe pertencia. A sua grave doença adiara os preparativos para a mudança; mas se tornara necessário verificar o que havia, já que agora ele era o administrador da pequena propriedade da mãe. Com esse propósito, ele decidira passar a noite seguinte na propriedade.

Seguiu na caminhada, não com pressa, mas num passo lento de quem acabara de despertar de um sonho entorpecedor. Chegou ao vale no início da tarde. O ar do local, a luz daquela hora eram parecidos com os de ocasiões similares em dias passados, e tais analogias prévias criaram a impressão de que a mãe dele, que já não existia, surgiria para recebê-lo. O portão do jardim estava cerrado à chave, as folhas internas das janelas também, como ele deixara na tarde depois do funeral. Ele destrancou o portão e notou que uma aranha tecera uma grande teia ligando o portão ao caixilho, na suposição de que ninguém mais o abriria. Depois de entrar na casa e abrir as janelas, ele começou a tarefa de inspecionar armários e prateleiras, queimar papéis e pensar na melhor maneira de arrumar a casa para receber Eustácia, até o dia em que pudesse concretizar o seu plano, agora bastante adiado. Isto é, se esse dia realmente chegasse alguma vez.

    À medida que vasculhava os quartos ele ficava mais relutante em mudar a antiga e tradicional mobília de seus pais e avós para adaptá-la aos gostos modernos de Eustácia. O estreito relógio de carvalho com a pintura da Ascensão na porta e a da Pesca Milagrosa na base; a cristaleira de canto da avó com porta de vidro através da qual se viam as louças pintadas; o aparador; as bandejas de madeira para o chá; a pia embutida com a torneira de latão. Para onde ele despacharia tantas coisas veneráveis?

    Reparou que as flores da janela tinham morrido por falta de água, e colocou no lado de fora para as levar dali. Estava ocupado nessas funções, quando ouviu passos no cascalho lá fora e alguém bateu na porta. Clym foi abrir. Venn estava à sua frente.

— Bom-dia — falou o vendedor de almagre. — A Sra. Yeobright está em casa?

Clym baixou a cabeça.

— Então você não encontrou Christian ou alguém da várzea? — perguntou ele.

— Não. Acabei de regressar de uma longa estadia fora daqui. Estive aqui um dia antes de partir.

— E não soube de nada?

— Não.

— Minha mãe morreu.

— Morreu! — disse Venn, de maneira mecânica.

— A casa dela agora é onde eu não gostaria de ter a minha.

Venn observou-o e falou em seguida: — Se eu não estivesse vendo a sua face, jamais acreditaria em tais palavras. Esteve doente?

— Sim, realmente estive.

— Isso explica a mudança! Quando a deixei há um mês tudo indicava que ela iria dar início a uma nova vida.

— De fato, ela começou.

—Tem razão, sem dúvida. A infelicidade o ensinou a se exprimir com mais profundidade do que eu. O que eu queria dizer era sobre a vida dela neste mundo. Ela morreu cedo demais.

— Por eu viver em demasia. Vivi uma experiência muito amarga neste último mês, Diggory. Mas é melhor entrar, precisamos conversar.

Ele conduziu o vendedor de almagre até a grande sala onde ocorrera o baile do último Natal, e os dois sentaram-se no escabelo.

— Eis a lareira fria, como pode ver — disse Clym. — Quando aquela tora um pouco chamuscada e as cinzas estavam acesas, ela ainda vivia. Muito pouco mudou por aqui. Não posso fazer nada, minha vida se arrasta como um caramujo.

— Como ela morreu? — perguntou Venn.

Yeobright descreveu a ele alguns pormenores da doença dele e da morte dela e prosseguiu: — Após isso tudo, qualquer sofrimento que me sobrevier não será mais do que um simples incômodo. Comecei dizendo que queria lhe perguntar algo, mas perco o fio da meada como alguém embriagado. Estou curioso para saber o que a minha mãe lhe falou quando o viu na última vez. Acredito que deve ter falado com ela muito tempo, não?

— Mais de meia hora.

— Sobre mim?

— Exato, e deve ter sido por essa conversa que ela estava na várzea. Com certeza estava indo vê-lo.

— Mas por que iria me ver se estava tão amargamente zangada comigo? Esse é o mistério.

— No entanto, sei que ela o perdoou completamente.

— Mas, Diggory, teria uma mulher que perdoou completamente o seu filho dito, quando se sentiu doente a caminho da casa dele, que o seu coração estava estraçalhado por causa da sua crueldade? Jamais!

— O que sei é que ela não o censurava. Pelo contrário, culpava-se a si mesma pelo que acontecera. Eu a ouvi falar isso.

— Ouviu-a dizer que eu NÃO a tinha destratado, enquanto outro escutou-a falando que eu a HAVIA destratado? Minha mãe não era tão impulsiva a ponto de, sem alguma razão, mudar de opinião a qualquer momento. Como pode ser, Venn, que ela tenha afirmado coisas tão distintas num curto espaço de tempo?

— Não sei. É muito estranho, visto que já o tinha perdoado e à sua mulher também, e estava indo visitá-los com o intuito de se reconciliar.

— Se existe alguma coisa capaz de me deixar perplexo, é essa história inexplicável!... Diggory, se nós, que permanecemos vivos, pudéssemos conversar com os mortos, só uma vez, por um momento que fosse, mesmo através de barras de ferro, como acontece com as pessoas na prisão, o que poderíamos descobrir! Muitos que agora passeiam sorrindo teriam de esconder o rosto! E este mistério seria logo decifrado. Mas a sepultura o guarda para sempre, e como saber isso?

Ficou sem uma resposta do companheiro, já que não havia nenhuma a ser dada. Quando Venn saiu, minutos depois, Clym mudou do marasmo do desgosto para a oscilação pungente da incerteza.

Continuou no mesmo estado durante a tarde inteira. Uma cama lhe foi arrumada na casa por uma vizinha para que ele não tivesse de voltar no dia seguinte. Quando se retirou para descansar naquela casa vazia, foi só para ficar desperto por horas, remoendo os mesmos pensamentos. Como solucionar aquela charada de morte era uma questão mais importante do que os mais graves problemas dos vivos. Em sua memória se instalou a cena viva do rosto de um garoto, entrando na choça onde sua mãe estava. Os olhos redondos, um olhar ansioso, a voz aflautada proferindo as palavras agiam como um punhal em seu cérebro.

Uma visita ao garoto se oferecia como um meio de colher mais informações, embora pudesse ser em vão. Sondar a mente de um garoto após seis semanas, não em busca de fatos que ele tivesse visto e entendido, mas com o fim de alcançar pormenores que, em sua natureza, estavam acima do entendimento dele, não era muito promissor. Contudo, quando todos os canais óbvios estão bloqueados, andamos tateando na direção dos pequenos e obscuros. Não havia mais nada a fazer. Depois daquela tentativa, deixaria o enigma cair no abismo das coisas indecifráveis.

Foi no romper do dia que tomara a decisão. Levantou-se de imediato, fechou a casa e saiu pela trilha de relva que mais adiante se misturava com a urze. Diante da paliçada branca do jardim, o caminho se repartia em três como um tridente. O caminho da direita levava até a Mulher Tranquila e redondezas; o do meio seguia até Mistover e o do lado esquerdo, subindo a colina, para outro lado de Mistover onde o garoto morava. Quando encarou este caminho, Clym foi impregnado por um calafrio, muito comum nas pessoas, e provavelmente causado pelo ar da manhã ainda sem sol. Dias depois ele atribuiu a isso um significado peculiar.

Quando Yeobright chegou à casa rústica de Susan Nunsuch, mãe do garoto que ele procurava, notou que os habitantes ainda não tinham acordado. Mas, nos povoados de montanha, a transição da cama para o ar livre é muito rápida e fácil. Nesses lugares, não existe uma separação densa de bocejos e toaletes que separe a humanidade da noite da humanidade do dia. Yeobright bateu levemente na janela de cima, que ele conseguia alcançar com a bengala, e a mulher desceu em três ou quatro minutos.

Foi só nesse momento que ele percebeu que ela era a mulher que se comportara de forma tão bárbara com Eustácia. Isso em parte explicou a falta de amabilidade com que ela o cumprimentou. Além do mais, o garoto estava adoentado de novo e Susan, naquele momento e desde a noite em que o menino fora instado a ajudar Eustácia na fogueira da festa, atribuía a indisposição dele às influências de Eustácia como bruxa. Era um desses sentimentos que espreitam feito toupeiras sob a superfície visível da conduta, e talvez se mantivesse vivo pelo pedido de Eustácia feito ao capitão, quando ele quis perseguir Susan por causa do ferimento na igreja, que esquecesse o assunto, ao que ele acedeu. Yeobright superou a sua repugnância por Susan; pelo menos ela não demonstrara má vontade com a sua mãe. Perguntou amigavelmente pelo garoto, mas os modos da mãe não melhoraram.

— Queria conversar com ele — continuou Clym, com alguma hesitação — para saber se ele se recorda de algo mais além do que já falou sobre a caminhada com a minha mãe.

Ela fixou o olhar nele de um modo incomum que não eliminava a crítica. Para qualquer um que não fosse meio cego, ele teria significado: "Você quer mais um dos golpes que já o fizeram descer tão baixo". Ela gritou ao garoto que descesse; falou a Clym que se sentasse num banco e continuou: — Johnny, fale para o senhor Yeobright alguma coisa que ainda lembre.

— Você não esqueceu que andou com aquela pobre senhora naquele dia quente? — perguntou Clym.

— Não — respondeu o garoto.

— O que foi que ela lhe disse?

O garoto repetiu as mesmas palavras que tinha usado quando entrou na cabana. Clym descansou o cotovelo na mesa e cobriu o rosto com a mão. A mãe olhou para ele como se se surpreendesse com o fato de um homem querer saber ainda mais daquilo que o ferira tão profundamente.

— Ela estava indo para Alderworth quando você a encontrou a primeira vez?

— Não, ela estava voltando de lá.

— Não pode ser.

— Pode sim, ela estava vindo de lá e eu também.

— Então onde foi que a viu a primeira vez?

— Perto da sua casa.

— Preste muita atenção e me fale a verdade! — disse Clym, severo.

— Sim, senhor, foi junto da sua casa que a vi.

Clym estremeceu, e Susan sorriu com um ar de expectativa que não embelezava o seu rosto, e parecia dizer: "Algo sinistro está para acontecer".

— O que ela estava fazendo perto da minha casa?

— Ela estava sentada debaixo das árvores nos Urros do Diabo.

— Meu Deus! Isso é novidade para mim.

— Você não tinha dito isso para mim — falou Susan.

LIVRO V · A REVELAÇÃO

— Não, mãe, porque não queria lhe dizer que tinha ido tão longe. Eu estava catando mirtilos, e fui além de onde havia planejado.

— E o que ela fez depois?

— Olhou para o homem que apareceu e entrou na sua casa.

— Era eu — o cortador de tojo segurando espinheiros.

— Não, não era. Era um cavalheiro. O senhor tinha entrado antes.

— Quem era?

— Não sei.

— Agora me diga o que aconteceu depois.

— A pobre senhora foi bater na sua porta e a outra senhora de cabelos pretos a olhou pela janela lateral.

A mãe do garoto virou para Clym e lhe disse: — Por acaso o senhor não esperava isso?

Yeobright não prestou atenção a ela, como se fosse uma estátua. — Continue, continue — falou ele, com a voz rouca.

— Depois que a senhora nova veio até a janela, a senhora velha bateu de novo; como ninguém veio atender, pegou na foice de cortar tojo, olhou e largou-a; viu os ramos de espinheiro para amarrar os feixes e em seguida se retirou, e caminhou comigo, com a respiração muito difícil. Começamos a andar, conversando um pouco, mas não muito porque ela não conseguia respirar bem.

— Oh! — murmurou Clym, com voz grave e balançando a cabeça. — O que mais?

— Ela não podia falar muito nem andar, o seu rosto estava esquisito!

— Como estava o rosto dela?

— Como o seu está agora.

A mulher fitou Clym Yeobright e o viu pálido e suando frio. — Não é muito significativo? — perguntou ela, de maneira furtiva. — O que pensa dela agora?

— Silêncio! — bradou Clym, furioso, e voltou-se para o garoto. — E depois você a deixou ali para morrer?

— Não — disse a mulher, irada. — Não a deixou morrer ali. Foi ela que o mandou embora. Quem disser que ele a deixou está mentindo.

— Não se incomode mais com isso — disse Clym, com os lábios tremendo. — O que ele fez é nada em comparação com o que presenciou. Você disse que a porta ficou fechada? Permaneceu fechada e ela olhando da janela? Meu Deus! ... O que isto quer dizer?

O garoto se desviou do olhar do seu interrogador.

— Foi o que ele falou, e Johnny não mente, pois é temente a Deus.

— "Abandonada pelo filho!" Não, pela minha salvação, querida mãe, não foi isso! Mas pela... pela... que todas as assassinas tenham o que merecem!

Com tais palavras, Clym abandonou o casebre. As suas pupilas fixadas no vazio estavam vagamente iluminadas por um brilho gelado. A sua boca assumira uma expressão semelhante à que se atribui a Édipo em estudos mais ou menos imaginativos. Os atos mais estranhos eram compatíveis com seu estado de ânimo, mas não com sua situação. Em vez de ter diante de si o rosto macilento de Eustácia e um vulto masculino desconhecido, ele via somente a fisionomia impassível da várzea, que, tendo desafiado os ataques cataclísmicos dos séculos, com seus perfis antiquíssimos e atormentados, reduzia à simples insignificância a mais atroz perturbação de um mero mortal.

[3] EUSTÁCIA SE VESTE EM UMA MANHÃ NEGRA

A consciência de uma vasta impassibilidade em relação a tudo ao seu redor dominava Clym Yeobright no curso da sua marcha tresloucada para Alderworth. Ele já tinha experimentado em si mesmo essa subjugação do férvido pelo inanimado; mas naquela ocasião a tendência fora de debilitar uma paixão muito mais doce do que essa que agora prevalecia nele. Fora uma vez quando se despedia de Eustácia nos plainos calmos e úmidos situados para além das colinas.

Rechaçando as lembranças, ele seguiu o seu caminho até chegar diante da sua casa. As janelas do quarto de Eustácia ainda estavam bem fechadas, pois ela não tinha o costume de levantar cedo. Toda a vida aparente se resumia a um tordo solitário tentando rebentar um caramujo na soleira da porta; as bicadas dele produziam um som alto em meio ao silêncio geral que prevalecia. Mas ao se adiantar para a porta, Clym viu que estava aberta, e que a empregada de Eustácia estava na parte de trás da propriedade. Yeobright entrou direto para o seu quarto.

O ruído da sua chegada deve ter acordado a mulher, pois, quando o marido abriu a porta, ela já estava de pé diante do espelho vestida com a camisola, as pontas do cabelo recolhidas em uma de suas mãos, com a qual ela enrolava toda a cabeleira ao redor da cabeça, ação que antecedia os pormenores da toalete. Ela não costumava falar primeiro em um encontro, e deixou Clym avançar silencioso, sem virar a cabeça. Ele chegou por trás dela, que viu o seu rosto no espelho. Estava cinzento, alucinado e apavorante. Em vez de correr para abraçá-lo com uma surpresa melancólica como até Eustácia, que não era uma esposa muito expansiva, teria feito antes de ter imposto a si mesma o peso de um segredo, ela continuou imóvel, olhando-o através do espelho. Enquanto o observava, a cor rosada que o calor e o sono haviam imprimido no seu rosto desapareceu, e a palidez mortal do semblante do marido se transferiu para o dela. Ele estava bastante próximo para perceber a mudança, e isso o instigou a falar:

— Você sabe do que se trata... — disse ele, com a voz rouca. — Estou vendo no seu rosto.

Eustácia soltou o rolo de cabelo e deixou a mão cair ao longo do corpo; as madeixas, já sem apoio, despencaram do alto da cabeça sobre os ombros e a camisola branca. Ela não disse uma palavra.

— Fale comigo — disse Clym, num tom ameaçador.

O processo de empalidecimento continuava nela, e agora seus lábios estavam tão brancos como o rosto. Virou-se para ele e falou:
— Sim, Clym, vou falar. Por que voltou tão cedo? Posso fazer alguma coisa por você?

— Pode me escutar. Parece que minha esposa não está muito bem.
— Por quê?
— Seu rosto, minha querida, seu rosto... ou talvez seja a luz mortiça da manhã que rouba a sua cor. Vou lhe revelar agora um segredo. Ah! Ah!
— Me assusta!
— O quê?
— Sua risada.
— Não há motivo para sustos, Eustácia. Você teve a minha felicidade em suas mãos e, como um demônio, atirou-a ao chão!

Num impulso ela se afastou do toucador, retrocedeu alguns passos e o encarou.

— Ah, você pretende me amedrontar? — disse ela, com um sorriso sutil. — Vale a pena? Estou indefesa e só.
— Que extraordinário!
— O que quer dizer?
— Como tenho tempo, vou lhe dizer, mesmo que você saiba muito bem do que se trata. Estou dizendo que é extraordinário que você

esteja só na minha ausência. Diga-me uma coisa: onde está aquele que lhe fazia companhia na tarde de 31 de agosto? Sob a cama? Na chaminé?

Um tremor agitou todo o corpo dela, movendo o tecido leve da camisola. — Não tenho boa memória para datas — disse. — Não consigo me lembrar de ninguém que estivesse comigo senão você.

— O dia a que estou me referindo — disse Clym, com voz mais alta e rude — foi o dia em que você fechou a porta para a minha mãe e a matou. Oh, é demais... é muita maldade!

Ele se apoiou durante alguns minutos na guarda inferior da cama, ficando alguns momentos de costas para ela, depois se levantou de novo: — Vamos, me diga, não está ouvindo? — gritou ele, lançando-se sobre ela e agarrando-a pelas mangas da camisola.

A superfície de timidez que muitas vezes cobre aqueles que são impetuosos e desafiadores tinha sido ultrapassada, e a natureza ardente daquela mulher começou a ser atingida. O sangue rubro encheu-lhe a face, que antes estava pálida.

— O que pretende fazer? — perguntou ela, com a voz baixa, mas fitando-o com um riso arrogante. — Você não me amedronta agarrando-me assim, mas seria uma pena se rasgasse minha manga.

Em vez de a soltar, ele a trouxe para mais perto. — Conte-me os pormenores da... morte da minha mãe — disse ele com um murmúrio custoso e arquejante — ou eu...

— Clym — respondeu ela, lentamente —, você julga que pode fazer alguma coisa que eu não ouse enfrentar? Mas, antes de bater em mim, ouça. Não vai conseguir nada de mim me batendo, nem mesmo que me mate, o que bem pode acontecer. Mas talvez você não queira que eu fale... talvez o seu único objetivo seja me matar.

— Matá-la? Você espera que eu faça isso?

— Sim.

— Por quê?

— Porque só o mesmo grau de ódio contra mim corresponde à dor que você sentiu por ela.

— Pff! Não vou matá-la — disse ele, com desprezo, como se tivesse mudado de repente de opinião. — Pensei nisso, mas... não vou fazer. Eu iria transformá-la em mártir e você iria para onde ela está; e eu a manteria longe da minha mãe até o fim dos tempos, se pudesse.

— Quase desejo que me mate — disse ela com uma amargura sombria. — Não é com um forte desejo, pode ter certeza disso, que represento o papel que tenho representado neste mundo nos últimos tempos. Você não é nenhuma bênção, meu marido.

— Você manteve a porta fechada; você a olhou pela janela... você estava com um homem em casa... você a enviou para a morte... Maldade... Traição... não quero tocá-la, não... Afaste-se de mim e confesse tudo!

— Jamais, vou segurar minha língua como me agarro à própria morte que não temo encontrar, mesmo que, falando, eu pudesse me desculpar de metade do que você acredita que fiz. Sim, vou me calar! Quem, sendo uma pessoa minimamente digna, se daria ao trabalho de varrer as teias de aranha da cabeça de um homem colérico, depois de palavras como essas? Não, melhor deixá-lo ruminar os seus pensamentos precários e atolar a cabeça no pântano. Tenho mais com o que me preocupar.

— É demais... mas terei de poupá-la.

— Que caridade a sua!

— Pela minha alma infeliz, você está me angustiando, Eustácia. Eu sei resistir com tanta força quanto você. Agora vamos, diga o nome dele.

— Jamais! Estou decidida.

— Quantas vezes lhe escreveu? Onde ele colocava as cartas? Ah, as cartas dele! Vai me dizer o nome dele?

— Não!

— Então vou descobrir por conta própria.

O olhar dele se fixara numa pequena escrivaninha na qual ela costumava escrever suas cartas. Ele foi até lá, estava trancada.

— Abra isto!

— Não tem o direito de fazer isso, ela é minha.

Sem mais uma palavra, ele agarrou a escrivaninha e a lançou ao chão. A fechadura se abriu, e algumas cartas se espalharam.

— Quer parar! — gritou Eustácia, colocando-se na frente dele, mais agitada do que demonstrara estar até aquele momento.

— Vamos! Vamos! Afaste-se, preciso vê-las.

Ela olhou as cartas no chão, controlou seu nervosismo e se afastou para o lado, indiferente, enquanto ele as apanhava e examinava uma por uma. Ninguém poderia, mesmo que tivesse imaginação muito fértil, atribuir algum sentido malicioso àquelas cartas. A única exceção foi um envelope vazio endereçado a ela com a caligrafia de Wildeve. Clym segurou-o. Eustácia permanecia no mais absoluto silêncio.

— A senhora sabe ler? Olhe para este envelope. Sem dúvida logo encontraremos mais, juntamente com o que havia dentro deste. Certamente vou me sentir recompensado quando tomar conhecimento de que a minha esposa é uma dedicada e fervorosa adepta de certa profissão.

— Como pode me dizer isso? — respondeu ela, ofegante.

Ele continuou procurando, mas não achou mais nada. — O que estava escrito nesta carta? — perguntou.

— Pergunte a quem escreveu. Acaso sou um cachorro para você falar assim comigo?

— Está me enfrentando? Vai resistir? Responda! Não olhe para mim com esses olhos, como se quisesses me enfeitiçar novamente. Prefiro morrer! Vai se recusar a responder?

— Depois disso tudo, eu não responderia, mesmo que fosse tão inocente como o anjo mais puro do céu.

— Isso você não é....

— É óbvio que não — retrucou ela. — Não fiz o que você supõe; mas se não fazer mal algum é a única inocência reconhecida, então não terei perdão. Mas não peço ajuda à sua consciência.

— Você pode resistir e continuar resistindo! Em vez de odiá-la eu poderia, acho eu, lastimar e ter pena de você, se estivesse arrependida e confessasse tudo. Perdoá-la eu não posso. Não falo do seu amante... vou lhe dar o benefício da dúvida nesse ponto, pois isso só me afeta pessoalmente. Mas no outro... se você tivesse quase me matado; se você tivesse tirado voluntariamente a visão destes olhos enfermos, eu a perdoaria. Mas ISTO é demais para um mortal!

— Não fale nada. Posso passar sem a sua piedade. Mas queria ter evitado que você dissesse coisas das quais vai se arrepender.
— Vou embora, vou deixá-la.
— Não é preciso, pois eu é que vou embora. Permanecendo aqui, você estará igualmente longe de mim.
— Tente se lembrar dela, pense nela... como era bondosa! A bondade estava escrita nas linhas do rosto dela. As mulheres, na sua maioria, mesmo quando estão só um pouco aborrecidas expõem um lampejo de maldade em qualquer curva da boca, ou num ângulo da face. Mas ela nem nos momentos de raiva tinha algo de mau em suas feições. Irritava-se facilmente, mas perdoava na mesma proporção, e no seu orgulho se ocultava a brandura de uma criança. De que adiantou tudo isso? Você se importou? Você a odiava, no momento em que ela estava aprendendo a estimar você. Oh! Você não percebeu o que mais lhe convinha e teve de fazer desabar a maldição sobre mim, e a agonia e a morte sobre ela, com um ato sinistro! Quem era o demônio que estava com você e a coagiu a acrescentar essa perversidade para com ele à traição contra mim? Era Wildeve? Era o marido da pobre Thomasin? Céus, que maldade! Você ficou muda, hein? É normal, após a descoberta dessa façanha tão nobre... nem ao menos uma lembrança da sua mãe a inspirou a ser boa com a minha, num momento em que ela estava tão cansada? Nem um pouco de piedade brotou no seu coração, quando ela se foi? Pense na grande oportunidade que perdeu de iniciar uma vida honesta e de perdão. Por que você não o expulsou e não a deixou entrar, dizendo "Vou ser uma esposa honesta e uma mulher digna a partir de agora?". Se eu lhe tivesse falado para destruir nossa derradeira e vacilante possibilidade de ventura, você não poderia ter feito pior. Muito bem, ela agora jaz adormecida e você pode ter centenas de namorados. Nem eles nem você podem ofendê-la mais uma vez.
— Você exagera hediondamente — disse ela, com uma voz cansada e quase sumida — mas não vou me defender... não vale a pena. Você no futuro não será nada para mim, e é melhor que a parte passada da história permaneça oculta. Perdi tudo por sua causa, mas não reclamei. Os seus desatinos e infortúnios foram tristes para

você, para mim foram injustos. Todas as pessoas refinadas se afastaram de mim desde que afundei no lodaçal do casamento. É este o seu amor... me enfiar numa cabana como esta, me fazendo ter uma vida de mulher de camponês? Você me enganou; não com palavras, mas com as aparências, que revelam menos do que as palavras. Mas este lugar serve tão bem quanto qualquer outro... como qualquer lugar do qual passarei para a minha sepultura.

As palavras ficaram sufocadas na garganta, e a sua cabeça pendeu para o peito.

— Não sei o que você está querendo dizer com isso. Sou o culpado pelo seu crime?

Eustácia ensaiou um movimento trêmulo na direção dele.

— O quê? Ainda tem coragem de chorar e me estender a mão? Deus, você ainda consegue? Não, não vou cometer o erro de pegá-la.

A mão que ela lhe oferecera caiu inerte, mas as lágrimas continuaram a cair.

— Bem, sim, seguro-a, pelo menos por causa dos beijos insensatos que nela desperdicei, antes de conhecer quem eu amava. Como estive enfeitiçado, como poderia existir algo de bom numa mulher de quem todos falam mal?

— Oh! — gritou ela, finalmente entregando os pontos; e, tremendo com soluços que a sufocavam, caiu de joelhos. — Oh! Você já terminou? Você é impiedoso demais... há um limite para a crueldade dos selvagens! Resisti um longo tempo..., mas você me esmagou. Imploro piedade... não consigo suportar mais... é desumano continuar! Se eu... tivesse matado sua mãe com as minhas próprias mãos... eu não mereceria ser chicoteada assim até ficarem expostos meus ossos. Oh, Deus, tenha piedade de uma mulher miserável! .... Confesso que... intencionalmente não quis abrir a porta na primeira vez que ela bateu, mas... se ela batesse de novo eu abriria... se não tivesse suposto que você mesmo tinha ido abri-la. Quando vi que você não tinha se levantado, fui abrir, mas ela já tinha ido embora. Esta é a extensão do meu crime em relação a ela. Pessoas melhores cometem faltas graves uma vez ou outra, não é verdade? ... acho que sim. Vou deixá-lo, para nunca mais...

— Conte-me tudo e eu perdoo. O homem que estava aqui era Wildeve?

— Não posso lhe dizer — respondeu ela, desesperada, entre soluços. — Não adianta insistir, não posso dizer. Vou embora desta casa. Não podemos continuar juntos aqui.

— Você não precisa ir embora. Eu vou. Você pode ficar aqui.

— Não, vou me vestir e depois vou embora.

— Para onde?

— Para o lugar de onde eu vim ou OUTRO QUALQUER.

Vestiu-se às pressas, enquanto Clym andava pelo quarto pensativo. Ela acabou de se arrumar. As suas pequenas mãos tremiam com tanta violência quando ela as ergueu até o queixo para amarrar o chapéu do qual não conseguiu enlaçar as fitas. Percebendo isso, Clym se aproximou e disse: — Deixe-me ajudá-la.

Ela aceitou em silêncio e levantou o queixo. Pelo menos uma vez na vida, Eustácia esqueceu-se do encanto da sua atitude. Mas não aconteceu o mesmo com ele, que virou o olhar para o lado, receando enfraquecer. Ele atou a fita e ela se afastou dele.

— Você prefere mesmo ir embora, em vez de permanecer aqui? — ele perguntou de novo.

— Prefiro.

— Certo, que assim seja. Quando me revelar quem era o homem, poderei perdoá-la.

Ela jogou o xale em torno do corpo e desceu. Ele ficou no quarto.

* * *

Eustácia saíra havia pouco tempo, quando bateram na porta do quarto. Clym perguntou:

— Quem é?

A empregada respondeu: — Mandaram informar, da parte do Sr. Wildeve, que a senhora e o bebê estão bem, e o nome da menina vai ser Eustácia Clementine.

A jovem saiu.

— Que ironia! — exclamou Clym. — Este meu amaldiçoado casamento será eternizado no nome dessa criança!

[4] AS ATENÇÕES DE ALGUÉM QUASE ESQUECIDO

De início, Eustácia deambulou sem direção como a penugem das sementes do cardo levada pelo vento. Ela não sabia o que fazer. Queria que fosse noite e não manhã, pelo menos assim poderia carregar sua tristeza sem ser vista. Seguindo ao acaso pelos fenos meio murchos e as úmidas teias de aranha, acabou por tomar a direção da casa do avô. Ao chegar, notou que a porta estava fechada à chave. Mecanicamente ela deu a volta para a outra extremidade onde ficava o estábulo. Ao olhar pela porta, viu Charley no interior.

— O capitão Vye não está em casa? — perguntou ela.

— Não, senhora. — falou o rapaz, alvoroçado — foi até Weatherbury e não regressa antes da noite. A empregada teve folga hoje. Por isso a porta está fechada.

Charley não via o rosto de Eustácia, ela estava na entrada da porta, de costas para o céu, e o estábulo se encontrava mal iluminado, mas as suas maneiras estranhas chamaram a atenção do rapaz. Ela seguiu através do pátio até o portão, ficando oculta pelo barranco.

Após ela desaparecer, desconfiado, Charley andou até a porta do estábulo, deu a volta por outro lado do barranco e a olhou de cima. Eustácia estava recostada no lado externo, o rosto escondido nas mãos e a cabeça pressionando a urze orvalhada que cobria a parte exterior do barranco. Parecia não se preocupar com o fato de que o chapéu, o cabelo e o vestido ficassem molhados ou amarrotados com a umidade daquela almofada fria e áspera. Com certeza alguma coisa de anormal acontecera.

Charley sempre vira Eustácia como ela tinha visto Clym pela primeira vez: como uma visão lírica e adorável, quase etérea. O rapaz se mantinha tão afastado dela por causa da dignidade da sua aparência e do tom presunçoso da sua voz, com a exceção daquele momento de suprema felicidade quando lhe fora permitido segurar a mão dela, que dificilmente via em Eustácia uma mulher terrena e sem asas, sujeita às condições domésticas e às discórdias familiares. Sobre os segredos da sua vida só conseguia conjeturar. Ela era um prodígio solitário, uma mulher predestinada a uma órbita dentro da qual a dele se resumia a um ponto; vê-la ali, indefesa e desesperada, encostada a um barranco úmido, encheu-o de terror e espanto. Ele não podia continuar lá. Foi ao encontro dela, tocou-a e disse com ternura:

— A senhora não está se sentindo bem? O que posso fazer para a ajudar?

Eustácia estremeceu e falou: — Ah! Charley... você veio atrás de mim. Você não imaginava que, quando saí daqui no verão, iria voltar desta maneira!

— Não esperava mesmo, querida senhora. Posso ajudá-la em alguma coisa?

— Receio que não. Gostaria de entrar em casa. Estou tonta, mais nada.

— Apoie-se no meu braço, minha senhora, até chegarmos à entrada. Vou tentar abrir a porta.

Ele a amparou até a entrada, ajudou-a a se sentar, depois se dirigiu rapidamente para a traseira. Subiu numa janela com a ajuda de uma escada, pulou para dentro, e abriu a porta. Depois a acompanhou ao quarto, onde havia um canapé de crina de cavalo, grande e fora de moda. Ela se deitou e Charley a cobriu com uma capa que encontrou no recinto.

— Quer comer ou beber alguma coisa? — disse ele.

— Por favor, Charley. Mas o fogo está apagado?

— Eu acendo, minha senhora.

O rapaz sumiu, ela o ouviu rachar lenha e soprar o fole. Pouco depois voltou, dizendo: — Acendi o fogo da cozinha, agora vou acender o daqui.

LIVRO V · A REVELAÇÃO

Ele acendeu o fogo. Eustácia observava-o do canapé, com ar sonhador. Quando o fogo estava bem vivo, ele disse: — Quer ficar mais perto do fogo, já que a manhã está tão fria?

— Sim, se você quiser...

— Quer que eu lhe traga algo para comer?

— Sim, quero — murmurou ela, num tom lânguido.

Quando ele se foi, e os sons surdos dos movimentos dele na cozinha chegavam aos seus ouvidos, Eustácia se esqueceu de onde estava e teve de fazer força para entender o que eram aqueles sons. Depois de um tempo, que pareceu curto para ela, que tinha os pensamentos noutro lugar, Charley surgiu com uma bandeja em que o chá e as torradas estavam fumegando, embora já fosse quase hora do almoço.

— Coloque em cima da mesa — disse ela. — Já vou num instante.

Ele aguardou e se afastou para a porta; mas vendo que ela não se mexia, voltou atrás.

— Eu seguro a bandeja se não quiser se levantar — disse Charley. Ele dispôs a bandeja perto do canapé, se ajoelhou aí, e acrescentou:

— Eu seguro a bandeja para a senhora.

Eustácia se sentou e despejou o chá na xícara. — Você é muito bom para mim, Charley — murmurou ela, enquanto bebia o chá.

— É meu dever — disse ele, tímido, fazendo força para não lhe dirigir o olhar, embora fosse a única posição natural, já que Eustácia estava bem à sua frente. — A senhora foi boa para mim.

— Como? — perguntou Eustácia.

— Deixou que pegasse na sua mão.

— É verdade. Por que fiz aquilo? Não me lembro bem... tinha algo a ver com os mascarados, não tinha?

— Sim, foi. A senhora queria fazer o meu papel.

— Já me lembrei. Sim, lembro até demais...

Ela voltou a ficar completamente abatida, e Charley, percebendo que ela não comia nem bebia nada, levou a bandeja.

Depois disso ele reapareceu várias vezes, para ver se o fogo estava aceso; outras vezes para lhe perguntar se desejava alguma coisa; e outras ainda para lhe dizer que o vento mudara de sul para oeste, ou para saber se ela queria que ele apanhasse amoras silvestres. Ela respondeu indiferente ou negativamente a todas as perguntas.

Ficou por mais algum tempo no canapé, depois se levantou e foi para cima. O seu antigo quarto estava como o deixara; as lembranças que ele sugeria sobre a sua situação grandemente alterada e infinitamente pior voltaram a estampar no seu rosto o ar indeciso e triste que tinha quando havia chegado. Ela deu uma espiada no quarto do avô, onde entrava o ar matinal pelas janelas abertas. O seu olhar foi atraído por um fato familiar, embora naquele momento adquirisse outro significado.

Era um par de pistolas penduradas na parede, próximas à cabeceira do avô, e que ele guardava carregadas ali, como precaução contra possíveis criminosos, já que a casa era muito isolada. Eustácia observou-as por longo tempo, como a página de um livro em que lesse sobre um tema estranho e novo. Rapidamente, como alguém com medo de si mesmo, ela voltou para o andar de baixo e mergulhou em seus pensamentos.

— Se tivesse coragem para fazer isso! — murmurou ela. — Estaria fazendo um bem a mim mesma e a todos ligados a mim, e não prejudicaria ninguém.

A ideia parecia ganhar força dentro dela, que ficou numa atitude fixa por uns dez minutos; em seguida se manifestou em seu olhar certa objetividade, que substituía a expressão indecisa e titubeante.

Ela se virou e subiu outra vez, suave e furtivamente, entrando no quarto do avô, seus olhos buscando imediatamente a cabeceira da cama. As pistolas haviam desaparecido.

A instantânea anulação do seu desígnio pela ausência das pistolas afetou a mente dela como um vácuo inesperado ataca o corpo: ela quase desmaiou. Quem fizera aquilo? Na casa só havia, além dela, mais uma pessoa. Ela involuntariamente se voltou para a janela que dava para o jardim, de onde se via o terreno até o barranco que o limitava. No topo do barranco via-se Charley, numa posição suficientemente elevada para ver o interior do quarto. O olhar dele estava solícita e diligentemente fixo nela. Eustácia desceu, andou até a porta, e acenou para ele.

— Você as tirou de lá?
— Sim, senhora.

— Por quê?

— Porque vi a senhora olhando para elas muito tempo.

— E o que você tem a ver com isso?

— A senhora esteve a manhã inteira desanimada, como se não quisesse mais viver.

— E daí?

— E eu não podia deixá-las ao seu alcance. Quando a senhora as viu, o seu olhar dizia alguma coisa.

— Onde estão?

— Fechadas à chave.

— Onde?

— No estábulo.

— Traga-as para mim.

— Não, senhora.

— Vai se recusar?

— Recuso. Gosto muito da senhora para entregá-las.

Ela se virou para o lado, e o seu rosto abandonou pela primeira vez a imobilidade de estátua que tinha pela manhã; os cantos da boca recuperaram a graça do perfil que sempre desaparecia nos momentos de aflição. Finalmente ela o encarou de novo.

— Por que não posso morrer, se for esse o meu desejo? — indagou ela, com voz trêmula. — Fiz um mau negócio com a vida, estou farta dela, farta. E agora você protelou a minha libertação. Oh, por que fez isso, Charley? O que torna a morte ser dolorosa é pensar na amargura dos outros... e isso, no que me diz respeito, não vai acontecer; nem sequer um suspiro haveria.

— Ah! Foi o desespero que provocou isso! Desejo para aquele que lhe motivou essa tristeza que morra e apodreça, mesmo que seja pecado dizer isso!

— Charley, vamos acabar com isso. O que você pretende fazer sobre o que viu?

— Manter um segredo fechado como a noite, mas se a senhora prometer não voltar a cogitar isso.

— Pode deixar de ter receio. Já passou, prometo.

Ela então se afastou, e entrou em casa para se deitar.

O avô retornou no fim da tarde. Ia questioná-la categoricamente, mas, ao vê-la, conteve as palavras.

— Sim, é muito triste falar nisso — disse ela como resposta ao olhar do capitão. — Pode pedir para arrumar o meu quarto para a noite, meu avô? Vou precisar dele novamente.

O velho não perguntou o que aquilo significava, ou por que ela deixara o marido, mas deu ordem para que arrumassem o quarto.

[5] UMA ANTIGA PROPOSTA SE REPETE DE MANEIRA IMPENSADA

O zelo de Charley para com sua antiga patroa não tinha limites. O único conforto para o seu desgosto era tentar apaziguar o dela. Cogitava a toda hora sobre as coisas de que ela necessitaria; pensava na presença dela com certa gratidão e, enquanto proferia maldições contra os motivos da sua infelicidade, bendizia os resultados, até certo ponto. Talvez ela ficasse ali para sempre, ele conjeturava, e então ele, Charley, seria feliz como antes. O seu temor era de que ela considerasse adequado regressar a Alderworth, e nesse temor os seus olhos, com a curiosidade filiada à afeição, frequentemente buscavam o rosto dela quando ela não o estava observando, como teria observado a cabeça de uma pomba selvagem para saber se ela alçaria voo. Tendo-a socorrido realmente uma vez, possivelmente impedindo que ela cometesse o mais cruel dos atos, ele em seu íntimo acrescentara a suas tarefas a de guardião do bem-estar de Eustácia.

Por essa razão, procurava com afinco lhe oferecer distrações agradáveis, tais como musgos com aparência de trombetas, líquens rubros, pontas de sílex usadas por tribos remotas de Egdon, e pedrinhas facetadas dos interiores das grutas de cristal de rocha. Ele colocava tais coisas de maneira que ela as encontrasse como se por acidente.

Passou-se uma semana, e Eustácia não saía de casa. Depois voltou a passear pelo pátio em frente à casa, e olhava pelo telescópio do avô, como costumava fazer quando solteira. Viu um dia uma carroça carregada passar, atravessando o vale distante. Estava repleta de móveis. Olhou várias vezes e percebeu que era a sua mobília.

À tarde o avô chegou com a notícia de que Clym Yeobright se mudara naquele dia, de Alderworth para a sua antiga casa de Blooms-End.

Noutra ocasião, observando pelo telescópio, ela viu dois perfis femininos caminhando pelo vale. O dia estava ameno e límpido, e estando as figuras a menos de meio quilômetro de distância, ela conseguia perceber todos os pormenores. A mulher que seguia à frente carregava nos braços algo que parecia uma trouxa branca, da qual pendia um apêndice de babados; e quando elas se viraram, de maneira que o sol as iluminou diretamente, Eustácia distinguiu que era uma criança. Chamou Charley e perguntou se ele sabia quem eram, embora já calculasse de quem se tratava.

— É a Sra. Wildeve, acompanhada da babá da menina — falou Charley.

— É a babá que carrega o bebê? — perguntou Eustácia.

— Não, é a Sra. Wildeve — respondeu ele. — A criada segue atrás sem carregar nada.

O rapaz estava animado naquele dia, pois o 5 de novembro chegara mais uma vez, e ele planejava algo para distraí-la dos seus pensamentos sombrios. Por dois anos seguidos, a sua senhora demonstrara que gostava muito de acender uma fogueira no barranco sobre o vale. Mas naquele ano ela aparentemente se esquecera da data e do costume. Charley teve o cuidado de não a lembrar, e continuou com os preparativos secretos da sua surpresa; fez tudo com muito zelo, pois estivera ausente da última vez, sem poder ajudar. Cada minuto vago que tinha, aproveitava para pegar galhos, ramos de tojo, raízes de espinheiro e outros materiais das vertentes próximas, escondendo-os para que não fossem vistos antes da hora.

A noite chegou. Eustácia parecia alheia ao fato. Entrou após ficar observando através do telescópio. Quando escureceu por completo, Charley começou a compor a fogueira da festa, escolhendo o mesmo local do barranco que ela escolhera nas outras vezes.

Quando as fogueiras das redondezas começaram a se acender, Charley acendeu a sua, usando bastante lenha para não ter de alimentá-la por algum tempo. Voltou para casa, e pôs-se a andar diante da porta e das janelas, esperando que Eustácia visse o que ele tinha preparado. Mas as janelas estavam fechadas, a porta também, e ela talvez não viesse ver aquilo tudo. Sem querer chamá-la, voltou a alimentar a fogueira, e fez isso por mais meia hora. Foi só quando a reserva de lenha estava bastante diminuída que ele decidiu ir até os fundos e mandar dizer a Eustácia que abrisse as janelas para ver o que havia do lado de fora.

Ela estava sentada na sala, indiferente, surpreendeu-se ao ouvir o recado e abriu as janelas num rompante. Diante dela no barranco ardia uma fogueira, que imediatamente projetou seu clarão avermelhado dentro da sala, ofuscando as velas.

— Muito bem, Charley! — falou o capitão Vye de perto da chaminé. — Só espero que a minha lenha não esteja queimando.... Ah! Foi nessa mesma época no ano passado que encontrei o Venn trazendo Thomasin Yeobright para casa... foi isso mesmo. Quem diria que os problemas daquela jovem iriam acabar tão bem? Que ingênua você foi nesse ponto, Eustácia! O seu marido ainda não lhe escreveu?

— Não — falou Eustácia olhando através da janela para a fogueira, que absorvia tanto a sua atenção que ela nem se importou com o comentário direto e sincero do avô. Dali ela podia ver o vulto de Charley no barranco, reunindo a lenha e mexendo no fogo; então veio à sua mente outro vulto que aquela fogueira poderia atrair.

Ela se retirou da sala, pôs uma capa e o chapéu que usava no jardim e saiu. Chegando ao barranco, olhou à sua volta com curiosidade ardente e temor, quando Charley lhe disse, todo orgulhoso:

— Acendi para a senhora.

— Obrigada — disse ela, apressadamente —, mas quero que a apague.

— Vai queimar logo — disse Charley, desapontado. — Não é uma pena apagar?

— Não sei — respondeu ela, pensativa.

Permaneceram em silêncio, interrompido apenas pelo crepitar das chamas, até que Charley entendeu que ela não queria conversar e se afastou.

Eustácia estava do lado interno do barranco olhando o fogo, pensando em se recolher, mas ainda se demorando mais um pouco.

Se não estivesse, em virtude da sua situação, inclinada a considerar com indiferença as coisas que deuses e homens prezam, teria ido embora. Contudo, a sua situação era de tão completo desespero que ela chegava a brincar com isso. Ter perdido é menos perturbador do que nos perguntarmos se poderíamos ter ganhado, e Eustácia conseguia agora, como outras pessoas que passam por uma fase dessas, assumir um ponto de vista fora de si mesma, observar-se como um espectador desinteressado, e refletir no joguete dos Céus que era aquela mulher que se chamava Eustácia.

Estava assim quando ouviu um barulho. Era uma pedra caindo no charco.

Se a pedra a tivesse atingido diretamente no peito, o coração de Eustácia não teria dado um salto maior. Ela já tinha cogitado a possibilidade de esse sinal estar respondendo ao que fora dado inadvertidamente por Charley, mas não esperava que viesse tão cedo. Com que prontidão Wildeve viera! Entretanto, como ele podia julgá-la capaz de querer deliberadamente recompor o relacionamento de outrora? Um impulso de abandonar aquele local e o desejo de ficar se digladiavam dentro dela. Por fim, o desejo venceu, mas não conseguiu nada além disso, pois ela se recusou até mesmo a subir no barranco e olhar ao redor. Permaneceu imóvel, sem contrair um músculo do rosto ou erguer os olhos, porque, se levantasse o rosto, a fogueira no barranco o iluminaria, e Wildeve poderia estar olhando.

Ela ouviu outro barulho no charco.

Por que ele demorava a se aproximar? A curiosidade prevaleceu, Eustácia subiu um ou dois degraus de terra e olhou por cima dele. Wildeve estava diante dela. Avançara logo após atirar a segunda pedra, e a fogueira clareava o rosto de ambos, elevando-se entre eles até a altura do peito.

— Não fui eu que acendi! — bradou, de imediato, Eustácia. — Foi feita sem eu saber. Não, não se aproxime!

— Por que tem estado aqui esse tempo todo sem me dizer? Você deixou a sua casa. Presumo que eu tenha alguma responsabilidade nisso.

— Não abri a porta para a mãe dele, é assim que as coisas são.

LIVRO V·A REVELAÇÃO

— Você não merece esse fim, Eustácia, você está em grande desgraça; leio isso em seus olhos, em sua boca, em você toda. Minha pobre querida! — exclamou ele, avançando para o outro lado do barranco. — Você é a pessoa mais infeliz do mundo!

— Não, não é bem assim...

— A situação foi longe demais... isso a está matando; essa é a minha opinião.

Comumente tranquila, sua respiração se acelerou ao ouvir aquelas palavras. — Eu... eu... — começou ela, e então rompeu em soluços agitados, comovida até o coração por aquele inesperado tom de piedade, um sentimento cuja existência em relação a si mesma ela quase havia esquecido.

Essa erupção de pranto tomou de tal maneira Eustácia de surpresa, que ela não conseguiu contê-la, e se virou para o outro lado meio envergonhada, embora isso não ocultasse o fato dele. Wildeve resistiu ao ímpeto de abraçá-la e ficou em silêncio.

— Você não está envergonhado de mim, que nunca fui de chorar? — perguntou ela num murmúrio débil enquanto enxugava os olhos. — Por que não foi embora? Não queria que você presenciasse tudo isso, metade já seria demais.

— Você pode ter desejado isso, pois fico tão triste quanto você — disse ele, com emoção e reverência. — Quanto a revelações... essa é uma palavra impossível entre nós.

— Não o chamei, não esqueça isso, Damon. Estou sofrendo muito, mas não mandei chamar ninguém. Pelo menos, como esposa, fui correta.

— Isso não importa... eu vim assim mesmo. Oh, Eustácia, me perdoe o mal que lhe causei nestes dois últimos anos. Tenho cada vez mais certeza de que fui a sua perdição.

— Não, não foi você, mas este lugar onde vivo.

— Ah, é sua generosidade que a faz dizer isso. Mas eu sou culpado. Eu deveria ter feito mais, ou então nada.

— O que quer dizer?

— Não deveria tê-la perseguido, ou, se o fizesse, deveria ter insistido em ficar com você. É evidente que não tenho o direito de dizer isso agora. Mas gostaria de perguntar uma coisa: posso ajudá-la de algum modo? Há algo que possa fazer para deixá-la mais feliz do que agora? Diga-me e farei. Pode me pedir, Eustácia, até onde for a minha influência, e não esqueça que tenho mais dinheiro agora. Deve haver algo que eu possa fazer para libertá-la disso tudo! Fico com pena ao ver uma flor tão rara num local selvagem como esse. Quer que eu mande trazer alguma coisa? Deseja ir para algum lugar? Sonha em deixar isto aqui? Basta você dizer, e farei tudo para acabar com essas lágrimas que, se não fosse por mim, nunca teriam caído.

— Nós nos casamos com outras pessoas — disse ela —, e a sua ajuda seria mal interpretada; depois... depois...

— Bom, não é possível evitar que os caluniadores entrem em ação quando desejarem, mas você não precisa ter medo. Sinta eu o que sentir, dou-lhe a minha palavra de honra de que jamais falarei nisso... não farei nada... até que diga o que posso fazer. Tenho consciência do meu dever para com Thomasin, assim como tenho consciência do meu dever para com você, uma mulher tratada injustamente. No que posso ser útil?

— Me ajudando a sair daqui?

— Para onde deseja ir?

— Tenho um local em mente. Se me ajudar a chegar a Budmouth, consigo fazer todo o resto. Vapores partem de lá pelo canal, e assim posso chegar até Paris, onde quero viver. Sim — solicitou ela com ardor — me ajude a chegar ao porto de Budmouth sem meu avô ou meu marido saberem, e pode deixar o resto comigo.

— Será seguro deixá-la ali sozinha?

— Sim, é. Conheço Budmouth.

— Posso acompanhá-la? Agora sou rico.

Ela ficou em silêncio.

— Diga que sim, querida!

Eustácia continuou em silêncio.

— Bem, diga-me quando vai querer partir. Estaremos na casa atual até dezembro, depois nos mudaremos para Casterbridge. Defina o que quer até essa altura.

— Pensarei nisso — falou rapidamente. — Se me servirei honestamente de você como um amigo, ou se aceitarei vê-lo como um apaixonado, é o que terei de perguntar a mim mesma. Se quiser partir e aceitar a sua companhia, lhe darei um sinal uma noite qualquer às oito em ponto, e isso significará que deve estar preparado com um cavalo e uma carruagem à meia-noite desse dia, quando me levará ao porto de Budmouth a tempo para o vapor que sai de manhã.

— Vou estar alerta todas as noites, às oito horas, e nenhum sinal vai me escapar.

— Agora faça o favor de ir embora. Se eu resolver fugir, só poderei encontrá-lo mais uma vez a não ser que... eu não possa ir sem você. Vá, não aguento mais isso. Vá embora!

Wildeve subiu lentamente os degraus e desceu embrenhando-se na escuridão do outro lado. Enquanto andava, olhou algumas vezes para trás até que o barranco ocultou o vulto dela.

[6] THOMASIN ARGUMENTA COM O PRIMO E ELE ESCREVE UMA CARTA

Nesse período, Clym Yeobright se encontrava em Blooms-End, nutrindo a esperança de que Eustácia retornasse. A mudança dos móveis só acontecera naquele dia, embora ele já estivesse vivendo em sua antiga casa havia mais de uma semana. Passara o tempo trabalhando na propriedade, varrendo as folhas do jardim, cortando hastes mortas do canteiro das flores e fixando trepadeiras que o vento outonal tinha tirado do lugar. Não havia um prazer especial em realizar tais coisas, mas elas funcionavam como uma cortina erguida entre o desespero e ele mesmo. Além do mais, tornou-se sagrado cuidar de tudo o que lhe fora transmitido das mãos de sua mãe.

Ele mantinha a propriedade invariavelmente aberta, à espera de Eustácia. Para que ela soubesse com certeza onde ele se encontrava, mandara afixar uma placa no portão do jardim de Alderworth, com informações sobre seu novo endereço. Se uma folha caía no chão, ele se virava, pensando que fosse um passo dela. Se uma ave estivesse procurando bichos na terra do jardim, para ele parecia a mão dela fechando o portão e, quando suaves e estranhos ventriloquismos partiam dos buracos no chão, dos troncos ocos, das folhas secas encaracoladas e de outras fendas onde as brisas, os vermes e os insetos realizam sua vontade, ele pensava que isso tudo era produzido por Eustácia que estava lá fora, ansiando pela reconciliação.

Até aquele momento ele persistira na sua decisão de não pedir para que ela voltasse. Ao mesmo tempo, a rigidez com que a havia tratado serenava a amplitude da sua dor pela mãe, despertando um pouco do seu carinho por aquela que a suplantara. Os sentimentos hostis produzem uma rotina hostil e esta, por reação, acaba sufocando os sentimentos que lhe deram origem. Quanto mais ele refletia, mais se acalmava. Contudo, olhar a mulher como uma inocente aflita era impossível, embora ele se perguntasse se tinha dado a ela tempo suficiente... se não a tinha abordado de forma um pouco afoita naquela manhã sombria.

Agora que a primeira explosão da sua raiva diminuíra, ele não estava inclinado a atribuir a ela mais do que relações de amizade pouco recomendáveis com Wildeve, pois nos modos dela não se haviam manifestado sinais de desonra. E esse fato sendo admitido, já não se impunha uma interpretação absolutamente delituosa do seu ato para com a mãe dele.

Na manhã de 5 de novembro Clym pensou muito em Eustácia. Ecos daqueles dias passados em que eles trocavam palavras afetuosas o dia inteiro lhe chegavam como o murmúrio difuso de uma praia distante. — É claro — disse ele — que ela poderia ter vindo me encontrar antes desse momento, e revelado o que Wildeve significava para ela.

Em vez de permanecer em casa naquela noite, decidiu fazer uma visita a Thomasin e o marido. Se houvesse a oportunidade, ele mencionaria o motivo da separação dele e Eustácia, mantendo silêncio, entretanto sobre a presença da terceira pessoa em sua casa no dia em que sua mãe não pudera entrar. Se Wildeve porventura tivesse estado lá de forma inocente, decerto iria referir-se abertamente ao fato. Se tivesse entrado com segundas intenções, sendo ele um homem temperamental, era capaz de revelar algo sobre até que ponto Eustácia estava implicada.

Quando chegou na casa da prima, descobriu que apenas ela estava em casa, pois Wildeve naquele momento já seguia rumo à fogueira preparada por Charley, em Mistover. Como era comum, Thomasin ficou feliz ao ver Clym, levando-o para conhecer a bebê que dormia, cuidadosamente protegendo os olhos da menina da luz da vela.

— Thomasin, você já ficou sabendo que não estou mais com Eustácia? — ele perguntou, após se sentarem de novo.

— Não! — disse Thomasin, espantada.

— E que deixei Alderworth?

— Também não! Não tenho notícias de Alderworth, a não ser quando você traz alguma. O que aconteceu?

Clym narrou então, com voz embargada, a visita que fez ao filho de Susan Nunsuch, e a revelação que ele lhe fizera, do que resultou o fato de ele acusar Eustácia de ter praticado voluntária e impiedosamente o ato. Ele suprimiu qualquer alusão à presença de Wildeve na casa.

— Tudo isso e eu sem saber nada! — Thomasin murmurou, num tom estupefato. — Isso é terrível! Por que ela faria isso?... Oh, Eustácia! E quando ficou sabendo você foi imediatamente falar com ela tomado de fúria? Será que você foi demasiadamente impiedoso... ou ela é tão má assim?

— Como um homem pode ser demasiadamente impiedoso com a inimiga de sua mãe?

— Eu posso imaginar como.

— Certo, admito que pode. Mas como devo proceder agora?

— Tente fazer as pazes com ela... isto é, se uma briga tão séria pode admitir as pazes. Eu quase desejo que você não tivesse me revelado nada. Mas tente a reconciliação. Vocês podem fazer isso, se ambos desejarem.

—Não sei se queremos — falou Clym. — Se ela desejasse, você não acha que já deveria ter mandado me chamar?

— Você parece estar querendo, mas não mandou chamá-la.

— Sim, é verdade, mas tenho andado angustiado, sem saber se devo me reconciliar depois de uma afronta dessa proporção. Vendo-me agora, Thomasin, você não tem ideia de como estive, em que abismos desci nos últimos poucos dias. Oh, foi uma terrível vergonha ela fechar a porta para minha mãe daquela maneira!

— Talvez ela não imaginasse que disso pudesse resultar algo grave, e talvez nem tivesse a intenção de deixar minha tia lá fora.

— Ela mesma disse que não. Mas permanece o fato de que a deixou.

— Acredite no arrependimento dela e mande chamá-la.

— E se ela não quiser?

— Então isso será a prova da sua culpa, demonstrando que ela tem por hábito ser rancorosa. Mas não acredito nisso, nem por um momento.

— Vou fazer o que me aconselha. Espero um dia ou dois, com certeza não mais do que dois dias; se ela não mandar me chamar nesse tempo, serei eu a mandar chamá-la. Pensei que encontraria Wildeve esta noite. Não está aqui?

Thomasin ficou ruborizada. — Não — disse ela —, foi passear.

— Por que você não foi com ele? A noite está agradável, e você precisa de ar fresco tanto quanto ele.

— Oh, não preciso ir a lugar algum, além disso temos a menina...

— Sim, é claro. É que estive pensando se não deveria consultar também o seu marido sobre esse assunto — disse Clym, com vigor.

— Creio que não — contestou ela. — Não adiantaria nada.

O primo olhou-a de frente. Thomasin não sabia que o marido tivera uma parte nos acontecimentos daquela tarde trágica, mas o seu semblante sugeria que ela ocultava alguma suspeita ou pensamento relativo à suposta relação próxima entre Wildeve e Eustácia noutros tempos. Clym, entretanto, não podia deduzir nada, e se levantou para ir embora, com mais dúvidas do que quando chegara.

— Você vai escrever para ela dentro de um dia ou dois? — perguntou a jovem com certa veemência. — Torço sinceramente para que essa separação acabe logo!

— Vou escrever — disse Clym. — Não estou feliz na minha situação atual.

Ele a deixou e seguiu pelas colinas até Blooms-End. Antes de se deitar, sentou-se e escreveu esta carta:

"Minha querida Eustácia

Preciso obedecer ao meu coração, sem consultar muito a razão. Você quer voltar para a minha companhia? Faça isso e o passado jamais será mencionado. Fui muito severo com você; mas, Eustácia, a afronta!

Você não sabe nem jamais saberá o que aquelas palavras de ira que você provocou me custaram. Tudo o que um homem honesto pode prometer lhe prometo agora: você não há de sofrer mais nada por causa desse assunto.

LIVRO V · A REVELAÇÃO

Após todos os juramentos que fizemos, Eustácia, acho que o melhor é passarmos o resto dos nossos dias tentando mantê-los. Então volte para mim, ainda que me recrimine. Penso no seu sofrimento daquela manhã em que me separei de você. Sei que era sincero e que aquilo é o máximo que você deve suportar. Nosso amor precisa continuar. Corações como os nossos não nos foram dados senão para sermos um do outro. Não pude chamá-la de volta no início, Eustácia, porque ainda não tinha me convencido de que aquele que estava com você não tivesse ido lá como apaixonado. Se você voltar e explicar os aspectos perturbadores, não vou duvidar da sua honestidade. Por que não voltou ainda? Imaginou que eu não a ouviria? Por certo que não imaginou, se pôde recordar os beijos e juras que trocamos sob o luar do verão. Volte, então, e será calorosamente recebida. Não consigo mais pensar mal de você; estou por demais empenhado em justificá-la.

Teu marido de sempre.

Clym".

— Feito! — disse ele, ao colocar a carta na escrivaninha — fiz o que era preciso. Se ela não vier até amanhã à noite, envio-lhe a carta.

Enquanto isso, na casa de onde ele partira, Thomasin suspirava inquieta. A lealdade ao marido levou-a a dissimular as suspeições de que o interesse de Wildeve por Eustácia não desaparecera com o casamento. Mas ela não tinha certeza de nada, e, embora Clym fosse seu primo querido, havia alguém que estava mais próximo.

Mais tarde, quando Wildeve retornou de Mistover, Thomasin lhe disse: — Onde você esteve, Damon? Estava muito assustada, pensando que você pudesse ter caído no rio. Não gosto de ficar sozinha na casa.

— Assustada? — disse ele, acarinhando seu rosto como se fosse um animal doméstico — Ora, eu pensava que não existia nada capaz de assustá-la. É que você está ficando orgulhosa, com certeza, e não gosta de morar aqui, desde que ascendemos acima do nosso comércio. Isso é maçante, ter de procurar casa nova, mas eu não pude fazer isso mais cedo, a não ser que as dez mil libras fossem cem mil, aí não precisaríamos nos preocupar.

— Não me importo de esperar, preferiria até ficar aqui doze meses a correr algum risco com a menina. Mas não gosto que você desapareça à noite. Você tem algo em mente... eu sei, Damon. Você anda tristonho, e olha para a várzea como se fosse uma prisão, em vez de um lugar belo e rude para passear.

Ele a olhou com uma surpresa piedosa. — O quê? Você gosta de Egdon? — indagou ele.

— Gosto de onde quase nasci, aprecio o seu velho perfil carrancudo.

— Querida, você não sabe do que gosta.

— Tenho certeza do meu gosto. Só há uma coisa que me desagrada em Egdon.

— O que é?

— Que você nunca me leve quando vai passear. Por que anda tanto pela várzea, se ela não lhe agrada?

Embora a pergunta fosse simples, era totalmente desconcertante, e ele se sentou antes de responder: — Não acho que me veja por lá muitas vezes, me dê um exemplo.

— Claro que dou — respondeu ela, exultante. — Quando você saiu esta noite, como a bebê estava dormindo, pensei em verificar aonde você estava indo tão misteriosamente sem me dizer nada. Por isso o segui. Você parou no ponto em que a estrada bifurca, olhou para as fogueiras e falou: "Que se dane, eu vou". E subiu depressa pelo lado esquerdo da estrada. Então fiquei observando você.

Wildeve franziu a testa, e falou com um sorriso forçado: — E qual descoberta fantástica você fez?

— Está vendo, já está zangado. Não falemos mais nisso.

Ela foi para o lado dele, sentou-se e olhou-o de frente.

— Tolice! — ele falou. — É sempre assim que você se esquiva das questões. Mas agora vamos continuar, já que começamos. O que você viu em seguida? Gostaria muito de saber.

— Não se comporte assim, Damon! — ela murmurou. — Não vi nada; você despareceu de vista, depois olhei as fogueiras e vim embora.

— Não deve ter sido a primeira vez que você foi atrás de mim. Está tentando descobrir alguma coisa ruim a meu respeito?

— De maneira alguma! Nunca tinha feito algo parecido até hoje, e não o faria agora se não tivesse ouvido coisas sobre você.

— O que você está dizendo? — perguntou ele, impaciente.

— Dizem... dizem que você costumava ir até Alderworth à noite, e isso me fez lembrar o que ouvi sobre...

Wildeve virou-se, irritado, levantando-se diante dela. — Agora — disse ele, erguendo a mão no ar — vamos ver isso, senhora! Exijo saber o que ouviu.

— Bem, ouvi dizer que você era apaixonado por Eustácia... só isso, embora tenha chegado aos meus ouvidos de forma fragmentada. Não é motivo para você ficar enfurecido!

Wildeve notou que ela estava com os olhos cheios de lágrimas.

— Bem, isso não é nenhuma novidade, e certamente não pretendo ser rude com você. Não vejo pretexto para que chore. Não quero mais falar nisso.

E não falaram mais nada. Thomasin ficou muito satisfeita com a desculpa que se oferecia de não mencionar o caso de Clym, tampouco a sua visita nessa noite.

[7] A NOITE DE 6 DE NOVEMBRO

    Embora decidida a encetar a fuga, Eustácia parecia, às vezes, receosa de que alguma coisa frustrasse os seus objetivos. O único fato suscetível de mudar a sua decisão seria o surgimento de Clym. A aura que o envolvera como seu namorado já se desfizera, mas ela recordava ocasionalmente as boas qualidades que ele possuía, o que lhe provocava uma vibração súbita de esperança de que ele aparecesse de novo. Mas, observando o caso friamente, não era provável que uma ruptura como aquela se desfizesse. Estava condenada a viver como uma torturada, sozinha e longe do seu lugar. Considerara a várzea como um local onde era impossível viver, e pensava agora o mesmo sobre todo o mundo.

    Na tarde do dia 6, a sua determinação de abandonar aquele lugar aumentou ainda mais. Às quatro horas, voltou a empacotar de novo as poucas coisas que trouxera ao sair de Alderworth, e outras que lhe pertenciam e tinha deixado ali. Tudo formou um embrulho que podia ser transportado na mão por dois ou três quilômetros. A paisagem lá fora escurecia, nuvens cor de chumbo se expandiam, baixando do céu como enormes volumes suspensos, e com a chegada da noite um vento tempestuoso começou a soprar. Mas ainda não chovia.

    Eustácia não conseguia ficar em casa, agora que não tinha nada a fazer, e ficou andando de um lado para o outro na colina, não muito longe da casa que logo iria deixar. Nessas caminhadas erráticas, ela passou pela casa de Susan Nunsuch, que se situava um pouco mais abaixo da do seu avô. A porta estava aberta, e uma faixa de luz brilhante vinda do fogo se projetava para fora. Quando atravessou o raio luminoso, Eustácia pareceu assumir uma aparência espectral; uma criatura de luz no meio da escuridão. Isso passou, e ela seguiu devorada pela noite.

Uma mulher que estava sentada no casebre viu-a passar e a reconheceu naquela irradiação momentânea. Era a própria Susan, que preparava um mingau de açúcar, leite coalhado e vinho para o seu filho pequeno, que era doente por natureza e agora estava mal. Susan largou a colher, agitou o punho na direção do vulto que desaparecera, e continuou seu trabalho com um ar vago e meditativo.

Às oito horas, horário em que prometera dar o sinal para Wildeve, se por acaso alguma vez o fizesse, Eustácia olhou em redor da propriedade para se assegurar de que o horizonte estava limpo. Seguiu até a pilha de tojo, retirou um grande ramo, levou-o para o canto do barranco e, olhando para trás, para ver se as janelas estavam cerradas, produziu uma chispa e acendeu o tojo. Depois que o ramo ficou em chamas, ela o segurou e balançou no ar acima da cabeça até que ele se consumiu por inteiro.

Minutos mais tarde foi gratificada, se é que é possível sentir-se gratificada no estado em que ela estava — ao divisar uma luz parecida nas redondezas da residência de Wildeve. Tendo concordado em estar alerta àquela hora todas as noites, para o caso de ela precisar de ajuda, a sua presteza mostrava que manteve rigorosamente a palavra prometida. Quatro horas depois, ou seja, à meia-noite, ele deveria estar pronto para levá-la a Budmouth como fora combinado.

Eustácia voltou para dentro de casa. Após o jantar, recolheu-se cedo e aguardou no quarto a hora da partida. Como a noite estava escura e ameaçadora, o capitão Vye não saiu para passear, nem tagarelar em algum casebre, ou para uma ida até a estalagem, como costumava fazer nas longas noites de outono. Ficou sozinho, bebendo algo. Por volta das dez horas, bateram na porta. A criada abriu, e a luz do candeeiro iluminou o vulto de Fairway.

— Precisei ir até Mistover esta noite — disse ele — e o senhor Clym Yeobright me pediu que entregasse isto aqui, mas, palavra de honra, coloquei-a no forro do chapéu e esqueci até à volta, quando já estava para fechar o cadeado do meu portão, antes de deitar. Então vim correndo para trazê-lo.

Entregou a carta e se foi. A jovem entregou-a ao capitão, que notou que era dirigida a Eustácia. Olhou-a, virou-a, e imaginou pela letra que era de Clym, embora não tivesse certeza. Entretanto, decidiu entregá-la logo, e levou-a para cima com esse propósito; mas chegando à porta do quarto dela e espreitando pelo buraco da fechadura, ele constatou que estava tudo escuro. Eustácia se atirara vestida na cama, com o intuito de descansar para enfrentar a jornada. Pelo que viu, o avô concluiu que era melhor não a importunar; desceu novamente até a sala, colocou a carta no console da lareira, para entregá-la pela manhã.

Às onze horas ele também se recolheu para o seu quarto, fumou um pouco, apagou a luz às onze e trinta e, de acordo com o seu inalterável hábito, levantou a cortina antes de se deitar para, ao despertar, ver de que lado o vento soprava, já que a janela do seu aposento dava para o mastro da bandeira e o cata-vento. Ao se deitar, reparou surpreso que o mastro branco estava visível como uma linha fosforescente vertical no meio da noite. A única explicação possível era que a luz que incidia no mastro partia da casa e alguém acendera. Como todos se haviam recolhido, o velho capitão julgou necessário se levantar, abrir a janela e olhar para a esquerda e a direita. Era a luz do quarto de Eustácia que estava acesa. Desconhecendo o que a despertara, ficou meio indeciso na janela, e pensou em descer e pegar a carta para colocar por baixo da porta, então ouviu um ligeiro roçar de tecido na parede que separava o quarto do corredor.

O capitão deduziu que Eustácia, tendo perdido o sono, teria descido para buscar um livro. Ele teria considerado o fato insignificante, se não a tivesse ouvido chorar enquanto passava.

— Deve estar pensando no marido — falou para si mesmo —; ah, que boba! Quem mandou se casar com ele? Será que a carta é mesmo dele?

Levantou-se, vestiu sua capa de marinheiro, abriu a porta e falou:
— Eustácia!
Não houve resposta.

— Eustácia! — repetiu num tom mais alto — Tem uma carta para você no console da lareira!

Mas sua frase ficou sem resposta, a não ser pela resposta imaginária do vento que parecia corroer os cantos da casa e a alguns pingos de chuva batendo nas janelas.

Seguiu até o patamar e ficou ali, esperando uns cinco minutos. Mas ela não aparecia. Voltou para pegar uma lamparina e segui-la, mas primeiro olhou no quarto dela. Ali, na colcha, se desenhava a marca do corpo de Eustácia, revelando que a cama não fora desfeita e, o que era mais significativo, ela não levara o castiçal para baixo. Completamente alarmado, ele se vestiu rápido e desceu para a porta da frente que ele mesmo tinha fechado à chave. Estava aberta agora. Não havia dúvida de que Eustácia abandonara a casa àquela hora da noite. Para onde teria ido? Segui-la seria praticamente impossível. Se a propriedade ficasse numa estrada comum, duas pessoas que partissem, uma em cada direção, poderiam garantir que ela seria alcançada; mas procurar alguém na escuridão da várzea era uma tarefa com poucas expectativas de êxito, já que as direções possíveis para uma fuga eram múltiplas como os meridianos que irradiam do polo. Sem saber o que fazer, ele olhou para a sala e mais aflito ficou quando viu que a carta ainda estava lá e não tinha sido aberta.

Às onze e trinta, verificando que a casa estava silenciosa, Eustácia acendeu uma vela, vestiu roupas mais quentes, pegou seu embrulho e, apagando de novo a luz, desceu a escada. Quando chegou ao lado de fora, constatou que começara a chover; ficou parada um pouco à frente da porta, e a chuva engrossou, ameaçando ficar mais forte. Tendo tomado sua decisão, não poderia retroceder por causa do mau tempo, já que Wildeve estava avisado e provavelmente à sua espera. Nem mesmo receber a carta de Clym a teria detido naquele momento. A escuridão da noite era fúnebre. A natureza parecia estar toda de luto, as pontas agudas dos abetos atrás da casa apontavam para o céu como torres ou pináculos de um mosteiro. Não se percebia nada abaixo do horizonte, senão uma luz que ainda ardia no casebre de Susan Nunsuch.

Eustácia abriu a sombrinha e saiu do pátio pelos degraus do barranco, após o que ficou livre de ser descoberta. Depois que deu a volta ao charco, ela continuou pela trilha que conduzia a Rainbarrow, tropeçando às vezes nas raízes torcidas de tojo, nos juncos e nas protuberâncias lodosas de fungos que, naquela estação, se alastravam pela várzea como se fossem o fígado e os pulmões carcomidos de um animal colossal. A Lua e as estrelas estavam totalmente encobertas pelas nuvens e pela chuva. Era uma daquelas noites que fazia que os pensamentos dos caminhantes instintivamente se fixassem em cenas noturnas de desastres de todas as crônicas do mundo, em tudo o que é aterrorizante e sombrio na história e na lenda, a última praga do Egito, a destruição do exército de Senaqueribe, a agonia no horto das oliveiras.

Eustácia chegou afinal a Rainbarrow, e parou ali para pensar. Não poderia haver harmonia mais completa do que aquela entre o caos do seu espírito e o do mundo exterior. Uma lembrança repentina lhe ocorrera nesse momento: ela não tinha dinheiro suficiente para fazer uma viagem longa. Entre os sentimentos agitados do dia, o seu espírito pouco prático não havia ponderado a necessidade de se aprovisionar com algum dinheiro. Avaliando agora a situação, ela suspirou profundamente. Aos poucos foi abandonando a posição ereta, e se encurvando sob a sombrinha, como se fosse puxada para um túmulo por uma mão vinda ali de dentro. Seria possível que continuaria a ser uma cativa? Dinheiro; ela jamais percebera o seu valor. Mesmo para se libertar daquela região eram necessários meios. Solicitar ajuda financeira a Wildeve, sem permitir que ele a acompanhasse, seria impossível a uma mulher a quem restasse um mínimo orgulho; fugir como sua amante (e ela sabia que ele a amava) era da natureza da humilhação.

Qualquer um que estivesse ao seu lado naquele momento teria lamentado a sua situação, não por ela estar sujeita ao mau tempo e isolada de todo mundo, exceto dos restos esfarelados no túmulo, mas por aquela outra forma de penúria que se revelava no movimento oscilante que seus sentimentos impunham ao seu corpo. Uma extrema infelicidade a consternava visivelmente. Entre os pingos da chuva na sombrinha, da sombrinha para a capa, da capa para a urze e da urze para a terra, sons parecidos se ouviam surgindo dos seus lábios, e o lamento da natureza parecia repercutir em seu rosto. As asas da sua alma estavam quebradas pela muralha cruel que se erguera em torno dela; e mesmo se ela tivesse considerado promissora a possibilidade de chegar a Budmouth, apanhar um vapor, e atingir um porto do outro lado, só teria ficado um pouquinho mais animada, pois as outras coisas que se apresentavam eram terrivelmente perversas. Começou a falar em voz alta. Quando uma mulher na situação dela, nem velha, nem surda, nem louca nem caprichosa começa a chorar e falar em voz alta consigo mesma, é porque algo muito grave aconteceu.

— Poderei ir, poderei ir? — murmurou ela. — Ele não é bastante grande para que eu me entregue a ele... não está à altura dos meus desejos... se fosse um Saul ou Bonaparte... ah! Mas quebrar meus votos de casamento por sua causa... é um luxo muito pobre. E não tenho dinheiro para viajar sozinha! Mesmo que pudesse ir, o que ganharia com isso? Tenho de arrastar a vida no ano que vem como a arrastei neste ano e no anterior. Como me esforcei para ser uma mulher esplêndida, e como o meu destino foi contra! Não mereço minha sorte! — gritou ela num desvario de revolta amargurada. — Que desumanidade me colocarem neste mundo tosco! Eu seria capaz de grandes realizações, mas fui sabotada, queimada e triturada por coisas que estavam acima da minha vontade! Que crueldade do Céu engendrar tormentos destes para mim, logo eu que não lhe fiz mal algum...!

A luz distante que Eustácia avistara distraidamente ao deixar sua casa era, como ela tinha adivinhado, da janela do casebre de Susan Nunsuch. O que ela não adivinhara era a tarefa em que a mulher se ocupava lá dentro. Susan, tendo-a visto passar mais cedo naquela noite, nem cinco minutos depois de seu filho doente ter exclamado: "Mãe, me sinto muito mal!", persuadiu-se de que uma força maligna era causada pela proximidade de Eustácia.

Por essa razão, Susan não se deitou cedo após encerrar seus trabalhos noturnos, como teria feito nos dias comuns. Para anular o feitiço maléfico que ela acreditava que Eustácia lançava, a mãe do menino se ocupou com uma horripilante invenção supersticiosa, calculada para gerar a debilidade, a atrofia e o aniquilamento de qualquer pessoa contra quem fosse dirigida. Era uma tradição muito conhecida em Egdon naquela época, que ainda não se extinguiu completamente.

Ela passou com uma vela para o recinto interior, onde, entre outros utensílios, estavam duas grandes panelas escuras que continham cinquenta quilos de mel líquido, produto do verão anterior. Numa prateleira, acima das panelas, havia uma porção de massa sólida, homogênea e amarelada, com formato hemisférico, que era cera de abelhas da mesma colheita. Susan pegou a massa e, cortando vários pedaços finos, colocou-os numa concha de ferro; voltou então para a sala e colocou a concha perto das cinzas da lareira. Quando a cera amoleceu e ficou com a consistência de uma pasta, ela começou a juntar todos os pedaços. Nesse momento sua expressão ficou mais concentrada. Ela começou a moldar a cera; e era evidente, pelos seus gestos de manipulação, que ela estava tentando dar-lhe uma forma preconcebida. Era uma forma humana.

Amassando, cortando, torcendo, separando e voltando a juntar a imagem incipiente, ela produziu em cerca de quinze minutos uma imagem com uma leve forma humana, com uns quinze centímetros de altura. Colocou-a na mesa para esfriar e adquirir consistência. Enquanto isso, pegou a vela e subiu ao quarto onde o garoto estava.

— Meu querido, você notou o que a Sra. Eustácia estava vestindo esta tarde, além do vestido escuro?

— Uma fita vermelha em redor do pescoço.

— Mais nada?

— Não, a não ser as sandálias.

— Uma fita vermelha e sandálias — falou para si mesma.

A Sra. Nunsuch começou a procurar e encontrou um pedaço da mais estreita fita vermelha, que levou para baixo e amarrou no pescoço da estatueta. Em seguida pegou tinta e uma pena de pato numa pequena escrivaninha perto da janela. Traçou no dorso de cada um dos pés da estatueta linhas transversais com o formato das tiras das sandálias usadas naquela época. Depois atou um pedaço de linha preta na parte superior da cabeça, como se fosse uma fita de prender cabelo.

Susan segurou o objeto com o braço estendido e o observou com uma satisfação longe de ser afável. Para qualquer um que conhecesse os habitantes de Egdon, a imagem teria sugerido Eustácia Yeobright.

Da sua caixa de costura, que estava no banco da janela, a mulher tirou alfinetes dos antigos, grandes e amarelos, com as cabeças dispostas de modo a saírem logo no primeiro uso. Espetou-os na estatueta, em vários pontos, com um vigor aparentemente torturante. Deve ter enfiado uns cinquenta, alguns na cabeça, outros nos ombros, no tronco, nos pés, até a figura ficar totalmente crivada de alfinetes.

Retornou para o fogo, que era de turfa. Embora o monte de cinzas que a turfa produz já estivesse apagado à superfície, quando remexido com a pá, o centro da massa exibia um brilho de calor vermelho. Ela tirou mais um pouco de turfa do canto da chaminé, empilhou-a sobre a brasa e logo a chama se ateou. Pegando com a tenaz a imagem que modelara de Eustácia, aproximou-a do calor, e ficou observando-a derreter lentamente. Enquanto isso ocorria, um murmúrio de palavras irrompeu dos seus lábios.

Era um jargão estranho, o Pai-Nosso repetido de trás para a frente, um sortilégio comum nos processos de obtenção de ajuda profana contra um inimigo. Susan proferiu o discurso macabro vagarosamente, por três vezes. Ao terminar, a figura já estava bem reduzida. Quando a cera caía no fogo, uma chama se erguia alta, e, enrolando a língua em torno da figura, devorava-a ainda mais. De quando em quando, um alfinete caía com a cera, e não demorava para ficar rubro com o calor.

[8] CHUVA, ESCURIDÃO E PESSOAS VAGANDO APREENSIVAS

Enquanto a estatueta acabava de derreter, e a bela mulher continuava em Rainbarrow, sua alma num abismo desolador raramente perscrutado por alguém tão jovem, Clym Yeobright estava sozinho em Blooms-End. Cumprira a promessa feita a Thomasin, enviando Fairway com uma carta para sua mulher, e agora aguardava com crescente impaciência qualquer sinal ou notícia. Se Eustácia ainda estivesse em Mistover, o mínimo que ele esperava era que ela enviasse uma resposta na mesma noite e pelo mesmo portador; embora, para que ela ficasse à vontade, ele tivesse recomendado a Fairway que não pedisse resposta. Mas se uma resposta lhe fosse enviada verbalmente ou em papel, ele deveria trazê-la de imediato; se não, poderia seguir direto para a sua casa, sem se preocupar em voltar novamente a Blooms-End naquela noite.

Mas em segredo Clym alimentava uma esperança mais doce. Eustácia poderia nem usar uma caneta (era do feitio dela agir em silêncio) e surgir na porta subitamente. Em que medida ela estaria decidida a fazer o contrário, ele não sabia.

Para desgosto de Clym começou a chover e a ventar forte à medida que a noite avançava. O vento arranhava as quinas da casa e lançava os pingos de chuva como ervilhas de encontro às vidraças. Ele começou a andar nervoso pelos quartos vazios, abafando os ruídos estranhos das janelas e das portas, colocando pedaços de madeira nas armações das janelas e nas gretas, ajeitando o chumbo das vidraças onde ele se afastara do vidro. Era uma noite daquelas em que as fendas das paredes das velhas igrejas se alargam, e as manchas antigas dos velhos casarões em ruínas aumentam, da largura da mão de um homem para muitos metros. O portão da paliçada diante da casa estava abrindo e batendo a todo momento, mas, quando ele olhava ansioso para fora, não havia ninguém; era como se as formas invisíveis dos mortos estivessem entrando para visitá-lo.

Entre as dez e as onze horas, vendo que nem Fairway nem mais ninguém viera até ele, decidiu deitar-se e, apesar de suas ansiedades, rapidamente adormeceu. Mas não foi um sono profundo, por causa da apreensão em que estava, e foi facilmente despertado por batidas em sua porta, cerca de uma hora depois. Clym se levantou, foi até a janela e olhou para fora. A chuva caía com intensidade, toda a extensão da várzea diante dele deixava escapar um assobio estrangulado sob a tempestade. Estava muito escuro para ver alguma coisa.

— Quem é? — perguntou.

Leves passadas se alternavam na varanda, e ele conseguiu perceber uma voz feminina lastimosa:

— Ó Clym! Venha aqui embaixo abrir a porta!

Ele foi tomado pela comoção: será Eustácia? — murmurou. — Se fosse, ela tinha vindo de surpresa.

Vestiu-se rápido, pegou uma vela e desceu. Ao abrir a porta, a luminosidade incidiu sobre uma mulher bem agasalhada que entrou em seguida.

— Thomasin! — exclamou ele num tom de espanto e decepção. — Thomasin numa noite destas. Oh, onde estará Eustácia?

De fato, era Thomasin, encharcada, em sobressalto e ofegante.

— Eustácia? Não sei, Clym, mas calculo — disse, bastante perturbada. — Preciso entrar e descansar... vou lhe contar tudo. Uma grande desgraça está para acontecer, comprometendo o meu marido e Eustácia!

— O quê? O que é?

— Acho que o meu marido vai me deixar ou fazer algo horrível... não sei o que é.... Clym; você pode ver do que se trata? Não tenho ninguém que me ajude a não ser você! Eustácia ainda não voltou para casa?

— Não.

Ela continuou quase sem respirar.

— Então os dois vão fugir! Ele chegou em casa cerca das oito da noite, e falou de repente: "Tamsie, acabo de descobrir que preciso fazer uma viagem". "Quando?", perguntei. "Esta noite", ele respondeu. "Aonde?", perguntei. "Não posso lhe dizer por enquanto", disse ele. "Amanhã de manhã estarei de volta." Depois foi arrumar as coisas sem se importar comigo. Esperava que ele partisse, mas não foi. Depois deram dez horas, e ele me disse: "É melhor você se deitar". Eu sabia o que fazer e fui. Acho que ele pensou que eu estava dormindo, porque meia hora depois veio e abriu o cofre de carvalho onde guardamos dinheiro quando temos muito em casa, e pegou um rolo que presumo que eram notas do banco, embora eu não soubesse que estavam lá. Deve tê-las trazido do banco quando foi lá outro dia. Para que queria tanto dinheiro se ia sair apenas um dia? Quando ele desceu, me lembrei de Eustácia, pois ele havia se encontrado com ela no dia anterior. Sei que os dois se falaram porque o segui, mas não quis lhe dizer quando me visitou porque você poderia pensar mal dele e eu não imaginava que era um caso sério. Não consegui ficar mais na cama, me levantei, me vesti, e quando o ouvi na cavalariça, pensei que devia falar com você. Por isso desci sem fazer barulho, e saí pela estrada.

— Ele não tinha partido quando você saiu?

— Não. Mas você vai tentar impedi-lo, não vai, querido Clym? Ele não ouve o que eu falo, se desculpa dizendo que só vai fazer uma viagem, e que estará de volta amanhã, mas não acredito nisso. Creio que você pode fazê-lo mudar de ideia.

— Já vou — disse Clym. — Oh, Eustácia!

Thomasin trazia nos braços uma espécie de trouxa e, tendo-se sentado, começou a desembrulhar o volume, e a bebê apareceu como uma amêndoa na casca, enxuta, quente e completamente inconsciente da viagem ou do mau tempo. Thomasin beijou a criança e em seguida começou a chorar, enquanto dizia:

— Eu a trouxe porque fiquei com medo do que poderia acontecer. Creio que será a sua morte, mas não podia deixá-la com a Raquel!

Clym rapidamente arrumou achas de madeira para queimar, varreu as brasas que ainda não estavam totalmente apagadas e soprou para avivar a chama com o fole.

— Você precisa se secar — disse ele. — Vou pegar mais lenha.

— Não, não... não perca tempo. Eu trato disso, vá logo... sim?

Yeobright correu para o quarto de cima para acabar de se vestir. Enquanto ele estava lá em cima, bateram de novo na porta. Agora não havia ilusão de que seria Eustácia, porque os passos que antecipavam a batida eram pesados e lentos. Clym, imaginando que poderia ser Fairway com uma resposta, desceu novamente e abriu a porta.

— Capitão Vye? — disse ele a um vulto ensopado.

— Minha neta está aqui? — perguntou o capitão.

— Não.

— Sabe onde ela está?

— Não sei.

— Mas o senhor tem obrigação de saber... é o marido dela.

— Aparentemente só no nome — retorquiu Clym, meio exaltado. — Acredito que está planejando fugir esta noite com Wildeve. Vou averiguar isso agora mesmo.

— Bem, ela abandonou minha casa há meia hora. Quem está aí sentada?

— Minha prima Thomasin.

O capitão cumprimentou-a com uma expressão preocupada. — Deus queira que não seja algo pior do que uma fuga — disse ele.

— Pior? O que há de pior que uma esposa pode fazer?

— Bem, me contaram algo estranho. Antes de partir à sua procura, falei com Charley, o rapaz que trata dos meus cavalos. Minhas pistolas tinham desaparecido.

— Pistolas?

— Ele me disse que as tinha tirado do lugar para limpá-las. Mas depois confessou que as escondera porque tinha visto Eustácia olhando para elas de um modo esquisito, e ela lhe disse que pensou em acabar com a própria vida, mas pediu que ele não falasse a ninguém, prometendo não voltar a pensar nisso. Dificilmente eu acreditaria que ela tivesse coragem para usá-las, mas isso mostra que pensamentos espreitavam em sua mente; e quem pensa nisso uma vez, volta a pensar de novo.

— Onde estão as pistolas?

— Estão escondidas num local seguro. Eustácia não voltou a tocar nelas. Mas existem muitas maneiras de acabar com a própria vida sem ser por meio de uma bala. Sobre o que discutiram tão rudemente e que a levou a fazer tudo isso? Deve tê-la tratado muito mal; eu sempre fui contra o seu casamento, e estava certo.

— O senhor vem comigo? — inquiriu Clym, sem reparar na última frase do capitão Vye. — Se vier, posso lhe contar pelo caminho o que aconteceu.

— Aonde?

— Para a casa de Wildeve... era esse o destino dela, pode acreditar.

Thomasin interrompeu os dois, ainda em lágrimas:

— Ele falou que ia apenas fazer uma curta viagem, mas se fosse assim, por que precisaria de tanto dinheiro? Clym, o que acha que vai acontecer? Receio, minha pobre bebê, que você não tenha mais pai.

— Vou indo agora — disse Clym, caminhando para a porta.

— Iria com você — disse o velho, meio hesitante. — Mas receio que minhas pernas não suportem uma noite destas. Não sou tão novo como antes. Se impedir a fuga deles, ela com certeza voltará para a minha casa, e estarei lá para recebê-la. De qualquer maneira, não posso ir até a Mulher Tranquila, e isso põe um ponto final no assunto. Sigo direto para casa.

— Talvez seja melhor — disse Clym. — Thomasin, você tem de se secar; fique tão confortável quanto possível.

Ele fechou a porta e deixou a casa na companhia do capitão Vye, que se separou dele diante do portão, seguindo pelo caminho do meio que levava a Mistover. Clym caminhou pelo lado direito, na direção da estalagem.

Ao ficar sozinha, Thomasin tirou algumas roupas molhadas, levou a bebê para cima e a colocou na cama de Clym, desceu para a sala, aumentou o fogo e começou a se enxugar. O fogo rapidamente brilhou chaminé acima, imprimindo à sala um aspecto confortável que parecia ainda maior em contraste com o estrondear da tempestade lá fora, repercutindo nas vidraças e soprando pela chaminé estranhas exclamações que pareciam o preâmbulo de algum desastre.

Mas Thomasin estava praticamente ausente daquela casa, pode-se dizer. O seu coração estava calmo em relação à pequena adormecida na parte de cima, mas seguia mentalmente Clym na sua caminhada. Entregando-se àquela peregrinação imaginária durante um bom tempo, ela ficou impressionada com a sensação de intolerável lentidão do tempo. Mas continuou sentada. Chegou então o momento em que já não conseguia ficar ali, e era como um escárnio com sua paciência lembrar que Clym ainda não teria sequer chegado na estalagem. Por fim, foi para perto da criança, que dormia profundamente. Mas a sua imaginação de acontecimentos possivelmente trágicos em casa, e a supremacia que tinham em sua alma as coisas invisíveis sobre as visíveis, a inquietavam até o ponto em que tudo se tornou insuportável. Não pôde deixar de descer e abrir a porta. A chuva persistia, o clarão da vela iluminava as gotas mais próximas, transformando-as em flechas de luz à medida que deslizavam na aglomeração das outras gotas transparentes que vinham logo atrás. Mergulhar naquela atmosfera era mergulhar em água levemente diluída no ar. A dificuldade em retornar para casa naquele instante atiçou ainda mais o seu desejo de retornar, tudo era preferível à incerteza. "Chegar até aqui foi relativamente fácil, por que eu não poderia voltar? É errado estar longe de casa."

Ela subiu depressa para buscar a menina, agasalhou-a, pôs a mesma capa de antes e, jogando cinzas sobre o fogo para prevenir um acidente, saiu. Parou para colocar a chave no antigo lugar de costume, ao lado do batente, e se voltou decidida para a amplidão escura que imperava para além da paliçada, e avançou em sua direção. Mas a imaginação de Thomasin estava tão ativamente concentrada noutro lugar que ela não se atemorizou com a noite ou com o mau tempo mais do que a dificuldade e o desconforto que eles impunham.

Logo ela estava subindo pelo vale de Blooms-End, cruzando as ondulações das vertentes das colinas. O rumor do vento acima da várzea era agudo, como se o seu assobio fosse de felicidade por encontrar uma noite tão adequada a ele. O caminho algumas vezes a levava por covas entre moitas de fetos altos e escorrendo, já mortos, mas não prostrados ainda, cercando-a como um charco. Quando eram mais altos do que o normal, ela erguia a menina sobre sua cabeça para que não ficasse ao alcance dos ramos molhados. No terreno mais alto, onde o vento era forte e contínuo, a chuva caía no sentido quase horizontal, de modo que era impossível imaginar a que distância estava a nuvem em que as gotas haviam-se originado. Ali não havia possibilidade de se defender, e cada gota a atingia como as espadas atingiam São Sebastião. Conseguia desviar das poças por causa da claridade nebulosa que apontava a presença delas, embora, se estivessem ao lado de algo menos escuro do que a várzea, teriam parecido mais escuras do que a própria escuridão.

Apesar disso tudo, Thomasin não se arrependia de ter vindo. Ela não acreditava, como Eustácia, em demônios no ar e na maldade atrás de cada arbusto ou em cada galho. As gotas que chicoteavam o seu rosto não eram escorpiões, mas chuva banal. No seu conjunto, Egdon não era um monstro qualquer, mas chão descoberto e indistinto. Os seus receios sobre o local eram racionais, a sua aversão pelos aspectos negativos da várzea era sensata. Nesse momento, a várzea era para ela uma região de muita ventania e alagada, onde poderia sentir-se desconfortável, perder-se pelos caminhos se não tomasse cuidado, e talvez apanhar uma gripe.

Se o caminho é bem conhecido, a dificuldade em se manter nele nessas ocasiões não é muito grande, devido à sua familiaridade para as plantas dos pés, mas se o perdermos, é difícil voltar a encontrá-lo. Por causa da bebê, que dificultava a sua visão da frente e distraía o seu espírito, Thomasin acabou perdendo-se. O contratempo ocorreu quando ela descia uma encosta descoberta, depois de ter percorrido dois terços do trajeto em direção à sua casa. Em vez de enfrentar a tarefa quase impossível de reencontrar o caminho perambulando por aqui e por ali, ela continuou em linha reta, confiante em seu conhecimento geral da região, o qual não era muito menor do que o de Clym, e dos próprios filhos da várzea.

Finalmente Thomasin chegou a uma concavidade, e passou a distinguir por entre a chuva uma claridade difusa, que de repente assumiu a forma oblonga de uma porta aberta. Ela tinha certeza de que não havia nenhuma casa ali, e logo entendeu qual a origem da porta, pela sua posição acima do chão.

— Oh, é o carro de Diggory Venn, com certeza — disse ela.

Um determinado ponto isolado perto de Rainbarrow era, ela sabia, o local frequentemente escolhido por Venn quando permanecia naquela vizinhança; e ela imediatamente concluiu que havia chegado àquele misterioso recesso. Interrogou a si mesma se deveria ou não pedir a ele ajuda para chegar de novo à trilha. Na sua ânsia de chegar em casa, optou por recorrer a ele, mesmo sendo esquisito surgir diante dele naquele lugar e naquela hora. Mas quando, seguindo sua decisão, se aproximou do carro, Thomasin espreitou o interior e notou que não havia ninguém, embora não lhe restasse dúvida de que era o carro do vendedor de almagre. O fogareiro estava aceso, a lamparina pendia num prego. Na entrada, o chão estava respingado de água, o que indicava que a porta fora aberta havia pouco tempo.

Enquanto permanecia indecisa, olhando para dentro, ela escutou passos na escuridão, avançando por trás dela; voltou-se e viu um vulto bem conhecido, trajando belbutina, avermelhado da cabeça aos pés, com o clarão de uma lamparina iluminando-o através das gotas de chuva.

— Pensei que tivesse descido a encosta — disse ele, sem olhar para o rosto dela. — Como voltou aqui de novo?

— Diggory? — Thomasin falou.

— Quem é a senhora? — perguntou Venn, ainda sem perceber com quem falava. — Por que estava chorando tanto?

— Oh, Diggory, não me reconhece? — perguntou ela. — É claro que não, estou tão embrulhada... O que quer dizer? Eu não estava aqui chorando e não estive aqui antes.

Venn se aproximou até que pudesse perceber o vulto dela meio iluminado.

— É a Sra. Wildeve! — exclamou ele, assustado. — Que hora para nos encontrarmos! E com a menina! Que coisa terrível a levou a sair numa noite como essa?

Ela não conseguiu responder logo; e, sem pedir a permissão dela, ele pulou para dentro do carro, pegou-a pelo braço e a fez entrar também.

— O que foi? — continuou ele, quando estavam lá dentro.

— Perdi-me no caminho vindo de Blooms-End e estou com muita pressa de chegar em casa. Por favor, me ajude a encontrar o caminho! Que estúpida que eu sou em não conhecer Egdon! Que tolice eu não conhecer Egdon melhor, e não sei como desviei da trilha. Poderia me guiar, Diggory, por favor?

— Claro que vou! Mas já tinha vindo aqui, Sra. Wildeve?

— Acabei de chegar.

— Esquisito, eu estava aqui dormindo há cinco minutos, a porta estava fechada devido ao mau tempo, quando ouvi um roçar de vestido nos arbustos de urze do lado de fora, e acordei, pois tenho o sono leve. Ouvi também o soluço ou o choro de uma mulher. Abri a porta, levantei o candeeiro e até onde a luz chegava vi uma mulher; ela voltou a cabeça quando a luz bateu no seu vulto e começou a descer o outeiro às pressas. Pendurei o candeeiro, e a curiosidade me fez vestir a roupa e segui-la alguns passos, mas não voltei a vê-la. Era onde estava quando a senhora chegou aqui; quando a vi, pensei que era a mesma pessoa.

— Talvez fosse alguém da várzea voltando para casa.

— Não pode ser. É muito tarde. O vestido dela fazia uma espécie de assobio que só a seda produz.

— Então não era eu. O meu vestido não é de seda, como pode ver... estamos no limite entre Mistover e a estalagem?

— De fato, não estamos muito distantes.

— Ah! Quem sabe fosse ela. Diggory, preciso ir imediatamente.

Thomasin saiu do veículo antes que ele percebesse. Então Venn pegou o candeeiro e saltou atrás dela.

— Eu levo a criança, minha senhora — disse ele — Deve estar cansada com o peso.

Ela vacilou por instantes, depois a entregou a Venn. — Não a aperte, Diggory — disse ela — nem machuque o seu bracinho, e cubra-a bem com a capa, assim, para que a chuva não molhe o rosto.

— Pode seguir descansada — falou Venn, com vigor. — Como se porventura eu pudesse magoar alguma coisa que lhe pertença!

— Eu quis dizer, por acidente... — repetiu Thomasin.

— Ela está bem seca, mas a senhora está bastante molhada — disse o vendedor de almagre quando, ao fechar a porta do carro para trancá-lo com o cadeado, viu no chão um círculo das gotas de água que caíram da capa da jovem.

Thomasin o seguia, à medida que ele desviava para a direita e para a esquerda evitando os arbustos maiores, parando às vezes, e cobrindo o candeeiro enquanto olhava por cima do ombro para ter uma ideia da localização de Rainbarrow acima deles, que era necessário conservar às suas costas para manter um curso adequado.

— Tem certeza de que ela não vai molhar a criança?

— Absoluta. Posso saber a idade dele, minha senhora?

— Dele! — exclamou Thomasin num tom reprovador. — Qualquer pessoa percebe que não é menino no primeiro instante. Ela está com quase dois meses. Estamos muito longe da estalagem?

— Menos de quatrocentos metros.

— Pode ir um pouco mais depressa?

— Eu tinha receio de que a senhora não conseguisse.

— Estou muito ansiosa para chegar. Olhe, tem uma luz na janela.

— Não é na janela, é a luz de um trole, se não me engano.

— Oh! — exclamou Thomasin, desesperada — Quem me dera ter chegado antes! Pode me dar a menina, Diggory... agora pode voltar daqui.

— Vou acompanhá-la até o fim — disse Venn. — Há um pântano entre nós e aquela luz, e a senhora pode se atolar até o pescoço a não ser que eu a conduza dando a volta.

— Mas a luz é na estalagem, e não há nenhum pântano.

— Não, a luz está uns duzentos ou trezentos metros abaixo da estalagem.

— Não importa — disse Thomasin, apressada. — Siga até a luz e não para a estalagem.

— Certo — respondeu Venn, desviando em obediência ao pedido, e após uma pausa: — Gostaria que me dissesse o que está acontecendo. Acho que já lhe dei provas de que sou de confiança.

— Existem coisas que não se podem... que não se podem falar a... — E então ela sentiu um nó na garganta e não conseguiu falar mais nada.

[9] VISÕES E SONS REÚNEM OS CAMINHANTES PERDIDOS

Ao avistar o sinal de Eustácia, às oito horas, Wildeve se aprontou de imediato para ajudá-la em sua fuga e, conforme a esperança secreta que ele sentia, acompanhá-la. Parecia um pouco perturbado, e a forma como informou Thomasin de que iria fazer uma viagem foi o bastante para despertar a desconfiança da mulher. Depois de ela se deitar, ele pegou as poucas coisas de que precisaria, foi até o cofre, no aposento de cima, de onde retirou uma considerável soma em notas, que lhe haviam sido adiantadas sobre uma propriedade que em breve seria de sua posse, com o fim de custear as prováveis despesas da mudança.

Depois seguiu para o estábulo e a cocheira, e verificou se o cavalo, o trole e os arreios estavam prontos para enfrentar uma viagem longa. Ficou entretido nisso uns trinta minutos e, ao voltar para casa, não suspeitou que Thomasin estivesse em outro lugar que não na cama. Falou ao rapaz do estábulo que se deitasse, fazendo-o pensar que sua partida seria às três ou quatro horas da manhã; isso porque esse horário, mesmo que excepcional, não seria tão estranho quanto a meia-noite, hora realmente combinada, pois o paquete de Budmouth partia entre uma e duas horas.

Finalmente tudo ficou em silêncio, e ele não tinha mais nada a fazer senão esperar. Por mais esforços que fizesse, não conseguia afastar a opressão do espírito que experimentara desde o seu último encontro com Eustácia. Mas tinha esperança de que aquela situação seria solucionada mediante dinheiro. Ele se convencera de que era possível agir com generosidade em relação à esposa, passando para o nome dela metade da fortuna, e com devoção cavalheiresca em relação à outra, partilhando com ela o seu destino. E embora estivesse decidido a seguir à risca as instruções de Eustácia, no sentido de levá-la até onde desejava ir e deixá-la, se assim fosse a sua vontade, o feitiço que ela havia lançado sobre ele se intensificara, e o seu coração batia acelerado ao pensar na futilidade de tais ordens diante do desejo mútuo de unirem seus destinos.

Ele não quis mais perder tempo com tais conjeturas, máximas e esperanças; faltando vinte minutos para a meia-noite, voltou silenciosamente ao estábulo, pôs os arreios no cavalo e acendeu as lamparinas; dali, conduzindo o cavalo pelo cabresto, levou-o com o trole coberto do pátio para a beira da estrada, cerca de quatrocentos metros abaixo da estalagem.

Ali Wildeve aguardou, levemente protegido da tempestade por um muro elevado que fora construído no lugar. Ao longo da superfície da estrada, iluminados pelas lamparinas o cascalho solto e as pequenas pedras se erguiam e batiam uns contra os outros levados pelo vento, que, juntando-os em pequenos montes, em seguida mergulhava na várzea e retumbava entre os arbustos na direção das trevas. Apenas um som se elevava acima desse estrondo da atmosfera; o rugir de um açude de dez comportas alguns metros para o sul, no local onde a estrada se aproximava do rio que formava o limite da várzea naquele ponto.

Ele ficou ali completamente imóvel até que começou a pensar que deveria ter dado meia-noite. Uma dúvida grande começou a se avolumar em seu espírito sobre Eustácia, se ela arriscaria descer a encosta com um tempo daqueles. Mas, conhecendo a natureza dela, concluiu que sim. — Coitada! Mais um exemplo de sua má sorte! — murmurou.

Por fim, olhou o relógio sob a lamparina. Para sua surpresa, viu que era quase meia-noite e quinze. Pensou então que deveria ter ido com o trole pela tortuosa estrada até Mistover, plano que descartara por causa da extensão da estrada em comparação com a trilha para pedestres que descia pela encosta da colina, e do consequente aumento de esforço para o cavalo.

LIVRO V · A REVELAÇÃO

Nesse instante, ouviu passos se aproximarem; mas como a luz das lamparinas iluminava na direção oposta, não viu quem era. Os passos cessaram, e continuaram novamente.

— Eustácia? — perguntou Wildeve.

A pessoa avançou e a luz caiu sobre o vulto de Clym, que brilhava todo encharcado. Wildeve o reconheceu de imediato, mas Clym não identificou imediatamente quem estava por trás da lanterna.

Clym estacou, como se estivesse interrogando-se se aquele veículo parado ali estava ou não relacionado com a fuga da sua esposa. Ao ver Clym, Wildeve perdeu logo a calma, pois viu nele o rival inexorável, de quem tinha de afastar Eustácia de qualquer maneira. Por essa razão, Wildeve não falou nada, na esperança de que ele não fizesse perguntas. No momento em que ambos se encontravam hesitantes, um ruído surdo foi ouvido acima da tempestade e do vento. Sua origem era inconfundível, tratava-se do barulho da queda de um corpo numa corrente, no prado ao lado, tudo levando a crer que num ponto perto do açude. Eles estremeceram.

— Meu Deus! Será ela? — exclamou Clym.

— Por que seria ela? — disse Wildeve, esquecendo-se, no seu sobressalto, de que até ali estivera oculto.

— Ah, é você, seu traidor, é você? — exclamou Clym. — Por que seria ela? Porque na semana passada ela teria acabado com a própria vida se tivesse tido oportunidade. Pegue uma lanterna e venha comigo.

Clym pegou aquela que estava perto dele e correu. Wildeve não esperou para desprender a outra, mas seguiu imediatamente ao longo do caminho até o açude, um pouco atrás de Clym.

O açude de Shadwater tinha na base um grande tanque circular, com dezesseis metros de diâmetro, para onde a água corria vindo de dez comportas enormes que se erguiam e abaixavam pela força de um cabrestante e rodas dentadas, como era costume. As paredes do tanque eram de alvenaria, o que evitava que a água derrubasse as margens; mas no inverno a força da corrente era tamanha que podia minar esse muro de contenção e o precipitar no buraco. Clym chegou nas comportas, cuja estrutura estava abalada até as fundações pela velocidade da corrente. Nada além da espuma das correntes se distinguia no tanque lá embaixo. Ele subiu na ponte de tábuas sobre a corrente e, agarrando-se ao corrimão para não ser levado pelo vento, atravessou para o lado oposto do rio. Debruçou-se aí sobre a parede e apontou a lanterna para baixo, mas viu só o vórtice formado pela corrente de retorno.

Enquanto isso, Wildeve chegara do lado oposto. A luz da lanterna de Yeobright lançava um clarão turvo e trêmulo no lado do açude, revelando ao ex-engenheiro os movimentos das correntes formadas pelas comportas da parte superior. Através desse espelho fendido e enrugado, um corpo escuro era lentamente levado por uma das correntes de retorno.

— Minha querida! — exclamou Wildeve, numa voz agonizante; e, sem nem mesmo ter a presença de espírito de pelo menos tirar o sobretudo, pulou no caldeirão fervente.

Yeobright agora conseguia distinguir, embora de forma indistinta, um corpo flutuando e pensou, pelo mergulho de Wildeve, que havia uma vida a ser salva, e já ia saltar atrás dele. Mas pensando num plano mais sensato, pendurou a lanterna num poste, deu a volta para a parte mais baixa do tanque, onde não havia parede, saltou e caminhou audaciosamente na direção da parte mais funda. Perdeu o pé aí e, já nadando, foi carregado até o ponto central do tanque, onde viu Wildeve se debatendo.

Enquanto essas ações apressadas se desenrolavam ali, Venn e Thomasin avançavam com dificuldade para o ponto mais baixo da várzea, em direção à luz. Ainda não se haviam aproximado o bastante do rio para ouvirem o mergulho, mas viram a remoção da lanterna do trole e observaram seu movimento na direção do prado. Quando chegaram perto do veículo, Venn supôs que alguma coisa de anormal acontecera, e se adiantou seguindo o curso da luz em movimento. Ele andava mais depressa do que Thomasin, e chegou sozinho ao açude. A lamparina que Clym havia pendurado no poste iluminava a água, e o vendedor de almagre viu alguma coisa flutuando inerte. Como a menina não permitia que fizesse algo, ele voltou correndo ao encontro de Thomasin.

LIVRO V · A REVELAÇÃO

— Fique com ela, por favor, Sra. Wildeve — disse ele, apressado. — Corra para casa, chame o rapaz do estábulo e diga para ele chamar mais homens que vivam pelas redondezas. Caiu alguém no açude.

Thomasin pegou a criança e saiu em disparada. Ao chegar perto do veículo coberto, viu o cavalo, que embora tivesse saído recentemente do estábulo, estava absolutamente imóvel, como se soubesse da desgraça. Ela viu então de quem era. Quase desmaiou, e não teria conseguido dar mais um passo se não fosse a obrigação de preservar a criança de todo o mal, o que a fortaleceu e lhe concedeu um notável autocontrole. Nessa agonia do suspense, ela entrou em casa, pôs a bebê em segurança, despertou o rapaz e a criada e correu até a casa mais próxima para dar o alarme.

Diggory, tendo voltado para a margem, observou que as comportas superiores, ou flutuadores, tinham sido arrancadas. Encontrou uma na relva, apanhou-a e a colocou debaixo do braço; e com a lamparina na mão entrou no ponto mais raso do tanque, como Clym fizera. Assim que começou a entrar em águas mais profundas, ele se pôs em cima do flutuador; com esse apoio conseguiu flutuar o tempo que quis, com a lamparina no alto e com a mão desocupada. Batendo os pés, flutuou em volta do tanque várias vezes, subindo a cada vez com a ajuda de uma das correntes de retorno, e descendo no meio da corrente.

No início não conseguiu ver nada, mas depois, por entre o brilho dos remoinhos e os grumos de espuma, percebeu um chapéu de mulher flutuando.

Procurava agora sob a parede do lado esquerdo, quando algo emergiu bem ao seu lado. Não era, como ele esperava, uma mulher, mas um homem. O vendedor de almagre prendeu a alça da lamparina entre os dentes e segurou o homem pelo colarinho, colocando-o no flutuador com o braço que estava livre; jogou-se na corrente mais forte, pela qual o homem inconsciente, o flutuador e ele mesmo foram carregados rio abaixo. Assim que Venn sentiu os pés tocarem no leito da parte menos funda ele se apoiou bem no solo e foi andando em direção à margem. Ali, onde a água batia mais ou menos na sua cintura, ele jogou longe o flutuador e tentou puxar o homem para fora. A tarefa era extremamente difícil, e ele descobriu que a razão disso era que as pernas do infeliz estavam firmemente seguras pelo braço de outro homem, que estivera submerso até aquele momento.

Nesse instante, o seu coração acelerou ao ouvir passos vindo em sua direção. Dois homens, chamados por Thomasin, surgiram na margem, e o ajudaram a tirar as pessoas aparentemente afogadas, separando-as e colocando-as no gramado. Venn iluminou os seus rostos. O que ficara por cima era Clym Yeobright; aquele que estivera completamente submerso era Wildeve.

— Temos de procurar no fundo de novo — falou Venn. — Tem uma mulher por lá. Arranjem uma vara.

Um dos homens foi até a ponte e tirou um dos corrimões. O vendedor de almagre e os dois outros entraram na água pelo raso como antes, e com a adição de suas forças revistaram o tanque indo em direção ao centro, onde era mais fundo. Venn não se enganara ao supor que qualquer pessoa que tivesse afundado pela última vez, sem conseguir voltar à superfície, seria lançada naquele local. De fato, quando tinham procurado até a metade, alguma coisa impediu que afundassem a vara.

— Puxem para cá — disse Venn, e eles empurraram o corpo com a vara até que ele estivesse próximo de Venn, que mergulhou sob a corrente e surgiu com uma braçada de roupa molhada, envolvendo o corpo frio de uma mulher. Era tudo o que restava da desesperada Eustácia.

Ao chegarem à margem, encontraram Thomasin prostrada de dor, inclinada sobre as duas criaturas que já estavam lá sem sentidos. O trole e o cavalo foram trazidos para o ponto mais próximo na estrada, e levar os três corpos até o veículo não demorou mais de alguns minutos. Venn ia conduzindo, enquanto amparava Thomasin com o braço, e os dois homens os seguiram até chegarem à estalagem.

A criada que fora acordada por Thomasin tinha-se vestido apressada e acendido a lareira; a outra descansava tranquila na parte traseira da casa. Os corpos inertes de Eustácia, Clym e Wildeve foram levados para o interior e colocados sobre o tapete, com os pés voltados para o fogo, enquanto os processos de recuperação possíveis que lhes ocorreram foram adotados imediatamente, e o rapaz do estábulo saiu para buscar o médico. Dir-se-ia que não havia mais nenhum sopro de vida neles. Thomasin, cujo torpor desesperado fora substituído pela atividade frenética, resolveu usar amoníaco nas narinas de Clym, já tendo tentado o mesmo nos outros dois, sem sucesso. Ele soltou um suspiro.

— Clym está vivo! — exclamou ela.

Clym começou a respirar perceptivelmente. Thomasin tentou várias vezes fazer o mesmo com o marido, mas Wildeve não dava sinais de vida. Havia total condição para se concluir que ele e Eustácia estavam fora do alcance de qualquer cheiro estimulante. Os esforços não diminuíram até a chegada do médico quando, uma a uma, as três criaturas foram encaminhadas para a parte de cima, e colocadas em camas aquecidas.

Venn logo se sentiu dispensado de fazer mais alguma coisa, e seguiu para a porta, mal podendo entender ainda a tragédia que se abatera sobre a família pela qual tanto se interessava. Thomasin com certeza ficaria aniquilada com a súbita e esmagadora natureza do fato. A Sra. Yeobright já não estava ali para encorajar a dócil jovem em meio àquela provação. O espectador sem paixão poderia pensar o que pensasse sobre a perda de um marido como Wildeve, mas não havia dúvida de que ela, naquele momento, estava transtornada e apavorada com aquele golpe. Quanto a Venn, sem poder desfrutar do privilégio de estar com ela para consolá-la, não via razão para ficar mais tempo numa casa em que era um estranho.

Voltou pela várzea para seu carro. O fogo ainda não se apagara, e todas as coisas estavam como ele havia deixado. Venn pensou nas suas roupas totalmente molhadas e que pesavam como chumbo. Tirou-as, estendeu-as na frente do fogo e foi dormir. Mas era impossível descansar, estando ele excitado com a imagem viva do caos que estaria na casa que deixara; e, censurando-se por ter vindo embora, vestiu outra roupa, fechou a porta e seguiu às pressas para a estalagem. A chuva ainda caía forte quando ele entrou na cozinha. A lareira estava acesa e duas mulheres estavam atarefadas, uma delas era Olly Dowden.

— Como estão as coisas? — indagou Venn, num sussurro.

— O Sr. Yeobright está melhor, mas a Sra. Yeobright e o Sr. Wildeve estão mortos e frios. O doutor disse que já haviam morrido quando foram tirados da água.

— Ah, eu pensei o mesmo, quando os puxei. E a Sra. Wildeve?

— Está bem como se pode esperar que esteja. O doutor mandou-a se cobrir com cobertores, pois ela estava tão molhada como os outros, a pobre moça! Também não está muito seco, vendedor de almagre.

— Não tem importância. Já mudei de roupa. É só um pouco de umidade, pois vim de novo pela chuva.

— Fique perto da lareira. A senhora pediu para darmos tudo o que pedir, e ficou triste quando soube que tinha ido embora.

Venn se aproximou da lareira e olhou para as chamas com ar absorto. Das suas polainas saía um vapor que subia para a chaminé juntamente com a fumaça, enquanto ele pensava nos que estavam na parte de cima. Dois eram cadáveres; um escapara por pouco das garras da morte; a outra estava doente e viúva. A última vez que estivera ali ao lado da lareira tinha sido durante aquele jogo; Wildeve estava vivo e com saúde, Thomasin, ativa e sorridente no quarto ao lado, Yeobright e Eustácia tinham acabado de se casar, e a Sra. Yeobright estava vivendo em Blooms-End. Tudo parecia correr bem, e que assim se manteria pelos próximos vinte anos. Contudo, de todos, só a situação de Diggory Venn não se transformara significativamente.

Ele meditava sobre tudo isso quando alguém desceu a escada. Era a babá que trazia um rolo de papel molhado. Estava tão absorta em sua função, que quase não vira Venn. Tirou de um armário um pedaço de barbante que atou em cada uma das extremidades do suporte de lenha, que tinha sido previamente trazido para perto do fogo com esse propósito e, desenrolando os papéis molhados, começou a pendurá-los um por um no barbante, como se fosse roupa lavada.

— O que é isso? — perguntou Venn.

— As notas do banco do pobre patrão — respondeu ela. — Foram achadas no bolso dele quando tiraram sua roupa.

— Então não ia voltar tão cedo? — perguntou Venn.

— Isso é algo que nunca se saberá — respondeu a mulher.

Venn não queria ir embora, pois tudo o que lhe interessava na Terra estava sob aquele teto. Como ninguém mais dormiria na casa naquela noite, senão aqueles que dormiam para sempre, não havia razão para não ficar. Retirou-se para o nicho da lareira onde costumava sentar-se, e aí ficou olhando o vapor se evolar da fileira dupla de notas do banco, balançando para trás e para a frente, até que deixaram de estar úmidas e ficaram completamente secas e rígidas. A mulher desprendeu-as, dobrou-as e as levou para cima. O médico desceu com um olhar de quem não pode fazer mais nada. Colocou as luvas e saiu da casa, e o trotar do seu cavalo depressa desapareceu na estrada.

Às quatro horas bateram de leve na porta. Era Charley, que viera da parte do capitão Vye saber se havia notícias de Eustácia. A jovem que o recebeu mandou-o entrar, olhou-o como se não soubesse o que responder, e levou-o até Venn, que estava sentado:

— O senhor poderia fazer o favor de dizer a ele, sim?

Venn contou tudo. O único som produzido por Charley foi um murmúrio fraco e indistinto. Ficou paralisado, depois falou de maneira espasmódica:

— Posso vê-la mais uma vez?

— Suponho que sim — disse Diggory, em tom grave. — Mas não seria melhor ir logo informar o capitão Vye?

— Sim, só queria vê-la mais uma vez.

— Pois vai vê-la — disse por trás deles uma voz baixa; e quando eles se voltaram, viram sob a luz mortiça um vulto magro, pálido e quase fantasmagórico, embrulhado num cobertor, tal um Lázaro saindo do túmulo. — Vai vê-la. Tem bastante tempo para informar ao capitão. Quer vê-la também, Diggory? Está linda agora.

Venn anuiu levantando-se e foi com Charley atrás de Clym até o pé da escada, onde tirou as botas. Charley fez o mesmo. Acompanharam Yeobright até o patamar onde uma vela ardia. Clym segurou-a, e os guiou ao aposento. Aproximou-se da cama e levantou o lençol.

Olharam silenciosos para Eustácia, que, sob a imobilidade da morte, eclipsava todas as fases da sua vida. A palidez não era a palavra certa para caracterizar a sua tez. Era mais do que alvura, chegava a ser luz. A expressão da sua boca, finamente cinzelada, era amável, como se a reminiscência de dignidade a tivesse compelido a deixar de falar. A rigidez eterna se apoderara dela num trânsito momentâneo entre o fervor e a resignação. A sua cabeleira preta estava totalmente solta como nenhum deles tinha visto alguma vez, rodeando-lhe a fronte como uma floresta. A aparência altiva, quase exagerada para alguém do campo, encontrara finalmente um fundo artístico e feliz. Ficaram calados, até que Clym a cobriu e se afastou para o lado.

— Agora venham — disse ele.

Foram para um canto do mesmo quarto, e aí jazia o corpo de Wildeve. O seu rosto não tinha tanta placidez como o de Eustácia, mas a mesma juventude se espalhava nele, e o observador menos inclinado à piedade sentiria que ele nascera para um destino mais nobre do que aquele. O único sinal que se via da sua recente luta pela vida estava na ponta dos dedos, muito esfolados pela tentativa de se agarrar à superfície da parede do açude, antes de morrer.

Os modos de Yeobright tinham sido tão tranquilos, ele havia dito tão poucas sílabas desde sua reaparição, que Venn imaginou que ele estava resignado. Foi só quando eles tinham saído do quarto que o seu verdadeiro estado mental ficou aparente. Nesse momento, ele disse, com um sorriso alucinado, inclinando a cabeça na direção do quarto em que Eustácia jazia:

— Ela foi a segunda mulher que eu matei este ano. Fui o culpado pela morte da minha mãe, e sou a causa principal da morte desta.

— Como? — perguntou Venn.

— Eu lhe disse palavras cruéis e ela abandonou a minha casa. Não pedi para que voltasse, senão quando já era tarde demais. Eu é que devia ter-me afogado. Seria uma caridade para os vivos se o rio me devorasse e a mantivesse na superfície. Mas eu não posso morrer. Os que deviam viver estão mortos e eu estou aqui, vivo.

— Mas você não pode arcar com todos os crimes dessa maneira — respondeu Venn. — Também se pode dizer que os pais são culpados pelo assassínio que o filho comete, porque, se não fossem eles, a criança jamais teria sido concebida.

— Sim, Venn, isso é uma grande verdade, mas você não conhece todas as peculiaridades. Se Deus tivesse acabado comigo, teria sido melhor para todos. Mas estou me acostumando com o horror em minha vida. Dizem que há uma fase em que o homem ri da desgraça, por manter com ela relações há muito tempo. Certamente esse tempo vai chegar para mim em breve.

— As suas intenções sempre foram boas — disse Venn. — Por que está falando coisas tão desesperadas?

— Não, não são desesperadas, são desesperançadas. O meu maior desgosto é não existir um homem ou lei que possa me punir pelo que fiz!

LIVRO VI
ACONTECIMENTOS POSTERIORES

[1] A INEVITÁVEL MARCHA PARA A FRENTE

A história da morte de Eustácia e Wildeve foi repetida por toda a várzea de Egdon, e muito além da região, durante muitas semanas e meses. Todos os fatos conhecidos do seu amor foram aumentados, deformados, recompostos e alterados até que, enfim, a realidade original já não tinha mais do que uma leve semelhança com a narrativa corrompida pelas línguas das redondezas. No entanto, em termos gerais, nem o homem nem a mulher perderam a sua dignidade com a morte súbita. A desgraça os havia atingido misericordiosamente, interrompendo sua história errática com um golpe desastroso, em vez de, como ocorre com muitas pessoas, reduzir-lhes a vida a algo mesquinho e sem interesse que se arrasta por longos anos de rusgas, indiferença e declínio.

Nas pessoas imediatamente interessadas o efeito foi diferente. Estranhos que tinham ouvido muitos casos semelhantes limitavam-se a ouvir outro, mas naqueles em que o golpe cai diretamente, não há conjeturas prévias que possam prepará-los de maneira considerável. O próprio caráter repentino de sua perda amortecera, em certa medida, os sentimentos de Thomasin; entretanto, num mecanismo bastante irracional, a consciência de que o marido que perdera deveria ter sido um homem melhor não reduzia em nada a sua dor. Pelo contrário, esse fato pareceu no início engrandecer o marido morto aos olhos de sua jovem esposa, e ser a nuvem necessária ao arco-íris.

Mas, os horrores do desconhecido tinham passado. As vagas apreensões sobre o seu futuro como esposa abandonada haviam-se extinguido. Antes, o pior fora causa para conjeturas que a faziam tremer. Agora, tudo era matéria de raciocínio, um mal limitado. Seu principal interesse, a pequena Eustácia, ainda permanecia. Havia humildade em sua tristeza, não havia revolta em sua atitude. Quando as coisas são assim, um espírito em alvoroço pode ser tranquilizado.

Se a tristeza de Thomasin no presente e a serenidade de Eustácia durante o tempo em que viera pudessem ser reduzidas a uma só medida, teriam praticamente atingido a mesma marca. Mas a antiga luminosidade de Thomasin transformava em sombra aquilo que, numa atmosfera sombria, era como a própria luz.

A primavera chegou, e isso a deixou serena; despontou o verão, e se sentiu aliviada. Com a chegada do outono ela começou a experimentar o consolo, porque sua filha crescia forte e feliz, desenvolvendo-se em tamanho e inteligência. Os fatos externos não a favoreceram pouco. Wildeve morrera sem deixar testamento, e ela e a filha eram as únicas parentas. Quando adquiriu a gerência de seus bens, pagou todas as dívidas, e o restante da fortuna do tio do seu marido lhe chegou às mãos, verificou-se que a quantia que aguardava para ser investida em benefício dela e da filha era pouco menos de dez mil libras.

Onde ela iria morar? O local óbvio era Blooms-End. Os cômodos antigos, era bem verdade, não eram mais altos do que o espaço entre duas cobertas de fragata, sendo necessário que o chão fosse rebaixado sob o novo relógio que ela trouxera da estalagem. Seria também necessário remover os belos puxadores de latão da cimalha para que se criasse espaço para ele; mas, mesmo como se apresentavam, os quartos eram numerosos e o local se tornava querido por causa de todas as recordações de outrora. Clym aceitou-a como hóspede com muita alegria, limitando a sua vida a dois quartos no alto da escada dos fundos, onde ele tocava sua vida calmamente, separado de Thomasin e das três empregadas, que ela julgara adequado manter agora que era uma senhora de posses, fazendo e pensando o que lhe aprouvesse.

As mágoas de Clym haviam alterado a sua aparência exterior, mas a alteração maior era interior. Dir-se-ia que adquirira rugas na mente. Ele não tinha inimigos, e não havia ninguém que fosse capaz de censurá-lo, e era exatamente por isso que ele criticava tão amargamente a si mesmo.

Às vezes, pensava que o destino o maltratara, chegando a ponto de dizer que ter nascido era um dilema palpável, e que os homens em vez de desejarem progredir na vida com glória, deveriam pensar numa forma de sair dela sem ignomínia. Mas não sustentou por muito tempo a ideia de que ele e as pessoas que amara tinham sido manipulados irônica e impiedosamente, sendo-lhes cravados na alma punhais como aqueles. Em geral isso ocorre, a não ser que o indivíduo seja o mais inflexível dos homens. Na tentativa pródiga de criar uma hipótese que não enfraqueça uma Causa Primordial, os seres humanos sempre hesitaram em idealizar um poder soberano de qualidade moral inferior à deles; e, mesmo quando se sentam chorando junto às águas da Babilônia, forjam desculpas para a opressão que lhes provocam lágrimas.

Assim, embora palavras de consolo fossem inutilmente pronunciadas em sua presença, ele encontrava alívio numa direção por ele mesmo escolhida quando era deixado sozinho. Para um homem como ele, a casa e cento e vinte libras por ano que herdara da mãe eram o bastante para suprir as suas necessidades materiais. Os recursos não dependem de grandes quantias, mas da dimensão das despesas em relação às receitas.

Frequentemente deambulava sozinho pela várzea, quando o passado o segurava com sua mão sombria e o mantinha ali para narrar a sua história. Nesses momentos, sua imaginação era preenchida com habitantes remotos, tribos celtas esquecidas seguiam suas trilhas em volta dele, que quase podia, vivendo entre eles, ver os seus rostos e vê-los parados ao lado dos túmulos que se erguiam por ali, totalmente intactos como na época em que haviam sido construídos. Os bárbaros pintados que haviam escolhido os terrenos cultiváveis eram, em comparação com os que tinham deixado seus vestígios ali, como pessoas que escrevem em papel em comparação com as que escrevem em pergaminhos. As suas relíquias tinham sido apagadas havia muito tempo pelos arados, enquanto as construções dos últimos se mantinham lá. Entretanto todos tinham vivido e morrido inconscientes dos diferentes destinos dos seus trabalhos. Isso fazia Clym pensar que fatores imprevistos operam na evolução da imortalidade.

    O inverno chegou mais uma vez, com os ventos, geadas, tordos mansos e a luz cintilante das estrelas. No ano anterior, Thomasin nem se dera conta do avanço da estação. Mas nesse ano abriu seu coração a todas as influências externas. A vida daquela querida prima, da sua menina e das criadas chegava aos sentidos de Clym apenas na forma de sons através de uma divisória de madeira, enquanto ele estava imerso em seus livros excepcionalmente volumosos. Mas seu ouvido acabara habituando-se tanto com aqueles leves ruídos do outro lado da casa que ele quase testemunhava as cenas que significavam. Uma leve sequência de batidas de meio em meio segundo indicava Thomasin balançando o berço; um cantarolar ondulante queria dizer que ela estava acalentando a filha para adormecer; um ruído arranhado como o de areia entre as pedras de um moinho sinalizava os passos pesados de Humphrey, Sam ou Fairway atravessando o chão de pedra da cozinha; o passo leve de um rapaz ou uma canção alegre indicavam a visita do Velho Cantle; o súbito silêncio das articulações do velho significava a aproximação dos seus lábios numa caneca de cerveja; um alvoroço e a porta batendo queriam dizer que Thomasin fora ao mercado, pois ela, apesar da camada de nobreza que lhe fora acrescentada, tinha uma vida ridiculamente frugal, com a finalidade de economizar as libras que pudesse para a sua filha.

    Num verão, Clym estava no jardim, em frente à janela da sala, que estava aberta, como era costume. Distraía-se olhando para os vasos de flores colocados no peitoril, que haviam sido revividos e restaurados por Thomasin, voltando ao estado em que a mãe os deixara. Ele escutou um leve grito de surpresa de Thomasin, que estava sentada no aposento.

    — Ah, me assustou! — disse ela a alguém que acabara de entrar. — Pensei que fosse seu próprio fantasma.

    Clym ficou suficientemente curioso para avançar um pouco mais e olhar para dentro pela janela. Para seu espanto, lá estava Diggory Venn, não mais um vendedor de almagre, mas ostentando as estranhamente alteradas cores de uma fisionomia comum de cristão, camisa branca, colete florido, lenço no pescoço de pontinhos azuis e casaco verde-garrafa. Nada na sua aparência tinha algo de singular, senão o fato da expressiva diferença em relação ao que ele fora antes. O tom vermelho, e tudo o que se parecia com vermelho, fora totalmente excluído de todos os artigos de suas vestes. Não há nada que amedronte mais as pessoas que acabaram de se livrar do jugo do trabalho do que os lembretes da atividade que as fez enriquecer.

Yeobright deu a volta até a porta e entrou.

— Que susto eu tomei! — repetiu Thomasin, sorrindo para um e outro. — Custei a acreditar que ele se tornou branco por conta própria! Parecia algo sobrenatural.

— Abandonei o negócio do almagre no Natal passado — disse Venn. — Era uma profissão lucrativa, e percebi que já ganhara o suficiente para assumir a fazenda com cinquenta cabeças de boi que meu pai tinha quando estava vivo. Sempre pensei em retornar para lá, se porventura mudasse de profissão, e agora decidi.

— Como conseguiu ficar branco, Diggory? — perguntou Thomasin.

— Aos poucos, minha senhora.

— Tem uma aparência muito melhor do que antes.

Venn ficou um pouco atrapalhado, e Thomasin, ao ver que falara com certa imprudência sobre alguém que talvez ainda nutrisse algum sentimento por ela, ficou corada. Clym não percebeu nada, e acrescentou, com bom humor:

— Como iremos assustar a bebê de Thomasin, agora que você se tornou outra vez um ser humano?

— Sente-se, Diggory — convidou Thomasin — e fique para o chá.

Venn se moveu como se fosse na direção da cozinha. Thomasin reiterou com alegre desenvoltura, enquanto costurava:

— É claro que é para sentar-se aqui.... Onde fica a sua fazenda com cinquenta cabeças, senhor Venn?

— Em Stickleford, cerca de três quilômetros à direita de Alderworth, minha senhora, onde começam os prados. Pensei que se o Sr. Yeobright quisesse me visitar de vez em quando, não deixaria de ir por falta de convite. Esta tarde não posso ficar para o chá, agradeço, pois estou tratando de um assunto que está para ficar resolvido. Amanhã é o dia do Mastro de Maio, e o pessoal de Shadwater combinou com alguns dos seus vizinhos para levantarem o mastro perto da sua paliçada, já que é um belo local com muito verde.

Venn indicou o terreno na frente da casa. — Estive falando com Fairway sobre esse assunto — continuou ele — e lhe disse que, antes de levantarmos o mastro, seria prudente pedir licença à Sra. Wildeve.

— Não tenho nada a objetar — disse ela. — Nossa propriedade não vai além da paliçada branca mais do que um metro.

— Mas talvez não lhe agrade ver um monte de marmanjos malucos, ao redor de um mastro, e bem diante do seu nariz.

— Não tenho nenhuma objeção.

Venn se foi em seguida e à tarde Clym foi até a casa de Fairway. Era um belíssimo fim de tarde de maio, e as bétulas que cresciam naquela margem do vasto matagal de Egdon estavam vestidas com suas folhas novas, delicadas como asas de borboletas, e diáfanas como âmbar. Ao lado da casa de Fairway havia um espaço livre, afastado da estrada, e ali os jovens se reuniam agora, vindos de vários pontos em redor. O mastro estava disposto com uma das extremidades sobre um cavalete, as mulheres entretinham-se em enfeitá-lo com flores campestres. Os instintos joviais da Inglaterra se mantinham ali com extraordinária vitalidade, e os costumes simbólicos que a tradição atrelou a cada estação do ano eram ainda realidade em Egdon. De fato, os impulsos desses povoados isolados são ainda pagãos. Nessas regiões, a homenagem à natureza, a autoadoração, os jogos frenéticos, fragmentos de ritos teutônicos a divindades de nomes hoje esquecidos parecem, de uma forma ou de outra, ter sobrevivido às doutrinas medievais.

Yeobright não quis interromper os preparativos, e voltou para casa. Na manhã seguinte, quando Thomasin abriu as cortinas da janela do seu quarto, o Mastro de Maio estava erguido, no meio da relva, com a sua ponta furando o céu. Fora levantado de noite ou de manhã bem cedo, como o pé de feijão de João. Thomasin abriu a janela para ver melhor as guirlandas e as flores que o enfeitavam. O suave perfume das flores já se alastrara no ar, que, sendo livre de qualquer contaminação, trazia até seus lábios toda a intensidade da fragrância vinda do pináculo de flores que se erguia no centro do terreno. No alto do mastro havia arcos transversais adornados com flores miúdas; abaixo destas via-se uma parte coberta de flores alvas como o leite; em seguida vinha outra parte de jacintos azuis, depois uma de prímulas amarelas, seguida pelos lilases, e assim seguia até o seu nível mais baixo. Thomasin viu isso e se sentiu contente porque a Festa do Mastro de Maio estava tão perto.

À tarde, as pessoas começaram a encher o relvado, e Yeobright ficou curioso o bastante para observar tudo da janela do seu quarto. Logo em seguida, Thomasin saiu pela porta que ficava exatamente abaixo da janela dele, levantou o rosto e olhou para o primo. Estava usando um traje mais festivo do que ele jamais a vira usar desde a morte de Wildeve dezoito meses antes; até mesmo desde o seu casamento ela não se mostrara tão sedutora.

— Você está muito bonita hoje, Thomasin! — disse ele. — É por causa da Festa do Mastro de Maio?

— Não é só por isso.

Em seguida ela enrubesceu e baixou os olhos, o que ele não notou especialmente, embora as maneiras dela lhe parecessem bastante peculiares, considerando-se que ela estava dirigindo-se apenas a ele. Seria possível que tivesse envergado o vestido de verão para lhe agradar?

Ele relembrou a conduta dela para com ele nas últimas semanas, quando haviam frequentemente trabalhado juntos no jardim, exatamente como costumavam fazer quando eram jovens, sob o olhar da sua mãe. E se o interesse de Thomasin por ele não fosse mais o de uma parenta como antes? Para Yeobright, qualquer possibilidade desse gênero era uma questão séria, e ele ficou meio perturbado com a ideia. Nele, as vibrações de todos os sentimentos amorosos que não se tinham extinguido durante a vida de Eustácia haviam ido para o túmulo junto com ela. A sua paixão pela esposa acontecera num período muito avançado da sua mocidade para deixar combustível capaz de alimentar outra chama do mesmo gênero, como pode ocorrer com amores mais juvenis. Mesmo aceitando que ele pudesse voltar a amar, esse amor seria uma planta de crescimento lento e trabalhoso, e, no final, pequeno e doentio como uma ave gerada no outono.

Ele estava tão preocupado com essa nova complexidade que, no momento em que a banda de metais chegou e começou a tocar, o que ocorreu perto das cinco horas, demonstrando um fôlego suficiente dos seus membros para pôr abaixo sua casa com os sopros, ele saiu do seu quarto pela porta dos fundos, desceu pelo jardim até o portão e se embrenhou onde ninguém o pudesse ver. Não conseguia permanecer na presença de diversão naquele dia, embora tivesse tentado com afinco.

Ninguém o viu nas quatro horas seguintes. Quando voltou pelo mesmo caminho já era quase noite, e o sereno cobria tudo o que era verde. O escarcéu da música cessara, mas, como ele entrara pelo lado de trás da propriedade, não viu se o grupo da Festa de Maio já se havia dispersado; o que só pôde constatar quando atravessou parte da casa ocupada por Thomasin e chegou à porta da frente. Thomasin estava no alpendre, sozinha.

Ela o olhou com um ar de repreensão.

— Você saiu justo quando tudo começava, Clym — disse ela

— Sim, verdade. Não tive coragem de participar da festa. Você esteve com eles, com certeza.

— Não, não estive.

— Pensei que havia se vestido para a festa.

— Sim, claro, mas não poderia ir sozinha, com tanta gente aqui. Tem alguém lá agora.

Yeobright fixou o olhar além da paliçada na direção do local da festa e distinguiu perto do mastro um vulto escuro andando sem pressa de um lado para o outro.

— Quem é? — perguntou Clym.

— O Sr. Venn.

— Você poderia tê-lo convidado para entrar, Tamsie. Ele tem sido sempre muito gentil com você.

— Vou convidá-lo agora. — E agindo por impulso atravessou o postigo na direção do Mastro de Maio, onde encontrou Venn. — Presumo que seja o Sr. Venn — disse ela.

Ele estremeceu como se não a tivesse visto, astucioso como era, e disse em seguida:

— Sim, sou eu.

— Quer entrar?

— Creio que...

— Eu o vi dançando esta tarde, e vi que teve as melhores moças como suas parceiras. É por esse motivo que não quer entrar? Prefere ficar pensando nas horas divertidas que passou?

— Sim, é um pouco por isso, também — disse o Sr. Venn, num tom ostensivamente sentimental. — Mas a razão principal por ficar aqui deste jeito é que quero esperar a Lua nascer.

— Para admirar a beleza do mastro sob o luar?

— Não, é para ver se encontro uma luva que uma das jovens perdeu.

Thomasin ficou tão surpresa que não conseguiu falar. Que um homem que ainda teria de caminhar sete ou oito quilômetros para chegar em casa ficasse ali esperando por um motivo daqueles só levava a concluir uma coisa: devia estar incrivelmente interessado na dona da luva.

— Dançou com ela, Diggory? — perguntou Thomasin, num tom que revelava que ele se tornara consideravelmente mais interessante para ela devido àquela descoberta.

— Não — suspirou ele.

— Então, não vai entrar?

— Esta noite não, obrigado, minha senhora.

— Quer que lhe arranje uma lamparina para encontrar a luva da jovem, Sr. Venn?

— Não, não é preciso, Sra. Wildeve, muito obrigado. A Lua deve estar nascendo.

Thomasin voltou para o alpendre.

— Ele vai entrar? — perguntou Yeobright, que ficara ali esperando desde a saída dela.

— Acho que esta noite não — disse ela, depois entrou. Clym se retirou também para o seu quarto.

Após Clym sair dali Thomasin foi para a parte de cima, verificou se a menina dormia, foi até a janela, afastou um pouco a cortina branca e olhou para fora. Venn ainda estava lá. Ela observou o aumento da leve irradiação lunar que surgia no céu perto da colina do leste, até que a extremidade da Lua despontou e inundou o vale de luz. O vulto de Diggory ficava visível na relva; ele se movia meio curvado, talvez procurando o precioso objeto perdido, andando em ziguezague até esquadrinhar todo o chão.

— Que coisa mais ridícula! — sussurrou Thomasin para si mesma, num tom que aspirava ser satírico. — Pensar que um homem pode ser idiota a ponto de andar assim sob o luar por causa de uma luva! Além do mais, um respeitável produtor de laticínios, e um homem de dinheiro como é agora. Que pena!

Finalmente Venn pareceu encontrá-la. Então se ergueu e a levou aos lábios. Em seguida, guardando-a no bolso do peito, o ponto mais próximo do coração de um homem que as vestes modernas permitem, subiu o vale numa linha matematicamente reta na direção da sua distante casa nas campinas.

[2] THOMASIN PASSEIA NUM LOCAL VERDEJANTE, PRÓXIMO DA ESTRADA ROMANA

Após esses acontecimentos, Clym quase não viu Thomasin. Quando se encontravam, ela estava mais calada que o normal. Por fim ele resolveu perguntar-lhe no que estava pensando tanto.

— Estou completamente perplexa — disse ela, com sinceridade. — Não consigo adivinhar por quem Diggory Venn está tão apaixonado. Nenhuma das jovens da Festa do Mastro de Maio estava à altura dele, mas essa moça devia estar lá.

Clym tentou imaginar quem seria a preferida de Venn, por um instante; mas logo, perdendo o interesse pelo assunto, voltou a trabalhar no jardim.

Por algum tempo Thomasin não conseguiu desvendar o mistério. Mas estava um dia se arrumando para um passeio e precisou ir até o patamar da escada e chamar:

— Raquel!

Raquel era uma jovem de uns treze anos que passeava com a menina, e ouviu o chamado.

— Por acaso você viu por aí uma das minhas luvas novas? — inquiriu Thomasin. — Está faltando o par desta aqui.

Raquel não respondeu.

— Por que não responde? — falou Thomasin.

— Acho que ela foi perdida, minha senhora.

— Perdida? Quem perdeu? Não as usei mais do que uma vez...

Raquel parecia estar terrivelmente perturbada, e finalmente começou a chorar.

— Minha senhora, no dia do Mastro de Maio, eu não tinha luvas para usar. Vi as suas em cima da mesa e pensei em tomá-las de empréstimo. Não queria estragá-las, mas uma se perdeu. Uma pessoa me deu dinheiro para comprar outro par para a senhora, mas ainda não tive tempo de fazer isso.
— Quem é essa pessoa?
— O Sr. Venn.
— Ele sabia que a luva era minha?
— Sabia, eu lhe disse.
Thomasin ficou tão surpresa com a explicação, que acabou por esquecer de chamar a atenção da jovem, que saiu se esgueirando silenciosamente. Thomasin só se moveu para olhar o ponto verdejante onde o Mastro estivera erguido. Ficou pensando, e decidiu que não sairia naquela tarde, pois iria trabalhar no belo vestido xadrez da menina, que estava para acabar, cortado de viés como era a última moda. A razão de ela ter trabalhado tanto, mas não ter feito muito ao fim de duas horas, seria um mistério para quem não soubesse que o fato recente a levara a desviar sua atenção do campo manual para o mental.

No dia seguinte ela realizou suas tarefas costumeiras e fez seu passeio habitual pela várzea, sem companhia além da pequena Eustácia, que estava na idade em que é difícil para essas criaturinhas se decidirem entre andar com as mãos ou com os pés, de modo que se metem em dolorosas complicações experimentando as duas possibilidades. Era muito agradável para Thomasin, após levar a criança até pontos solitários, fazê-la praticar um pouco sobre a turfa verde e o tomilho selvagem, que formavam um tapete macio para ela tombar para a frente quando se desequilibrava.

Um dia, quando estava distraída com esse trabalho, e curvando-se para afastar pedaços de pau, caules, fetos e outros fragmentos parecidos do caminho da menina, de maneira que sua jornada não fosse interrompida por alguma barreira insuperável de meio centímetro, espantou-se ao ver um homem a cavalo quase ao seu lado. O macio tapete natural abafara os passos do cavalo. O cavaleiro, que era Venn, saudou-a com o chapéu e se curvou galantemente.

— Diggory, quero a minha luva! — disse Thomasin, cujo feitio era, em qualquer circunstância, ir direto ao assunto que a preocupava.

Venn desmontou de imediato, introduziu a mão no bolso do peito, e lhe estendeu a luva.

— Muito obrigada. Foi muita gentileza sua guardá-la.

— É muita bondade sua dizer isso.

— Oh, não! Fiquei feliz por saber que a guardara. Todos são tão indiferentes que fiquei surpresa ao saber que pensou em mim.

— Se por acaso se lembrasse do que fui tempos atrás, não se surpreenderia.

— Ah, não! — logo disse ela. — Mas homens da sua índole são quase sempre independentes.

— Qual é a minha índole? — perguntou ele.

— Não sei bem — falou Thomasin, humilde — a não ser que tem por hábito ocultar os seus sentimentos sob uma aparência de homem prático, e que só os revela quando está só.

— Ah... como sabe disso? — perguntou Venn, astuciosamente.

— Porque sei — disse ela, abaixando-se para levantar a pequena, que havia conseguido ficar de ponta-cabeça.

— Não deve fazer generalizações — disse Venn. — Eu mesmo não sei bem o que são sentimentos ultimamente. Ando tão concentrado nos meus vários negócios que os sentimentos se evolaram como vapor. É verdade, estou me dedicando de corpo e alma a ganhar dinheiro. É só o que sonho.

— Ó Diggory, como você é mau! — falou Thomasin, advertindo-o e olhando para ele, sem saber se deveria levar aquelas palavras a sério ou se ele as teria dito apenas para provocá-la.

— É verdade, é uma vida bem estranha — disse Venn, num tom suave de alguém comodamente desobrigado de pecados que não consegue evitar.

— Você costumava ter sentimentos muito delicados!

— Bem, eis um argumento que aprecio, porque aquilo que um homem foi ele pode vir a ser de novo. — Thomasin enrubesceu. — Se bem que agora é difícil — continuou Venn.

— Por quê? — perguntou ela.

— Porque você agora é mais rica do que antes.

— Oh, não, não muito! Coloquei quase tudo no nome dela, como era meu dever, exceto o necessário para vivermos.

— Fico muito feliz com isso — disse Venn, suavemente, olhando-a pelo canto do olho — pois isso torna mais fácil que sejamos amigos.

Thomasin voltou a ficar ruborizada, e após falarem mais algumas coisas que não eram desagradáveis, Venn montou novamente e seguiu seu caminho.

Essa conversa se passou num ponto da várzea atravessado por uma antiga estrada romana, um local muito frequentado por Thomasin. Quem pudesse observaria que ela não passeou menos por aqueles lados por ter-se encontrado com Venn. Se Venn tinha ou não evitado passar por lá a cavalo por tê-la encontrado no mesmo lugar é algo que se pode depreender a partir do que ela fez cerca de dois meses depois, naquele mesmo ano.

[3] A CONVERSA SÉRIA DE CLYM COM A PRIMA

Durante todo esse tempo Yeobright havia ponderado mais ou menos sobre seu dever para com a prima. Não podia deixar de pensar que era um desperdício lastimável de beleza e encanto se aquela jovem meiga fosse condenada, naquela idade tão precoce da vida, a consumir aos poucos as suas qualidades entre a urze e os fetos solitários. Mas ele sentia isso simplesmente como um economista e não como um apaixonado. Sua paixão por Eustácia fora uma espécie de estoque para toda a vida, e não lhe restava nada dessa qualidade suprema para conceder a mais alguém. Até aquele momento, era óbvio que não nutria nenhuma ideia de casar com Thomasin, nem que fosse para ser afável.

Mas isso não era tudo. Anos atrás, a sua mãe chegara a acalentar no espírito um sonho sobre ele e Thomasin. Tal sonho não chegara a se concretizar como desejo, mas tinha sido seu sonho favorito: que eles se casassem no momento certo, se a felicidade deles não fosse lesada por isso, era a fantasia em causa. Dessa maneira, qual seria o caminho que restava ao filho que, como Yeobright, reverenciasse a memória de sua mãe? É uma infelicidade que qualquer capricho peculiar dos pais, que seria dispersado por uma conversa de meia hora enquanto eles estivessem vivos, acabe por se sublimar, com a morte deles, na mais absoluta ordem, com resultados, para filhos mais conscientes, que os próprios pais teriam sido os primeiros a reprovar.

Se estivesse em causa apenas o futuro de Yeobright, ele teria proposto casamento a Thomasin de todo o coração. Ele não iria perder nada materializando o sonho de sua mãe falecida. Mas se apavorava só de imaginar Thomasin casada com o cadáver de um apaixonado, que ele mesmo tinha consciência de ser. Nele só havia três atividades vivas. Uma era o passeio quase diário ao pequeno cemitério onde jazia sua mãe; outra eram as igualmente frequentes visitas noturnas ao local mais distante onde Eustácia jazia entre seus mortos. A terceira, os estudos para realizar a sua vocação, a única que satisfazia os seus desejos e necessidades, ou seja, a de pregador itinerante do décimo primeiro mandamento. Era complicado imaginar que Thomasin fosse alegrada por um marido com tais propensões.

Mesmo assim, ele resolveu fazer o pedido e deixar, e que ela decidisse por si mesma. Foi até com um senso agradável de estar cumprindo seu dever que ele desceu ao encontro dela, numa tarde, para fazer isso, no momento em que o Sol lançava sobre o vale a mesma longa sombra da parte superior da casa que ele vira ali inúmeras vezes, quando a mãe ainda estava viva.

Thomasin estava ausente do quarto dela e ele a encontrou no jardim. — Há muito tempo quero lhe falar, Thomasin, de um assunto que tem a ver com o futuro de nós dois.

— E vai fazer isso agora? — perguntou ela depressa, ruborizando ao encontrar o olhar dele. — Espere um pouco, Clym, tenho de falar primeiro porque, embora pareça estranho, eu também estava esperando para lhe dizer uma coisa.

— Sem dúvida, pode falar, Thomasin.

— Creio que ninguém pode nos ouvir — ela continuou, olhando em redor e diminuindo o tom da voz. — Bom, primeiro quero que me prometa que não vai ficar zangado nem vai dizer nada impertinente se não concordar com o que vou lhe propor.

Clym prometeu e ela prosseguiu:

— Queria a sua opinião, já que você é meu parente, isto é, quase um tutor, não é, Clym?

— Presumo que sim, um tipo de tutor. Sou, sim — disse ele, completamente perplexo com o rumo que ela dera à conversa.

— Estou pensando em me casar — observou então ela suavemente. — Mas não me casarei se você não aprovar a minha decisão. Por que você não fala nada?

— Foi uma grande surpresa. Mas fico muito feliz em saber da novidade. Certamente aprovarei, querida Thomasin. Quem é? Confesso que não consigo adivinhar. Não sou capaz... é o velho doutor? Não que eu queira chamá-lo de velho, porque ele não tem tanta idade, afinal de contas. Ah! Notei, quando ele a atendeu da última vez.

— Não — disse ela, de forma brusca. — É o Sr. Venn.

O rosto de Clym de repente tornou-se sério.

— Pronto, você não gosta dele. Se eu soubesse, não teria falado — exclamou ela, quase com petulância. — E não teria dito nada, se ele não tivesse me importunado tanto, a ponto de eu nem saber mais o que fazer!

Clym olhou pela janela.

— Simpatizo muito com Venn — ele respondeu. — É um homem honesto e bastante astuto. Também é esperto, o que se prova pelo fato de ele ter conquistado a sua atenção. Mas, Thomasin, ele não é muito...

— Não é cavalheiro o bastante para mim? É isso mesmo o que penso. Lamento ter perguntado a você, não vou mais pensar nele. Mas, ao mesmo tempo, se eu voltar a me casar com alguém, será com ele... disso TENHO certeza!

— Não sei por quê — falou Clym, ocultando todas as pistas de sua própria intenção interrompida, que ela com certeza não percebera. — Você poderia se casar com um homem de profissão liberal ou algo parecido, se fosse morar na cidade e estabelecesse amizades lá.

— Não fui feita para a cidade... fui sempre do campo. Você não vê que minhas maneiras são todas do campo?

— Bem, quando voltei de Paris, reparei um pouco nisso. Mas agora não.

— É porque você também se tornou um camponês. Nem por decreto eu viveria numa rua! Egdon é uma região antiga e rude, mas me acostumei a ela, e não seria feliz em outro lugar.

— Nem eu — retorquiu Clym.

— Então como pode dizer que eu deveria me casar com alguém da cidade? Tenho certeza, diga você o que disser, de que devo me casar com Diggory, se de fato me casar. Ele foi mais bondoso comigo do que qualquer outra pessoa, e me socorreu de inúmeras maneiras que nem mesmo sei — disse Thomasin, um pouco melindrada.

— Realmente a ajudou — disse Clym, num tom neutro. — Quem me dera poder lhe dizer do fundo do meu coração: case-se com ele. Mas não esqueço o que minha mãe pensava sobre esse assunto, e é contra os meus princípios não acatar a opinião dela. Temos muitos motivos para fazer o pouco que pudermos para respeitá-la agora.

— Certo, muito bem — suspirou Thomasin. — Não falo mais nada.

— Mas você não é obrigada a obedecer aos meus desejos. Estou apenas falando o que penso.

— Oh, não! Não quero parecer rebelde — disse ela, meio triste. — Não devia ter pensado nele, mas na minha família. Que ímpetos horrorosos trago em mim!

Os seus lábios estavam trêmulos, e ela se virou para esconder uma lágrima.

Embora estivesse muito contrariado com o que parecia ser uma opção inaceitável de Thomasin, Clym se sentia aliviado por verificar que a questão do casamento com ele estava posta de lado. Nos dias seguintes notou diversas vezes, do quarto dele, que Thomasin andava amuada pelo jardim. Ele estava um pouco aborrecido com ela por ter escolhido Venn. Apesar disso, sentia-se irritado consigo mesmo por ter atravessado o caminho da felicidade de Venn, que, afinal de contas, era um jovem honesto e perseverante como qualquer outro de Egdon, desde que mudara de vida. Resumindo: Clym não sabia o que fazer.

No dia seguinte, quando se encontraram, ela disse num ímpeto:

— Ele agora é muito mais respeitável do que antes.

— Quem? Ah, sim... Diggory Venn.

— Minha tia era contra, simplesmente porque ele era vendedor de almagre.

— Bem, Thomasin, talvez eu não tenha conhecimento de todas as peculiaridades do desejo da minha mãe. Por essa razão, é melhor você agir pela sua cabeça.

— Você sempre sentirá que eu desrespeitei a memória da minha tia.

— Não, nada disso. Pensarei apenas que você está persuadida de que, se ela tivesse visto Diggory agora, o teria considerado um marido digno de você. Esta também é a minha convicção atual. Não me pergunte mais nada, pode fazer o que quiser, Thomasin. Ficarei feliz com a sua decisão.

É de se supor que Thomasin deu-se por convencida, pois uns dias depois disso, quando Clym foi por um lado da várzea que não visitava havia muito tempo, Humphrey, que trabalhava por ali, lhe falou:

— Fiquei feliz em saber que a Sra. Wildeve e Venn se entenderam.

— Como "se entenderam"? — perguntou Clym.

— Se entenderam, e ele arranjou um modo de encontrar com a sua prima, toda vez que ela passeia com a menina nos dias bonitos. Mas, senhor Yeobright, não posso deixar de lamentar que a sua prima deveria se casar com o senhor. É uma pena construir dois cantos de chaminé quando devia haver só um. Creio que o senhor, se quisesse, poderia afastá-lo dela.

— Como eu poderia me casar de novo, após ter provocado a morte de duas mulheres? Não pense uma coisa dessas, Humphrey. Depois da experiência que tive, seria ridículo ir à igreja para receber uma mulher em casamento. Posso fazer minhas as palavras de Jó: "Fiz um acordo com meus olhos; quando então deveria eu pensar em uma donzela?".

— Não, Sr. Clym, não fique pensando nisso de ter causado a morte das mulheres. Não devia falar assim.

— Esqueçamos então — disse Yeobright. — De qualquer maneira, Deus gravou em mim uma marca que não ficaria bem numa cena de amor. Tenho apenas duas ideias na cabeça: montar uma escola noturna e me tornar um pregador. O que acha disso, Humphrey?

— Irei ouvi-lo com o maior prazer.

— Obrigado, é só o que desejo.

Enquanto Clym descia o vale, Thomasin vinha pelo outro caminho, e o encontrou junto ao portão.

— O que acha que tenho para lhe dizer, Clym? — perguntou ela, olhando-o brejeira por cima do ombro.

— Adivinho — retorquiu ele.

Ela sondou o seu rosto. — Sim, adivinhou. Tudo vai se concretizar. Ele acha que chegou a hora de eu me decidir, e passei a pensar assim também. Será no dia 25 do mês que vem, se não for inconveniente para você.

— Como você achar melhor, querida. Fico muito feliz que você esteja enxergando o seu caminho para a felicidade sem nenhum obstáculo. Devo-lhe todo tipo de reparação pelo que você sofreu tempos atrás.

[4] A ALEGRIA SE REAFIRMA EM BLOOMS-END, E CLYM ENCONTRA A SUA VOCAÇÃO

Qualquer um que tivesse passado por Blooms-End, às onze da manhã do dia marcado para o casamento, veria que, enquanto na casa de Yeobright estava tudo calmo, barulhos denunciadores de muita atividade partiam da casa do seu vizinho mais próximo, Timothy Fairway. Eram principalmente ruídos de pés andando de lá para cá, triturando a areia que cobria o chão. Apenas um homem estava visível na parte de fora, e ele parecia ter chegado tarde a um encontro marcado, pois se adiantou para chegar até a porta, levantou a tranca e entrou sem cerimônia.

A cena que se via no interior não era a habitual. De pé ao redor da sala havia um pequeno grupo de homens que formavam o círculo social de Egdon, estando presentes Fairway, o Velho Cantle, Humphrey, Christian e um ou dois cortadores de turfa. Fazia um dia quente, e os homens na realidade estavam em mangas de camisa, exceto Christian, que tinha um receio de tirar a menor peça do seu vestuário em qualquer casa que não fosse a sua. Sobre a robusta mesa de carvalho havia um tecido de linho listrado que o Velho Cantle segurava de um lado e Humphrey, do outro, enquanto Fairway, com o rosto suado e enrugado pelo esforço, esfregava a superfície com uma bola amarela.

— Estão encerando a capa do colchão, rapazes? — perguntou o recém-chegado.

— Estamos, sim, Sam — disse o Velho Cantle, com ares de quem está muito atarefado para jogar conversa fora. — Será que devo esticar mais este canto, Timothy?

Fairway respondeu e a tarefa de encerar continuou com vigor.

— Vai ficar um belo colchão — continuou Sam, após um momento de silêncio. — De quem é?

— É um presente para o jovem casal que está montando casa — disse Christian, que não sabia o que fazer e estava assombrado pela majestade daquele trabalho.

— É um belo presente, não há dúvida.

— Os colchões são caros para as pessoas que não criam gansos, não é, Sr. Fairway? — inquiriu Christian como se estivesse dirigindo-se a um ser onisciente.

— É, são — disse o negociante de tojo, levantando-se, enxugando a testa, e entregando a cera de abelha a Humphrey, que o substituiu no trabalho.

— Não que o casal precise de um, mas é bom mostrarmos a nossa amizade nesse grande acontecimento da vida deles. Construí um para cada uma de minhas filhas quando se casaram, e já faz um ano que temos penas em casa para fazer mais um. Creio que já tem cera suficiente. Velho Cantle, vire o tecido para o lado direito para começarmos a enchê-lo com as penas.

Quando a capa estava pronta, surgiram Fairway e Christian com grandes sacos de papel, cheios até a boca, mas leves como balões, e começaram a esvaziar o conteúdo dos sacos no receptáculo que tinham acabado de preparar. Enquanto os sacos eram despejados, graciosos tufos de plumas e penas pairavam pelo quarto até que, devido a um descuido de Christian, que entornou o conteúdo de um saco fora do colchão, a atmosfera ficou densa, cheia de flocos enormes que desciam sobre os trabalhadores como se fosse uma tempestade de neve sem vento.

— Nunca vi uma pessoa tão desastrada como você — disse o Velho Cantle, num tom severo. — Parece que você é filho de alguém que nunca saiu de Blooms-End na vida, pela pouca esperteza que tem. Nem mesmo a vida de soldado e a esperteza do pai valeram para a formação do filho. No que se refere a Christian, eu poderia ter ficado aqui, sem ver nada, como todos vocês. Porém, no que se refere a mim, um espírito temerário, certamente colaborou para algo.

— Pai, não me faça sentir tanta vergonha. Depois disso, me sinto do tamanho de um inseto. Foi só um acidente.

— Vamos, não se desmereça desse jeito, Christian. Você deve tentar com mais afinco — disse Fairway.

— Sim, devia tentar com mais afinco — ecoou a voz do velho insistente, como se ele tivesse sido o primeiro a sugerir. — Na verdade, todos os homens deveriam casar ou se tornar soldados. É um escândalo para o país não fazerem nem uma coisa nem outra. Graças a Deus, fiz as duas. Não gerar homens, nem acabar com eles... isso comprova um espírito fraco, sem préstimo algum.

— Não gosto de manusear armas — gaguejou Christian. — Porém quanto a casamento, tentei aqui e ali, sem sucesso. Mas deve existir por aí uma casa que tenha tido um chefe de família, fosse ele como fosse, e que agora é comandada por uma mulher. Mesmo assim seria ruim se a descobrisse, porque, os vizinhos sabem, não sobraria ninguém em casa para manter os ânimos do meu pai em um nível decente para um homem da idade dele.

— E você é talhado para isso, meu filho — disse o Velho Cantle, com desembaraço. — Quem me dera não ter tanto medo das doenças! Amanhã mesmo me lançaria para ver o mundo de novo! Mas setenta e um anos, embora não sejam nada em casa, é uma idade muito avançada para um giramundo. Olé! Setenta e um completados na última festa da Candelária. Meu Deus! Preferia ter isso em guinéus do que em anos...!

O velho suspirou.

— Não fique triste, velho — disse Timothy. — Coloque mais penas no colchão e não perca o bom humor. Mesmo estando meio magro nos galhos, você é uma velha árvore que ainda tem folhas verdes. Ainda há bastante tempo para encher crônicas inteiras.

— Por Deus! Vou falar com os noivos, Timothy... — disse o Velho Cantle com uma voz mais animada e dando uma pirueta. — Vou encontrá-los, e cantar uma canção de núpcias, hein? É mesmo meu feitio, vocês sabem, e eles vão ver isso. Meu "Nos Jardins do Cupido" era muito apreciado no ano quatro, mas tenho mais números e até melhores. O que dizem deste:

*"Ela clamou pelo seu amado
Da janela bem acima:
— Oh, venha e se livre da névoa orvalhada!"*.

— Com certeza eles ficariam satisfeitos numa ocasião como esta. De fato, agora me dei conta de que não solto a língua numa bela cantiga desde a noite de São João, quando cantamos "A Colheita da Cevada" na Mulher Tranquila. É uma pena desprezarmos as nossas aptidões quando existem tão poucos capazes de sobressair nessas coisas.

— É isso mesmo — disse Fairway. — Agora deem uma sacudida no colchão. Colocamos trinta quilos das melhores penas, e acho que é esse tanto que a capa aguenta.. Acho que um gole e um petisco não caíam mal agora... Christian, retire os comestíveis do armário do canto se puder alcançar, rapaz, e vou trazer alguma coisa para molharmos a garganta.

Sentaram-se para comer no meio do trabalho. À volta deles, flutuavam as penas cujos donos verdadeiros olhavam de vez em quando pela porta aberta, grasnando invejosos ao verem tão grande quantidade das suas antigas vestes.

— Juro que vou sufocar — disse Fairway, após tirar uma pena da boca, e encontrando outras no jarro que passava de mão em mão.

— Já engoli muitas, e uma delas tinha um cálamo respeitável — disse Sam, tranquilo, do seu canto.

— O que é isso? É barulho de rodas! — falou o Velho Cantle, dando um pulo e se dirigindo para a porta. — São eles, já voltaram. Não os esperava em menos de meia hora. Não há dúvida de que um casamento pode ser bem rápido, quando se faz com prazer!

— Sim, pode ser bem depressa — disse Fairway, como se algo fosse acrescentar-se à frase.

Ele se levantou, e seguiu o Velho Cantle, e os outros também.

Passou por eles uma carruagem aberta onde seguiam o Sr. e a Sra. Venn, Clym Yeobright e um parente idoso do noivo que chegara de Budmouth para a cerimônia. O veículo tinha sido alugado na cidade mais próxima, sem preocupações com despesas nem distâncias, pois na várzea de Egdon não havia, na opinião de Venn, nada bastante digno de semelhante acontecimento quando a noiva era Thomasin; e a igreja se situava muito longe para permitir um cortejo de casamento a pé.

Quando a carruagem passou perto do grupo de homens, eles gritaram juntos "Viva!" e acenaram com as mãos. Penas e plumas se desprendiam de suas roupas, cabeças e mangas a cada movimento que faziam, as medalhas do Velho Cantle balançavam à luz do sol à medida que ele rodopiava. O condutor da carruagem olhou para eles com ar desdenhoso; até os noivos ele tratava com certa condescendência. Pessoas como aquelas, pobres ou ricas, obrigadas a viver naquele fim de mundo que era Egdon, em que estado estariam senão no bárbaro? Thomasin não demonstrou a mesma superioridade, acenando-lhes com a velocidade da asa de um pássaro, e perguntando a Diggory com lágrimas nos olhos se não deveriam parar e falar com vizinhos tão amáveis. Venn, entretanto, sugeriu que, como todos eles viriam à sua casa à noite, isso não seria necessário.

Após a saudação, o grupo voltou ao trabalho, para concluir a costura do colchão. Acabaram logo, Fairway arreou um cavalo, acondicionou o incômodo presente e partiu com ele numa carroça, rumo à casa de Venn, em Stickleford.

Yeobright, após desempenhar na cerimônia de casamento a função que lhe era natural, e tendo voltado para casa com o marido e a mulher, ficou um pouco indisposto para participar do banquete e do baile que encerravam a noite. Thomasin ficou desapontada.

— Eu gostaria de estar lá sem estorvar a alegria de vocês — disse ele. — Mas seria bem capaz de me parecer com uma caveira num banquete.

— Não.

— Bom, minha querida, fora isso, se você me desculpar, vou ficar feliz. Sei que parece rude, querida Thomasin, mas acho que não vou me sentir feliz entre tanta gente... essa é a verdade. Vou com frequência visitar vocês na nova casa, de modo que a minha ausência agora não tem importância.

— Bem, eu desisto. Faça como quiser.

Clym se retirou para os seus aposentos na parte de cima bastante reconfortado, e se ocupou a tarde inteira fazendo anotações para um sermão com o qual pretendia iniciar tudo o que realmente parecia praticável do esquema que inicialmente o levara até ali, e que ele por tanto tempo mantivera no horizonte sob várias modificações, e apesar das críticas positivas e das negativas. Ele havia sopesado muitas vezes as suas convicções e não encontrara motivos para alterá-las, embora tivesse diminuído consideravelmente a abrangência do seu plano. A sua visão, desfrutando por um tempo prolongado seu ar nativo, tinha melhorado, mas não se tornara forte o suficiente para que ele tentasse concretizar seu extensivo projeto de educação. Porém ele não se lamentava; havia ainda muitas tarefas mais modestas a realizar, em que poderia despender toda a sua energia e ocupar todas as suas horas.

A tarde avançava, e ruídos de vida e movimento na parte de baixo da habitação tornaram-se mais pronunciados; o portão da paliçada rangia incessantemente. A festa seria cedo, e por essa razão os convidados estavam todos lá antes do anoitecer. Yeobright desceu pela escada dos fundos e penetrou na várzea sem passar pelo caminho da frente. Sua intenção era passear ao ar livre até a festa acabar, depois voltar e se despedir de Thomasin e do marido antes de partirem. Seus passos, sem que ele percebesse, conduziam-no para Mistover, pelo caminho que ele seguira na fatídica manhã em que tinha sabido da estranha notícia pela boca do filho de Susan.

Em vez de seguir até o casebre dos Nunsuch, ele subiu até um ponto mais alto, donde avistava toda a região onde ficava a antiga casa de Eustácia. Enquanto ele observava a paisagem prestes a escurecer, surgiu alguém. Clym, que não enxergava com nitidez, o teria deixado passar em silêncio, se o viandante, que era Charley, não o tivesse reconhecido e cumprimentado.

— Charley, não o vejo há muito tempo — disse Yeobright. — Você vem com frequência para estes lados?

— Não — respondeu o rapaz. — Quase não saio do barranco.

— Você não foi à Festa do Mastro de Maio?

— Não — disse Charley, com o mesmo tom indiferente. — Não ligo mais para essas coisas.

LIVRO VI · ACONTECIMENTOS POSTERIORES

— Você gostava muito da Srta. Eustácia, não é mesmo? — Clym lhe perguntou num tom doce. Eustácia lhe falara muitas vezes da dedicação romântica de Charley.

— Sim, muito. Eu queria...

— O quê?

— Eu queria, Sr. Yeobright, que me desse algo dela para guardar comigo, se não se importar.

— Ficarei feliz em fazer isso. Isso vai me proporcionar um grande prazer. Vou pensar em alguma coisa que seja dela e que você apreciaria. Mas venha comigo até minha casa, e eu vou ver.

Os dois seguiram para Blooms-End. Quando chegaram, as portas e janelas estavam fechadas, de modo que não se via nada no interior.

— Venha por aqui — disse Clym. — A minha entrada atualmente é pelos fundos.

Os dois deram a volta e subiram a sinuosa escada na escuridão e chegaram à sala de Clym, na parte de cima. Ele acendeu uma vela, e Charley entrou silenciosamente atrás. Yeobright procurou na escrivaninha, pegou uma folha de papel de seda, abriu-a e encontrou duas ou três mechas onduladas de cabelo preto como a asa do corvo que atravessavam no papel como rios negros. Escolheu uma, embrulhou-a e ofereceu ao rapaz, cujos olhos estavam marejados de lágrimas. Charley beijou o pequeno embrulho, colocou-o no bolso e disse num tom comovido:

— Senhor Clym, o senhor é muito bom para mim!

— Vou acompanhá-lo por um trecho — disse Clym. E em meio ao ruído da festa lá embaixo eles desceram. O caminho para a frente da casa levou-os até uma pequena janela lateral de onde o clarão das velas irradiava sobre os arbustos lá fora. A janela, que era protegida da observação geral por essas plantas, estava com as cortinas abertas, de modo que uma pessoa naquele canto privado poderia ver tudo o que acontecia no interior da sala onde estavam os noivos e os convidados, pelo menos até onde as vidraças velhas e esverdeadas impunham um obstáculo à visão.

— Charley, o que eles estão fazendo? — perguntou Clym. — Minha vista está fraca de novo esta noite e o vidro atrapalha um pouco.

Charley esfregou os olhos, que estavam embaçados pelas lágrimas, e se aproximou da vidraça. — O senhor Venn está pedindo a Christian Cantle para entoar uma canção, e Christian está se torcendo na cadeira meio assustado com o convite, e o pai começou uma estrofe em vez dele.

— Sim, estou ouvindo a voz do velhote — disse Clym. — Então parece que não vai ter baile. E Thomasin, ela está na sala? Tem alguém se mexendo na frente das velas que parece ser ela.

— É, sim, e está feliz, corada e ri de algo que Fairway lhe disse. Meu Deus!

— O que foi esse barulho? — perguntou Clym.

— O Sr. Venn é tão alto que bateu com a cabeça na viga, ao dar um pulo. A Sra. Venn se assustou e correu e está passando a mão na cabeça dele para ver se machucou. E agora estão todos rindo como se nada tivesse acontecido.

— Algum deles parece se importar com a minha ausência? — indagou Clym.

— Não, nem um pouco. Estão erguendo os copos agora, e bebem à saúde de alguém.

— Será à minha?

— Não, saúdam a Sra. e o Sr. Venn, porque ele agora está fazendo um discurso alegre.

— Bem, eles não se preocuparam comigo, e é justo que seja assim. Tudo está como devia ser, e Thomasin finalmente está feliz. Não nos demoremos aqui, porque logo eles devem sair rumo à sua nova casa.

Ele acompanhou o rapaz no caminho para casa, e voltou sozinho para a dele quinze minutos mais tarde. Encontrou Venn e Thomasin já prontos para partir, pois todos os convidados já se haviam retirado na sua ausência. Os recém-casados subiram na carruagem de quatro rodas que o ordenhador-chefe e ajudante geral de Venn trouxera de Stickleford para levá-los. A pequena Eustácia e a babá foram instaladas em segurança na parte de trás, e o ordenhador, montado num velho pônei, cujas ferraduras ressoavam como címbalos a cada passo do animal, vinha logo atrás como um criado do século passado.

―― LIVRO VI·ACONTECIMENTOS POSTERIORES ――

— Agora o deixamos na posse absoluta de sua casa — disse Thomasin, enquanto se inclinava para desejar boa-noite ao primo. — Vai ser bem solitário para você, Clym, depois da confusão que fizemos.

— Ora, não foi inconveniência nenhuma —, disse Clym, com um sorriso triste.

Então a carruagem se afastou, desaparecendo entre as sombras noturnas. Clym entrou em casa. O barulho do relógio foi o único som que o saudou, porque não restara ninguém. Christian, que trabalhava como jardineiro, cozinheiro e criado de Clym, dormia na casa do pai. Yeobright se sentou numa das cadeiras e ficou pensando muito tempo. A velha cadeira da sua mãe estava à sua frente; naquela noite tinham-se sentado nela pessoas que já não se lembravam que a cadeira fora dela. Mas para Clym sua mãe era quase uma presença ali, naquele momento e para sempre. Fosse ela o que fosse na memória das outras pessoas, na sua seria a santa sublime cujo fulgor nem mesmo a sua ternura por Eustácia conseguira ofuscar. Mas o seu coração estava oprimido, por sua mãe NÃO ter estado na sua cerimônia de casamento, no dia da grande alegria do seu coração. Os acontecimentos corroboraram a certeza das opiniões dela e a devoção do seu cuidado por ele. Deveria ter ouvido seus conselhos, ainda mais por causa de Eustácia do que por ele. — Foi tudo culpa minha — repetiu para si mesmo. — Oh, minha mãe, minha mãe! Se Deus me permitisse viver outra vida e sofrer pela senhora o que a senhora sofreu por mim!

No domingo após o casamento, viu-se em Rainbarrow um espetáculo extraordinário. A distância não se percebia mais do que uma figura imóvel, de pé, no alto do túmulo, tal como Eustácia estivera ali dois anos e meio antes. Mas agora o clima estava bom, com apenas uma ligeira brisa de verão soprando; e, em vez de um crepúsculo triste, era o início da tarde. Quem subisse até as proximidades do túmulo iria perceber que o vulto ereto no centro, que perfurava o céu, não estava realmente só. À sua volta, nas encostas do túmulo, homens e mulheres da várzea estavam reclinados ou sentados. Eles ouviam as palavras do homem que estava pregando para eles, enquanto arrancava distraidamente a urze, cortando feno ou lançando pedras pela encosta. Aquela foi a primeira de uma série de prédicas morais ou Sermões da Montanha, que passariam a ser pronunciados todas as vezes no mesmo local, nas tardes de domingo, sempre que houvesse tempo bom.

O local elevado de Rainbarrow fora escolhido por dois motivos: primeiro, por se situar num ponto central entre as casas mais distantes das redondezas; segundo, porque dali o pregador seria avistado de todos os locais contíguos quando chegasse ao seu posto, e o fato de o verem seria um sinal para as pessoas que quisessem aproximar-se. O palestrante estava com a cabeça descoberta, e a brisa, a cada suave sopro, levantava e baixava seus cabelos, um pouco ralos para alguém com a sua idade, que ainda não atingira trinta e três. Ele usava uma proteção sobre os olhos, o rosto era pensativo e vincado; mas, embora suas feições físicas fossem marcadas pela decadência, não havia defeitos no tom da sua voz, que era firme, musical e comovente. Ele afirmara que os seus discursos seriam às vezes profanos, às vezes religiosos, mas nunca dogmáticos; e que os textos teriam origem em vários tipos de livros. Naquela tarde, as suas palavras foram assim:

"E o rei se levantou para ir ao encontro dela, e lhe fez a reverência, e se sentou em seu trono, e ordenou que arrumassem um lugar para a mãe do rei, e ela se sentou à sua direita. Então ela disse:

— Preciso fazer um pequeno pedido: peço-lhe que não diga não.

E o rei respondeu:

— Pode pedir, minha mãe, e nunca lhe direi não".

Yeobright de fato encontrara a sua vocação na carreira de pregador peregrino e predicador de temas morais inatacáveis. A partir desse dia, trabalhou sempre nesse ofício, falando não apenas em uma linguagem simples em Rainbarrow e pelas vizinhanças, mas em um estilo mais culto em outros lugares: em degraus e pórticos de edifícios de câmaras municipais, em centros de mercados, em praças e cais, em parapeitos de pontes, celeiros e alpendres, e outros locais semelhantes de povoados e lugarejos próximos a Wessex. Ele abrira mão de crenças e sistemas filosóficos, preferindo apenas se ocupar com as opiniões e atos comuns de todos os homens de bem. Alguns acreditavam nele, outros não. Alguns diziam que as suas palavras

— LIVRO VI·ACONTECIMENTOS POSTERIORES —

eram lugar-comum; outros reclamavam da ausência de uma doutrina teológica, enquanto outros diziam que era adequado que um homem que enxergava muito pouco e era incapaz de fazer outra coisa qualquer se dedicasse a fazer pregações. Mas ele era recebido com afeto em todo lugar, porque a sua história se tornara muito conhecida.

© *Copyright* desta tradução: Editora Martin Claret Ltda., 2015.

Direção
MARTIN CLARET

Produção editorial
CAROLINA MARANI LIMA / MAYARA ZUCHELI

Direção de arte e capa
JOSÉ DUARTE T. DE CASTRO

Diagramação
GIOVANA GATTI QUADROTTI

Ilustração de capa e miolo
TUMANA / SHUTTERSTOCK

Tradução
JORGE HENRIQUE BASTOS

Preparação
LENITA RIMOLI ESTEVES

Revisão
WALDIR MORAES

Impressão e acabamento
GEOGRÁFICA EDITORA

A ORTOGRAFIA DESTE LIVRO SEGUE O NOVO ACORDO ORTOGRÁFICO DA LÍNGUA PORTUGUESA.

Dados Internacionais de Catalogação na Publicação (CIP)
(Câmara Brasileira do Livro, SP, Brasil)

Hardy, Thomas, 1840-1928.
 O retorno do nativo / Thomas Hardy; tradução Jorge Henrique Bastos; introdução Sandra Sirangelo Maggio. – São Paulo: Editora Martin Claret, 2017.

Título original: The return of the native
ISBN 978-85-440-0152-3

 1. Ficção inglesa I. Maggio, Sandra Sirangelo. II. Título.

17-04169   CDD-823

Índices para catálogo sistemático:

1. Ficção: Literatura inglesa   823

EDITORA MARTIN CLARET LTDA.
Rua Alegrete, 62 – Bairro Sumaré – CEP: 01254-010 – São Paulo – SP
Tel.: (11) 3672-8144 – www.martinclaret.com.br
Impresso – 2017

CONTINUE COM A GENTE!

 Editora Martin Claret
 editoramartinclaret
 @EdMartinClaret
 www.martinclaret.com.br